LES FILS DE LA PLEINE LUNE

TOME 3

Panini BOOKS

LES FILS DE LA PLEINE LUNE

TOME 3
LES LIENS DU SANG

EILEEN WILKS

CRIMSON

Titre original : *Blood Lines*

Illustration de couverture : © HildenDesign,
using an image by Shutterstock
Design de couverture : hilden_design, München
www.hildendesign.de

ISBN : 9-782809-433180

CRIMSON EST UNE COLLECTION DE PANINI BOOKS

www.paninibooks.fr

Première publication en anglais par The Berkley Publishing Group,
une division de Penguin Group (USA), Inc.

Cher lecteur,

Cela fait un peu plus de trois mois que j'ai rencontré Rule. Il me semble que ça fait beaucoup plus de temps. Si j'étais fleur bleue, je pourrais dire que ma vie a vraiment commencé au moment où nos yeux se sont croisés cette nuit-là, au Club Inferno, mais ce serait mentir. Même si elle était agitée et imparfaite, j'avais déjà une vie avant lui.

Mais je dois reconnaître qu'à peu près tout a changé. D'où l'impression que plus de trois mois ont passé.

À l'époque, j'étais flic à la brigade criminelle. C'était mon rêve depuis toujours – en tout cas, depuis mes huit ans, lorsque j'avais appris que les monstres étaient réels et qu'ils nous ressemblaient beaucoup. Aujourd'hui, je travaille pour le FBI, dans l'Unité 12 de la SCM – la Section des Crimes Magiques – et je suis liée à vie au prince du clan des Nokolaï.

Deux mois plus tôt, j'enquêtais sur le premier meurtre causé par un loup-garou – je veux dire, par un lupin – sur la côte Ouest depuis plusieurs dizaines d'années. Rule Turner a été mon premier suspect. Si j'ai très vite compris que ça ne pouvait pas être lui, il m'a fallu plus de temps pour découvrir qui était derrière le meurtre. Une télépathe cinglée, un gourou charismatique d'une secte et une ancienne pseudo-déesse, avaient fait équipe avec d'autres timbrés pour exterminer tous les lupins des États-Unis, et cela ne les gênait pas de tuer à l'occasion quelques humains afin de prendre le pouvoir.

Nous les avons arrêtés. Par « nous », je veux parler de Rule et de moi, ainsi que d'autres personnes, comme ma grand-mère. Elle est partie en Chine mener une sorte de pèlerinage – elle n'en fait qu'à sa tête – environ une semaine avant que je me retrouve en enfer. Littéralement.

En fait, j'ai tué la télépathe. Celle-ci voulait m'assassiner par tous les moyens, alors je n'ai pas vraiment eu le choix. Mais le chef de la secte s'est échappé, emportant sa crosse avec lui. Ou plutôt Sa crosse, puisqu'elle appartenait à une déesse que nous ne nommons pas. Notre mission consistait à trouver et détruire cet objet, et donc à mettre la main sur Harlowe, le chef de la secte.

Nous l'avons débusqué. Les choses ont mal tourné : Harlowe, entre autres, a été tué. Je me suis retrouvée scindée en deux, et mon autre moitié a été envoyée dans la sphère des démons. Rule y a atterri avec moi. Avec cette partie de moi, du moins.

Je serais bien incapable d'expliquer cette histoire de scission. Cullen – ensorceleur et ami de Rule – le pourrait peut-être, mais ce serait une grosse erreur de lui demander. Ce gars est beau comme un dieu, mais dès qu'il commence à parler sortilèges et théorie, il se transforme en professeur Tournesol.

Après ces événements, la situation est devenue très confuse. Aucune de mes deux moitiés ne savait que l'autre existait. Celle qui se trouvait en enfer – sur « Dis » – n'avait aucun souvenir. Certes, elle était avec Rule, mais celui-ci était piégé sous sa forme de loup. Grâce au lien d'âme sœur, ma moitié restée sur Terre savait que Rule n'était pas mort ; cependant, pour le retrouver, ç'a été une autre paire de manches. Finalement, plusieurs prêtresses des lupins – les Rhej – sont parvenues avec l'aide de Cullen à ouvrir un petit portail vers l'enfer, ce qui est un chouïa moins illégal qu'une tuerie. Cullen, Cynna et moi, ainsi qu'un détestable gnome prénommé Max, sommes partis à la recherche de Rule.

Dis est divisé en régions, chacune gouvernée par un prince. La pseudo-déesse avait infiltré l'une d'elles en envoyant son avatar (imaginez-le comme une tasse douée de sensations, dont une partie du contenu aurait été versée au dehors pour faire un peu de place à la déesse) faire affaire avec son prince. Ils se sont brouillés. Le démon a alors dévoré l'avatar et est devenu fou.

Quant à mes deux moitiés, elles se sont retrouvées au beau milieu d'une guerre en enfer.

Et elles ont été très surprises de découvrir l'existence des dragons.

Mon autre moi et Rule avions été récupérés par l'un d'eux, assez tôt après notre arrivée. À ce moment-là, cette rencontre ne ressemblait pas à un coup de chance, car nous pensions qu'ils voulaient nous tuer. Mais finalement, ce dragon savait comment nous rendre l'une à l'autre – en d'autres termes, me réunir à mon autre moi, et nous ramener tous sur Terre… y compris lui, et une vingtaine de ses copains gigantesques, magnifiques et meurtriers.

Nous ne nous en sommes pas sortis indemnes. Les autorités ont préféré prétendre qu'il était impossible d'ouvrir un portail vers l'enfer : ce côté-là ne nous a donc pas posé trop de soucis. Après tout, le portail a disparu aussitôt après notre retour. Mais Rule a bien failli mourir et moi… moi, j'ai appris des choses que je croyais impossibles. La mort n'est pas aussi définitive que je le pensais.

Et les dragons ? Ils ont disparu si complètement que certaines personnes parlent d'un coup publicitaire d'Hollywood. C'était déjà arrivé en Californie, après tout.

Voici à présent ce qui s'est passé après notre retour à la maison, un peu comme si l'on découvrait ce que sont devenus Dorothy et ses amis après leur aventure dans le pays d'Oz. Je parie que vous pensiez qu'une fois rentrée chez elle, tout avait été génial.

Mais on oublie que le Kansas n'est pas plus sûr qu'Oz. Après tout, c'est là que la tornade a frappé.

Lily Yu

PROLOGUE

2 H 52 (GMT), 20 DÉCEMBRE

JUSTE À LA sortie de Miller's Dale, dans le Derbyshire, deux naturalistes en herbe se faufilèrent hors de leur petite maison. Bien entendu, Julie et Marnie n'étaient pas censées sortir la nuit, mais elles escomptaient que leur mère n'en saurait rien. Celle-ci dormait toujours très profondément après l'une de ses « soirées entre filles ». Julie et Marnie espéraient trouver les deux *Mustela erminea* dont elles avaient repéré les empreintes la veille, afin de les prendre en photo.

En tout cas, Marnie était persuadée que les traces avaient été laissées par des hermines. Julie ne cessait de titiller sa sœur, lui faisant remarquer qu'elles pouvaient être l'œuvre de *Mustela nivalis*, connues par les non-latinistes comme la belette commune. Ces deux espèces laissaient des marques à cinq doigts et étaient principalement nocturnes, même si les belettes se déplaçaient également le jour.

Mais les deux filles avaient aussi trouvé une touffe de poils blancs non loin de là.

— Elle appartenait peut-être à une belette, répéta Julie pour la cinquième ou sixième fois. Qu'en sais-tu que c'est une hermine ?

— Je le sais, c'est tout.

En secret, Marnie devait admettre qu'elle ne pouvait en être sûre, mais ce serait si chouette de trouver la cousine de la belette, au superbe pelage blanc.

C'était possible. Les hermines n'étaient pas si rares, et Miller's Dale s'enorgueillissait non pas d'un, ni de deux, mais de trois réserves naturelles à proximité : deux appartenant au Derbyshire Naturalists' Trust, à Priestcliffe Lees et à Station Quarry, et la Réserve naturelle nationale de Monk's Dale. Située dans le Peak District, la zone était également riche en sentiers de randonnée, sans parler des touristes et autres parasites.

Aucun randonneur à cette heure-ci. La lune ressemblait à un lutin doré couvert de bosses, suspendue bas sur l'horizon, à moitié pleine exactement. La nuit était très claire et les filles suivaient sans peine la route qui longeait la rivière Wye. Leurs souffles formaient de la buée pâle dans l'air tranquille. Marnie enfonça ses mains dans ses poches ; dans l'une d'elles, elle sentit la forme compacte de son nouveau Nikon. Elle avait pris une centaine de photos pour s'entraîner à obtenir la bonne vitesse d'obturation, l'ouverture et la sensibilité pour les photos de nuit. Elle avait tout préprogrammé : si elles apercevaient une *Mustela erminea*, Marnie n'aurait qu'à viser et appuyer sur le bouton.

Certains plans ne se réalisent jamais. Les filles avaient parcouru un peu moins de la moitié de la zone où elles avaient repéré les empreintes lorsqu'elles virent une douce lueur émanant d'un petit taillis sur leur gauche.

— Encore un de ces stupides connards qui a laissé un feu de camp allumé, dit Julie.

— Possible. (La lumière ne vacillait pas comme celle d'un feu.) On dirait plutôt une torche.

— Qui ne bouge pas, c'est ça ? Viens. On ferait mieux de vérifier.

Marnie dansait d'un pied sur l'autre. Elle avait tellement envie de poursuivre ses hermines... Mais si cette lumière était bien celle d'un feu de camp abandonné, il fallait l'éteindre.

— Très bien. Mais ne fais pas de bruit, au cas où ce seraient seulement des jeunes.

Les filles étaient douées pour se déplacer en silence afin de ne pas effrayer la faune, mais l'obscurité sous les arbres rendait la tâche plus ardue. Elles arrivèrent tout de même à une petite clairière circulaire, au centre du taillis, sans faire trop de raffut. Elles s'arrêtèrent net puis se baissèrent vivement derrière un arbre.

Il y avait des *fées* dans un rond de sorcières.

C'est en tout cas ce que supposa Marnie, même si personne n'avait vu de fée depuis... en fait, jamais. Mais elles étaient petites, si petites qu'elles seraient probablement arrivées à hauteur de son genou si l'une d'elles s'était tenue debout... ce qui n'était pas le cas. En plus, elles possédaient des ailes de papillon superbes, immenses. Et elles brillaient. Comme si elles étaient constituées de diodes luminescentes, une douce lumière irradiait de leur petit corps pâle et parfait.

Que Marnie pouvait voir nettement parce qu'elles étaient nues. Et ce qu'elles faisaient... eh bien, elle avait déjà vu des animaux le faire, mais pas des êtres qui ressemblaient autant à des humains.

Marnie sortit son Nikon de sa poche et l'alluma. Elle appuya sur le bouton en priant pour que la photo réussisse. Elle appuya de nouveau. Puis encore une fois.

— Elles font l'amour ! murmura Julie, choquée.

Marnie la pinça pour la faire taire, mais c'était trop tard. L'une des fées, une femelle aux ailes jaunes tachetées de brun, arrêta de s'affairer avec un mâle aux ailes rougeâtres. Elle pivota la tête pour regarder autour d'elle. Puis elle gazouilla quelque chose.

Marnie resta bouche bée. La petite fée avait des dents. Pointues, comme celles d'un chat.

Plusieurs fées se mirent à rire. L'une d'elles pépia quelques mots, puis elles scrutèrent les alentours, comme si elles étaient effrayées. Un tout petit homme, pourvu d'ailes bleues, poussa un cri et pointa son doigt en direction de l'arbre derrière lequel se cachaient Marnie et Julie.

La plus grande fée, une rousse svelte aux ailes couleur de rouille, leva ses mains au-dessus de la tête. Elle se mit à crier d'une voix vraiment aiguë, comme si elle donnait des ordres, et étonnamment forte pour un être si petit. Ses mains minuscules formaient deux poings.

Toutes les fées disparurent, et il n'y eut plus que l'obscurité totale sous les arbres.

Les filles eurent des ennuis pour s'être faufilées dehors, mais cela avait valu le coup. Marnie vendit ses photos au journal du coin puis à une agence de presse. Finalement, elle pardonna même à sa sœur d'avoir ouvert sa grande bouche et d'avoir fait fuir les fées.

20 H 52 (HEURE LOCALE), 19 DÉCEMBRE ; 2 H 52 (GMT), 20 DÉCEMBRE

Los Lobos était perché en équilibre instable sur la côte montagneuse du Michoacán, au Mexique, où les sommets de la Sierra Madre del Sur peuplaient la côte, si près de l'eau qu'ils semblaient tomber dans l'océan Pacifique. Le minuscule *pueblo* se déployait des deux côtés de l'une des rares routes dans la montagne, une route semblable à un serpent de ciment bosselé qui répandait ses pavés sur sept kilomètres de montée pour disparaître en se tortillant dans l'obscurité bienvenue et qui devenait un chemin de terre que seuls utilisaient les ânes et les conducteurs qui se fichaient des amortisseurs de leur véhicule.

Il n'y avait ni auberge ni hôtel dans le village, mais la Señora de Pedrosa, la veuve du vieil Enrique, avait une chambre libre depuis qu'elle avait mis dehors son troisième petit-fils – qui, après tout, pouvait tout à fait rester chez son frère et sa belle-sœur quelques jours. Elle avait loué cette chambre à l'inconnu qui y dormait à cette heure-ci et rêvait de ténèbres.

Cullen se réveilla en sursaut. Pendant une seconde, il se demanda quelle heure il était et où il se trouvait, mais il y avait de la lumière. Il pouvait *voir*.

Non pas que la vue soit intéressante. Il s'était assoupi à la petite table que son hôtesse lui avait fournie, et s'était mis à ronfler, la tête dans ses bras.

Bah. Un rêve pénible… quoique pas autant que l'autre. Il avait espéré que ce dernier cesserait de resurgir de son inconscient maintenant qu'il était un Nokolaï, mais il n'avait pas cette chance.

Cullen se redressa, se frotta le visage et s'étira pour dénouer les tensions au niveau de sa colonne vertébrale. Il payait le prix de ses dernières nuits, songea-t-il, ainsi que de ses vagabondages dans la jungle. Quelle heure était-il, d'ailleurs ?

Il attrapa le téléphone qui lui servait davantage de montre que d'appareil de communication, si loin de toute antenne relais. L'affichage brillant l'informa que c'était une heure ridicule pour rester au lit. Enfin, il était réveillé, maintenant.

Qu'est-ce qui l'avait tiré du sommeil ?

Il haussa les sourcils. Son rêve ? Pourtant, ça ne l'avait jamais réveillé auparavant. Il écouta, huma, mais n'entendit ni ne renifla rien d'inhabituel.

Puis la sensation revint. Aussi doux que le frôlement d'une plume, quelque chose chatouilla ses défenses.

Instinctivement, il les resserra. Mais que diable ?…

Puis il sourit. Bien sûr. Quelqu'un l'avait remarqué, et essayait de le détourner. Qui d'autre que celui qu'il avait en tête ?

Il porta la main à sa poitrine, où pendait le plus long de ses deux colliers. Il ouvrit la pochette – en cuir, couverte de soie – et en retira son contenu. Pendant un moment, il prit simplement plaisir à le retourner entre ses doigts.

L'objet était dur et lisse comme du verre, et avait la forme d'un grand pétale de fleur. Les bords étaient suffisamment tranchants pour qu'il doive faire attention en le manipulant. À la lumière du jour, Cullen savait que l'objet serait gris sombre, avec un éclat opalescent, comme couvert d'eau huileuse. Pour l'instant, le lupin le discernait à peine.

Mais Cullen ne s'en remettait pas qu'à ses yeux pour voir. Et son récent aveuglement, désormais guéri, avait eu pour résultat d'aiguiser encore davantage son autre vision. Avec elle, il voyait les couleurs : des couleurs vivantes, scintillantes. Bleu pour l'eau, argent pour l'air, brun pour la terre, des lueurs rouges, du jaune, du vert : toutes les couleurs de la magie dansaient dans cette autre vision. Mais sous ces couleurs… ah, sous toutes les couleurs de l'objet, c'était la violine la plus sombre qui apparaissait, un violet si foncé qu'il était presque noir.

Le violet, la couleur de ceux de la Souche. L'objet qu'il avait dans sa main provenait de la magie la plus ancienne, composée d'une magie plus pure que toute autre. Il y avait des chances, songea Cullen en passant son pouce le long de sa surface lisse, pour que personne sur Terre n'ait tenu un semblable objet depuis quatre ou cinq siècles.

Une écaille de dragon, perdue si récemment que les pouvoirs de son ancien propriétaire l'occupaient toujours.

Un dragon qui était peut-être à la recherche de Cullen, tout comme Cullen le traquait – bien que pour des raisons différentes. Il sourit dans l'obscurité, sa main refermée sur les bords tranchants de son trophée.

10 H 52 (HEURE LOCALE), 20 DÉCEMBRE ; 2 H 52 (GMT), 20 DÉCEMBRE

À QUATRE-VINGTS KILOMÈTRES de Chengdu, dans la province du Sichuan, en Chine, une vieille femme escaladait une montagne – une montagne assez basse, en fait, même si la piste était raide. Peu de gens l'empruntaient en hiver, mais aujourd'hui, ni le sol ni le ciel n'étaient en proie à la neige. Le soleil formait un galet brillant au-dessus de sa tête.

La vieille femme n'était pas seule. Cinq autres personnes restaient en arrière, peut-être parce qu'elles n'étaient pas aussi enthousiastes qu'elle à l'idée d'atteindre le temple taoïste au bout de la piste. Le froid agaçait Madame Li Lei Yu, car il amenait avec lui des sentiments de vieillesse et de mortalité. Cependant, son pèlerinage en lui-même lui rappelait ces états – aussi bien celui-ci, sur cette montagne désolée, que le plus grand qui l'avait ramenée dans sa patrie.

Après son arrivée à Chengdu, elle avait appris que l'homme qu'elle était venue voir, un moine, était décédé l'année passée. Elle était ennuyée pour An Du. N'aurait-il pas pu attendre un petit peu plus longtemps ? Elle ferait le voyage jusqu'à sa tombe, mais son ascension avait un fort parfum de « dernière fois ».

Elle se trouvait à six mètres du sommet et hors de vue des autres lorsqu'elle fut frappée. Pas de vertiges, même si elle perdit le sens du haut et du bas. Pas de cécité ou de surdité, bien que sa vision devint terne et son audition s'atténua. Quelque chose de fort et d'étranger souffla deux fois à travers elle, fit taire ses sens comme des flammes de bougies et l'envoya glisser à travers la réalité comme si celle-ci était faite de glace.

Li Lei se retrouva allongée sur le dos, le soleil brillant encore au-dessus d'elle, les autres grimpeurs restés de l'autre côté du virage, avec un nom sur ses lèvres, qu'elle n'avait pas prononcé à voix haute depuis quatre cents ans.

Cette fois-ci, Li Lei ne prononça pas le nom. Mais il chanta en elle, ouvrant des perspectives de terreur et de joie, de souvenirs et de changement. Elle prit plusieurs inspirations sans bouger, le temps que son cœur reprenne son battement régulier. Et que ses pensées se fixent, elles aussi, sur la réalité refaçonnée.

— Alors, murmura-t-elle dans la langue de sa naissance, il est revenu.

Et depuis combien de temps au juste était-il revenu avant que le vent ne souffle et ne murmure son nom ? Elle se renfrogna.

En entendant des voix beaucoup trop proches, elle se redressa en hâte, grimaçant de douleur – puisque personne ne pouvait la voir – à cause de sa hanche. À une époque, une petite chute de ce genre… Enfin, peu importe. Elle était âgée, et le Créateur avait, pour une raison totalement obscure, choisi d'inclure la décrépitude au programme. Se répandre en injures contre ce fait n'apporterait rien.

Toujours est-il qu'elle marmonna entre ses dents, se fichant qu'on l'entende, et reprit sa marche le long du sentier de randonnée.

Les autres passèrent le virage, derrière leur guide. C'était un homme agile, de petite taille, âgé d'environ quarante ans, qui n'avait pas apprécié de la voir partir seule en avant. En fait, il avait songé qu'il aurait pu l'en empêcher. Le couple marié juste derrière lui venait de Pékin, les deux jeunes hommes de quelque part dans le Guizhou.

Li Lei Yu ne savait pas pourquoi les autres avaient décidé d'escalader une montagne aujourd'hui, et elle s'en fichait. Une seule personne de l'équipe l'intéressait : la femme d'âge moyen à l'arrière. Elle ignora les questions du guide et les protestations lorsqu'elle s'avança jusqu'à son accompagnatrice.

Le visage adorable de Li Qin était toujours aussi placide, sa voix aussi surprenante par sa beauté qu'elle l'était le jour de leur première rencontre.

— Êtes-vous montée jusqu'en haut puis redescendue nous montrer le chemin, madame ?

Tel était le sens de l'humour de Li Qin. Évidemment, il n'y avait qu'une seule voie jusqu'au sommet.

— J'ai perdu mon goût pour les conversations sérieuses. Elles sont trop tendancieuses. Partons maintenant.

Avec obéissance, Li Qin fit demi-tour et reprit la piste vers le bas.

— Nous retournons à l'hôtel ?

— Non. Nous rentrons à la maison.

— Ah.

Li Qin resta silencieuse.

— Tu recommences, murmura Li Lei. C'est tout à fait déplaisant.

— Je n'ai rien dit.

— Tu penses très fort. (Elles descendirent en silence plusieurs minutes avant que Li Lei reprenne la parole, à contrecœur.) Je dois l'admettre. Tu avais raison. La Chine n'est plus notre chez nous.

Li Qin répondit doucement :

— Ce n'est pas ce que j'ai dit.

Pas exactement, non. Elle avait dit que Li Lei ne trouverait pas ce qu'elle cherchait en Chine. Mais cela revenait au même, car sa patrie, c'était tout ce que Li Lei désirait. Un chez-soi, et des retrouvailles qui n'auraient jamais lieu, car tant de personnes n'étaient plus là.

Mais pas toutes. Pas toutes. Elle s'arrêta et tourna la tête pour rencontrer les yeux de sa vieille amie.

— J'ai trouvé quelque chose que je ne cherchais pas. Ou c'est elle qui m'a trouvée. (Elle prit une profonde inspiration, puis expira.) Le Tournant. Le Tournant est arrivé, Li Qin.

Cette dernière retint son souffle, si doucement que même les oreilles de Li Lei ne l'entendirent que très faiblement. Elle écarquilla des yeux… plus placides du tout.

I

21 H 52 (HEURE LOCALE), 19 DÉCEMBRE ; 2 H 52 (GMT), 20 DÉCEMBRE

Le concert du National Symphony Orchestra, qui jouait le *Messie* de Händel, avait commencé à 20 h 30, si bien que la chorale terminait l'*Alléluia* lorsque le premier ténor s'était transformé en loup.

Jusque-là, Lily Yu avait passé une soirée agréable. Elle ne s'y attendait pas, pas après les infos qu'elle avait reçues sur l'enquête. Et avant cela, il y avait eu le problème des fringues. Lily adorait les fringues. Elle en avait pris énormément – pour la plupart, des vestes qu'elle portait pour le travail et d'autres vêtements du même genre, mais elle avait aussi apporté ses quelques tenues élégantes à Washington D.C. Sa mission exigeait qu'elle soit bien habillée. Elle avait donc emporté sa robe en soie noire préférée. D'accord, elle l'avait déjà portée quatre fois, et alors ? Avec le noir, on ne pouvait pas se planter, surtout une robe qui tombait pile poil comme si elle avait été faite pour elle.

D'ailleurs, c'était le cas. Sa cousine Lynn essayait de lancer son entreprise de couture.

Ce qui lui manquait, c'était un manteau. Un manteau chic, pour être exact. Le lendemain du jour où les roues de son avion avaient touché le tarmac du Reagan International Airport, Lily s'était acheté une veste imperméable, mais celle-ci n'allait vraiment pas avec de la soie noire.

Lily était à Washington temporairement, pour suivre une version spéciale de l'entraînement habituel du FBI à Quantico non loin de là, pendant la journée, et pour faire la fête le soir. La fête, c'était pour le travail, pas pour le plaisir. Elle était agent du FBI désormais, et un membre de la très secrète Unité Douze au sein de la Section des Crimes Magiques, détachée auprès des Services secrets. L'affaire qui lui avait été confiée dépassait de loin le champ habituel de l'agence: un membre du Congrès s'était vu offrir un marché par un démon.

Il l'avait signalé. Les Services secrets étaient pratiquement sûrs que d'autres personnes aux mêmes postes s'étaient gardées de le faire.

À l'évidence, ils avaient besoin de savoir si des membres du Congrès ou des bureaucrates haut placés avaient signé des pactes avec leur sang, mais Lily avait détesté participer à cette investigation, surtout parce qu'il ne lui avait pas été possible de vraiment enquêter. On ne lui avait pas non plus dit grand-chose. Les Services secrets prenaient la deuxième partie de leur intitulé beaucoup trop au sérieux, et la majorité d'entre eux n'aimaient pas ou ne faisaient pas confiance à l'Unité.

Bon nombre de gens réagissaient ainsi face à la magie, bien entendu. C'était notamment pour cela que Lily avait gardé son Don pour elle pendant si longtemps.

Elle était une sensitive tactile, l'un des Dons les plus rares. La magie ne l'affectait pas, pourtant elle pouvait la sentir sur sa peau, identifier son type et parfois même sa source. Pendant des années, les sensitifs avaient été utilisés pour repérer les Gratifiés et les personnes de la Souche qui se faisaient passer pour des humains normaux. L'époque des persécutions était soi-disant terminée, mais les préjugés n'avaient pas disparu avec la levée des sanctions officielles.

Lily ne dénonçait personne. Point final. La mission qu'elle exécutait pour les Services secrets s'en approchait, mais il y avait une différence entre pactiser avec un démon et pratiquer la sorcellerie, ou se transformer en animal à fourrure environ une fois par mois. Lily le comprenait. D'ailleurs, les autorités n'avaient pas voulu que le moindre élément de l'enquête ne parvienne aux oreilles de la presse, et la jeune femme avait une couverture formidable pour ses soirées. Rule était souvent de passage à Washington, où il venait pour faire pression pour les siens. Sa cause actuelle – ou plutôt, celle de son père – était la loi sur la citoyenneté des espèces, toujours embourbée en commission, mais pas morte.

Alors, Lily avait serré des mains, souri, et trouvé un assistant, un élu, ainsi qu'un bureaucrate haut placé dont la peau portait une trace d'orange. Ils avaient été interrogés, et bien qu'elle n'ait pas pris part aux entretiens, les Services secrets allaient visiblement trouver qui avait fait venir le démon pour passer ces pactes.

Cet après-midi, on l'avait informée que l'enquête était close. Le prévenu avait confessé son acte en se donnant la mort. Il avait même eu la présence d'esprit de laisser un message, et il semblait bien que Lily pourrait prendre l'avion à temps pour être chez elle pour Noël.

Elle aurait dû s'en réjouir. Quel dommage qu'elle ait si rarement les réactions qu'elle devrait avoir.

Chez elle, c'était San Diego, où le temps était correct. L'eau ne gelait jamais dans cette ville, à moins de la mettre au congélateur. Elle ne tombait pas souvent du ciel non plus, et certainement pas sous forme de grêlons, comme cela avait été le cas l'avant-dernière nuit à Washington.

Elle avait eu du mal à y croire. Elle avait toujours cru que le temps était clément en Virginie.

Hier, en rentrant de Quantico, elle avait trouvé un manteau étalé en travers de son lit ; un long manteau noir dans un mélange somptueux de laine, de soie et de cachemire. Excessivement chaud et luxueux, avec un nœud rouge de pacotille jeté de guingois sur le col… et un gros chat orange affalé dessus. L'Inspecteur Harry.

Au grand mécontentement de ce dernier, elle avait aussitôt ôté le chat de là.

Harry était l'une des extravagances de Rule. Comme ils ignoraient le temps qu'ils passeraient à Washington, Rule avait insisté pour payer un billet d'avion pour le chat. Le plus drôle était que lui et le chat ne s'appréciaient guère, mais Rule considérait Harry comme un être dont Lily avait la charge. Harry avait donc volé en première classe avec eux, bien qu'il ait peu apprécié cet honneur. Il était dans sa caisse, bien sûr, et sous sédatifs, cette dernière mesure ayant été prise autant pour son bien que pour celui de Lily et Rule.

— Je n'ai pas eu le temps de faire un paquet cadeau, avait dit Rule en arrivant dans la pièce derrière elle.

— Je croyais qu'on s'était mis d'accord pour échanger nos cadeaux à Noël, pas avant.

Lily avait essayé de prendre un air sévère, mais sa manière de caresser le manteau en disait sans doute trop long.

Rule avait souri.

— Je ne pouvais plus attendre. Pardon. Ce n'est pas tant que ça me fait quelque chose de te voir trembler de froid et te plaindre de la météo. Je m'y suis habitué, et tes lèvres sont vraiment sexy quand elles virent au bleu. Mais je sais à quel point tu détestes le gâchis, et puisqu'on sera apparemment rentrés en Californie pour le grand jour, après tout…

Elle avait levé les yeux au ciel et l'avait fait taire par un baiser. Puis elle lui avait donné les billets pour la soirée qu'elle avait prévue, son cadeau de Noël avant l'heure. Celui-ci annihilait tout risque qu'elle se plaigne qu'il lui ait coupé l'herbe sous le pied avec son propre cadeau.

Elle n'avait eu aucune intention de lui faire des reproches. C'était un manteau sublime.

Celui-ci couvrait ses épaules dix minutes avant vingt-deux heures, tandis que le chœur terminait les accords les plus poignants de l'*Alléluia*. Elle jeta un coup d'œil à l'homme à côté d'elle.

Il était très agréable à regarder. Lily s'y habituait. Elle s'était fait une raison, mais Rule Turner en smoking faisait tourner les têtes. Il n'y avait pas que cela de séduisant, songea-t-elle. Ses traits étaient frappants mais imparfaits : ses lèvres un peu fines, son nez un peu tordu, et il souriait du coin des lèvres. Ses pommettes étaient saillantes, ses sourcils aussi noirs que ses cheveux.

Il était assis, parfaitement immobile, la tête légèrement relevée, tout son être concentré sur la musique.

Ah, bien. Bien.

La magie qui permettait aux lupins de guérir si vite était particulièrement puissante chez Rule. Il s'était rapidement remis de l'opération qu'il avait subie après qu'un démon lui avait lacéré la chair, mais quelque chose en lui n'avait pas guéri. Ses silences étaient trop fréquents, ses sourires trop lents à se manifester.

Était-il en deuil ? L'autre Lily lui manquait-elle ? Celle qui était là, et, en même temps, partie ?

Les voix des choristes vibraient à travers Lily, les paroles qui prétendaient que la mort n'existait pas. Qu'elle n'était, comme le disaient les Bouddhistes, qu'une illusion. Lily aurait aimé pouvoir se détendre et se laisser entraîner par la musique, mais ce n'était pas un genre qu'elle appréciait.

À l'inverse de Rule.

Il lui avait dit que son peuple était mélomane, ce qui revenait à dire que les Texans aiment le football, ou les chats, le thon. Elle avait appris que la plupart des lupins jouaient au moins d'un instrument, et que tous chantaient. Chanter juste était plus la norme qu'une exception chez eux.

C'est pourquoi elle était ici, pourquoi elle avait acheté les billets. Elle n'avait jamais vu Rule aussi absorbé, hors de la chambre à coucher…

…pas depuis que nous nous sommes assis sur la plage rocailleuse, pour écouter les dragons chanter.

Elle cligna des yeux. L'allégresse, le chagrin, la pointe d'envie… Tous mêlés en elle tandis que la volute du souvenir s'estompait. Elle ne pourrait jamais s'accrocher à eux, à ces murmures de son autre elle. Comme les aigrettes d'un pissenlit, ils dérivaient par moments dans son esprit, et lui rappelaient douloureusement celle qui n'était pas tout à fait morte.

Elle entendait presque le chant des dragons au crépuscule. Presque.

Elle eut un choc.

La magie tremblait et étincelait à travers le moindre centimètre carré de peau exposée – une vague de magie brute, comme si une porte s'était ouverte pour laisser souffler un vent invisible à l'intérieur. Son cœur se mit à battre la chamade et elle retint son souffle ; la magie descendit dans sa gorge en fourmillant, avec l'air que Lily aspirait… Une sensation totalement nouvelle.

Puis la magie disparut, tel un tourbillon de poussière qui avait soufflé sur le passé. Lily se tourna pour le dire à Rule.

Ses yeux étaient noirs. Totalement noirs, pas seulement foncés : tout le blanc avait disparu. Avalé par la bête. Il serrait les dents et se cramponnait aux accoudoirs de son siège, si fermement qu'il était étonnant qu'il ne les ait pas déjà cassés en deux.

— Tu vas bien ? lui murmura-t-elle d'un ton insistant.

Il la regarda de ses yeux noirs, aveugles.

— Laisse-moi une minute, parvint-il à dire entre ses dents.

Quelqu'un poussa un cri. Pendant une seconde, elle crut que c'était à cause de Rule, mais un deuxième vint succéder au premier, depuis la scène.

Elle leva les yeux et eut le temps de voir les dernières secondes de la transformation.

Sans doute personne d'autre dans le public ne savait ce que signifiait ce spectacle. C'était impossible à décrire : une fente mouvante dans la réalité, où les formes semblaient se glisser ailleurs et revenir comme un ruban de Möbius qui aurait pris du speed.

Mais Lily avait déjà vu ce phénomène. Elle savait ce qui se passait. Ils auraient bientôt un loup-garou sur scène. Et si elle avait vu juste, un loup désorienté et apeuré. Ce qui ne ferait pas très bon ménage avec un tas d'humains tout aussi désorientés et apeurés.

Un lupin, se rappela-t-elle en se levant et en passant devant les gens assis dans sa rangée. Pas un loup-garou. De nos jours, on devait les appeler des lupins.

— Police, dit-elle d'un ton brusque à un homme costaud qui s'était levé pour essayer de voir ce qui se passait. Asseyez-vous.

Il s'exécuta et Lily sortit dans l'allée. Sur scène, ça chahutait : les chanteurs qui se bousculaient pour essayer de s'enfuir, les musiciens qui désertaient. Le chef d'orchestre n'avait pas bougé. Il leur criait des choses, mais pas en anglais.

Elle jeta rapidement un regard vers Rule, derrière elle. Il n'avait pas bougé. La transformation était trop violente, se dit-elle : s'il laissait sa concentration lui échapper, il perdrait la bataille. Alors, il n'y aurait pas un, mais deux loups pour effrayer l'assistance.

Elle n'avait pas son arme. Un étui de revolver à l'épaule, ce n'était pas franchement l'accessoire de mode idéal pour une soirée au Kennedy Center ; elle l'avait laissé dans la voiture, bon sang.

Ce n'était probablement pas un problème qu'un flingue pourrait résoudre, de toute façon.

Elle remonta l'allée en courant jusqu'à la scène. À présent, le reste du public s'était levé. Il ne faudrait pas longtemps avant que la confusion se transforme en panique et que les gens se précipitent tous vers les sorties.

— Police ! cria-t-elle cette fois. Que tout le monde s'asseye. Restez calmes. Vous n'êtes pas en danger.

Au moins, il n'y avait pas de fosse d'orchestre. Lily se hissa sur scène – une méthode pas très gracieuse en jupe courte, mais elle n'avait pas le choix. Le chœur avait été disposé sur les gradins derrière l'orchestre. La plupart de ces dernières étaient désormais vides, bien que quelques personnes soient encore en train d'en descendre péniblement. Une femme, affalée sur le sol au bout du plus haut gradin, poussait des gémissements.

Mais l'espace de la scène autour du loup s'était vidé. Il se tenait en bas des gradins. Une grosse bête, toutefois plus petite que Rule sous sa forme de loup. Une fourrure rougeâtre. L'animal se hérissa. Montra les crocs.

Le chef d'orchestre lui hurla quelque chose.

— Idiot, murmura-t-elle entre ses dents, en arrivant lourdement pour le saisir par l'épaule. Fermez-la.

Il se tourna, sourcils froncés, la bouche formant un O de surprise.

— Vous hurlez à un loup. Il n'aime pas ça.

Même s'il y avait un homme derrière ce pelage et ces grondements, le loup semblait avoir pris les commandes.

— Mais il a gâché la représentation ! Il a tout gâché !

— Ce n'est pas de sa faute. Il s'appelle comment ?

— Comment ? Son nom ? Pourquoi ?

— Dites-moi simplement son nom.

— Paul. Paul Chernowich.

— Très bien. Vous avez des gens qui paniquent, et une blessée. (Elle fit un geste vers la femme étendue par terre.) Trouvez-lui de l'aide médicale. Vous. (Elle se tourna vers une femme seule, debout, bouche bée, le regard fixé sur le loup, apparemment trop stupéfaite pour fuir. Elle était jeune, les cheveux noirs, au moins à moitié asiatique. Son violon pendait dans une de ses mains, l'archet dans l'autre.) Jouez quelque chose.

La femme se tourna vers elle.

— Que… quoi ?

— Jouez quelque chose. N'importe quoi. Ça aidera les gens à se calmer. (Y compris le loup, espérait-elle.)

Les lupins ne s'en prennent pas aux femmes, ajouta-t-elle. Vous ne courez aucun risque.

La violoniste jeta un coup d'œil au loup, puis à la foule, avant de poser à nouveau son regard sur Lily, la compréhension apparaissant alors dans ses yeux. Les coins de sa bouche tressaillirent.

— Un solo, murmura-t-elle. Pourquoi pas ?

Elle s'approcha de l'avant de la scène, puis coinça son violon sous son menton, plaça son archet en équilibre, et se mit à jouer.

Les accords mélodieux d'une sonate pour violon de Bach résonnèrent dans la salle.

Lily fit face au loup. Il regardait autour de lui, le poil toujours hérissé, mais avait cessé de grogner. Bien. Elle se demanda pourquoi il n'avait pas fui, tout simplement. N'aurait-ce pas été une réaction naturelle ?

— Paul, dit-elle d'une voix ferme mais pas très forte. (Elle savait qu'il l'entendrait.) Vous êtes bouleversé. Vous ne comprenez pas ce qui s'est passé, n'est-ce pas ?

Il lui jeta un coup d'œil puis détourna le regard pour balayer le reste de la salle.

Que cherchait-il ? Celui ou celle qui lui avait fait ça, peut-être.

— Je ne sais pas ce qui vous a forcé à vous transformer, mais il n'y a pas de danger immédiat. (Elle avança d'un pas vers lui. Où était Rule ? Se débattait-il encore contre la transformation ?) On ne s'est jamais rencontrés, mais je parie que vous avez entendu parler de moi. Je suis Lily Yu, l'Élue de Rule. Rule Turner, des Nokolaï.

Il la regarda droit dans les yeux et grogna.

— D'accord, vous n'êtes peut-être pas un Nokolaï. Mais vous ne feriez pas de mal à une Élue, dit-elle fermement, même si la vue de toutes ces dents, sans parler de sa tête baissée et de ses poils hérissés, avait accéléré les battements de son cœur.

Elle souleva le petit talisman qui pendait à son cou.

— Vous savez ce que c'est. Votre Déesse…

Un coup de feu retentit. Elle fit volte-face, posant machinalement sa main à l'endroit où son revolver ne se trouvait pas.

Un policier en uniforme se tenait dans l'allée, jambes écartées, et tenait le loup en joue.

Celui-ci passa en courant devant Lily, si vite qu'elle le vit à peine, tout droit vers l'imbécile au revolver.

Rule se jeta sur lui.

Lily ignorait par où il était arrivé. Il semblait tomber du ciel. Et il était sur ses deux jambes, bon sang, pas sous une forme qui lui permettrait de s'attaquer à un loup de plus de cent kilos ! Le couple homme-loup se mit à rouler pour se retrouver tout au bout de la scène, Rule sous l'autre. Le loup ouvrit les mâchoires en les avançant vers la gorge de Rule…

Que Rule lui offrit volontiers en penchant la tête en arrière. Quelqu'un poussa un cri.

C'était peut-être elle, cette fois.

Le loup se figea. Ses dents touchaient la gorge de Rule, mais il ne bougeait pas. Après une terrible pause, il éloigna sa gueule. Il renifla le menton de Rule, puis descendit sa truffe vers sa poitrine, et enfin observa son visage. Elle aurait pu jurer qu'il semblait suspicieux.

— *Ni culpa, ne defensia,* dit Rule.

Lentement, le loup recula. Rule put se remettre debout.

Lily retint son souffle. La violoniste passait d'une sonate à une autre, ralentissant entre les *allegros* et les *adagios,* sa musique se répandant sur scène et dans le public comme l'écume d'une vague qui se retire.

C'est là que le connard en uniforme et au revolver visa de nouveau.

II

21 H 52 (HEURE LOCALE), 19 DÉCEMBRE ; 2 H 52 (GMT), 20 DÉCEMBRE

Cynna Weaver se tenait à un coin de rue de Washington, D.C., qui n'aurait jamais été présenté dans des circuits touristiques ou des séances photos d'hommes politiques. La température était censée être au-dessus de zéro, mais ses doigts la suspectaient d'avoir chuté en dessous. Cynna fourra ses mains dans les poches de son bomber. Elle avait pensé à prendre cette veste, la clé de sa chambre, son téléphone, son portefeuille et son arme. Mais ni bonnet ni gant. Pas malin.

Elle ne savait pas où elle était. Un peu plus qu'embarrassant, compte tenu de la nature de son Don. Quelque part dans le sud-est de Washington – elle était passée par la ligne verte du métro à un moment donné – mais elle était incapable de se rappeler où elle était descendue. Ni pourquoi.

Sans doute à Anacostia, songea Cynna en regardant autour d'elle. Ce qui montrait simplement le peu de confiance qu'elle avait en son subconscient, mais son esprit conscient ne lui disait pas grand-chose d'autre que de se barrer d'ici, vite fait bien fait.

Elle choisit une direction au hasard et se mit en marche.

Son logement actuel n'était pas très différent d'une centaine d'autres chambres d'hôtel dans lesquelles elle avait dormi depuis qu'elle avait intégré les forces de l'ordre sept ans plus tôt. La chambre avait un lit correct, la télé avec le câble, de l'eau chaude à profusion, et pas une once de personnalité. Cynna n'avait pas mangé la moitié de son hamburger commandé en room service qu'elle avait cédé à son envie de s'évader de cet endroit.

Pourtant, elle ne savait pas ce qu'elle avait fui exactement. La chambre impersonnelle ? Les rêves trop personnels qui lui empoisonnaient la vie ? Ou ceux qu'elle avait laissé s'effilocher et disparaître… *Quelle saleté,* songea-t-elle en fronçant les sourcils. Ces rêves défunts depuis longtemps demeuraient encore là, tels des fantômes.

Quelle que soit la raison cette fois-ci, ce sentiment lui était familier. Elle n'avait jamais réussi à le définir précisément. Tout ce qu'elle savait, c'était que lorsqu'il s'emparait d'elle, elle devait agir. Faire n'importe quoi. À l'époque où elle était jeune et idiote, agir se résumait généralement à faire la fête. Aujourd'hui, elle essayait d'évacuer physiquement ce sentiment.

Cette nuit, elle avait pris le premier métro, puis avait continué à pied. Malheureusement, elle avait été trop occupée à chasser ses pensées qui tournaient en boucle dans sa tête comme des hamsters dans des roues pour prêter attention à quoi que ce soit. Et lorsqu'elle s'était enfin réveillée de cette sorte de transe causée par ses stupides réflexions… Enfin, ce n'était pas la pire des rues dans lesquelles elle s'était retrouvée, mais celle-ci était en bonne place dans le palmarès. Et Dieu savait si elle était passée dans des rues franchement glauques.

Elle croisa un *lowrider*, vitres baissées, stéréo à fond, les basses qui vibraient jusque dans les plantes de ses pieds, à travers ses Reebok. L'un des hommes assis à l'arrière de la voiture pencha la tête par la fenêtre pour lui faire une offre facile à refuser. Ce qu'elle fit, en employant un langage des signes aisément compréhensible dans tout lycée américain.

Pas franchement professionnel, mais elle n'était pas ici pour raisons professionnelles. Elle était ici parce que… Non, pas une seule bonne raison ne lui vint.

Plus haut, une enseigne au néon indiquant simplement « Bar » scintillait au-dessus d'une porte éraflée. Lorsque celle-ci s'ouvrit, elle libéra au-dehors un fond de rap, une odeur de marijuana et deux gars dans des pantalons de toile épaisse. L'un d'eux tituba en riant bêtement. L'autre regarda droit dans la direction de Cynna.

Oh oh.

— Hé, oh, fit-il d'une voix douce. Qu'est-ce que tu fiches dans l'coin ? C'est pas ton quartier.

Ce n'était pas une question très amicale. Pas avec des yeux aussi vides.

La classe moyenne avait de nombreux préjugés sur ce genre de quartier. Ils croyaient que tous les habitants étaient drogués, que les seules activités ici étaient revendeur, souteneur ou prostitué, et que s'ils se risquaient à mettre un pied dans le coin, ils seraient dépouillés, violés, si ce n'est pire.

Comme la plupart des préjugés, ceux-ci étaient faux. Les habitants de ce quartier ne se faisaient pas agresser chaque fois qu'ils sortaient de chez eux, et beaucoup d'entre eux détestaient le crime et la violence encore plus que les mères au foyer qui passaient leurs journées à regarder les infos sur CNN. Mais une femme seule, après la tombée de la nuit, qui n'était pas du coin…

Cynna s'arrêta et roula des épaules pour se décrisper. Elle fit glisser un peu de puissance dans l'un des tatouages qu'elle portait à l'avant-bras, mais garda la fermeture éclair de sa veste fermée pour ne pas être tentée de l'utiliser contre ces idiots. Ruben l'emmerderait si elle tuait quelqu'un.

— Barrez-vous, les petites frappes.

Va te faire voir, gros con, pensa-t-elle.

— Écoute-moi ça ! (Celui qui gloussait se redressa, toujours souriant.) La poulette blanche essaie d'parler comme nous. Tu crois qu'ça lui plaît d'sortir avec des blacks ?

— C'est peut-être une Blanche, ou une chinetoque qui veut se faire passer pour une Blanche. (Le gars au regard vide la passa lentement en revue, de haut en bas.) Difficile à dire, avec tous ces gribouillages sur le visage.

— J'aime pas les hommes. (Elle envoya un peu plus de puissance dans le sort de son bras droit.) Vos mamans savent que vous êtes dans la rue à cette heure-ci, les enfants ?

L'un des deux hommes fit un pas en avant.

— P't-être que je vais trouver c'que t'es.

Il cherchait la bagarre, hein ? Cynna sentit son sang bouillonner. Elle déporta son poids sur la plante de ses pieds et déploya ses défenses.

Mais elle tituba lorsqu'une soudaine vague de magie la frappa. *Mais qu'est-ce que… ?*

La porte du bar se rouvrit. Un autre jeune Noir sortit. Il était aussi maigre qu'un serpent et plus grand que les deux autres.

— Tu bloques le passage, mec, dit-il en poussant le Rigolard. Dégage.

Le Rigolard fit poliment un pas de côté.

— Jo-jo veut jeter un œil à la Blanche, voir si sa chatte est aussi pâle que ses cheveux. Pas possible de voir sa peau avec tous ces dessins magiques sur son visage.

Le nouveau venu lui jeta un coup d'œil. Puis il donna une claque à l'arrière de la tête de son ami.

— Crétin !

Jo-jo se retourna, prêt à exploser.

— Qu'est-ce que tu fous ?

— C'est un Griseur.

Le Rigolard grommela :

— Les Griseurs, on sait ce que c'est. Ils en font des tonnes, mais c'est que du flan.

— Certains avaient du pouvoir. (Le grand la regarda. Il semblait loin d'être bête, et son cerveau s'activait.) Elle en a.

Jo-jo se renfrogna.

— Tu lis dans ses feuilles de thé, frangin ?

— Connard. Mate-la. T'es prêt à la sauter, c'est ça ? Eh ben, elle attend qu'ça, elle a pas peur de toi. Elle veut que tu te lances. (Pour la première fois, il s'adressa directement à Cynna.) Jo-jo est complètement bourré, et Patch pense pas ce qu'il dit. Il est juste débile. Vous avez rien ?

Elle le regarda dans les yeux un moment, avant de hocher doucement la tête.

— Il n'y a pas de mal.

Les trois hommes s'écartèrent pour la laisser passer ; le grand type et Jo-jo se tinrent immobiles, tandis que le Rigolard agita le bras. Elle passa devant eux sans les regarder – si elle gardait son assurance, elle aurait remporté la première manche – mais elle resta sur ses gardes au cas où Jo-jo, tout bourré qu'il était, changerait d'avis.

Rien ne se passa.

Tant mieux, songea-t-elle. En principe, son sort « Bas les pattes » envoyait une méchante décharge à celui ou celle qui la touchait. Mais elle y avait mis beaucoup d'énergie. Si elle l'avait utilisé, elle aurait pu blesser gravement l'un de ces crétins.

En parlant d'énergie… Elle longea un autre pâté de maisons et s'arrêta. Elle murmura quelques mots, se concentra et fit ramper son surplus de puissance le long de sa peau, jusqu'à un motif qui faisait office de cellule de stockage. Impossible de tout y garder, ceci dit. Il y en avait trop.

Elle appuya sa paume contre le vieux mur en brique du bâtiment le plus proche et se vida petit à petit du trop-plein. Elle pensa à Cullen. N'aurait-il pas adoré être à proximité pour absorber toute cette magie libre ?

Ce type était si agaçant. L'excitation sexuelle qui la titillait lorsqu'elle pensait à lui l'était tout autant. Cela satisferait son ego démesuré, non ? S'il l'apprenait, ce qui, bien sûr, ne pouvait pas arriver. Même s'il était assez vaniteux pour croire qu'elle fantasmait sur lui, il devait être à mille lieues de s'imaginer ces sentiments, étant donné qu'il ne pensait certainement jamais à elle. Mais si elle se trompait…

Mets-la en veilleuse, ordonna-t-elle à son cerveau. Une question importait bien davantage : d'où était venue cette vague de puissance. La magie ne se contentait pas de flotter librement dans l'air, à attendre qu'une personne gratifiée d'un Don quelconque vienne l'aspirer.

Même si le Don de Cynna n'était pas quelconque. Elle essayait de rester humble, mais elle était la détectrice la plus forte qu'on connaisse dans tous les États-Unis. Elle était également douée en sorcellerie. En théorie, n'importe quel Gratifié pouvait utiliser des sorts, mais la plupart ne le faisaient pas. Certains n'arrivaient pas à trouver un bon professeur. D'autres n'y voyaient aucun intérêt, n'étaient pas assez patients ou ne pigeaient jamais le truc, de même que certaines personnes, quoi qu'elles fassent, restent nulles en maths.

Comme elle. Cynna était un cas désespéré dans cette discipline. Mais pour ce qui était de la sorcellerie, elle avait l'intelligence, le désir et la patience nécessaires.

L'air s'était soudain rempli d'une moiteur particulièrement froide. Il n'y avait pas assez de pluie pour parler de crachin, seulement une humidité qui formait comme un halo duveteux autour des lampadaires et engourdissait ses joues.

Le temps idéal pour rester chez soi. C'est là que se trouvaient les honnêtes citoyens, à l'évidence – dans le confort douillet de leurs foyers, peut-être devant un feu de cheminée, un verre de vin à la main.

Eh bien, elle ne pourrait avoir de feu, mais du vin semblait une excellente idée. Ou une boisson pétillante, peut-être. Plus que deux pâtés de maisons, et elle arriverait à une intersection très fréquentée. Elle prendrait un taxi pour rentrer à l'hôtel et commanderait à manger auprès du service de chambre. Même après des années de vie dans le confort, elle adorait le service de chambre. Elle trouverait peut-être le moyen de noyer ce sentiment stupide d'avoir jeté l'éponge.

Pour l'amour du Ciel. Jeté l'éponge ? Avait-elle eu envie de se battre ?

Oui. Elle avait cherché la bagarre. C'était pour cette raison qu'elle s'était dirigée vers le pire quartier de Washington.

Merde, merde, merde. Quand retiendrait-elle la leçon ? Tête baissée, Cynna fronça les sourcils et hâta le pas.

Certaines personnes avaient parfaitement assimilé la différence entre le bien et le mal. Elle y travaillait, mais lorsqu'elle était dans le pétrin et qu'elle n'avait pas le temps de se poser ces questions, elle écoutait ses mauvais instincts. Et ceux-ci l'auraient davantage poussée à tuer ces connards qu'à tendre l'autre joue.

D'accord, elle ne passait pas son temps à tuer des gens. Cela ne lui était arrivé qu'à deux reprises, et à chaque fois elle était en situation de légitime défense. Le Bureau avait reconnu qu'elle avait bien géré la seconde situation. Ils n'étaient pas au courant de la première.

Enfin, à l'exception d'Abel Karonski. Plusieurs années plus tôt, elle avait raconté ce qui s'était passé à ce collègue qui était aussi son ami. Il aurait pu en parler à Ruben. Mais les faits n'étaient évoqués dans aucun dossier officiel. Elle avait vérifié.

Néanmoins, Cynna aimait la bagarre. Surtout par des nuits comme celle-ci, lorsque ce sentiment obscur remontait de ses entrailles et l'enveloppait dans ses fils barbelés ; il n'y avait alors plus que deux choses qu'elle avait envie de faire : se battre ou baiser.

Quand on était quelqu'un de bien, on ne gérait pas comme ça ses sautes d'humeur.

Elle s'arrêta au feu, l'air renfrogné. Les trois derniers pâtés de maisons avaient une allure un peu moins sordide. Les quatre angles de cette intersection étaient occupés par un restaurant mexicain, une station de lavage de voitures, une boutique d'articles d'occasion et une épicerie.

O.K. Elle prit une profonde inspiration puis expira lentement. Elle ne pouvait pas contrôler ses envies, alors elle s'efforcerait de contrôler ses actes. Ce qu'elle allait faire illico, c'était rentrer à son hôtel. Laisser tomber le vin, passer une bonne nuit de sommeil. Elle pourrait emprunter un annuaire à l'épicerie, appeler un taxi et le laisser se charger de deviner comment aller d'ici à là-bas.

Elle traversait la rue lorsqu'elle remarqua l'église.

Celle-ci se trouvait à l'autre extrémité du pâté de maisons, séparée de l'épicerie par deux ou trois petites boutiques et un parking. *Très certainement fermée à cette heure*, réfléchit Cynna.

Pourtant il n'était pas si tard. Vingt-deux heures et des poussières. De plus, le parking comptait encore quelques voitures. À peine eut-elle posé le pied de ce côté de la rue que Cynna se dirigea vers l'église.

Probablement pas une église catholique, lui dit la voix de la raison.

Probablement pas. Ça ne coûtait rien de vérifier, de toute façon. Ce n'était pas comme si elle avait quelque chose d'important… Ah, attention. Des gens.

La porte latérale s'ouvrit. Un couple d'âge mûr et un autre, plus jeune, sortirent dans la rue, suivis par un petit groupe de personnes – elles semblaient hispaniques, mais comme elles étaient couvertes de la tête aux pieds pour se protéger du temps, elle n'arrivait pas à bien voir. Le dernier à sortir portait une soutane noire.

Un prêtre, sûrement. Et… oui, elle était assez proche pour lire l'enseigne désormais : « Notre-Dame de l'Assomption ».

Ah. Prends ça, voix de la raison.

Les gens se souhaitèrent joyeusement bonne nuit ; des portières claquèrent et des voitures sortirent de leurs places de parking en marche arrière. Mais un couple plus âgé ne semblait pas vouloir partir. Ils se tenaient sur le porche étroit près de la porte latérale, et la femme parlait à toute vitesse au prêtre à propos de fleurs, de tables et du nombre d'invités.

Une répétition de mariage. Voilà ce qui les avait réunis ici à cette heure. Mince, elle aurait fait un bon détective.

Alors que Cynna s'approchait, le mari dit à sa femme de laisser le père Jacobs rentrer – il faisait un froid épouvantable dehors. L'un après l'autre, ils remarquèrent sa présence et se turent. La femme serra le bras de son mari, les yeux écarquillés. Il assuma son rôle de protecteur en adressant à Cynna un froncement de sourcils hostile.

Au moins, ce groupe ne s'apprêtait pas à lui sauter à la gorge.

— Père Jacobs ? dit-elle timidement.

Malgré la soutane, il ressemblait davantage à un enfant de chœur qu'à un prêtre. C'était un vrai blond, avec des cheveux presque blancs et une peau de la couleur d'un vieux parchemin, rosie par le froid. Son sourire était étonnamment doux.

— Oui ? Puis-je vous aider ?

— J'espérais... Je sais qu'il est tard, mais accepteriez-vous de recevoir ma confession ?

À l'intérieur s'élevait une odeur de bois, d'encens et de fleurs. Le repose-genoux était dur. Cynna aurait pu contourner le paravent pour s'asseoir dans un fauteuil rembourré, mais elle opterait pour un mal aux genoux plutôt qu'une confession à visage découvert.

Elle fit le signe de la croix. Elle aurait préféré attendre d'aller à son église à elle, en Virginie. Le prêtre ne connaissait pas son histoire.

La voix du père Jacobs s'éleva doucement de l'autre côté du paravent.

— Au nom du Père, du Fils et du Saint-Esprit, puisse le Seigneur être dans votre cœur et vous aider à confesser vos péchés avec un repentir sincère.

Commençons par des choses faciles.

— Pardonnez-moi, mon père, car j'ai péché. C'est, euh… ça fait cinq semaines que je ne me suis pas confessée, et j'ai manqué cinq messes dominicales. Je n'aurais pas pu de toute façon assister à la première car il n'y avait pas d'église là où je me trouvais. (*Sans blague. C'est clair qu'en enfer, il y avait un cruel manque en lieux de culte.)* Les autres… j'étais occupée. O.K, reconnut-elle, c'est nul. Mais je préfère m'être confessée lorsque je reçois la communion, et j'imagine que je n'ai fait que repousser ce moment.

Il attendit.

— Euh… j'ai convoité un homme. Deux hommes, en réalité, mais l'un d'eux est pris, alors il ne compte pas. Je dois simplement dépasser ça, vous comprenez ? Mais l'autre…

— Avez-vous assouvi votre convoitise ?

— Non. Mais j'en ai envie. Je ne suis ni mariée ni engagée d'une quelconque manière, ajouta-t-elle. Lui non plus. (Là encore, c'était le moins qu'on puisse dire.) Par conséquent, nous ne briserions aucun engagement si nous nous laissions aller à, euh, vous savez.

— Le sexe peut-être une expression joyeuse de l'amour au sein du sacrement du mariage. Hors de cette union, c'est un acte fondamentalement égoïste, la quête d'un plaisir motivé par des raisons individualistes.

C'était l'un des points au sujet desquels elle était en désaccord avec l'église. Cynna ne comprenait pas ce qu'il y avait de mal dans le sexe. Des milliards d'années plus tôt, ouais, le sexe hors mariage avait eu des tas de conséquences désastreuses ; l'abstinence avait alors du sens. Mais aujourd'hui ?

Bien entendu, le père Michaels disait que c'était de l'orgueil de placer son propre raisonnement au-dessus de la sagesse de la sainte Église de Dieu. Il avait sans doute raison, mais Cynna se disait qu'elle devrait parvenir, à sa façon, à sa propre interprétation.

— Je me suis rendue coupable de fierté. Et de colère. Et… (Son cœur sauta dans sa poitrine et se mit à marteler fort, comme si elle montait la pente d'une colline en poussant quelque chose.) C'est difficile à dire.

— Avez-vous un acte particulier à l'esprit ? Avez-vous fait quelque chose qui vous perturbe ?

— Oui.

— Cet acte était-il un péché véniel ou un péché mortel ?

— Je ne sais pas.

C'était bien là le problème.

— Je n'ai pas pu m'empêcher de remarquer vos tatouages. Avez-vous été un Griseur ?

Comme la plupart des gens, il nomma par son surnom la secte née dans la rue. Peu de gens connaissaient le véritable nom du mouvement : les *Msaidizi*. En swahili, cela signifiait « ceux qui aident ».

— Je l'ai été. Je ne le suis plus depuis que je suis entrée dans l'Église.

— Avez-vous pratiqué d'autres formes de magie interdite ou avez-vous été mêlée à des cas de superstition ?

Cette question n'était pas évidente. D'après le père Michaels, la position de l'Église sur la magie était si confuse qu'il fallait pratiquement réunir un conclave avant de pouvoir jeter un sort. Il lui avait conseillé de considérer ses dons de la même façon que son arme : les utiliser, ainsi que la sorcellerie, exclusivement dans le cas de légitime défense ou pour accomplir ses devoirs, et seulement lorsque ceux-ci servaient clairement le bien commun.

— Je crois que je sais où j'en suis à ce niveau-là, dit-elle après un moment de réflexion. Ce n'est pas cela qui me perturbe.

Il attendit.

Elle prit une profonde inspiration et lâcha le morceau :

— J'ai tué.

Silence.

— Pas des humains. Merde. Pardon, mon père. Je parle de travers. Ce que je veux dire, c'est que j'ai tué des démons.

Un nouveau silence, plus long cette fois-ci. Enfin, il prit la parole :

— Êtes-vous tout à fait sûre qu'il s'agissait de démons ?

Au moins, il ne l'avait pas traitée de cinglée. Et elle ne lui en voulait pas de poser la question. Tout le monde savait que les démons ne pouvaient pas passer d'une sphère à l'autre sans avoir été invoqués, et en cette époque, les sorts d'invocation précis étaient extrêmement rares. C'était comme ça depuis la Purge. Comme beaucoup de choses que « tout le monde savait », c'était faux, mais ce prêtre n'avait aucun moyen d'être au courant.

Bien entendu, les démons étaient monnaie courante en enfer.

— Euh… je bosse avec la SCM. Vous savez, au FBI ? Et… écoutez, je suis désolée, mais je ne peux pas entrer dans les détails, pas même avec un prêtre. Mais il a été question de tuer des démons.

— Il n'y a pas de péché là-dedans, si l'acte a été accompli sans malveillance, dit-il chaleureusement. Depuis Vatican II, les détruire n'est plus considéré comme un acte de grâce en soi, mais ce sont des créatures dénuées d'âmes.

Elle soupira. C'était à peu de choses près la réaction à laquelle elle s'attendait.

— Merci, mon père.

Il parla avec elle encore quelques minutes et lui donna sa pénitence. Il ajouta qu'il serait dans son bureau un moment, et que le sanctuaire serait donc disponible.

Cynna comprit l'allusion. Elle s'assit sur l'un des bancs pour commencer ses *Notre Père*, mais son attention ne cessait de se dérober.

Le problème, lorsqu'on tuait des démons, c'était qu'ils restaient morts. Ceux qu'elle avait abattus avaient planifié un destin pire que la mort pour elle et les autres, c'est pourquoi elle ne regrettait pas de leur avoir réglé leur compte. Enfin, pas exactement. Mais tout cela ne lui paraissait pas juste. Leur absence d'âme ne signifiait pas pour autant qu'ils étaient moralement aveugles. Ils ne savaient pas qu'ils étaient mauvais; de ce fait, ils ne pouvaient pas choisir le bien. De plus, sans âme, ils n'avaient aucune chance de continuer d'exister dans l'au-delà.

N'en était-ce pas encore plus terrible de les tuer?

Et pourquoi Dieu avait-il organisé les choses ainsi?

Elle s'agita. Les bons catholiques ne remettaient probablement pas en question les desseins du Tout-Puissant, mais elle était entrée tard dans l'Église, notamment pour des raisons égoïstes. Les croyants étaient protégés contre la possession.

Bien entendu, la possession était une de ces choses que tout le monde croyait disparues.

Mince. Elle se laissait toujours distraire au lieu de se concentrer sur son acte de contrition. Peut-être qu'elle serait plus efficace avec un *Je vous salue Marie*. Elle se sentait plus à l'aise avec Marie qu'avec le Seigneur tout-puissant.

— Je vous salue Marie, pleine de grâce…

— *Mon enfant.*

La voix n'était autre que le bruit des cloches de l'église et du vent, du clapotis des vagues, la nuit, et du hululement d'une chouette en chasse. Pourtant, elle était profondément humaine. Une voix de femme, réelle, aussi, de l'air qui vibrait pour produire des sons, pas une voix intérieure… quoiqu'elle semble aussi se propager en elle.

Un mélange de crainte et de respect. Pour la première fois, Cynna ressentit pleinement cette émotion. Pendant un long moment, elle n'osa ni bouger ni respirer, espérant que la voix se manifesterait de nouveau. Finalement, elle demanda:

— M… Marie ?

— *Non.* (Il y avait de l'amusement dans la voix, mais teinté d'une infinie gentillesse.) *J'ai été beaucoup de personnes, mais pas la mère du Christ. Je t'appartiens déjà, Cynna. Es-tu mienne ?*

Il n'y eut dans la réponse de Cynna aucune arrière-pensée, mais pas non plus de peur :

— Je ne sais pas. Qui êtes-vous ?

— *Lorsque tu le sauras, tu choisiras. Pour l'instant, va trouver tes amis. Fais vite. Ils ont besoin de toi.*

III

WASHINGTON N'ÉTAIT PAS une ville animée vingt-quatre heures sur vingt-quatre comme New York ou Los Angeles. Même sur les artères principales, la circulation se réduisait vers minuit, sans toutefois disparaître complètement. Lily observait la diffraction des phares de l'autre côté du terre-plein central, la façon dont ils semblaient se fondre, dans la courbe du pare-brise, aux reflets des feux arrière et des enseignes. Elle pianotait avec impatience sur sa cuisse.

Elle et Rule ne roulaient pas dans sa Ford de fonction mais dans la Mercedes que le lupin avait louée. Ce n'était pas une décapotable comme sa propre voiture, mais elle possédait les mêmes équipements.

Lily ne comprenait toujours pas pourquoi Rule n'avait pas voulu aller en voiture à Washington. Évidemment, ils auraient mis plus de temps, mais Rule détestait prendre l'avion. Il était légèrement claustrophobe, ce qu'il préférait nier mais qui rendait impossible tout vol, à moins de voyager en première classe. Peut-être était-ce pour cette raison qu'il avait insisté pour prendre l'avion. Il préférait combattre une faiblesse plutôt que de l'éviter.

Cela, elle le comprenait.

Il n'y avait eu aucun doute qu'il l'accompagnerait à Washington. Même s'ils avaient accepté d'être longtemps séparés, le lien d'âme sœur ne les aurait pas laissés se trouver chacun de part et d'autre des États-Unis.

Le lien d'âme sœur. C'est de lui qu'elle parlait un peu plus tôt, lorsqu'elle avait dit qu'elle était l'Élue de Rule – ce qui ne signifiait pas qu'il l'avait choisie ou vice versa. Selon le peuple de Rule, leur Déesse avait noué un lien entre eux, qui ne se déferait qu'à la mort de l'un ou de l'autre. Lily l'avait d'abord combattu de toutes ses forces, croyant au début que ce lien était purement physique. Sexuel.

Mais leur attirance sexuelle hallucinante ne constituait qu'une partie du lien. La distance physique qui pouvait les séparer était limitée ; si cet espace devenait trop grand, ils s'évanouissaient. Cette limite variait de manière exaspérante ; la jeune femme ne parvenait pas à trouver une cohérence à ces changements et apprenait à vivre avec. De plus, elle savait toujours où Rule se trouvait : dans quelle direction et à peu près à quelle distance.

Le lien pouvait également avoir une dimension spirituelle, mais Lily préférait ne pas y penser. La religion la mettait mal à l'aise, et mourir ne lui avait pas apporté autant de réponses qu'on aurait pu le croire.

Elle jeta un coup d'œil à l'homme au volant et sourit en songeant à la façon dont il l'avait réveillée ce matin. Peu importe ce que le lien d'âme sœur avait apporté à leur relation, elle était tombée amoureuse de lui sans qu'on l'y pousse.

Elle l'aimait. Il l'aimait. C'était aussi simple que ça, et parfois, aussi, effrayant.

Rule était tellement complexe, une si grande part de lui demeurait un mystère… mais elle savait l'essentiel, non ? Il était intelligent et souvent gentil. Il avait de l'humour, il savait écouter. La plupart du temps, il était raisonnable, malgré un côté autoritaire.

Pas très étonnant. Rule était l'héritier, le Lu Nuncio de son clan. Lorsque son père mourrait, il deviendrait un homme important, le Rho des Nokolaï. Lily espérait qu'Isen Turner aurait une longue, très longue vie.

Rien d'impossible à cela. L'un des éléments déroutants qu'elle avait appris récemment était que les lupins vieillissaient environ deux fois moins vite que les humains.

Un autre détail qu'elle connaissait à propos de Rule : en ce moment, il était particulièrement de mauvaise humeur.

— Très bien, dit-elle. On devrait parler. Avec toute cette colère que tu gardes pour toi, je n'arrive pas à penser correctement.

— Ne pas pouvoir penser correctement à cause de moi ? Cela devrait me flatter ?

— Pourquoi remues-tu la queue comme ça ?

— Si c'est une manière originale de me demander pourquoi je suis fâché…

— Je suis comme ça. Originale.

— Tu t'es interposée entre un tireur et sa cible. (Rule ne haussait pas le ton lorsqu'il était en colère. Il parlait doucement. Sa voix baissait au point de bourdonner comme une ligne électrique en surcharge.) Ce flic était sur le point de presser la détente, et tu t'es placée sur sa ligne de tir.

— Ça a marché, non ?

Rule grogna. Un véritable grognement, pas un simple raclement de gorge.

— Écoute, dit Lily, ce flic était sur le point de faire une bêtise. Paul ne représentait aucune menace jusqu'à ce qu'un type essaie de l'abattre, et tirer une balle normale sur un lupin risque plus de l'agacer que de l'arrêter. Ce n'est pas la meilleure chose à faire si on veut vivre assez vieux pour toucher sa retraite. Mais la plupart des flics connaissent trop mal les lupins pour les appréhender correctement, et à part ça, il avait été bien formé. Ça se voyait dans sa position, la manière dont il tenait son arme. J'ai pensé qu'il ne tirerait pas si quelqu'un se mettait dans sa ligne de tir. J'ai vu juste.

— Si tu attends de moi que j'applaudisse ta décision de risquer ta vie parce que tu as gagné ton pari…

— J'attends de toi que tu te fies à mon jugement ! Et toi ? Tu t'es jeté sur un loup en colère, pour l'amour du Ciel, et tu l'as invité à te lacérer la gorge !

— C'était un acte courageux, et honorable, dit l'homme assis à l'arrière. Surtout dans ces circonstances. Vous devriez prendre la prochaine sortie, monsieur.

Lily faillit sursauter. Leur passager n'avait pas ouvert la bouche depuis qu'il avait expliqué à Rule comment se rendre jusqu'à son appartement. Elle l'avait presque oublié.

Ce n'était pas facile pour un lupin de se retransformer en humain rapidement après être passé à la forme de loup. Paul Chernowich y était parvenu une heure après avoir laissé passer sa chance de tuer Rule. À ce moment-là, le public avait quitté les lieux, ainsi que presque tous les musiciens, remplacés par des policiers.

Il avait fallu une heure de plus pour que les officiers locaux reconnaissent que Paul n'avait en réalité violé aucune loi et le laissent s'en aller. Le soprano qui le ramenait généralement chez lui en voiture faisait partie de ceux qui étaient partis, et Rule avait donc proposé de le déposer.

Rule mit le clignotant et s'engagea dans la voie de la sortie. Lily se tourna pour regarder Paul.

— Que voulez-vous dire par « dans ces circonstances » ?

Il haussa les épaules. Il était jeune – du moins, il avait l'air jeune –, dégingandé, avec un nez busqué et des cheveux blonds comme les blés.

— Juste l'évidence. C'est le Lu Nuncio des Nokolaï.

— Et vous vous fichez des Nokolaï.

Elle en avait déjà eu l'impression, mais il était difficile de décrypter les réactions émotionnelles d'un loup.

Ils avaient quitté l'autoroute surélevée pour les rues ponctuées de feux d'une ville normale. Ici, l'heure tardive se faisait davantage sentir. Il y avait peu de circulation.

Elle regarda Rule qui ralentissait en approchant d'un feu rouge.

— Tu as quelque chose à me dire ?

Il resta silencieux un moment.

— Paul est un Leidolf.

Elle resta bouche bée.

— Un Leidolf ? Tu parles des Leidolf ennemis héréditaires de ton clan ? Façon Montaigu et Capulet ? Les Leidolf seraient ceux qui auraient manqué de tuer ton père il n'y a pas longtemps. Et tu lui as offert ta gorge ?

Contrairement à Rule, la colère lui faisait hausser la voix.

Paul dit d'un ton sévère :

— La tentative d'assassinat sur votre Rho n'a pas été ordonnée par le nôtre.

— Oh, très bien, tout va bien alors ! Et si vous aviez tué Rule, tout aurait été impec aussi, j'imagine, vu que votre Rho ne l'a pas ordonné !

— Non, cela aurait été extrêmement déshonorant. (Il lança à la nuque de Rule un regard perplexe.) Elle ne comprend pas le *ni culpa, ne defensia* ?

— La Déesse nous a unis récemment. Lily apprend nos façons de vivre, mais les deux derniers mois ont été… chargés.

C'était un euphémisme.

— L'expression que Paul vient de prononcer… N'est-ce pas ce que tu as dit lorsque tu l'as invité à te lacérer la gorge ?

— En effet.

— Alors mets au parfum l'humaine innocente. Qu'est-ce que ça veut dire ?

— Littéralement : « S'il n'est pas coupable, ne le défendez pas. » Pour prouver notre innocence, nous nous soumettons, sans aucun moyen de défense. La culpabilité a une odeur, ajouta-t-il.

Le feu repassa au vert. Rule redémarra.

— Votre âme sœur m'a fait un grand honneur, dit Paul gravement. Je ne suis pas un dominant, mais j'étais si enragé que je ne me suis pas rendu compte tout de suite qu'il m'avait autorisé à le mordre.

— Autorisé. (Lily se remit à marteler sa cuisse du bout des doigts. Elle regarda Rule.) Tu lui as sauté dessus pour qu'il puisse te mordre ?

— C'était le moyen le plus rapide de contrôler la situation. Paul n'était pas totalement submergé par la bête, mais sa forme de loup avait trop pris le dessus pour qu'il puisse réfléchir. Son instinct l'aurait poussé à trouver son ennemi, celui qui l'avait exposé en le forçant à se transformer.

Elle songea à la façon dont le loup était resté sur scène au lieu de chercher une cachette.

— Il te cherchait.

— Mais pas en l'air, fit Paul, penaud. Avec l'absence de vent et le mélange des odeurs de tout le monde, je ne pouvais pas repérer celle de Rule assez nettement pour le localiser. Mais j'aurais dû penser à regarder au-dessus de moi.

— Vous étiez secoué, dit Rule. Vous vous êtes transformé sans le vouloir.

Paul était visiblement dégoûté.

— Je me suis laissé faire comme un chiot.

— Vous étiez impuissant. (Rule s'arrêta à un feu rouge.) J'ai bien failli me transformer moi-même.

— Vous ? Mais vous êtes…

— Trop vieux pour perdre à ce point le contrôle, en principe. (Rule avait un visage lugubre dans la lumière vacillante des feux de la circulation et du paysage qui défilait.) Ce qui s'est passé ce soir n'était pas normal. Quelque chose nous a frappés tous les deux. Je donnerais cher pour savoir ce que c'était, et qui en est responsable.

— Peut-être personne, dit Lily.

— Que veux-tu dire ?

— À mon avis, personne n'était visé en particulier. Ça a juste balayé les lieux, une force brute et puissante, qui ne me rappelle rien de ce que j'ai déjà touché. Un peu comme… (Elle chercha les mots qui pourraient décrire une sensation que les autres n'avaient jamais connue.) Cela me rappelle les *sorcerí* qu'utilise Cullen. Vous savez, ces fragments de magie libre qui se dégagent des noyaux ? De la matière à l'état brut. Seulement, c'était un milliard de fois plus puissant que toutes les *sorcerí* que j'ai jamais senties.

— Ce n'était pas souillé par Elle ?

Lily secoua la tête.

Rule se mit à pianoter sur le volant. Lorsque le feu passa au vert, il accéléra en trombe.

— Le moment était carrément mal choisi pour que Cullen disparaisse.

À la recherche des dragons. Depuis qu'ils étaient revenus de l'enfer, Cullen n'avait eu qu'une idée en tête : trouver les dragons qui les avaient raccompagnés sur Terre. Mais Sam et les autres s'étaient complètement évaporés, tant et si bien que Cullen n'avait pas obtenu de meilleurs résultats pour les retrouver que le gouvernement américain.

— Il n'a pas emporté de téléphone ?

— Si. Pour peu qu'il soit dans une zone sans couverture réseau et qu'il ne l'ait pas éteint, il pourrait même répondre… s'il souhaite quelque chose.

L'attitude de Cullen vis-à-vis des téléphones rappelait à Lily sa grand-mère.

— Tournez à gauche après le prochain feu, indiqua Paul. Qui est Cullen ?

— Un ami qui s'y connaît, répondit Rule.

C'était une façon de voir les choses. Cullen Seabourne était un lupin, un ami de Rule qui avait vécu en marge des clans jusqu'à ce que les Nokolaï l'adoptent deux mois plus tôt. Il était aussi un ensorceleur.

La sorcellerie était illégale. Cullen prétendait que c'était par jalousie et ignorance que les décideurs avaient, longtemps auparavant, banni la sorcellerie sans avoir aucune idée de la nature de cette pratique qu'ils interdisaient par des lois. Les gens l'associaient à la magie macabre, quand ils ne croyaient pas qu'elle avait disparu après la Purge. Certains prétendaient qu'elle n'avait jamais existé – les adeptes de la sorcellerie et les ensorceleurs non plus, qu'ils n'étaient rien de plus qu'une bande de charlatans et de sorcières qui souhaitaient utiliser la magie macabre pour accroître leurs Dons innés.

Lily détourna la conversation à propos de leur ami ensorceleur.

— Pouvez-vous me décrire ce que vous avez ressenti ? demanda-t-elle à Paul. Cette transformation était-elle différente par rapport aux précédentes ?

— C'était douloureux. (Paul fit une grimace.) Ça m'a fait un mal de chien, en fait. Cela l'est toujours un peu, plus si l'on n'a pas les pieds sur la terre ferme, mais c'était comme être tiré d'un coup sec dans le trou d'une serrure. S'il y avait d'autres différences, la douleur les a masquées.

— Je crois savoir que les jeunes lupins – les adolescents – ne peuvent pas résister à la transformation les nuits de pleine lune. Est-ce l'effet que cela vous a fait ?

Paul réfléchit un moment à la question.

— Pas exactement. Lorsque la lune est pleine, on entend son appel. Les adultes résistent ou répondent, mais les ados sont tout simplement trop fascinés pour penser qu'ils ont le choix, vous comprenez ? Mais là... Je ne sentais aucun appel, pourtant quelque chose m'a poussé à me transformer.

— Alors il n'est pas normal de se transformer sans l'appel ?

— Ce n'est pas possible, dit Rule. La lune n'est jamais totalement silencieuse. Son appel décline lorsqu'elle décroît, et se renforce lorsqu'elle croît. C'est ce qui nous permet de nous transformer à volonté, et pas seulement pendant la pleine lune. Nous apprenons à entrer en résonance avec son appel, même lorsqu'il est aussi léger qu'un murmure.

— Je ne l'ai pas entendue, insista Paul.

— Moi si. (Rule ralentit.) Et je l'entends encore. Quel âge avez-vous, Paul ?

— Vingt-six ans.

Rule hocha la tête, comme si cette réponse confirmait ses dires. Lily supposa que c'était le cas ; pour les clans, les lupins étaient adultes à partir de vingt-cinq ans, donc d'après leurs normes, Paul était à peine assez âgé pour vivre seul.

— Avez-vous appris à entendre son appel lorsque la lune n'est ni pleine ni même presque pleine ?

Paul répondit à contrecœur :

— Parfois, j'y arrive.

— Pour commencer, vous étiez concentré sur votre concert. Ensuite, vous avez été distrait par la douleur de la transformation. Je ne suis pas surpris que vous n'ayez pas remarqué l'appel de la lune, mais il est exactement comme il l'est toujours à ce stade de son cycle.

— Si vous le dites. J'habite après le prochain croisement. Dans l'immeuble Belleview Arms.

— Celui qui est en face du cinéma porno ? demanda Lily d'un ton pince-sans-rire.

— Le loyer n'est pas élevé, et personne ne vient m'embêter.

Généralement, on n'embêtait pas beaucoup les lupins, même dans les quartiers les plus affreux. Ce que celui-ci n'était pas. Il était miteux, mais Lily avait vu pire. Et avait patrouillé dans des quartiers pires, d'ailleurs.

— Voyons si j'ai bien compris, dit-elle. La porte de la transformation est toujours ouverte – grande ouverte à la pleine lune, entrebâillée lorsque c'est la nouvelle lune, mais jamais totalement fermée. Lorsque cette rafale de magie s'est abattue sur nous, elle n'a pas ouvert davantage la porte. Elle a seulement poussé Paul dans l'embrasure, tandis que Rule…

— …s'est retenu comme il a pu au chambranle. Pas mal, l'analogie, ajouta-t-il en se garant devant un Lavomatic et en arrêtant le moteur. La transformation revient plutôt à franchir un seuil.

Ils étaient encore à un pâté de maisons du mal nommé Belleview, mais le trottoir était encombré de voitures, pare-chocs contre pare-chocs, probablement en raison du cinéma porno ouvert toute la nuit en bas de la rue.

— Euh… on sort ?

Paul ouvrit sa portière.

— Rule voudra que je révoque le *susmussio*. Nous aimerions tous les deux avoir un peu d'intimité pour ça.

Elle regarda Rule.

— Ce qui veut dire… ?

— Je t'expliquerai en chemin.

— Ouvre d'abord la boîte à gants.

Il lui adressa un regard perplexe mais s'exécuta. Elle récupéra son SIG Sauer.

— Passez-moi mon étui, vous voulez bien, Paul ? Il est sur le siège à côté de vous.

— Vous n'avez pas besoin de revolver, dit Paul d'un ton condescendant. Je sais que ce n'est pas un quartier huppé, mais vous avez deux lupins grands et forts pour vous protéger.

Elle se rappela qu'il était jeune.

— Ce n'est pas à vous de décider. Passez-moi mon étui.

Mais Rule avait fait le tour et l'avait déjà pris sur la banquette.

— Paul n'a pas été entraîné par Benedict.

Benedict était le frère aîné de Rule, un héros qui faisait quelque peu figure de légende au sein des clans. Il avait accompli des actes incroyables, même pour un lupin. Mais Rule voulait signifier que Paul, du fait qu'il était membre des Leidolf, n'aurait pas eu le dégoût habituel des lupins pour les armes s'il avait été entraîné par Benedict.

— J'ai compris.

Elle prenait sans doute trop de précautions. Tant pis. Des événements bizarres ne cessaient de se produire, et elle n'avait pas l'intention de se promener par ici sans son arme.

Elle dut ôter son magnifique manteau pour attacher son étui de revolver à son épaule. Debout à côté de la voiture, elle pesta contre le froid.

— Alors, c'est quoi un *susmissus* ?

— Un *susmussio*. (Paul se tut, le temps de bâiller.) C'est un mot sophistiqué pour la soumission. Bon Dieu, je suis épuisé. Se transformer deux fois comme ça, ça crève vraiment.

Elle adressa à Rule un regard perçant. Il avait son expression impénétrable.

— Mais ce n'était pas simplement un rituel ? Une soumission symbolique afin de sentir qu'il n'était pas ton ennemi ?

Les deux hommes échangèrent un regard. Rule répondit :

— Même une soumission symbolique a une signification. Puisqu'aucun terme n'avait été fixé préalablement…

— Terme ?

Il lui tendait son manteau pour qu'elle glisse ses bras dans les manches. Enfin un peu de chaleur bénie.

— Lorsqu'on l'emploie dans un rituel planifié, le *susmussio* est lié à certaines conditions. C'est comme cela que nous établissons des traités entre clans. Mais celui-ci était personnel, aucun terme n'était établi. J'ai une dette envers Paul, pas envers son clan.

Il commença à descendre la rue. Elle se mit à marcher à côté de lui. Paul les devançait de quelques pas.

— Quel genre de dette ?

— Un certain degré de loyauté.

— Et comme c'est un Leidolf, c'est embarrassant.

— Oui. En plus de ça, tant que le *susmussio* est en vigueur, les actes de Paul ont des répercussions sur mon honneur, et les miens en ont sur lui.

— Sans oublier que nous ne sommes pas à égalité, dit Paul. Rule s'est soumis, mais il est dominant, plus âgé et d'un statut plus élevé. Pourtant, je suis en quelque sorte responsable de lui. C'est… déstabilisant. Et, ajouta-t-il par-dessus son épaule, avec un sourire fugace, ça doit sérieusement le tracasser.

Il y avait de quoi.

— Comment l'annule-t-on ?

— C'est assez facile. (Paul semblait joyeux à présent, mais fatigué, comme un enfant autorisé à veiller tard avec les adultes.) Nous avons convenu de certaines conditions élémentaires qui annulent la première soumission. Ensuite, je me soumets à lui. C'est pourquoi nous voulons un peu d'intimité. Ça peut paraître un peu bizarre de… Bon Dieu de merde !

Une chose sortit en trombe d'une ruelle étroite entre le cinéma porno et l'immeuble de Paul. Grande, avec des yeux rouges, et répugnante - un genre de hyène sous stéroïdes, mais dénuée de poils, avec des bras qui lui sortaient de la poitrine. Ils avaient beaucoup trop d'articulations et se terminaient par des doigts griffus. Et la chose courait droit sur eux.

Un démon.

— Baissez-vous ! cria Lily à Paul, alors que l'air à côté d'elle ondoyait et que la réalité se mettait à danser pour la seconde fois ce soir.

Lily le sentit arriver. Mais ne regarda pas. Le temps que son cri sorte de sa gorge, elle avait dégainé son revolver. Elle s'était mise en position : jambes écartées, bras tendus, sa main gauche soutenant la droite.

Paul ne se baissa pas. Il s'accroupit comme s'il avait l'intention de croiser le fer avec la créature. Elle poussa un juron et fit un pas de côté pour qu'il ne se soit pas dans sa ligne de tir.

En revanche, deux hommes qui sortaient du cinéma pour adultes s'y retrouvèrent. L'un d'eux eut une seconde pour apercevoir le démon qui fonçait sur eux, et se jeta au sol. L'autre n'en eut pas le temps. Le démon ne prit pas la peine de le contourner. Il poussa l'homme hors de son chemin avec son bras griffu et le laissa étendu sur le trottoir, en train de hurler. Son sang coulait.

La cible était dégagée. Lily pressa la détente, ignora le fracas de la détonation, corrigea le tir, tira encore…

Et le démon se brouilla en vagues de chaleur – un chatoiement en forme de monstre qui se ruait sur eux. Une balle passerait-elle à travers lui ? D'autres personnes venaient de sortir du *Triple-X*, d'autres fichus passants innocents et stupides, qu'elle toucherait probablement si elle tirait sur le démon immatériel.

À trois mètres de distance, il redevint solide. Et bondit.

Le loup à côté d'elle fit de même.

Sous sa forme de loup, Rule était grand, mais le démon l'était encore plus, et plus fort encore ; ses bras griffus formaient comme une paire d'armes naturelles formidables qui manquaient à Rule. Le seul avantage de ce dernier était la rapidité. Les lupins pouvaient bouger à la vitesse du vent : plus vite que n'importe quelle créature terrestre et toutes celles qu'ils avaient rencontrées en enfer.

Il se baissa – pour le détourner, non pour engager le combat. Ils se heurtèrent en plein saut et Rule se contorsionna comme il put pour envoyer valser la créature aux yeux rouges à quelques mètres. Celle-ci frappa la chaussée avec un bruit sourd. Rule atterrit sur le sol plus proprement. Il fit une roulade et se remit sur ses pattes dans la foulée.

Lily tira une nouvelle fois avant que le démon ne puisse se dématérialiser de nouveau. Du sang jaillit de la hanche de la créature, qui poussa un cri strident de rage et chargea encore.

Le démon fonça vers Rule, pas elle. Lily lui avait tiré dessus, mais il en avait après son âme sœur.

Le lupin l'esquiva, quoique de justesse, et s'éloigna, le flanc lacéré par les griffes du démon. Elle comprit qu'il faisait son possible pour rester entre elle et la créature.

— C'est toi qu'il veut, pas moi !

Il lui montra qu'il avait compris avec un mouvement rapide de l'oreille. Puis commença une danse meurtrière : le démon avançait brusquement, cherchait à l'attraper, bondissait, et Rule répondait avec des petits pas de côté, juste au bon moment. Rule l'éloignait, se dit-elle. Et il s'arrangeait pour que le démon reste solide. Apparemment celui-ci ne pouvait pas se battre s'il était réduit à une forme translucide.

Une bonne tactique, même si Lily en était malade de peur.

— Pas trop loin, bon sang ! Je ne suis pas un sniper !

Un second loup se jeta sur le démon. Paul.

— Ne t'approche pas trop près de lui !

Il n'obéit pas. S'élançant vers la créature, il la mordit, puis s'éloigna à toute vitesse avant que le démon ait le temps de réagir. Seigneur, les lupins étaient vraiment rapides.

Lily tournait autour d'eux, tâchant de rester hors de la trajectoire des loups, toujours en quête d'une ligne de tir qui lui permettrait de ne blesser personne. Viser la tête, si possible. C'était le seul moyen de tuer un démon avec un revolver. Elle devait en éparpiller la cervelle.

Des cris lui parvinrent faiblement du bas de la rue. Elle espérait que quelqu'un aidait l'homme que le démon avait blessé. Elle espérait aussi qu'ils avaient eu la présence d'esprit d'appeler à l'aide. Des renforts ne seraient pas de trop. Disons, une ou deux équipes du SWAT.

Rule fit un brusque mouvement en avant et mordit le démon à pleines dents – merde, merde, il avait failli l'avoir cette fois ! Mais il s'écarta lorsque Paul attaqua par l'autre côté, et Lily put tirer une nouvelle fois. Elle manqua sa cible.

Au moins, elle n'avait pas touché non plus les deux loups.

En haut de la rue, une voiture arriva dans le virage. Les freins crissèrent. *Bonne idée*, pensa-t-elle. *Barrez-vous.* S'il y avait une chose dont ils n'avaient pas besoin, c'était bien d'avoir d'autres civils dans les pattes.

Lily ne parvenait pas à mettre correctement le démon en joue. Les loups se déplaçaient si vite qu'elle peinait à les suivre, tant ils arrivaient, la distrayaient, et ses réactions étaient beaucoup trop lentes par rapport aux leurs. Elle n'osait pas tirer. Mais les loups ne pouvaient pas s'arrêter ou ralentir, sinon ils se feraient tuer.

Combien de temps pourraient-ils retenir le démon ? Paul avait déjà été fatigué par… Qu'est-ce que c'était ?

Des pieds qui battaient le pavé. Qui couraient vers eux, non loin. Lily jeta un coup d'œil dans leur direction. *Cynna ? Comment diable ?…*

Sans ralentir sa course, Cynna cria une série de syllabes incompréhensibles. Elle leva la main.

Un bruit horrible fit brusquement reporter à Lily son attention sur le démon. Il tenait un loup entre ses mâchoires – un loup à la fourrure rougeâtre. Paul. Ce dernier poussait des hurlements aigus, terribles. Rule bondit sur le démon et serra comme il put l'épaisse gorge de celui-ci entre ses dents.

Le démon lâcha Paul et tomba sur le dos. Il donna des coups de pattes arrière vers le haut pour essayer d'étriper Rule, mais celui-ci le lâcha et s'éloigna avec une roulade. Lily pressa la détente, mais le démon bougeait trop vite.

Il planta son museau dans les entrailles de Paul et aspira bruyamment.

Rule sauta sur le dos du démon. Celui-ci hurla de rage et le projeta loin de lui.

Cynna s'arrêta et sa voix s'éleva :

— *aerigarashiPAD* !

Une lueur apparut entre sa main tendue et le démon, un mince rai de lumière, froid et blanc.

Et il mourut.

Lily courut jusqu'au corps énorme et répugnant, colla son revolver contre le crâne de la créature et pressa la détente. L'écho du coup de feu résonnant encore dans ses oreilles, elle demanda à Cynna :

— Tu as ton téléphone ?

Cynna était debout, immobile, son expression masquée par ses tatouages. Elle laissa retomber sa main, molle, le long de son corps.

— Oui.

— Appelle la police.

Lily se tourna vers Paul.

Une partie de ses entrailles pendaient du trou au milieu de son ventre. L'odeur était nauséabonde. Rule était assis à côté de lui et pressait de sa truffe le museau du loup au pelage roux.

Elle s'agenouilla. Les lupins guérissaient beaucoup plus rapidement que les humains, mais une telle blessure… et il y avait tant de sang. Beaucoup trop. Il sortait par giclées, mais faiblement.

— Merde. Il se vide de son sang. Une artère a été touchée quelque part…

Elle devait essayer, elle devait plonger la main dans la cavité sanguinolente et tâcher de trouver cette artère endommagée.

Paul ouvrit les yeux. Puis… son corps donna l'impression de trembler comme les fragments colorés d'un kaléidoscope qu'on agite pour créer de nouveaux motifs. À la seconde où elle toucha la chair déchirée et glissante, la magie bourdonna le long de ses doigts, comme de la musique tactile. Les cellules du corps du loup tressautèrent, tel un essaim d'insectes fébriles, avant de revenir à leur place.

C'était un homme qui gisait sur les pavés rugueux de la rue, plus un loup. Un homme nu, éventré et agonisant.

Ses yeux rencontrèrent ceux de Lily. Elle n'y vit pas de douleur, mais de la confusion. Paul ouvrit la bouche comme s'il allait parler, mais aucun son ne sortit. À la place, du sang jaillit, lui remplit la bouche, lui tacha les lèvres et coula sur son menton. Son regard se déporta sur Rule et il le fixa pendant un long moment. Il soupira… et expira. Tout simplement, il n'y eut soudain plus personne.

Rule pointa sa truffe vers le ciel et hurla.

IV

Au-dessus de leur tête, le ciel était caca d'oie. Les lumières de la ville se reflétaient dans les nuages bas, qui renvoyaient une lumière sans chaleur.

C'était tout autant la merde sur Terre.

Les projecteurs de la police crevaient l'obscurité. La rue était encombrée de véhicules à ses deux extrémités : des voitures de la brigade, une Ford du gouvernement semblable à celle de Lily, une ambulance, la camionnette des techniciens de scène de crime, les voitures qui avaient amené sur place des journalistes du *Washington Post* et de l'*Associated Press*. Pour le moment, les agents locaux et fédéraux faisaient des efforts pour s'entendre, les policiers en uniforme retenaient la presse et les autres parasites pendant que les techniciens du FBI consignaient les éléments qu'ils parvenaient à trouver.

Une ambulance était déjà repartie, transportant l'homme qui était sorti du *Triple-X* au mauvais moment. Il devait être au bloc opératoire à cette heure-ci.

La pulsation rouge des feux de l'ambulance encore présente rappela à Lily le sang de Paul giclant au rythme des battements de son cœur.

Cynna s'agenouilla à côté du corps du démon et, d'une main, sembla caresser l'air au-dessus de lui. Vue de l'extérieur, la sorcellerie qu'elle pratiquait n'était pas très impressionnante. De l'autre côté de la rue, Rule parlait au téléphone. Il avait eu besoin d'appeler son père.

Lily aussi. Enfin, son père à elle, et pour des raisons différentes. Il s'attendait à passer la prendre à l'aéroport dans deux jours, et elle ne serait pas dans l'avion. Elle n'était pas sûre de pouvoir rentrer chez elle pour Noël. Elle lui avait envoyé un texto, espérant remettre les explications à plus tard.

— Cynna vous a dit qu'elle avait eu une prémonition ? lui demanda Croft alors que Lily terminait son rapide résumé des faits.

— Ouais.

L'homme à côté d'elle était le seul visage familier dans cette foule grouillante d'étrangers qui examinaient les lieux. Martin Croft était un agent spécial, l'un de ceux qui l'avaient recrutée. Il était noir, teinte cannelle. Il avait un léger accent du Massachussetts, ses chaussures brillaient, et il ne possédait absolument aucun Don.

Malgré cette lacune, il était l'un des meilleurs agents de l'Unité. Elle avait été heureuse de le voir arriver. Lily savait gérer une scène de crime mais elle ignorait quoi faire d'un démon mort.

D'ailleurs, si Croft était en charge de l'affaire, ce serait à lui de parler à la presse, pas à elle.

— Elle nous a dit que tout à coup, elle a eu le sentiment qu'elle devait nous trouver.

— Hmm.

Croft regarda Cynna, qui faisait toujours des mouvements étranges au-dessus du cadavre du démon.

— Pourtant, sa note est d'à peine dix comme médium.

— À peine dix ? (Lily haussa les sourcils.) Certains humains non Gratifiés obtiennent de meilleurs scores que ça.

— Exactement. On ferait mieux de lui parler.

Cynna se leva à leur approche. C'était une grande femme, bâtie comme une Amazone : des épaules fortes, des jambes interminables, et des seins que toute pin-up aurait convoités. Ses cheveux étaient blonds et si courts que leur coupe avait quelque chose d'agressif ; Lily soupçonnait la nature d'avoir pris un assistant chimiste pour la coloration. Ses traits étaient ce qu'elle avait de plus ordinaire, une fois qu'on parvenait à percer les tatouages indigo qui couvraient la majeure partie de son visage et de son corps. Elle avait un nez busqué, des mâchoires proéminentes et des yeux de la couleur du whisky. Sa bouche, large, affichait le plus souvent un sourire.

Pas ce soir.

Cynna portait un jean, un pull noir léger et un bomber non fermé. En la regardant, Lily sentit qu'elle avait encore plus froid.

— Trouvé quelque chose ?

Cynna secoua la tête.

— Rien. Comme je le pensais, les liens se sont dissipés lorsqu'il est mort. Je n'ai pas pu remonter à son maître.

— Mais vous êtes sûre qu'il en avait un ? demanda Croft. Il n'est pas simplement apparu de lui-même ?

Lily sentait ses orteils s'engourdir. Elle les plia et les déplia dans ses chaussures, avec l'espoir que le sang y circule toujours.

L'équipe des TSC – c'est ainsi que le FBI appelait leurs techniciens de scène de crime – attendait à quelques pas. Leur patronne se joignit à eux. C'était une femme plus âgée qui entretenait une regrettable ressemblance avec Danny De Vito, en plus chevelue.

— Vous en avez fini avec vos bizarreries occultes ?

Cynna fit un geste vers le démon.

— Il est à vous.

Ils avaient déjà pris des photos, à la fois argentiques et numériques ; il restait à présent à mettre la main à la pâte. Il s'avéra que deux ou trois hommes étaient un tout petit peu réticents à l'idée de toucher un démon.

L'un d'eux, un Blanc de petite taille à moustache, secoua la tête.

— J'en sais rien, Marion. Bon Dieu. Regardez-moi cette bête. Mais regardez-la. Vous avez déjà vu un truc pareil ? Dix-sept ans que je fais ce boulot, et j'avais jamais vu ça.

— Eh bien, maintenant, c'est fait, lui rétorqua sa patronne. Mettez vos gants.

— C'est peut-être une question idiote, dit le troisième technicien, mais on est sûrs qu'il est bien mort ?

Lily se dit que mêmes des techniciens fédéraux blasés, responsables des scènes de crime, n'étaient pas habitués à faire face à cent cinquante kilos de démon à crocs et à griffes.

— Vous voyez toute la cervelle qui éclabousse l'extérieur du crâne ? lui demanda-t-elle. Ça devrait répondre à votre question.

— Ouais, mais les démons…

— …ont besoin de cervelle pour vivre, fit Cynna d'une voix traînante, comme tout le monde, sauf les politiciens.

Sa remarque entraîna quelques rires. Les policiers de Washington adoraient ce genre de blagues.

— Alors, qu'est-ce qu'on cherche ? demanda le moustachu en enfilant ses gants.

— Comme d'habitude, dit Croft. Tout et rien.

Il fit signe discrètement à Lily et à Cynna, et tous trois s'éloignèrent pour laisser les techniciens accomplir leur travail.

Non pas que Lily comptait beaucoup sur ce qu'ils pourraient trouver. Cynna affirmait qu'un lien avec un démon possédait une composante physique, mais ils devaient faire une autopsie pour trouver celle-ci.

Croft répéta la question que Lily avait posée plus tôt :

— Croyez-vous que le démon ait été envoyé ? Forcé à accomplir sa tâche ?

— Euh, oui. Vous savez que normalement, ils n'agissent pas comme ça.

— Fais comme si je ne savais pas de quoi vous parlez, dit Lily. Car je ne le sais effectivement pas.

— Oh. D'accord. Pour commencer, on suppose qu'il est impossible pour un démon de venir dans notre monde sans avoir été invoqué. Nous savons maintenant que ce n'est pas vrai, mais c'est une capacité extrêmement rare. Cependant c'est surtout la façon dont il s'est comporté qui m'interpelle. Il est allé tout droit vers Rule, alors même que tu présentais une menace plus immédiate. Un démon ne ferait pas ça de lui-même.

— Il semble avoir cessé de se focaliser sur Rule après avoir attaqué Paul.

— Il a eu le goût du sang. Les démons adorent le sang, tout particulièrement celui des humains. Ça les rend ivres. Je ne sais pas ce que le sang lupin leur fait, mais il se peut qu'il ait ingurgité une dose suffisamment importante de celui de la victime pour résister un court moment au lien.

— C'est comme une sorte de cocktail magique, pour eux ?

— Ça, oui. Le sang renferme de la puissance. C'est pour cette raison qu'on l'utilise dans des sorts et des rituels depuis des siècles.

Même elle savait ça.

— La magie noire.

Croft secoua la tête.

— Pas nécessairement. De nombreuses pratiques excluent la magie sanguine, mais c'est en général pour ne pas succomber à la tentation que le sang représente et parce qu'en employer dans un sortilège serait mauvais en soi. L'Église catholique, qui s'y connaît très bien sur le bien et le mal, le reconnaît tacitement. Leur doctrine de la transsubstantiation repose sur le pouvoir du sang.

— Merci de traduire, dit Lily. La transsubstantiation ?

— La croyance selon laquelle le vin de la communion devient littéralement le sang du Christ. (Il hocha la tête vers Cynna.) Sans vouloir vous offenser.

— Mais pas du tout. (Elle regarda Lily.) J'aurais aimé arriver ici plus rapidement.

Croft reprit la parole d'un ton particulièrement sec.

— Vous avez eu une prémonition, à ce que j'ai compris.

— Ah… (Cynna fourra ses mains dans ses poches.) Pas exactement.

— Alors, que s'est-il passé, au juste ? lui demanda Lily

Elle avait parlé d'un ton brusque. Trop brusque, peut-être, dans la mesure où Cynna avait peut-être sauvé la vie de Rule.

— C'est compliqué. C'était bizarre. Sérieusement bizarre. (Agacée, elle soupira lourdement.) Et ça n'a aucun rapport avec le fait de chercher à savoir qui a envoyé le démon.

Croft secoua la tête.

— Vous savez que vous ne pouvez pas en rester là.

Elle lui lança un regard mauvais.

— Très bien, très bien. J'ai… euh… j'ai été contactée par quelqu'un. Elle m'a dit que je devais vous trouver vite, et il s'est avéré qu'elle avait raison.

— Qui ? Qui vous a dit ça ?

— Elle ne m'a pas donné son nom, mais je crois que c'était… vous savez. Elle. Celle dont les lupins parlent. Et maintenant, je vais terminer ma nuit, alors…

Lily la saisit par le bras.

— Attends une minute. Si tu as été contactée par la déesse qui veut détruire les lupins…

— Pas Elle ! (Cynna libéra son bras.) Bon sang, il y a trop de divinités sans nom qui font parler d'Elles ces derniers temps. Il y a celle que nous ne nommons pas pour ne pas attirer Son attention, et celle que les lupins appellent la Déesse. C'est de celle-là dont je parle. Elle m'est apparue… enfin, pas en personne, mais c'était sa voix. C'était… je ne sais pas comment le décrire, mais je n'avais jamais rien entendu de semblable. J'étais dans une église, ajouta-t-elle, contrariée, et je priais. Du moins, j'essayais. Ce n'était pas Elle que je priais.

Lily la dévisagea.

— La Rhej avait raison.

— Cela n'a rien à voir, et je ne veux plus en parler.

— La Rhej ? répéta Croft en haussant les sourcils. Qui est-ce, et à quel sujet avait-elle raison ?

Lily sentit Rule qui approchait.

— Il n'existe pas d'équivalent humain, mais une Rhej est en quelque sorte la prêtresse ou l'historienne d'un clan. La Rhej des Nokolaï pense que Cynna doit lui succéder. Ce qui semble dingue, mais si la Déesse a déjà commencé à parler à Cynna...

— Je ne sais pas qui c'était, insista la détectrice. Ce n'est qu'une supposition. De toute façon, c'est sans importance. Je ne suis pas une Nokolaï. Je suis catholique.

— Les deux ne sont pas forcément incompatibles, dit Rule en se joignant à eux.

Il avait remis ses habits après avoir repris la forme humaine qui lui permettait de passer inaperçu. Son pantalon et sa chemise étaient froissés, sa cravate introuvable, et il était sans doute épuisé.

Quoi qu'il porte, il restait cependant beau. Légèrement débraillé, peut-être, mais sexy.

Cynna le foudroya du regard.

— Je suppose que tu as entendu ce que j'ai dit.

Il hocha la tête.

— Je ne te mets pas la pression. Le problème est entre toi et la Déesse. Mais tu dois savoir qu'elle parle très, très rarement, et seulement à celles qui sont ou qui deviendront une Rhej.

Cynna courba les épaules comme si elle pouvait repousser ainsi ses paroles, et enfonça plus profondément encore ses mains dans ses poches. Mais peut-être qu'elle avait seulement froid. Lily, elle, était frigorifiée.

Mais elle n'était pas aussi froide que Paul. Au moins, ils l'avaient couvert d'un drap.

— Merde, fit Croft en détournant le regard. La télé nous a trouvés. (Il grimaça.) Je ferais mieux de voir si je peux mettre de l'ordre dans tout ça avant que des démons se mettent à attaquer des gens partout dans la capitale.

— Mieux vaut que ce soit vous que moi, déclara Lily.

— Je dirai aux techniciens qu'ils peuvent emmener le corps. S'ils le font pendant que la presse est occupée à me traquer, peut-être que ces vampires n'arriveront à avoir aucune bonne photo.

Il offrait là une maigre dignité à Paul, mais Lily était contente qu'il y ait pensé. Alors qu'il s'éloignait, elle se tourna vers Rule.

— Tu as pu contacter ton père ?

— Je me suis entretenu avec le Rho. (Parfois, Rule parlait d'Isen Turner comme s'il était deux personnes différentes en même temps : l'homme qui l'avait éduqué, et celui qui gouvernait son clan.) Il n'est pas content.

— Parce que son fils a failli se faire tuer ? Ou parce que celui qui s'est fait tuer était un Leidolf, et que cela va compliquer les choses ?

— Pour les deux.

Rule crispa trop fortement ses traits sur l'élégante architecture de ses os. Il y avait de la tristesse dans son regard. Si la mort de Paul pesait à Lily, quel poids les épaules de Rule devaient-elles donc porter ? Le *susmussio* était déjà établi.

Elle posa une main sur son bras.

— Combien de gardes du corps envoie-t-il ?

Il eut un sourire furtif.

— Tu me surprends, *nadia*. (Il ne dit pas si c'était sa question ou son geste qui le surprenait. Peut-être le second. Elle s'efforçait généralement d'éviter tout contact physique en public.) Je ne sais pas encore combien de gardes surveilleront chacun de mes pas, mais tu as raison : il insiste sur leur présence. Benedict m'appellera plus tard pour me donner les détails.

Lorsqu'il n'était pas occupé à être une légende parmi les clans, Benedict était responsable de la sécurité des Nokolaï.

— De temps en temps, ton père et moi sommes du même avis.

Non sans réticence – ce contact la réconfortait elle aussi – elle lâcha son bras.

— Tu es crevée, dit-il.

Après la chute de l'adrénaline, la fatigue était inévitable.

— Et toi ? Cette créature t'a flanqué un sacré coup. Tu es sûr que les secouristes du SAMU ne devraient pas y jeter un coup d'œil ?

Il balaya cette suggestion du revers de la main.

— C'est une grosse égratignure, rien de plus. Tu restes encore longtemps ici ?

Ce n'était pas une égratignure selon les normes humaines, mais les griffes du démon n'avaient pas lacéré profondément le muscle. Rule cicatriserait vite.

— Difficile à dire. Croft peut gérer la scène du crime, mais…

Elle haussa les épaules.

— Mais tu veux être ici s'ils découvrent quoi que ce soit.

— Pas toi ?

Il détourna le regard. Les techniciens de scène de crime chargeaient le corps de Paul sur un brancard.

— Ce que je veux, c'est que ce salaud de monstre soit encore vivant pour que je puisse le tuer.

Sans rien ajouter, il s'éloigna.

Hésitante, Cynna demanda :

— Le type qui a été tué, c'était un de ses amis ?

Paul était-il un ami ? Son clan était ennemi des Nokolaï. Lily ne l'avait connu que quelques heures, pourtant elle lui avait sauvé la vie une fois. Ensuite, elle avait vu un démon boire son sang. Il s'était battu pour eux. Il était mort en les aidant.

— C'est compliqué, finit-elle par dire. Mais il était important.

— Compliqué. (Cynna pencha la tête sur le côté.) On dirait que c'est comme ce que j'ai dit tout à l'heure.

— Tu avais dit « sérieusement bizarre ».

Mais Cynna avait raison. Elle méritait qu'on lui décrive ce qui s'était passé, même si elle n'entrait pas dans les détails… Lily commença son récit.

— Nous étions au Kennedy Center lorsqu'une espèce de vague de magie a balayé la salle. Elle était malsaine et… inhabituelle. Elle a forcé Paul à se transformer.

Une déferlante d'émotions lui serra la gorge.

Si seulement elle avait pu toucher cette satanée créature plusieurs fois ! Une ou deux balles de plus dans son corps l'auraient peut-être ralentie, et si le démon avait été un peu plus lent…

— Il était sur scène, c'était l'un des choristes. Un ténor. Quand la situation a été sous contrôle, il était tard, et Rule lui a proposé de le raccompagner. C'est comme ça qu'on s'est retrouvés ici.

Cynna fronça les sourcils.

— À quelle heure cette vague magique s'est-elle manifestée ?

— Juste avant vingt-deux heures.

— J'ai senti quelque chose à peu près à cette heure-là – une secousse causée par une force, beaucoup plus puissante que celle d'une *sorcerí* errante. J'ai dû évacuer une partie de l'énergie.

Lily parut encore plus inquiète.

— Où étais-tu ?

— À une quinzaine de pâtés de maisons d'ici. Pas du tout à côté du Kennedy Center.

Un vent magique qui soufflait sur toute la ville ? Quelle aurait pu en être la cause ?

Cynna haussa les épaules.

— Je ne suis pas une pro des théories. Tu as besoin de Cullen. Il en est dingue.

— Je ne l'ai pas sous la main. Cynna… (Il n'existait aucune manière délicate de lui demander, alors autant cracher le morceau.) Tu crois que ton ancien professeur pourrait être impliqué ? Celui que tu connaissais quand tu étais avec les Griseurs ?

Cynna eut l'air mécontente.

— J'en sais rien. Tu as enquêté sur une autre invocation ?

— On m'a mise en rapport avec une enquête, dit Lily sèchement. Je ne dirais pas qu'on m'a autorisée à enquêter. Mais oui, c'est une sacrée coïncidence, sauf que je n'arrive pas à trouver de connexion. À moins que… (Elle n'était pas censée discuter des conclusions de l'affaire, mais savait que Cynna les garderait pour elle.) Ils ont trouvé le responsable.

Cynna haussa les sourcils.

— Ah ouais ? Comment ça se fait que je n'ai rien lu au sujet de l'arrestation ?

— Et tu ne liras rien, si les costards-cravates font à leur façon. Il est mort. Un suicide, apparemment.

Elle avait des doutes à ce sujet, mais personne ne l'écoutait.

— Et il n'est pas citoyen américain, par conséquent les autorités ont négocié avec son gouvernement pour étouffer l'affaire.

— Où veux-tu en venir ?

— Il vient d'une nation africaine.

— Merde.

L'ancien professeur de Cynna suivait des traditions africaines ancestrales, lui aussi. Elle étudia le cadavre du démon. Les techniciens ne semblaient pas avoir beaucoup progressé. Marion se disputait avec le plus jeune, qui ne cessait de secouer la tête.

— Une part de moi espère que Jiri n'est pas derrière tout ça. L'autre espère que oui.

Jiri avait été le professeur de Cynna chez les *Msaidizi*, communément connus comme les Griseurs. Le mouvement s'était développé dans les quartiers pauvres une quinzaine d'années plus tôt, les premiers temps comme un feu de poudre, puis plus raisonnablement. La plupart de ses membres ne connaissaient pratiquement rien de la magie qu'ils essayaient de maîtriser.

Pas Jiri. Le FBI avait un dossier sur elle, mais ce n'étaient pour quatre-vingt-dix pour cent de son contenu que des spéculations, il y avait très peu de faits. Cela dit, on pensait qu'elle était africaine, pas afro-américaine, peut-être du Sénégal ou de Gambie.

Ou peut-être pas.

— Pourquoi ?

— Invoquer un démon est une chose. Ceux qui peuvent le faire ne sont pas nombreux, mais les connaissances n'ont pas sombré dans l'oubli autant que les gens aiment le penser. Pactiser avec un démon – pas le chevaucher, mais pactiser –, c'est de la magie de haut vol. D'un niveau supérieur. Je n'aime pas penser que plusieurs personnes sont dans la nature avec ce genre de savoir.

— Quelle est la différence entre chevaucher et se lier à un démon ?

Cynna plongea ses mains dans ses poches et détourna le regard.

— Lorsque tu le chevauches, tu es en lui. Tu le contrôles de l'intérieur. Être lié à lui signifie que tu le contrôles de l'extérieur du cercle d'invocation, sans être à l'intérieur de lui. Jiri pourrait le faire. Si ce n'est pas elle, il existe une autre personne qui en sait beaucoup trop sur les démons.

— Pourrais-tu y arriver… le contrôler sans le chevaucher ?

— Je ne suis pas une *shetanni mwenye*.

— Mais tu pourrais en être une, si tu le voulais ?

Cynna porta de nouveau les yeux sur elle.

— Ouais. Probablement, si j'étais prête à en payer le prix. Je fais partie des suspects ?

— Bien sûr que non !

Quelques personnes leur lancèrent des regards.

— Non, répéta Lily, plus calmement. Même si je pensais que tu étais capable d'envoyer un démon tuer quelqu'un, je sais que ce ne serait pas Rule.

L'autre femme fit la moue.

— Tu ne tombes pas dans le panneau de la nouvelle petite amie jalouse.

Lily lui sourit en retour. Ce n'était plus difficile d'en sourire. Rule et Cynna avaient eu une aventure plusieurs années plus tôt. Cette histoire ancienne avait semé la discorde entre elles, les premiers temps. Cela faisait du bien de voir qu'elles avaient dépassé ce stade.

— Non. Tu pourrais faire la tête parce qu'il t'a repoussée…

— Je ne fais pas la tête !

— Plus maintenant, la corrigea Lily. Mais tu as surmonté ça.

— Ne sois pas bête. Les grands méchants Griseurs ne font jamais la tête. Même les ex-Griseurs, ajouta-t-elle.

À présent, Lily était presque hilare.

— Hum… Je peux te poser une question ? lui demanda la détectrice.

— Bien sûr.

Elle devait à Cynna plus qu'une réponse à une ou deux questions.

— Pourquoi as-tu tiré sur le démon après que j'ai…

— Après que ton sort l'a assommé ? Pour être sûre que c'était bel et bien fini, évidemment. Je n'avais aucun moyen de savoir combien de temps il resterait K.-O.

Cynna secoua la tête.

— Tu es plus intelligente que ça.

Agacée, Lily baissa la voix. Les sorts macabres étaient mortels. Techniquement, c'étaient des sorts destinés à tuer les gens, pas les démons, mais…

— Le rapport indiquera que c'est ma balle qui a tué le démon.

— Pigé. Mais il n'y a aucun problème. Le sort que j'ai utilisé ne fonctionne que sur les démons.

— Tu en es sûre ?

Cynna n'avait jamais acquis l'allure d'un flic. Peut-être pensait-elle que les dessins qui recouvraient sa peau dissimulaient suffisamment son visage. C'était probablement le cas, la plupart du temps, avec la majorité des gens. Mais Lily avait littéralement fait un voyage en enfer avec cette femme. Les volutes tracées à l'encre ne la distrayaient pas des émotions qui passaient sur le visage de Cynna: confusion, doute, une conclusion à laquelle elle était parvenue. Finalement, la détectrice dit:

— Pas à cent pour cent. J'ai dû le modifier mais peut-être… euh, merci.

Lily hocha la tête et dit:

— Je ne cherche pas à faire des suppositions, mais je ne peux pas m'empêcher de penser que mon principal suspect est une déesse en rogne. Ou Son avatar, qui a récemment été dévoré par une reine des enfers.

— Qui est devenue folle aussi sec, d'après des sources sûres.

— Ça résume à peu près la situation. Dis-moi quelque chose, lui lança Lily. Est-il possible que nos ennemis en enfer – ou sur Dis, appelle cette sphère comme tu veux – aient envoyé un démon pour tuer Rule sans que personne ne soit de ce côté pour le guider?

Cynna se mordilla la lèvre.

— Je déteste dire qu'une chose est totalement impossible. La limite est mouvante, tu sais? Mais sur une échelle allant de «sûr et certain» à «parfaitement impossible», ma réponse se rapproche beaucoup plus du second choix.

— Heureuse de l'entendre. Une déesse, un avatar, une reine des enfers cinglée – chacun d'eux serait difficile à inculper. (Elle s'arrêta, le temps de réfléchir à ses options.) Cullen n'est pas là pour m'aider au niveau de la théorie, mais je connais quelqu'un qui a une expérience de première main concernant ce que l'on peut et ne peut pas faire avec les démons.

— Tu ne penses pas… Bon sang. Si, tu penses à lui. Tu ne vas pas l'amener ici?

— « Elle », la corrigea Lily distraitement, en essayant de retenir l'un de ses souvenirs fugaces. C'est «elle», maintenant. Mais il se peut qu'elle ne vienne pas. (Qu'elle ne veuille pas ou ne puisse pas. Lily n'était même pas sûre de pouvoir la contacter.) Je dois essayer.

— Ça ne va pas plaire au Bureau.

Lily jeta un coup d'œil en direction de Rule qui se tenait, immobile, près des agents qui chargeaient le corps de Paul dans l'ambulance. Il avait le visage fermé, impassible… mais tout son corps criait sa tension et sa douleur.

— Il n'y a pas que le Bureau qui m'inquiète, dit-elle.

V

— Tu vas quoi ?!

— Entrer en contact avec Gan, si possible. L'amener ici, si elle peut venir.

Il était une heure trente du matin. Ils se dirigeaient vers leur voiture, garée à un pâté de maisons du béton taché de sang où Paul était mort. Rule essayait de respirer lentement. Il devait se calmer.

— J'imagine qu'il ne t'est pas venu à l'idée de me demander mon avis.

— Pas nécessaire, dit-elle sèchement. Je savais ce que tu penserais.

— Après ce qu'elle nous a fait ? Tu ne t'en souviens pas, mais elle…

— Peut-être que je ne me rappelle pas les détails, mais j'en sais assez. Je sais ce que je dois faire. Réfléchis-y, Rule. Où pourrais-je apprendre autant de choses sur les démons si ce n'est auprès de l'un d'eux ?

L'âme de Lily avait été coupée en deux lorsque Gan avait tenté de la posséder. Rule ne comprenait pas comment elle pouvait pardonner au démon, même si elle ne se souvenait pas de ce qui leur était arrivé après, en enfer. En tout cas, c'était arrivé à l'un de ses moi, celui qu'elle se rappelait à peine.

Lui s'en souvenait. Il se rappelait tout de cette autre Lily… Ce qu'elle avait dit et fait, son immense courage, sa compagnie et ses attentions. La seule chose dont il ne pouvait se rappeler était sa mort. À ce moment-là, il était inconscient. Il ne l'avait pas vue se sacrifier pour lui.

Rule sentit un élancement à sa hanche. Il n'y prêta pas attention.

— Tu n'as aucun moyen de la joindre.

— Max en a un. Ouvre la portière arrière, tu veux bien ? Il me faut mon ordinateur portable.

Il grimaça et déverrouilla la portière.

Max était un ami de Rule… en plus d'être un gnome. Un demi-gnome, en fait, même si Rule pensait être le seul à le savoir en dehors du peuple de celui-ci. Lorsqu'ils étaient revenus d'enfer avec un petit démon imprévu dans leur groupe, Max avait accepté de le garder le temps qu'ils décident quoi faire de lui.

Max avait trouvé sa propre solution. Deux semaines plus tôt, il avait appelé Rule pour lui dire que Gan « serait au trente-sixième dessous » pendant quelque temps - ce que Rule avait interprété comme l'annonce que le petit démon vivrait avec l'un des peuples gnomes.

— Elle ne peut pas rester un démon, n'est-ce pas ? lui avait-il dit. Une âme grandit en elle, à présent. Je vais devoir satisfaire sa petite tête trop remplie.

Puis, comme d'habitude, Max avait raccroché sans attendre de réponse.

— Ce n'est pas parce qu'elle a une âme qu'elle fait partie des gentils, s'écria Rule en claquant sa portière.

— Elle n'a pas besoin d'avoir un sens moral hyper développé pour être utile.

— Elle va te mener en bateau.

Les démons ne pouvaient pas mentir directement, mais ils tiraient fierté de leur capacité à duper.

— Je suis plutôt douée pour savoir quand on veut me piéger. Mais je ne pense pas qu'elle essaiera. Elle m'aime bien. (Elle ouvrit son ordinateur et l'alluma.) Je vais bosser sur mon rapport.

L'irritation de Rule se mua en colère.

— Tu ne juges pas utile de m'en dire plus sur ton plan de mêler un démon à ton enquête ?

Elle le dévisagea calmement.

— Utile de nous engueuler, tu veux dire. Je suis trop fatiguée.

La culpabilité le saisit. Il prit une profonde inspiration et démarra. Un besoin ondulait dans son ventre, tel un serpent frétillant au venin extrêmement suave. Les poils de ses bras se hérissaient au rythme de la respiration du serpent, tandis que la queue du reptile s'enroulait autour de son cœur et contrôlait ses battements.

Il avait besoin de se transformer. Encore. Toujours.

Il n'y a pas de lune en enfer. Rule y était arrivé sous sa forme de loup, et l'avait donc gardée. Mais chez les lupins qui restent trop longtemps loups, l'humain finit par se perdre dans la simplicité captivante de la bête. Rule ne s'était pas perdu, pas totalement. On l'avait ramené sur Terre et il avait retrouvé sa forme humaine, mais il n'était plus le même homme. L'équilibre entre celui-ci et la bête avait évolué, et la maîtrise de lui-même qu'il avait passé sa vie à renforcer s'était réduite comme une peau de chagrin.

Et cette nuit, elle s'était déchirée.

Le démon était arrivé vers eux en se déplaçant contre le vent, et dans un angoissant silence. Rule n'avait eu aucun avertissement avant de le voir… et en l'apercevant, il avait perdu le pouvoir de choisir. Son instinct avait pris le dessus, une envie folle de montrer les crocs et les griffes à cet ennemi, d'avoir quatre pattes pour courir vite et des sens affûtés comme aucun humain. Pas même un humain à temps partiel.

Vingt minutes, se dit-il en s'intégrant à la circulation sur l'I-295. Il ne faudrait pas plus de vingt minutes pour arriver à leur résidence temporaire. D'ici là, il aurait repris le contrôle.

Le père de Rule avait été extrêmement satisfait que le Bureau ait envoyé Lily à Washington. Après que la Cour suprême avait mis un terme à des siècles de persécution légale des lupins, les Nokolaï s'étaient joints à deux autres clans pour acheter une habitation à Georgetown dans une rue pavillonnaire. Isen avait voulu une présence dans la capitale, autant pour s'y montrer que pour y faire du lobbying.

La plupart du temps, Rule était cette présence, le visage public d'un peuple habitué à rester dans l'ombre. Pour le dire d'une autre façon – ce que Lily avait fait une fois – il était l'incarnation des lupins, l'image sûre, presque docile qu'ils présentaient au public. Rule comprenait cette image, savait s'en servir, savait ce qu'elle nécessitait. Il dégageait un petit parfum de danger qui le rendait exotique, et se montrait suffisamment fascinant pour être invité aux meilleures soirées.

Et dans tous les meilleurs lits aussi, même s'il n'acceptait désormais plus ce genre d'invitation.

Rule jeta un coup d'œil à la jeune femme à côté de lui. Penchée vers son ordinateur, ses cheveux tombaient en avant et cachaient son visage. Ils étaient superbes, noirs et brillants le jour, et pleins de secrets la nuit. Distraitement, elle coinça une mèche derrière son oreille et lui dévoila ainsi son profil. L'éclat de sa peau sous la lumière de l'écran rappela à Rule la lune, froide et pâle.

Elle sentait le sang. Le sang de Paul.

Rule détourna les yeux vers la route.

Cette nuit, Lily s'était battue pour lui. Le démon était venu le tuer : elle l'avait compris avant lui. Il pensa à la manière dont elle s'était avancée, arme à la main, droit vers sa cible. Si elle avait ressenti de la peur, elle l'avait ignorée.

Ce n'était pas la première fois qu'il la voyait se battre. Ce ne serait pas la dernière. Cette pensée le terrifiait.

Lily était petite, facile à blesser, et lente à la guérison. Pourtant, à son inquiétude se mêlait de la fierté. Un sentiment auquel il ne s'attendait pas.

Qui aurait pu penser qu'une guerrière lui aurait si bien convenu ?

Lily éteignit son ordinateur.

— Ça va ?

— Comment ça ?

— Tu respectes la limite de vitesse. Tu dois être extrêmement préoccupé, ou épuisé.

Il lui sourit, parce que c'était ce qu'elle attendait.

— Un peu des deux, je crois. Quand tu…

— Il y a un sujet que je voudrais aborder… dit-elle en même temps que lui.

Ils se turent et échangèrent un regard complice. Celui de Rule, cette fois, était plus authentique.

— Les femmes et les agents fédéraux d'abord. Tu as des questions.

C'était en posant des questions qu'elle parvenait à s'endurcir face aux cruautés et aux troubles du monde.

Lily lui répondit :

— Oui, et la première est : qu'étais-tu sur le point de demander ?

— J'aurais dû m'en douter. Très bien. Dans combien de temps le corps de Paul sera-t-il rendu ?

— Difficile à dire. Le labo ne pourra pas en apprendre beaucoup, mais ils doivent faire semblant de s'en occuper.

Rule hocha la tête. Les personnes de la Souche – les lupins, les gnomes et les autres – avaient de la magie entrelacée à leurs cellules, qui faussaient leurs résultats d'analyse. Mais les autorités ne négligeaient pas pour autant leurs procédures habituelles.

— Quand il le sera, je l'escorterai jusqu'à son peuple.

— Toi ? Ils ne te laisseront pas le prendre. Sa famille devra venir réclamer le corps.

— Isen est en train de régler ces questions avec le Rho des Leidolf. Il veillera à ne pas sortir du cadre de vos lois, et je ramènerai la dépouille de Paul au territoire de son clan. Tu devras m'accompagner, mais tu ne courras aucun danger. Les Leidolf ont beau être gouvernés par un rustre, celui-ci ne fait quand même pas la guerre aux femmes.

— Eh bien, c'était certainement le premier de mes soucis. (Elle ramena ses cheveux en arrière.) Pourquoi ? Pourquoi tiens-tu à le faire ?

— Le *susmussio*. (Le serpent dans son ventre était en partie fait de cela, tout comme ses ondulations de désir et de rage, ses extrémités acérées qui le blessaient.) Paul est mort à cause de ça. À cause de moi.

— Tu n'en sais rien ! Il aurait pu nous aider même sans ce… euh… ce *susmussio*. Il a pu penser qu'il gagnerait à tous les coups le combat, ou que le démon s'en prendrait à lui de toute façon. Ou qu'il devait protéger la femelle – ton peuple a tendance à réagir de la sorte.

Rule secoua la tête.

— Peu importe. Même si je me trompe sur ses motivations, ses actes étaient ceux d'un lupin honorable qui avait accepté de se soumettre au combat. Il était exténué, mal préparé autant physiquement que par son inexpérience à combattre un démon, pourtant il est venu à mon aide. (Rule lâcha les derniers mots d'une voix étouffée :) Il se sentait responsable de moi.

— Mais…

Lily resta silencieuse un long moment. Rule savait les problèmes qu'elle énumérait dans sa tête : l'enquête, l'inimitié entre Nokolaï et Leidolf, cet ennemi apparemment venu de l'enfer pour les attaquer.

Pour l'attaquer, lui. Seule la malchance avait voulu qu'elle soit dans les parages… Mais aucun d'eux ne pouvait changer ce qui était arrivé.

Elle reprit d'une voix calme :

— Tu n'as pas le sentiment d'avoir le choix.

— De même que tu ne pourrais pas refuser de traquer celui qui a envoyé le démon qui a tué Paul.

— Très bien, dans ce cas. (Elle prit une profonde inspiration, puis expira.) On trouvera une solution.

Il toucha brièvement sa main, sa façon de lui dire merci.

— Tu as de la chance sur un point. Notre voyage ne prendra pas longtemps. Le territoire des Leidolf se trouve en Virginie.

— À quelle distance de Halo ?

Halo, en Caroline du Nord, où vivait le fils de Rule.

— Peu importe. Tu sais que je ne peux pas y aller.

— Je sais que tu en es convaincu. Nous devrons nous débarrasser de la presse de toute façon, pour qu'ils ne nous suivent pas jusqu'au territoire des Leidolf.

— Les journalistes ne sont qu'une partie du problème. N'importe lequel de ses amis ou de ses voisins pourrait me reconnaître. Sa grand-mère y tient : elle ne veut pas de moi là-bas.

— Toby, si.

Un muscle tressauta à sa mâchoire. Toby avait passé un week-end avec eux, peu de temps après leur arrivée à Washington. Durant ces quelques jours, ils n'étaient pas sortis et n'avaient pas visité les lieux touristiques ensemble. Ce qui n'avait pas plu au jeune garçon.

— C'est encore un enfant. Il ne comprend pas quelles seraient les conséquences si l'on découvrait qu'il est mon fils.

— Les clans ne s'en prennent pas aux enfants.

— Ses voisins le pourraient. Certains de ses amis cesseraient soudain de l'être, ou leurs parents leur interdiraient de le fréquenter. Sa vie ne serait plus jamais la même. Ce serait différent si…

S'il pouvait être élevé à Clania, au milieu de son clan.

Rule barra rapidement la route à cette pensée. La mère de Toby n'accepterait jamais cette possibilité. Elle ne voulait peut-être pas élever son fils elle-même, mais ce n'était pas pour autant qu'elle laisserait Rule le faire.

— Sa vie ne sera plus jamais la même, de toute façon, dit Lily doucement, dès lors qu'il arrivera à la puberté.

— Ce ne sera pas avant des années. Arrête.

Elle ne dit rien, mais tendit la main. Après une seconde d'hésitation, il la saisit. Ils restèrent silencieux un moment.

Elle reprit la parole alors qu'ils obliquaient vers la sortie d'Arlington :

— À propos de ce *susmussio*… tu n'es pas parvenu à le rompre. Qu'est-ce que cela signifie ? Y a-t-il des conséquences pour toi ou le clan ?

Elle progressait, pensa-t-il avec une pointe de plaisir. Elle commençait à penser au clan. Vu qu'elle était son Élue, elle était également une Nokolaï, même si elle l'oubliait parfois.

— Certes, la situation n'est jamais simple entre les Leidolf et les Nokolaï, mais il ne devrait pas y avoir beaucoup de conséquences pour notre clan. (Enfin, tant qu'il gérait les choses correctement.) Quant à moi… il existe deux rituels que l'on peut exécuter. L'un fait partie du service funèbre. En principe, on devrait attendre de moi que je présente un compte rendu officiel de la mort de Paul pour répondre à leurs questions.

— En principe ?

— La famille de Paul ne voudra peut-être pas de la présence d'un Nokolaï.

— Tu veux dire que son clan ne souhaitera pas ta présence là-bas.

— Pas tout à fait. Le Rho des Leidolf voudra probablement m'exclure de la cérémonie, mais la décision appartient au père de Paul, s'il est en vie. S'il est mort, ce sera à ses autres parents mâles de décider.

— Mâles ? répéta-t-elle d'une voix cassante. Et sa mère ? Ses sœurs, s'il en avait ?

— Les coutumes des Leidolf sont différentes de celles des Nokolaï et de la plupart des autres clans. (Il se tut, le temps de trouver ses mots.) Certaines d'entre elles ne te plairaient pas.

— Ça fait deux.

— Deux quoi ?

— Deux sujets sur lesquels tu devras revenir plus tard. Tu as dit qu'il y avait deux rituels envisageables. Quel est l'autre ?

— Si le père de Paul est en vie, je lui dois un devoir filial. Je le lui proposerai. Il n'acceptera peut-être pas. Sa fierté pourrait le retenir, ou un désir de couvrir de honte les Nokolaï. Ou encore son pragmatisme. En acceptant, il endosserait aussi certaines responsabilités.

— Qu'entends-tu par « devoir filial » ? Quelle sorte de devoir ?

— Rien de très différent de ce que l'on pense sans doute devoir à son père. Pas l'obéissance, mais le respect, le soutien financier si besoin. Ma présence, s'il la désire, en certaines occasions.

— Puisque ta présence implique également la mienne, j'aimerais savoir…

Elle s'interrompit pour fouiller dans son sac à main. Son téléphone vibrait à l'intérieur. Elle mit la main dessus, jeta un coup d'œil à l'identité de la personne qui l'appelait, et soupira.

— Évidemment. (Elle prit l'appel.) Salut, papa. Il est plus d'une heure du matin ici, tu sais.

Rule esquissa un sourire. Le père de Lily était parfaitement conscient du décalage horaire. Il était agent de change, et Wall Street se trouvait dans leur fuseau horaire.

— Dis-lui qu'on espère encore prendre l'avion à temps pour être là pour Noël.

Elle le regarda en fronçant les sourcils.

— Oui, c'était la voix de Rule. Il sera… Je sais que maman l'est, mais vu ce qui s'est passé cette nuit…

Ils étaient presque arrivés. La rue était tranquille, le quartier on ne peut plus urbain mais plus convenable que celui où Paul avait vécu. Ici, les maisons, toutes semblables et alignées, étaient en brique, en bois ou en pierre, les jardinières bien entretenues, et les guirlandes de Noël de bon goût. Le minuscule restaurant à l'angle servait de petits plats de fruits de mer avec du chutney de mangue ou de l'aïoli safrané.

À certains égards, Rule préférait le quartier de Paul.

— Dis à maman qu'on fera ce qu'on peut. (Lily fit une pause.) Comment ? Elle refuse de me parler.

Pendant que Rule était piégé en enfer avec une autre Lily, il y avait eu de l'eau dans le gaz entre Lily et sa mère. Sa *nadia* n'était pas entrée dans les détails. Il s'était montré patient, espérant que leur retour à San Diego débloquerait la situation, mais s'ils ne rentraient pas pour les fêtes…

— Tu sais que je ne peux pas beaucoup t'en dire, disait-elle au téléphone. Tu le liras dans les journaux, de toute façon. Il y avait un démon et… Non, non, je vais bien. (Une pause.) Il va bien, lui aussi, mais une autre personne a été tuée. C'est pour ça que… Non. Personne que tu connais.

Rule passa devant l'élégante chambre d'hôtes où il avait passé quelques nuits agréables lors d'autres voyages à Washington. Que ce soit ici ou à San Diego, il avait rarement ramené des femmes chez lui. Seulement quelques-unes – les rares qui étaient devenues des amies autant que des maîtresses.

Tout ça était du passé. Lily lui était destinée à présent. Après une vie peuplée de femmes, il ne restait plus qu'elle. Il n'aurait pas voulu revenir en arrière, même si c'était possible, mais cette nuit…

Il le sentait encore. Le chant de la lune vibrait à travers lui, tel un bourdonnement de basse contre ses os, porté par son sang.

Ce n'était pas normal. La lune était loin d'être pleine, et même s'il avait lutté contre sa transformation une première fois – et avait gagné, si péniblement qu'il en avait honte – il avait cependant fini par se transformer. Le magnétisme de la lune aurait dû en être affaibli. Pourtant, le pouvoir continuait de s'accumuler dans son ventre, empêtré dans ses autres besoins, et le loup était proche. Si proche.

Il avait des envies de sexe.

La maison où ils logeaient possédait un garage séparé à l'arrière de sa cour étroite. Il ne regarda pas sa partenaire lorsqu'il tourna dans la ruelle. Ce qu'il voulait maintenant n'avait rien à voir avec l'amour ou la tendresse. Il désirait un corps dans lequel s'enfoncer, être enivré par l'odeur d'une femelle excitée, par l'envie insouciante de se laisser aller.

Le sexe calmait son besoin impérieux de se transformer. Nettie appelait ça l'« évolution en action », en ce qu'il encourageait un comportement susceptible d'accroître le nombre d'enfants. Étant donné le faible taux de fertilité de son peuple, Rule supposait que cela pouvait être vrai, même s'il n'était pas certain que cette évolution s'appliquait aux individus de la Souche. Mais peu importe comment, le sexe faisait son effet. Même à l'adolescence, lorsqu'il n'arrivait absolument pas à se maîtriser, un petit moment de sexe torride et moite pouvait ancrer fermement un jeune lupin dans sa forme humaine.

Une chose risquée si le loup était trop proche. Un loup en rut se fichait du plaisir de la femelle... voire de son consentement. Avec les vrais loups, une femelle réticente pouvait empêcher un mâle de la monter. Les hommes, en revanche, violaient des femmes depuis l'apparition de leur espèce.

Il ne ferait pas courir à Lily un tel risque. Il devait reprendre le contrôle.

— Bien sûr, dit-elle au téléphone. Je te tiens au courant. (Elle raccrocha et poussa un soupir.) J'aurais dû deviner qu'il appellerait. Contrairement à maman, papa lit ses emails et ses textos.

— Il est contrarié à l'idée que nous ne serons peut-être pas rentrés pour Noël.

— Il prétend que c'est maman qui est fâchée. Quoi qu'il arrive, je suis censée me pointer là-bas pour qu'elle puisse refuser de me parler de vive voix. Dieu sait que mon boulot n'est pas une excuse.

Il y avait trop d'amertume dans sa voix... Et cette nuit, Rule avait plus la finesse d'un marteau que d'un scalpel. Trop préoccupé par ses propres besoins, admettait-il, pour traiter ceux de Lily avec délicatesse.

— C'en est un, dit-il en levant le bras pour appuyer sur la télécommande de la porte du garage.

— Un quoi ?

— Un sujet sur lequel tu devras revenir plus tard.

— Oh. (Elle hocha lentement la tête.) C'est de bonne guerre.

La porte du garage coulissa vers le haut, les lumières s'allumèrent à l'intérieur, et Rule gara la voiture.

Le garage exhalait une odeur typique d'essence, de métal chaud et de gaz d'échappement. Il y avait aussi des souris, ce qui n'était pas pour déplaire à l'Inspecteur Harry. Le chat passait pas mal de temps dans ce lieu.

Rule respira plus profondément lorsqu'ils quittèrent le garage pour marcher vers la maison. Même si les senteurs de la ville dominaient encore, l'humus et le cèdre adoucissaient l'air, ainsi qu'un soupçon de brise transportant l'odeur du vieux matou qui s'était lancé dans une guerre de territoire avec Harry. Il sentit également le berger allemand de la maison d'à côté. Le chien le suivit le long de la clôture.

Rule aurait aimé courir dans l'obscurité à quatre pattes, lui aussi. Pointer sa truffe vers la lune et se joindre à son chant, pleurer une vie volée trop tôt. Beaucoup trop tôt.

— Tu viens ?

Ce ne fut que lorsque Lily lui parla depuis l'embrasure de la porte que Rule s'aperçut qu'il s'était arrêté. Il pesta en silence contre sa distraction.

— Bien sûr.

— Tu n'es pas obligé, tu sais.

Il ne pouvait déchiffrer son expression. De la tristesse ? De la pitié ? Quelque chose de solennel et d'agaçant, décida-t-il, avant de prendre brusquement la direction de la maison.

Elle ne s'écarta pas lorsqu'il arriva devant la porte. Il s'arrêta, la mine renfrognée.

— Je croyais que tu m'invitais à entrer, mais si tu préfères me barrer le passage…

— J'ai plutôt l'impression que c'est l'inverse. Tu me tiens à l'écart.

— Suis-je obligé de partager la moindre de mes pensées ? Laisse-moi passer, Lily. Je ne suis pas d'humeur à te tenir la main.

— Tant mieux, parce que je suis à court de compassion. Pourquoi te donnes-tu tant de mal pour me repousser ?

— Je ne…

— Surtout alors que tu aimerais me jeter par terre et m'arracher mes vêtements.

Son franc-parler laissa Rule muet.

Elle leva les yeux au ciel.

— Bon sang, Rule, tu me crois aveugle ? Tu n'es pas si différent, tu sais.

— Sauf que je pourrais tout à coup avoir de très grandes dents, et l'appétit qui va avec.

— On peut ajouter « apparition de fourrure » à la liste de tes techniques de gestion du stress.

— Du stress ? répéta-t-il, incrédule. Tu crois que c'est de ça qu'il s'agit ?

— Tu as raison. Ce n'est pas la peine d'essayer de parler.

Elle avança vers lui, posa ses mains de chaque côté de son visage, et attira sa tête vers la sienne. Elle ne l'embrassa pas. À la place, elle frotta sa joue contre celle de Rule.

Il s'immobilisa. Les odeurs de Lily le submergèrent : les agrumes de son shampooing, la senteur extrêmement subtile de ses produits cosmétiques. Son sang. Son excitation. *Lily.* Il frémit.

— Je ne suis pas…

Inoffensif, voulut-il dire. Pas inoffensif, pas entier, pas maître de lui, pas…

— Ça ne fait rien, murmura-t-elle en glissant ses doigts dans ses cheveux. Tout va bien.

Ce n'était pas vrai. Rien n'allait... rien sauf ça. Il l'attira contre lui ; il sentit sa raison le tirailler, pour l'avertir de contrôler sa force. Elle était petite, facile à écraser...

Sauvage. Les mains de Lily couraient sur lui. Sa bouche réclama la sienne.

Il la lui donna. Et prit la sienne en échange.

Le goût s'ajouta à l'odeur, se mêla au contact physique et à la chaleur pour tourbillonner en lui telles des toupies sensorielles. La tenant dans ses bras, il se mit à tourner, une fois, deux fois... ils tournoyèrent dans la maison plongée dans l'obscurité. Il claqua la porte d'entrée. Le verrou s'enclencha. Le sac de Lily glissa de son épaule. Son manteau tomba au sol.

Quelques secondes suffirent pour qu'il oublie tout ce qu'il savait à propos des besoins d'une femme, comment les satisfaire, les attiser. Le souffle, les mains de Lily lui dirent qu'il pouvait, qu'elle n'avait ni le besoin ni l'envie d'être ménagée. C'était lui qu'elle voulait.

Il avait besoin d'elle. Il le sentait au fond de lui. Sous sa robe noire, elle portait des collants. Maudite invention. Heureusement, ils étaient faciles à déchirer.

Le bruit qu'ils firent en craquant couvrit presque celui de Lily qui retenait son souffle, mais il le perçut. Il balança la tête en avant, la truffe affairée, cherchant le visage de sa *nadia*. Non, ce qu'il y vit n'était pas de la peur, mais du désir. *Bien, oui, bien*... Il l'embrassa encore, en guise de remerciement. Il l'agrippa par les épaules, ses doigts se plantèrent dans sa chair.

Il fut pris d'un tremblement. Ici. Il pouvait le faire ici, debout. Le poids de Lily était peu de chose tant son envie était forte. Mais il voulait, il mourait d'envie de la sentir sous son corps. Pour cela, il fallait qu'il trouve un endroit confortable où l'allonger.

Il plaqua ses mains sous les fesses de Lily et la souleva pour que leurs chaleurs se rencontrent.

Le salon. Le canapé était douillet. Il pouvait y arriver. Il pouvait aller si loin. Il se mit à marcher. Elle entoura ses jambes autour de la taille de Rule. Il parvint à sortir de la cuisine. À tâtons, il misa sur sa mémoire et sur un peu de chance, et traversa la salle à manger sans fenêtres pour se rendre dans la chaleur étouffante du salon, où une fente entre les rideaux laissait pénétrer la lumière de la ville.

Le canapé était à cinq pas. Quatre.

Son téléphone se mit à sonner. Sans trébucher, Rule le détacha de sa ceinture et le jeta au loin. Le craquement issu de la rencontre du plastique avec la brique lui fit savoir que l'appareil avait percuté la cheminée.

Rule déposa Lily sur le canapé et s'étendit sur elle, une main à sa ceinture. Une main tremblante. La jeune femme la prit dans les siennes et l'aida à défaire le bouton et la fermeture éclair. La rencontre de leurs lèvres, de leurs odeurs, de leurs souffles l'aida à se détendre…

— Ma fleur, murmura-t-il en la trouvant avec ses doigts. Si belle… tes pétales, comme ceux d'une rose, si doux…

À ce moment-là il entra en elle, et commença ses va-et-vient. L'air et la raison lui manquèrent pour trouver ses mots. L'ascension jusqu'au sommet fut brève mais intense, sans délicatesse mais en harmonie, en harmonie avec elle, qui lui rendit chacun de ses assauts. Le monde fut réduit à une odeur de musc, leurs gestes, des sensations trop fortes pour être longtemps supportables.

Il chercha, et trouva le bouton caché au cœur de ses pétales. Elle poussa un cri. Son corps s'arc-bouta. Les vagues de l'orgasme l'emmenèrent à son tour.

Après un temps infiniment long, lorsque le monde eut retrouvé des contours plus ordinaires et que Rule ne sentit plus que le souffle chaud de Lily contre sa peau et les soulèvements encore perceptibles de sa poitrine, elle murmura :

— Qu'est-ce que… tu as dit ?

— J'ai loué la beauté de ta fleur.

Il la caressa pour lui indiquer de quoi il parlait.

— Oh.

Elle poussa un soupir où se mêlèrent joie et somnolence.

— Je comprends mieux comme… Merde.

Cette fois, c'était son propre téléphone qui sonnait.

— Du télémarketing, dit-il.

— À deux heures du matin ? Bouge-toi.

Elle repoussa sa poitrine.

— Je dois prendre l'appel.

Il se releva péniblement.

— Je ferais mieux de répondre moi-même, précisa Lily. Soit c'est mon père qui rappelle, soit il s'agit de l'enquête. (Elle se roula hors du sofa, se mit debout et fronça les sourcils.) J'ai du mal à marcher maintenant que tu as réduit mes jambes en miettes.

Rule eut un sourire plus détendu. Elle repartit à pas feutrés dans l'obscurité, vers la cuisine, nue et sans paraître le moins gênée du monde. Il la suivit. L'entaille laissée par la griffe du démon le brûlait après tous ces efforts physiques, mais à part cela, ses muscles étaient chauds, relâchés. Il se sentait à nouveau bien dans son corps.

En se penchant pour prendre son sac à main, Lily lui présenta une vue plaisante. Il se demanda si elle se rendait compte comme il voyait bien dans la pénombre.

— Mrrraow, fit Harry.

Le gros chat, assis près du réfrigérateur, le fixait du regard. Harry aimait reprocher à Rule la moindre perturbation : la pluie, les portes fermées, une gamelle vide. Cette fois, Rule estima cependant que le chat avait une raison valable. Il avait retardé Lily.

— Je m'occupe de ton minou.

Il ouvrit le frigo. Sa lumière blanche et froide balaya le sol.

Lily sourit.

— Tu viens de le faire. (Elle prit l'appel sur son téléphone.) Allô ?

Il sentit quelque chose d'humide et de chaud sur sa jambe et baissa les yeux. Un filet de sang coulait le long de sa cuisse, provenant de la blessure. Il plissa le front, perplexe. Elle s'était pourtant cicatrisée.

Lily était suffisamment près pour qu'il entende la voix de son propre père :

— *Tant mieux. Tu ne dormais pas. J'imagine que mon fils n'est pas loin.*

Elle haussa les sourcils.

— Exact. Une petite seconde. Calme-toi, Harry, dit-elle au chat qui se frottait vigoureusement à sa jambe, en ronronnant comme une tronçonneuse couverte de fourrure.

Elle tendit le téléphone.

— Oui ? fit Rule en sortant le carton de lait.

Une voix de basse gronda à son oreille.

— *Tu filtres les appels, maintenant, ou tu as un problème avec ton téléphone ?*

— Je dois en acheter un autre.

Il doutait de pouvoir rassembler correctement les pièces.

— *Foutue technologie. Soit ils se cassent, soit ils sont piratés. Procure-toi vite un nouveau portable ; nous devrons rester en contact. J'ai parlé aux Leidolf.*

— Ah oui ?

Rule était troublé. Qu'avait-il pu se passer de si important lors de sa conversation avec le Rho des Leidolf pour qu'Isen ait besoin de l'appeler à cette heure-ci ?

— *J'ai aussi parlé aux Szós, aux Kyffin, aux Etorri et aux Ybirra, et j'ai appelé les autres. Ils devraient me rappeler bientôt. Tu n'es pas le seul héritier à avoir été attaqué cette nuit.*

VI

Les habitants de Los Lobos ne voyaient pas beaucoup de visiteurs venus de *los Estados Unidos*. Les touristes américains se rendaient dans la capitale de la province, Morelia, ou à Pátzcuaro, près du magnifique lac du même nom. Quelques-uns descendaient jusqu'à Playa Azul pour faire du surf. Mais peu de chose les poussait à prendre l'autoroute qui longeait la côte jusqu'à ce minuscule village de pêcheurs, c'est pourquoi l'homme à la peau pâle, assis dans le patio devant l'unique café du village, ne passait pas inaperçu.

Il y était probablement habitué. Aucune personne avec cette apparence n'aurait pu vivre sans attirer de nombreux regards. Surtout des regards de femmes.

C'était vraiment dommage qu'il soit timbré.

Il parlait un drôle d'espagnol, si bien qu'au début ils ne surent pas très bien s'il pensait ce qu'il disait ; pour se faire comprendre il avait fait un dessin pour Jesús Garcia, le propriétaire du café. Il cherchait vraiment *el dragón*. Mais comme son argent valait celui de n'importe qui, ils haussèrent les épaules et lui accordèrent ce qu'il voulait. S'il prenait plaisir à chasser des créatures qui n'existaient pas, pourquoi le lui gâcher ?

Le timbré jetait un regard mauvais à sa carte, comme s'il avait le pouvoir d'en changer le tracé. Une tasse de café était posée près de son coude, et son assiette contenait les restes de son petit déjeuner. Il avait mangé quatre œufs et plusieurs tortillas, mais il n'avait pas touché aux lamelles de mangue.

Les deux vieillards, assis à une autre table, qui avaient observé et commenté les commandes de l'étranger, ricanèrent lorsque la serveuse s'approcha de lui. Carmencita roulait les hanches à se déplacer les os. Mais l'homme était trop occupé à fixer sa carte, mécontent. Il ne remarqua pas son jeu de séduction.

— *¿Le gustaría más, señor?*

Plus que les mots, le ton de sa voix détourna l'attention de Cullen de la carte topographique. Il sourit machinalement à ce ronronnement rauque qui lui demandait ce qu'il souhaiterait consommer d'autre, mais apprécia réellement cette intrusion lorsque la femme retira son assiette pour nettoyer sa table, un processus qui sembla nécessiter qu'elle se penche beaucoup en avant. Il admira la zone ainsi exposée.

— *Ah… Ahora, no. Pero más tarde…*

Son expression se chargea d'exprimer ce que ses rudiments d'espagnol étaient incapables de dire. Elle comprit et lui répondit par un torrent de mots qu'il ne parvint pas à démêler, bien qu'il lui semblât qu'elle lui fixait une heure précise. Il rit et bredouilla « *No comprendo* ». Elle finit par accepter l'ambigu « plus tard » qu'il lui avait promis.

Étant donné le peu de chance qu'il avait jusqu'à présent, il était bien parti pour rester ici un bout de temps. Pas besoin de se montrer distant, si ? Ni de se priver.

Deux raisons avaient poussé Cullen à s'arrêter à Los Lobos. Le nom titillait son imagination, bien entendu. Et sa curiosité. Le village était plus au sud qu'il ne l'avait pensé pour que des loups y vivent, même si Cullen avait de nombreux cousins sauvages en Amérique du Sud.

Pourquoi portait-il le nom d'animaux que les autochtones n'avaient jamais vus ?

S'il avait bien compris les explications des habitants, la localité devait son nom à deux pics étrangement dépouillés dans la forêt, visibles depuis le village, appelés également Los Lobos. Cullen supposa que les pics devaient suggérer les mâchoires béantes d'une bête. Cela n'expliquait pas pourquoi on les avait attribuées à un loup plutôt qu'à un jaguar, animal répandu dans la région. Peut-être que le village avait été baptisé par les Espagnols. Ceux-ci auraient pensé à des loups.

La raison principale pour laquelle il avait fait halte à cet endroit, bien entendu, c'était que sa route se terminait ici. Mince.

Un ballon de football rebondit dans la rue, suivi par un troupeau d'enfants braillards. Des garçons, pour la plupart, sauf une athlète édentée qui portait des tresses et une robe. Ce fut elle qui, d'un coup de genou, envoya le ballon droit sur lui.

Il grimaça, leva une main et donna un coup dans le ballon. Ce dernier passa au-dessus de leurs têtes pour aller frapper le mur en béton du *mercado* de l'autre côté de la rue. Il rebondit contre le ventre du garçon le plus grand, qui fut projeté en arrière et tomba, le postérieur sur les pavés lézardés. La bande de gamins laissa éclater des hurlements et quolibets, quelques-uns à l'intention de Cullen.

— Petits monstres, marmonna Cullen.

Ils auraient dû être à l'école. Pourquoi n'y étaient-ils pas ? Ce n'était pas encore Noël, si ? Il leva les yeux vers la lune, car il savait qu'elle ne serait pas pleine avant le trente et un.

À peine à moitié pleine. Pas encore Noël, alors. Dans ce cas, pourquoi leurs parents ne les enchaînaient-ils pas quelque part ailleurs ?

Il fut soulagé lorsque les footballeurs en herbe partirent jouer plus bas dans la rue. Il se concentra de nouveau sur la carte topographique dépliée devant lui.

Avant de quitter la Californie, Cullen avait passé trois jours à ensorceler ses cartes : une grande qui lui donnait la direction globale, et une série de cartes de plus en plus précises pour repérer sa cible. Il n'était pas détecteur mais avait obtenu le sort auprès de l'une d'elles, une Amazone pulpeuse qui les avait accompagnés en enfer, où ils avaient trouvé plein de démons, comme ils s'y attendaient… Et une guerre, à laquelle ils ne s'attendaient pas.

Sans oublier des dragons, qui les avaient raccompagnés sur Terre pour échapper aux hostilités. Des dragons qui, en fait, avaient rendu possible leur retour car l'un d'entre eux en savait plus sur la magie que n'importe quel seigneur de Faerie.

Et cette satanée créature s'était volatilisée avant de laisser le temps à Cullen de lui poser une seule question. Elle était hors de vue, hors de portée des radars, de sa seconde vue et des flammes divinatoires.

Et, désormais, hors de sa carte également. L'air contrarié, Cullen poussa sa tasse de café un peu plus loin.

Il n'avait pas cherché à suivre directement la trace des dragons. Ils étaient trop férus de magie – en tout cas, celui qui disait s'appeler Sam. Ce dernier pouvait bloquer toute recherche directe imaginée par Cullen. Il avait bloqué Cynna : pourtant, aussi agaçante soit-elle, c'était une puissante détectrice. Cullen avait donc tâché de repérer les lieux où ils étaient passés, et non ceux où ils étaient à présent.

Cullen était fort doué avec le feu, or les esprits élémentaires du feu existaient en partie dans le présent, en partie dans le passé et dans le futur, et c'est pourquoi il avait lié le sort à une petite salamandre. Les dragons étant des créatures du présent, comme les hommes, ils ne devaient pas être capables de bloquer le passé.

Jusqu'à cinq jours plus tôt, le sort avait fonctionné. La fine ligne de couleur sur sa carte, invisible aux personnes qui ne pouvaient voir la magie, avait longé la côte, pris un virage à l'intérieur des montagnes près de ce petit village… puis avait disparu.

Exactement comme ces fichus dragons.

Depuis, il essayait de les trouver par des moyens plus ordinaires : en demandant aux gens s'ils n'auraient pas remarqué la disparition de bétail ou aperçu d'étranges créatures. Par voie de conséquence, ses hôtes le croyaient dérangé. Non pas qu'il y attache de l'importance, mais ils lui disaient ce qu'il voulait entendre, et pas ce qu'ils avaient réellement vu ou entendu.

Il était proche, pourtant. Il le savait. La nuit dernière, ses défenses l'avaient démangé. Certes, cela ne prouvait rien. Mais au cours d'une longue excursion sur une piste de montagne la veille, il était tombé sur une zone où la magie paraissait humide. Une preuve qu'il n'était pas loin. Les dragons avaient la particularité d'étouffer ou d'absorber la magie autour d'eux. Aujourd'hui, il escomptait…

Le ballon de football revint dans sa direction.

— Bon Dieu !

Cette fois, il se leva et l'intercepta au vol. La horde d'enfants qui accouraient vers lui s'arrêta. La fille ricana. Le grand garçon – celui qui avait atterri les quatre fers en l'air un peu plus tôt – bafouilla quelques mots dans sa direction.

Ça ne semblait pas être une excuse. Ni une demande polie de récupérer son ballon.

Cullen lui adressa un sourire qui rendait généralement les adultes nerveux. Il fit passer le ballon entre ses mains.

— *¿Este es su pelota?*

— *Sí. ¡Démelo!*

Cullen dut reconnaître que le gamin avait du cran. Au lieu de reculer, il bomba son torse maigrichon et entreprit d'attraper le ballon… mais retomba en arrière, les narines dilatées, les yeux exorbités par la stupéfaction.

— *Brujo*, murmura-t-il.

Sorcier.

Non, songea Cullen, *et toi non plus. Même si tu n'as peut-être aucune idée de ce que tu es réellement.* Car il avait perçu l'odeur du garçon, de même que le garçon avait senti la sienne.

Pour s'en assurer, il regarda le garçon avec son autre vision.

Celle des ensorceleurs n'impliquait pas la vue, ni même un troisième œil ésotérique qui pourrait être ouvert ou fermé. Cullen percevait la magie en permanence, mais l'éclat du monde ordinaire la masquait tant qu'il n'y prêtait pas attention. Certains ensorceleurs devaient fermer les paupières pour voir la magie. Cullen, lui, avait besoin de se concentrer sur autre chose, un processus qui était devenu plus facile pour lui depuis qu'il avait passé trois semaines aveugle.

L'aura du garçon était claire, vivante… traversée de part en part de raies violettes. Ce garnement décharné était de toute évidence de la Souche, même s'il n'était pas de race pure.

Ajoutons à cela les infos que Cullen avait obtenues, et il sut enfin pourquoi le village portait ce nom.

— Jeune homme, dit-il doucement, nous devons parler.

Le garçon, bien entendu, ne comprenait pas l'anglais.

Jesús sortit en se dandinant du petit café, en proférant une rafale de réprimandes en espagnol.

Cullen sourit aimablement, tout en jonglant négligemment avec le ballon. Il comprenait tout au plus un mot sur dix. Comment gérer cette situation ? Le garçon n'avait pas encore atteint la puberté – son odeur et son aura le lui confirmaient – mais elle ne tarderait pas à se manifester. Il ne pouvait affronter seul sa première transformation. Qui devait-il…

Une odeur curieuse et désagréable lui fit tourner la tête.

Pour ses sens d'homme, c'était un chatoiement extrêmement léger dans l'air, à quinze mètres de lui, une odeur fétide de charogne qui lui arrivait par bouffées. Pour son autre vision, c'était une créature cauchemardesque qui dévalait la rue à grandes enjambées.

Debout, la bête marchait sur deux grandes pattes griffues. Ses hanches, immenses, donnaient à son corps couvert de bosses une apparence trop petite. Elle n'avait pas de membres supérieurs. La tête, une sorte de croisement entre celle d'un crocodile et celle d'un rhinocéros, avec les dents du premier et la corne du second, était penchée en avant sur un cou épais, d'un bon mètre cinquante de longueur, et dépassait les toits de tôle de chaque côté de la rue. Une femme nue se trouvait sur son dos ; sa peau avait la couleur marron foncé du masque d'un chat siamois.

Non, comprit-il une demi-seconde plus tard. C'était la forme astrale d'une femme. Le démon était un *dashtu* : il était physiquement présent, mais en léger décalage avec cette sphère. La femme n'était pas du tout ici.

— Merde. Putain de merde. J'imagine que personne ne voit rien ?

— *¿Señor? ¿Qué dijo usted?*

Le propriétaire du café lui tapota le bras et lui bredouilla quelque chose. Le garçon se mit aussitôt à parler à son aîné, en gesticulant, les yeux rivés sur Cullen. Trois des gamins étaient assis au milieu de la route, occupés à jouer à un jeu idiot avec une corde. Les autres se poussaient les uns les autres, discutaient, ou regardaient Cullen et le garçon.

Quant au démon, il arrivait à grands pas. Sa tête oscilla d'un côté et de l'autre… et son regard se fixa sur Cullen. Ses yeux brillaient d'un éclat rouge.

Ceux de la femme aussi. Elle lui sourit et leva mollement une main.

Instinctivement, il tendit la sienne vers le diamant qui pendait à la chaîne autour de son cou. Ce joyau unique, sans défaut, authentifié, était la raison pour laquelle il ne pouvait compter que sur son argent liquide ces jours-ci. Visa ne comprenait toujours pas pourquoi ses ordinateurs avaient autorisé Cullen à dépasser d'autant son découvert autorisé, et n'était pas content à ce sujet.

La pierre n'était qu'environ à moitié pleine, car il avait utilisé une part de la magie stockée dedans pour ses recherches. Mais cela avait peu d'importance : pas question d'engager un duel magique avec tous ces gosses dans la ligne de tir.

— Merde, répéta-t-il.

Et il se leva.

Cullen n'était pas aussi fort que d'autres de son espèce. Il pouvait se battre, évidemment, mais il n'était pas entraîné. En revanche, il était rapide – bien plus que tous ceux qu'il connaissait, à l'exception de Benedict, le frère de Rule, qui était doté de capacités surnaturelles. Assez rapide pour que les humains, après l'avoir croisé, soient sûrs de ce qu'ils avaient vu.

Au lieu de fuir, il se mit donc à courir vers le démon. S'il avait tenté de prendre la tangente, la créature l'aurait suivi, au beau milieu des enfants. Il ne savait pas ce qui se passerait si un *dashtu* piétinait un gamin, mais il n'avait aucune envie de faire l'expérience.

La cavalière du démon fut surprise. Il le vit à son expression alors qu'il chargeait sur elle et son effroyable monture. Mais elle ne l'était pas assez pour être distraite. De sa main levée, elle dirigeait de la magie qu'elle avait réunie, une boucle d'énergie qui formait des cercles lents au-dessus de sa tête, comme un lasso.

Par chance, sa monture se contrôlait moins bien. Celle-ci s'arrêta, balança la tête en arrière et hésita un instant avant d'avancer ses mâchoires pourvues de grandes dents vers l'idiot qui osait l'attaquer.

Cullen l'esquiva.

Le démon leva une énorme patte pour l'écraser. Cullen se jeta sur le côté et fit une roulade, puis se releva et s'éloigna en courant. Inutile de rester dans le coin pour se battre, alors que la probabilité qu'il perde était forte.

Il voulut se réfugier dans l'église. La minuscule bâtisse tombait en ruine, mais ses murs sacrés repousseraient certainement le démon. Il sentit plus qu'il n'entendit le bruit sourd des pattes de la bête sur le sol derrière lui. Comment était-ce possible, puisqu'elle n'était pas suffisamment présente pour être vue ou entendue des autres ? Il ne connaissait pas assez bien les *dashtu*, mais…

Merde ! Le démon pouvait *sauter* !

Cullen s'arrêta en dérapant. Le démon avait bondi au-dessus de lui pour atterrir à moins de trois mètres. Il se précipita vers lui, gueule en avant, à l'instant même où sa cavalière envoyait en direction du lupin la boucle brillante de magie.

Pas le temps de jeter un sort ni d'en puiser un dans son diamant. Cullen fit la seule chose qu'il pouvait sans armes et sans sort. Il lança du feu.

La créature beugla lorsque les flammes rampèrent le long de son ventre et de son poitrail. Elle balança la tête et tituba si rapidement en arrière que sa cavalière perdit le contrôle de son lasso. La boucle brillante serpenta frénétiquement dans l'air.

Cullen courait déjà dans l'autre direction lorsque celle-ci siffla au-dessus de sa tête. Le démon était ralenti mais pas neutralisé. Sa présence physique était trop ténue pour qu'un feu ordinaire lui cause de vrais dégâts, et Cullen avait besoin d'un petit coup de pouce du diamant pour invoquer le feu du mage.

Mais cette arme était extrêmement difficile à maîtriser.

Courbé, il se faufila dans un passage entre deux maisons, où le démon, avec sa corpulence, ne pourrait pas s'introduire. À moins qu'il puisse se glisser plus profondément dans son état de *dashtu* pour que sa masse puisse se recouper avec…

Un coup d'œil par-dessus son épaule lui suffit pour savoir qu'il en était capable.

Cullen se retrouva dans une cour envahie de poulets ; ceux-ci se mirent à glousser en battant des ailes et à se dandiner devant ses pieds. Il continua sa course entre les arbres, avant de gravir un chemin sinueux de montagne.

Une heure plus tard, il était perché sur un chêne noueux, entouré de milliers d'autres chênes. Sa poitrine se soulevait. Les muscles de ses cuisses tressautaient et se crispaient, et sa chemise était trempée de sueur. Son jean était mouillé jusqu'au genou.

Un papillon aux couleurs crépusculaires virevolta devant lui comme un bout de papier de soie. Non loin de là, des singes poussèrent des cris stridents. Il était peut-être à une douzaine de kilomètres du village, et le surplombait d'au moins trois cents mètres.

Le temps jouait en sa faveur, songea-t-il. Son assaillante devrait finir par abandonner. D'après la légende, plusieurs experts avaient été en mesure de supporter l'état de corps astral pendant presque une journée entière, mais il voulait bien être pendu si cette garce pouvait être qualifiée d'experte. Encore une à trois heures, et elle devrait réinvestir son corps physique.

Il espérait seulement qu'elle repartirait avec son démon.

Alors que la sueur rafraîchissait son corps, il frissonna, mais pas vraiment à cause du froid. Il avait cru à deux reprises qu'il s'en était sorti, et les deux fois, le démon et sa chevaucheuse l'avaient trouvé.

Comment ? C'était la question à vingt mille dollars.

Pas psychiquement. De cela, il était sûr ; ses défenses étaient des plus solides, et elles avaient réussi à refouler une télépathe cinglée et son antique crosse. Il ne pensait pas que le démon le retrouvait grâce à son odorat ; en tout cas, pas depuis qu'il s'était plongé dans un fichu ruisseau. Théoriquement, la créature pouvait l'entendre, supposa-t-il. Sous sa forme de loup, Cullen était capable de repérer un battement de cœur, mais il devait être tout près de l'individu. Il ne pensait pas que son propre rythme cardiaque était en train de le trahir.

Ne restaient que la vision et la magie. Peut-être le démon était-il un Davy Crockett sous stéroïdes : il pouvait repérer les traces de Cullen, que celui-ci soit dans un ruisseau, sur des rochers ou qu'il saute d'arbres en arbres comme Tarzan.

Mais il était également possible que la chevaucheuse du démon l'ait doté d'une sorte de don magique.

La nuit dernière, quelque chose avait frôlé ses défenses. Il avait supposé que c'était Sam. Il s'était montré confiant, se disait-il à présent, amer à l'idée de s'être fait berner. Cela aurait dû l'alerter. Mais il avait été trop sûr de lui, convaincu que rien ne pouvait percer ses défenses. Il…

Cullen cligna des yeux. Comment savait-il que rien ne pouvait les percer ?

Question idiote. Il avait tout testé. Lorsqu'il avait conçu ses défenses…

Une pensée vertigineuse le frappa si brutalement qu'il manqua de tomber de son perchoir. Il s'agrippa au tronc, la sueur perlant sur son front.

Lorsqu'il avait conçu ses défenses. C'est ce qu'il s'était dit juste avant de tomber dans… rien. Parce qu'il ne se rappelait pas avoir testé ses défenses. Il ne se rappelait même pas les avoir créées.

Les avoir créées ?

Cullen enfonça ses doigts dans l'écorce. Il scruta la jungle, mais ne vit rien. Un scarabée gros comme son pouce inspectait sa main. Il l'ignora.

Il avait une défense. Une seule, qui le protégeait de n'importe quelle sorte d'attaque mentale. Et il n'avait aucune idée de la façon dont il se l'était procurée, ni de la raison pour laquelle il ne cessait de penser qu'il en avait plusieurs.

Quelqu'un ou quelque chose avait manipulé son esprit, avait englouti une partie de sa mémoire.

Il commença à traquer ses souvenirs, à les examiner les uns à la suite des autres, dans l'espoir de découvrir à quand remontait l'acquisition de ses défenses. À quel moment avait-il commencé à compter sur leur protection ?

Il ne lui fallut pas longtemps pour trouver la réponse. Il n'était pas près d'oublier ce jour-là. Il avait également une idée assez précise du coupable, même s'il ne connaissait ni la motivation ni la localisation actuelle de cet homme. Par chance, quelqu'un pourrait l'aider. Une personne qui avait accès à toutes sortes d'informations.

Peu à peu, le silence vint troubler sa concentration. Les oiseaux ne chantaient plus, les singes avaient cessé leur tapage et ne jacassaient plus. La forêt était paisible… et dans l'air se propageait vaguement la puanteur de la chair en décomposition.

Le salaud ! Il n'avait pas le temps de jouer à cache-cache. Il devait sortir de cette fichue jungle et prendre un avion.

Lorsqu'il aperçut la gueule du démon, précédant son corps gauche sur le chemin, à six mètres du chêne de Cullen, celui-ci était debout, sur le sol, au pied de l'arbre. Il attendit, serrant dans son poing le petit diamant à son cou, l'autre main tendue.

— O.K, trésor, murmura-t-il. On va le faire à ta façon. Tu veux jouer ? Je suis prêt.

VII

Cynna entra précipitamment dans le Quartier général à dix heures passées de deux minutes. Les ascenseurs mettent toujours un temps fou à arriver lorsqu'on est en retard, c'est pourquoi il était 10 h 07 lorsqu'elle s'arrêta, imperceptiblement essoufflée, devant le bureau de la secrétaire.

— Il m'attend.

Ida Rheinhard était plus âgée que Dieu, et loin d'être aussi bienveillante. Elle dévisagea Cynna par-dessus la monture de ses lunettes de lecture rouge vif et lui tendit un dossier.

— Il vous attendait à dix heures. Tous les autres sont déjà là. Salle de conférences B-12.

Cynna allait commencer à se justifier – Ida l'intimidait toujours – mais se retint. À quoi bon ? La secrétaire n'avait jamais été en retard de sa vie. Mais c'était facile pour elle, vu qu'elle ne quittait jamais son poste. Cynna était pratiquement sûre qu'elle se couchait en chien de fusil sous son bureau la nuit, prête à bondir sur les agents distraits ou le personnel chargé de l'entretien passant trop près de sa tanière.

Cynna coinça le dossier sous son bras et longea le couloir à la hâte. Elle n'avait pas imaginé qu'ils se réuniraient dans une salle de conférences. Apparemment, la réunion était plus importante qu'elle l'avait pensé.

Cela l'inquiétait. Les nouvelles de ce matin étaient décidément bizarres.

Le démon qu'elle avait tué avait fait beaucoup parler de lui, bien entendu, mais ce n'était qu'une seule des étrangetés de la nuit précédente. L'édition en ligne du *New York Times* rapportait toutes sortes d'apparitions : des lupins, des yétis, des banshies et même des fées. Bien entendu, les gens prétendaient voir des créatures qu'ils n'avaient pas réellement vues, mais qu'en était-il de cette réserve de lutins au Tennessee ? Elle avait soi-disant vu sa population doubler en une nuit.

Un bus scolaire au Texas avait disparu en rentrant d'un match de football ; des automobilistes qui roulaient à côté de lui prétendaient qu'il avait purement et simplement disparu sous leurs yeux. Un voyant réputé avait annoncé la fin du monde. Ce qu'avait aussi fait une organisation terroriste notoire. Non pas que Cynna fasse grand cas de ces crétineries sur la fin du monde, mais il se passait bel et bien quelque chose.

Elle poussa la porte de la salle de conférences et se figea sur place. Entre vingt et trente personnes étaient assises autour d'une table en bois sombre. Chacune d'entre elles se retourna pour la dévisager.

— Désolée. Panne de voiture.

Seigneur. Avant aujourd'hui, elle n'avait jamais vu autant d'agents de l'Unité à une seule réunion. Et il n'y avait pas que des agents de l'Unité à la table. Pas que le FBI.

Sherry O'Shaunessy, la grande prêtresse de l'assemblée wiccan la plus ancienne et la plus grande du pays, était assise à côté d'un homme de petite taille, aux cheveux noirs et affublé d'un col d'ecclésiastique. Cynna était presque sûre qu'il s'agissait de l'archevêque Brown, un ardent catholique aux penchants réformistes. Elle ne connaissait ni le vieux type ébouriffé comme Einstein ni le chauve à la carrure de lutteur professionnel, mais elle reconnut la femme assise à la droite de Ruben.

Cynna déglutit et se dépêcha d'aller s'installer à la table. Elle n'avait jamais rencontré la première conseillère du Président, mais elle était certaine de l'avoir vue en photos.

Ruben était assis au bout de la table. Rien dans son apparence n'expliquait le respect qu'il inspirait. Il était d'une maigreur maladive, qui le contraignait à se faire tailler des costumes sur mesure. Il avait un gros nez, et Cynna savait de source sûre que sa femme était responsable de sa coupe de cheveux. Une fois de plus, il avait rafistolé ses lunettes avec du ruban adhésif. Dans ses bons jours, lorsqu'il pouvait se tenir debout et marcher avec une canne, il dépassait légèrement la taille moyenne.

Cynna ne l'avait pas vu dans un bon jour depuis plus d'un an. Aujourd'hui, comme d'habitude, il était assis dans son fauteuil roulant motorisé.

Ruben hocha la tête dans sa direction.

— Mesdames et messieurs, voici Cynna Weaver, l'un de mes meilleurs agents. C'est une détectrice, mais elle est également formée en sorcellerie et en démonologie. Cynna, l'agent Yu vient de finir de résumer deux des ESA de la nuit dernière - oh, veuillez m'excuser. Certains d'entre vous ne sont pas familiarisés avec notre jargon. ESA signifie Événement Surnaturel Apparent, ce qui est la désignation donnée aux événements qui remplissent nos critères d'investigation.

— Deux des ESA ? répéta Cynna, mettant le doigt sur la question importante. Combien y en a-t-il eu ?

— Depuis vingt-deux heures la nuit dernière, nous avons reçu cinquante-sept signalements de sources officielles et deux cent quarante-deux signalements de sources officieuses.

Cynna resta bouche bée. C'était plus que du jamais vu. C'était… aussi effrayant que l'enfer, décida-t-elle.

Elle n'était pas la seule personne sous le choc. Ruben dut faire taire les questions et les exclamations en levant la main, avant de reprendre :

— Cela représente plus de dix fois notre charge de travail habituelle. Puisque nous ne pouvons pas engager d'un claquement de doigt dix fois plus de personnel, nous sommes contraints d'opérer un tri. Seuls les incidents les plus critiques seront gérés par les agents de l'Unité. Pour les autres, certaines enquêtes seront remises à plus tard, certaines laissées aux autorités locales, d'autres attribuées à nos collègues qui ne font pas partie de l'Unité de la SCM. Je comprends, ajouta-t-il avec un sourire fugace, que cela déplaira à certains d'entre vous.

Sans blague. De l'avis de Cynna, la plupart des membres de la SCM – la Section des Crimes Magiques du FBI – étaient des gratte-papier et des employés de la désinfection. Les premiers étaient nuls. Ils ne maîtriseraient toujours pas un sort après plusieurs essais ratés, qui les auraient fait rétrécir, se couvrir de poils ou devenir dingues de carottes. Mais les seconds étaient pires : des agents de la SCM qui avaient traqué les lupins – entre autres – à une bien triste époque, avant que la Cour suprême ne change les lois.

« Employés de la désinfection » n'était pas le surnom que Cynna avait donné à cette catégorie d'agents. C'était ainsi qu'eux-mêmes se faisaient appeler.

— Quoi qu'il en soit, continua Ruben, puisque ces événements relèvent de notre juridiction, nous resterons en partie aux commandes. Les agents de la SCM nous seront détachés et feront leur rapport à l'agent spécial Croft.

Cynna haussa les sourcils. Comment Ruben avait-il fait pour arriver à cette organisation ? Sur le papier, l'Unité semblait faire partie de la SCM. Dans la pratique, elle intervenait sans avoir à rendre des comptes aux voies hiérarchiques, ce qui ne l'aidait pas à être appréciée du patron farouchement territorial de la SCM.

Elle jeta un coup d'œil à la conseillère du Président. Avait-elle fait pression sur la SCM ? Que se passait-il ici ?

Ruben remua dans son siège.

— Jusque-là, je n'ai mentionné que les ESA au sein de nos frontières, mais les États-Unis n'ont pas été le seul pays touché la nuit dernière. Par exemple, à Dublin, deux banshies…

Le chauve grommela :

— Si je gagnais un dollar pour chaque Irlandais qui prétend avoir vu une banshie, j'aurais de quoi rembourser la dette fédérale.

Ruben hocha poliment la tête.

— Peut-être, ceci dit, je crois qu'il y a moins de huit milliards d'Irlandais. Mais là n'est pas la question. Ces scènes ont été observées par le premier ministre japonais – vous vous rappelez peut-être qu'il est en visite officielle en Grande-Bretagne – ainsi que par trois journalistes et deux membres du Parlement. Et ce n'est qu'un exemple parmi d'autres. Mlle Pearson m'a fait état d'un rapport, que je ne suis pas en mesure de partager avec vous pour des raisons de sécurité, mais qui confirme ma conviction que nous sommes face à un phénomène mondial.

Bonté divine.

— Peut-être que toutes les conséquences de ce phénomène inconnu sont déjà apparues. Peut-être pas. J'ai la forte impression que nous n'avons vu que la première vague, et que d'autres suivront.

L'un des agents de l'Unité dit doucement :

— Entre un et dix, Ruben ?

Celui-ci esquissa un sourire imperceptible à l'agent mais prit la parole à l'attention de tous.

— Sean a l'habitude de me demander de sortir un chiffre, comme par magie, pour évaluer mon intuition. Sur une échelle d'un à dix, il veut savoir à quel point je suis sûr de mon fait. (Il regarda Sean.) Dans ce cas, je répondrais dix.

Cynna eut un frisson. Elle connaissait l'échelle de Sean, et notamment ce que Ruben n'avait pas dit. Le chiffre le plus élevé signifiait que Ruben était plus sûr encore de son intuition que de la loi de la gravité.

— Pourtant, ce n'est pas un élément objectif. Nous devons savoir ce qui s'est passé, si cela pourrait se reproduire, et quelles seraient dans ce cas les conséquences. Le Président m'a demandé de créer un détachement spécial pour répondre à ces questions. Le docteur Fagin le dirigera.

Le type aux cheveux d'Einstein griffonnait sur un bloc-notes. Il leva la tête avec une ébauche de sourire.

— L'archevêque Brown et Mlle O'Shaunessy ont également accepté d'apporter leur concours, et Hikaru Ito se joindra bientôt à nous. Le docteur Fagin a l'autorité et le budget pour accroître ses effectifs selon les besoins. Ils exigeront de vous la plus totale coopération et ont reçu des autorisations officielles qui vous permettront de répondre librement à toutes les questions qui vous seront posées.

Il remua de nouveau. Cynna espérait qu'il n'était pas dans un de ses mauvais jours, lorsque ses muscles lui faisaient mal en permanence. Il était sans doute resté éveillé une bonne partie de la nuit.

— Certains d'entre vous ont déjà reçu leurs affectations et ont hâte de partir. Je pense que vous comprenez maintenant pourquoi j'ai insisté pour que vous soyez présents à cette réunion. Avant d'en rester là, vous devez connaître deux autres éléments. Premièrement, je ne serai pas en mesure de diriger des enquêtes personnellement comme c'est généralement le cas, et je ne pourrai même pas demander à l'un de mes agents Gratifiés de cesser son travail de terrain pour aider à la coordination. Les « foyers d'incendie » sont trop nombreux. Par conséquent, tout le temps que perdurera cette situation d'urgence, les agents de terrain auront pleine autorité. Obtenez vos codes auprès d'Ida avant de quitter les lieux.

Pleine autorité. *Tous* auraient pleine autorité. Cette idée glissa le long de l'œsophage de Cynna et s'installa au creux de son estomac, aussi agréable qu'un rocher plein d'aspérités.

— Deuxièmement, vous devez considérer que le briefing de ce matin est hautement confidentiel. La pleine autorité vous donne la possibilité de révéler des informations classées secrètes à condition que cela soit pour votre enquête. Vous n'êtes pas pour autant autorisés à en discuter devant la fontaine à eau.

Il y eut des bruits de papiers et de l'agitation lorsque Ruben donna congé aux agents qui avaient leurs affectations. Cynna était si occupée à encaisser les nouvelles de la matinée qu'elle ne remarqua Lily que lorsque celle-ci lui tapota l'épaule.

— Viens. Tu es avec moi sur ce dossier. (Lily fit la grimace.) Mais on devra utiliser ton bureau. Ils ne m'en ont pas encore attribué un.

VIII

LILY SE SENTAIT petite, nerveuse et gauche en essayant de rivaliser avec les longues jambes de Cynna. Elle devait expliquer qu'elle n'avait pas demandé à être chargée de l'affaire; c'était Ruben qui était intervenu. Mais elles ne pouvaient discuter ni de ceci ni des nouvelles effroyables de ce matin dans le couloir.

Lorsqu'elles arrivèrent devant l'ascenseur, elle songea à un moyen de rompre le silence.

— Des problèmes de voiture ?

Cynna grimaça.

— Cette garce s'est plantée sur l'I-235. J'aurais mieux fait de prendre le métro, comme d'habitude. Les voitures me détestent.

Les portes s'ouvrirent en coulissant et les deux femmes se joignirent à trois autres personnes. Lily ne connaissait aucune d'entre elles, mais Cynna échangea un hochement de tête avec un homme plus âgé. Après cela, ils suivirent le protocole habituel de l'ascenseur, faisant comme s'ils ne voyaient pas les autres personnes piégées avec eux dans cette petite boîte.

— Toutes les voitures ? demanda Lily. Ou juste celle-ci ?

— Toutes celles que je conduis trop souvent. Les ordinateurs aussi me détestent. Et les téléphones portables, les télécommandes. J'ai abandonné l'idée de porter une montre il y a des années.

— Une minute. Tu utilises un téléphone portable.

— Bien sûr. Et la plupart du temps, il marche. Mais si je fuis, il ne fonctionne plus.

— Si tu fuis ? répéta Lily. Si ta magie fuit, tu veux dire ? Je sais que certaines personnes de la Souche ont des problèmes avec la technologie, mais je n'avais jamais entendu parler de Gratifiés qui en rencontraient.

— La plupart, non, mais…

Les portes s'ouvrirent. Cynna termina son explication alors qu'elles sortaient de l'ascenseur pour se retrouver dans un long couloir.

— Je porte beaucoup de magie sur ma peau. Elle est retenue dans les *kilingo* et les *kielezo* – les deux types de ce que tu appellerais des tatouages – mais parfois, il y a une décharge, comme de l'électricité statique. Et là, ça part en vrille.

— La magie peut interférer avec la technologie ?

— Bien sûr, mais la petite quantité qui flotte librement est faible, et ne suffit pas à… (Cynna se tut en percevant les implications de ce qu'elle venait de dire.) Bon sang.

— Ouais.

La magie libre ne lui avait pas posé de problème auparavant, mais si le phénomène de la nuit dernière les frappait de nouveau… Lily ajouta ce risque à sa liste de sujets dont elle devrait se préoccuper quand elle aurait le temps.

— C'est quoi, la « pleine autorité sur le terrain » ? demanda-t-elle.

— Effrayant.

Cynna s'arrêta devant une porte qui ressemblait exactement aux autres, espacées avec une précision de métronome le long du couloir.

— J'espérais une définition plus précise, dit Lily sèchement.

— Une minute. Mets ta main là, près de la mienne. (Cynna posa sa paume sur la porte, au-dessus de la poignée.) Je veux l'adapter à toi.

Perplexe, Lily fit ce qu'elle lui demandait.

— Là, dit-elle au bout d'un moment, avant d'enlever sa main pour tourner la poignée. Tu pourras l'ouvrir toute seule si je ne suis pas là.

— La plupart des gens utilisent des clés.

— Moi aussi.

Pas des clés ordinaires, de toute évidence. Lily la suivit dans un petit bureau qu'une montagne d'objets rendait encore plus petit : l'ordinateur posé sur le bureau et d'autres appareils attendus dans ce genre d'endroits, certes, mais également un sitar, deux plantes mortes, un squelette humain, une bibliothèque bourrée de bibelots bizarres – une tête réduite attirait le regard – des amas de corbeilles, de dossiers et de papiers, et une petite fontaine d'eau potable.

À sa grande surprise, la fontaine glougloutait.

— Où fais-tu les cent pas ?

Sa question fit sourire Cynna.

— C'est un défi. « Pleine autorité sur le terrain », dit-elle en saisissant la pile de dossiers sur la chaise devant son bureau et en les lâchant sur le sol, signifie que tu peux réquisitionner à peu près n'importe quoi : pas de formulaires à remplir, pas de questions. Des fournitures, du personnel, des armes, des avions… techniquement, tu peux réclamer l'intervention de l'armée, mais je ne crois pas que quelqu'un l'ait déjà fait.

Cynna avait raison. C'était effrayant.

— Ruben a parlé d'un code.

Elle hocha la tête et s'assit sur le coin de son bureau.

— À de rares occasions, lorsqu'un agent de l'Unité se voit accorder une pleine autorité de terrain, il obtient un code composé de chiffres. C'est l'autorisation, mais elle n'est valable que pour une courte durée. Ida nous précisera combien de temps nos codes peuvent servir et quelle sera la procédure pour les invoquer.

Lily avait beaucoup de choses à dire à Cynna, et beaucoup de questions. Mais elle voulait d'abord crever l'abcès.

— Cynna, j'ai dit à Ruben que ce serait toi qui devrais mener l'enquête, mais…

— Holà ! (Cynna leva les mains.) Est-ce cela qui te rend aussi rigide qu'un cadavre ? Je ne veux pas mener l'enquête. Ruben le sait.

— Je ne suis agent que depuis deux mois. Tu as l'ancienneté, les connaissances…

— Sans oublier le casier judiciaire. (Elle sourit.) T'étais pas au courant, hein ? Des histoires sans importance qui remontent à l'époque où j'étais jeune et stupide, mais j'ai passé un peu de temps sous les verrous. Cela m'empêcherait de faire partie du Bureau, si ce n'était l'Unité. Quant à mon ancienneté, c'est de la connerie.

— L'expérience n'est pas de la connerie.

— Non, mais la tienne compte autant que la mienne. Je suis détectrice, pas enquêtrice. Les seuls cas que j'ai gérés moi-même étaient des personnes disparues. Des enfants, ajouta-t-elle d'une voix douce et triste. Une bonne partie du temps, Ruben m'envoie détecter des enfants. Parfois, ils sont simplement perdus. D'autres fois… trop souvent… ils ont été kidnappés, violés, blessés. Tués. Mais même dans ce cas, c'est quelqu'un d'autre qui mène l'affaire. Je ne suis pas formée pour ça. Toi, oui.

Lily inspira puis relâcha l'air.

— Alors tout va bien entre nous.

— Tout va bien. Assieds-toi, si tu peux abandonner ta rigidité cadavérique.

— Je suis restée sur une chaise toute la matinée. (D'ailleurs, si elle s'asseyait, elle aurait un torticolis à force de pencher la tête pour regarder Cynna, plus haute qu'elle.) Nous travaillons sur l'affaire que nous avons commencée la nuit dernière. L'invocateur de démons.

Cynna hocha la tête. Visiblement, elle s'attendait à cette réponse.

— Tu dois savoir que j'ai essayé de détecter Jiri avant de quitter les lieux. Un fiasco.

— Tu m'as dit que ton Don ne pouvait détecter qu'à une certaine distance.

— Environ cent soixante kilomètres, à condition que j'aie un motif récent et précis. Ce qui me manque concernant Jiri, admit Cynna. Je ne l'ai pas vue depuis des années, le motif que je possède est ancien. Mais je devrais tout de même parvenir à la détecter si elle s'est trouvée assez près pour contrôler ce démon.

— Était-elle forcément à proximité ? Tu as dit que l'invocation et le lien étaient deux choses différentes.

— En effet, mais il faut quand même faire venir le démon ici, dans notre sphère, ce qui signifie l'amener dans un cercle d'invocation. Ce n'est pas possible à distance.

C'était ce que Lily avait pensé, mais pas ce qu'elle voulait entendre.

— Il n'y avait pas un seul démon la nuit dernière, mais cinq. Cinq démons qui ont attaqué les lupins héritiers de leurs clans - trois ici, aux États-Unis, deux au Canada. Trois héritiers sont morts. De même qu'au moins deux des démons, parmi lesquels figure celui que nous avons tué.

Cynna la dévisagea.

— Sainte Marie mère de Dieu. Il y aurait cinq invocateurs ?

— Et peut-être trois démons encore dans les parages. (Lily lui laissa un moment pour encaisser la nouvelle.) D'après ce qu'on m'a dit, l'un d'eux a disparu après avoir tué sa cible. Mais on ne doit pas en conclure qu'il est vraiment parti, n'est-ce pas ? Celui de cette nuit a pour ainsi dire disparu lui aussi. Il est devenu comme translucide. Je ne pouvais presque plus le voir.

— Presque ? (Cynna était étonnée.) Tu n'aurais pas dû être capable de le voir du tout lorsqu'il était *dashtu*. Je me demande si cela veut dire que le *dashtu* est en partie illusoire…

— Je ne te suis pas.

— Un démon *dashtu* est déphasé dans notre sphère – il n'est pas tout à fait ici, pas tout à fait ailleurs non plus. Il ne peut devenir *dashtu* en enfer, ajouta-t-elle. C'est l'une des raisons pour lesquelles ils aiment venir sur notre sphère. Je croyais que cet état les rendait totalement invisibles, mais si tu as vu quelque chose, c'est qu'il doit y avoir un certain degré d'illusion. Celle-ci ne devait pas marcher sur toi.

— J'ai vu Gan lorsqu'il était invisible aux autres. Il n'était pas du tout translucide.

— Oh. (Cynna réfléchit un moment.) J'ignore beaucoup de choses, mais Gan est un très jeune démon. Peut-être qu'il ne peut pas être aussi déphasé que les plus vieux, alors il se repose davantage sur l'illusion. Quel genre de démons attaquait les autres héritiers ? As-tu pu obtenir une description ?

— Seulement de deux d'entre eux. Ils correspondent à celui que nous avons tué cette nuit : gros, bâtis comme des hyènes, avec un large poitrail et des pattes arrière courtes, des yeux rouges. Une troisième paire de membres reliés à leur thorax qui se terminent par des griffes.

Cynna acquiesça.

— Comme ceux que nous avons combattus sur Dis, alors.

— Mis à part les pinces des membres antérieurs. (C'était une différence de taille. Lily respira lentement pour se calmer.) Cinq démons, cela signifie que nous recherchons cinq personnes qui peuvent invoquer et pactiser avec des démons. Cela laisse supposer l'existence d'un complot grave et organisé.

Cynna fronça les sourcils.

— Peut-être pas. Accorde-moi une minute. (Elle fixa la fontaine en secouant légèrement un pied, puis l'autre, comme si elle essayait de faire les cent pas assise.) Cinq invocateurs ont été nécessaires, dit-elle lentement. C'est un fait incontournable. Mais peut-être qu'un seul s'est occupé des pactes.

— Comment ?

— En théorie, au niveau des maîtres – et pour ce qui est des pactes, c'est de ce niveau qu'on parle, un maître démoniaque – on commence à entrer dans la politique des démons. À côté de la politique en enfer, ajouta-t-elle, l'ONU est de la rigolade.

— Je veux bien te croire, mais je ne vois pas où tu veux en venir.

— C'est à cause de la façon dont les démons sont liés à leurs supérieurs, tu comprends ? Si tu as à ton service suffisamment de démons mineurs, et que tu vises l'un des plus puissants, tu peux te retrouver avec une très puissante recrue. Tu vois, celui que tu as ferré est piégé dans un démon plus puissant, et ça peut aller loin. Ton pacte peut donc finir par impliquer certains des plus gros spécimens. (Elle prit une profonde inspiration.) Pour faire court, notre coupable a pu passer un marché avec un seigneur démoniaque, qui peut avoir sous son commandement de multiples démons, sans problème. Bien que la distance aurait pu en être un… sauf si le pacte impliquait un prince démoniaque ou une reine des enfers.

Lily sentit son ventre se tordre d'angoisse.

— Xitil.

Cynna hocha la tête.

Xitil était la reine des enfers qui s'était alliée à l'avatar de la Diablesse, puis l'avait combattu et mangé… Elle était aussitôt devenue folle. Les démons ne se contentaient pas de dévorer la chair de ceux qu'ils consommaient. Ils absorbaient quelque chose qui faisait partie de leur essence.

Quelle part de l'ennemie ancestrale des lupins vivait désormais à l'intérieur de cette reine des enfers ? Une personne, ici, s'était-elle alliée avec elle ?

Lily enfonça ses doigts dans le creux de sa nuque, comme si elle voulait en extirper un mal de tête naissant.

— Ça serait logique. Xitil est contrôlée ou fortement influencée par la Diablesse. Ce serait bien Son style de tuer des héritiers lupins. La seule chose que je n'arrive pas à comprendre, c'est comment la Diablesse a réussi à traquer Ses cibles. Elle n'est pas censée voir les lupins à distance avec Sa vision aux rayons X, ou quel que soit le moyen qu'Elle utilise pour se repérer dans notre sphère.

— Peut-être que l'humain derrière tout ça a un Don de clairvoyance aigu.

Lily fronça les sourcils, tâchant de se remémorer le peu de données que contenait le dossier sur Jiri.

— Quel était le Don de Jiri ?

— Je ne sais pas. Personne ne le savait, même si nous tentions tous de deviner. Je peux affirmer qu'il était puissant, et qu'il ne s'agit pas de détection. J'ai toujours pensé qu'elle pouvait être médium - la façon dont elle parvenait à obtenir ce qu'elle voulait était parfois troublante. Mais son Don pourrait être la clairvoyance.

Lily perçut de la réticence dans la voix de Cynna.

— Tu ne veux pas que notre coupable soit Jiri.

— Elle n'était pas... Lorsque je la connaissais, elle n'était pas le genre de personne capable de tels actes.

— Mais tu es partie.

— Ouais. (Après un silence, Cynna haussa les épaules.) Je suis partie, et j'ignore ce qu'elle est devenue. Si la moitié des rumeurs à son propos sont vraies, c'est une sacrée emmerdeuse aujourd'hui.

Lily sentit que son cerveau fonctionnait au ralenti, incapable de retenir les pensées qui flottaient autour de lui. Elle n'avait dormi que trois heures environ. Mais elle se rendait compte que Cynna était triste.

Mieux valait changer de sujet.

— Tu n'as pas de cafetière, par ici ?

— Je touche pas à ça, mais il y en a une au bout du couloir. Tu veux une tasse de café ?

Oui.

— Ça peut attendre. Ruben agit en partant du principe que les démons qui n'ont pas été tués sont encore dans les parages. Il en a informé les autorités au Canada.

— Qu'en est-il des attaques aux États-Unis ? Où ont-elles eu lieu ?

— Dans le Montana et en Virginie. Celle du Montana s'est produite sur un terrain fédéral, par conséquent le bureau du FBI de Billings s'en occupera, avec l'assistance de la SCM. Du moins, Ruben espère qu'il sera en mesure de gérer cette attaque.

Lily était contente de ne pas avoir eu à passer cet appel.

— Et celle de Virginie ?

— Près d'une petite ville, Nutley, sur des terres qui appartiennent au clan des Leidolf. C'est l'une des attaques sur lesquelles nous devons enquêter. En fait, tu dois enquêter seule pour l'instant, mais je te rejoindrai dès que possible.

Lily expliqua à Cynna les relations entre les Leidolf et les Nokolaï, et le devoir de Rule d'escorter la dépouille de Paul chez lui. Elle avait une longue liste de choses à faire en attendant que le corps soit rendu – le docteur Fagin voulait lui poser quelques questions, et elle en avait aussi pour lui ainsi que pour les autres membres du détachement spécial. Ils avaient pisté certains des anciens associés de Jiri au cours de leur enquête – d'anciens étudiants, pots-de-colle ou amants, d'après Cynna. Pas d'apprenti. À ce que la détectrice savait, elle avait été la seule véritable apprentie de Jiri.

Cynna semblait trouver normal que Lily doive s'attarder ici, et que c'était même nécessaire. Ce qui était parfaitement le cas. Mais Lily ne se sentait pas moins coupable pour autant. Toutes ces raisons valables n'étaient pas les seuls éléments qui la retenaient à Washington.

Certains détails étaient encore à régler : il lui fallait un mandat pour le cas où le Rho des Leidolf ne coopérerait pas, et elle devait décider des types de renforts à prévoir et des armes à emporter. Cynna essaya de revenir sur le premier point. Elle n'avait pas une haute opinion des agents de la SCM, et tous les agents de l'Unité étaient occupés.

Lily n'était pas prête à lâcher le morceau.

— Hors de question que tu y ailles sans renforts. Il te faut quelqu'un capable de tirer avec un M-16. S'il sait utiliser un lance-roquettes, c'est encore mieux.

— Ils ne seront pas très utiles s'ils se font posséder.

— Tu ne peux pas être la seule catholique du FBI. Ni la seule croyante. C'est ce qui compte, hein ? Quelqu'un qui a une foi personnelle forte est protégé.

— Oui, oui, mais…

— Tu as parlé de cafetière au bout du couloir.

— Et tu voudrais que je me la ferme et que j'arrête de protester. (Au lieu de paraître choquée, Cynna sourit.) Tu vois ? C'est pour ça que c'est toi qui commandes, pas moi. À qui je pourrais m'en prendre si je dirigeais l'affaire ? Bon. Allons te chercher une dose de caféine.

La salle de repos sentait le vieux café, devenu amer d'avoir chauffé trop longtemps. Lily se sentait ici comme chez elle. Les policiers avec lesquels elle travaillait autrefois ne buvaient jamais de café frais non plus.

— En Virginie, j'ai averti le commissaire de police local et les policiers de l'État, comme on me l'avait ordonné. Mais j'ai demandé aux forces spéciales de ne pas encore intervenir.

— Bien. (Cynna hocha énergiquement la tête.) La dernière chose dont nous avons besoin, c'est d'un flic possédé.

— Ce qui pourrait arriver si le démon est encore ici. De plus, Rule dit que les Leidolf n'aiment pas qu'on empiète sur leur territoire. Si une douzaine de gars armés chargent leur clan…

— Ça pourrait finir en un bain de sang.

— C'est ce que je me suis dit. (Elle souffla sur son café, puis en avala une gorgée. Son goût était aussi mauvais que son odeur.) À ton arrivée, tu devras te présenter au commissaire Mann, à Nutley. Quand je lui ai parlé de la présence possible d'un démon dans sa juridiction, il s'est d'abord demandé si j'étais saine d'esprit, mais il a accepté de s'entretenir avec le Rho des Leidolf.

— Je parie que les lupins n'ont pas signalé les attaques.

— Gagné, dit-elle d'un ton pince-sans-rire.

Les lupins n'étaient pas franchement connus pour leur coopération avec les forces de l'ordre.

— Si le démon de Virginie est encore là-bas, continua-t-elle, sera-t-il difficile pour toi de le détecter ?

— Ma portée sera limitée, sans doute plus proche de quinze que de cent cinquante kilomètres. Le motif que j'ai récupéré la nuit dernière me permettra de détecter d'autres démons du même type, mais il ne sera pas parfaitement identique.

— Parce que ce sont des êtres différents ?

— Surtout parce que je l'ai pris sur un cadavre. La mort a une faible puissance, même lorsque les motifs concordent par ailleurs.

C'était d'une logique sinistre.

— Il y a une dernière chose que tu dois savoir avant de partir.

— Quoi ?

— Ces démons sont différents des yeux-rouges que nous avons combattus en enfer.

— Ouais, on s'en est rendu compte. Ils ont des pinces au bout de leurs petits bras boudinés.

— Exact. Ils pourraient… (Lily dut s'interrompre pour prendre une profonde inspiration.) Ces pinces semblent contenir une sorte de poison. La blessure de Rule… elle ne guérit pas.

IX

CYNNA INSISTA POUR accompagner Lily chez elle avant de partir pour la Virginie. Celle-ci ne protesta pas autant qu'elle aurait dû.

Rule ne l'avait pas mise au courant, bon sang. Elle avait découvert que la blessure ne cicatrisait pas en apercevant du sang sur le drap en se levant. Avant cela, il avait refusé d'admettre qu'il y avait un problème, et il refusait toujours de consulter un docteur. La médecine traditionnelle, selon lui, serait inefficace.

Il avait probablement raison. Lorsqu'elle avait touché la chair déchirée, elle avait senti le contact de la magie. Une magie orange, qui recouvrait sa blessure comme un sirop collant : elle était d'origine démoniaque.

— La consistance poisseuse me fait penser à une malédiction que j'ai touchée un jour, dit-elle en sortant de la voiture.

— Tu crois que c'en est une, alors ?

Cynna ferma la portière côté passager.

— Gan ne le pense pas.

Contrairement à beaucoup d'autres personnes dans la vie de Lily, Gan aimait parler au téléphone. Le petit démon l'avait rappelée le matin même.

Cynna sortit du garage sur ses talons.

— Tu lui as parlé ? Tu le… tu la crois ?

— Elle ne peut pas mentir.

Pas encore. C'était l'une des menaces que Gan aurait dans sa manche si elle se convertissait à un corps plus terrestre.

— Les démons ne sont peut-être pas capables de mentir directement, mais ils adorent duper.

— Je ne vois pas ce qu'elle gagnerait à me tromper à ce propos.

— Alors, qu'a-t-elle dit ?

— Que le… je n'arrive pas à prononcer le mot qu'elle a employé. Il n'a que des consonnes. Mais Gan parlait des yeux-rouges. Ce sont des fantassins, élevés pour se battre dans les guerres entre démons. Un petit nombre d'entre eux – les troupes d'élite, comme les forces spéciales – ont des atouts supplémentaires. Leurs pinces exsudent… appelons cela du poison. Celui-ci interfère avec la magie, ce qui bloque la guérison. Elle a dit…

Oh, avait fait Gan lorsque Lily lui avait parlé de la blessure de Rule. *Tu veux dire qu'il n'est pas encore mort ? Je pensais qu'il se serait vidé de son sang, à l'heure qu'il est.*

Si Gan manquait de quelque chose, c'était bien de tact.

Lily enfonça sa clé dans la porte.

— Le poison magique est fatal aux démons mineurs. Les plus résistants finissent par le rejeter. Il pense que cela marche sans doute autrement pour les lupins, parce que leur magie est différente de celle des démons. Peut-être même, ajouta-t-elle d'une voix neutre en ouvrant la porte, que la Déesse de Rule en bloque une partie.

Lily préférait ne pas aborder le sujet de la religion, cependant, aux yeux de Gan, la Déesse n'était pas une croyance, mais une réalité. Tout comme les âmes. Les démons ne comprenaient pas l'âme, mais celle-ci les fascinait.

Gan et elle avaient cela en commun. Lily ne comprenait pas les âmes non plus, même si elle savait à présent qu'il y avait quelque chose après la mort. Pourquoi pas l'appeler l'âme, après tout ? Elle supposait aussi que la Déesse était réelle… mais elle se pencherait plus tard sur cette question.

— Recule, Harry.

Avec son pied, elle empêcha son chat de sortir et le poussa à l'intérieur, tout en jonglant avec sa sacoche et son ordinateur portable de manière à composer le code de son système d'alarme.

Rule était à l'étage. Elle ne l'appela pas pour le prévenir qu'elle était rentrée. Il le saurait.

— Même si ce poison n'est pas une malédiction, il pourrait être considéré comme tel. Des sorts antisorcellerie pourraient également fonctionner. (Cynna se pencha pour caresser Harry entre ses oreilles.) Hé, mon grand. Ces gens te traitent correctement ?

— Jamais assez bien, selon lui.

Lily posa ses affaires sur la table, retira son manteau qu'elle déposa sur le dossier d'une chaise.

— Que voulais-tu dire à propos des sorts et des malédictions ?

— Les sorts ont une composante physique, expliqua Cynna. Pas les malédictions. Par conséquent, si ce poison a cette composante, il pourrait réagir aux mêmes techniques qui suppriment un sort. Toute prêtresse vaudou digne de ce nom peut défaire un sort, je peux même te donner le nom d'une personne à contacter. Mais s'il s'apparente davantage à une malédiction, il vaudrait mieux un praticien confessionnel comme Abel ou Sherry.

— Qui vont tous les deux être très occupés. Qui d'autre saurait le faire ?

— Eh bien, certains prêtres catholiques sont formés à lever les malédictions, mais c'est rare de nos jours. Par ailleurs, je crois que leur méthode est plus efficace sur les catholiques.

— Et Nettie, alors ? Ou la Rhej ? Si la guérison confessionnelle marche…

— Isen va lui en parler, dit Rule dans l'embrasure de la porte. (Pour tout vêtement, il portait un pantalon kaki. Même ses pieds étaient nus. Les lupins n'étaient pas très sensibles au froid.) Peut-être qu'elle détient une donnée, dans ses souvenirs, qui nous aidera.

— Si c'est le cas, viendra-t-elle ici ?

Les Rhej formaient une communauté fermée au sein de la communauté lupine, et la Rhej des Nokolaï, en particulier, était connue pour ne jamais quitter Clania. Mais elle avait une bonne raison de ne pas le faire : âgée de plus de quatre-vingts ans, elle était aussi aveugle.

Il haussa les épaules.

— C'est ce qu'on verra. Salut, Cynna.

— Salut, Rule. Tu crois ça, que Lily veuille que tu retires ton pantalon pour me faire plaisir ?

Il haussa les sourcils.

— Tu aimes prendre des risques.

— Je suis comme ça. J'aime vivre dangereusement. (Cynna sourit.) Allez, baisse ton pantalon.

La lueur qui brilla dans les yeux de Rule n'était pas aussi perceptible que sa colère.

— J'apprécie l'offre, mais ce n'est pas nécessaire. Je ne suis ni gêné, ni handicapé… comme je l'ai indiqué plus d'une fois. Si mon corps ne parvient pas à éliminer le poison de lui-même, Nettie arrivera dans environ une semaine. (Il regarda Lily comme si le sujet était clos.) Comment s'est passée la grande réunion ?

— Elle s'est avérée être plus importante que je ne l'avais imaginé. Je t'en parlerai, mais d'abord tu dois me dire pourquoi Nettie ne peut pas quitter Clania pendant une semaine.

— Elle est dans l'Oregon, pas à Clania.

Lily prit une grande inspiration.

— Les jumeaux ?

— Leur mère a commencé le travail la nuit dernière… à peu près à l'heure où Paul a été frappé par sa transformation.

Les priorités de Nettie ne pouvaient faire l'objet d'aucune discussion. Le clan dans son ensemble s'était inquiété du sort des jumeaux à naître d'un Nokolaï ce mois-ci. Les bébés auraient besoin de tous les talents que la chamane – qui était également un médecin formé à Harvard – pourrait déployer. Lorsque, à de très rares occasions, un lupin engendrait des jumeaux, un bébé ou les deux mouraient presque toujours juste après la naissance.

Les lupins cachaient plus d'un secret aux humains qui les entouraient, mais celui qu'ils protégeaient le plus étroitement était l'effet que leur magie innée avait sur leur fertilité. Nombre d'entre eux étaient presque stériles, certains l'étaient totalement. C'était la raison qui expliquait leur promiscuité, le fait que le mariage était tabou, y compris la façon dont leurs chefs en retiraient leur autorité. Un Rhô et son héritier devaient être fertiles.

Techniquement, Rule pouvait avoir des enfants. Il avait un fils. Mais Toby était le seul qu'il avait engendré dans une vie presque deux fois plus longue que celle de Lily et, à présent, il ne jouait plus au bourdon qui volette de fleur en fleur pour répandre sa semence. Toby était sans doute le seul enfant qu'il aurait jamais.

— Très bien, acquiesça Lily. Je comprends pourquoi Nettie ne peut pas venir. Il est donc encore plus important que Cynna puisse voir si elle peut t'aider.

Il eut le léger tic au sourcil qui lui donnait un air moqueur.

— Cynna guérit les autres, maintenant ?

Lily regarda Cynna.

— Excuse-le. Le poison doit commencer à atteindre son cerveau… et je parle d'un empoisonnement à la testostérone. Il se comporte comme un mâle pur et dur, qui ne sait dire que « je vais bien, fiche-moi la paix ».

Une fois encore, il se moqua d'elle avec ce simple haussement de sourcil.

— Parce que tu n'es pas du tout comme ça, bien entendu.

— Je ne suis pas une guérisseuse. (Cynna ignora purement et simplement son sarcasme.) Je ne peux probablement pas éliminer ce poison magique, ou cette magie empoisonnée, peu importe ce que c'est. Et personne d'autre que Lily ne peut déterminer, rien qu'en te touchant, s'il commence à se répandre. Mais je suis bien approvisionnée en eau bénite, car je pars chasser un démon. Ça pourrait marcher.

— Je ne suis pas catholique.

— Mais moi, oui, et c'est donc moi qui l'utiliserai. Alors, question foi, nous sommes couverts. Bon, c'est vrai que l'eau bénite ne fonctionne pas sur tous les démons, il se peut donc qu'elle ne fasse pas effet sur du poison démoniaque. Mais ça vaut la peine d'essayer, non ?

— J'ai appris ce matin, dit Lily doucement, que l'autre victime du démon – le type du cinéma porno – est morte dans l'ambulance en route pour l'hôpital. Ils n'arrivaient pas à arrêter le saignement.

— Je crois qu'il était humain.

— Ce qui explique probablement pourquoi il est mort et toi vivant. Mais tu ne cicatrises pas.

Il pinça les lèvres. Pendant une seconde, elle crut qu'il allait refuser, mais il haussa une épaule.

— Très bien.

Il porta ses mains à sa ceinture.

Rule était à peu près aussi modeste que son chat. Il sortit ses jambes de son pantalon avec autant de décontraction que Lily lorsqu'elle ôtait ses chaussures. Au moins, il portait des sous-vêtements aujourd'hui.

— Dois-je retirer le bandage ? demanda-t-il.

— Ce serait mieux. (Cynna posa son sac à main aussi gros qu'un cartable sur la table et farfouilla dedans.) Je dois mettre de l'eau bénite directement sur la blessure.

Et voilà qu'il avait retiré son boxer.

Le démon avait planté ses griffes dans son flanc. Dans son corps d'humain, la blessure courait du haut de ses fesses, en diagonale, à travers sa hanche pour se terminer à quelques centimètres sur sa cuisse. Pas facile à bander. Lily avait couvert la blessure de deux cotons hygiéniques, les compresses les plus grandes qu'elle avait réussi à trouver à six heures du matin.

Il n'y avait plus qu'une seule compresse, qui n'était plus à sa place. Elle était rouge vif, imbibée de sang.

— Combien de fois as-tu dû changer le bandage ? lui demanda-t-elle tranquillement.

— Une fois. Ce qui ne veut pas dire que je me vide de mon sang. Même un humain ne serait pas gêné par des pertes de sang aussi dérisoires.

Lily se mordit la lèvre pour ne pas lui dire le fond de sa pensée, et se pencha pour ramasser le pantalon qu'il avait fait tomber sur le sol. La peur ne faisait pas ressortir ses meilleurs côtés.

Peut-être qu'il avait peur, lui aussi. Peut-être que c'était pour ça qu'il se montrait si stupidement borné et fier.

Il retira la compresse. La blessure semblait récente, sans trace de cicatrisation. Le sang afflua et dégoulina le long de sa jambe. Une goutte tomba par terre.

— Question, fit Cynna. Le poison circule-t-il dans le sang ? Si oui, je ferais mieux de porter des gants. Je préfère ne pas être infectée par le poison d'un petit démon par accident.

— Je n'avais pas remarqué. (Lorsque Lily avait inspecté la blessure plus tôt, elle ne saignait pas aussi abondamment.) Je vais vérifier.

Elle s'approcha de lui et se pencha pour toucher le ruisselet de sang qui coulait le long de sa cuisse.

— Il est pur. Tant que j'y suis… (Aussi doucement que possible, elle toucha la chair près de la blessure. Elle eut le souffle coupé.) La contagion se répand. Je perçois désormais le poison dans la chair, juste autour de la blessure.

Rule toucha la joue de Lily. Elle leva la tête. Les yeux de Rule étaient très sombres, elle les trouva presque opaques.

— Dans ce cas, c'est une bonne nouvelle que toi et Cynna ayez pensé à l'eau bénite. Je m'excuse pour ma mauvaise humeur.

Elle déglutit et acquiesça. Puis elle s'écarta pour faire de la place à Cynna.

— Tu devrais seulement te sentir mouillé, lui dit Cynna en avançant pour se tenir debout devant lui, avec une petite fiole en verre à la main. Mais nous avançons en terrain inconnu.

Il lui répondit par un hochement de tête.

Elle fronça les sourcils, les yeux baissés sur sa hanche nue. Elle remua les lèvres, mais si elle était en train de prier, Lily ne pouvait l'entendre. Elle déboucha la fiole et versa son contenu directement sur la blessure.

Le visage de Rule se déforma. Il balança sa main si vite qu'elles eurent à peine le temps de la voir. Et Cynna fut projetée en arrière.

X

L'horreur figea Rule sur place. Lily s'accroupit près de Cynna, étendue sur le sol, en boule. L'acide dévorait la hanche et la cuisse du lupin, comme un hurlement de douleur l'avertissant de la présence d'un *ennemi*, de *se cacher, courir, se battre*…

— Ça va, murmura Cynna. (Soutenue par Lily, elle s'assit. Elle secoua prudemment la tête comme si elle vérifiait qu'elle était toujours reliée à son cou.) Mais, bon sang, tu sais boxer !

Boxer. Il l'avait frappée. Il avait frappé une femme.

— Heureusement que tu as allongé la main au lieu de serrer le poing, continua-t-elle, sinon je serais sans doute… Rule ?

Il s'était levé maladroitement. La brûlure à sa hanche le gênait pour marcher, à moins que ce ne soit la culpabilité qui lui donnait le vertige. Il ne pouvait regarder ni la femme qu'il avait frappée ni celle qu'il aimait. Il sortit de la pièce à la hâte.

Ses oreilles ne lui accordèrent pas de répit, ne triant pas ce qu'il pouvait ou non supporter d'entendre. Elles continuèrent de lui transmettre ce qu'elles percevaient :

les paroles des deux femmes tandis qu'il se déplaçait à l'aveuglette dans le petit salon. Lily demandait à Cynna où elle avait été touchée, Cynna lui répondait : « Allez. J'ai mal, mais il n'y a pas eu de casse. En ce qui concerne Rule, je n'en suis pas aussi sûre. »

De la casse. Elle avait raison. Quelque chose en lui était cassé, et il n'arriverait plus à le remettre en marche.

Lily arriva derrière lui. Sans dire un mot, elle l'enlaça. Il se raidit. Il ne méritait pas d'être réconforté. Elle ignora ce rejet tacite, et posa sa tête contre la peau nue du dos de son compagnon. Elle se contenta de rester comme cela.

Empli de l'odeur de Lily, l'air était doux à Rule ; il n'entendait plus que le battement du cœur et l'imperceptible murmure du souffle de la jeune femme. Elle ne posa pas de question, ne l'accusa pas, ne l'excusa pas. Elle resta simplement là, laissant son corps exprimer ce qu'il aurait refusé d'entendre si elle avait parlé tout haut.

Le corps de Rule écouta.

— C'est la fierté, se laissa-t-il aller à dire. La fierté. J'ai refusé d'admettre que je ne me maîtrisais plus. Le loup est toujours proche, maintenant – il est trop près de prendre le dessus, trop souvent. Je n'aurais pas dû laisser Cynna m'approcher. Un animal blessé est dangereux.

— Tu as essayé de l'éviter. Nous avons voulu te forcer.

— Parce que je ne t'avais pas avoué mon vrai problème.

Lily hocha la tête ; la soie de ses cheveux bougea contre la peau du lupin.

— Tu aurais dû me le dire, c'est vrai. Voilà qui est fait.

Il sentit une tension se débloquer en lui. Il ignorait si c'était là un signe d'acceptation ou de désespoir.

— Pas de questions ?

— Des dizaines, lui assura-t-elle. Dis-toi que c'est le calme avant la tempête. L'eau bénite t'a fait plus souffrir que Cynna ne s'y attendait.

— Oui, dit-il froidement. (Même si la douleur s'était réduite à un élancement constant, sa hanche lui faisait sans aucun doute plus mal maintenant qu'elle avait été aspergée d'eau bénite.) Soyons optimistes : on peut en conclure qu'elle a eu un effet.

— Au diable l'optimisme. Je veux savoir.

Lily glissa une main le long des côtes de Rule.

Il se crispa. Mais lorsque Lily frôla la blessure du bout des doigts, il ne sentit plus que la douleur, une douleur purement physique. Aucun besoin instinctif de se défendre ne submergea sa raison.

Mais il aurait dû savoir que l'instinct et la raison s'accorderaient cette fois-ci. Le loup était autant lié à cette femme que l'homme.

— Une croûte commence à se former, remarqua-t-elle.

Rule aurait été davantage soulagé si elle avait semblé contente. Il se tourna vers elle.

— Mais ?…

— Le poison est toujours là. L'eau bénite l'a seulement affaibli. Dilué, se corrigea-t-elle, comme si l'emploi de mots précis pourrait limiter le danger. La contagion n'est plus aussi répandue, mais elle forme un nœud dur et… regarde. Regarde ta jambe, Rule.

Il baissa les yeux. Et haussa les sourcils.

— Une cicatrice est en train de se former ?

— On dirait.

La majeure partie de la blessure était cicatrisée, même si le sang suintait toujours sur la zone la plus profonde. Sur sa cuisse, la zone la plus superficielle de la blessure était totalement refermée… et la cicatrice formait une fine ligne de peau brillante.

— Intéressant. Je n'avais jamais eu de cicatrice.

— Tu vas devenir encore plus macho.

Elle essayait de prendre les choses avec humour. Il l'aida.

— Ça devrait être un bon point pour mon image. Qu'en penses-tu ? Je devrais accepter l'offre de *Cosmopolitan*, selon toi ?

— Quelle offre ?

— Il était question d'un tapis en peau d'ours, il me semble. En tout cas, ils ont parlé de nudité totale.

Elle fit les gros yeux.

— À propos de nudité totale, tu pourrais peut-être remettre ton pantalon, maintenant.

Il regarda en direction de la cuisine. Son humour fut balayé par un regain de culpabilité.

— Je dois d'abord faire quelque chose.

— Tu as besoin d'être tout nu pour le faire ?

— En fait, oui.

Il s'écarta doucement et se dirigea vers la cuisine.

Cynna était assise à la table, un sac de petits pois congelés plaqué contre sa mâchoire. Elle leva les yeux du bloc-notes sur lequel elle griffonnait.

— Comment ça va ? Elle a disparu ?

— Elle a rétréci. Plusieurs doses pourront peut-être l'éliminer totalement.

— Il m'en reste. On peut…

— Non, on ne peut pas. Une autre personne m'administrera les doses suivantes.

Il s'agenouilla devant elle, inclina sa tête et ferma les yeux.

— Qu'est-ce que tu… Lève-toi, Rule. Rule ?

L'odeur de Cynna trahit sa confusion. Elle tourna la tête et demanda, sur un autre ton :

— Que fait-il ?

— Visiblement, il se soumet à toi, répondit Lily.

— Farfelu. Et tellement inutile. Rule, lève-toi.

Le lupin reprit la parole d'une voix douce :

— Mes regrets ne suffisent pas. Mes excuses non plus. Je me soumets à une punition, un paiement ou une pénitence.

— Tu es pardonné, d'accord ? lui assura Cynna d'une voix où perçait la panique. Ni paiement, ni punition, ni quoi que ce soit d'autre.

— Cynna, intervint Lily. Je conviens qu'une punition n'est pas nécessaire, puisqu'il se flagelle déjà lui-même suffisamment. Mais tu es catholique. Tu comprends le besoin de pénitence. Le sien, pas le tien.

— Oh. (Elle prit une profonde inspiration.) De mon point de vue, nous faisons tous des erreurs, pas seulement toi, mais je vois bien que tu n'es pas prêt à te montrer raisonnable. Seulement, je n'ai aucune idée de ce que je dois faire. Je doute que cela serve à grand-chose de t'ordonner de réciter un ou deux *Notre Père*.

Il avait laissé son instinct prendre le dessus. Encore une fois. S'il avait pris une minute de réflexion, il aurait su s'expliquer avant de s'agenouiller ; une fois le rituel initié, il n'était plus censé parler. Mais c'était injuste envers Cynna, qui était troublée, à juste titre.

— Lily, murmura-t-il. Je ne peux rien dire à Cynna maintenant, mais tu appartiens au clan. Tu peux lui parler, si tu le souhaites.

Lily lui répondit d'une voix froide et sérieuse :

— Suis-je autorisée à te poser des questions ?

— Oui.

Toutefois, il devrait faire en sorte de rester évasif dans ses réponses.

— Si le Rho était ici, que ferait-il ?

— Il demanderait, comme moi, que Cynna choisisse la punition, le paiement ou la pénitence.

— Et si elle choisissait la pénitence ?

— Il lui demanderait si elle souhaite la donner elle-même.

— Et dans le cas où elle ne le souhaiterait pas ?

— Si la Rhej n'était pas présente, il la convoquerait.

Et c'était la raison pour laquelle, comprit-il, son instinct l'avait poussé à commencer le rituel de contrition sans explication. Comme la Rhej, Cynna était touchée par la Déesse. Pour la première fois, il le sentit en elle, une vague sensation de reconnaissance.

Lily avait d'autres questions.

— Que ferait la Rhej ?

— Elle donnerait la pénitence.

Cynna grommela :

— Oh, ça nous fait avancer, étant donné que la Rhej est en Californie. Je sais… remettons donc la pénitence à plus tard, jusqu'à ce qu'elle puisse s'en charger.

Bien tenté, mais ce n'était pas possible. Une fois le rituel de contrition commencé, il devait être poursuivi jusqu'à son achèvement.

— Il est inflexible, observa Lily. Je pense que nous allons devoir improviser. Tu veux que je lui demande autre chose ?

— Je ne sais pas. Aucune question ne me vient. (Cynna soupira.) J'ai l'impression qu'on m'appelle au tableau alors que je n'ai pas fait mes devoirs.

Personne ne parla pendant un long moment. Puis Cynna rompit le silence, sa voix à peine plus forte qu'un souffle. Elle avait penché la tête vers lui.

— Apparemment, tu veux être pardonné, mais pas par moi, par toi-même. Ce n'est pas de ma bouche que tu dois l'entendre. (Son ton changea légèrement.) Très bien.

Elle déplaça sa main pour la poser sur sa nuque, chaude et sèche.

— Pendant dix minutes, chaque jour pendant un mois, tu seras loup. À ce moment-là, tu t'étendras, tranquillement, sans bouger, et penseras à l'homme que tu es également. Au bout des dix minutes, tu te retransformeras.

Rule encaissa. Il s'était attendu à… il ne savait pas très bien à quoi. À subir un genre de mortification, supposa-t-il. Mais la réponse de Cynna le touchait au cœur, se frottait à des peurs déjà à vif. En se transformant quotidiennement, il ferait venir le loup plus près encore. S'il ne parvenait pas à réapprendre à se maîtriser…

Mais il l'avait demandé, non ? Il avait insisté.

— J'accepte la pénitence.

Elle enleva sa main de sa nuque.

— Nous avons fini ? fit-elle de sa voix redevenue normale. Je dois vraiment tailler la route.

— Nous avons fini. (Il se mit debout.) Pourquoi as-tu choisi dix minutes ?

Elle haussa les épaules.

— Ça me paraissait bien, c'est tout.

— C'est la durée la plus courte possible entre deux transformations.

— Merde, je me suis plantée ? Je peux chan…

— Non, dit-il. Non. Je peux accomplir ma transformation deux fois dans ce laps de temps. (Mais la plupart ne pouvaient pas, et ce serait douloureux. Il songea qu'il l'avait eue, sa mortification, finalement.) Tu as touché ma nuque.

Cynna sourit.

— Si j'avais touché autre chose, Lily m'aurait tapée. Et elle ne se serait pas excusée après, elle.

— Ça fait partie du rituel.

Elle écarquilla les yeux, puis les plissa en fronçant les sourcils.

— Ne va pas interpréter ce geste. Vu comme ta tête était inclinée, c'était la chose la plus naturelle à faire.

Il sourit. Cynna refusait de croire qu'elle était touchée par la Déesse.

Lily tapota l'épaule de Rule.

— Tiens. (Elle lui tendit son pantalon.) Apparemment, je suis la seule à être gênée que tu te balades à poil. Fais-moi plaisir.

— Rabat-joie. (Cynna fourra son bloc-notes dans son sac à main immense, qu'elle balança sur son épaule.) Je vous appellerai pour vous dire où je crèche. Vous pensez que Nutley est une ville assez grande pour un Holiday Inn ?

— Non, dit Rule. Mais Harrisonburg est près de Nutley. Qui y va avec toi ? Abel ?

— Tu ne le connais pas. Moi non plus, d'ailleurs. C'est l'un des spécimens totalement réfractaires à la magie de la SCM. Il ne va pas m'apprécier, ajouta-t-elle, mais moi non plus, je ne l'aimerai sans doute pas non plus, alors c'est de bonne guerre. Il est censé être un bon tireur.

Rule regarda Lily d'un air sévère et interrogateur.

— L'Unité est surchargée, dit-elle. (Son odeur changea – elle ne se chargea pas de l'âcreté de la peur, mais d'un mélange plus subtil qui trahissait sa détresse.) J'ai un tas de chose à te dire, mais ça peut attendre le départ de Cynna. Doit-elle avoir d'autres infos à propos des Leidolf ou de leur Rho ?

— Le clan des Leidolf est… difficile, dit-il en enfilant son pantalon. (Le mouvement tira sur sa blessure, mais la cicatrice tint bon.) C'est le clan le plus important en nombre, et le plus féodal. Leur Rho est Victor Frey – grand, blond, on lui donnerait la soixantaine. Intelligent. Mauvais. Imprévisible. Si tu lui parles, montre-toi très polie. Victor n'est pas le genre de tyrans qui respectent ceux qui lui tiennent tête.

Lily secoua la tête.

— « Polie », ce n'est pas franchement le premier mot qui me vient à l'esprit quand je pense à Cynna.

— Hé ! Je sais être respectueuse, dit Cynna. Surtout si c'est le père d'un des gars qui ont été tués cette nuit.

— En effet. (Rule ferma précautionneusement sa fermeture éclair, car il ne s'était pas embêté à mettre un sous-vêtement.) Je n'aimais pas Randall, mais je ne lui aurais pas souhaité une telle mort. Et ça crée certains problèmes. Cynna. (Il planta ses yeux dans ceux de la détectrice.) Je préférerais que tu attendes que Lily et moi t'ayons rejointe pour parler à Victor. Il peut se montrer imprévisible. Je ne sais pas comment il réagira à l'annonce de la mort de son fils.

— À moins qu'il soit toqué en plus d'être intelligent et méchant, il ne s'en prendra pas à un agent fédéral. Il peut refuser de coopérer, mais un mandat se chargera de le faire changer d'avis.

— C'est ce que nous espérons. Tiens, fit Lily en lui lançant un trousseau de clés. Sois prudente.

Cynna attrapa les clés d'une main, les salua tous les deux d'un air effronté, puis s'en alla.

Rule la regarda partir avant de se tourner vers Lily. Elle avait des cernes, mais les ombres qu'il aperçut, piégées dans ses yeux, l'inquiétèrent plus encore. Bien que son visage soit détendu, il flaira sa détresse.

Qu'est-ce qui n'allait pas ? Il l'aida de la seule façon qui lui vint à l'esprit.

— Tu as des questions à me poser.

XI

— ELLES PEUVENT ATTENDRE. Je dois te parler de la réunion.

Lily avait la sensation que sa cage thoracique était pleine, comme si à l'intérieur, sous ses côtes, une tempête se préparait, un déluge de mots susceptible de se déchaîner d'une seconde à l'autre. Pourtant elle ne savait pas ce qu'elle devait dire. Demander.

Quelque chose à propos du loup…

Le regard de Rule était sombre et sérieux. Et bien qu'il demeure humain, que son visage, son corps et sa voix soient paisibles, la fureur semblait bouillonner en lui. Elle apercevait presque le loup dissimulé derrière ses os et ses tendons, de la même façon que l'animal, dans la nature, épierait, caché derrière des arbres.

Le voyait-elle différemment parce qu'il avait reconnu que son loup était proche de se manifester ? Et si c'était un changement qui s'était produit en elle ?

Il continua par une remarque assez terre à terre :

— Cynna prend ta voiture ?

— La sienne est en panne, et elle doit se rendre à Nutley le plus vite possible.

Même si, à ce moment précis, cela lui sembla moins urgent que le sentiment d'imminence qui pesait sur sa poitrine, elle ne trouva pas quoi dire d'autre. *Aide-moi ? J'ai avalé mes mots, et maintenant ils gonflent en moi.*

— Dis-moi.

Il était doux sans raison apparente, comme s'il était au courant pour la déferlante magique, et que c'était pour Lily qu'il s'inquiétait, plus que des faits.

Mais les faits, c'était tout ce qu'elle avait.

— La force magique qui s'est déchaînée la nuit dernière n'était pas un phénomène local. Il s'est produit dans le monde entier et a causé toutes sortes de problèmes et d'événements bizarres. Je te l'ai dit, l'Unité est surchargée, voire pire que ça. Des lutins ont fait leur apparition dans le Missouri, des farfadets dans le Tennessee, il se peut même qu'il y ait un golem dans le Vermont. Un bus scolaire a disparu au Texas. Et, bien entendu, nous avons des démons à pourchasser.

— C'est pour cela que Cynna part à Nutley avec un inconnu. Aucun agent de l'Unité ne peut l'accompagner.

— Oui. Ruben a mis en place un détachement spécial pour trouver une explication et tâcher de définir les implications possibles. Il pense que la vague magique de la nuit dernière va frapper de nouveau. Que quelque chose de fondamental a changé.

Rule garda les yeux rivés sur Lily un long moment, les sombres balafres de ses sourcils froncées par sa réflexion. Finalement, il lui demanda :

— Tu as mangé ?

Elle lui parlait des catastrophes qui s'étaient abattues sur leur monde, et il voulait savoir si elle avait déjeuné ?

— Je n'ai pas faim.

— La cicatrisation brûle énormément de calories. J'ai besoin de me nourrir, même si tu n'as pas envie de m'accompagner. Parle-moi. Je vais faire des sandwichs. (Il ouvrit le frigo et en sortit des aliments.) Avec tout plein de cornichons, d'accord ?

— Tu vas me préparer un sandwich que je le veuille ou non, n'est-ce pas ?

Il lui sourit par-dessus son épaule.

— Bien sûr.

Sans aucune raison, un sourire s'invita sur ses lèvres et les mots jaillirent :

— Les cornichons m'ont manqué.

Rule, bien entendu, prit un air perplexe.

— Pas… à moi, rectifia-t-elle. À l'autre moi, celle qui était avec toi lorsque tu étais loup. Je… je crois qu'elle essaie de me dire quelque chose. Ou peut-être… (*Quelque chose à propos du loup.*) Elle a besoin de te parler.

Rule marcha jusqu'à elle et posa ses mains sur ses épaules.

— Elle est toi.

— Si on veut. (Même âme, mais souvenirs différents.) Je n'arrive pas à lui laisser assez de place pour s'exprimer, pourtant ça semble important. Si…

Quelqu'un sonna à la porte.

— J'y vais.

— Lily…

— J'y vais, répéta-t-elle.

Elle fila dans l'entrée.

La maison lui était désormais familière. Elle savait où se trouvait chaque objet, pouvait circuler entre les meubles dans le noir. La plupart du temps, elle était contente d'être ici plutôt que dans un hôtel terne et bondé. Mais parfois, elle avait l'impression que cet endroit l'étouffait.

Ces pièces étaient trop encombrées. Des meubles magnifiques, bien entendu : un coffre de style jacobéen dans l'entrée, une table de salle à manger dont le bois sombre brillait sous un lustre en cristal, deux fauteuils du XVIIe siècle, qui faisaient face à un sofa somptueux dans le petit salon. De superbes gravures étaient accrochées au mur. D'élégants agencements occupaient toutes les surfaces : fleurs en soie, livres à reliures en cuir, bougeoirs et autres bibelots en cuivre ou en cristal.

Sa mère aurait adoré.

En traversant la salle à manger, Lily résista à son envie de balayer le buffet avec son bras et de faire tomber par terre la carafe en cristal taillé, les verres scintillants sur leur plateau d'argent.

Moins d'objets, songea-t-elle. Plus de plantes. Elle aurait aimé qu'il y ait au moins un mur libre et que l'air sente l'océan.

Éprouvait-elle le mal du pays ?

Peut-être qu'elle avait envie d'être chez elle pour pouvoir tirer les couvertures au-dessus de sa tête et se cacher des monstres, de ses responsabilités, et du changement. La vie était simple quand on pouvait se dissimuler dans son lit.

Elle dut se mettre sur la pointe des pieds pour regarder à travers le judas de la porte d'entrée. Celui ou celle qui l'avait installé devrait croire que toute l'humanité mesurait au moins un mètre soixante-dix.

Ce qu'elle vit la fit reculer de stupéfaction.

L'alarme était toujours éteinte. Elle défit le verrou, ouvrit la porte et eut une seconde surprise.

Les deux personnes qui se tenaient devant Lily avaient sûrement prévu un long séjour. Chacune avait un grand sac marin. Celle qu'elle avait vue par le judas était un homme de taille moyenne, aux cheveux châtain clair. C'étaient les aspects de sa personne les plus normaux ; pour le reste, il n'avait absolument rien de normal : d'une beauté renversante, à faire perdre la tête, c'était l'homme le plus splendide qu'elle avait jamais connu.

Cullen Seabourne lui sourit.

— Salut, trésor. Regarde sur qui je suis tombé.

L'autre personne sur le pas de la porte était beaucoup plus petite que Cullen, trop petite pour être visible à travers le judas. Il n'était pas sexy mais mignon, et son sourire ne dégageait pas la confiance effrontée de Cullen.

Il avait huit ans.

— Salut, Lily, dit Toby d'une voix aussi tremblante que son sourire. Mon papa est là ?

* * *

Jusqu'ici, interroger Toby n'avait pas donné de grand résultat.

Rule et Lily étaient assis à la table de la cuisine avec l'étonnant fils de Rule. L'Inspecteur Harry avait posé son gros derrière à côté de Cullen, qui avait récupéré des tranches de rôti pour les sandwichs.

— C'était pas difficile. (Les mâchoires serrées de Toby lui firent ressembler, un court instant, à son grand-père, en miniature.) Je suis allé sur Internet et j'ai réservé mon billet d'avion. On doit cocher une case si on est mineur, alors je l'ai cochée.

— C'est flippant, murmura Cullen.

Toby ressemblait tellement à Rule, et Rule ressemblait si peu à son propre père, qu'ils n'avaient jamais remarqué la ressemblance auparavant. C'était davantage une question d'expression que de structure osseuse, songea-t-il. Et d'odeur. Pas de doute : Toby était un dominant.

— Pardon ? fit Rule d'un ton brusque.

Cullen contenta la bête à ses pieds en lui donna un autre morceau de rôti, puis désigna Toby avec la pointe de son couteau.

— Regardez-le. Vous ne voyez pas le fantôme d'Isen flotter sur ce jeune visage angélique ?

Toby fixa Cullen, l'air aussi perplexe que les adultes.

— Grand-père est pas un fantôme.

— C'est une métaphore. (Cullen se retourna vers le buffet et planta son couteau dans une tomate, pour obtenir une pile bien ordonnée de tranches.) On emploie des mots à la place d'autres mots pour faire passer une idée. Comme lorsqu'on dit qu'il tombe des cordes alors qu'en fait, il ne tombe rien d'extraordinaire, seulement de l'eau.

— Mais pourquoi dis-tu que c'est flippant que je ressemble à Grand-père ?

— Enfant, Isen demandait plus que ce qu'il avait déjà obtenu. (Cullen disposa les tranches de tomate sur les morceaux de viande qui recouvraient le pain.) Je pense que toi aussi.

— On s'est éloignés du sujet, dit Rule. Comment as-tu fait pour réserver ton billet, Toby ? Je ne connais aucune banque qui délivre des cartes de crédit aux enfants.

Toby baissa les yeux.

— J'ai utilisé la tienne, admit-il. Les numéros de ta carte. Je les avais parce que… tu te souviens quand tu m'as laissé commander les CD ?

— Je vois. (La voix de Rule était totalement neutre.) Il y a deux mois, tu as mémorisé le code de ma carte bancaire pour pouvoir l'utiliser sans ma permission.

— Non ! (Toby se redressa sur sa chaise.) Je n'ai pas… Je veux dire, mon ordinateur s'est rappelé les numéros, pas moi. Je ne savais pas que j'en aurais besoin. Je veux dire, répéta-t-il, se corrigeant méticuleusement, je n'avais pas prévu de faire quelque chose de mal. Seulement, à ce moment-là, j'ai dû le faire.

— Ce qui nous ramène à la première question, dit Lily doucement. Pourquoi ?

Toby haussa les épaules, donna un coup dans le pied de la table, évitant de les regarder en face.

Pauvre gosse. N'était-ce pas évident ? Cullen prit deux assiettes et marcha jusqu'à la table.

— Moi et ma mère, on s'entendait bien, dit-il. C'était mon père qui refusait d'admettre ce que j'étais.

Toby tourna brusquement son visage sérieux vers lui.

— Mais ton père était un lupin ! Il savait ce que tu étais.

— Il n'était pas ensorceleur. Ni même un sorcier, comme ma mère. Maman ne sautait pas de joie lorsque je brûlais quelque chose par accident – quand j'étais jeune, mon Don était bien plus grand que ma capacité à le contrôler – mais elle ne trouvait pas que j'étais vraiment trop bizarre parce que je pouvais voir la magie. (Il plaça une assiette devant Toby.) Mon père n'arrivait pas à s'y faire.

De ses yeux sombres et attentifs, Toby fixait le visage de Cullen.

— Ton père ne t'aimait pas ?

— Il n'avait pas confiance en moi. (Il prononça ces mots comme si cela n'avait pas d'importance, mais même après toutes ces années, exprimer cette simple vérité formait encore une boule dans sa gorge.) Je possédais un pouvoir qu'il ne comprenait pas. Il croyait que je devais être capable de l'abandonner pour me conformer à son monde. Et je ne pouvais pas.

Lily et Rule échangèrent un regard.

Le téléphone de la maison sonna.

— C'est sans doute ta grand-mère, lui dit Rule en se levant.

Mme Asteglio n'était pas chez elle lorsque Rule avait appelé, mais ce n'était pas surprenant. Elle ne se doutait pas que son petit-fils avait fugué. Pour elle, Toby avait pris l'avion pour Washington afin de passer Noël avec son père. La pure vérité, évidemment. En revanche, elle ignorait que l'organisateur du voyage était Toby lui-même et non Rule.

Chapeau, vraiment, songea Cullen en apportant deux autres assiettes à des gens qui n'avaient pas envie de manger. Ce garçon possédait des talents insoupçonnés.

Toby fit la moue. Il ouvrit le sandwich et entreprit de retirer très délicatement la tomate que Cullen venait d'y déposer.

— Elle va être furieuse. Je ne comprends pas pourquoi on ne peut pas lui dire simplement que vous vouliez que je sois avec vous.

Rule s'arrêta à mi-chemin, se retourna, et s'agenouilla devant son fils, pour avoir son visage à la même hauteur que le sien. Il saisit Toby par les épaules.

— Je veux que tu sois avec moi. (Il parlait à voix basse, d'un ton féroce.) J'ai toujours voulu qu'on soit ensemble. Tu le sais.

Lily les regarda l'un après l'autre et alla répondre au téléphone.

— Allô ? Oui, madame Asteglio, il vient d'arriver. Le problème, c'est que nous ne savions pas qu'il viendrait.

Cullen prit son assiette sur la table et écouta en même temps les deux conversations : Lily qui expliquait à la grand-mère qu'ils n'avaient envoyé personne chercher Toby à l'aéroport, Rule qui expliquait à son fils la différence entre vouloir être avec lui à Washington et le laisser débarquer à l'improviste parce qu'il en avait pris lui-même l'initiative.

Le garçon, de toute évidence, avait fait preuve d'initiative. Cullen mordit dans son sandwich. Toby avait bien planifié son aventure, y compris le moment où l'hôtesse de l'air avait supposé qu'elle devait le confier à quelqu'un de sa famille. Ç'aurait été cuit si l'avion de Cullen n'avait pas atterri quelques minutes plus tôt, juste à temps pour que ce dernier soit justement en train de traverser le hall et reconnaisse une voix familière.

Quelles étaient ses chances de s'en sortir ? se demanda-t-il en enfournant une autre bouchée. Puis il posa son sandwich, et plissa les yeux, songeur.

Des coïncidences se produisent tout le temps. Des gens de la même ville se croisent à des milliers de kilomètres de là où ils habitent, ou font la queue derrière un inconnu qui porte le même nom de famille. Les statisticiens accomplissaient leur propre magie pour montrer que ces événements étaient moins extraordinaires qu'ils semblaient l'être. Dans un pays qui comptait trois cent millions d'habitants, on pouvait s'attendre à ce qu'il y ait une chance sur un million pour qu'il se produise un tel événement, deux cent quatre-vingts fois par jour.

Mais les chances de rencontrer une personne en particulier dans un aéroport loin de chez soi, pile au moment où on en avait besoin…

Cullen regarda Toby.

Non, ce n'était pas possible. L'aura du garçon était apparemment comme elle l'avait toujours été ; la magie était un peu plus forte, peut-être, mais qu'elle augmente parallèlement à sa croissance était prévisible.

C'était une idée folle, de toute façon. Le pouvoir de conditionnement était extrêmement rare, et d'après ce que Cullen en savait, il était le seul lupin Gratifié de ce Don sur la planète.

Lily promit de rappeler Mme Asteglio et raccrocha. Rule lui demanda ce qu'elle avait appris.

— Elle est bouleversée, bien sûr. (Lily arborait son expression d'enquêtrice – les faits, rien que les faits – sans opinion.) On devra la rappeler quand on aura décidé quoi faire, pour qu'elle adapte ses projets, si nécessaire.

Rule plissa les yeux.

— Quels projets ?

— La mère de Toby a été transférée au bureau de son agence de presse à Beyrouth. Elle a pris l'avion hier, et elle ne pourra donc pas être rentrée à temps pour Noël. Mme Asteglio a décidé de passer ses vacances avec son fils et sa famille à Memphis. Toby... (Elle jeta un coup d'œil dans sa direction.) ...a refusé. Elle pensait qu'il t'avait contacté, et que tu avais réservé son billet d'avion.

Un silence s'ensuivit. Rule regarda Toby.

— Je comprends ta déception que ta mère ne soit pas là pour Noël. Mais tu ne m'as pas appelé. Pourquoi ?

Toby fixa ses chaussures.

— J'en sais rien.

— Tu sais que je le sens, quand tu mens.

Lorsque l'enfant leva les yeux, son expression butée rappela une mule à Cullen... ou le grand-père de Toby.

— Grand-mère dit que maman m'aime, mais c'est pas vrai. Elle veut pas être avec moi parce que je suis un lupin. Je veux vivre avec toi.

— Toby, dit Rule, d'une voix qui vibrait de sa douleur d'être impuissant. Ta mère a refusé plusieurs fois de partager la garde, elle accepte encore moins de me la céder. Pour changer cette situation, il faudrait aller se battre en justice, et je ne suis pas en position de l'emporter.

— Tu crois que le juge t'aimera pas parce que t'es un lupin, mais moi aussi j'en suis un.

— Ce qui se saurait publiquement si j'entamais des démarches pour avoir ta garde.

— Je m'en fiche ! Tu m'aimes. Pas maman. Et ça on pourrait le prouver au juge, parce que tu es beaucoup plus souvent avec moi qu'elle. Et je sais que tu dois partir en voyage, parfois, mais quand il y a école je pourrais vivre à Clania avec Grand-père, pour que tu puisses toujours t'occuper des clans.

— Et ta grand-mère ? lui demanda Lily doucement. Elle t'aime.

Toby reprit son air buté.

— Elle pourrait venir à Clania aussi.

Oh, voilà qui avait toutes les chances d'arriver. Cullen n'avait rencontré qu'une fois cette femme, mais ça lui avait suffi pour savoir qu'elle n'appréciait pas les lupins davantage que sa fille. Elle semblait attachée au garçon, ce qui devait lui infliger un ou deux conflits intérieurs assez costauds… mais bien mérités, selon lui.

Rule soupira et se leva.

— On ne réglera pas ça maintenant, et étant donné les récents événements, il vaudrait peut-être tout aussi bien que Toby reste ici quelque temps. Nous aurons bientôt des gardes du corps.

— Oh, seigneur. Je n'ai pas…

Lily se tut brusquement, avant de dire ce qu'elle avait à l'esprit. Elle et Rule échangèrent un autre regard.

— C'est possible, dit-il, comme si elle avait posé une question. Dieu sait que la Diablesse est capable de toutes les abominations.

Cullen haussa les sourcils.

— J'ai la nette impression d'avoir raté un épisode.

— Plus tard, fit Rule sèchement. (Il baissa les yeux vers son fils.) Nous avons une question de discipline clanique à régler d'abord.

Lily secoua la tête.

— Ça n'a rien à voir avec le clan.

Cullen eut l'intuition que la jeune femme allait leur créer des problèmes. Il se leva et avança vers elle.

Rule garda les yeux rivés sur son fils.

— Ça l'est, et Toby le sait. (Il parlait à présent d'une voix ferme, aussi ferme que l'aurait été celle de son propre père.) Tu es venu ici en espérant me forcer la main.

Toby baissa la tête.

— Je... Oui.

— En utilisant ma carte de crédit sans ma permission, tu as volé. Tu as désobéi et trompé les gens qui s'occupent de toi. Tu comprends que tes actes ont des conséquences.

Toby hocha la tête, une seule fois.

— À genoux.

— Attends une minute ! s'exclama Lily. Il est...

— Lily. (Cullen lui prit le bras.) Tais-toi.

— C'est un petit garçon ! protesta-t-elle.

— Oui, lui dit Cullen doucement. Un petit garçon qui, dans cinq ans environ, sera capable d'égorger quelqu'un. Qui aura parfois envie de le faire, y compris, à l'occasion, son propre père. L'adolescence est difficile pour tout le monde. Pour les lupins, elle entraîne des dangers qui te dépassent.

Lily ouvrit la bouche. La referma. D'un air désapprobateur, elle regarda Rule, qui n'avait pas lâché son fils des yeux.

Cullen prit son assiette.

— Allez, dit-il à Lily. Toi et moi, on doit parler de la raison qui m'a amené devant ta porte.

Et puis Toby n'avait pas besoin de spectateurs.

Dans le petit salon, Cullen s'affala sur le canapé, un meuble victorien tarabiscoté doté d'un dossier recourbé et de trop nombreux coussins. Il pointa du doigt l'armoire peinte dans le coin.

— Il y a une télé dans ce truc ?

Lily le regarda fixement.

— Tu veux regarder la télévision ?

— Non, je veux un bruit de fond. L'ouïe de Toby n'est pas encore extrêmement fine, mais ce n'est pas une grande maison. Il peut probablement nous entendre de la cuisine.

Lily marcha avec raideur jusqu'à la table basse, prit une télécommande et la tendit. Un arpège de guitare s'échappa de l'armoire – du flamenco, songea Cullen en mordant dans son sandwich. Soit la chaîne était paramétrée sur une station de radio, soit Rule avait installé un lecteur CD à la place d'une télé. Quoi qu'il en soit, ça devrait faire l'affaire.

Lily marcha jusqu'au bout de la pièce, puis se retourna.

— Quelle garce.

Il ne s'attendait pas à ce qu'elle aborde ce sujet en premier.

— Laquelle ?

— Alicia. La mère de Toby. (Elle se mit à faire les cent pas.) Il y a deux semaines, Rule lui a demandé si Toby pouvait passer Noël avec nous. Elle a carrément refusé d'en discuter. Pourtant, elle ne sent pas l'obligation de le passer avec lui.

Il haussa les épaules.

— Alicia n'aurait jamais dû être mère. Elle ne l'avait pas planifié, et elle a au moins pris une bonne décision en laissant sa propre mère l'élever à sa place.

— Elle aurait dû laisser la garde à Rule.

L'emportement de Lily éveilla sa curiosité. Il n'avait pas pensé qu'elle accordait tellement plus d'importance à la maternité qu'Alicia.

— C'est ce que tu voudrais ?

Elle écarta sa question du revers de la main.

— On parle de ce que souhaite Toby. De ses besoins. Apparemment, Alicia ne s'en soucie pas.

— Pour être juste, Alicia croit qu'elle fait ce qui est le mieux pour Toby en le mettant le moins possible en contact avec nos perversions. Si sa mère n'avait pas insisté pour qu'il soit autorisé à voir Rule de temps en temps, celui-ci n'aurait même pas eu les courtes visites auxquelles il a droit.

— Alicia n'approuve pas les lupins, mais elle a couché avec l'un d'eux ?

— Incroyable. Tu as travaillé à la brigade criminelle, et tu crois encore que les gens sont toujours cohérents.

Elle leva une main, paume en avant.

— Très bien, d'accord. (Elle rumina ses pensées un moment, puis demanda :) Dis-moi pourquoi la discipline implique que Toby se mette à genoux devant son père.

Une fois encore, il ne s'était pas attendu à ce sujet. Peut-être qu'il ne la connaissait pas aussi bien qu'il l'avait cru.

— Toby est un mâle alpha. Rule doit rester son dominant, pour qu'au moment de sa première transformation, lorsque ses hormones se heurteront au chant de la lune et que son cerveau se mettra en veille, il continue d'obéir.

— Mais de là à lui ordonner de s'agenouiller…

— Arrête d'être si humaine. La soumission n'a rien d'humiliant. C'est instinctivement normal pour nous, mais les humains le font eux aussi. Un sergent se sent-il humilié parce qu'il doit saluer son colonel ?

Elle lui répondit d'un ton sec :

— Peut-être bien que oui, si le colonel lui demande d'abord de se prosterner. Ça te ferait quoi, de t'agenouiller devant Rule ?

— Je ne le ferais pas, répondit-il aussitôt. Mais je poserai mon genou à terre devant mon Lu Nuncio.

Elle l'observa un long moment, puis secoua la tête.

— Les hommes sont incohérents. Les lupins le sont encore plus. (Lily se renfrogna un peu plus.) Rule était mal à l'aise après s'est soumis à Paul, mais je suppose que l'acte en lui-même ne le dérangeait pas.

Cullen haussa les sourcils.

— Qui est Paul ?

— C'est compliqué, et je te donne les infos dans le désordre. (Enfin, elle s'assit, une jambe repliée, le pied à plat sur la chaise.) Tout a commencé par une vague de puissance, la nuit dernière.

— On parle de puissance électrique ?

— De magie. Une grosse tornade de magie, qui s'est déchaînée dans le monde entier au même moment, d'après les données qu'on a. Tu ne l'as pas sentie ?

Il fronça les sourcils.

— Les dragons étaient sans doute plus près du noyau que moi lorsqu'elle a frappé. Ces bâtards avides ont dû l'aspirer totalement.

— Ils en sont capables ?

— Ce sont de vraies éponges. Tu te rappelles comme c'était difficile d'utiliser la magie chez eux, sur Dis ? Parle-moi de cette vague de puissance, dit-il en reprenant son sandwich. Je mangerai en t'écoutant.

XII

Cullen mangea, en effet, mais il ne savoura pas son sandwich. Les démons, le poison démoniaque, et la Grande Garce qui s'était permis des assassinats dans plusieurs sphères… la Déesse qui parlait à Madame Je-sais-tout, alors qu'elle n'appartenait pas au clan… un détachement spécial, top secret, qui enquêtait sur une mystérieuse vague de puissance, et un médium de premier ordre qui pensait que les problèmes ne faisaient que commencer. Même s'il ne l'avait pas interrompue ici et là, son récit avait duré un bout de temps.

Cullen ayant de meilleures oreilles que celles de Toby, il avait entendu Rule attribuer à son fils sa punition et l'envoyer à l'étage, où il devrait jouer sur l'ordinateur jusqu'à nouvel ordre. Bien entendu, ce n'était pas sa punition ; Rule voulait entendre les effets sonores du jeu afin d'être sûr que Toby ne descendrait pas furtivement pour écouter leur discussion.

Harry se joignit à eux ; il remuait la queue, les yeux rivés sur le sandwich de Cullen. Rule arriva à son tour, mais lui avait été attiré dans cette pièce par Lily et non par le rôti. Il s'installa sur le sol, près de sa chaise, et Lily posa une main sur son épaule, sans interrompre son récit.

Cullen doutait qu'elle ait conscience de son geste. Les couples soumis à un lien d'âme sœur aimaient ce genre de contact physique. Il donna un bout de rôti à Harry.

Lorsque Lily eut fini, les « boïng-boïng » du jeu de Toby rivalisaient toujours avec la guitare flamenco. Pour la première fois depuis qu'il les avait rejoints dans la pièce, Rule prit la parole.

— Tu ne lui dis pas tout.

— Tout ce qui le concerne. (Leurs yeux se rencontrèrent. Après un instant, elle déclara :) C'est toi qui décides.

Il afficha un sourire, qui s'évapora lorsqu'il regarda Cullen.

— Lorsque Cynna a aspergé ma blessure d'eau bénite, je l'ai frappée.

— Merde.

— Tu l'as dit. Ma maîtrise s'est détériorée depuis notre retour de Dis. Tu dois le savoir. Tu dois aussi savoir que je me suis soumis au rituel de contrition.

Il haussa les sourcils.

— Avec Cynna ? Elle a dû être embarrassée.

— En effet, mais elle s'en est très bien sortie. Elle est touchée par la Déesse, Cullen.

Rule en semblait certain. Son ami ne l'était pas, mais si la Déesse lui avait parlé… Il fronça les sourcils. Il n'aimait pas cette idée, mais il ne voyait absolument pas pourquoi cela devrait lui faire quelque chose.

Lily prit la parole :

— Pratiquement tout ce que t'ai dit est top secret. Répète quoi que ce soit, et je devrai t'arracher la langue.

— J'adore les secrets. Mais j'adore ma langue aussi, et toi aussi tu l'apprécierais si tu me laissais te…

— Je pourrais bien te l'arracher de toute façon.

Il sourit. C'était marrant de flirter avec Lily. Elle détestait tant ses allusions.

— Tu auras des ennuis s'ils s'aperçoivent que tu m'as raconté tout ça ?

— Non, sauf si tu trahis ma confiance. (Elle pianota sur sa cuisse avec ses doigts.) Tu as dit que les dragons devaient se trouver plus près du noyau que toi. Tu supposes que cette tornade magique est partie de noyaux ?

— Toute la magie vient de là. Même si ta copine Sherry ne sera pas d'accord, (dit-il en penchant son assiette vers le sol pour que Harry puisse récupérer les miettes de rôti.) Les Wiccan croient que la Terre possède en elle-même la magie, mais ils se trompent.

— Explique-toi.

— Je ne peux pas. Les sphères sont connectées au niveau des noyaux, mais j'en sais trop peu sur leur fonctionnement pour élaborer une théorie cohérente. En revanche, j'ai observé la magie. Pas les Wiccan. Elle provient des noyaux, puis se dissipe dans l'air avant d'être absorbée par la terre ou par l'eau.

— Si tu n'es pas venu ici à cause de la tornade de magie, qu'est-ce qui t'a poussé à laisser tomber ta chasse aux dragons ?

— À la remettre à plus tard, tu veux dire. J'ai eu un petit incident avec un démon moi-même. Un modèle différent…

— Tu as été attaqué ?

— Pourchassé. Je ne sais pas ce qu'elle comptait me faire si elle m'attrapait, mais je parie que ça ne m'aurait pas plu. Quand je dis « elle », je veux parler de la chevaucheuse du démon. Pas de doute, ce dernier, livré à lui-même, m'aurait seulement tué.

Lily écarquilla les yeux.

— Quelqu'un montait le démon ?

— Pas physiquement. Ce que j'ai vu était sa forme astrale. Elle est tirée de son état physique, mais ce n'est pas un reflet exact de son corps. Par exemple, les amputations et la plupart des cicatrices n'apparaissent pas dans la forme astrale d'une personne, et l'âge est fluctuant. On ne peut pas projeter un corps astral plus vieux que soi, mais au contraire, la projection peut avoir une apparence beaucoup plus jeune. En tenant compte de ces paramètres, je peux te donner une description, si tu veux.

Elle en voulait une.

— Grande, peau brun foncé, mince mais avec des épaules larges et une large poitrine. Mais pas de seins qui vaillent la peine d'en parler.

— Tu es sûr que c'était une femme, pourtant ?

— Il y a autre chose à savoir à propos de l'état astral : pas de vêtements. Je suis sûr. Elle avait les cheveux à ras du crâne, et elle semblait avoir trente ans : elle a donc au moins cet âge. Des tatouages partout.

— Alors… Mais je croyais que les cicatrices n'apparaissaient pas.

— Ce n'étaient pas des tatouages classiques. Je pense que notre Cynna la connaît.

Lily n'avait pas l'air heureuse.

— On dirait que tu décris son ancienne prof, Jiri Asmahani. Ce qui n'est pas son vrai nom de famille, juste un nom qu'elle a inventé – et c'est à peu près tout ce qu'on sait. Nous n'avons pas de numéro de sécurité sociale, pas de lieu de naissance ni de parents. Nous ne savons pas quel est son Don. Cynna est certaine que ce n'est pas la détection, mais mis à part ça… ce pourrait être l'un des Dons fondamentaux. La terre, l'air, le feu, l'eau. Ceux-là sont moins formés, par conséquent ils marchent mieux pour les sorts, et Jiri manie apparemment l'art de lancer des sorts à la perfection. Mais on ne sait pas.

— Une Athéna noire, sortie entière du crâne de Zeus, murmura-t-il.

— Quoi ?

— Laisse tomber. Je crois que je l'ai brûlée légèrement, au fait.

— Mais elle n'était pas réellement là. Elle était, ah… comment dirais-tu ? Astralement présente ?

— Le feu du mage brûle beaucoup plus profondément qu'un feu ordinaire.

— Cullen, fit Rule.

Il n'en dit pas plus, mais Cullen savait reconnaître un reproche quand il en entendait un. Il lança un regard noir à Rule.

— J'étais poursuivi par une saleté de démon. J'étais censé faire quoi ? Appeler mon avocat ?

— Je croyais que tu ne voulais plus te servir du feu du mage.

— J'étais d'accord pour ne plus faire d'expériences avec. Là, ce n'en était pas une.

Lily fronça les sourcils.

— On examinera cela plus tard. Je dois savoir le reste de l'histoire. Où étais-tu ? Et quand est-ce arrivé ?

— Ce matin, dans un petit village, Los Lobos, dans le Michoacán, au Mexique.

Elle haussa les sourcils.

— Les autres attaques sont toutes survenues en même temps, peu après la tornade magique.

— Je suis spécial. (En la voyant faire les gros yeux, il sourit.) En fait, c'est vrai qu'il m'est arrivé quelque chose cette nuit, qui pourrait avoir un lien avec ta tornade magique - un tiraillement que j'ai ressenti dans mes défenses. Je me suis dit que c'était causé par l'un des dragons, sans doute par celui qui se fait appeler Sam. (Il était toujours ennuyé par ce détail.) Je l'ai senti, je crois, au moment où la Jiri de Cynna a su où j'étais. Je parie qu'elle a utilisé la tornade pour donner un coup de pouce à ses recherches.

— Mais elle ne t'a pas rejoint, ensuite.

Il haussa les épaules.

— Peut-être qu'elle était trop occupée à coordonner les autres attaques. Peut-être qu'elle dormait ou qu'elle faisait l'amour, ou qu'elle ne manque jamais *American Idol*. Tout ce que je sais, c'est que vers dix heures le lendemain matin, elle est apparue chevauchant un démon grand comme un tyrannosaure. Ils m'ont poursuivi dans les montagnes, me retrouvant partout où j'allais. Comme je n'arrivais pas à les semer à pied, j'ai décidé de prendre l'avion.

— Tu penses l'avoir blessée ?

— Peut-être. Elle s'est évaporée lorsque le feu du mage l'a frappée pour la seconde fois. Le démon a mis plus de temps à partir, dit-il, satisfait. Je sais que je l'ai brûlé.

— Mais l'as-tu tué ?

— Sans doute pas, mais il s'est en allé.

— Pas nécessairement. (Lily se pencha en avant.) Ils peuvent devenir invisibles, ou pratiquement.

— Ouais, je sais. Tu parles du *dashtu*.

— C'est le mot que Cynna a employé. Le démon qui te pourchassait a pu devenir *dashtu*. Il pourrait encore être dans les parages.

— Il est parti, répéta-t-il patiemment. Le *dashtu* n'affecte pas mon autre vision. (Il gloussa, en repensant à quelque chose.) Je discutais avec un petit groupe de villageois lorsque Jiri et son toutou hideux ont déboulé dans la rue. Je parie que le village parle encore du cinglé américain qui a pris ses jambes à son cou comme s'il avait des démons à ses trousses.

Il se rappela autre chose. Il regarda Rule.

— J'ai dit que le village s'appelle Los Lobos. Au début, ça m'a paru bizarre : c'est vraiment très au sud pour les loups. J'ai découvert d'où venait ce nom juste avant de partir. Il y en a un qui vit tout seul là-bas, je suis pratiquement sûr que c'est un récesseur.

— Merde. Quel âge ?

— Il n'a pas encore atteint la puberté, mais c'est pour bientôt. On doit en parler à quelqu'un. Les Ybirra ?

Rule hocha la tête et se leva.

— Je vais m'en charger. Tu as son nom ?

Cullen secoua la tête.

— Lorsque je suis retourné au village pour récupérer mes affaires, j'ai voulu me renseigner sur lui, mais soit mon espagnol n'était pas au niveau, soit ils ne voulaient pas donner des infos au cinglé sur l'un de leurs enfants.

— Décris-le-moi.

— Un mètre cinquante environ, maigre comme un clou. Il venait sans doute d'avoir une poussée de croissance : son pantalon n'arrivait pas à ses chevilles. Des cheveux noirs, une peau de la même couleur que celle de Sarita… Vous vous souvenez d'elle, hein ? Elle dansait avec moi. Elle avait le plus joli petit cul, et…

— Cullen, le coupa Rule.

— D'accord. Il est métis, bien sûr, mais on dirait un Indien. On ne voit pas son héritage européen sur son visage, même si ça se devine dans sa taille.

Le regard de Lily passait de l'un à l'autre.

— L'un de vous deux pourrait me dire de quoi vous parlez ?

— Cullen peut te l'expliquer. Je dois appeler le Rho des Ybirra.

Rule quitta la pièce.

Cullen regarda l'Élue de Rule, cette policière entêtée qui était allée jusqu'en enfer pour retrouver son âme sœur. Il ressentit un tiraillement de… quelque chose. Pas de jalousie, rien de si évident ni de si dégradant, mais… *Peu importe. Ça va passer.*

— En fait, un égaré est un lupin qui ignore sa nature.

Elle fronça les sourcils.

— Je croyais que les clans étaient forcément au courant lorsqu'ils avaient des enfants. Puisque vous savez toujours si vous en avez engendré un…

— En effet, mais un enfant lupin peut naître de deux façons sans que le clan ne l'apprenne. D'abord, le père peut mourir avant d'avoir eu connaissance de la conception. Ensuite, un lupin peut naître de parents apparemment humains.

Une lueur arachnéenne remua près du pied de Cullen. Il se mit à tirer le fil.

— Cesse de jouer avec tes amis invisibles et explique-moi, ordonna Lily. Les lupins ne peuvent être engendrés par des parents humains.

— Apparemment humains, j'ai dit.

La *sorcerí* s'accrocha à sa paume, mais il ne parvint pas à la retenir longtemps. Les *sorcerí* étaient des fils de magie pure, semblables à de la toile d'araignée et qui étaient en principe générées par un noyau, bien que l'océan ou un orage puisse aussi en produire. Celle-ci se dissiperait ou pénétrerait en Cullen dans quelques secondes.

Il serra son diamant dans sa main.

— Juste un instant. Si je ne l'introduis pas correctement, j'aurai une discordance.

— Et quelque chose pourrait exploser ?

— Pas encore. (Il avait vidé son diamant pour combattre le démon, et il fallait plusieurs jours pour le remplir de nouveau, volute par volute. Pour cela, il avait besoin de magie brute ; le feu du mage devenait dangereux s'il était nourri par une magie filtrée.) Voilà. Les gènes récessifs, dit-il en levant les yeux. Tu sais que seuls nos enfants mâles sont des lupins. Mais les filles portent tout de même cet héritage dans leurs gènes.

— Ah. Je vois. Tu as dit que le garçon était un récesseur : le produit de l'alliance de gènes récessifs. Mais pourquoi personne ne sait que c'est possible ?

— Oh, tu crois qu'on devrait crier l'info sur tous les toits ? Ils auraient alors les moyens d'élaborer un test, et les futures mères qui ne voudraient pas d'un rejeton à fourrure pourraient avorter des fœtus qui…

— Tu sais très bien que je ne voulais pas dire ça. Laisse tomber. Je suppose que ça n'arrive pas souvent.

— C'est rare. Les descendants des femelles des clans sont rarement fertiles lorsqu'ils s'accouplent entre eux. Mais s'ils parviennent à obtenir un embryon, il y a de bonnes chances pour que leur progéniture soit un lupin. De nos jours, nous ne perdons pas de vue les enfants de nos enfants, mais les conquistadors se sont installés à Los Lobos bien avant que quiconque ait connaissance de ces gènes récessifs.

— L'Inquisition, dit-elle brusquement. Le Mexique a été conquis avant la Purge, mais l'Inquisition commençait à peu près à ce moment-là.

Son raisonnement apparemment sans suite lui fit hausser les sourcils.

— Très bien. Tu as bien appris tes leçons d'histoire.

— Je suis une Nokolaï, maintenant. Je suis censée connaître ces trucs. (Elle tapota sa cuisse de ses doigts.) Ce n'est pas si facile. Ton peuple ne garde pas beaucoup d'écrits sur l'histoire. Mais la Rhej m'a donné une traduction en anglais d'un journal du seizième siècle, et le lupin qui le tenait s'inquiétait de l'Inquisition.

— Et pour cause, dit Cullen. Les Nokolaï se regroupaient en France à l'époque, mais les inquisiteurs fourraient leurs grands nez partout. L'Inquisition espagnole a été la pire. L'Espagne a pratiquement déporté les musulmans et les juifs qui refusaient de se convertir. Nous, ils nous tuaient. C'était encore mieux s'ils nous brûlaient vifs.

— Ils tuaient aussi les Gratifiés, dit Rule dans l'embrasure de la porte.

Cullen ne sursauta pas. Il n'avait pas entendu Rule - ce salaud était presque aussi doué que son grand frère pour se faufiler en silence - mais il avait perçu son odeur.

— Et toutes les autres personnes qui étaient bizarres, dans le doute qu'elles soient Gratifiées ; mais les deux clans espagnols ont pour l'essentiel été exterminés. Le garçon ?

— Les Ybirra s'occuperont de lui.

Cullen poussa un soupir de soulagement. Harry sauta sur le sofa pour lui faire savoir par un coup de tête que les caresses étaient désormais autorisées. Cullen s'exécuta.

— Attends une minute, dit Lily. S'ils avaient tué tous les lupins espagnols, il n'y en aurait pas eu là-bas pour engendrer un égaré dans le Nouveau Monde.

— Pas tous les lupins, dit Rule. Beaucoup, mais pas tous. Cependant, d'une manière ou d'une autre, l'Église a appris l'identité des Rho. Ils ont été tués, ainsi que leurs fils - tous, pas seulement les héritiers. Sans Rho, pas de clan, seulement des loups solitaires et quelques meutes disséminées ici et là.

Lily plissa le front.

— Des meutes. Ne serait-ce pas simplement de petits clans ?

— Les meutes sont instables. S'ils n'ont pas de Rho, la plupart des lupins deviennent sauvages.

— Vous avez sûrement un système pour en choisir un autre en urgence.

— Les Rho ne sont pas choisis, dit Rule patiemment, ils sont les Rho, c'est tout. Chaque clan possède des membres qui ne sont pas directement des descendants mais peuvent prétendre avoir le fondateur du clan parmi leurs ancêtres ; mais si le Rho et l'ensemble de sa lignée sont tués, les personnes de ces lignées collatérales ont peu de chances de résister au choc de la mort.

— Au quoi ?

— Nous sommes liés par le sang, lui dit Cullen. Rule ne te l'a pas expliqué lorsque j'ai été accueilli parmi les Nokolaï ?

On est appelé parmi les Nokolaï par le sang, par la terre et par le feu… Les mots du rituel résonnèrent dans l'esprit de Cullen. Souvenirs et émotions le firent tressaillir, au point qu'il eut du mal à ne pas le montrer.

Le plus simple était de changer de sujet, et il y en avait plein de croustillants parmi lesquels piocher.

— Tu crois que c'est le but de la Grande Garce ? demanda-t-il à Rule. Si elle tue assez d'héritiers, les clans seront dans le pétrin.

— Jusqu'à présent, aucun Rho n'a été attaqué. Et tu n'es pas un héritier, Cullen.

— Mais c'est pratique de m'avoir dans le coin.

Une lueur d'amusement brilla dans les yeux de Rule.

— Exact. Isen croit que l'objectif principal de la Diablesse est d'empêcher le Tout-Clan qu'il a organisé.

— Isen croit toujours que tout est lié à ses propres buts. Ce qui ne veut pas dire qu'il se trompe, bien sûr. Les Rho ne comptent sans doute pas mettre en danger les leurs en réunissant un si grand nombre d'entre nous dans un seul lieu, pour que la Diablesse puisse nous attaquer.

Un silence sinistre s'installa. Harry le rompit pour se plaindre de Cullen, qui avait cessé de le caresser. Ainsi réprimandé, celui-ci frotta les mâchoires de la bête, qui déclencha son bruit de moteur.

Rule haussa les sourcils.

— Ce chat t'apprécie vraiment.

— Je suis un gars charmant.

Rule secoua la tête et se réinstalla sur le sol à côté de Lily. Elle posa une main sur son épaule en prenant la parole :

— Mais il existe encore un clan espagnol, n'est-ce pas ? Celui que tu viens de contacter. Les Ybirra.

Rule s'adossa à la chaise de son âme sœur et posa une main sur le pied de celle-ci.

— Ybirra est notre clan le plus récent. Il n'a été reconnu que longtemps après la diaspora espagnole. Tomás Ybirra a revendiqué son existence lors du Tout-Clan de 1882.

Touchant. Ces deux-là n'arrêtaient pas. Et pourquoi Cullen aurait-il été gêné ? Il ne l'était pas, décida-t-il, avant de poursuivre sa leçon d'histoire.

— Tomás Ybirra est né Leidolf. Il était un dominant pur et dur qui montrait souvent son désaccord avec son Rho, surtout concernant le besoin de réunir les égarés. Plutôt que de relever un Défi clanique, il est devenu un loup solitaire jusqu'à ce qu'il ait réuni assez de loups errants pour former son propre clan.

— Un loup solitaire ? fit Lily, surprise. Je pensais…

— Nous ne devenons pas tous fous, la coupa-t-il.

— Ne sois pas si pressé de lire mes pensées. Tu n'es pas doué. J'allais dire que je ne savais pas que des lupins quittaient parfois leur clan volontairement.

— C'est… peu courant, dit Rule tranquillement. Et « volontairement » n'est peut-être pas le mot le plus adapté. Mais ça arrive, c'est vrai.

Une fois par siècle environ, songea Cullen. Et « volontairement » n'était pas le mot qu'il aurait choisi, mais Tomás avait eu le choix : se soumettre à la volonté de son Rho, relever le Défi clanique, ou être exclu.

Cullen l'avait eu aussi, trente-cinq plus tôt.

— Pour en revenir à notre époque, ne t'est-il pas venu à l'esprit qu'Elle pourrait ne pas être capable de continuer Son harcèlement démoniaque ?

— J'aimerais le croire, dit Rule sèchement. Mais qu'est-ce qui l'en empêche ?

— Ses agents sont intervenus pendant ou juste après la tornade magique. Je ne suis pas un expert des invocations, mais on peut raisonnablement supposer qu'ils ont eu besoin de pouvoir supplémentaire.

— Ce serait plus rassurant, dit Lily, si on savait que la tornade ne se remettra pas à souffler la semaine prochaine. Ou demain.

— Il y a ce problème. (Cullen avait sa petite idée de la cause de la vague magique, mais l'heure n'était pas venue de l'exposer. Il fronça les sourcils.) En as-tu parlé à la Rhej ?

Lily cligna des yeux.

— La Rhej des Nokolaï ? Non. Elle n'a pas le téléphone, et je n'ai pas le temps de sauter dans un avion pour bavarder avec elle.

— Mais elle a les souvenirs.

Les souvenirs d'à peu près cinq millénaires. Si quoi que ce soit de semblable avait déjà eu lieu, elle pourrait se le remémorer.

— Tu as raison, dit Rule. Isen comptait l'interroger à propos du poison démoniaque. Je lui demanderai de lui poser des questions sur la tornade. Mais…

— Les Rhej ne disent pas toujours tout ce qu'elles savent, déclara Cullen à sa place. C'est l'un de leurs côtés agaçants. Je parie qu'elle en parlerait à son apprentie élue, ceci dit. Nous devons joindre Cynna pour…

— Impossible, dit Lily. Pas dans l'immédiat. Elle est en route pour Nutley.

— Merde. Elle est partie traquer ce démon.

— Quelqu'un devait le faire, et elle en a les compétences. J'aimerais…

— Quoi ?

— Rien. Simplement, je ne connais pas les gens de Nutley. Mais l'homme que je lui ai envoyé en renfort est censé être un bon tireur et un fervent baptiste.

— Gratifié ?

— Même pas membre de l'Unité. Il est de la SCM. Nous avons beaucoup trop de foyers d'incendies et trop peu de Gratifiés pour les éteindre.

Le joueur de flamenco cessa de gratter sa guitare. Dans le silence qui suivit la fin du CD, Cullen entendit les cliquettements du jeu vidéo de Toby. Il pensa à la grande femme aux cheveux en brosse et à la peau tatouée qui avait surestimé ses propres capacités et sous-estimé celles de Cullen.

Mais, c'est sûr, elle sentait bon.

Rule se leva et se dirigea vers l'armoire.

— Pendant que je remets de la musique, dit-il, pourquoi tu nous expliquerais pas ce que tu fais ici ? J'imagine que tu n'es pas arrivé en courant parce que tu avais un démon aux trousses.

Cullen sourit.

— Tu as raison. Je suis ici par rapport à ce que j'ai compris lorsque j'essayais d'échapper à Jiri et son toutou. Quelqu'un a trafiqué ma mémoire.

— Comment ? (Lily se redressa.) Mais tes défenses… même Helen n'est pas parvenue à les percer, alors qu'elle avait cette fichue crosse pour l'aider.

Cullen n'avait pas de souvenirs très agréables de l'ancienne chef des Azá, la secte dévouée à la Grande Garce. Helen était une puissante télépathe ; elle avait également confirmé la rumeur selon laquelle la folie n'était jamais très loin de ce Don particulier. Entre autres abominations, elle lui avait arraché les yeux.

— Cela a dû se produire avant que j'aie affaire à elle. Peu de temps avant, ceci dit. Probablement le même jour. J'étais son choix par défaut, vous vous rappelez ? Ils pourchassaient un autre ensorceleur, celui qui était passé me voir plus tôt ce jour-là. Nous nous étions disputés – du moins, c'est le souvenir que j'en ai. Il était parti plutôt brusquement.

Il avait laissé Cullen inconscient, en réalité, mais celui-ci préférait ne pas mentionner cette situation gênante.

— Alors, que t'aurait-il fait ?

— Je ne sais pas. C'est ça le problème. (Cullen réfléchit un moment.) Je n'aurais pas accepté de le rencontrer si une amie n'avait pas répondu de lui.

— Molly, n'est-ce pas ? demanda Rule sèchement.

— Molly est réglo. (Il sourit en se rappelant des souvenirs qui n'avaient pas été altérés.) En fait, elle est même carrément sympa, même pour une succube. Mais…

— Attends une minute, le coupa Lily. Tu n'avais pas dit qu'un démon était là.

— Molly n'est pas un démon. Elle était humaine au départ. Maintenant… (Il haussa les épaules.) Peu importe ce qu'elle est… elle s'est retrouvée ainsi après avoir subi la malédiction de Celle qu'il ne faut pas nommer, ce qui semble l'avoir rangée de notre côté. (Pourtant, il n'en était plus aussi sûr qu'avant.) Bref, ce jour-là elle n'était pas venue pour une partie de jambes en l'air. Elle avait organisé une rencontre entre moi et ce type avec lequel elle traînait. Il disait s'appeler Michael.

C'était surtout par convoitise qu'il avait accepté de le rencontrer, admit-il. Il avait rarement l'occasion d'apprendre auprès d'un autre ensorceleur. Déjà, il y en avait très peu. Et les rares qui existaient avaient tendance à se méfier sérieusement les uns des autres.

À juste titre.

— Quoi qu'il en soit, le trou dans ma mémoire survient juste après le départ de Molly et de son ami, et juste avant que les Azá débarquent. Avant cela, pas de défenses. Après, j'en avais qui pouvaient arrêter une télépathe très puissante aidée par une relique ancienne.

— Mais c'est une bonne chose.

— Bien sûr, les défenses sont formidables. Ce qui l'est moins, c'est que je ne me rappelle pas comment je les ai obtenues.

Ni Lily ni Rule ne prirent la parole pendant un moment, puis ce dernier se lança :

— Tu crois que cet autre ensorceleur t'a donné ces défenses, puis a trafiqué tes souvenirs ? Pourquoi ?

— Il a dû le faire dans l'autre sens, mais ouais. Pourquoi, je n'en ai aucune idée. J'ai déterré d'autres bribes de souvenirs, des trucs qui avaient été... écrasés par d'autres souvenirs, mais pas gommés. Ils ne sont pas complets. (En fait, les bouts de souvenirs étaient terriblement fragmentés.) Mais je crois que Molly m'a présenté son ami parce qu'ils avaient besoin d'aide. Ç'a quelque chose à voir avec un noyau actif, et le FBI est en train d'y fourrer son nez. (Il sourit brièvement à Lily.) Ce qui m'a conduit jusqu'à toi, trésor.

— Tu veux que je découvre ce que le Bureau sait sur ce gars, et sur Molly.

— Tout juste. Molly Brown, Galveston, Texas. Elle n'y est pas en ce moment – j'ai vérifié – et elle a probablement changé de nom. L'activité du noyau doit dater du 17 octobre, ou peu avant cette date. (Il se leva pour s'étirer.) Seigneur, tout ce temps passé dans l'avion, suivi par tout ce temps assis, ça m'a rendu tout raide. Est-ce que tu gères toujours les finances du clan ? demanda-t-il à Rule.

Rule haussa les sourcils.

— En effet.

— Investis dans la soie. Le prix va forcément exploser – c'est un isolant magique. L'or et l'argent augmenteront probablement aussi, mais...

— Ce ne sont pas des isolants, dit Lily.

— Non, ils conduisent ou transportent la magie, ce qui explique pourquoi leur cours ne va pas flamber pendant un moment. Enfin. (Il se tourna et se débarrassa des volutes de *sorcerí*.) Je ferais mieux de me mettre en route. Fais-toi retirer ce poison, ajouta-t-il en hochant la tête vers Rule. C'est une saloperie.

— Attends une minute, dit Lily. Tu viens d'arriver. Où vas-tu ?

— T'aider à résoudre ton problème avec ton petit démon, bien entendu. Ce n'est que justice – tu m'aides, je t'aide.

Elle poussa un soupir.

— Je n'ai pas encore accepté. Que feras-tu des informations que je te transmettrai sur Molly Brown ou Michael qui-n'a-pas-de-nom-de-famille ? En supposant que j'aie des infos à te donner.

— Il y aura forcément un rapport – les administrations en font à tout bout de champ. Barre tout ce qui serait trop terriblement secret et passe-le-moi. Ça ne devrait pas prendre longtemps. Quant à ce que moi je ferai… (Il haussa les sourcils plusieurs fois puis les épaules.) …Je ne sais pas encore. Je le dénicherai, évidemment. N'as-tu pas envie de savoir où se trouve un ensorceleur auquel les Azá – et par extension, notre ennemie – s'intéressaient ?

Lily garda le silence, mais Cullen entendit presque son cerveau débordant d'activité qui passait les différentes possibilités en revue.

— Très bien, dit-elle enfin. Je verrai ce que je peux trouver. En échange, je veux que tu me promettes que tu ne te lanceras pas dans une vendetta.

— Je ne cherche pas la vengeance. (Un sursaut d'honnêteté, mêlé à de la colère, lui fit ajouter :) Pas une vengeance radicale, du moins. Je ne serais pas contre casser le nez de cette ordure, mais avant que j'aille plus loin, je veux savoir pourquoi il s'est fichu de moi, puis s'est taillé pour me laisser m'occuper de ses copains.

Il fut pris d'un bâillement.

— Tu peux avoir la chambre côté ouest, dit Rule.

— Merci, mais je préférerais t'emprunter ta voiture.

— J'en ai besoin.

— Alors celle de Lily.

— Cynna l'a prise, dit Lily. Je croyais que tu comptais m'aider à résoudre mon problème avec mon petit démon.

Il haussa les sourcils, surpris.

— C'est ce que je fais. Je pars tout de suite pour Nutley. Cynna arriverait peut-être à neutraliser un démon, mais un démon plus Victor Frey ? Et peut-être Brady. Il se peut que lui aussi soit dans le coin.

Cynna ne savait même pas la moitié de ce qu'elle croyait connaître, et sa peau tatouée sentait trop bon pour laisser un démon la dépecer.

Ni qui que ce soit d'autre.

Il y eut un bref silence.

— Je m'occupe de te louer une voiture, l'informa Rule.

XIII

— Eh bien, s'il y a un démon dans les parages, il est du genre tranquille.

Le commissaire Mann se pencha en arrière, faisant grincer sa chaise, et noua ses doigts sur un ventre que Cynna aurait pu utiliser comme planche à repasser. Enfin, si elle faisait du repassage. Le commissaire leur offrit un sourire décontracté.

— Il n'a pas causé le moindre trouble.

Nutley était une petite ville. Elle ne possédait qu'un seul feu de signalisation ; la vitesse autorisée était de quarante kilomètres à l'heure. La prison et le commissariat se partageaient le sous-sol du tribunal, un bâtiment en brique rouge, trapu, qui occupait une extrémité de Main Street.

Cynna avait la sensation d'être tombée accidentellement dans une bourgade paisible digne d'une série télé.

Pourtant le commissaire Mann n'avait rien d'un type quelconque. Non, celui-ci portait bien son nom : c'était un homme viril, un mètre quatre-vingts de muscles sculptés, du genre de ceux que les bodybuilders adorent admirer dans les miroirs. Mais il avait un comportement rustre, et nul doute qu'il était suffisamment blanc pour cette bourgade paisible. Tous les autres membres du casting qu'elle avait croisés jusque-là l'étaient autant que lui. Un peu bizarre dans une petite ville du Sud.

— Mis à part le fait qu'il a tué Randall Frey, vous voulez dire.

— Je sais pas exactement ce qui est arrivé à Randall. Son père l'a pas dit.

L'agent Timms lui lança :

— Et d'après vous, ça ne valait pas la peine de demander.

Si le commissaire de Nutley semblait tout droit sorti d'une série télé, alors Cynna avait emmené avec elle la caricature du coéquipier nerveux et querelleur. L'agent Steven Timms de la SCM était petit, maigre, et prêt à en découdre.

Son visage poupon, agrémenté de cheveux roux et de taches de rousseur, cadrait très mal avec sa passion pour les armes. Elle en avait entendu plus qu'elle n'en avait jamais eu envie sur les propriétés du M72 LAW qu'ils avaient emprunté à l'armée – LAW étant un de ces acronymes dont raffolaient les gars du gouvernement et qui signifiait : « arme anti-char légère ».

Mais il savait aussi comment utiliser un pistolet à fléchettes. Il avait l'habitude de s'en servir pour neutraliser les lupins, avant que l'inscription de ceux-ci soit jugée inconstitutionnelle, et il avait survécu, ce qui en disait beaucoup sur son talent. Les fléchettes seraient leur arme de repli. Si le démon possédait une personne, ils auraient besoin de tranquilliser l'hôte.

Mais Cynna ne pensait pas que ce serait nécessaire. Certains démons adoraient les possibilités que leur offrait la possession, mais si celui-ci était comme la créature qu'elle avait tuée la nuit précédente, ce serait un combat franc, pas une ruse.

Cela dit, elle s'était trompée sur un point. Timms n'éprouvait pas d'antipathie à son égard. Comment ne pas apprécier quelqu'un qui lui permettait de traquer la plus grande et la plus méchante proie qu'il avait jamais vue. Il était tout excité à l'idée de tuer un démon.

Le commissaire Mann haussa ses épaules impressionnantes. Il portait une vieille chemise en coton, un jean et des bottes.

— C'est pas mes oignons. La loi n'a pas à se mêler de ce qui arrive à un loup.

— Alors Randall a été tué sous cette forme.

Pas étonnant; Rule s'était transformé lui aussi lorsqu'il s'était retrouvé nez à nez avec un démon. Mais tout de même…

— Avez-vous vu le corps?

Sa question l'amusa.

— Oui m'dame, je l'ai vu. Il était joliment mis en pièces, mais un loup aussi amoché ne ressemble pas beaucoup à un humain.

Cynna lutta contre son envie de lui dire d'arrêter de l'appeler « m'dame », car il se replierait probablement sur « trésor » ou « ma mignonne », et là, elle devrait le frapper. Ce n'était pas l'idéal pour s'entendre avec les agents locaux, et par ailleurs, elle avait mal à la tête.

N'étant pas une guérisseuse, elle ne pouvait rien faire pour que sa mâchoire désenfle. Cependant, elle avait un astucieux petit sort qui bloquait la douleur, quoiqu'il ne marche que sur elle. Elle devait être prudente, car la douleur était la façon dont la nature disait « fais gaffe », mais élever légèrement la puissance du sort ne devrait pas faire de mal. Elle augmenta le flux qui l'alimentait.

— Avez-vous demandé à Victor Frey qui ou quoi a tué son fils?

— Évidemment. J'ai dit à l'autre agent du FBI que je le ferais, non? Victor a répondu qu'il ne savait pas.

— Avez-vous obtenu une description?

— Il n'a pas vu le meurtrier.

Cynna hocha la tête comme si sa réponse était acceptable.

— Avez-vous interrogé d'autres personnes? Par exemple, quelqu'un qui aurait vraiment été témoin du meurtre?

— Apparemment, Randall était seul à ce moment-là.

Timms grommela :

— Et vous croyez que c'est vrai.

Le commissaire Mann le regarda.

— Ils sont toujours seuls quand ils s'entre-tuent, fils. Ça ne sert à rien de vous biler pour ça.

Timms se pencha en avant, tout vibrant d'intensité.

— J'ai l'impression que vous avez une relation sacrément chaleureuse avec ce loup-garou, commissaire. J'en viens à me demander si vous êtes payé pour détourner le…

— Hé. (Cynna lui tapota le bras.) Du calme. Vous dérapez.

Elle n'avait jamais été du genre à y aller mollo lorsqu'il était question de harceler les flics locaux. Pour sûr, Abel éclaterait de rire s'il pouvait la voir maintenant.

Timms la regarda avec sévérité, mais il se renfonça dans son siège.

— J'espère que vous pouvez nous conduire jusqu'au territoire des Leidolf, commissaire, dit Cynna en s'efforçant d'arborer un grand sourire, pour voir si ça faisait pencher la balance.

Aïe. Apparemment, les grands sourires n'étaient pas au goût du jour. Elle résista à la tentation d'augmenter encore davantage la puissance de son sort antidouleur.

— J'apprécierais d'être présentée au Rho. J'ai un mandat, mais je préférerais ne pas l'utiliser si je n'y suis pas obligée. J'espère qu'il coopérera.

— Bien vu, Victor n'aime pas sentir qu'on lui met la pression. Mais… le territoire ? Le Rho ? On parle bien la même langue ?

Était-il vraiment possible qu'il sache aussi peu de chose sur les lupins qui vivaient si près de sa ville ?

— Victor Frey est le Rho, ou le chef du clan des Leidolf. Et le territoire du clan se trouve à la sortie de Nutley.

— Victor commande, d'accord, dit-il en acquiesçant. Et il possède quelques hectares. Je ne suis pas au courant du reste, mais je peux vous emmener voir ce gars. (Il saisit son chapeau Stetson sur le coin de son bureau, prit le bomber posé sur le dossier de sa chaise, et jeta un coup d'œil à Timms.) Mais vous serez tous polis. Il vient de perdre quelqu'un.

Cynna attrapa son fourre-tout et le suivit. Celui-ci contenait plusieurs fioles d'eau bénite empaquetées entre des cales en mousse. Les fioles étaient conçues tout spécialement pour éclater en cas de choc. Il était généralement conseillé d'être à une certaine distance pour projeter de l'eau bénite sur un démon.

Dommage qu'elle n'ait pas procédé ainsi avec Rule.

Ils sortirent dans la rue, baignée d'une lumière dorée par le soleil couchant. L'air était frais et sec, les arbres dénudés par l'hiver et les bâtiments en bardeaux blancs étiraient de longues ombres derrière eux. Quelque part, un chien aboyait, encore et encore, des plaintes répétitives et lasses. La petite ville était cernée, sur trois côtés, par des masses ondulantes brunes et vertes qui recouvraient les montagnes jusqu'à un horizon d'un bleu inégal. À l'ouest, les collines paraissaient sombres sous l'éclat du soleil descendant.

Bon sang. Il était presque dix-sept heures. Le trajet en voiture jusqu'ici n'avait pris que deux heures, mais avant de quitter Washington elle avait dû se changer pour mettre une tenue plus adaptée à la chasse aux démons que son élégant tailleur, faire son sac, puis passer prendre Timms et son arsenal. Le temps qu'ils aient fini de parler à Victor Frey, il ferait nuit noire. Cynna n'était pas emballée à l'idée de traquer de nuit un démon.

Peut-être qu'elle n'y serait pas obligée. Jusqu'à présent, elle n'avait pas détecté de créatures tapies dans l'ombre. Subrepticement, elle avait levé une main et jeté un sort, sans toutefois y investir toute sa puissance, juste histoire de faire une rapide vérification. Même avec un motif seulement partiel, elle aurait dû le détecter s'il s'était trouvé dans un rayon de deux à cinq kilomètres.

— Vous espérez arrêter un taxi, m'dame ? lui demanda Mann le viril, amusé.

— Non. (Toujours pas de trace d'un démon. Peut-être que Timms était destiné aux déceptions.) Nous vous suivrons, dit-elle, si cela ne vous dérange pas.

Il hocha la tête aimablement et se dirigea vers sa voiture de police au milieu des places réservées devant le tribunal. Cynna s'adressa à Timms alors qu'ils rejoignaient le parking public de l'autre côté de la rue :

— Nous ne sommes pas ici pour enquêter sur le commissaire, lui dit-elle d'un ton ferme.

Timms se renfrogna.

— S'il couche avec ces loups-garous…

— Notre mission, c'est le démon, dit Cynna, qui avait couché avec un loup-garou et avait beaucoup apprécié ce moment, merci bien. S'il est encore dans le coin, nous le tuons. Qu'il soit ici ou non, nous devons parler aux personnes qui l'ont vu, examiner le lieu du crime et le corps de la victime… vous savez. Enquêter. Pour cela, nous aurons besoin de la coopération de Victor Frey, et le commissaire peut nous aider à l'obtenir.

Timms marmonna quelque chose entre ses dents, que Cynna fit mine de ne pas entendre.

Quelques employés du tribunal partaient du boulot avant l'heure. Une femme boulotte faisait démarrer sa Mustang rouge vif au moment où Cynna et Timms arrivaient sur le parking. Deux hommes portant des attachés-cases entrèrent dans des crossovers identiques. Un pick-up tout cabossé quitta les lieux.

Une voiture arriva. Une Toyota très récente, blanche, avec des plaques de Washington tourna pour entrer dans le parking et se gara à une place libre, à deux emplacements de la Ford que Cynna avait empruntée à Lily. La détectrice jeta un coup d'œil au conducteur qui sortait de la voiture, et s'arrêta, incapable de faire un pas de plus. Ses hormones se déchaînèrent, façon danse de Snoopy.

Cullen Seabourne se tenait là, sourire aux lèvres. Son tee-shirt était vieux et serré, sa veste en jean en pire état que la sienne, et son jean était élimé à des endroits particulièrement bien placés. Une barbe de trois jours ornait ce visage d'une beauté surnaturelle, et il avait besoin d'une coupe depuis un bon mois.

Enfin une personne qui était habillée plus mal qu'elle, même si son look miteux lui allait mieux. Elle posa ses mains sur ses hanches.

— Eh, bienvenue en enfer.

— Bof, je connais déjà, dit-il gaiement. Tu comptes me présenter à ton copain ?

— Qu'est-ce que tu fais ici ?

Il haussa les sourcils.

— Ce n'est pas évident ? Je viens t'aider à mettre la main sur ton démon.

— Ce n'est pas mon démon, et tu n'es pas…

Timms lui coupa la parole.

— C'est qui ?

Elle fit les gros yeux.

— Agent Timms, Cullen Seabourne. Cullen est un lupin, ajouta-t-elle, ne sachant pas très bien lequel des deux hommes elle préférait asticoter, mais estimant qu'ils le méritaient tous les deux.

Timms observa Cullen, yeux plissés.

— Vous n'avez pas l'air de faire partie de l'Unité.

— Oh, non, dit-il d'un ton léger. J'aide quand je peux, mais le FBI n'est pas intéressé par mes talents professionnels. Je gagne ma vie en retirant mes fringues.

CYNNA INFORMA CULLEN qu'il ne les accompagnerait pas à leur entrevue avec le Rho des Leidolf, et lui demanda de rentrer à Washington, où il pourrait être utile. Elle employa un ton ferme pour lui faire comprendre qu'ils n'avaient pas besoin de lui ici.

Alors comment fit-il pour se retrouver assis à côté d'elle, à l'arrière de la Ford de Lily, conduite par Timms ?

En fait, elle savait pour quelle raison elle avait laissé Timms s'installer au volant. Elle voulait avoir les mains libres pour jeter un sort si nécessaire. Mais comment au juste cet homme au visage divinement beau et à la morale douteuse s'était-il retrouvé avec eux dans cette voiture ?

Elle n'avait sûrement pas cédé à son propre corps, qui appréciait sans l'ombre d'un doute de sentir Cullen tout près d'elle. Parce qu'elle ne souhaitait avoir aucun, mais alors aucun contact physique avec lui. Pas question. Elle travaillait, merde.

D'ailleurs, c'était un pauvre type. Oh, pas de A à Z. Elle le reconnaissait. Cullen avait tout risqué pour secourir Rule, il était donc capable de nouer une amitié. Mais en matière de femmes, il avait fait exploser son détecteur de pauvres types.

Cynna savait repérer l'un d'eux lorsqu'elle en convoitait un – ce qui était habituel chez elle, admettait-elle. Rule était-il la seule exception à son goût désastreux en matière d'hommes ? Non pas qu'elle soit à la recherche de monsieur Parfait. Elle était incapable de s'imaginer en train de prêter le serment de vivre toute sa vie avec la même personne. Elle n'arrivait pas à comprendre que des gens le fassent régulièrement. Qu'en *savaient*-ils ?

Cependant, elle était fatiguée de se réveiller à chaque fois à côté d'un type qui ne lui inspirait qu'une question : « Mais qu'est-ce qui m'est passé par la tête ? » Elle était bien décidée à changer, même si ses stupides hormones n'avaient pas encore accepté de se plier à sa volonté.

— Victor Frey ne te laissera peut-être pas entrer sur son territoire.

— Pour lui, je suis une racaille, concéda-t-il. (Confortablement affalé à l'arrière, il occupait plus que sa place, si bien que son genou touchait presque la cuisse de Cynna.) Mais dans ce cas, il se dira qu'il peut m'utiliser. Victor prend son pied à utiliser les gens.

— Apparemment, on en aura bientôt le cœur net.

La voiture de police devant eux tourna sur un chemin de terre indiqué par un petit panneau sur lequel était écrit « Propriété privée. Défense d'entrer ».

— Ils n'ont pas de gardes, comme à Clania ?

— On ne les verra pas à moins qu'ils décident de nous arrêter. Tu n'as pas remarqué de traces du démon qui a tué Randall ?

Elle secoua la tête.

— Mais ma portée est limitée, parce que le motif me vient d'un démon mort, or celui que je cherche est vivant. De plus, je n'ai pas encore jeté de sort complet, juste des rapides.

Ils prirent à leur tour le chemin de terre. Cahoteux, il montait la plupart du temps en serpentant entre les arbres.

Cynna était une enfant de la ville. Elle ne voyait pas vraiment les arbres d'un bon œil. Pas ceux de la campagne, en tout cas, et pas en si grand nombre, et surtout pas ceux qui levaient leurs rameaux au-dessus de leurs têtes comme s'ils étaient prêts à lâcher une branche sur des intrus.

Assez pensé aux arbres, se dit-elle.

— Euh… je suppose que Lily et Rule t'ont briefé.

— À tel point qu'elle s'est sentie obligée de menacer ma langue. C'est sa façon subtile de me suggérer de ne pas aborder des secrets top secrets devant les gens qui n'ont ni ma sagesse ni ma discrétion. (Il agita ses sourcils vers la nuque de Timms.) En parlant d'être briefé, Rule t'a mis en garde à propos de Victor Frey ?

— Il m'a dit qu'il était méchant, malin et imprévisible.

— On peut dire ça comme ça. Victor est un dangereux salopard. Il essayera de te charmer.

— Je suis difficile à charmer.

— Fais semblant, alors. Comme il n'estime pas beaucoup les femmes, tu pourras calmer ses soupçons de cette façon, et tu auras besoin de tous les avantages que tu peux avoir. Si tu couchais avec lui, également…

— Quoi ?

— D'accord, oublie. Je ne peux pas te le reprocher, mais pour une raison ou pour une autre, des tas de femmes ont couché avec Victor – ou pas exactement, selon le cas, mais j'essaie de faire preuve de tact. Rule t'a prévenu que le fils survivant de Victor, qui est peut-être son héritier, est fou ?

Elle haussa les sourcils.

— C'est une manière de parler ?

— Non, je suis pratiquement sûr que c'est la vérité. Brady Gunning est un sociopathe sadique.

— Gunning ? Ce n'est pas un Frey, lui aussi ?

— Non, à moins qu'il soit nommé héritier. Maman et papa ne se marient pas lorsque papa est un lupin – tu le sais. Du coup, nous portons le nom de famille de notre mère.

— Pas Rule.

— Un héritier admis comme tel adopte généralement le nom de son père.

Ce qui voulait dire que Rule n'était pas un Turner au départ. Peut-être était-ce pour cette raison que le FBI n'avait jamais été capable de dénicher beaucoup d'infos sur lui avant qu'il « révèle » qu'il était le prince des Nokolaï.

— Ce Brady Gunning, il sera là ce soir ?

Cullen haussa les épaules.

— S'il n'est pas là, il ne tardera pas à se montrer. Le territoire des Leidolf est plus petit que celui des Nokolaï. Peu de membres du clan vivent vraiment ici, mais la plupart d'entre eux ne sont pas loin. Ils reviendront dans leur territoire pour la désignation.

— La désignation. De leur nouvel héritier, tu veux dire ?

Il hocha la tête, son regard préoccupé fixant le vide comme s'il avait à moitié oublié sa présence.

Ce qui était une autre bonne raison de ne pas avoir de contact physique. Cullen Seabourne était un spécimen fantastique pour une passade, et elle avait été tentée de se lancer dans cette voie lors de leur première rencontre. Mais, ensuite, elle avait appris à le connaître. Entre deux séances de sexe chaud et torride, il était du genre à oublier l'existence de sa partenaire.

Mais c'était sans importance de toute façon, puisqu'elle n'aurait pas de séances de sexe chaud et torride avec lui. Elle se reconcentra tant bien que mal sur le boulot. Cullen n'avait pas répondu à sa question, c'est-à-dire pourquoi il était ici au lieu de traquer des dragons, mais Timms écoutait. Elle la lui reposerait lorsqu'ils seraient seuls.

En attendant, pourquoi ne pas tâcher de déterminer si une mauvaise surprise se cachait parmi tous ces arbres ? Cynna envoya de la puissance dans le *kielezo* du démon mort, ce qui provoqua des démangeaisons le temps que la magie s'accumule. Puis elle leva une main et…

— Aïe !

Ils avaient rebondi si fort sur une ornière que sa tête avait frappé le plafond de la voiture.

— Désolé, fit Timms, qui ne paraissait pas du tout navré.

Cynna fusilla du regard la nuque de l'agent. Son mal de tête la faisait atrocement souffrir à présent.

— Ralentissez. Je ne peux pas jeter un sort si je rebondis sur mon siège.

— Qu'est-ce que ça peut faire ? Vous n'avez rien trouvé.

Être assis au volant semblait lui être monté à la tête.

— Ralentissez !

— Rébellion dans les rangs, dit Cullen avec compassion. Tu veux que je le morde pour toi ?

Les épaules de Timms tressaillirent.

— Vaudrait mieux pas, dit Cynna. Il te tirerait dessus, et Lily serait furax si on éclaboussait de sang l'intérieur de la voiture.

Cullen sourit.

— Non, il ne le ferait pas. Pas avant que je…

— Cullen…

— Ferme ta gueule, dit Timms.

Elle se tourna brusquement vers lui.

— Comment ?

— Lui. Pas vous. Je ne bosse pas avec une saleté de loup-garou. Une saleté de loup-garou strip-teaseur.

— Si, vous bossez avec lui. Vous savez pourquoi ? Parce que c'est moi qui commande.

Bonté divine. Était-ce vraiment elle qui avait prononcé ces mots ? Si elle n'y prenait pas garde, elle lui dirait bientôt que c'était elle la chef, et ensuite elle devrait se laver la bouche avec du savon.

— Je sais qu'on ne peut pas me posséder, dit Timms. Vous dites que vous avez la foi, vous aussi, alors vous êtes protégée. Mais lui ? grogna Timms. Si ce païen impie se fait posséder, il nous entraînera tous les deux avec lui.

— Pas d'inquiétudes, dit Cullen en s'enfonçant confortablement dans son siège.

— Ce païen impie en particulier ne peut pas être possédé, vous le savez, Timms, dit Cynna, exaspérée. En tout cas, vous devriez, vu que je vous l'ai dit en sortant. Les lupins prétendent qu'ils ne peuvent pas être possédés. Si j'étais vous, j'espérerais que c'est vrai, parce qu'on va se retrouver au milieu d'un tas de lupins, et ce ne serait vraiment pas commode si le démon était dans l'un d'eux. Et pendant qu'on y est, vous allez rester très, très calme. Hors de question que vos préjugés fassent tout foirer.

Timms se contenta de respirer profondément pendant quelques instants. Il semblait plus grognon que vraiment énervé lorsqu'il reprit la parole :

— Si je ralentis, je perdrai de vue la voiture du commissaire.

— Pas grave, dit Cullen. La route mène à la maison de Victor. On ne peut pas la rater.

Cynna le regarda.

— Tu y es déjà allé.

— Pas récemment, mais ouais, en effet.

Il ne laissa rien paraître de son malaise : ni froncement de sourcils, ni tension des muscles, ni regard fuyant. Sa voix ne devint ni monocorde ni aiguë, et la moindre parcelle sublime de son corps demeura détendue, sa manière de faire savoir que le sujet lui importait peu. Alors, pourquoi avait-elle le sentiment que ce tunnel sous les arbres constituait pour lui un retour en arrière et faisait resurgir des souvenirs désagréables ?

Elle songea à un quartier précis de Chicago et à ce qu'elle éprouverait si elle y retournait, accompagnée des personnes qui faisaient partie de sa nouvelle vie. Des gens qui pensaient qu'elle était réglo. La dernière chose qu'elle voudrait serait que l'un d'eux remarque ses réactions.

— Est-ce normal qu'il y ait autant d'arbres par ici ?

Il cligna des yeux.

— Tu connais le concept de forêt ?

— J'ai déjà marché dans l'une d'elles. (Ils recherchaient alors une fille de onze ans… Elle balaya ce souvenir.) Mais les arbres étaient espacés les uns des autres, et beaucoup plus hauts. Ceux-ci sont tout emmêlés. Ils se penchent au-dessus de la route.

— Si on peut parler d'une route, mais laissons cela de côté, fit Cullen. (Sa remarque fut approuvée par les secousses des roues sur une nouvelle bosse.) C'est une forêt d'arbres à feuilles caduques autrefois débitée en rondins. Les arbres que tu vois ont poussé récemment, et il y a beaucoup d'arbustes. Les forêts plus anciennes, notamment de conifères, ont moins de jeunes spécimens en concurrence.

— Ouais, ces arbres sont tellement en concurrence qu'ils ont décidé de prendre possession de la route. Ils font ce qu'ils peuvent pour la virer d'ici.

— Oh, je t'en prie. Ne me dis pas que tu es l'une de ces idiotes qui personnifient tout.

— Hé, la personnification est un outil de nos systèmes magiques. Les Wiccan et autres païens disent que les plantes ont une volonté, et donc…

Il grommela :

— Tu as regardé trop de dessins animés quand tu étais petite. Les plantes n'ont pas la conscience de soi nécessaire pour être doté d'une volonté indépendante, même si en masse elles développent parfois une sorte de conscience accumulée. Mais il est ridicule de leur attribuer des motivations humaines.

Elle s'installa pour profiter pleinement de cette dispute.

— Je suis une fille simple. Même si ces arbres n'ont pas de conscience au sens où nous comprenons ce mot, une dryade ou autre pourrait les protéger.

— Une dryade ? répéta-t-il, incrédule. Dans une jeune forêt, si près de la civilisation ?

Elle fit un geste de la main.

— D'accord, les chances sont minimes. Mais dans un grand nombre de traditions africaines et celtes, ainsi que chez les Indiens d'Amérique, les humains peuvent communiquer avec l'esprit des arbres, non ? Les légendes à ce sujet sont innombrables.

— Les légendes sont surtout des allégories. Ce qui veut dire, expliqua-t-il avec bienveillance, comme s'il s'adressait à un enfant de trois ans, qu'on n'est pas censés les prendre littéralement.

— Je comprends assez bien la différence entre vérités symbolique et littérale. Difficile de lancer un sort si on ne saisit pas un minimum le symbolisme, hein ? Mais peut-être que ce qui concerne l'esprit des arbres est littéralement vrai. Je connais un chamane qui fait des sacrifices au chêne de sa cour à chaque nouvelle lune en enterrant des feuilles de tabac au niveau de ses racines.

— Les pratiques chamaniques connectent celui qui les exécute à des esprits terrestres ou des dieux majeurs et mineurs, pas à des arbres isolés.

— Il dit qu'il entre en contact avec l'arbre, pas avec un esprit universel.

— Il fait erreur. Oh, son chêne a sans doute bel et bien du pouvoir. Les arbres absorbent pas mal de magie au fil des années, cela dit tout ce qui en possède n'est pas forcément sensible. Mais peut-être penses-tu que les cristaux sont vivants et complotent contre toi ?

Elle le fusilla du regard.

— Le sarcasme ne prouve rien du tout. Tu ne sens pas que ces arbres ont quelque chose de menaçant ?

Non seulement il ne sentait aucune menace, mais il la prenait pour une idiote. Ce dont elle était aussi parfaitement prête à débattre.

Cynna savait que Cullen n'aurait pas besoin de beaucoup d'encouragements pour se lancer dans une dispute. Ce fut ce qui finit par arriver. Celle-ci leur apporta une sympathique distraction pour le reste du trajet, et pas seulement à Cullen. Timms était si occupé à les écouter sans en avoir l'air qu'il ralentit et ne dit plus un mot.

Peut-être qu'elle n'était pas totalement incompétente pour mener les opérations, après tout, même si ses méthodes étaient non conventionnelles. Ils arrivèrent à destination sans qu'aucune goutte de sang n'ait été répandue.

Le territoire des Leidolf ne ressemblait pas vraiment à celui des Nokolaï. La route les emmena jusqu'à une clairière de la taille de deux terrains de football environ placés bout à bout. En tout et pour tout, elle vit quatre bâtiments : une grange, une longue structure à un seul niveau qui faisait penser à un dortoir, et deux maisons. La première était petite et construite en pierre grise. De la fumée s'échappait de la cheminée. Trois pick-up et une voiture étaient garés devant le bâtiment semblable à un dortoir.

Ils furent guidés vers la plus grande des deux maisons, disposant d'un étage, à l'extrémité la plus éloignée de la clairière. Deux véhicules stationnaient devant la bâtisse : une Bronco de deux ans et la voiture du commissariat.

— Y a-t-il d'autres maisons ? demanda Cynna à Cullen. Cachées dans les arbres, peut-être ?

— Pas à ma connaissance. Les Leidolf sont pauvres comparés aux Nokolaï, mais ils pourraient se permettre de construire davantage d'habitations ici. Victor ne le veut pas. Il ne fait pas confiance à la pensée dominante, il ne veut pas que ses loups se montrent au grand jour, et tout individu vivant ici admet qu'il est un lupin.

La maison de Victor Frey avait tout le charme d'une grosse boîte blanche. Le vaste porche était sa seule touche d'élégance. Un garage séparé occupait le côté le plus proche, et Cynna aperçut un portique de balançoire de l'autre côté, avant qu'ils ne fassent halte.

S'appuyant contre sa voiture, le commissaire Mann discutait avec un autre homme, grand, blond et maigre, affublé d'une moustache soignée et vêtu d'un vieux jean. Ni chemise ni chaussures, un joli torse. Il devait avoir dans les trente ans. Forcément un lupin, mais pas celui qu'elle était venue voir.

— Merde, dit Cullen.

— Qu'y a-t-il ?

Elle attendit, sa main posée sur la poignée de la portière.

— C'est Brady, le sociopathe du coin. Timms…

— Quoi ? fit l'agent d'un ton brusque.

— Brady est siphonné, mais il est également rancunier. S'il n'arrive pas à t'avoir tout de suite, il t'aura plus tard ; pour lui, œil pour œil, dent pour dent, c'est loin d'être suffisant. Ne l'insultez pas.

— Je suis un agent fédéral. Il a intérêt à se montrer poli avec moi.

Cynna secoua la tête.

— La testostérone vous rend tous idiots. Tenez-vous bien ou, au moins, taisez-vous.

Cullen haussa un sourcil.

— Pas de mises en garde qui me concernent ? reprit Cynna.

— Tu es une femme, fit le lupin. Ses attentes seront différentes. Mais s'il te fait des demandes sexuelles et que tu refuses, fais mine d'être désolée.

Elle grommela quelque chose et ouvrit sa portière.

XIV

Le commissaire Mann se retourna pour lui faire un signe de la tête, toujours appuyé, de façon décontractée, contre sa voiture.

— Brady, voici l'agent fédéral dont je vous parlais. Agent Weaver, voici Brady Gunning. C'est le frère du défunt.

— Toutes mes condoléances, monsieur Gunning.

— Randall me manquera pas. Pouvais pas supporter ce connard. (D'un coup d'œil, il la jaugea de la tête aux pieds.) J'avais jamais vu personne comme vous avant. Vous êtes quoi ?

— Un agent du FBI. (Cullen et Timms sortirent.) Et voici…

— Ça, par exemple. Cullen Seabourne, et sur la terre des Leidolf, en plus.

À présent, il souriait.

Sale type, songea-t-elle. Peut-être que Cullen n'avait pas exagéré.

— Je suis venue m'entretenir avec votre père, monsieur Gunning.

Gunning tourna lentement la tête, comme s'il n'avait pas envie de quitter Cullen des yeux. Mais il n'avait pas l'air fâché. Au contraire, il avait l'expression neutre d'un serpent.

La seconde d'après, il arborait un sourire, comme s'il s'était rappelé que c'était ce que faisaient les humains.

— Mais lui, il est d'accord ?

— Et si on allait s'en rendre compte tout de suite ?

Elle prit la direction du porche.

Un peu trop rapidement pour un humain, il vint se placer devant elle. Son sourire était plus chaleureux, ouvertement libidineux.

— Je ne vous ai pas entendu dire « s'il vous plaît », jolie demoiselle.

Elle haussa les sourcils. Il faisait une tête de plus qu'elle, ce qui était inhabituel et agaçant. Elle pouvait difficilement le regarder de haut.

— Si je comprends bien, cette propriété appartient à votre père, monsieur Gunning. Pas à vous.

— Et alors ?

— Alors je n'ai pas besoin de votre autorisation.

Elle fit un pas de côté pour le contourner.

— Lui, si.

Gunning ne regarda pas Cullen, mais il était évident que c'était à lui qu'il faisait allusion.

— Il a besoin de mon autorisation pour continuer à respirer.

— Brady, lui dit doucement le commissaire Mann, voyez-vous qui que ce soit ici qui n'aurait pas un corps d'humain ?

— Je sens quelque chose qui…

— La loi ne prend pas en compte ce que vous sentez. (Il se redressa et s'éloigna de la voiture.) Ne l'oubliez pas. Agent Weaver, est-ce l'un des vôtres ?

Il indiqua Cullen d'un signe de tête.

Génial. Si elle répondait non, elle pourrait se débarrasser de Cullen… et le laisser ici avec un sociopathe qui n'appréciait pas son odeur.

— M. Seabourne est un consultant.

Le commissaire Mann soupira.

— J'aurais aimé que vous me parliez de lui plus tôt. Allons voir si Victor est d'humeur à nous recevoir.

Il se dirigea vers la maison.

Cynna et les autres lui emboîtèrent le pas. Elle était consciente du lupin blond qui, sans ciller, les observait de ses yeux parfaitement inexpressifs. *Un tueur de sang-froid,* songea-t-elle, le genre qui lui faisait le plus peur, parce qu'on ne pouvait pas les gérer, les raisonner, faire vibrer leur corde sensible. Ils n'en avaient pas.

Les grands agents du FBI, les durs à cuire, ne se mettaient pas à suer à grosses gouttes lorsqu'ils passaient tout près de la mort, songea-t-elle. Mais c'était Cullen que la mort cherchait à attraper, pas elle.

Seulement, Cullen n'était plus là.

Elle n'avait jamais vu d'humain ou de lupin se déplacer aussi vite. Elle n'était même pas sûre de l'avoir vraiment aperçu. Cullen était debout à un mètre, souriant.

— Pas touche, Brady. Tu n'es pas mon type.

— D'après ce que j'ai entendu, n'importe quoi peut être ton type, s'il se tient tranquille assez longtemps, lui rétorqua Gunning. Reste à distance des chiens tant que tu es ici.

Cullen ne se dépara pas de son sourire.

— *Vesceris corpi.*

Gunning fit un mouvement brusque vers lui.

Autant essayer d'attraper un colibri. Cullen se glissa sur le côté, si vite qu'il sembla se téléporter.

— Tu veux relever un Défi clanique, Brady ?

— Les garçons, dit le commissaire Mann depuis le porche, je ne pense pas que Victor apprécierait vos chamailleries à l'heure qu'il est.

Cullen le regarda d'un air incrédule.

Gunning cracha sur le sol boueux.

— Je ne défie pas une bouse de vache quand je mets le pied dedans par accident. Je racle ma botte pour l'enlever.

Il fit volte-face et s'en alla.

Cynna se rappela qu'elle devait respirer. Mann le viril était monté d'un cran dans son estime.

— Vous pensez que Gunning tentera quelque chose ?

Timms semblait l'espérer. Pas de doute, l'éventualité de quelques coups de feu le réjouissait.

— Oh, ouais, fit Cullen. Mais ni ici, ni maintenant. Trop de témoins.

— Allez, reprit Cynna en partant vers la maison. (Alors que Cullen lui emboîtait le pas, elle marmonna :) Il s'agit d'être polis. De ne pas insulter le cinglé. Rappelle-moi de te botter les fesses plus tard.

— Bien entendu. Tu as dit botter, ou lécher ?

— Ne me donne pas envie de te flanquer une raclée tout de suite.

C'était seulement pour parler, bien entendu. Ce n'était pas le moment de lui remonter les bretelles. Ni de poser des questions, et elle en accumulait une pile considérable à l'intention de Cullen Seabourne.

Lorsqu'ils arrivèrent sur le porche, elle reconnut l'air que Timms sifflait : « L'hymne de bataille de la République ». Tout à fait approprié pour se faire apprécier des habitants du Sud.

Elle devrait peut-être les abattre tous les deux.

Le porche en bois peint était désert.

— Désolée, dit-elle au commissaire. Je ne m'étais pas rendu compte que mon consultant avait eu des embrouilles avec Gunning.

Le commissaire Mann appuya sur la sonnette. Elle entendit celle-ci sonner faiblement dans la maison.

— Vous feriez mieux de garder un œil sur ce Brady, lui dit-il sérieusement. Il est un peu déséquilibré.

Un peu ?

— Quant à vous, dit Mann à Cullen, j'ignore qui vous êtes, mais je vous demande de ne plus provoquer Brady.

S'ensuivit l'un de ces moments d'homme à homme ; Cullen et le commissaire se regardèrent les yeux dans les yeux, sans dire un mot. Cynna sentait presque la testostérone. Elle savait que Cullen était sur le point d'avoir une parole désinvolte et injurieuse, et que dans ce cas elle devrait lui faire mal.

Mais il se contenta de demander :

— Vous êtes le shérif ?

— Commissaire de police.

Il hocha la tête.

— Je ferai de mon mieux pour ne pas vous compliquer la tâche, commissaire.

Hein ? Qui aurait cru que Cullen pouvait vraiment se montrer respectueux ?

La porte s'ouvrit. La femme d'âge moyen qui se tenait là avait des cheveux courts noirs, une robe rétro et des tongs. Sa voix s'accordait à son expression : douce et triste.

— Bonjour, commissaire. Vous voulez voir Victor ?

Il acquiesça.

— J'ai amené quelqu'un qui doit lui parler.

La femme décocha à Cynna un coup d'œil désintéressé, laissa son regard s'attarder quelques secondes sur Timms… puis elle vit Cullen. Elle écarquilla les yeux.

— Oh, doux Jésus.

— Salut, Sabra, dit Cullen doucement. Ça fait un bail.

— Je… oui. (Elle porta sa main tremblante à sa poitrine et l'y laissa là, hésitante.) Oui, c'est vrai. Euh… entrez. Je vais prévenir papa que vous êtes ici.

Ils furent laissés seuls dans une vaste entrée tandis que Sabra se retirait dans le couloir, ses tongs claquant sur le parquet. Un escalier se trouvait face à la porte ; sur la droite, une porte fermée laissait deviner une penderie pour les manteaux. Sur la gauche, une ouverture conduisait au salon dans lequel ils n'avaient pas été invités à entrer.

Tout était très propre et démodé depuis soixante ans environ. Cynna commençait à se sentir nostalgique des années cinquante.

Elle se tourna vers Cullen et lui demanda, toujours tout bas :

— C'est la fille de Victor ?

— L'une des trois. La plus jeune s'est mariée et est partie - cela a fait un tas d'histoires. L'aînée est morte il y a plusieurs années. Un suicide.

Le commissaire Mann secoua la tête.

— Si vous pensez à Marybeth, elle était la sœur de Victor, pas sa fille. C'est arrivé il y a plus de vingt ans, et Marybeth avait la quarantaine lorsqu'elle est morte. Une triste histoire. Une nuit, elle a arrêté sa voiture sur les rails du train, et attendu son passage.

— J'ai dû me mélanger les pinceaux, dit Cullen.

— Je suis surpris que vous en ayez entendu parler.

Cullen sourit.

— Nous sommes de formidables commères. Nous n'arrêtons pas de parler les uns des autres.

Cynna le regarda avec curiosité. Cullen avait de nombreux défauts, mais il avait une excellente mémoire. N'aurait-il pas dû savoir combien d'enfants avait le Rho des Leidolf ? C'était pourtant le genre de chose que tous les lupins se rappelleraient.

Cullen ne remarqua pas son regard interrogatif. Il avait les yeux rivés sur le mur.

— Je reviens, dit-il soudain.

Il sortit précipitamment.

— Attendez une…

Trop tard. Il n'était plus là. Un drôle de consultant, pour s'en aller comme ça. S'il n'avait pas…

Une planche grinça dans l'escalier. Cynna leva les yeux.

Une jeune femme - vraiment jeune, songea la détectrice, un peu moins de vingt ans, peut-être - descendait lentement, en se tenant à la rampe. Elle avait un sourire timide, des yeux bleus, des cheveux châtain clair. Elle portait un jean taille basse et un pull bleu bien ajusté.

Un choix vestimentaire intéressant, si l'on considérait le fait qu'elle était enceinte d'au moins sept mois. Ne risquait-elle pas de prendre froid, avec tout ce ventre à l'air ?

— Merilee. Tu n'es pas censée te reposer ?

Cynna tressaillit. L'homme qui venait de parler avait longé le couloir si silencieusement qu'elle n'avait pas remarqué sa présence.

Victor Frey avait plus l'allure d'un enseignant que celle d'un tyran. Peut-être était-ce dû à son vieux pull doté de pièces de cuir aux coudes, ou à son pantalon froissé. Il était grand – il dépassait allègrement le mètre quatre-vingts –, et maigre, à en juger par ses longues mains et les os saillants de ses poignets.

La fille lui sourit d'un air hésitant.

— Je n'avais pas envie de dormir.

Sabra arriva derrière son père.

— J'aurais bien besoin d'aide dans la cuisine, Merilee, si tu te sens assez en forme.

— Bien sûr.

Elle finit sa descente à la même cadence précautionneuse.

Victor la suivit des yeux comme s'il redoutait qu'elle perde l'équilibre. Il avait sans doute été aussi blond que son cinglé de fils lorsqu'il était plus jeune, mais ses cheveux s'étaient éclaircis au point de ressembler à présent à de la paille striée de blanc. Le bleu de ses yeux avait la pâleur d'un ciel d'hiver, et son visage ridé semblait avenant. Son inquiétude les affaissait, et il semblait plus vieux que les soixante ans que Rule avait mentionnés.

Le chagrin faisait cela, parfois.

— Vous allez bien, Merilee ? lui demanda le commissaire Mann.

— Ça va. (Maintenant qu'elle était plus près, Cynna put apercevoir les yeux rouges et gonflés de la jeune femme.) La moitié du temps, je n'arrive pas à croire qu'il est parti. Il serait… il était si fier…

Elle posa sa main sur son gros ventre, et ses lèvres tremblèrent.

— Viens, chérie, dit Sabra en passant un bras autour de ses frêles épaules. Ça aide de s'occuper, et j'ai un tas de pommes à peler.

Tandis que les deux femmes s'éloignaient dans le couloir, Victor Frey se tourna vers le commissaire.

— Je croyais qu'on avait tout abordé hier, Robert. Qu'y a-t-il encore ?

— Je suis seulement venu pour vous présenter cette jeune personne. Agent Cynna Weaver. (Il hocha la tête vers elle.) Elle et l'agent Timms sont du FBI, et ils pensent que c'est un démon qui a tué votre fils. Elle a besoin de vous parler.

La porte s'ouvrit, et Cullen entra.

Le visage de Victor Frey, pincé jusque-là, devint furieux.

— Mais qu'est-ce que…

— *Accipiaris in pace*, dit Cullen.

Le vieil homme le toisa un long moment. Il ne semblait pas se calmer mais plutôt mettre de côté sa colère. Il lui adressa un petit sourire crispé.

— *Accipio in pace*. Je ne m'attendais pas à vous revoir en terre des Leidolf.

— La vie est pleine de surprises, murmura Cullen. J'aide notre charmante traqueuse de démons qui, d'ailleurs, est également l'apprentie de la Rhej des Nokolaï, même si elle n'est pas encore officiellement en poste.

Le temps de plusieurs battements de cœur, Cynna envisagea une fois de plus la nécessité de botter les fesses de Cullen. Ce n'était pas à lui de révéler cette information. Victor prit enfin la parole :

— C'est un agent du FBI.

Cullen sourit.

— La vie est pleine de surprises, répéta-t-il.

Victor porta son attention sur Cynna.

— Agent Weaver.

Il hocha la tête vers elle, avec une telle courtoisie que ce geste eut l'apparence d'une révérence. Il jeta à peine un coup d'œil à Timms.

— Agent Timms. Veuillez me pardonner de ne pas vous avoir accueilli moi-même.

— Pas de problème. (Bon sang, Lily aurait su comment parler à ce gars, employer les formulations polies que ses manières semblaient exiger. Pas Cynna.) Toutes mes condoléances, monsieur Frey.

Il inclina la tête encore une fois.

— Notre Rhej souhaitera vous rencontrer. Peut-être pourrez-vous, après avoir accompli vos devoirs officiels, lui rendre visite. (Il fit un geste vers le salon.) Autant nous installer confortablement. Puis-je vous offrir à boire ?

— Non, merci.

— Je ne reste pas, Victor, dit le commissaire Mann. Mais faites-moi savoir si je peux faire quoi que ce soit pour vous.

— Merci. Ah… Agent Weaver ?

Frey fit un nouveau signe de la main vers l'embrasure voûtée.

Le salon était immense, de six mètres sur dix peut-être, avec une cheminée en pierre démesurée et trois grandes fenêtres qui laissaient pénétrer à l'intérieur les derniers rayons de la lumière du jour. S'y trouvaient deux canapés, une causeuse, un piano et des sièges divers et variés. Dans l'ensemble, le décor semblait tout droit sorti d'une vieille série télé.

Cynna s'assit dans un grand fauteuil carré recouvert de tissu beige rêche.

— Monsieur Frey, je sais que le moment est mal choisi. Je tâcherai de ne pas vous retenir longtemps. J'ai surtout besoin de votre permission pour enquêter sur vos terres. Le démon qui a tué votre fils pourrait traîner encore par ici.

Le Rho des Leidolf choisit un fauteuil à bascule en bois éloigné d'elle d'un mètre ou deux. Celui-ci grinça discrètement lorsqu'il s'assit.

— Vous semblez tout à fait certaine que c'est un démon qui a tué Randall. (Il regarda Cullen, avachi à côt de Timms sur le canapé le plus proche.) L'Élue de Rul Turner travaille pour le FBI, n'est-ce pas ?

— Oui.

Frey hocha la tête et reporta son attention sur Cynna.

— Je ne voudrais pas vous paraître grossier, mais je me demande à quoi correspondent les dessins sur votre peau.

— J'étais un Griseur autrefois. À présent, je suis un agent du FBI, mais des éléments que j'ai pu découvrir à cette époque m'aideront à détecter et neutraliser un démon, s'il y en a un qui rôde dans le coin.

— Ce n'est pas le cas.

— Je vais devoir m'en assurer, je le crains. Cette jeune femme, Merilee, elle est de la famille ?

— Pas au sens que vous donneriez à ce mot. Elle porte l'enfant de mon fils.

Timms frissonna d'indignation.

— Elle ne peut pas être assez vieille pour…

— Elle a l'âge légal, dit Victor sans même le regarder. Est-ce à ce propos que vous vouliez m'interroger, agent Weaver ? Mon petit-fils ?

Cynna foudroya Timms du regard et se promit de vérifier l'âge de la fille auprès du commissaire.

— On m'a dit que Randall était seul au moment de l'attaque.

— Randall aime – aimait – passer un peu de temps à vagabonder sous sa forme de loup, tous les soirs ou presque. Parfois, quelqu'un l'accompagnait, mais la nuit dernière il était seul. Apparemment, c'est arrivé très vite. Il n'a pas… (Il eut un hoquet pratiquement imperceptible.) Il n'a pas eu le temps de crier, d'appeler à l'aide.

— L'attaque a eu lieu sur le territoire des Leidolf ?

— Votre consultant vous tient bien informée. La plupart des gens l'auraient appelé ma terre, puisqu'il est enregistré à mon nom. Peut-être avez-vous commencé à apprendre nos mœurs, même si vous n'êtes pas encore officiellement apprentie ?

Il allait à la pêche aux infos : elle devait décider quelle attitude adopter. Mince, Cullen aurait pu la mettre au courant de ses intentions avant leur rencontre.

Fais simple, décida-t-elle – or le plus simple était généralement de dire la vérité. Mais il n'y avait aucun besoin de lui donner des détails.

— J'en sais un peu plus que la moyenne, mais pas tant que ça. Si vous pensez que je suis ignorante, vous n'avez pas tout à fait tort. Randall a-t-il été attaqué en terre des Leidolf ?

— Oui. Nous n'allons pas n'importe où sous notre forme de loup.

— Je comprends. Comment l'avez-vous appris ?

— Il était mon héritier. Lorsqu'il est mort, je l'ai senti.

Cynna s'aperçut que ses yeux étaient totalement opaques. Il se basculait lentement dans son fauteuil, comme un homme abattu par le chagrin ; l'émotion semblait affaisser jusqu'aux traits de son visage. Mais ses yeux ne laissaient rien deviner de ses pensées.

— Vous trouverez peut-être cela difficile à croire.

— D'où l'intérêt qu'elle ait un consultant, dit Cullen. (Il la regarda.) C'est en partie vrai. Si un Rho perd son héritier, il le sait.

Soit Victor Frey ne remarqua pas l'insinuation dans la formulation de Cullen, soit il ne prit pas la peine de réagir. Il était revenu au mode silencieux. Le moment était opportun pour une autre question.

— Avez-vous senti la présence du démon… ou essayé de le pister ? Ils ont une odeur particulière, à ce qu'on m'a dit.

Il haussa les sourcils et resta muet, se contentant de la regarder avec ses yeux qui ne lâchaient rien.

— Cela ne m'intéresse pas d'arrêter quelqu'un parce qu'il a omis de faire un signalement… trop de paperasse pour des résultats dérisoires, fit Cynna. D'ailleurs, cela vous mettrait de mauvaise humeur, ce qui compliquerait encore plus ma tâche.

— Vous êtes une femme pragmatique. (Il eut un petit sourire nerveux.) J'ai bien suivi une odeur qui m'était inconnue ; elle m'a conduit loin du lieu de l'attaque

C'était peut-être votre démon. À mille cinq cents mètres environ, la piste s'est évaporée. Si c'était un démon, il est parti.

— J'espère que vous avez raison. M'accordez-vous votre autorisation pour fouiller vos terres, afin de m'en assurer ?

Il oscilla sur son fauteuil à bascule, songeur. Le siège grinça.

— Nous sommes un peuple réservé, dit-il enfin. Et les autorités n'ont pas été nos amies jusque-là. Mais vous obtiendrez un mandat si je vous dis non, n'est-ce pas ? Très bien. Vous pouvez chercher votre démon.

— Merci. Pourrais-je…

— Partez, maintenant.

— Pardon ?

— C'est l'heure d'y aller, dit Cullen en se levant.

— Je n'ai pas…

— Si. C'est l'heure.

Il fit deux pas, la mit debout et posa une main sur sa bouche. Qu'il aille au diable ! Il la tourna dans la direction du Rho des Leidolf.

Frey était assis dans son fauteuil à bascule, parfaitement immobile, pourtant elle entendit le siège grincer. Elle cligna des yeux. Ceux de Frey étaient vides, totalement impassibles, mais il agrippait ses mains aux accoudoirs du fauteuil, si fort que le bois protestait par des craquements.

Merde.

Cullen ôta sa main qui couvrait la bouche de Cynna.

— Merci, répéta-t-elle au Rho paralysé avant de laisser Cullen la pousser hors de la pièce.

Timms les suivit, en regardant plusieurs fois par-dessus son épaule.

— C'était bizarre, dit-elle à voix basse dans le couloir. Que…

— Tais-toi. Il peut toujours t'entendre.

Cullen arriva à la porte d'entrée.

— Vous partez ? leur demanda Sabra.

Cynna sursauta. La femme avait retiré ses tongs. Sans elles, elle se déplaçait aussi silencieusement qu'un lupin.

— Victor ne se porte pas bien, dit Cullen. Non, n'allez pas le voir. Il a du mal à équilibrer les *heres valos*.

Sabra jeta un coup d'œil dans le salon, pâlit et fit demi-tour dans le couloir. Cullen saisit la poignée de la porte et entraîna Cynna sur le porche – où ils ne se retrouvèrent pas seuls.

XV

DEUX HOMMES SE tenaient de part et d'autre du porche. Ainsi que deux loups. Les premiers étaient torse nu et tenaient des couteaux longs comme l'avant-bras de Cynna. Les seconds étaient énormes. Vraiment énormes.

D'un geste de la main, rapide comme l'éclair, Cullen empêcha Timms de passer sa main sous sa veste.

— T'avise pas d'essayer de tirer sur eux, crétin. Ils te tueraient avant que t'aies pu toucher ton flingue.

Timms se renfrogna.

— Je ne compte pas…

— Faire quoi que ce soit. Très bien. Bonne décision. Ce sont les gardes personnels du Rho, dit Cullen en passant sa main en bas des reins de Cynna pour la pousser en avant. Ils aimeraient qu'on parte, maintenant.

— Tu es devenu télépathe ? dit-elle, tout en se laissant guider par la main dans son dos. Personne n'a besoin de dire quoi que ce soit, tu sais simplement ce que nous voulons. Pratique.

Il l'ignora. Une fois descendus du porche, à quelques mètres, il leva les yeux vers le plus âgé des deux gardes.

— Cette femme a l'autorisation de faire des recherches sur votre terre. Je l'accompagnerai, comme nous en avons convenu.

Était-ce la raison pour laquelle il s'était esquivé lorsqu'ils attendaient Victor Frey ? Il avait dû entendre les gardes arriver. Que leur avait-il dit ?

L'homme auquel il s'était adressé avait les cheveux grisonnants, mesurait un peu moins d'un mètre quatre-vingts et était bâti comme un lutteur professionnel. C'était aussi le premier homme de couleur qu'elle voyait ici : sa peau était de la couleur du pain grillé. Il hocha la tête si discrètement qu'elle aurait pu croire à une illusion d'optique.

— Très bien, petit Nokolaï. L'autre homme partira. Il ne sera pas autorisé à revenir.

— Excusez-moi, intervint Cynna. C'est à moi que vous devez parler de ça, pas au petit Nokolaï. Votre Rho nous a donné la permission de rechercher le démon. L'agent Timms est inclus dans cette autorisation.

Des yeux marron foncé rencontrèrent les siens.

— Je l'ai entendu. Il vous a donné sa permission à vous, pas au FBI. Cet homme, dit-il en pointant le menton vers Cullen, l'a salué comme il se doit et a été reçu en paix. Le Rho n'a pas évoqué de restriction quant à sa présence en ce lieu, il me revient donc de l'autoriser ou non à vous accompagner. L'humain partira.

Elle soupira.

— Timms, attendez dans la voiture. Juste pour l'instant, ajouta-t-elle avant qu'il exprime tout haut la protestation qui se lisait sur son visage. Je dois m'entretenir avec mon consultant. En privé.

Elle haussa les sourcils vers Cullen pour lui demander où ils pouvaient discuter seul à seul.

— Au centre du terrain de rencontre, dit-il en lui indiquant le centre de la clairière. Si nous parlons assez bas, ils ne devraient pas nous entendre.

— L'humain partira, insista l'homme solidement charpenté, aussi impressionnant que mauvais.

— Hé, il y a deux humains ici. Celui qui a le chromosome Y s'appelle Timms, et votre Rho n'a rien dit à son sujet, ni dans un sens ni dans l'autre, c'est pourquoi je pense que vous outrepassez votre autorité en essayant de le flanquer dehors. Je suis en train d'envisager un compromis. Faites de même.

— L'humain mâle partira.

Elle fronça les sourcils.

— Temporairement. Timms… dans la voiture.

L'agent du FBI lui lança un regard lourd de sens, mais comme elle n'était pas télépathe, elle n'avait aucune idée de ce qu'il signifiait. Il obéit, puis Cynna et Cullen se dirigèrent vers l'espace privé qu'il lui avait montré, à la vue de tous.

Peut-être qu'elle pourrait obtenir des réponses à quelques-unes de la montagne de questions qu'elle souhaitait lui poser.

— Comment l'as-tu appelé ?

— Qui ça ?

— Gunning. Tu as employé un mot du latin abâtardi que tu utilises.

— C'est pour ce détail que tu voulais qu'on se parle en privé ?

— Nous ne sommes pas encore en privé.

Elle était certaine que les gardes et leurs camarades loups les entendaient toujours.

— Exact. Ce mot signifie littéralement « mangeur de cadavres », et implique d'y prendre un plaisir charnel certain.

— Seigneur. Tu préviens tous les autres de se montrer sympa avec le barjo, tout cela pour l'accuser un peu plus tard d'être un cannibale nécrophile.

— Brady ne pourrait pas me détester plus qu'il me déteste déjà.

Sa curiosité la titillait atrocement. Elle voulait savoi à quel moment Cullen était venu en ce lieu, ce qui s'étai passé, pourquoi le barjo le détestait, pourquoi il ava pensé que le suicide survenu longtemps auparavant était celui de la sœur de Sabra et non de sa tante.

Ce n'était pas de la curiosité… enfin, pas totalement. S'il y avait un risque que Brady vienne trouver Cullen alors qu'elle était à côté de lui, il valait mieux qu'elle ait toutes ces informations. Mais elle devrait garder ses questions pour elle pour le moment. Ils étaient arrivés au centre du terrain, et la lumière déclinait. Elle s'arrêta et se tourna vers lui.

Les derniers rayons de soleil s'étaient entichés du visage de Cullen. Ils s'attardaient sur les arêtes de ses pommettes, jouaient sur son front et dessinaient des ombres sur ses traits. Ses lèvres semblaient être l'œuvre d'un sculpteur, représentant l'idéal de la sensualité. Lorsqu'il fronça les sourcils, pensivement, la beauté de son visage lui prêta une gravité qu'elle savait fausse.

Mais qu'il était merveilleux à regarder. Elle se pardonna la petite accélération de son souffle. Au moins, sa voix demeura neutre, car elle parlait si bas qu'elle s'entendait à peine elle-même.

— C'est quoi, le problème avec Frey ?

— La Rhej a déjà partagé avec toi l'un de nos secrets les mieux gardés, lui dit Cullen, l'air contrarié, alors même que tu n'as pas accepté sa proposition de te prendre comme apprentie. J'y vois une permission. Mais tu ne devras évoquer ce sujet avec personne en dehors des clans. Jamais.

— J'ai forcé Timms à attendre dans la voiture, non ? (Elle eut une idée.) Mais Lily est une Nokolaï. Je pourrai lui en parler.

— Il faut que Rule sache, donc en effet, tu peux. Mais n'en dis pas trop au téléphone – contente-toi de lui raconter que Victor a des problèmes avec le *heres valos*.

— Explique-moi tout.

— Je vais te faire la version courte, mais garde à l'esprit que je simplifie à l'extrême. Le mandat de Rho est partiellement placé dans le Lu Nuncio, ou l'héritier. Si celui-ci…

— Attends, attends. Le mandat ?

— Le pouvoir qui fait de lui un Rho. Lorsqu'un Rho meurt, le mandat dans son ensemble passe à l'héritier, puisqu'il en assume déjà une partie. Entre autres choses, il protège le clan d'un choc mortel. Mais si l'héritier meurt le premier, le Rho doit réabsorber le *heres valos*. Cela peut être difficile, et le deuil n'arrange rien, mais celui qui devient Rho est toujours un salopard qui a la tête sur les épaules. En principe, il y parvient.

— Mais pas Victor.

— Non. Il a dû investir une part anormalement importante de son mandat dans son héritier.

— Pourquoi l'aurait-il fait ?

— Sa mauvaise santé semble être la raison la plus évidente.

— Je croyais que les lupins ne tombaient pas malades.

— Tu veux la version longue, en fait ?

Elle regarda le ciel. Le soleil n'était plus visible, et les ombres commençaient à se fondre.

— Dis-moi seulement pourquoi Victor présente un danger.

— Il risque d'être irritable.

Elle parut furieuse.

— Irritable ? Tu m'as jetée dehors comme s'il était sur le point de me lacérer la gorge.

— Il pourrait l'être suffisamment pour lacérer la gorge de quelqu'un, homme ou femme, qui semble menace son autorité.

— Tu veux dire qu'il est fou. Que ce *heres valos* lui fai perdre la tête.

C'était ce que Rule lui avait dit, longtemps auparavan – qu'un lupin adulte qui attaquait une femme était cons déré comme dément.

Pourtant, Rule l'avait frappée. Elle ne pensait pas qu en était capable, sous l'une ou l'autre de ses formes. U grosse claque n'est pas une attaque, se dit-elle, mais s ventre était tiraillé par une tension désagréable.

— Ou bien on a tort d'affirmer que les lupins ne s'en prennent pas aux femmes.

— Le problème de Rule n'est pas le même que celui de Victor, lui dit-il d'un ton doux.

Cullen, doux ?

— Pardon ?

— C'est à cela que tu pensais, non ? Rule t'a frappée, alors tu te demandes s'il a perdu la boule ou s'il mentait lorsqu'il a dit que les lupins ne faisaient pas de mal aux femmes.

Elle se renfrogna. Où allait le monde si Cullen Seabourne était capable de deviner ses pensées ?

— Je n'arrive pas à croire qu'il te l'a raconté. Il était tellement mal de s'en être pris à moi.

— Bien entendu, il voulait que je sois au courant. Une partie de sa mortification consiste à exposer sa honte. Mais je le répète, Rule et Victor ont des problèmes tout à fait différents. Ce dernier est un tyran. En ce moment, il n'est rationnel que par intermittence. Rule n'a aucune déficience psychique, son seul problème est qu'il ne se fie pas assez à son loup.

— Peut-être a-t-il ses raisons ? Il était humain lorsqu'il m'a flanqué une beigne.

— Il était blessé. Le loup a réagi à la douleur que tu lui as infligée, mais malgré sa raison totalement hors-jeu, il a contrôlé sa force. Mais peut-être crois-tu qu'il aurait réagi à une vraie menace par une petite tape ?

— Petite ? répéta-t-elle, indignée. Pour toi, ce n'est pas grave de frapper une femme tant qu'elle n'est pas trop mochée ?

— Non, je pense que tu fais exprès d'interpréter mes propos de travers.

Elle détourna le regard. Elle sentait toujours cette tension désagréable dans son ventre. Elle prenait tout cela très mal et elle ne comprenait pas pourquoi. Mieux valait changer de sujet.

Près de la maison, les gardes, humains comme loups, observaient.

— Tu as entendu les gardes arriver. Pourquoi ne sont-ils pas arrivés plus tôt ? Et pourquoi es-tu allé leur parler ?

Il grommela :

— Je savais déjà qu'ils étaient proches – Frederick est doué, mais le vent a joué en sa défaveur.

— Ce n'est pas ce que j'ai demandé.

Il écarta sa remarque de la main.

— Une affaire personnelle. Victor est convaincu de l'importance de se montrer sous sa forme humaine autant que possible, et les gros durs armés de couteaux ne collent pas trop avec cette image, c'est pourquoi il a préféré les garder hors de vue au début, et a demandé à Sabra d'aller ouvrir. Je suis sûr que Merilee était censée rester dans sa chambre.

— Tu l'as entendue ? Oui, évidemment que oui. Mais je ne comprends toujours pas. Je savais que Frey était le Rho. Je m'attendais à voir des gardes.

— La plupart des humains ne connaissent même pas ce mot, encore moins sa signification. Il pensait se retrouver face à un agent du FBI lambda, qui aurait gobé sa petite mise en scène : un vieil homme sympathique, qui gère assez bien le deuil qu'il traverse. Pas de menace. Puis je suis arrivé, et j'ai lancé l'idée que tu pourrais devenir la prochaine Rhej des Nokolaï. Sa mise en scène a volé en éclat. Il a gardé son rôle, mais il ne contrôlait plus la situation, et il le savait. Lorsqu'il a compris qu'il devrait te laisser chasser sur ses terres, il a craqué. Il est à deux doigts de la folie, et il est rongé par cette idée.

— Tu aurais pu me prévenir au sujet de cette histoire de *heres*.

— Parce que je suis médium ? Avant notre arrivée je n'étais pas au courant de la situation de Victor. Je l'a alors senti, mais il était un peu tard pour t'avertir.

Elle songea au départ précipité de la fille de Frey et sa pâleur en apprenant qu'il avait des problèmes avec *heres valos*.

— Il représente un danger pour son entourage.

— Nous ne pouvons pas les aider. Que vas-tu faire à propos de Timms ?

Elle se mordit la lèvre. Si elle sortait son mandat, elle pourrait exiger la présence de Timms, mais en défiant ainsi l'autorité de Victor, elle risquait de le mettre à bout.

— Qui en pâtira, si Victor perd complètement la tête ? Nous, ou les gens qui vivent avec lui ?

— N'importe qui. Tout le monde. On ne peut pas le prédire.

Génial.

— Je vais lancer un sort intégral, pour déterminer si le démon est dans le coin.

— Il y a un noyau ici, la prévint-il, adapté aux Leidolf et donc inutilisable par qui que ce soit d'autre. Il est petit, mais nous sommes près de lui. Risque-t-il de corrompre ton sort ?

— En principe, non. Si je ne perçois rien, nous reviendrons demain et trouverons quelqu'un qui voudra bien nous emmener sur le lieu de l'attaque. Nous n'avons pas de description de ce démon. Peut-être qu'il n'était pas comme celui que j'ai tué, et que je ne parviens pas à le détecter pour cette raison.

— Et si tu perçois quelque chose ?

— On part à la chasse. (Elle jeta un coup d'œil à la voiture.) Nous tous. Timms est un crétin, mais c'est un excellent tireur et ces petites bêtes sont coriaces. Si mon sort fonctionne, je devrai y mettre toute ma puissance. J'aurai besoin de renfort.

— Je suis quoi, moi, un pot de fleurs ? Alex et compagnie ne laisseront pas sortir Timms de la voiture.

— Alex est le chef des gardes ? Eh bien, ça ne lui plaira peut-être pas, mais que pourra-t-il faire ?

— Nous tuer, si Victor ne s'interpose pas.

— Alors on dira tout à Victor.

— Alex s'en chargera.

Merde. C'était à cause de ce genre de situation qu'elle n'aimait pas commander. Parfois, il n'y avait aucune stratégie qui tenait la route, mais il fallait tout de même en choisir une.

— Tu sais utiliser un M72 LAW ? lui demanda-t-elle.

— Il a une gâchette ?

— Laisse tomber. Tu es armé ?

— De mon intelligence et de mon charme. Je hais les armes.

— Mais tu es capable d'en utiliser une si tu n'as pas le choix. Devine quoi ? Tu n'as pas le choix. Nous avons un M-16 dans le coffre, et il a une gâchette. Et ton diamant ?

— Pas encore rechargé.

Pas encore ? Elle ajouta une interrogation de plus à sa liste de questions à poser quand ils seraient seuls.

— Je vais lancer mon sort intégral, maintenant.

Il hocha la tête et lui tourna le dos.

Ce n'était pas par manque de politesse. Il scrutait les alentours pendant qu'elle se concentrait sur son sort, de manière à surveiller ses arrières. C'était l'un des aspects de Cullen qu'elle appréciait sincèrement. Lorsqu'il était question de magie, elle n'avait pas besoin de s'expliquer. Il savait.

En principe, jeter un sort nécessitait trois qualités : connaissance, capacité de concentration et puissance. Cette dernière pouvait être innée, associée à celle d'autres praticiens, puisée dans des sources naturelles, ou volée – mais dans ce cas on parlait de magie noire, ce que la plupart des gens confondaient avec la sorcellerie. La concentration s'apprenait. La connaissance signifiait généralement connaître le sort à exécuter ; pour une détection, cela impliquait d'utiliser le *kilingo* de la cible.

Au moyen d'un sort rapide, Cynna devait simplement porter son attention sur l'objet de sa recherche. Un sor intégral impliquait d'engager beaucoup de sa puissance. Pour cela, elle avait besoin d'une concentration absolue. Elle prononça un rapide *Notre Père*, se pencha, déf les lacets de ses chaussures, puis les retira, ainsi que s chaussettes.

Le sol était froid, et l'herbe sèche piquait ses plantes de pieds. Elle ferma les yeux et secoua ses bras jusqu'à ressentir des fourmillements dans les extrémités de ses doigts. Elle fit remonter cette sensation jusqu'à ses épaules, puis le long de sa colonne vertébrale, vers le bas, à la poursuite de la magie qui courait sur sa peau, fixée et pourtant jamais totalement immobile. Comme de la fourrure, songea-t-elle, toujours légèrement ébouriffée par la brise.

Certains de ses tatouages complexes emmagasinaient les sorts. Il s'agissait des *kilingo*, et ils nécessitaient plusieurs jours, voire plusieurs semaines de travail, avant d'atteindre un résultat parfait qui pouvait être gravé, et au moins aussi longtemps pour les modifier ou les effacer. La plupart étaient des *kielezo*, des motifs puisés chez un objet ou un être qu'elle avait détecté ou qu'elle pourrait avoir besoin de détecter. Les *kielezo* étaient beaucoup plus rapides à graver, modifier ou effacer.

Le *kielezo* du démon mort occupait son omoplate droite. La peau, à cet endroit, lui paraissait tendue par le pouvoir résiduel du sort qu'elle avait commencé dans la voiture, et qu'elle n'avait pas eu le temps de terminer. Elle y engagea une dose supplémentaire de puissance… et se mit à bouger.

Uniquement ses pieds, pour commencer. Elle fléchit les genoux et souleva un talon, puis l'autre, tout en gardant les plantes de ses pieds plaquées au sol. Lentement, puis plus vite, elle martela un rythme avec ses talons, aussi ancien que l'Afrique. Elle attendit qu'il se structure, qu'il piège en lui sa puissance et fasse passer l'essence du *kielezo* de son épaule au bruit du martèlement dans l'air, tout autour d'elle. Elle leva aussi les bras, à hauteur de ses hanches, de sa taille puis de sa poitrine. Elle inspira le motif.

Lorsqu'elle eut les bras au-dessus de sa tête, elle commença à chercher, tout en continuant de marteler la terre avec ses pieds. Et elle détecta quelque chose.

Cela ne concordait pas parfaitement, mais elle perçut le déclic caractéristique de la connexion. Il résonna dans son ventre, dans ses paumes, à travers la chair de poule qui gagna ses bras. Ses yeux s'ouvrirent.

Elle faisait face à la maison.

XVI

— MERDE !

Cynna attrapa son fourre-tout et se mit à courir, sans prendre le temps de se rechausser.

— Où ? lui demanda Cullen, en bondissant avec agilité derrière elle. Où est-il ? À quelle distance ?

— La maison. Il est dans la maison.

— Impossible. Même si je n'ai pas senti son odeur lorsque nous étions à l'intérieur, Victor ou ses gardes n'auraient pas pu la manquer. Derrière la maison, peut-être.

— Non. Il est au premier étage. (C'est pour cela qu'elle était si sûre de sa présence dans la maison : le démon se trouvait dans cette direction, à la même distance que la demeure, quoique nettement au-dessus du niveau du sol.) La connexion est bizarre, mais elle est assez nette.

— Bizarre comment ?

— La détection revient en quelque sorte à attacher une corde entre moi et ce que j'ai cherché. La texture de cette corde est curieuse, un peu comme lorsque je cherche un être vivant et que je détecte un fantôme. Mais ce n'est pas exactement cela non plus, et de toute façon, les démons ne produisent pas de fantôme.

— Il est peut-être *dashtu*. Ce qui pourrait expliquer… Non, dit-il, comme s'il se contredisait lui-même avant qu'elle le fasse. Même lorsqu'il était *dashtu*, je sentais le démon à mes trousses.

— Tu as été poursuivi par un démon ? Quand ? Où ?

— Plus tard. Ils ne nous laisseront pas entrer. (Il continua à courir derrière elle, quand bien même il lui avait dit que c'était inutile.) Ils ne te croiront pas. Les démons puent. Même un humain pourrait en sentir un s'il était suffisamment près.

— Celui-ci met peut-être du déodorant.

— Je l'aurais vu. Je pense. S'il avait été à l'intérieur de quelqu'un, j'aurais dû le voir.

— Dans ce cas, peut-être qu'il est dans quelqu'un que tu n'as pas vu. Va chercher Timms.

— Ils ne le laisseront jamais entrer. Si cette texture bizarre dont tu as parlé… (Sa voix s'estompa. Il s'arrêta.) Mon Dieu.

Elle s'arrêta aussi, fébrile.

— Quoi ?

— Je suis stupide. Je suis un imbécile. Il y a des humains dans cette maison. Nous, nous ne pouvons pas être possédés, mais il y a des humains, dans cette maison.

— Oh, Seigneur. (Elle lui lança les clés de la voiture.) Le M-16 est dans le coffre.

Elle partit en courant.

Mais Cullen reprit sa course aux côtés de Cynna.

— Va chercher une arme ! lui cria celle-ci.

— Pour tirer sur qui ?

— Il est dans une femme !

La portière de la voiture claqua. Timms arriva vers eux, un .357 dans une main et une mitraillette sur l'épaule.

— Prends le fusil à fléchettes ! lui cria-t-elle.

Il s'arrêta et fit demi-tour vers la voiture.

Les gardes, hommes et loups, se regroupèrent devant la porte.

— Arrêtez-vous, s'écria celui qui avait du sang africain.

Alex. Le chef des gardes.

— Vous nous avez entendus, bordel !

Cynna s'arrêta en dérapant au niveau des marches. Son cœur battait à tout rompre, et ce n'était pas à cause de sa petite course. À *l'arrière de la maison. Le démon était à l'étage, à l'arrière de la maison. Il ne nous entend pas. Il est limité aux sens de son hôte humain.*

— Il y a un démon à l'intérieur. Nous devons entrer. Tout de suite.

— Le Rho se repose. Il ne doit pas être dérangé.

— Il le sera sacrément s'il se fait attaquer !

Timms se glissa à côté d'elle.

— Que se passe-t-il ?

Sans lâcher les gardes des yeux, elle lui répondit :

— Le démon possède l'une des femmes. C'est pour cela que les lupins n'ont pas repéré son odeur. Écoutez, fit-elle au chef des gardes. Je suis un Griseur et une détective. Je connais les démons et la détection. L'un d'eux occupe la même maison que votre Rho, et il y a de bonnes chances pour qu'il veuille le tuer. Elle a envoyé le démon, et Elle pourrait bien essayer de décapiter les clans.

— Elle ? répéta le garde, le regard mauvais.

— La Grande Garce, dit Cullen. L'ennemie de la Déesse.

— Vous pouvez le prouver ?

— D'ici, impossible, lui répondit Cynna d'un ton brusque, mais j'ai de l'eau bénite. Si l'une des femmes y réagit, le considérerez-vous comme une preuve ?

Il réfléchit un peu trop longtemps au goût de la jeune femme, mais finit par hocher la tête.

— Attendez ici. Je vais réveiller le Rho.

— Je dois entrer immédiatement. J'ai l'autorité pour cela. Si vous ne…

Cullen posa une main sur son bras, puis prononça quelque chose en latin. Enfin, elle supposa que c'était du latin. Il parlait d'une voix si douce qu'elle l'entendait à peine.

En revanche, ses murmures n'échappèrent pas au chef des gardes. Il regarda Cynna, l'air à la fois étonné et sceptique, puis de nouveau Cullen.

— Ah, d'accord. Gary, va la chercher.

L'un des loups – celui à la fourrure tirant sur le rouge – bondit par-dessus la balustrade du porche, atterrit sur le sol et s'éloigna à toute allure.

— Où va…

Le chef des gardes l'interrompit :

— Si vous avez menti, Nokolaï…

— Vous me mettrez en pièces et me donnerez à manger aux chiots. Très bien.

D'un saut, Cullen se retrouva sur le porche, sans prendre la peine de monter les marches.

— Passe devant, dit-il à Cynna.

Elle était née pour tout sauf commander. Elle aurait dû prévoir cette éventualité. Lily l'aurait envisagée. Elle devrait improviser.

— Timms, dit-elle, nous sommes en quelque sorte dans une situation de prise d'otage, à l'exception du fait que l'otage pourrait essayer de nous tuer ou de prendre d'autres otages. Nous devons la maîtriser, pas la tuer. Je veux la surprendre, si possible, alors restez en arrière et tâchez qu'elle ne vous voie pas. Soyez prêt à l'atteindre avec le fusil à fléchettes. (Et priez pour que la dose suffise.) Cullen, le feu ne nous servira à rien. Qu'as-tu d'autre ?

— Je suis plus le genre de gars à employer la force rute, mais j'ai un charme de somnolence, en effet.

— Bien. C'est une bonne chose. Combien de temps era-t-il effet sur elle ?

Il haussa les épaules.

— Il ferait dormir une humaine pendant une semaine plus, à condition qu'on ne la réveille pas, mais je ne i jamais testé sur un démon. Et il faut toucher la peau la femme au moment de l'activer.

Bon, le démon ne resterait peut-être pas tranquille à té d'eux pour recevoir le sort.

— On pourrait tout de même en avoir besoin. Si Timms la touche avec une fléchette, l'anesthésiant devrait avoir un effet, mais nous ne savons ni sa force, ni sa durée.

C'était de plus en plus difficile pour elle de tenir en place – si près d'une cible, la détection la démangeait.

Le chef des gardes secoua la tête.

— Ne tirez sur personne à moins que vous ayez une preuve qu'elle est possédée.

— Vous l'aurez, votre preuve. Combien y a-t-il de femmes dans la maison ?

— Trois femmes et deux filles.

Oh, Seigneur. Elle n'avait pas pensé à ça. Au diable *L'Exorciste* ; les démons possédaient rarement des enfants. Ces derniers étaient trop limités par leur taille, leur rôle social et l'absence de carte Visa pour pouvoir rigoler. Mais elle s'était déjà trompée une fois à propos de ce démon.

— Timms, s'il est dans une petite fille, vous ne pouvez pas la piquer. Cette dose est destinée à un adulte.

— Si je ne la pique pas, comment fera-t-on pour la retenir le temps de l'exorciser ?

— On trouvera une solution. (Aïe, c'était mal barré. Elle reporta son regard sur le chef des gardes.) Combien d'entre vous m'accompagnent ?

— Moi. Et David.

Il donna un coup de menton en direction de son collègue de forme humaine, puis ordonna au loup de garder la porte.

— Très bien. Ne perdez pas de vue qu'elle a une forc démoniaque – plus grande que la vôtre – mais elle n sera pas aussi rapide.

— S'il y a un démon.

Il inquiétait Cynna. Le doute risquait de le fai hésiter, et son hésitation de lui coûter la vie. Mais elle trouva pas quoi dire d'autre.

— Voilà le topo. Je la détecte, je lui jette de l'e bénite. Sa réaction prouvera qu'elle est possédée.

Sauf que l'eau bénite n'était pas douloureuse pour tous les démons… mais le motif de celui-ci correspondait à celui qu'elle avait tué. Le poison du démon mort avait de toute évidence été affecté par l'eau bénite : le démon devrait l'être lui aussi, non ?

Peu importe. Elle n'avait pas le temps de prévoir un autre plan.

— Dès qu'elle aura réagi, je m'écarterai. (Elle se balançait d'un pied sur l'autre, impatiente de se lancer, de commencer sa détection.) Si c'est une adulte, Timms la pique, et vous autres, qui êtes des lupins grands et forts, vous pouvez finir de la maîtriser, si nécessaire. Ensuite, Cullen lui lancera un sort de somnolence.

Le chef des gardes échangea un regard avec Cullen.

— Eh bien, murmura ce dernier, ça a le mérite d'être simple.

Le chef des gardes grommela :

— Et si le soi-disant démon a pris possession d'une enfant ?

— Nous sommes trois, dit Cullen. Nous devrions être capables de la retenir le temps que mon charme agisse.

Ou pas, auquel cas… bon sang, Cynna ne trouvait aucune autre solution. Elle prit une profonde inspiration, se signa, sortit une fiole d'eau bénite de son fourre-tout, et ouvrit la porte.

Personne dans l'entrée, dans le couloir ou dans l'es-calier. Elle balaya rapidement le salon des yeux. Vide. Elle n'entendait aucune voix, seulement de la musique, venant de l'étage – de la musique classique, avec des violons. Cynna commença.

La détection l'attirait fortement, à présent. Elle dut se concentrer pour avancer un pas après l'autre, et ne pas monter l'escalier quatre à quatre. Elle devait être la plus discrète possible, se rappela-t-elle, et poser les pieds sur l'extérieur des marches, pour éviter, avec un peu de chance, de les faire grincer.

La musique gagnait en volume au fur et à mesure qu'elle montait, mais demeurait étouffée. Quelqu'un l'écoutait dans une pièce, songea-t-elle ; elle espéra que c'était le Rho des Leidolf, et qu'il ne ruinerait pas leur plan en sortant subitement de sa chambre. Puis elle espéra encore plus fort qu'il y soit seul.

Près. Si près. À quatre mètres, et vers le haut. Trois mètres cinquante.

Cynna fit un geste aux autres, derrière elle : *attendez.* Elle monta les quelques marches restantes.

Merilee, enceinte, se trouvait au milieu du couloir qui traversait toute la maison, avec Victor Frey. Elle était courbée sur son gros ventre et se retenait au mur avec ses mains, son pull retroussé sous sa poitrine. Ni jean ni culotte. Victor Frey, le pantalon baissé sur ses genoux, les jambes écartées, la pénétrait par derrière, vite et fort.

Merilee tourna la tête et croisa les yeux de Cynna. Elle rougit. Son visage s'illumina d'un sourire, ses yeux brillaient. Elle y prenait du plaisir.

Typique de ces salauds de démons. Cynna balança le bras en arrière puis lança la fiole.

Frey la vit. Le visage déformé par la rage, il leva la main, sans arrêter ses coups de reins… et attrapa la fiole avant qu'elle ne les atteigne.

Maudits réflexes de lupin ! Cynna prit une autre fiole, jeta son sac au sol et longea le couloir en courant.

— Timms, pique-la ! hurla-t-elle, en se maudissant d'avoir dit aux autres de rester en arrière. Frey, elle es[t] possédée ! Elle… Ah, merde !

Toujours souriante, toujours en pleins ébats, Merile[e] avait réussi à se contorsionner pour passer un bras autou[r] du cou de Frey. Elle se mit à l'étrangler. Frey avait les yeu[x] exorbités.

La fiole à la main, Cynna se jeta dans la mêlée.

Quant à Cullen, qui n'avait pas pour habitude d'ob[éir] aux ordres, il courut à toute allure vers elle.

Il arriva le premier, et s'accroupit lorsque Merilee voulut le frapper de sa main libre. Il attrapa le bras qui serrait la gorge de Frey et se jeta en arrière, leur faisant perdre l'équilibre à tous.

Ils commençaient à basculer lorsque Cynna se heurta à leurs jambes emmêlées. Elle aperçut la peau rasée d'un mollet galbé et jeta sa fiole contre elle.

Merilee poussa un hurlement. Un poids atterrit sur le dos de Cynna et l'écrasa contre le sol. Le choc lui coupa le souffle. Quelqu'un d'autre hurla. Des pieds martelèrent le couloir. Elle reçut un violent coup à la tempe, puis ce fut le noir total.

XVII

Ce soir-là, Lily eut l'occasion de se faire une meilleure idée des problèmes que rencontrent les parents qui travaillent.

Juste après le départ de Cullen, elle s'en alla à son tour et prit la direction du quartier général des Services secrets, sur Murray Drive. Elle voulait toutes les infos qu'ils avaient obtenues sur l'individu qu'ils avaient filé pour relations démoniaques, et souhaitait récupérer des copies de tout ce qu'ils avaient appris sur Jiri et les autres personnes sur la liste que Cynna lui avait donnée.

Elle dut se battre pour les avoir. Les deux hommes avec qui elle avait travaillé refusant toujours de lui confier la moindre info, elle avait donc dû insister pour remonter la chaîne hiérarchique jusqu'au type arrogant qu'était le directeur adjoint. Celui-ci la fit attendre, puis lui promi vaguement sa coopération, prétendant qu'il voulait aide mais qu'il devait d'abord éclaircir la situation « au plu haut niveau ». Mais son visage et son langage corporel lu firent savoir qu'il préférerait mourir et se décomposer qu de donner la moindre information à des tordus comn elle et les autres membres de l'Unité.

Elle se demanda si la conseillère du Président prendrait son appel, et donnerait peut-être un coup de pied aux fesses du directeur adjoint. Ça ne ferait pas de mal d'essayer, décida-t-elle, c'est pourquoi elle appela Ida en rentrant chez elle, pour lui demander le numéro. Ida refusa.

Lily n'était donc pas dans les meilleures dispositions en arrivant devant la petite maison. Son prochain rendez-vous était à dix-sept heures, une réunion avec le détachement spécial, et elle souhaitait que Rule y assiste. Ils auraient des questions sur l'ennemie ancestrale des lupins et le rôle de la Diablesse dans l'apparition soudaine des démons. En plus, Rule avait besoin de se faire retirer le reste du poison, et au moins deux membres du détachement spécial devraient pouvoir s'en charger.

Mais Toby était là ; comme punition, il était en train de frotter le sol de la cuisine.

— Je ne vois pas pourquoi ton fils ne peut pas venir avec nous, répéta-t-elle.

— Au siège du FBI, fit Rule, incrédule.

— C'est sécurisé.

— Et que prévois-tu de faire avec lui ? Tu n'as pas de bureau où le laisser… Même si je ne trouve pas que c'est une bonne idée, de toute façon. Quand on pense à toutes les bêtises que sont capables de faire les gosses de son âge…

— Comme prendre l'avion, mais il a réussi à venir jusqu'ici, non ? C'est un gamin intelligent.

— Un gamin intelligent de huit ans. L'été dernier, il a décidé de se confectionner une paire d'ailes d'après des croquis de Léonard de Vinci. Je les ai découvertes avant qu'il les teste, Dieu merci.

— On pourrait peut-être demander à quelqu'un de le surveiller pendant la réunion avec le détachement spécial.

— À Ruben, peut-être ?

— Très bien, acquiesça-t-elle, puisque tu n'as pas de proposition raisonnable, tu fais des sarcasmes.

— Raisonnable. Tu trouves raisonnable d'insister pour que je laisse mon fils…

— Est-ce que j'ai dit que tu devais le laisser ?

— … avec des inconnus, parce que tu es déterminée à gérer ma vie ? Tu ne me fais pas confiance pour m'occuper moi-même de ma jambe. Tu n'as pas confiance dans une solution que tu n'as pas trouvée toi-même…

— Attendre n'en est pas une !

C'était ce qu'il avait suggéré : de patienter jusqu'à ce que les gardes du corps arrivent pour s'occuper de sa blessure.

— Tu veux me traîner là-bas avec toi pour être sûre qu'on fait les choses comme tu l'as prévu.

Elle rougit.

— J'ai en effet d'autres priorités : essayer de comprendre comment ces démons sont invoqués et qui est derrière tout ça. De plus, le détachement spécial a besoin d'être mis au courant de nos conclusions et de la déesse qu'on ne nomme pas.

— Dans ce cas, vas-y.

Elle le dévisagea un long moment, puis tira ses cheveux en arrière.

— Pourquoi se dispute-t-on ? Tu le sais, au moins ? Pas moi.

— Je me dispute avec toi parce que j'ai mal à la hanche et que je suis un nul. Tu te disputes avec moi parce que tu t'inquiètes pour moi. Et parce que je suis un nul.

— Au moins, c'est une bonne raison.

Elle marcha jusqu'à lui et entoura sa taille de ses bras. Il la serra lui aussi contre lui, et posa sa joue au sommet de sa tête. Quelques secondes ainsi dissipèrent leur conflit.

— Tu n'as pas évoqué l'autre raison, dit-elle.

— C'est-à-dire ?

— La façon dont je cherche à tout contrôler quand j'ai peur.

— Oh, ça. J'essayais de faire preuve de diplomatie.

Elle grommela.

— Si nous ne…

La sonnette de l'entrée retentit. Elle réprima un soupir. Les autres ne leur laissaient jamais assez de temps avant de s'immiscer.

— On ferait mieux d'aller voir qui c'est.

— Oui, convint Rule, sans bouger.

Le bruit sourd de pieds qui dévalaient l'escalier se fit entendre.

— J'y vais ! cria Toby.

— Certainement pas, dit Rule en se dégageant pour partir vers l'escalier.

Lily se dirigea vers la porte.

— Lui as-tu dit ce qui se passe ?

— Pas encore. Dès que je saurai qui a appelé le démon. Toby, remonte.

Lily n'écouta pas la dispute qui s'ensuivit. Elle avait appliqué son œil contre le judas et eut un choc plus grand encore que celui de trouver Cullen sur le seuil. Sa stupéfaction passée, elle déverrouilla la porte.

Cette fois-ci, deux femmes attendaient qu'on leur ouvre, toutes deux chinoises.

L'une était d'âge moyen, quelconque, et portait un simple tailleur-pantalon bleu foncé avec une veste en laine. L'autre était vieille, minuscule, mais avait le port altier d'une reine. Ses cheveux noirs, striés de blanc au-dessus des tempes, formaient un chignon serré à l'extrême. Elle portait une robe rouge écarlate qui descendait jusqu'à ses chevilles et une veste multicolore en soie matelassée.

Lily soupira.

— Grand-mère. Évidemment, tu débarques maintenant.

— Tu ne t'écartes pas pour nous laisser entrer, remarqua Li Lei Yu avec sévérité.

Lily s'exécuta machinalement.

Sa grand-mère la frôla au passage.

— Nos sacs sont dans la voiture. Ton Rule Turner pourrait s'en occuper. Tu as toujours ce chat ?

Grand-mère utilisa l'anglais plutôt que d'insister pour que Lily parle en chinois. Nul doute qu'elle cherchait à lui transmettre un message, mais Lily n'était pas d'humeur à le décoder.

— Harry est là, quelque part. Grand-mère, pourquoi as-tu…

— Pas maintenant, la coupa-t-elle en jetant un coup d'œil désapprobateur au salon. C'est laid. Mais je suppose que tu n'y es pour rien.

Li Qin s'arrêta sur le seuil, arborant un sourire contrit à l'intention de Lily.

— Le chauffeur de la limousine peut porter les bagages, Lily. Tu vas bien ?

— À peu près.

Résignée, elle regarda sa grand-mère s'asseoir sur le canapé. Les pieds de celle-ci ne touchaient pas le sol.

— J'aurai besoin d'un tabouret, annonça la vieille dame, mais plus tard. Je viens de passer soixante-douze heures dans des avions et des aéroports. Tu n'as pas de sapin de Noël.

— Comme on pensait rentrer à la maison pour les fêtes, on n'en a pas acheté. Grand-mère…

— Vos plans ont changé ? Ha ! Cela ne me surprend pas, dit-elle d'un ton sinistre. Tu me raconteras plus tard. Pour l'instant, dis-moi où est ma chambre. Li Qin souhaitera aussi aller dans la sienne. Nous avons déjà mangé. C'était abominable, mais nous n'avons pas besoin d'un repas.

Lily sentit sa conscience la titiller. On oubliait facilement que Grand-mère était âgée. Elle était assise plus droite que jamais, mais la peau autour de ses yeux semblait contusionnée par la fatigue.

Mais pourquoi s'épuiser ainsi ? Pourquoi Grand-mère avait-elle abrégé son voyage et volé jusqu'ici au lieu de rentrer à San Diego ?

— Là-haut, dit-elle machinalement. Vos chambres seront à l'étage. Mais, euh, nous ne vous attendions pas et nous devons…

— Madame Yu, dit Rule en entrant dans la pièce suivi de Toby. (Ce dernier resta en arrière tandis que Rule traversait le salon. Le lupin se courba pour prendre la main de la vieille dame et y presser ses lèvres.) C'est un honneur de vous avoir ici. Puis-je vous présenter mon fils, Toby Asteglio ?

Grand-mère eut un signe de tête approbateur.

— Oui. Tu es Toby, dit-elle au garçon. Tu peux me saluer.

Toby décocha un regard paniqué à son père mais avança de quelques pas, puis, après une petite révérence saccadée, lui demanda :

— Madame Yu. Co… comment allez-vous ?

— Je vais bien, merci. On t'héberge ici, toi aussi ?

Il hocha la tête d'un air hésitant.

— Ce n'était pas prévu, et j'ai eu des ennuis.

— Je t'apprendrai à jouer au mah-jong. Au début, tu ne t'amuseras pas parce que je gagnerai, mais tu y prendras plaisir plus tard, lorsque tu auras trouvé des joueurs que tu peux vaincre. Lily. (Elle déporta ses yeux noirs pressants vers sa petite fille.) J'ai beaucoup de choses à vous dire, à toi et à Rule, mais je vais me reposer d'abord. Pourquoi n'êtes-vous pas au travail ?

— J'essaie de travailler, dit-elle sèchement. Mais des gens débarquent ici en pensant qu'ils pourront s'installer.

Un éclat d'amusement illumina les yeux fatigués. Grand-mère aimait se montrer outrancière, mais au moins elle savait qu'elle l'était. La plupart du temps.

— Il te faut un sapin de Noël.

Oh, Seigneur, elle avait raison. Avec Toby chez eux…

— Tu aimerais peut-être t'en occuper pour nous.

— Je passerai un coup de téléphone, annonça-t-elle, comme si elle faisait là une énorme concession. Tu veux un sapin avec des bonbons. Non, des dragées. Pas le Père Noël. Quelqu'un le livrera. (Ses sourcils peints marquèrent.) Je crois que tu as beaucoup de choses à me raconter.

Lily et sa grand-mère échangèrent un regard d'affection bienveillante.

— Comme tu dis. Plus tard. J'ai un rendez-vous que je…

— *Nous* avons un rendez-vous, dit Rule d'un ton doucereux. Madame Yu, j'ai une grande faveur à vous demander.

— CE N'EST PAS une étrangère, dit Lily en donnant un coup de poing dans le bouton de l'ascenseur, mais tu es vraiment sûr de vouloir laisser Toby avec Grand-mère ?

Rule sourit.

— Peut-être qu'il pensera que ça fait partie de sa punition, mais il est en sécurité avec elle.

Elle ne pouvait pas prétendre le contraire. Grand-mère était une vraie tigresse lorsqu'il était question de protéger des enfants.

Littéralement.

En dehors de la famille, personne n'était au courant, évidemment… Enfin, mis à part deux membres de l'Unité, qui garderaient le secret. Et même la famille ignorait comment Grand-mère en était venue à posséder son pouvoir unique. Elle décourageait ceux qui voulaient lui poser des questions. Bien entendu, des histoires circulaient à propos d'experts en magie qui, avant la Purge, avaient été capables de prendre la forme d'une bête ou de transformer une personne en animal par une malédiction. Mais comment savoir si ces récits étaient vrais ? L'époque de ces experts en métamorphose était depuis longtemps révolue. Aujourd'hui, les seuls hommes-bête étaient les lupins… et Grand-mère.

— Je peux compter sur Li Qin pour faire tout ce qu'i faut, dit Lily tandis qu'ils se faufilaient dans la petit cabine peuplée d'inconnus.

— Tu oublies qu'elle va lui apprendre à jouer a mah-jong.

Lily sourit.

— C'est une marque de haute reconnaissance. En principe, elle refuse de jouer avec quiconque ne satisfait pas ses attentes. (Si Lily ne l'avait pas connu aussi bien, elle n'aurait pas remarqué la tension à laquelle le corps de Rule était soumis. Il n'aimait ni les ascenseurs, ni qu'on voie sa gêne, c'est pourquoi elle continua de parler.) Nous devrions faire quelque chose pour remercier Li Qin.

— Lui offrir des vacances ? Sans ta grand-mère, je veux dire.

— Aussi surprenant que cela puisse paraître, Li Qin est dévouée à Grand-mère. Je doute qu'elle irait. Mais c'est bientôt Noël.

— Oui, et on aura de la famille à la maison pour les fêtes, finalement. Sans oublier l'arbre de Noël. Avec des dragées.

— Mais pas de Père Noël. J'espère que tu as compris que tu paierais tout ça. Grand-mère jugera qu'elle a fait plus que sa part en acceptant d'utiliser un téléphone.

— Il serait hors de question que je la laisse payer. Tu dois appeler ta mère.

Elle ne s'attendait absolument pas à sa remarque. Il lui fallut une seconde pour se reprendre.

— Elle refusera simplement de me parler.

Les portes de l'ascenseur s'ouvrirent à un autre étage que le leur. Deux hommes en sortirent.

— Laisse-lui un message, alors. Tu es très bien placée pour savoir qu'il est impossible de prévoir à quel moment nous pensons avoir besoin de nous réconcilier avec ceux que nous aimons.

Elle fixa les portes qui se refermaient.

— Le moment et l'endroit sont mal choisis. Tu m'asticoteras plus tard.

Il baissa la voix :

— Tu ne m'as pas dit ce qui s'était passé entre vous. Mais est-ce important ? Autant que de passer les fêtes sans lui parler ? Ta mère a beau être pénible, elle t'aime.

Lily ne répondit pas. Rule était pétri de bonnes intentions, mais sa mère aussi. Lorsqu'elle expliquait à Lily comment mener sa vie, Julia Yu avait toujours de bonnes intentions.

Presque toujours. Quand Lily avait désespérément eu besoin de son soutien…

— C'est notre étage, dit-elle, aussi contente que Rule devait l'être d'échapper enfin à l'ascenseur bondé.

Avant de partir de San Diego avec lui, Lily s'était rendue chez ses parents dire au revoir à son père et à sa petite sœur… et présenter ses excuses à sa mère. Elle le lui devait, même si elle savait parfaitement qu'elle n'en obtiendrait pas en retour.

Un but partiellement atteint. Sa mère n'était pas là.

Cinq semaines plus tôt, Lily et sa petite sœur s'étaient retrouvées aux urgences. Lily avait été blessée physiquement et privée de son Don; Rule était porté disparu et présumé mort. Elle avait alors eu besoin de sa mère, et Julia Yu était venue… pour s'occuper de sa cadette et reprocher à Lily tout ce qui s'était passé.

« Ta sœur aurait pu se faire tuer ! Et pourquoi ? À cause de lui ! Lui et ton boulot, le stupide boulot que tu as tant tenu à faire, peu importe combien de fois je t'ai dit que ça ne me plaisait pas. Et maintenant tu as fait du mal à ta famille, toi et ce… cet homme-loup avec lequel tu couches. Je suis contente qu'il soit mort ! Je… »

C'était à ce moment-là que Lily l'avait giflée.

Rule prononça son nom. Soudain extirpée de ses souvenirs, Lily remarqua la femme qui se précipitait vers eux – la quarantaine, des cheveux gris cendré, des lunettes et une chemise rose vif tendue sur ses seins généreux. Sandy McPherson était une analyste spécialisée dans le recueil de données, pleine de malice, et l'une des rares personnes que Lily connaissait au siège.

— Tu es somnambule ? lui lança Sandy. Je t'ai appelée deux fois.

— Pardon. Que se passe-t-il ?

— Ida te cherche.

— C'est urgent ? (Lily jeta un coup d'œil à sa montre.) On est attendus à une réunion dans deux minutes trente.

— Elle ne l'a pas dit, mais… (Sandy haussa les épaules.) C'est Ida.

— C'est vrai. (La secrétaire de Ruben n'était pas du genre à faire des histoires si ce n'était pas important.) Merci, Sandy.

— Tu peux me remercier en me présentant l'homme le plus sexy que j'ai jamais vu.

Elle regardait Rule avec une expression familière sur le visage. Lily sourit.

— Il est à moi.

— Je peux quand même baver, non ? Vous êtes Rule Turner. Non seulement je peux lire votre badge de visiteur, mais je lis les magazines people et… non, je ferais mieux d'en rester là. Je suis censée être ailleurs dans… (Elle consulta sa montre.) …depuis douze minutes.

— C'était sympa de vous croiser, Sandy, dit Rule.

Elle sourit, soupira et partit précipitamment dans le couloir. Lily et Rule se dirigèrent vers l'intersection suivante dans le labyrinthe de bureaux, prirent le couloir de gauche et atteignirent la tanière d'Ida.

Celle-ci parlait dans son casque tout en tapant sur un clavier et en tendant un dossier à la femme debout près de son bureau.

— Apporte-le à Ruben, dit-elle sans rater une touche.

L'autre femme partit d'un pas rapide vers la porte au fond de la pièce. Lily attendit un moment, mais Ida ne leva pas les yeux.

— Cynna la soupçonne d'être une extraterrestre, murmura-t-elle, mais je crois qu'elle a trois cerveaux. C'est forcé, pour être à ce point multitâche.

— J'ai entendu, dit Ida sans lever les yeux de son écran, avant d'ajouter – probablement dans son casque : Vous avez réservé le vol de 16 h 30. Oui. Je vais demander. Pour l'instant, utilisez l'ID de Morrison.

— Elle a aussi une oreille extraordinairement fine, dit Lily d'une voix normale. Je ne comprends pas pourquoi je ne ressens aucune vibration de magie venant d'elle.

— Appelez Jules. Non, pas encore – je vous en tiendrai informé quand nous le ferons. Très bien. Au revoir. (Ida s'arrêta de taper le temps de retirer son casque. Elle décocha un regard à Lily.) Le rapport que vous vouliez est dans le dossier bleu. J'ai pensé que vous en auriez peut-être besoin avant votre rendez-vous.

— Et elle a des flashs surnaturels d'omniscience. (Lily prit le dossier.) Merci, Ida.

— Vous avez trente secondes pour vous rendre à la salle de conférences.

Lily se dépêcha.

— C'est une bonne âme, dit Rule.

— Peut-être pas, répondit Lily, mais elle est dévouée à Ruben et à l'Unité…

— À quoi le vois-tu ?

— … et elle a une meilleure mémoire que mon ordinateur. Tu es vexé parce qu'elle n'a pas bavé.

— Je ne m'attends pas à ce qu'on bave. Un regard, peut-être, un signe qui montre qu'elle a vu que j'étais là… Tu crois que c'est un robot ?

Lily sourit avant d'ouvrir la porte.

Ils arrivèrent au beau milieu d'une violente dispute. Sherry O'Shaunessy pointait son doigt vers un homme que Lily ne reconnut pas, qui lui jetait un regard mauvais. L'archevêque paraissait absent.

Sherry ne ressemblait à aucune des deux versions des sorcières hollywoodiennes : ni la vieille ratatinée en train de jacasser, ni la jeune Wiccan nubile. À l'exception des cheveux, du moins. Les siens formaient une cascade gris et argent jusqu'à ses hanches, un bandeau doré les empêchant de lui tomber devant le visage. Pour le reste, elle aurait pu être une grand-mère banlieusarde tout à fait quelconque : petite, potelée, avec des joues roses et des yeux bleus encerclés d'une multitude de rides du sourir

Elle portait un pantalon sur mesure et un cardigan bleu ciel.

Pourtant, à cet instant elle ne souriait pas. La cible de son doigt tendu était un homme d'environ quarante ans : maigre, une grande bouche, des lunettes à monture invisible et d'épais sourcils. D'origine japonaise ou coréenne, probablement ; une élégante chemise blanche, froissée, une coupe de cheveux classique, pas de cravate, un pantalon brun.

La troisième personne dans la pièce, le docteur Xavier Fagin, portait un pantalon en toile – un choix audacieux pour un homme de cet âge avec un tel tour de taille –, un tee-shirt noir et une veste en tweed. Ses cheveux blancs pointaient dans toutes les directions, comme des aigrettes de pissenlit. Penché en arrière sur son siège, les doigts entrelacés sur une confortable bedaine, il souriait aux autres avec l'air d'un hippie vieillissant, toujours défoncé après toutes ces années.

— Nous ne pouvons certainement pas accepter les Protocoles de Dante comme fondation de la transcorporation inter-sphères, insista l'inconnu. Leur provenance est douteuse. Et ils reposent sur une tromperie pure et simple.

La grande prêtresse balança les deux bras en avant.

— Alors, par où commencer ? Parce que nous devons bien commencer quelque part. Xavier…

Elle se tourna vers le docteur Fagin.

— Nous avons de la compagnie, remarqua doucement le professeur.

Sherry cligna des yeux, puis leur sourit.

— Pardon. Nous nous emportons. Puisque vous êtes Lily, dit-elle, son regard passant de l'un à l'autre, vous devez être Rule.

Il lui rendit son sourire.

— C'est moi. Et vous devez être Sherry O'Shaunessy. Nous ne nous sommes jamais vus, mais votre beauté est parvenue à mes oreilles.

Rule s'en sortait toujours avec ce genre de flatteries parce qu'il les pensait sincèrement. Lily ne savait pas exactement quels étaient ses critères en matière de beauté, mais ils se démarquaient des canons habituels. Peut-être qu'il trouvait simplement les femmes belles, un point c'est tout.

Le docteur Fagin dénoua ses doigts et se mit debout, une main tendue.

— Rule Turner ? Ravi de vous rencontrer, monsieur, et heureux que vous ayez survécu à la confrontation de cette nuit. Je suis Xavier Fagin.

Le vieil homme continua à parler tandis qu'ils se serraient la main.

— L'un de nos membres est absent, l'archevêque Brown, mais il devrait nous rejoindre sous peu. Vous avez rencontré Sherry, qui insiste pour m'appeler par mon prénom alors que tous les autres m'appellent Fagin… parmi d'autres appellations qu'il vaut mieux taire. Le partenaire de combat de Sherry est Hikaru Ito. Mademoiselle Yu, vous ne le connaissez sans doute pas non plus. Il est arrivé cet après-midi.

Le nom était japonais, comme ses traits – deuxième génération, probablement. Pas d'accent, mais un prénom traditionnel.

Rule se tourna vers Ito en souriant.

— J'ai lu votre livre sur la science des symboles substitutionnaires.

Ito était encore plongé dans ses réflexions sur la transcorporation inter-sphères, mais il s'efforça de se montrer poli.

— C'est vrai ? Et qu'en avez-vous pensé ?

— Que c'était beaucoup trop intelligent pour moi. Je l'ai passé à un de mes amis qui comprend le jargon.

— Vous a-t-il fait part de son opinion ?

D'après le ton d'Ito, il semblait évident qu'il doutait qu'un proche de Rule ait été capable de comprendre son travail.

— Il a dit que vous étiez brillant, mais que vous vous trompiez.

Ito s'étrangla :

— C'est mieux que ce que beaucoup de mes critiques s'accordent à dire. Fagin pense que je suis…

— Brillant mais dans l'erreur, finit Fagin à sa place, avec un gloussement. En ce qui concerne la relation pythagoricienne. J'ai aimé ce que vous avez fait de la traduction de Hambly. Joli. Très joli. Docteur Ito, ajouta-t-il avec un sourire somnolent en direction de Lily, est un symboliste, spécialisé dans les prophéties.

Lily n'avait pas l'intention de laisser traîner en longueur les présentations. Plusieurs personnes avaient invoqué des démons. Ce serait la cata si l'un des responsables s'avérait faire partie du détachement spécial. Elle tendit la main.

— Ravie de vous rencontrer, docteur Ito. Vous avez également travaillé sur les prophéties de Nostradamus, il me semble ?

Il eut l'air surpris mais lui serra la main.

— Ma seule et unique tentative d'écrire pour le grand public. Ça ne s'est pas très bien vendu, j'en ai peur.

Le picotement de la magie était très léger, presque inexistant. Lily lâcha sa main et se tourna vers Sherry en souriant.

— Nous ne nous étions pas vraiment rencontrées jusqu'ici. Je suis contente que vous soyez là.

Elle lui tendit la main.

Sherry haussa les sourcils.

— Vous nous inspectez ?

— Vous voyez une raison pour laquelle je ne devrais pas ?

— Vous parlez comme un flic.

C'était une simple observation, pas un reproche. Sherry accepta la main de Lily.

Bonne poigne ; la magie était forte, froide, fluide… un Don important lié à l'eau. Aucune trace démoniaque.

Lily lâcha la main de la femme au moment où la porte s'ouvrait.

C'était l'archevêque Brown, l'air extrêmement agité. Lily supposa que c'était sans doute son air habituel.

— J'ai supprimé tout ce que j'avais sur mon agenda pour les deux prochains jours, dit-il abruptement. C'est tout ce que je peux… Oh. Bonjour, mademoi… euh, pardon. J'ai oublié votre nom de famille.

— Lily Yu, dit-elle en s'avançant pour lui serrer la main. Et voici Rule Turner. Rule, l'archevêque Brown.

— Appelez-moi Patrick. (La poigne de l'ecclésiastique était ferme, sa paume sèche. Pas de magie. Il regarda Rule d'un œil attentif.) Vous êtes le prince des Nokolaï.

— Héritier, dit Rule doucement. C'est la presse qui emploie le mot « prince », un terme pas spécialement bien choisi.

L'archevêque hocha la tête.

— La presse se trompe presque toujours. J'ai quelques questions à vous poser au sujet du démon que vous avez rencontré.

— Moi aussi j'ai des questions à vous poser, dit Lily. (L'archevêque était sans doute le démonologiste le plus éminent de l'Église catholique.) Docteur Fagin ?

Elle lui tendit la main de nouveau.

— Nous y passerons tous, hein ? (Il remua les sourcils comme s'il lui faisait une remarque osée.) Pourquoi pas ?

Sa paume était grande, ses articulations proéminentes. Il avait suffisamment de poils hirsutes sur le dos de sa main pour avoir eu des ennuis cinquante ans plus tôt, lorsque les gens croyaient encore que les loups-garous se distinguaient par leur pilosité abondante, même sous leur forme humaine.

Elle la serra. Pendant une fraction de seconde, elle ne sentit rien, puis la magie lui gratta la paume. Ce qui était bizarre. Elle n'avait jamais eu ce ressenti décalé auparavant. Que…

Les yeux du docteur Fagin roulèrent dans leurs orbites. Il bascula lentement, comme un vieil arbre qui se déracine.

XVIII

RULE RATTRAPA FAGIN dans sa chute et le posa délicatement sur le sol. Il regarda Lily par-dessus son épaule.

— Tu vas… ?

— Bien.

Elle s'agenouilla à côté de l'homme étendu et voulut poser sa main sur son cou pour vérifier son pouls. Sherry saisit le bras de Lily pour l'empêcher de le faire.

— Ne faites pas ça. Il s'est effondré lorsque vous l'avez touché.

Lily tourna la tête pour jeter un regard désapprobateur à la femme derrière elle.

— Ce n'était pas moi. Les sensitifs ne peuvent pas pratiquer la magie, qu'il s'agisse de magie noire ou inoffensive, ou de toutes les formes qui existent entre les deux.

À côté de Rule, Ito commençait à s'agiter.

— On devrait appeler quelqu'un. Appeler à l'aide.

— Non… pas besoin, fit Fagin en clignant des yeux dans leur direction. Eh bien. Je me demandais si cela se produirait.

— Pardon ? s'écria Lily.

— Oui, Xavier, dit Sherry. Que s'est-il passé ?

— Une réaction brutale. Je suis moi aussi un sensitif, voyez-vous.

Après un bref silence, Lily dit doucement :

— Je n'avais jamais rencontré d'autres sensitifs.

— Nous sommes rares, n'est-ce pas ? (Il s'assit en repoussant les protestations de l'archevêque.) Non, non, je n'ai pas du tout eu mal, grâce à l'intervention rapide de M. Turner. Comme c'est fascinant ! (Il semblait aussi ravi qu'un enfant découvrant un nouveau jeu vidéo.) Je suis resté conscient, voyez-vous, simplement paralysé, un peu comme si ma respiration avait été coupée. Mademoiselle Yu, nous pourrions peut-être avoir un autre contact, histoire de voir combien la dissonance met de temps pour…

— Non, dit Rule.

— Je ne crois pas, ajouta Lily.

Ito fronça les sourcils.

— Est-ce opportun ? Notre temps…

— Fagin ! s'écria l'archevêque. Soyez donc attentif ! Vous jouerez avec la dissonance lorsque le destin du monde ne pèsera pas dans la balance.

— Bien entendu.

Il eut l'air penaud.

Sherry reprit la parole, calmement :

— On se connaît depuis des années, pourtant tu ne m'avais jamais dit que tu étais un sensitif.

— Personne ne le sait, dit-il simplement. Lily comprend, j'en suis sûr. Les gens seraient tellement tentés de nous mettre à contribution. Non pas que je pense que tu le ferais, dit-il gentiment à Sherry. Mais le silence devient une habitude. L'un de vous pourrait m'aider à me relever ?

Rule lui tendit la main. L'odeur du vieil homme lui fit penser aux crackers, au bicarbonate de soude et au fromage frais à tartiner : un mélange sucré salé. Pas une bouffée de peur.

— Eh bien, dit Fagin avec un sourire discret. J'imagine que je fête là mon coming out. J'aurais dû vous prévenir, mais j'adore les surprises, et je voulais tester ma théorie. Je n'avais pas idée que le résultat serait si spectaculaire.

Rule était mécontent.

— Lily aurait pu se retrouver par terre à votre place.

— Oh, non. Des éléments - anecdotiques, mais suffisants - indiquaient que son Don était le plus fort des deux, quoique je ne m'étais pas rendu compte qu'il l'était à ce point. Vous êtes vraiment étonnante, ma chère.

Lily n'avait pas l'air flattée.

— Que s'est-il passé, alors ?

— Eh bien, nos Dons se sont bagarrés, et le vôtre a gagné.

— Est-ce censé être une explication ? lui demanda Sherry sèchement.

— Allez, Sherry, tu ne réfléchis pas. Tu sais ce qui rend unique le Don des sensitifs, n'est-ce pas ? Il ne peut être contrôlé en aucune façon.

— Les télépathes non plus ne maîtrisent pas leur Don, dit Ito. S'ils le pouvaient, ils ne deviendraient pas fous aussi souvent.

— Fernando Baccardi, Ito ? (Fagin ne cessait de remuer les sourcils.) Oui, je vois que vous savez ce que je veux dire. Baccardi était un télépathe du siècle dernier, expliqua-t-il aux autres, qui est demeuré sain d'esprit jusqu'à la quarantaine bien sonnée parce qu'il parvenait à mettre son Don en veilleuse. Sa capacité soutient ma thèse que, avant que le *Codex Arcanum* ne soit perdu, il était possible d'ériger des blocs ou des boucliers psychiques.

— En fait, dit Lily, c'est toujours possible.

— Ah oui ? Vraiment ? (Son expression ne trahit que sa surprise, mais ses yeux, sous ses sourcils broussailleux, devinrent perçants.) J'espère que vous m'en direz plus à ce sujet plus tard. Pour l'instant, je dois m'en tenir au problème qui nous occupe. Comme je le disais, mon Don et celui de Lily ne peuvent être contrôlés - ni consciemment ni inconsciemment, ni par nous-mêmes ni par un agent extérieur. Fascinant, n'est-ce pas ? En outre, on dit que les sensitifs sont totalement insensibles à la magie. À l'évidence, ce n'est pas vrai, puisque les sen…

— Attendez une minute, l'interrompit Lily. Que voulez-vous dire ?

— Lorsque nous touchons la magie, nous le savons, n'est-ce pas ? Nous arrivons parfois même à savoir de quel type est cette magie – c'est votre cas, j'imagine… oui ? (Il fut satisfait de la voir hocher la tête.) Moi-même, je peux toujours le dire. Tout de même, il semble de ce fait évident qu'il existe une légère interaction entre ce que nous touchons et notre propre magie, pourtant nous demeurons nous-mêmes indemnes, pour ainsi dire. J'ai trouvé deux explications possibles. La première : nous pouvons posséder une sorte de film de magie perméable, recouvrant un cœur impénétrable. L'interaction prendrait alors place dans ce film. La deuxième : il se pourrait que nous absorbions une minuscule quantité de puissance de ce que nous touchons et que nous la transmutions, de manière à ce qu'elle devienne purement à nous.

Lily fronça les sourcils.

— La transmuter, pas la bloquer ?

— Vous comprenez la différence, n'est-ce pas ? J'avoue que je préférais la première possibilité, mais ma réaction aujourd'hui tend à soutenir la seconde.

L'archevêque secoua la tête.

— Fagin, essayez de vous rappeler que votre domaine ne nous est pas familier à tous.

— Bien entendu. Pardon. Si l'explication de la transmutation est exacte, lorsque je touche une personne qui possède un Don de feu, j'aspire une minuscule quantité de magie du feu et la transforme en mon propre type de magie. Je peux l'affecter – mais elle ne m'affecte pas. Vous pouvez comprendre pourquoi je préférais l'autre explication.

— Celle-ci soulève autant de questions qu'elle apporte de réponses.

— Exactement. Pourtant, lorsque j'ai touché Lily, j'ai eu l'impression que mon Don essayait de recueillir un peu du sien mais n'y parvenait pas, parce que ce dernier était beaucoup plus fort. Mon pouvoir m'est revenu brutalement, comme un élastique. (Il adressa à Lily un large sourire.) Qu'avez-vous ressenti ?

Rule pencha la tête près d'elle pour lui murmurer :

— Dis : « J'y ai pris beaucoup de plaisir... »

Il se tut en sentant qu'on lui pinçait la fesse – c'était le but recherché de Lily. Cela le fit aussi sourire.

Elle feignit de ne rien remarquer.

— Des parasites. Comme si de la musique était diffusée, mais que je ne parvenais pas à régler la station de radio.

— Ah ! Alors mon... mais non. Je me laisse si facilement embarquer dans des digressions ! Asseyons-nous, peut-être que vous accepterez que je vous pose quelques questions.

Il y en eut beaucoup plus que prévu, et elles furent de toutes sortes. L'un d'eux avait-il éprouvé des sensations ou des pensées inhabituelles pendant l'attaque du démon ? Quel effet faisait le poison du démon, à présent ? Quelle quantité d'eau bénite Cynna avait-elle utilisée ? Comment Lily décrirait-elle la force de la tornade magique ? L'associait-elle à une couleur ? À un son ? Rule avait-il humé quoi que ce soit lorsqu'elle avait frappé ? Pourquoi le lupin ne nommait-il pas cette soi-disant déesse ? Quel genre de pouvoirs lui attribuait-on ? Comment savaient-ils que Son avatar avait été mangé par une reine des enfers ?

Certaines réponses étaient simples. Ils ne nommaient pas la déesse parce que les noms avaient du pouvoir, et Elle pourrait être attirée vers celui ou celle qui prononcerait le sien. Cynna avait utilisé deux cents millilitres d'eau bénite. À ce que Lily pouvait en dire, le poison du démon donnait une impression, au toucher, d'orange pourrie.

D'autres réponses nécessitèrent plus de temps, et d'autres furent simplement impossibles à donner.

Lorsque les autres n'étaient pas en train de les interroger, ils se disputaient sur la signification de leurs réponses. Du moins, trois d'entre eux n'étaient jamais d'accord ; Fagin se contentait de les regarder se quereller, tel un Bouddha rêveur contemplant l'essence de l'existence – mais peut-être piquait-il un somme.

Rule commença à se montrer nerveux lorsque la discussion se mit à traîner en longueur. Le loup s'ennuyait, et sa hanche le faisait souffrir. Ce n'était pas la douleur aiguë d'une blessure récente qu'il ressentait, mais une sorte de douleur lasse, comme si le muscle était fatigué de la bataille qui se jouait en lui. Il commençait également à avoir faim ; guérir brûlait des calories à une vitesse ahurissante. Le loup ne considérait pas les humains comme de la nourriture – seuls les loups sauvages ou transformés depuis très peu de temps perdaient à ce point leur humanité – mais il voulait partir en exploration, même s'il ne pouvait pas chasser.

Pour la deuxième ou la troisième fois, Rule jeta un coup d'œil à la porte.

— Hé ! lui murmura Lily en se penchant près de lui. Si je ne peux pas m'échapper, toi non plus. Tu as l'impression d'être avec trois Cullen, toi aussi ?

— Au moins, aucun d'eux ne met le feu à quoi que ce soit, murmura-t-il.

L'humain en lui reconnaissait la méthode sous l'apparent désordre. Fagin prétendait peut-être avoir tendance à se laisser entraîner dans des digressions, mais il laissait tout de même assez de temps aux autres pour voir si un débat donnait lieu à un échange productif, avant de soupirer et de regretter de devoir revenir au sujet principal.

Lequel, apparemment, était le destin du monde.

Lorsque Lily posa la question, il s'avéra que tous les quatre étaient d'accord sur une chose : le monde était à l'aube d'un grand changement. Ito le considérait en termes de prophéties variées ; Sherry parla d'un tremblement dans ses os et d'une vision qu'avait eue un membre de son assemblée de sorcières. L'archevêque se contenta d'être du même avis que les autres quant au fait que, si des tornades continuaient de s'abattre, le niveau de magie présente dans le monde augmenterait.

Et cela pourrait tout changer.

Fagin fonda son explication sur sa propre spécialité :

— Deux écoles de pensée cohabitent au sujet de l'histoire avant la Purge. La première école, acceptée par la majorité du monde occidental, considère que les premiers récits de grands événements et de pouvoirs magiques furent le produit de la propagande, d'exagérations, de l'hystérie et de la superstition. Pourtant, beaucoup de ces récits furent racontés par des hommes qui n'étaient certainement pas des charlatans ni des crétins prêts à croire n'importe quoi.

— Ce sont les vainqueurs qui écrivent l'histoire, dit Sherry.

Il la gratifia d'un sourire ravi.

— Précisément. Ceux qui menèrent la Purge étaient les vainqueurs, et leur point de vue est sauvegardé dans notre culture. Nous l'enseignons aux collégiens et nous l'expliquons dans d'innombrables thèses de doctorat.

Ito grommela :

— Ce n'est pas la seule crétinerie qu'on aura enseignée à Harvard.

Les yeux de Sherry scintillèrent.

— Hikaru, n'enseignez-vous pas à Harvard ?

— Je suis donc bien placé pour le savoir.

Fagin inclina la tête en direction de Lily.

— Vous avez très certainement deviné que certains d'entre nous ne partagent pas le point de vue accepté par la majorité. Nous croyons qu'à un moment donné, il y a eu beaucoup plus de magie dans le monde, et que l'échec de celle-ci à être à la hauteur, comme cela avait été le cas auparavant, a provoqué la Purge.

— Vous avez raison, dit Rule calmement.

— Ah ! (Rule vit l'homme froncer pour la première fois ses sourcils broussailleux.) J'ai entendu dire que votre peuple avait une histoire orale capitale pour lui. Une histoire que vous ne partagez pas avec les étrangers.

— C'est tout à fait vrai.

Fagin le considéra un moment.

— Je pourrais essayer de vous faire changer d'avis à ce sujet, mais plus tard. Intéressant, ne trouvez-vous pas, que votre M. Brooks ait formé son détachement spécial à partir d'universitaires et de praticiens qui ne souscrivent pas à la sagesse populaire concernant la Purge ?

Lily se pencha en avant.

— Que pensez-vous, alors, vous qui êtes des penseurs non conformistes ?

— Dans les grandes lignes, qu'au cours du XVIe siècle, la quantité de magie disponible a commencé à décliner. Peut-être que ce sont les gens qui l'ont épuisée, comme n'importe quelle ressource naturelle. Peut-être que le déclin s'inscrivait dans un cycle totalement naturel, le flux et le reflux de la magie qui produit de temps à autre des périodes stériles, tout comme la nature cyclique des températures produit des périodes glaciaires. C'est ma théorie personnelle.

— Il est aussi possible, intervint Ito, qu'au moment où le *Codex Arcanum* a été perdu ou détruit, il ait emporté avec lui une grande part de la magie du monde.

Fagin sourit.

— Et c'est la théorie d'Ito, fondée sur son interprétation de Nostradamus. Dans tous les cas, ce que nous observons aujourd'hui suggère que notre période glaciaire magique touche à sa fin.

Pendant un moment, personne ne dit mot. Rule songea au réseau électrique, à la bourse, au système financier… et au trafic aérien. À Internet. Aux voitures. Aux bus. À la technologie médicale. Aux laboratoires. Tous vulnérables aux afflux soudains de magie.

— La soie isole-t-elle bien de la magie ?

Ce fut Sherry qui répondit, d'une voix douce :

— Pas assez bien.

Tout le monde retomba dans le silence. Celui-ci fut rompu par Ito qui fit crisser sa chaise en la reculant.

— Désolé de devoir partir, mais ma femme me rejoint ici par avion et je dois la chercher.

Lily regarda l'heure sur sa montre.

— Il est plus tard que je ne le croyais. Si vous n'avez plus rien à me demander pour l'instant, j'aimerais voir si Ruben est encore là. J'ai besoin d'aide pour arracher quelques informations aux Services secrets.

— Je ne crois pas qu'il rentre très souvent chez lui. (Fagin se leva à son tour.) Je souhaiterais lui parler moi aussi. Et si nous allions le trouver ? Nous pourrons comparer nos notes sur nos Dons mutuels en chemin.

Elle regarda Rule, sans dire un mot. Il savait ce qu'elle voulait.

Il soupira.

— À propos du poison…

— C'est vrai. (Sherry sembla visiblement préoccupée.) Nous devons en parler. Patrick ?

Lily toucha doucement l'épaule de Rule, puis se leva.

— Vous est-il arrivé de toucher une magie qui paraissait… comment dire, mauvaise ? demanda-t-elle à Fagin alors que la porte se refermait derrière eux.

Rule ne tarda pas à se dire qu'il aurait mieux fait de partir avec Lily. Sherry et l'archevêque ne semblaient pas avoir besoin de sa présence. Patrick Brown se mit à faire les cent pas, s'arrêta, balança ses mains. Il évoqua les âmes, une intrusion démoniaque et des énergies quasi magiques, tandis que Sherry se contentait de parler, abandonnant peu à peu face aux arguments de l'archevêque comme la pierre érodée par l'eau.

Au bout de cinq ou dix minutes, Rule était d'accord avec le loup en lui. Il était resté assis ici suffisamment longtemps. Il se leva sans préambule.

— Je pars me chercher des calories au distributeur et un peu de cette vase qu'on appelle dans cet immeuble du café. L'un de vous veut-il prendre le risque d'endommager la paroi de son estomac avec une tasse ?

Sherry gloussa.

— Je ne cicatrise pas aussi vite que vous. Non, merci.

L'homme d'église s'arrêta de gesticuler pour faire une grimace.

— Nous vous avons ignoré. Pardon. Je me laisse entraîner… mais j'ai une question à vous poser. Vous avez dit que l'eau bénite vous avait fait mal. Mal comment ?

— Comme lorsqu'on cautérise une plaie.

Il fronça les sourcils.

— L'avez-vous sentie ? Non, oubliez, ça ne me regarde pas. Une douleur de forte intensité, alors. (Cette réponse ne semblait pas le satisfaire. Il jeta un petit coup d'œil à Sherry.) Quand pourriez-vous convoquer une assemblée de sorcières, en faisant aussi vite que possible ?

— Peut-être d'ici cette nuit. Demain soir, au plus tard. Nous n'aurons pas besoin de tous les membres, et ma guérisseuse est du coin.

Il hocha la tête à contrecœur.

— Dans ce cas, je m'incline devant votre technique. Nous essaierons ma méthode si la vôtre ne marche pas aussi bien que vous l'espérez.

— Si vous le voulez.

D'un mouvement brusque, elle s'empara de son grand sac à main près de sa chaise et y prit son téléphone.

— Je les appelle tout de suite.

— Attendez une minute, dit Rule. Vous convoquez une assemblée de sorcières ? N'est-ce pas un peu exagéré ?

Elle leva les yeux vers lui.

— Nous vous avons peut-être donné le sentiment, Patrick et moi, que nous ne pouvons nous accorder sur la couleur du ciel, mais nous sommes à l'unisson sur une chose. Il est crucial d'éradiquer dès que possible ce poison qui est en vous.

— La majeure partie a déjà été supprimée. Encore un peu d'eau bénite…

— …n'a pas de grandes chances d'être efficace, dit l'archevêque. Pour être honnête, je suis surpris qu'elle ait fait effet, ne serait-ce que partiellement. Vous devez avoir une très grande confiance en la femme qui l'a utilisée, et elle doit avoir une foi à toute épreuve.

— Cynna ?

Rule espéra que le ton avec lequel il avait prononcé son nom ne trahissait pas trop son incrédulité.

— L'eau bénite a bel et bien du pouvoir en elle-même, mais celui-ci est léger. Elle agit principalement comme intermédiaire de la foi. Puisque vous n'êtes pas catholique, sa foi devait être extraordinairement forte pour que l'eau bénite puisse affecter le poison.

Rule ne s'était pas vraiment fait à l'idée que Cynna était catholique. La notion qu'elle puisse être une fervente croyante le perturbait.

— Pourquoi n'est-il pas possible d'éliminer totalement le poison en appliquant un peu plus d'eau bénite ?

Pourtant, il ne raffolait pas de cette technique. Il devrait sans doute être maîtrisé – il se sentait humilié d'avance – et il faudrait pour cela une force de lupin, ce qui impliquait d'attendre la présence de ses gardes du corps. Mais au moins, ce serait rapide.

— C'est compliqué. (L'homme fronça les sourcils en tapotant sa hanche de ses doigts.) Nous avons appelé la substance qui se trouve dans votre blessure du poison, mais c'est trompeur. En fait, c'est un morceau du démon lui-même – un reliquat ou une intrusion démoniaque.

— C'est pourquoi il est important de le retirer dès que possible, dit Sherry, son téléphone toujours collé à l'oreille. (Rule pouvait entendre la tonalité à l'autre bout.) Vous ne perdrez peut-être pas beaucoup de sang, mais… Oh, Linda, salut. Sherry à l'appareil.

Patrick Brown reprit là où Sherry s'était arrêtée pendant qu'elle parlait à l'une des membres de l'assemblée de sorcières :

— Mais il pourrait y avoir d'autres problèmes. D'après ce que j'ai compris, la magie est omniprésente dans votre être physique. C'est bien cela ?

— En gros, oui.

— Vous avez de la magie démoniaque logée dans votre corps, qui interfère avec votre magie innée pour vous empêcher de guérir. C'est tout ce que nous savons. Il est également tout à fait possible qu'elle interfère d'autres façons que nous ne parvenons pas à détecter. Ces autres effets pourraient être négligeables, ou graves. Vous pourriez avoir des cornes ou des tentacules qui poussent, devenir assoiffé de sang, ou tomber raide mort. Nous ne savons pas, tout simplement. Mais plus cette substance démoniaque restera longtemps en vous, plus grands seront les risques d'observer des effets néfastes supplémentaires.

Rule était content que Lily ne soit plus là. Elle s'inquiétait déjà assez pour lui.

— Très bien, je comprends l'urgence. Je ne vois toujours pas pourquoi vous ne voulez pas réessayer avec l'eau bénite.

Brown soupira.

— Apparemment, vous êtes fort attaché à votre culpabilité.

— Comment ?

Son cuir chevelu se contracta, comme s'il cherchait à aplatir ses oreilles de loup – qui ne s'abaissaient pas sous sa forme humaine.

— Ce n'était pas une accusation. Être humain implique d'être touché par la culpabilité et la tentation. Je suppose que c'est également vrai pour un lupin.

Nerveux, Rule hocha la tête.

— Les démons n'ont pas d'âme, pourtant ils peuvent avoir un effet désastreux sur la nôtre. Les intrusions démoniaques agissent sur nous par l'intermédiaire de la magie, mais se lient à nous par celui de l'esprit. Les agents qui créent ce lien sont la tentation, la culpabilité, ou les deux.

— Vous voulez dire que je me cramponne au poison.

— Plutôt que la culpabilité crée une sorte de surface collante à laquelle il peut se fixer. Si vous aviez la même foi que moi, je vous recommanderais de vous confesser. Puisque ce n'est pas le cas, je vous suggère de fouiller dans votre conscience. Si vous parvenez à trouver la paix avec vous-même et le Créateur, quoique vous pensiez de Lui…

— D'Elle. (Le loup voulait montrer les crocs. Il n'avait pas de grands péchés sur la conscience.) Nous vénérons l'aspect femelle de l'Être suprême.

— Nous aussi, dit Sherry en pressant d'autres touches sur son téléphone. Mâle et femelle, en fait. Notre guérisseuse veut vous examiner d'abord, mais si elle nous donne le feu vert, nous pourrons exécuter le rituel à minuit.

— Minuit.

— La tradition a ses… Salut, Stephen. Je dois savoir si…

Patrick Brown toisa Rule avec une compassion qui l'agaça.

— La culpabilité n'existe pas toujours pour des raisons rationnelles, vous savez. Nous pouvons nous sentir terriblement coupables d'événements que nous ne contrôlons pas. La culpabilité du survivant, par exemple.

— Tout cela a à voir avec l'eau bénite, j'imagine.

— Par un mécanisme impliquant la culpabilité, votre corps a été trompé pour qu'il accepte la substance du démon comme une part de lui, un peu comme un corps humain est poussé à nourrir des cellules cancéreuses. L'eau bénite affecte l'élément démoniaque, mais elle risquerait d'affecter également votre organisme, à cause de cette mauvaise identification. Si elle marchait, ne serait-ce qu'un peu, elle pourrait causer des dommages durables. Cela m'étonne qu'il n'y en ait pas eu la première fois.

La hanche de Rule le lançait discrètement. Au bout d'un moment, il dit :

— Il y a une cicatrice.

Une cicatrice, ce n'était rien, mais y avait-il d'autres dommages, moins visibles ?

Sherry remercia son interlocuteur, coupa la communication et composa aussitôt un autre numéro. Rule sentit Lily qui approchait. L'instant d'après, il l'entendit qui parlait avec Fagin de l'autre côté du mur. Au début, leurs propos étaient confus, puis la voix de Lily s'éleva, incrédule :

— Vous plaisantez.

Les propos étouffés de Fagin tâchaient de la rassurer.

— ...juste une théorie... ma famille... le folklore et les vieilles histoires.

— Mais ceci n'est pas... ce n'est pas... ce ne peut pas être physiquement possible. Un dragon ?

Elle était à la porte. La poignée tourna.

Rule sentit son pied gauche atterrir sur la moquette grise.

Il fut pris d'un vertige. Il tituba, se redressa, et regarda frénétiquement autour de lui. Il... il était dans un couloir, l'un des nombreux couloirs de l'immeuble du FBI. Il entendit une photocopieuse bourdonner, des voix derrière lui et dans le bureau à sa gauche, ainsi que la sonnerie de l'ascenseur, droit devant, qui s'arrêtait à cet étage.

Cet étage ? Quel étage ? Où était-il ?

Lily le saisit par le bras.

— Rule ? Qu'est-ce que c'est ? Qu'y a-t-il ?

— Nous...

Il se tourna avec précaution, en regardant derrière lui, au bout du couloir. Vers l'endroit d'où il était venu. C'était le même étage, remarqua-t-il. La salle de conférences était juste après ce tournant.

Lily ne semblait rien remarquer d'anormal, mis à part sa façon d'agir. Quoi qu'il soit survenu, cela lui était arrivé seulement à lui, pas à elle.

— J'étais dans la salle de conférences avec Sherry et l'archevêque. Toi et Fagin étiez sur le point d'entrer. Tu venais de tourner la poignée. Et puis... et puis je me suis retrouvé ici.

Elle écarquilla les yeux, désarçonnée, mais lui répondit d'une voix égale :

— Tu es resté avec moi depuis que je suis retournée dans la salle de conférences.

— Que s'est-il passé ?

Qu'avait-il bien pu advenir pour qu'il soit comme absent pendant… combien de temps ? Combien de temps avait-il perdu ?

Lily prit la question littéralement :

— Fagin et moi sommes entrés. L'archevêque Brown expliquait quel était le problème avec l'eau bénite. Il disait que la guérisseuse de Sherry devrait t'examiner, puis que son assemblée de sorcières exécuterait une sorte de rituel. Tu n'as pas dit grand-chose, mais tu étais là. Présent. Je te sentais aussi nettement que maintenant. Puis Cullen a appelé, et…

— Cullen a appelé ?

— Tu lui as parlé. (Sa voix trahit son inquiétude.) Il a appelé sur mon téléphone pour me tenir au courant de ce qui s'était passé avec le démon. Celui-ci a possédé quelqu'un. Ils l'ont abattu, mais Cynna a été blessée. Ensuite, il t'a parlé… à propos de quelque chose, euh, *heres valos*. Un truc de clan. Tu… tu étais sur le point de m'expliquer ce que c'est, mais tu as voulu attendre que nous soyons en privé.

— Cynna…

— Elle s'en sortira.

Et lui ? Rule savait qu'il ne pouvait pas être possédé, pourtant…

— Tu es sûre que c'était moi ?

— À t'entendre, tu semblais être toi-même. Là-bas, je te sentais à côté de moi. Tu… (Elle s'arrêta, le temps de déglutir.) Je t'ai touché. Je n'ai rien senti, ni sortilège, ni…

— Démon.

Il chercha un petit détail, un indice, une bribe de souvenir qui lui indiquerait qu'un événement s'était produit entre le moment où il avait vu la poignée tourner et celui où il s'était retrouvé au beau milieu de ce couloir.

Rien.

— Je ne me rappelle pas. Je n'ai aucun souvenir de ce laps de temps.

D'instinct, elle lui prit le bras. Elle écarquilla les yeux, puis les plissa. Elle regarda sa propre main, puis la leva volontairement et toucha la peau nue du visage de Rule.

— Eh ben, merde, dit-elle.

XIX

QUELQU'UN TRAFICOTAIT SON pied. Ça faisait mal. Elle balança la jambe en avant.

— Ne bouge pas.

C'était la voix de Cullen. Il semblait mécontent. Quelqu'un - Cullen ? - tira sur son pied pour le reposer sur l'endroit chaud où il se trouvait, et se remit à le frotter avec un objet râpeux.

— Aïe !

Cynna ouvrit les yeux brusquement.

— Ne fais pas ta chochotte. Ce n'est pas une grosse entaille.

Elle cligna des yeux en sentant sa mémoire réinvestir son esprit. Elle était allongée sur le dos, dans un lit - tout à fait confortable d'ailleurs. Doux. Le plafond était blanc et, quelque part, on passait encore de la musique classique. La détectrice se trouvait donc toujours dans la demeure de Victor Frey, et peu de temps s'était écoulé.

Que s'était-il passé après que tout était devenu noir ? Le démon était-il… *Vérifie, idiote.*

Elle lança un sort rapide. O.K, bien. Elle était affreusement épuisée, mais elle avait la certitude que le démon ne rôdait pas dans le coin. Et Cullen était indemne. Qu'en était-il de Merilee et de Frey, de Timms et des gardes lupins ? S'en étaient-ils tirés ? Elle se redressa sur un coude.

Tiens. Elle n'avait pas de migraine.

Elle se trouvait dans une petite chambre tapissée d'un papier peint défraîchi et équipée de meubles en érable. Très bien rangée, comme le reste de la maison. Cullen était assis sur le lit, et c'était sur ses genoux qu'était posé son pied droit. Ses cheveux étaient décoiffés, sa chemise déchirée et couverte de sang.

— Tu es blessé.

— Non, andouille, c'est toi.

Il finit de nettoyer son pied avec un gant de toilette, puis prit un tube de pommade antibiotique.

— J'imagine que j'ai marché sur quelque chose.

Elle ne se rappelait pas s'être entaillé le pied, mais dans l'action elle aurait pu ne pas le remarquer. Une dizaine de questions se disputaient la première place dans son esprit. Elle piocha la plus simple :

— Que s'est-il passé ?

— T'as mis un démon sur les nerfs. (Le lupin avait une drôle de voix. Il fit tomber quelques gouttes de pommade sur son pied et l'étala en massant.) Tu t'en souviens ?

— Ouais. Elle m'a tabassée.

— Elle t'a fendu le crâne. (Il leva les yeux. Elle comprit pourquoi sa voix lui paraissait si bizarre. Elle ne l'avait jamais vu aussi furieux.) De tous les plans débiles, stupides…

— Ça a marché ?

Il repoussa le pied de ses genoux et se mit debout d'un bond.

— J'y crois pas. Deux humains et trois lupins attaquent un démon. Les humains laissent-ils les lupins prendre en charge le corps à corps ? Non, puisque tu as moins de bon sens qu'un bousier, tu…

— Deux humains ? Timms va bien ?

La porte s'ouvrit. Une belle femme aux hanches et aux épaules larges, à la peau couleur cacao entra.

— Il a pris des coups, mais il guérira, dit la nouvelle venue. En ce moment même, ils le chargent dans l'ambulance. Il ne m'a pas laissée lui remettre le bras en place… il a dit qu'il voulait un vrai docteur. (Elle regarda Cullen.) Arrêtez d'engueuler ma patiente.

Elle était une patiente ? Cynna secoua la tête. Aucun cliquetis dans les tympans.

— Je vais bien. Qu'est-il arrivé à Frey et à Merilee, et au démon ? Y a-t-il eu d'autres blessés ?

La femme tourna vers elle un visage empreint de solennité. Elle devait dépasser les quarante ans mais semblait encore très jeune ; c'était difficile de se faire une idée précise de son âge.

— Le Rho est en assez bonne forme pour guérir tout seul, grâce à vous. Merilee… (Elle soupira.) Ah, pour elle, je n'en sais rien. Son corps n'est pas touché, mis à part quelques bleus, et le bébé va bien, le Ciel soit loué. Mais dans sa tête, la pauvre enfant est dévastée.

Un effet que la possession pouvait provoquer.

— Le démon n'est donc plus en elle.

La femme pinça les lèvres.

— Je m'en suis débarrassée.

— Vous-même ? Oh… excusez-moi. Ce serait sympa si M. Beau Gosse ici présent pouvait mettre en veilleuse sa mauvaise humeur assez longtemps pour nous présenter, mais je ne compte pas trop là dessus. Je m'appelle Cynna Weaver.

Un rire remonta de la gorge généreuse de la femme. Elle jeta un coup d'œil au lupin, adossé au mur, les bras croisés, occupé à leur lancer des regards mauvais.

— Je crois que je vous aime bien, Cynna Weaver. Je suis la Rhej des Leidolf, et je suis aussi guérisseuse, ce qui explique pourquoi vous n'êtes pas dans l'ambulance avec l'autre.

Cynna savait que les saintes femmes des clans gardaient le plus souvent leurs noms pour elles, aussi elle ne le lui demanda donc pas.

— Vous êtes également une exorciste, si j'ai bien compris.

— Pas jusqu'à aujourd'hui, mais la Déesse ne supporte pas les démons qui touchent à son peuple. Heureusement que quelqu'un a eu la bonne idée d'envoyer me chercher. J'ai eu quelques minutes pour convoquer les souvenirs qu'il me fallait pour ce boulot.

— C'était toi, dit Cynna à Cullen. Tu as demandé au chef des gardes d'envoyer l'un d'eux la trouver, hein ?

Il se contenta de lui jeter un regard contrarié. Il n'aimait pas les Rhej, elle le savait. Ou peut-être que c'était plus exactement de la rancune – une rancune qui remontait à l'époque où il avait été exclu de son clan. Comme il n'en parlait jamais, elle ne savait pas quel était le lien, mais c'était peut-être pour cela qu'il se comportait comme un enfant de dix ans privé de télé.

— C'était lui, dit la femme, puisqu'il n'est pas venu à l'esprit de mon abruti de frère de venir me chercher. Je suis arrivée au milieu d'une sacrée pagaille : vous et l'autre humain, vous étiez étendus par terre, comme morts, mon frère et ce David essayaient de maintenir Merilee en place. Elle se débattait comme une belle diablesse.

— Timms n'a pas pu lui envoyer une fléchette ?

Cullen daigna prendre la parole.

— Oh, il l'a touchée. Le tranquillisant ne l'a pas franchement tenue tranquille, cela dit, alors il l'a prise d'assaut avec les autres. L'imbécile.

— La drogue avait fait de l'effet, dit la Rhej judicieusement. Sinon Alex et David n'auraient pas du tout réussi à la retenir. Elle a jeté David en arrière une fois – au moment où elle a essayé d'égorger M. Beau Gosse. Heureusement qu'elle avait des ongles et pas des griffes.

Cynna tourna brusquement la tête vers Cullen.

— C'est ton sang, dit-elle d'un ton accusateur.

— L'entaille n'est pas profonde. Ça sera guéri d'ici demain. On ne peut pas en dire autant de ta tête.

Il se trompait. La Rhej devait être une guérisseuse du tonnerre.

— As-tu utilisé ton sort ? A-t-il marché ?

Cullen la foudroya d'un regard profondément méprisant.

— Évidemment qu'il a marché.

— Il marche encore, dit la Rhej, le visage soudain assombri par l'inquiétude. Je savais pas quoi faire pour aider Merilee quand elle a été débarrassée de ce démon. Lorsqu'elle a repris connaissance, elle était... eh bien, j'ai demandé à Cullen d'utiliser son sort pour la garder endormie pour l'instant. Moi-même, je ne pouvais pas le faire – pour soigner votre tête, j'ai dû utiliser toute la puissance que je pouvais obtenir, mais on vous devait bien ça. (Elle hocha la tête.) Victor serait mort si vous n'aviez pas attaqué ce démon. C'est peut-être un imbécile, mais c'est notre imbécile. On a besoin de lui.

Des paroles franches. Peut-être que les Rhej n'avaient pas l'obligation de se montrer respectueuses envers le Rho, contrairement au reste du clan. Cynna glissa ses jambes hors du lit.

— Je peux peut-être aider Merilee. Je...

— Hé ! (Pour une femme si imposante, la Rhej se déplaçait vite. Elle saisit Cynna par les épaules et la rallongea.) Je suis gentille, mais faut pas se ficher de moi. Vous avez aucun besoin de vous agiter dans tous les sens pour le moment.

— Je vais bien.

La Rhej plaça ses grandes mains de chaque côté de la tête de Cynna et chantonna doucement. Ses yeux semblèrent se détacher de ce qu'elle fixait l'instant d'avant. Ses paumes devinrent chaudes. Très chaudes. Cynna se sentit envahie d'une soudaine envie de dormir.

Tout à coup, la Rhej laissa retomber ses mains. Elle la regarda, mécontente.

— Qu'avez-vous fabriqué sur vous-même ? Quelque chose est resté en vous... une sorte de sort, et le nœud qu'il a mis en place est plein à craquer de votre magie.

— Je ne... Oh, mince.

Le sort antidouleur. Elle ferma les yeux et traça mentalement le *kilingo* du sort. La Rhej avait raison, bien trop de puissance y circulait. Comment était-ce arrivé ?

Elle se poserait la question plus tard. Elle l'arrêta… et manqua de tomber du lit.

— Ouah… Eh ben. Ça fait mal.

Cullen avait retrouvé son air renfrogné.

— Une fracture avec enfoncement de la boîte crânienne est censée faire mal.

Fracture avec enfoncement de la boîte crânienne. Cynna eut des frissons et des vertiges rien que d'y penser… ou peut-être que c'était le fait de penser. Sa tête l'élançait comme une rage de dents.

— Allez, ne le laissez pas vous faire peur, dit la femme. C'était pas une mince affaire, mais j'ai réparé votre caboche. Soulevé un bout du crâne cassé, viré la lymphe, remis en place ce truc - comment que ça s'appelle, ce machin juste en dessous du crâne ? - drainé le caillot de sang et guéri l'hématome au cerveau. Je me suis aussi arrangée pour que le crâne commence à se ressouder, assez pour que ça tienne, mais je ne pouvais pas tout faire d'un claquement de doigt. Vous aurez encore mal à la tête pendant deux ou trois jours. Qu'est-ce qui bloquait la douleur, avant ?

Un caillot de sang ? De la lymphe ? Un hématome au cerveau ?

— Ah… C'est un sort que je maîtrise, pourtant il n'aurait pas dû… Il n'y circulait qu'un filet de puissance, vous voyez. J'ignore comment, mais il a pris de l'ampleur pendant que j'étais inconsciente.

— Par quel moyen ? s'enquit Cullen.

— Aucune idée. (Elle s'en inquiéterait plus tard. Pour le moment…) Y a-t-il une raison pour laquelle je ne peux pas utiliser le sort ? Pas à pleine puissance, mais assez pour calmer la douleur.

— Mon chou, fit la Rhej, ce sort faisait croire à votre corps que vous n'aviez pas du tout mal. Il avait arrêté de guérir. (La réponse avait tout l'air d'être un non. Cynna grimaça.) Mais j'aimerais apprendre ce sort, continua-t-elle. Pour voir si on peut le modifier pour qu'il fonctionne sans bloquer la guérison.

— Il ne marche que sur moi.

Cynna appuya le côté non fracturé de sa tête dans sa main.

— J'aimerais y jeter un œil, dit Cullen d'une voix neutre. Avec ta permission.

Elle posa sur lui ses yeux plissés par la douleur. Les ensorceleurs avaient un vrai avantage lorsqu'il était question d'altérer un sort. Il pourrait le voir, visualiser précisément son fonctionnement.

— Plus tard, peut-être. Je suis…

— Mais dites-moi, voilà qui est intéressant, leur lança Brady, dans l'embrasure de la porte, ses yeux bleus pétillant de plaisir. Content de te revoir, Seabourne. Il fait un joli effet, ton sang. Dommage qu'il n'y en ait pas plus.

La Rhej se tourna vers lui. Cynna ne pouvait voir son expression – la femme était de profil par rapport à elle – mais son corps disait : *prends garde.*

— Que fais-tu dans cette maison, Brady ? Alex ne t'a pas laissé entrer.

— Mon père est blessé. Je voulais le voir.

— T'es pas censé être ici tant que la désignation n'a pas eu lieu. Tu le sais. Et puis ton père n'est pas dans cette pièce.

— Vous êtes sûre ? Je devrais peut-être vérifier. (Il entra, aussi gracieux qu'un serpent.) Il est peut-être sous le lit. Je vais jeter un œil.

La Rhej s'interposa.

— Essaie pas de faire le malin avec moi, Brady Gunning.

— Tu ferais mieux d'appeler ton frère. (L'interpellé prit une voix de fausset.) Viens m'aider, Alex ! Brady s'en prend à moi !

Tout à coup, Cynna comprit que Brady n'était pas venu pour asticoter Cullen. C'était après la Rhej qu'il en avait.

Cullen réprima sa mauvaise humeur et se redressa.

— Voilà qui est intéressant. Elle ne peut pas sentir ta peur, Brady, mais moi, oui.

— Ma peur ? (Brady laissa échapper un rire forcé.) Tu crois que j'ai peur d'une femme trop vieille pour enfanter ? (Il examina la Rhej.) Ça m'a plutôt l'air d'être l'inverse, non ? En tout cas, ça le devrait.

Cullen se déplaça – pas vite au point de passer inaperçu, cette fois-ci, mais assez vivement. Il se plaça entre la Rhej et Brady.

— Tu as toujours peur du feu ?

Brady grommela :

— C'est une affaire entre Leidolf. Ne t'en mêle pas.

Cynna n'avait jamais vu le visage de Cullen si totalement dépourvu de malice ou de raillerie.

— Tu as menacé la Voix de la Déesse. Tu supplieras pour qu'elle te pardonne.

La Rhej voulut dire quelque chose, mais Brady la coupa :

— Supplier ? Une femelle ?

Il prononça ce mot comme s'il crachait une saleté coincée entre ses dents.

Cullen claqua des doigts. Des étincelles dansèrent dans l'air.

— Supplie, ou tu brûleras. À toi de choisir.

— Hé ! fit Cynna. Tu oublies que je suis agent du FBI. Crois bien que je ne le dis pas par plaisir, mais c'est illégal de brûler les gens.

— Brady.

Alex, le chef des gardes, emplit l'embrasure de la porte telle une montagne paisible.

Brady se tourna lentement.

— Ouais ?

— Tu vas partir, maintenant. Tu ne rentreras pas à la maison tant que la désignation ne sera pas finie.

Les deux hommes échangèrent un regard. Cynna retint son souffle. Brady voulait attaquer. Non, il voulait tuer. Cette envie impérieuse le rendait fébrile, une fébrilité qui devait sentir assez fort pour parvenir aux narines des autres lupins. Mais il devait lui rester un tout petit peu de bon sens ou d'instinct de conservation. Il changea brusquement de position, signe qu'il renonçait à les défier. Brady baissa les yeux et hocha la tête.

Cullen prit la parole:

— Tu as menacé ta Rhej.

L'armoire à glace échangea un regard avec sa sœur.

— Si tel est le cas...

— Je ne le voulais pas. (Brady sourit, comme s'il n'avait pas été à deux doigts de commettre un meurtre quelques secondes plus tôt.) Si mes paroles ont été prises pour une menace, ce n'était pas intentionnel.

La Rhej arborait un visage de marbre. Elle acquiesça discrètement.

Cullen n'était pas satisfait.

— Ce n'est pas...

— Restons-en là, dit la Rhej d'une voix ferme. Je n'en demande pas plus... maintenant.

Le regard qu'elle lança à Brady aurait dû le mortifier.

Loin de là: il eut un sourire plein de suffisance, lui fit une courbette bien marquée et marcha jusqu'à l'armoire à glace, avec un air railleur. Alex regarda sur sa droite et fit un petit signe à quelqu'un hors de vue, dans le couloir, puis s'écarta. Brady – Dieu merci – s'en alla.

Un grand loup gris le suivit en courant. Une escorte pour s'assurer qu'il partait vraiment, supposa Cynna.

Alex le regarda s'éloigner, puis se tourna vers la Rhej.

— Sœur...

— Je sais. (Elle se frotta les tempes; elle semblait avoir tout à coup pris dix ans de plus.) Mais le moment est mal choisi. Ils diraient que j'ai interféré dans la désignation.

Cullen avait apparemment du mal à croire ce qu'il entendait.

— Vous ne pouvez pas le laisser s'en sortir si facilement, qu'il y ait ou non une désignation. De toute façon, vous serez concernée par celle-ci. L'approbation de la Déesse...

— C'est une affaire entre Leidolf.

La réponse eut son effet sur Cullen, qui soupira :

— Il vous veut du mal.

— Vous me prenez pour une idiote ? Je le sais. Mais la lignée du fondateur est fragile.

— Sœur.

Alex était expert dans l'art de faire des réponses monosyllabiques. Cette fois, sa désapprobation fut perceptible dans sa voix.

Elle grommela :

— Tu crois que les Nokolaï et les autres clans ne savent pas précisément qui porte la lignée ?

— Elle a raison. (Cullen tâcha d'avoir l'air désolé. Pas très convaincant.) Sans compter Brady qui, malheureusement, est un élément sûr de ce point de vue, il y en a deux d'une lignée collatérale qui peuvent très certainement prendre le mandat. Deux autres ont de bonnes chances. Le reste, presque aucune.

— Nous sommes donc fragiles, dit-elle. Si Brady a un enfant…

— Vous voulez que ce type se reproduise ? fit Cynna, consternée.

— Ne jugez pas ce que vous ne comprenez pas. (La Rhej redressa ses épaules.) Et ne jouez pas avec votre sort tant que vous ne vous serez pas retapée. Je reviendrai vous voir dans la matinée pour prendre de vos nouvelles. Si vous avez besoin de quoi que ce soit cette nuit, demandez à Sabra. Vous feriez mieux de rester dans cette pièce, ajouta-t-elle en s'adressant à Cullen. Nous vous accueillons bien mal, mais…

Cullen l'interrompit, poli mais ferme.

— Serra, j'ai déjà appelé Rule.

La Rhej le dévisagea, puis regarda son frère, qui hocha la tête. Il semblait mécontent. Elle soupira.

— Je n'abuserai pas de votre hospitalité dans un moment si difficile, poursuivit Cullen. D'ailleurs, Cynna va…

— Cynna, dit celle-ci d'une voix inflexible, peut s'exprimer toute seule. J'apprécie l'offre, dit-elle à la Rhej, mais j'ai besoin de voir comment va Timms.

La guérisseuse secoua la tête.

— Il était loin d'être blessé aussi gravement que vous. Ce que vous devez faire, ma fille, c'est vous reposer.

— Je le ferai, une fois que j'aurai vu Timms. J'étais responsable de lui. Il a été blessé. Je dois me rendre à l'hôpital pour savoir dans quel état il se trouve, s'il a besoin de quoi que ce soit.

— Elle a raison, dit Alex de manière inattendue. À moins que cela ne lui cause une grave blessure, elle doit voir son homme.

Sa sœur leva les yeux au ciel.

— Dieu me vienne en aide. Je m'attends à ce que tu me débites tes idioties machistes, et voilà qu'elles sortent de la bouche d'une autre femme. Très bien, trésor, fais ce que tu as à faire, mais reviens demain pour me laisser jeter un coup d'œil à ta tête. L'inflammation ne doit pas empirer. Ensuite, si tu veux bien, peut-être que nous pourrons parler un peu. Adriane, mon apprentie, voudra te rencontrer, et je suis moi-même un petit peu curieuse. Jusqu'à présent, j'étais la seule Rhej sans clan avant que la Déesse ne se manifeste.

— Mais… je suis désolée. Cullen vous a induite en erreur. Je ne peux pas devenir une Rhej. Je suis catholique.

La femme sourit :

— Et moi, je suis baptiste. Je ne me rends pas aussi souvent à la messe que je le devrais, mais j'y vais tout de même. Cela n'a pas d'importance, ma chérie. Notre Seigneur ne l'a-t-il pas dit ? « Il y a de nombreuses demeures dans la maison de mon Père » Toi et moi, nous avons commencé dans une demeure, et puis on s'est rendu compte qu'on serait mieux dans une autre.

XX

CULLEN PORTA CYNNA hors de la maison. D'accord, elle avait peut-être eu un léger vertige en se levant, mais cela ne signifiait pas qu'elle était incapable de marcher.

— C'est ridicule. Je ne t'ai pas dit de…

— Ferme-la.

— Oh, comme si j'allais m'écraser.

Cela lui faisait drôle d'être portée. C'était aussi embarrassant, mais Cullen était vraiment chaud et ferme, partout où un homme doit l'être… même si concernant une zone très particulière, elle ne faisait que le deviner. Celle-ci pourrait très bien s'affermir, ou pas. La seule manière de s'en assurer serait de le peloter, ce qui serait beaucoup trop vulgaire.

Surtout dans la mesure où on les escortait. Alex avait demandé au gros loup roux de les accompagner, pour s'assurer qu'ils ne voleraient pas l'argenterie ou, peut-être, que personne ne leur chercherait des noises jusqu'à la sortie. Comme Brady.

Cynna sentit les muscles de Cullen se contracter lorsqu'il entama la descente de l'escalier, derrière le loup. La sensation l'intéressa suffisamment pour qu'elle décide de poser le côté indemne de sa tête sur son épaule. Il sentait bon. Elle sans doute pas, mais elle ne pouvait pas y faire grand-chose.

La bandoulière de son fourre-tout était passée autour de son bras gauche, qu'elle avait enroulé autour du cou de Cullen. Lors de la descente, le sac tapota doucement son dos.

— Alors, pourquoi as-tu voulu que Brady s'excuse auprès de la Rhej ?

— Je t'ai dit de la fermer.

Plus grossier, tu meurs. Et encore furax. Mais il descendait l'escalier si précautionneusement que sa tête ne subissait aucune secousse. C'était aussi intéressant que la poitrine ferme contre laquelle elle s'appuyait.

— Tu n'aimes pas les Rhej, pourtant tu voulais brûler Brady. Je peux comprendre ce qui aurait pu t'en donner l'envie, mais pas ce que tu as contre les Rhej.

— Cela ne te regarde pas.

Certes, mais ce n'était pas cette réponse qui calmerait sa curiosité. Peut-être qu'il ne voulait pas que le loup l'entende.

— As-tu vu le démon qui possédait Merilee, comme tu le pensais ?

— Oui.

Il avait répondu. Alléluia. Parmi sa foule de questions, elle en piocha quelques-unes auxquelles il ne pourrait répondre par oui ou par non.

— Tu as dit qu'un autre démon te poursuivait. Quand ? Où étais-tu ? Comment t'en es-tu sorti ?

— Je l'ai brûlé. Au Mexique. Hier. Et ta vieille amie le chevauchait sous sa forme astrale.

— Jiri ?

Il hocha la tête.

Merde.

— Comment peux-tu savoir que c'était elle ?

— Lily en possède une description, tu te rappelles ? J'ai vu une grande femme, d'origine africaine, pas de seins, de larges épaules. Douée avec les démons. Oh, et ses yeux rougeoyaient. Ça ne te rappelle pas quelqu'un ?

Ils étaient arrivés au bas de l'escalier. Trois hommes – des lupins, supposa-t-elle, mais sous leur forme humaine – étaient dans le salon. Ils les observèrent, en silence et d'un air hostile, alors que le loup s'arrêtait à la porte.

Cullen s'arrêta lui aussi.

— Quelqu'un voudrait bien m'ouvrir ? Sinon je peux toujours la flanquer par terre et le faire moi-même.

— Laisse-moi faire.

Elle tendit sa main libre et tourna la poignée.

Il faisait nuit noire. Une obscurité qui lui donna la chair de poule, une fois la porte refermée derrière eux. Elle ne voyait plus le loup, mais elle entendit le bruit de ses griffes sur le porche.

— Les lupins ne supportent pas les lampes d'extérieur ?

— Je peux voir.

Ce qu'il prouva en descendant du porche.

Il devait y avoir des nuages au-dessus de leur tête, car seules quelques étoiles brillaient. Il ne faisait jamais aussi noir dans une ville.

— Combien de temps suis-je restée inconsciente ?

— Environ quarante minutes. Je te pose, maintenant, dit-il lorsqu'ils arrivèrent à la voiture.

Dès qu'elle entendit le clic du déverrouillage, elle ouvrit la portière et, avec la lumière projetée par la voiture, n'aperçut pas un mais trois loups assis sur le porche, les yeux rivés sur eux.

Elle s'installa dans l'auto. Ses battements de cœur résonnaient dans sa tête. Elle aurait pu croire qu'elle venait de courir un kilomètre et non pas d'être portée par un bel homme, mais c'était peut-être à cause de ces trois loups, grands comme des poneys, qui ne les quittaient pas des yeux.

Elle claqua la portière.

— Je dois appeler Lily.

Cullen était déjà derrière le volant.

— J'ai eu Rule au téléphone, tu te rappelles ?

— Rule n'est pas mon chef. Et pourquoi ont-ils réagi comme ça, d'ailleurs ? Ils ont eu un comportement bizarre lorsque tu as dit que tu l'avais appelé.

— Ils auraient préféré que personne ne soit au courant de l'état de Victor.

Il démarra.

— C'est une explication ?

Il soupira.

— Il faut qu'ont te mette les points sur les i, hein ? D'accord. Toi, ils ne peuvent pas te tuer. Moi, ils pourraient, mais pas ici, parce que Victor me considère comme son hôte. Une fois que j'aurai quitté leur territoire, ce ne sera plus le cas.

— Pourtant c'est ce que nous faisons, nous partons.

Il fit faire un grand demi-tour à la voiture.

— Si je ne pars pas maintenant, ils me retiendront jusqu'à ce que la désignation soit terminée.

— Peut-être qu'ils ne le savent pas, mais enlever quelqu'un est illégal.

Il haussa les épaules.

— On ne cafarde par les uns sur les autres auprès des autorités.

— Les autorités, c'est moi.

Aussi bizarre que cela puisse paraître.

— C'est une des deux raisons pour lesquelles ils ne nous arrêtent pas. L'autre raison est que j'ai déjà parlé à Rule. Ils ne savent pas exactement ce que je lui ai dit, et il se peut qu'ils préfèrent me garder sous le coude pour le découvrir, mais ils ne tenteront sans doute rien tant que tu es avec moi. (Il lui décocha un sourire, presque invisible dans l'obscurité.) Mon garde du corps.

La politique des lupins aurait donné la migraine à Cynna même si elle n'avait pas déjà eu une fracture de la boîte crânienne à moitié guérie.

— Je dois tout de même faire mon rapport.

— Non, tu n'es pas obligée. J'ai également parlé à Lily. Elle sait que nous avons trouvé le démon et que nous nous en sommes débarrassés. Le reste peut attendre jusqu'à demain.

Ou, du moins, jusqu'à ce qu'ils soient arrivés à l'hôpital. Elle posa son crâne contre l'appuie-tête, essayant de se reposer un peu.

Ils laissèrent derrière eux la clairière et les arbres qui formaient une voûte au-dessus de la route, tels des géants noirs, tortueux, les mains levées vers le ciel. Ils évoluaient dans une semi-obscurité à présent, le ciel semblait bas et était assombri par les nuages chargés de pluie. Impossible d'éviter les cahots de la route en terre, et Cullen aimait rouler vite. Deux ou trois secousses lui firent serrer les dents, mais ça aussi lui faisait mal, alors elle essaya de se relaxer en fixant la lumière des phares qui bondissaient sur la route défoncée.

Elle n'était pas douée pour être zen, mais elle commença bel et bien à avoir l'impression de planer. Et à se sentir fatiguée. Épuisée. Elle se laissa aller à fermer les yeux, à abandonner les arbres sinistres derrière ses paupières, mais elle était toujours réveillée lorsqu'ils prirent un virage et se retrouvèrent sur la surface plus lisse de l'autoroute.

— Où est ton hôtel ? demanda Cullen brusquement.

— À Harrisonburg, mais tu sais que je dois d'abord passer à l'hôpital.

— L'hôpital psychiatrique, peut-être ?

— Qu'est-ce qui te met de si mauvaise humeur ?

— Quoi, à ton avis ? lui lança-t-il. Je commence à t'apprécier. Et j'apprécie pas beaucoup de gens, alors ça me met en rogne lorsque l'un d'eux fait tout pour se faire tuer.

— Oh.

Peut-être un début d'amitié, songea-t-elle. Ne s'était-elle pas dit que Cullen ferait un très bon ami ?

Les pneus grondaient sourdement sur la chaussée. Il n'avait ni allumé la radio ni inséré de CD, et elle se demandait pourquoi. Les lupins adoraient la musique. Quelques instants plus tard, le chuchotement de la pluie se fit entendre. *C'est mieux que tous les CD du monde,* songea-t-elle alors qu'elle sentait les muscles de son corps se détendre un peu plus.

Peut-être aimait-il aussi le bruit de la pluie. Elle écouta les trombes d'eau qui se déversaient sur la voiture et essaya de se rappeler... Pourquoi ne devait-elle pas s'intéresser à Cullen, au fait ?

Ah, c'est vrai. Les hormones. Un salaud. Un tableau de chasse de salaud. C'étaient de bonnes raisons, mais ses hormones n'étaient pas du genre à procéder à un vote... En tout cas, si elles le faisaient, sa douleur l'empêchait de s'en rendre compte.

L'amitié. Elle pourrait y trouver son compte.

— Alors, tu voudrais qu'on couche ensemble quand je n'aurai plus mal au crâne ?

— Tu parles, oui. Tu m'en voudras lorsque je te rappellerai que tu me l'as demandé ?

Les yeux fermés, elle sentit un sourire poindre malgré sa tête qui la lançait.

— Il y a des chances.

XXI

Lorsqu'ils arrivèrent aux urgences, le docteur montrait à Timms des radios de son bras – que Merilee, aux dires de Cullen, avait brisé sur son genou comme un bout de bois. L'agent avait eu de la chance. L'os était cassé en deux endroits, mais les fractures étaient nettes. Pas besoin d'opération chirurgicale ni d'hospitalisation.

Timms était content de les voir. Même Cullen. Les deux hommes s'étaient rapprochés lors du combat, ou alors l'agent du FBI était beaucoup plus sympathique lorsqu'il avait suffisamment d'analgésique dans les veines. Puis il ouvrit sa grande bouche, lui demanda comment allait sa tête, et si elle ne devrait pas montrer sa blessure aux médecins ?

Le docteur, un jeune type avec des cheveux extrêmement courts, les oreilles percées mais dépourvues de boucle ou de quoi que ce soit d'autre à ce moment-là, voulut lui faire passer un scanner. Elle lui expliqua qu'une guérisseuse s'était occupée de la blessure…

Une réponse qui ne le rassura en rien. Mais les explications de Cullen eurent plus d'effets. Celui-ci assura au docteur qu'il avait contrôlé la procédure, usant de formules du type « région fronto-pariétale », « force de déchirement » et « hématome sous-dural ». Il ne prétendit pas vraiment être un médecin, mais il maniait parfaitement le jargon médical.

Cela aurait marché, si Timms ne l'avait pas dévisagé, l'air plus embrouillé que soupçonneux.

— Je croyais que vous étiez strip-teaseur.

Cullen écarquilla les yeux.

— Les frais des écoles de médecine ne sont pas donnés.

C'était une nuit calme aux urgences. Le jeune docteur décida que Cynna devait vraiment passer ce scanner et ne voulut rien savoir, prêt, apparemment, à attendre indéfiniment avant de remettre en place le bras de Timms s'il fallait en passer par là pour qu'elle cède. Cynna commença à s'énerver.

Un autre médecin, plus âgé, à la peau plus sombre et l'air beaucoup plus fatigué, vint voir qui criait comme ça.

— En voilà, un langage raffiné, lui dit-il, et vous avez peut-être raison sur la famille du docteur Farley, mais il y a d'autres patients ici. Merci de baisser d'un ton. (Avec un soupir, elle admit qu'il avait raison. Il continua :) Vous avez été blessée chez Victor Frey. Est-ce aussi là-bas que les soins vous ont été prodigués ?

Elle acquiesça, espérant qu'il ne demanderait pas qui s'en était chargé. Il se tourna vers le jeune docteur.

— C'est Leah qui s'en occupera, dans ce cas. Ne vous en faites pas. Occupez-vous du bras de cet homme.

Leah, hein ? Cynna rangea ce nom dans un coin de sa tête. Elle ne l'utiliserait pas sans permission.

Cynna fut envoyée dans la salle d'attente pendant que le docteur remettait en place le bras de Timms et le plâtrait. Cullen fit un tour aux toilettes. Elle se laissa tomber sur une chaise libre avec soulagement. Les yeux fermés, elle patienta en associant les sons et les voix avec les autres personnes de la pièce.

Le bébé qui pleurait, c'était facile. C'était celui de la grosse femme de l'autre côté de la salle, de même que la petite fille qui gémissait – une gamine avec une multitude de tresses. Les plaintes haut perchées provenaient d'une grand-mère maigrichonne qui essayait de résoudre un problème en rapport avec son assurance ; quant à l'éternuement, son auteur était le vieil homme au bout de la rangée de chaises.

Elle était en train d'envisager de mobiliser de l'énergie pour aller se chercher un Coca lorsque quelqu'un s'assit à côté d'elle. Elle s'efforça d'entrouvrir les yeux puis les referma aussitôt.

— Une école de médecine ?

— Très chère, dit Cullen. Tiens.

Elle plissa les yeux face à la tasse en polystyrène qu'il lui tendait.

— Je ne bois pas de café.

— La caféine a des propriétés légèrement analgésiques. C'est bon contre les maux de tête.

Elle soupira, se redressa et prit la tasse, l'air peu rassurée lorsque ses yeux se posèrent sur le liquide sombre.

— L'ibuprofène marche mieux, et n'a pas ce vilain goût.

— Tu en as déjà pris. J'ai mis trois sachets de sucre.

Ça le rendrait peut-être buvable. Et si ça pouvait calmer ma migraine… Elle prit une gorgée, grimaça.

— Les gens boivent ce truc exprès.

— L'élixir des dieux. (Cullen avala quelques gorgées de sa propre tasse.) Quoique cette mixture-là serait peut-être bonne pour des divinités mineures. Vraiment mineures. Concernant ce sort de guérison…

— Pour l'amour du ciel, Cullen, pas maintenant.

— Je pourrais en apprendre quelque chose qui pourrait m'aider à comprendre le poison démoniaque que Rule a en lui.

— Ah ?

— La blessure de Rule ne guérira pas. Ton sort bloque la guérison ainsi que la douleur. Ça vaut la peine de se pencher dessus.

Elle réfléchit à la question, du moins essaya. La caféine n'avait pas encore fait beaucoup d'effet.

— Tu penses pouvoir inverser le sort et l'utiliser pour relancer sa guérison ?

— Peut-être. Ou ne serait-ce que mieux comprendre l'action du poison en observant son mode d'action. Puis-je voir le *kilingo* utilisé pour le sort ?

Presque personne ne connaissait les termes exacts de la magie des *Msaidizi*, mais lui oui. Il savait qu'elle avait été une *shetanni rakibu*, ainsi qu'une chevaucheuse de démons, et il avait une idée assez précise du sens de ces mots.

Elle voulait que Cullen parte.

— Je ne suis pas censée utiliser ce sort, tu te rappelles ? Tu ne pourras rien voir tant qu'il est inactif.

— La Rhej ne savait pas que le sort était là lorsqu'elle était en train de te soigner, c'est donc que son effet doit être vraiment minime, à moins que l'on y mette de la puissance. Introduis-y juste un filet d'énergie pour que je puisse voir comment il marche.

Elle se mordit la lèvre. Elle voulait aider Rule, mais cette situation était étrangement intime.

— D'accord, mais essaie de ne pas succomber à un élan passionné. Je dois soulever mon pull.

— Chouette, murmura-t-il.

Elle était sûre que c'était une réponse automatique. Les lupins se sentaient obligés de flirter avec les femelles – pour eux, c'était comme dire « merci » ou « s'il te plaît », de la politesse élémentaire. Cullen aimait peut-être l'idée de coucher avec elle, mais sa vraie passion portait sur la magie.

— Il est sur mon ventre. Là… Au-dessus de mon nombril.

Elle lui montra les contours du sort, tout en introduisant mentalement un filet de puissance dans le doigt qu'elle bougeait sur le *kilingo*.

Ah, elle se sentait mieux. Même à faible intensité, le sort fonctionnait merveilleusement bien.

Il pencha la tête pour étudier son ventre.

— Cette partie… (Il traça une figure sur son ventre du bout du doigt.) …a l'air prometteuse. Je parie que tu as converti un sort qui employait à l'origine des composantes physiques ?

— Tout juste.

Holà. Débarrassée de son mal de tête, ses hormones étaient en ébullition, et pas mécontentes. Une sensation de chaleur perdura là où Cullen l'avait touchée du doigt. De la vraie chaleur, pas seulement celle de l'excitation sexuelle.

Une minute. Son mal de tête *avait disparu*, n'est-ce pas ? Totalement.

— On dirait le *signa* de la marjolaine.

— Exact. (Elle avait à peine puisé dans son énergie. Un sort pouvait-il s'améliorer à force de le pratiquer ? S'ajuster, d'une certaine manière ?) Le sort avait quatre étapes, selon les phases de la lune. Il faut vingt-huit jours pour le mettre en place. Je l'ai fini le mois dernier seulement.

— Hum.

Cullen retira sa main, et elle laissa retomber son pull pour couvrir sa peau étrangement chaude. Puis il la regarda dans les yeux et sourit. Encore une fois, elle eut une bouffée de chaleur.

— Je suis doué avec le feu, dit-il doucement. Ce qui signifie que je peux donner vie à sa cousine plus douce. Avec un contact physique.

Était-il en train de dire qu'il pouvait… Oh, oui, c'était bien ça.

— Des mains magiques ?

— Dommage que je ne puisse pas te montrer exactement ce que je veux dire, mais… (Il lui prit la main et la posa sur ses genoux, ce qui était déjà une expérience intéressante. Puis il dessina un cercle sur sa paume, du bout du doigt… et avec sa chaleur.) Juste pour te donner une idée, dit-il avec un sourire malicieux.

Il pensait aux autres zones de son corps qu'il pourrait toucher avec cette chaleur. Elle aussi.

Lentement, le lupin traça d'autres cercles. Contrairement à la majeure partie de son corps, les paumes de Cynna étaient nues, sans marques. Jusque-là, elle n'avait pas pensé à l'érotisme de la situation. Elle passa sa langue sur ses lèvres pour les humidifier.

— Les endorphines.

— Les endorphines ? répéta-t-il d'une voix rauque.

Cynna hocha la tête.

— C'est mieux que la caféine.

— On pourrait produire de très belles endorphines, toi et moi. (Il soupira et ferma les doigts de Cynna sur la chaleur qui se maintenait dans sa paume.) Mais pas cette nuit. Tu dois interrompre de nouveau ce sort, et la Rhej m'a dit en des termes on ne peut plus clairs que je devais attendre avant de te harceler sexuellement.

Elle était étonnée. Elle l'avait vu une fois obéir à la Rhej des Nokolaï, ce qui l'avait déjà beaucoup surprise. Mais celle qu'ils venaient de rencontrer ne faisait même pas partie de son clan.

— Tu comptes faire ce qu'elle dit ?

— Elle a menacé l'un de mes organes préférés. D'ailleurs, elle a raison. Tu as plus besoin de repos que d'endorphines, en ce moment.

Elle avait aussi besoin d'arrêter l'effet du sort. En soupirant, Cynna ferma les yeux et se concentra.

— Hé. (Elle les rouvrit brusquement.) Il s'accroche à mon pouvoir.

— Le sort ?

— Ouais. Il… même durant ces quelques secondes, il s'est mis à puiser plus de pouvoir sans ma permission. Je… Aïe. Merde.

À la seconde où elle interrompit le flux magique, la douleur revint à la charge.

Cullen était captivé.

— Où t'es-tu procuré ce sort ?

— Une prêtresse vaudou.

— Bonté divine ! La magie vaudou repose sur leur panthéon. Tu ne peux pas désactiver l'invocation et t'attendre…

— Je ne suis pas idiote ! Pourquoi pars-tu toujours du principe que je le suis ? C'est un sort, pas l'un de leurs rites ni de leurs incantations. Il n'y a pas de divinité impliquée. Cette prêtresse l'a obtenu de sa grand-mère, qui le détenait de sa grand-mère, et ainsi de suite. Elle-même le pratique.

— Pas d'utilisation de poussière de cimetière ? D'os ?

— Non et non.

— De magie à base de sang ?

— Eh bien oui, mais mon propre sang. Bon Dieu, Cullen ! Toutes les magies, sur cette planète, utilisent des sorts à base de sang.

— Je ne suis pas idiot non plus, rétorqua-t-il. Je m'en sers aussi. Mais lorsque tu le fais avec ton propre sang, tu lies le sort à toi. Je ne connais pas le processus permettant de transcrire un sort sur la peau – ça va, inutile de la ramener. Je sais que tu n'as pas l'intention de me le dire, il y a le serment du secret et toutes ces balivernes. Mais ce doit être comparable à la création d'un talisman, en plus personnel, simplement, puisqu'il est inscrit sur ton corps et non sur un objet inanimé. Le sort peut être doublement lié à toi : par le sang lorsque tu l'as initialement lancé, puis au moment où tu l'as absorbé. (Il réfléchit un instant.) Je dois le voir. Je dois regarder ce qui se passe lorsqu'il commence à s'emparer du pouvoir.

Sa tête l'élançait au rythme des battements de son cœur.

— Non, pas aujourd'hui.

— Non, répéta-t-il d'une voix pleine de regret. Dis-moi. Peux-tu transcrire le sort sur quelqu'un d'autre ?

— Je… Oui, c'est comme ça qu'on me l'a appris, en inscrivant sur moi le premier sort. Je ne l'ai jamais fait moi-même, mais je pense que j'y arriverais.

— C'est ce que j'espérais. Nous autres, les lupins, en avons besoin. Nous ne pouvons pas être anesthésiés avant d'être opérés, ce qui augmente le risque de choc.

Elle n'y avait pas pensé.

— C'est risqué. Étant donné que le sort engloutit du pouvoir, il pourrait ralentir la guérison. Mais on regardera, d'accord ? Pas ce soir, c'est tout. (Elle se frotta doucement la tête.) En parlant de guérison, je ne vois pas comment j'ai pu avoir une fracture avec enfoncement de la boîte crânienne. Les guérisseurs peuvent aider le corps à récupérer plus rapidement, mais pas soulever des morceaux de crâne. Est-ce une capacité propre aux Rhej ?

Il était assis en tailleur, penché en avant pour reposer ses coudes sur ses cuisses. Il inclina la tête pour la regarder d'un drôle d'air.

— Tu étais là lorsque nous avons ouvert le portail vers l'enfer.

Elle jeta un regard autour d'elle. Le bébé qui criait deux chaises plus loin couvrait sans doute tout ce qu'ils disaient, mais tout de même…

— Ne parlons pas de ça ici.

Il se redressa.

— Tu crois vraiment que trois femmes et un ensorceleur avaient le pouvoir de faire ça tout seuls ?

— C'est à cela qu'a servi le noyau. Il était petit, mais le portail aussi.

Il se mit à taper du pied nerveusement.

— Tu as un cerveau qui fonctionne très bien. Je ne comprends pas pourquoi tu ne l'utilises pas plus souvent. Cynna, il faut du pouvoir pour utiliser le pouvoir, et nous n'en avions pas assez à nous quatre pour nous connecter au noyau. Les Rhej ont puisé dans celui de leurs clans.

Elle était consternée.

— Elles en sont capables ? Se servir d'une magie prise chez les autres ?

— En principe, elles ne le font pas, mais elles peuvent. Lorsque la Rhej des Leidolf a parlé de ta guérison, elle a dit qu'ils te devaient bien ça. *Ils*, pas elle seulement. Elle a utilisé une partie du pouvoir du clan pour rafistoler ton crâne.

Cynna se demanda si quelqu'un pouvait être capable d'utiliser la magie d'un tiers sans sa permission. Mais elle savait parfaitement bien qu'elle ne devrait pas être gratifiée de ce genre de capacité.

Cullen arrêta de taper du pied.

— On a mangé ?

— Mangé ?

— Dîné. Non, décida-t-il en se mettant debout d'un bond. Nous n'avons pas mangé. Il doit y avoir une cafét' ou autre chose du genre par ici.

Il regarda les alentours comme si une cafétéria pouvait être coincée dans un coin de la salle d'attente.

— Qu'est-ce qui t'y a fait penser ?

— La faim. C'est un truc de loup. On redevient des gamins de cinq ans quand c'est l'heure de manger. As-tu… Laisse tomber. Tu dois te nourrir, que tu en aies envie ou non.

Non, elle n'en avait pas envie.

— Ton téléphone sonne.

Il baissa les yeux vers l'appareil accroché à sa ceinture, agacé.

— Je croyais l'avoir éteint.

— Tu comptes répondre ?

Il fit la grimace, mais prit l'appel.

— Je suis là mais j'ai faim. On peut faire ça vite ?

— Qui est-ce ?

— Lily. Non, dit-il au téléphone. Je répondais à Cynna. Ouais, mis à part un mal de tête d'enfer et sa démence habituelle, elle va bien. Et…

Il se tut, l'air surpris.

Une infirmière noire conduisait Timms, en fauteuil roulant, hors de la zone de soins. Cynna haussa les sourcils. Timms avait une personnalité plus complexe que prévu. Il portait une attelle neuve et un tout nouveau plâtre… rose bonbon.

Il serait d'une humeur exécrable lorsque l'antidouleur perdrait son effet. Cynna se leva avec un sourire et leur fit signe.

— Par ici.

À deux ou trois reprises, tout le monde se mit à parler en même temps : Timms se montrait bavard et avait des envolées dues à l'antidouleur ; il voulait parler des tranquillisants utilisés contre les démons. L'infirmière était agacée que Cullen téléphone dans l'hôpital ; il fila donc dehors. Puis elle coinça Cynna, déterminée à expliquer à quelqu'un les soins dont Timms aurait besoin.

Ce dernier s'était apparemment foulé la cheville, d'où le fauteuil roulant. Cynna persuada l'agent qu'ils parleraient plus tard de leur stratégie pour neutraliser les démons, écouta les instructions de l'infirmière et rangea dans sa poche ses ordonnances pour les calmants et les béquilles, ainsi qu'une liste d'instructions pour ses soins. Ils pourraient récupérer les médicaments de l'ordonnance à l'hôpital mais, pour les béquilles, devraient attendre le lendemain qu'une pharmacie spécialisée soit ouverte.

Elle se demandait s'il accepterait de lui donner un de ses comprimés lorsque Cullen revint.

L'infirmière, la grand-mère revêche, et la mère inquiète oublièrent toutes trois leurs inquiétudes le temps de le regarder passer. Cullen était un beau mec lorsqu'il se tenait immobile ; en mouvement, il était la musique faite homme.

En ce moment même, il incarnait un morceau au rythme enlevé. Il se déplaçait comme s'il avait besoin d'être ailleurs, et s'arrêta devant Cynna, son visage assombri par l'inquiétude.

— L'état de Rule a empiré. Je retourne directement à Washington. Où dois-je te déposer ?

— Question idiote. Je viens avec toi.

— Tu dois te reposer.

— Achète-moi un oreiller. Je dormirai en route.

Il ne protesta pas, ce qui inquiéta Cynna.

— Et lui ?

Timms les regardait, confus, en clignant des yeux.

— Vous avez mes armes. Je ferais mieux de venir, moi aussi.

De toute évidence, les analgésiques n'affectaient pas les priorités de cet homme.

— Prem's pour la place à l'arrière, fit-elle.

XXII

La pluie s'était installée sur l'est du Maryland et la Virginie comme une poule prête à pondre. L'orage ne prenait pas la peine d'envoyer des éclairs ou la foudre; il était patiemment tapi au-dessus de la campagne et couvait l'herbe, les arbres et les accidents de la circulation.

Cullen ne perdit pas trop de temps sur l'I-81 et l'I-66 malgré la faible vitesse: il resta sous la barre des cent dix kilomètres à l'heure durant tout le trajet. Trop d'humains encombraient les autoroutes inter-États; derrière le volant ils étaient toujours prêts aux pires folies. Mais Washington était embouteillée, comme d'habitude; une fois arrivés sur la route à plusieurs voies, les bouchons devinrent beaucoup plus compacts. Rien ne bougeait.

Cullen pianotait sur le volant, regardant d'un œil mauvais les voitures devant lui. Il avait allumé la radio assez longtemps pour écouter les infos sur le trafic. Apparemment, un crétin avait dérapé, s'était retrouvé en travers sur deux voies, et avait provoqué un carambolage.

Les humains ne devraient pas être autorisés à conduire par temps de pluie.

Cullen aurait dû être fatigué. Il manquait de sommeil depuis plus d'une semaine, il devrait forcément ressentir le contrecoup. Mais il était fébrile ; plutôt que de faire une sieste, il avait envie de courir un sprint – à quatre pattes, de préférence. Il avait passé les vingt-quatre dernières heures enfermé dans un avion ou dans une voiture.

— AK-47, dit brusquement Timms. Quelques tirs d'AK-47 les feraient avancer.

Cullen jeta un coup d'œil à l'homme assis à côté de lui, qui pinçait bizarrement les lèvres. Timms avait somnolé sous l'action des narcotiques pendant la majeure partie du trajet, mais à chaque fois qu'il se réveillait plus ou moins, il lâchait quelques commentaires sanguinaires, pas le moins gêné du monde.

— Vous pourriez impressionner les automobilistes, mais ce n'est pas en tirant sur des voitures qu'on les écarte de sa route.

— C'est vrai. (Timms soupira profondément.) Je pourrais pas tirer avec cette saleté de plâtre, de toute façon.

Il y eut un bruissement à l'arrière.

— Tirer sur quoi ? demanda Cynna.

— Timms prend ses désirs pour des réalités.

Ce n'était pas grand-chose, mais Cullen se sentit incroyablement soulagé. Cynna s'était écroulée de fatigue après avoir mangé un demi-hamburger et avait dormi durant tout le trajet. Il avait gardé la radio éteinte de façon à entendre sa respiration et les battements de son cœur, mais ses études de médecine remontaient à loin, et il n'avait pas été très attentif lors des cours qui ne l'intéressaient pas… c'est-à-dire, entre autres, ceux de vraie médecine. Il ne s'était pas inscrit dans l'intention de soigner les malades. Seulement l'un d'eux, et il avait lamentablement échoué.

Bref, il avait hésité à la réveiller ou à la laisser dormir, et il n'était pas habitué à hésiter. Ni à s'inquiéter. Tout cela était très agaçant.

— Quelle heure est-il ? demanda-t-elle.

— Vingt-deux heures trente. Pour le cas où on ne passerait pas la nuit dans ce fichu embouteillage, je peux dormir chez toi après être passé voir Rule ? La maison des Nokolaï est à court de lits.

— Désolée. Je n'ai pas assez de place.

— Tu dors dans un trou à rats ?

Les voitures de devant se mirent enfin à avancer; Cullen fit de même. Quinze kilomètres à l'heure, c'était mieux que rien.

— À l'hôtel. Je suis si souvent en déplacements avec mon boulot...

— Tu vis dans des chambres d'hôtel ? Tout le temps ?

— J'avais un appartement, répondit-elle, sur la défensive, mais lorsqu'il a été mis en vente, je n'ai pas voulu l'acheter, et j'ai été forcée d'entreposer ailleurs mes affaires. Je n'ai pas eu le temps d'en trouver un autre, simplement. Les loyers sont exorbitants, par ici.

— Depuis combien de temps ton appart' a-t-il été mis en vente ?

— Ça ne te regarde pas.

Et lui qui croyait qu'il menait une vie sans attache. Elle n'arrivait même pas à signer un contrat de location.

— Je pourrais te demander s'il y a un canapé dans ta chambre d'hôtel, mais je ne me fais pas confiance à ce point. Je serais incapable d'y rester. (Il soupira.) Peut-être que Rule a un sac de couchage.

— C'est lui qui a le poison démoniaque dans son corps, c'est bien ça ? fit Timms, l'air renfrogné. Vous êtes sûr de vouloir dormir chez lui ? Je n'ai pas de chambre d'ami, mais je vous laisserai le canapé.

Amusé, Cullen lui jeta un coup d'œil.

— Merci, il se peut bien que je vous prenne au mot.

Cynna reprit la parole :

— On ne devrait pas commencer par déposer Timms ?

— Il a pris un de ses calmants, et apparemment ils lui font un sacré effet. Il est dans les vapes. Je ne crois pas qu'il nous en voudra s'il attend encore un peu avant de rentrer chez lui.

Et il ne fallait sans doute pas le laisser seul tant que le médicament ferait son effet. Il serait capable de tirer sur le chat de son voisin. Voire sur son voisin.

— Mais…

— Je vais bien, dit Timms. Euh… Pardon de reposer la question, mais où va-t-on ?

Cullen lui expliqua une fois de plus. On aurait pu penser qu'une victime d'une blessure à la tête aurait une défaillance de sa mémoire à court terme, mais Cynna se rappelait tout… y compris toutes les questions qu'elle ne pouvait pas poser tant que Timms était avec eux. Elle en avait fait part à Cullen au cours d'un bref moment où Timms dormait. Elle avait aussi eu le temps de lui dire que Rule ne voudrait pas parler des affaires de leur clan devant l'agent du FBI.

— Je croyais que tu te sentais responsable de lui, dit-il. Parce qu'il avait été blessé sous ton commandement.

Sa remarque la mit à cran. Cullen la croyait capable de deviner les moments où lui-même faisait des entorses à la vérité, mais il arrivait à Cynna de se tromper. Elle se figurait qu'il se servait de Timms pour éviter ses questions, alors qu'il n'avait pas besoin de la présence de ce type pour ça. Il ne répondait jamais aux questions lorsqu'il n'en avait pas envie.

Il était vingt-trois heures passées de cinq minutes lorsqu'ils se garèrent enfin, juste en bas de la maison des Nokolaï. Cullen aida ses deux blessés à sortir de la voiture - du moins, il en eut l'intention. Timms était un peu patraque, mais il n'avait pas mal. Cynna lui garantit que sa sieste dans la voiture avait merveilleusement soulagé ses maux de tête.

— Tu crois qu'ils sont couchés ? demanda-t-elle alors qu'ils approchaient de l'entrée. La lumière du porche est éteinte.

— Les gardes du corps de Rule sont arrivés. Ceux qui sont postés à l'extérieur ne veulent sans doute pas gêner leur vision nocturne.

— Je ne vois personne.

— Normal.

Cullen s'était amusé à utiliser son autre vision et savait que sa supposition était exacte. L'aura immanquable d'un lupin flottait légèrement au-dessus du siège avant de la Mercury de deux ans d'âge, garée devant la maison.

Ceci dit, il fut étonné en voyant qui leur ouvrait la porte. Suffisamment pour écarquiller les yeux.

L'homme face à lui remplissait l'embrasure de la porte. Ses cheveux noirs étaient courts et striés d'argent, ses mains grandes comme des assiettes. Il avait les yeux sombres et la peau cuivrée de sa mère, et il ne quittait pratiquement jamais Clania.

— Vous entrez ? leur demanda Benedict.

— On est un peu venus pour ça. (Cullen fit signe à Cynna de le suivre.) Cynna Weaver, voici le frère de Rule, Benedict. D'après les rumeurs, il aurait un nom de famille mais, comme Madonna, il ne s'en sert pas.

Les rumeurs – ou Rule, tout du moins – affirmaient également que Benedict avait de l'humour, mais Cullen n'en avait jamais eu aucune preuve. Ce soir non plus.

— Dépêchez-vous, alors. Je ne veux pas laisser la porte ouverte.

— Elle est un peu lente ce soir, dit Cullen, en pressant Cynna d'entrer. C'est peut-être à cause de sa fracture avec enfoncement de la boîte crânienne. À moins que ce ne soit ton torse. Tu savais qu'en ville, les gens portaient généralement des chemises ?

Benedict, évidemment, ne prêta pas attention à ses remarques inutiles. Il était aussi impossible d'insulter cet homme que de le faire rire. Il regarda Cynna.

— Lily a dit que la Rhej des Leidolf avait pratiqué une guérison.

Cynna se remit de sa surprise, sans doute due autant par ce que Benedict portait que par ce qu'il ne portait pas. Le lupin aimait les objets tranchants. Deux couteaux étaient retenus par des lanières à ses avant-bras, et il avait une épée en bandoulière, dans son fourreau. Cynna jeta à Cullen un regard inquiet.

— C'est exact. Je vais bien, mis à part une petite migraine.

Une petite migraine. Ha ha.

— Qui surveille Isen ? demanda Cullen à Benedict dès que ce dernier eut bien fermé la porte.

— Plusieurs personnes. (Le frère de Rule se tourna vers Timms.) Je n'autorise pas les armes en présence du Lu Nuncio.

Cullen secoua la tête.

— Tu n'arriveras pas à la lui faire lâcher, mais je réponds de lui. (Il regarda l'agent.) On ne tire pas sur mon ami.

— Ce doit être Timms, dit Rule en entrant par le petit couloir du fond. J'ai cru comprendre qu'il a eu le bras cassé en se battant contre la possédée. Je ne sais pas très bien pourquoi…

Il ne finit pas sa question, mais haussa un sourcil en direction de Cullen.

Ce fut Timms qui répondit :

— Il m'a sauvé la vie.

— Pardon ?

— Il l'a fait. Votre ami. (Timms hocha la tête plusieurs fois pour appuyer ses dires.) Je l'ai touchée avec un tranquillisant. Ça l'a rendue folle furieuse. Les deux autres étaient comme paralysés. La possédée était à poil, vous voyez ? Ça les a envoyés au tapis pendant une seconde. Pas Seabourne. Il l'a repoussée alors qu'elle s'en prenait à moi. Vous êtes Rule Turner ?

— C'est moi.

Rule semblait intéressé.

— Vous avez de la substance démoniaque en vous. C'est pas de votre faute, mais… j'ai pensé que je ferais mieux de venir, pour y jeter un œil.

— Je vois. (Rule était amusé mais le cachait bien. Il marcha jusqu'à Cynna – sans boiter, d'après ce que Cullen put voir – et prit ses mains dans les siennes.) Comment vas-tu, pour de vrai ?

Ce regard intense, attentionné, avait troublé des femmes plus sûres d'elles que Cynna. Elle balbutia :

— Ça va. Vraiment. J'ai mal au crâne, mais ce n'est pas grand-chose. Et toi, tu es sûr que ça va ?

Il fit la grimace et lâcha ses mains.

— Allons finir cette conversation à la cuisine. Lily s'y trouve.

Benedict était mécontent.

— Il a une arme.

— Cullen veillera à ce qu'il ne me tire pas dessus.

Rule leur fit signe de se joindre à eux, et attendit que Cullen passe à côté de lui pour murmurer :

— Tu as repris ta collection d'animaux errants ?

Cullen sentit les extrémités de ses oreilles chauffer.

— Je dis toujours qu'on n'a jamais assez d'agents du FBI près de soi.

Rule eut un petit rire.

— Je ne garderai pas celui-ci pour toi.

Les pièces de la maison étaient agencées de telle sorte qu'ils durent passer par le petit salon et la salle à manger pour arriver à la cuisine ; en y entrant, Rule souriait toujours.

Lily faisait les cent pas, son téléphone portable collé à l'oreille. Elle leva les yeux une seconde. Elle avait l'air contrariée.

— Je sais, mais... Non. Ce n'est pas ce que j'ai dit. Écoute, je m'excuse, mais je dois y aller.

Elle raccrocha.

Rule lui adressa un regard interrogateur. Elle secoua imperceptiblement la tête, puis dit aux autres :

— Ma sœur. Ma grande sœur, ajouta-t-elle avec une grimace, comme si cette précision était en soi une explication.

— Des ennuis ? demanda Cynna en tirant une des chaises de la grande table ronde.

— La famille. Les ennuis. Ça va toujours de pair, non ?

Cullen observa le visage de Cynna. Elle ne laissait rien transparaître, mais il se demandait à quoi elle pensait. Il ne l'avait jamais entendue parler de sa famille et la soupçonnait de ne pas en avoir.

— Lily, annonça Cullen, voici l'agent Timms. Timms, Lily, alias l'agent Yu, traîne le plus souvent de votre côté de la réalité. Elle travaille à la SCM.

— Nous nous sommes parlé.

Lily faillit s'avancer pour lui tendre la main, mais se rendit compte qu'il avait le bras droit plâtré. Elle se contenta de hocher la tête et regarda Cullen, attendant la suite.

— Cullen se porte garant pour lui, dit Rule d'un ton pince-sans-rire. (Il avança vers la cafetière.) Quelqu'un en veut-il une tasse ?

Timms fut le seul à prendre du café - il semblait estimer que ses calmants lui embrumaient l'esprit.

— Oh. (Lily prit un dossier sur la table.) C'est une copie de ce rapport que tu voulais.

Elle le tendit à Cullen.

Ce dernier le prit et le tint fermement. Il avait besoin de le lire immédiatement, de découvrir qui était l'individu qui avait trafiqué son esprit. Instinctivement, il préféra faire comme si de rien n'était en disant la première chose qui lui passait par la tête.

— Que fait Benedict ici ?

Rule tendit un mug à Timms.

— Isen croit que je suis plus en danger que lui en ce moment.

Benedict prit la parole :

— Il croit aussi que tu ne protesteras pas si c'est moi. Pas facile de choisir l'un de mes hommes pour garder convenablement Rule, ajouta-t-il à l'intention des autres. Ils ont la mauvaise habitude de lui obéir.

— C'est sûr qu'on ne peut pas te reprocher ce défaut, dit Cullen. Avec toi, ce serait plutôt le problème inverse.

Lily n'avait pas dit un mot au sujet du contenu du rapport. Était-ce inutile ? Ou préférait-elle ne pas faire de commentaire devant Timms ?

— Je suis désolé de vous avoir fait revenir aussi vite, sembla dire Rule à la cafetière tandis qu'il se servait une tasse. J'ai dit à Lily que ce n'était pas la peine.

Cullen l'interrompit :

— Ne lui en veux pas pour ça. Rule, je le vois, maintenant.

Rule redressa la tête. Il jeta un regard mauvais à Cullen.

— Dans ton aura, poursuivit l'ensorceleur. Le changement est léger, si faible que je ne l'aurais pas remarqué si je ne t'avais pas connu si bien. Mais il est là.

— Je ne voudrais pas me mêler de ce qui ne me regarde pas, dit Cynna, mais de quoi parlez-vous ? Cullen a dit que ton état avait empiré, Rule, que ta mémoire faisait des siennes. Mais même lui ne pouvait pas le *voir*.

Lily répondit à voix basse :

— Le poison démoniaque. Il s'est métastasé, si l'on peut dire. Je l'ai su à la seconde où je l'ai touché.

— Comment ? s'écria Cynna. Qu'as-tu ressenti ?

— Le poison n'est pas resté dans la blessure. Il s'est répandu dans tout son corps.

XXIII

— Tu veux bien ralentir ? dit Cynna.

— Non.

Cullen savait qu'il roulait trop vite. Il s'en fichait. Encore une fois, il se retrouvait dans cette saleté de voiture alors qu'il avait besoin de courir.

La guérisseuse wiccan – membre de l'assemblée de Sherry, elle était l'une des meilleures, par conséquent – avait vérifié l'état de Rule plus tôt dans la soirée. Elle ne pouvait rien faire, que ce soit avec ou sans le soutien de l'assemblée de sorcières. Ce n'était pas une question de puissance, mais de connaissances.

Le détachement spécial comprenait un archevêque catholique. Lui aussi était totalement impuissant. Quoi qu'il soit arrivé à Rule, ce n'était pas une possession. Personne n'était capable de dire ce qu'il avait, bon sang.

Cullen pas plus que les autres. Dans un crissement de pneus, ils prirent un virage en trombe.

— Tout ça, c'est du déjà-vu. À chaque fois que je laisse un homme conduire, il fonce. Ralentis, Cullen. Tout de suite.

Il lui jeta un coup d'œil, et se mit à crier :

— Tu pointes une saleté d'arme sur moi !

Le canon d'un petit revolver le fixait. Ainsi qu'une paire d'yeux marron, fatigués mais déterminés.

— Je ne suis pas d'humeur à éclabousser de mon sang la chaussée cette nuit. Je ne suis pas d'humeur à supporter des crétins qui refusent d'écouter. Et je ne suis certainement pas d'humeur à me disputer. Ralentis.

Il eut un bref éclat de rire et relâcha l'accélérateur jusqu'à ce qu'ils soient descendus à la vitesse plus paisible de soixante kilomètres à l'heure.

— C'est mieux ? demanda-t-il doucement.

— Beaucoup mieux. (Elle rangea son arme dans son étui.) Ah… Tu es drôlement joyeux d'avoir eu une arme braquée sur toi.

— J'avais besoin d'une bonne tranche de rire.

— Tu trouves ça drôle d'avoir un revolver pointé sur toi ?

— Tu n'allais pas l'utiliser. Tirer sur le conducteur qui roule à cent à l'heure, c'est un poil risqué, même pour toi. (Il sourit.) La chose la plus bête que j'ai vue depuis des années. J'adore les femmes aux réactions excessives.

— Contente de te redonner le sourire. Tu veux que je fasse encore mieux en te tirant une balle dans la jambe ?

Il gloussa.

— T'es énervée.

— T'es drôlement perspicace. C'est mon hôtel.

— Très bien. (Il ralentit un peu plus et entra dans le parking.) Où je vais, maintenant ?

— Dirige-toi vers l'entrée sur le côté, c'est plus près de ma chambre.

Elle se retourna pour jeter un œil à l'autre passager.

— La Belle au bois dormant est toujours complètement K.-O ?

Elle hocha la tête. Cette fois-ci, Cynna occupait le siège avant, Timms était à l'arrière. Il s'était endormi dès l'instant où il s'était pelotonné là, et il ne semblait pas près de se réveiller, à moins peut-être que ne résonne la dernière trompette de l'Apocalypse. Cullen était émerveillé par sa capacité à dormir si paisiblement malgré son os récemment cassé, car lui-même avait subi plusieurs fois ce genre de blessure. Cet agent avait peut-être moins de récepteurs de la douleur que la normale.

Bien entendu, le corps de Timms ne rejetait pas les calmants au bout de quelques minutes comme celui de Cullen. Il y avait des avantages à être un humain, concéda-t-il. Pas beaucoup, mais quelques-uns.

Il s'arrêta près de l'entrée latérale et coupa le moteur.

— Cullen. (Il fut presque autant surpris par la main de Cynna sur son bras que par le revolver un peu plus tôt.) Nous allons guérir Rule. Ce n'est pas parce que nous ne savons pas encore comment que nous ne pouvons pas y arriver.

— Tu as raison.

Il prit une profonde inspiration. Il était trop vieux pour croire aux contes de fées. Elle n'avait pas tort, mais ça ne voulait pas dire qu'ils y arriveraient forcément, et même les gens bien n'étaient pas à l'abri de gros problèmes… et puis la détermination ne l'emportait pas toujours.

Mais si on n'en avait pas, on n'allait pas loin.

— Tu as raison, répéta-t-il, sincèrement cette fois, avant d'ouvrir la portière du côté de Cynna.

— Pour l'amour de Dieu, il ne m'arrive jamais rien quand je rentre toute seule, tu sais.

— Je vais t'embrasser. Je pourrais le faire ici, mais…

— Arrête avec tes phrases à l'eau de rose, ou je vais fondre.

Mais elle ne protesta pas. Elle ne protesta pas non plus lorsqu'il lui prit la main.

Bizarre. Ils se tenaient la main. Cullen se demandait s'il ne vivait pas une seconde adolescence, car ce genre de contact n'était pas trop son truc durant la première. Il n'était même pas sur le point de coucher avec cette femme – pas encore. Il voulait juste un avant-goût. Un baiser.

Depuis quand restait-il seulement au stade du baiser ?

Pourtant, lui tenir la main lui procurait une sensation agréable. Il avait oublié le bien que pouvait faire ce geste simple. Il s'était entraîné à ne pas en avoir besoin ; un loup sans clan ne pouvait se le permettre, parce que les humains ne comprenaient pas. Quand on les touchait, mâles comme femelles, ils l'interprétaient comme une avance sexuelle.

Du moins l'espéraient-ils, dans son cas. Il fit une grimace.

Cynna lâcha la main de Cullen pour chercher sa carte magnétique, nécessaire pour ouvrir la petite porte à cette heure.

— Comment peux-tu te permettre de loger ici ? lui demanda-t-il.

— Hé, j'ai négocié. J'ai des tarifs hors saison toute l'année, et je ne paie que les nuits où je dors vraiment ici, ce qui revient en moyenne à dix nuits par mois. (Elle trouva la carte et l'enfonça dans le lecteur.) Les bons détecteurs sont très demandés. Je sillonne le pays en avion, puis je reviens, je fais venir la femme de chambre, le room service, j'utilise le service blanchisserie, je profite de la salle de gym, de la piscine, du câble, d'Internet…

— J'ai compris. Tu aimes vivre ici.

— Que demander de plus ? J'imagine que quelqu'un qui aime posséder ses propres affaires ne serait pas heureux, mais moi, ça me va.

La diode du verrou passa au vert. Cullen se pencha pour ouvrir la porte et la tint pour elle.

Elle le regarda d'un drôle d'air.

— J'ai des bonnes manières. Je ne m'en embarrasse pas toujours, mais je sais les utiliser quand j'en ai envie.

Ainsi penché, il se trouva près d'elle, suffisamment pour être excité par son odeur. Grisante, familière et accueillante, l'excitation commença à raidir son corps.

Cela faisait un bail qu'il n'avait pas pris le temps de savourer l'envie de coucher avec une femme au lieu de simplement le faire. Il décida qu'il aimait ça. Il frôla de sa main libre le cou de Cynna.

— D'ailleurs, « les femmes d'abord » a toujours été ma devise.

Il ne parlait pas de tenir la porte.

Cynna comprit l'allusion. Ses yeux lui sourirent - de jolis yeux, songea-t-il. De la couleur du whisky. Le reste de son visage demeura grave.

— Chouette devise, mais certaines femmes préfèrent passer derrière, elles aussi.

— Gourmande, hein ?

— Quand je n'ai pas mal à la tête. (Elle franchit le seuil, et il laissa la porte se refermer derrière eux.) Mais tu es un excellent dragueur.

— C'est-à-dire ?

Elle haussa une de ses épaules.

— Je ne pensais pas que tu étais intéressé. Jusqu'à ce que je parle de sexe, tu ne me draguais pas, tu ne me lançais aucun regard… tu sais bien.

Il l'avait blessée. Cullen demeura pensif pendant qu'ils longeaient un couloir, typique des hôtels : moquette beige, murs beiges. Préférait-elle vivre dans un endroit où elle pouvait passer inaperçue ?

— Tu vas m'accuser d'être un imbécile arrogant.

— Je l'ai déjà fait, des tas de fois. Pas toujours en ta présence.

— Tu as pensé à moi, alors ? (Il lui décocha un sourire.) Plein de femmes pensent à moi.

— Ton côté arrogant n'a pas mis longtemps à se manifester, à ce que j'entends.

Il haussa les épaules. Il avait conscience de sa propre apparence. C'était la réalité, pas de l'arrogance.

— Mon allure fait trop pencher la balance en ma faveur, c'est pourquoi j'ai une règle : pas de drague, pas de séduction, pas de provocation tant qu'une femme ne m'a pas donné son feu vert.

Elle s'arrêta.

— Tu veux dire que tu es galant ?

— Seigneur, non. La galanterie, c'est malsain – des hommes qui se pâment sous la lune en pensant à une femme, alors qu'on sait tous que la chasteté, ça n'existe pas.

— C'est toi qui a une vision tordue de la galanterie, alors. (Elle était ravie.) C'est pour cette raison que tu laisses Timms traîner avec nous ?

— Je peux te promettre qu'il n'a pas de vues sur moi. Ni moi sur lui.

Elle balaya cette idée du revers de la main.

— Non, je veux dire qu'il est comme un chiot fou qui te suit partout. Je n'arrive pas à m'y faire. Avant, il ne pouvait pas te supporter.

— Timms ne le sait pas, mais il est en quête d'une meute. Il m'a accepté comme dominant, non pas qu'il voie les choses en ces termes, mais il n'est pas capable de considérer d'autres hommes comme ses égaux. Il maltraitera ceux qui sont inférieurs à lui, et considérera ceux qui sont au-dessus de lui comme ses amis.

Ils étaient arrivés devant sa porte, apparemment, parce que Cynna s'arrêta devant la 1014. Elle ronchonna :

— Timms n'est pas un lupin.

— Les humains recherchent une meute, mais vous croyez pouvoir vous en passer et c'est ce qui vous perturbe tant – la moitié mâle d'entre vous, en particulier. Alcool, drogues, gangs, faire mieux que son voisin... tous les symptômes du besoin de meute, et d'avoir un statut bien défini dans la meute. Le culte américain de l'individualisme farouche pousse les hommes à croire qu'ils doivent tous être des dominants, mais ça ne marche pas comme ça.

Adossée au chambranle de la porte, elle croisa les bras et haussa les sourcils. Si sceptique. Cela le fit sourire.

— Le culte de l'individualisme farouche ?

— Évidemment. C'est un mythe, une histoire que les gens se racontent pour rendre plus tolérable la solitude moderne. L'Amérique n'est pas l'œuvre d'individualistes farouches mais de gens qui n'aimaient pas les meutes chez eux et voulaient former la leur : des meutes religieuses dans les colonies du nord, des meutes fondées sur la fortune dans le Sud. Ils n'étaient pas une bande de solitaires. Cela n'aurait pas été possible : ils avaient besoin les uns des autres pour survivre.

— Et tous les gars farouches de l'Ouest ? Les cow-boys, les gars qui conduisaient des convois de chariots, les habitants de la Frontière…

— Les colons aussi comptaient les uns sur les autres pour survivre. Quant aux cow-boys… des individualistes farouches ? Mon cul. Il n'y a pas meilleur exemple de meute humaine. Les ouvriers agricoles s'intégraient parfois avec peine, mais il n'y avait pas de vrai solitaire dans les ranchs. Ils se regroupaient derrière un chef fort pour s'occuper du troupeau, des chevaux et du matériel, et se battre.

— Les as de la gâchette…

— … étaient des parias, mais ils cherchaient tout de même un statut, ce qui revient à dire qu'ils se cherchaient une place au sein de la meute, même si celle-ci reposait sur la peur. Les trappeurs étaient une exception. Certains s'intégraient avec une tribu indigène, tandis que d'autres vivaient totalement seuls, pendant plusieurs mois d'affilée. Et ils étaient souvent un peu barjes. (Il secoua la tête.) Les humains ne sont pas solitaires par nature.

— Les lupins non plus. (Elle pencha la tête. Ses yeux rencontrèrent ceux de Cullen. Il y perçut une curiosité froide, guère de compassion. Ce n'était pas très bien parti.) Tu as vécu comme ça un moment, pourtant, non ? Comme un loup solitaire.

— Ferme-la, Cynna.

Elle lui adressa ce sourire en coin qu'il avait déjà remarqué, ni vexée – il en était sûr – ni d'accord pour éviter le sujet. Il prit le visage de Cynna dans ses mains, passa son pouce le long du creux sensible situé juste sous le maxillaire. Sa peau fut une douce surprise. Les motifs des tatouages, si visibles à l'œil nu, étaient indiscernables au toucher.

Il baissa lentement la tête, amusé de la voir fermer les yeux lorsque son corps consentit à l'embrasser. Sa senteur musquée lui plaisait, même s'il ne pouvait dire la même chose de ses produits pour les cheveux ; une bouffée d'eau oxygénée s'accrochait aux courtes mèches hérissées, son odeur était masquée par celle d'un gel costaud. Et une autre senteur…

Le sang. De plus près, il vit des mouchetures couleur rouille sur les pointes de certaines de ses mèches. Pas son sang à elle, puisque la peau de son crâne ne s'était pas déchirée au niveau de la fracture, mais il n'y en avait pas assez pour qu'il puisse humer le propriétaire original, pas sous sa forme humaine.

Tout de même, cela l'aida à se rappeler. Elle était blessée. Et s'il avait pu penser qu'il y avait quelque chose de captivant à savourer à l'avance ce qui les attendait, il n'avait pas l'habitude d'attendre.

Leurs souffles se mêlèrent. Leurs bouches se rencontrèrent.

Cullen voulait lui donner un tendre baiser – un avant-goût, un échantillon, laisser le feu l'effleurer sans la brûler. Rien qui ne les presse ni l'un ni l'autre à aller plus loin. Il avait oublié son furieux besoin de courir.

Le premier frôlement de leurs lèvres le fit sourire. Sa langue demanda à Cynna la permission d'entrer, et elle l'obtint, et le goût de la jeune femme était encore meilleur que son odeur. Cynna posa ses mains sur les hanches du lupin et prit sa langue entre ses dents.

Celui-ci poussa Cynna contre la porte. Elle était grande, et il aimait ça. Il pouvait sentir ce corps fort et doux contre le sien, une chaleur et une pression qui lui étaient délicieuses. Puis Cynna envoya valdinguer ses bonnes intentions. Elle prit les fesses du lupin entre ses mains et le tint fermement contre elle en faisant onduler ses hanches.

Il sentit son âme sauvage rugir et engloutir son cerveau. Il oublia qu'il ne voulait pas la brusquer, savourer l'attente, et toutes ces balivernes. Elle était ici, et elle avait envie de lui.

Il ne perdit plus de temps. Ses mains avaient besoin de la toucher – la courbe de ses reins, la générosité accueillante de ses seins, la chaleur entre ses jambes. Sa bouche voulait connaître le goût de sa gorge, de ses mâchoires. Quant à ce que voulait le reste de son corps…

Mais Cynna le repoussait avec sa main. Écartait celle de Cullen de la fermeture éclair de son jean. Elle dégagea sa bouche.

— Le couloir, Cullen. On est dans le couloir.

— C'est vrai.

Lentement, il s'écarta. Il s'attendait à voir sur le visage de la jeune femme un air suffisant. Qui serait mêlé à du plaisir, parce qu'elle était là, avec lui, mais elle l'avait submergé, littéralement, et elle le savait.

— Pardon. Je veux dire… ta tête. Ça te fait mal ?

— Ma tête ? (Elle le regarda en clignant des yeux, des yeux hébétés… de plaisir, ou de douleur ?) Oh. Ça fait mal, mais…

Mais elle s'en fichait. Pendant quelques instants, elle avait oublié, ou alors elle ne l'avait plus remarqué. Cullen lui sourit, d'abord timidement, puis franchement.

— Oh, je sens qu'on va passer un sacré bon moment ensemble, *shetanni rakibu*. (Il caressa son visage avec le dos de sa main.) Bientôt. Mais pour l'heure…

Il prit une profonde inspiration et se redressa. Son jean était beaucoup trop serré.

Bon sang, sa peau était trop tendue.

— Dors bien, dit-il, en effleurant sa joue une dernière fois.

Elle se lécha les lèvres.

— Toi aussi.

Peu probable – pas tout de suite, en tout cas. Il voulait à tout prix lire le rapport que Lily s'était procuré pour lui, mais il fallait d'abord parer au plus pressé. Dès qu'il aurait calmé son chiot fou, il sortirait courir.

— Je t'ai dit que je savais me montrer patient quand c'était nécessaire, dit-il en la libérant. Je t'ai menti. Je ne suis pas un homme patient.

XXIV

SHETANNI RAKIBU. CHEVAUCHEUSE de démons.

Cullen savait. Il savait, et apparemment il se fichait du sens de ces mots. Mais pas Cynna, et en le lui rappelant, il avait éclaboussé d'eau froide ses hormones, si bien qu'elle n'eut pas besoin d'une douche glacée pour se rafraîchir. Elle alla se coucher les cheveux encore mouillés, le cœur battant à tout rompre, son corps insatisfait.

Elle ne s'attendait pas à s'endormir dès qu'elle aurait posé sa tête endolorie sur l'oreiller, pourtant ce fut ce qui se passa.

Elle dormit mal.

— *... trop loin pour qu'une petite fille comme toi puisse y aller seule,* dit Mme Johnson. *Surtout par ici. Tu ferais mieux de rester chez toi aider ta maman.*

— *Amy Garcia y va avec Sarita et moi,* promit-elle avant de s'éloigner rapidement, pour que sa voisine n'ait pas le temps de lui donner d'autres conseils sur ce qu'elle devait ou ne devait pas faire.

Les adultes avaient toujours tellement de conseils à donner. Elle était bien contente d'être une enfant.

Il faisait frisquet, et sa veste de l'année dernière avait perdu quelques boutons. Les manches remontaient sur ses poignets. Sa maman avait dit qu'ils lui en achèteraient très bientôt une neuve, mais « très bientôt », ça ne voulait pas dire grand-chose. Alors elle marchait vite pour avoir chaud. Elle connaissait le chemin. Même si elle n'avait pas été capable de détecter le parc, elle aurait su comment y aller.

Cynna ne s'y rendait pas pour faire de la balançoire ou du toboggan. Elle y allait pour les feuilles – les feuilles mortes, brunes et cassantes, qui crissaient quand on marchait dessus. Elle adorait ce bruit.

— *Hé, Cynna !* l'appela Sarita. *Attends !*

Cynna patienta, en dansant d'un pied sur l'autre, le temps qu'une fille de son âge mais plus petite, potelée et à la peau sombre, traverse la rue en courant.

— *Tu es prête ?* lui demanda-t-elle. *Où est ta sœur ?*

— *Amy ne peut pas... ne veut pas venir,* se reprit Sarita en faisant une grimace. *Elle se fait une couleur, et quand maman rentrera après son travail, elle va recevoir une de ces punitions... Maman lui a dit qu'elle n'avait pas le droit de se teindre les cheveux avant ses seize ans, mais elle a quand même acheté le produit. Miss Clairo ! Rouge Coucher de soleil. Alors moi non plus je ne peux pas y aller, pas sans Amy.*

— *Mais nous devons le faire aujourd'hui.*

Les feuilles des arbres ne crissaient que pendant un temps limité. Au bout d'un moment, elles devenaient toutes molles, et alors ce n'était plus du tout amusant.

Sarita fit de gros yeux.

— *Tu veux jamais attendre. Amy a dit qu'elle nous emmènerait samedi. C'est dans seulement deux jours.*

— *Mais si elle est punie...*

— *Maman ne la punira jamais aussi longtemps. Elle la gronde, et puis elle s'énerve, mais après elle annule sa punition.*

Mais Amy pourrait ne pas être libérée à temps. Et puis il risquait de pleuvoir, non ? Et dans ce cas, les feuilles ne seraient plus comme il faut.

...non, n'y va pas. Ne va pas au parc. Pas cette fois.

Comme un nageur qui manque d'air, Cynna se força à relever la tête, se battant pour arriver à la surface. *Ouvre tes yeux, bon sang.* Mais c'était dur… si fatiguée.

Le feu passa au vert. Elle s'élança en courant dans la rue, esquivant les adultes. Elle aimait courir. Elle était rapide. Elle avait de longues jambes, et elle pouvait battre la plupart des enfants de sa classe.

Parfois c'était vraiment utile, d'être capable de courir vite.

La grande sœur de Sarita sortait avec Tom-Tom, ce serait donc plus sûr de se joindre à elle, mais Cynna pouvait se débrouiller toute seule. Elle n'avait pas le choix, n'est-ce pas ? Sa maman n'était pas assez en forme pour l'emmener au parc comme avant. Sa maman n'était plus assez bien pour faire grand-chose.

Le ciel était complètement gris, comme s'il allait pleuvoir, ou même neiger. Elle avait vraiment besoin de se rendre au parc aujourd'hui. Les adultes parlaient du printemps magnifique qu'ils avaient, avec les nouvelles pelouses et les fleurs, mais personne, près de chez elle, n'avait de pelouse, et les seules fleurs étaient dans des pots en plastique chez *Thompson's*, en haut de la rue, l'épicerie où ils faisaient leurs courses. On ne pouvait pas acheter de fleurs avec des bons pour la nourriture, alors ils n'en rapportaient jamais.

Cynna aimait l'automne. L'année scolaire en était encore à ses débuts, et l'école était presque sans danger. Il fallait faire attention aux grands, mais elle ne se laissait pas impressionner par les enfants de son âge. Aussi, les températures baissaient, et après un long été sans climatisation, les premières soirées fraîches de la saison étaient le paradis.

Et surtout, elle aimait le moment où les feuilles tombaient. Après avoir pendu aux arbres tout l'été, elles se détachaient et venaient la rejoindre ici-bas.

Évidemment, mieux valait aller au parc aujourd'hui que rester à la maison. Sa maman se trouvait de nouveau mal.

Sa maman était malade. Elle ne pouvait rien y faire. C'était ce que disait Mme Johnson, et peut-être qu'elle avait raison, mais Cynna ne pouvait pas l'aider non plus. Elle avait essayé encore et encore, mais c'était peine perdue. Elle avait cru qu'elle en serait capable – qu'en prenant mieux soin d'elle, elle arriverait à retrouver sa vraie maman, celle qui lui lisait des livres, lui préparait à dîner tous les soirs et l'emmenait au parc, et la poussait sur la balançoire.

Lorsqu'elle était rentrée de l'école ce soir-là, sa maman était affalée sur le canapé, complètement K.-O. et puant le bourbon. Cynna était entrée dans une colère noire. Une colère incontrôlable. Elle l'avait secouée, secouée, mais sa maman ne se réveillait pas.

Cynna avait eu envie de la frapper. Sa mère ne le saurait même pas. Sa fille lui donnerait des coups dans le ventre qu'elle ne s'en rendrait même pas compte. De se sentir ainsi, Cynna en avait eu l'estomac noué. Mieux valait aller au parc et donner des coups de pied dans des tas de feuilles mortes.

Le problème, avec le parc, ce n'était pas la distance qu'il fallait marcher pour s'y rendre. C'était les grands qui traînaient par là-bas. Des gamins qui avaient commencé à se regrouper en bandes, comme Tom-Tom, Raphaël et Derek. Le parc était leur territoire, et il fallait payer un droit d'entrée.

Cynna n'avait pas d'argent de poche, mais elle avait volé un billet de cinq dollars et trois billets d'un dollar dans une boîte de café en métal dans laquelle sa mère gardait son argent liquide. Autant se servir. Maman les utiliserait pour boire ou pour fumer. Le billet de cinq permettrait d'acheter à manger, car le réfrigérateur était vide, à l'exception de la mayonnaise et des cornichons, et de quelque chose dans un vieux beurrier, qui était devenu vert sur le dessus. Les billets d'un dollar serviraient à payer son droit d'entrer.

Si elle avait de la chance, Derek ne serait pas là. Tom-Tom était correct, et Raphaël pas trop méchant. Mais

Derek lui fichait la frousse. Il s'ennuyait facilement, et il aimait harceler autant de monde que possible dans ces moments-là. À moins qu'il ait pris quelque chose. Alors, il se montrait simplement méchant. Si Amy avait été avec elle pour se bécoter avec Tom-Tom, elle n'aurait pas eu besoin de payer, mais elle n'était pas là.

Cynna ne savait pas pourquoi Amy aimait embrasser Tom-Tom…

Attends, attends. Si, je sais. J'aime embrasser, maintenant. Je viens d'embrasser quelqu'un. Cullen. Oui. Il s'est bien moqué de moi et je suis… je suis…

Cette fois, elle ouvrit les yeux. Noir. Il faisait très noir, mais il y avait un peu de lumière… Les rideaux n'étaient pas totalement fermés. Elle était dans un hôtel. Lequel ? Où ?

Elle essaya d'y réfléchir, mais elle était trop fatiguée. Le rêve la tiraillait, l'entraînait. Elle ne voulait pas y retourner. Pas encore. Mais ses yeux refusaient de rester ouverts, ils ne voulaient…

…Elle agita les bras et les feuilles crépitèrent et crissèrent tout autour d'elle. Elle était couchée au milieu des feuilles, dans le monticule qu'elle avait amassé. D'habitude, il n'y en avait pas suffisamment, mais aujourd'hui…

Y avait-il eu un monticule de feuilles ce jour-là ? Elle se figea, troublée. Cette partie était différente, mais le reste pareil. Quelque chose de mal allait se produire – s'était produit, se produisait de nouveau…

Une paire de baskets s'arrêta près de son visage.

— Qu'est-ce que tu fiches sur le territoire d'Angel, gamine ?

La voix de Derek. Les baskets de Derek. Son cœur se mit à palpiter de peur.

— J'ai payé pour pouvoir venir.

Elle voulut s'accroupir pour se relever, mais l'une de ces chaussures immenses atterrit sur son ventre et la cloua au sol.

— C'est pas moi que t'as payé.

— *J'ai donné l'argent à Raphaël.*

Soudain, elle sentit quelque chose d'humide dans son oreille. Une langue.

— *Je t'ai manqué ?* dit une voix de femme. *Tu es toute mignonne avec ta peau à nu.*

Jiri ? Non, ce n'était pas possible. Pas ici, pas maintenant. Jiri était…

Accroupie à côté d'elle, avec son large sourire. Elle avait de grandes dents plates, très blanches et bien droites. Sa peau était si noire, comme trempée dans la nuit. Ses cheveux étaient extrêmement courts mais son crâne n'était pas rasé, c'était donc une Jiri des débuts, d'avant… avant…

— *Hé, je peux apparaître quand j'en ai envie. C'est ton rêve, mais c'est mon corps, non ? Plus ou moins. Prends garde. Il s'apprête à…*

L'immense chaussure la frappa au flanc. Cynna poussa un cri et se recroquevilla. La douleur avait tout effacé, elle ne voyait plus rien, n'entendait plus rien, et Jiri avait disparu. Jiri, qui ne pouvait être ici. Elle ne la verrait pas avant…

La chaussure atterrit encore une fois dans ses côtes. Encore. La douleur explosa. *Non ! Ça ne s'est pas passé comme ça ! Il m'a frappée, mais ensuite j'ai réussi à fuir.*

— *C'était avant,* dit Jiri. *Là, c'est maintenant. Cette fois, tu n'as pas fui.*

Je fuirai. En se tortillant, elle s'éloigna de la chaussure et se mit debout. Elle avait retrouvé sa vraie taille : celle d'une adulte, pas d'une petite fille. Elle donna un coup de pied sur le côté et brisa la rotule de Derek. Ce dernier poussa un hurlement et tomba au sol.

— *Tu as entendu ce craquement,* fit Jiri en se redressant jusqu'à avoir retrouvé sa taille normale, presque exactement la même que celle de Cynna à présent. *Tu veux vraiment que la fin soit la même que l'autre fois ?*

Non. Non, elle ne le voulait pas.

— *Que fais-tu ici ?*

— *Tu peux la modifier, tu sais.*

— *On ne peut pas changer le passé.*

— *Mais ce n'est pas le passé. C'est maintenant, et tu rêves. Les rêves peuvent changer.*

Rêver. Oui, elle rêvait - mais Jiri était bel et bien là. C'était anormal. Le fait de lui parler dans ses rêves pouvait avoir de terribles conséquences. Elle ne se rappelait pas lesquelles, mais elle commença à se débattre, à faire tout ce qu'elle pouvait pour se réveiller. *Réveille-toi.*

— *Bon Dieu, ce que tu es têtue,* dit Jiri avant de la saisir par le bras.

Cynna essaya de se libérer, mais c'était l'un de ces moments où elle se sentait embourbée, lorsque toute la volonté du monde ne peut avoir le moindre effet sur le corps pris dans le rêve, et qu'on est incapable d'agir.

— *Garde ça pour moi.*

Jiri posa fermement quelque chose au creux de sa main.

Cynna baissa les yeux. Une feuille morte. Jiri lui avait donné une feuille morte, marron. Elle la serra dans son poing, jusqu'à l'écraser et en faire des grains rêches, puis elle tira son bras d'un coup sec et, enfin…

Ouvrit ses yeux sur l'obscurité.

Elle avait mal au crâne, ainsi qu'au flanc. Dans sa confusion nauséeuse des premiers instants, elle eut du mal à distinguer la douleur réelle et celle qui subsistait de son rêve. Elle repoussa ses couvertures et balança les jambes hors du lit. Puis elle se contenta de s'asseoir, le front appuyé dans ses paumes.

Seigneur. Ce rêve-là, elle n'y avait pas eu droit depuis longtemps.

Au moins, elle était parvenue à se réveiller avant la scène finale… celle où elle rentrait à son appartement avec la poitrine douloureuse, se demandant si elle ne s'était pas cassé une côte. Elle trouvait l'ambulance en bas de chez elle. Elle regardait sa maman être transportée hors de l'immeuble sur un brancard.

Cynna se leva. Sa tête protesta un peu, mais elle n'avait pas de douleur au flanc. Celle-ci avait été un souvenir, bien entendu, et sa migraine n'était pas aussi aiguë qu'elle s'y était attendue. La Rhej avait fait un excellent boulot, et si Cynna ne se faisait toujours pas à l'idée d'une magie volée ou empruntée, elle ne pouvait pas nier les résultats. Deux comprimés d'ibuprofène devraient suffire pour se sentir tout à fait bien.

La lumière qui filtrait par les rideaux mal fermés était d'un gris terne. Soit il était encore très tôt, soit le jour s'était levé de la même humeur qu'elle.

Elle marcha d'un pas lourd jusqu'à la fenêtre et jeta un œil dehors. La triste lumière du jour laissait présager que ce serait l'une de ces journées grisonnantes où Mère Nature avait des rhumatismes, ce qui la rendait grincheuse.

Une autre gêne se fit sentir et Cynna se dirigea vers la salle de bain. Elle ne portait pas de vêtements mais ne se sentait pas nue. La magie couvrait sa peau comme une fourrure invisible, et les motifs complexes qui la contenaient formaient eux aussi un bouclier de sorts.

Elle ne prit pas la peine d'allumer la lumière, car elle connaissait assez bien ce petit espace. Elle vida sa vessie et se lava les mains, puis se passa de l'eau sur le visage. Cela ne l'aida pas. Le rêve s'accrochait comme des toiles d'araignée, des fils poisseux de souvenirs et d'émotions.

Plus les choses changent, plus elles restent les mêmes… Personne ne la frappait aujourd'hui sans en subir les conséquences, mais la Cynna adulte continuait de donner des coups trop vite, trop fort, de chercher à stopper un passage à tabac qui s'était produit vingt-cinq ans plus tôt. Et elle n'avait pas été capable de sauver sa mère. Après quelques années de psychothérapie, elle avait accepté l'idée que ce n'était pas à elle de le faire, mais sa colère se réinvitait par moments, tel un animal qui gronde.

Rien de tout cela n'était nouveau. Elle ne savait pas pourquoi elle ne cessait de refaire ce rêve.

Quant à Jiri… son inconscient n'était pas des plus subtils. Elle avait peur de son ancien professeur, mais elle ferait taire ses craintes et partirait tout de même à sa recherche. Pas très étonnant que son rêve mélange ces peurs avec d'autres, plus anciennes.

Quelle heure était-il, d'ailleurs ?

Elle retournait vers son lit pour regarder l'heure sur le réveil lorsque son téléphone gazouilla. Elle changea de direction et se pencha pour fouiller dans son sac qu'elle avait laissé au pied de son lit. Il était enterré sous les vêtements qu'elle avait retirés à la va-vite avant de s'affaler la nuit dernière.

Le nom qui s'afficha sur l'écran lui indiqua qui l'appelait.

— Salut, dit-elle. Écoute, je m'excuse si je suis en retard, mais…

— *Il est 8 h 42, et on est samedi. J'avais peur de te réveiller,* dit Lily.

— Oh. Non, je suis debout. Pas super bien réveillée, mais je ne dormais plus.

En trois pas, elle fut devant sa table de chevet. Elle alluma la lampe et resta debout, à cligner des yeux dans la lumière soudaine.

— *Comment va ta tête ? Te sens-tu en état de conduire ? Grand-mère voudrait nous parler.*

Cynna fronça les sourcils. Elle n'avait pas encore les idées très claires, mais…

— Tu m'appelles parce que tu veux que je rencontre ta grand-mère ?

— *Pardon. J'avais oublié que tu ne l'as jamais vue, alors ça doit paraître bizarre, et c'est difficile d'expliquer comment elle est. Mais si elle a quelque chose à nous dire, nous devons l'écouter. Je l'ai briefée sur ce qui se passait, et…*

— Tu as briefé ta grand-mère.

— *Ruben sera d'accord. Grand-mère a déjà travaillé avec l'Unité, officieusement. Elle… ah, elle tâche de rester discrète. Peux-tu être ici dans une heure, à peu près ?*

— Bien sûr, j'imagine. (Cynna sentit sa mâchoire craquer dans un bâillement. La curiosité commençait à stimuler quelques-uns de ses neurones.) J'ai beaucoup moins mal à la tête, alors je pourrais conduire, mais je n'ai pas de voiture. Cullen a la tienne.

— *Il n'est pas resté là ? Pourtant j'avais l'impression…*

Avec délicatesse, Lily se tut.

— Nous sommes en bonne voie.

— *Je lui demanderai de passer te prendre, dans ce cas. Oh, Rule dit de ne pas t'inquiéter pour le petit déjeuner. Il prépare des œufs. Nous avons déjà tant de bouches à nourrir que deux de plus ne feront pas une grande différence.*

Elles se saluèrent et raccrochèrent. Cynna posa son téléphone, se demanda comment était cette grand-mère, difficile à expliquer et qui travaillait officieusement avec l'Unité. De son autre main, elle se frotta le visage. Et se figea, les yeux rivés sur sa paume.

Sa paume nue… en tout cas, elle aurait dû l'être. Mais non. En travers de la petite bosse à la base de son pouce s'était formé un nouveau *kilingo*, un tracé délicat qui ressemblait aux nervures d'une feuille morte.

Un *kilingo* qu'elle n'avait pas placé là.

C'était l'œuvre de Jiri.

XXV

La cuisine sentait l'oignon, le persil, le paprika, et l'odeur des gens – des personnes que Rule connaissait et aimait, qui comptaient pour lui. Lily émincait les pommes de terre qu'elle avait pelées ; Benedict, adossé au mur près de la porte, les observait, et Toby, assis à la table ronde, lisait. Dehors, le crachin continuait de tomber par intermittence, comme il l'avait fait toute la nuit.

Rule était heureux.

— Tu as dit que ça s'appelait comment, déjà ? lui demanda Lily.

— Une *frittata*.

Rule tourna la tête. Lily avait insisté pour qu'il lui enseigne les bases de la cuisine. Non qu'elle se soit découvert un intérêt pour cet art. Elle devenait simplement nerveuse lorsqu'il faisait tout le boulot.

En cet instant, elle coupait les pommes de terre en dés… lentement. La préparation du repas prenait plus de temps avec son aide que sans, mais il espérait qu'elle finirait par prendre le rythme.

— Tu veux que je te passe un mètre pour mesurer les morceaux ? lui demanda-t-il poliment en battant les œufs.

— Je sais que c'est du sarcasme, dit-elle sans lever les yeux, en tranchant soigneusement une autre pomme de terre. Tu m'as demandé des dés de un à deux centimètres.

— Ce n'est pas grave si tu dépasses d'un millimètre de temps en temps.

Toby leva la tête de son livre.

— C'est bientôt prêt ?

— Non. Mais tu peux nous couper des tranches de pain. Prends les deux miches du garde-manger.

— Mais j'ai…

— Toby.

Son fils soupira bruyamment, posa son livre ouvert sur la table et se rendit dans le garde-manger.

La contribution de Lily à la foule de personnes hébergées chez eux se trouvait dans le salon qui donnait sur la rue. Lily avait dit que Li Qin les aiderait volontiers si on le lui demandait, mais elle ne l'avait pas proposé d'elle-même. Le faire aurait été malpoli, car cela aurait laissé entendre que ses hôtes n'étaient pas capables de se débrouiller sans elle. Lily n'avait pas eu besoin de préciser que sa grand-mère ne les aiderait pas. Madame Yu commandait les gens. Elle ne les assistait pas.

Avec Li Qin, elle était allée se coucher très tôt la veille et s'était donc levée aux aurores. Li Qin était descendue préparer du thé à la cuisine, pour elle et Grand-mère, et avait demandé à Lily de servir cette dernière. Rule n'avait pas été présent pour cette discussion, mais il supposait que sa *nadia* avait tout raconté à Madame Yu.

L'échange d'informations ne s'était pas fait dans les deux sens. Madame Yu souhaitait un auditoire plus important pour ses explications, quelles qu'elles puissent être.

Lily apporta la planche à découper, sur laquelle étaient entassées les pommes de terre en cube, coupées avec précision. À voix basse, elle dit :

— Tu es sûr qu'il devrait le faire lui-même ? Il n'est pas doté d'un super pouvoir de guérison, pour l'instant.

— Il y arrivera. Le couteau à pain est dentelé, et il ne le tranchera pas d'un coup. Il faut être incroyablement distrait pour se scier le doigt.

— Si tu le dis.

Elle coinça une mèche de cheveux derrière son oreille et jeta un bref coup d'œil à Toby – sans doute à la recherche de sang.

— Et ensuite ?

— Tu pourrais râper le fromage.

— Quelle quantité ?

Il n'en avait aucune idée. Il cuisinait au jugé, en se fondant sur son expérience. Elle, au contraire, devait tout mesurer, sinon elle ne saurait pas si elle avait bien fait, alors il lui donna une quantité précise.

— Trois tasses.

— D'accord.

Elle alla au réfrigérateur.

Il porta les pommes de terre jusqu'à la cuisinière, alluma le brûleur sous le poêlon, et ajouta une bonne noisette de beurre. Il la regarda pour le pur plaisir de pouvoir le faire. Un désir ardent s'empara de lui.

Ah, mince. Saleté de loup qui joue les trouble-fête.

Il avait commencé sa pénitence à six heures ce matin. Il avait pensé que se retransformer après seulement dix minutes serait difficile, et pas seulement à cause de la tension magique. Les loups avaient peu l'habitude des montres. Pour eux, le temps se réduisait à l'instant présent. Il avait donc fixé dans son esprit une image du réveil indiquant six heures dix, et s'était rappelé les souhaits de la Déesse.

La transformation était douloureuse. Elle l'était toujours, mais encore plus lorsqu'il n'avait pas les pieds sur le sol, et il avait décidé de se transformer dans leur chambre au premier étage, afin de pouvoir regarder l'heure. Ainsi que Lily. Sous sa forme de loup, il s'était étendu sur le parquet et l'avait regardée dormir. Et même alors qu'il l'observait, et qu'il humait leurs senteurs mêlées, son chagrin ne l'avait pas lâché.

Stupide loup. Il jeta les pommes de terre dans le poêlon chaud. La Lily qui était avec lui sur Dis n'avait pas disparu. Elle continuait de vivre dans celle qui était présente, avec lui... même si celle-ci ne se le rappelait pas. Elle ignorait la beauté du chant des dragons, et ce qu'elle avait fait lorsqu'elle s'était réveillée pour la première fois, nue et apeurée, privée de ses souvenirs, et seule dans un endroit terrifiant... seule à l'exception d'un démon et d'un loup.

Elle avait tendu la main vers lui et avait enfoncé ses doigts dans sa fourrure. Elle avait su qui il était. Alors même qu'elle ne se connaissait pas elle-même, elle avait su qui il était.

Il secoua la tête et prit l'oignon qu'il avait sorti plus tôt, ainsi qu'un couteau. Le loup ne comprenait pas, mais Rule n'était pas qu'un loup. Il pouvait se rappeler pour eux deux, et Lily était ici, avec lui. Il ne l'avait pas perdue.

Il commença à émincer l'oignon, allant beaucoup plus vite que sa compagne avec son couteau.

Il ouvrit le four. La chaleur se diffusa dehors et lui échauffa le visage.

Rule s'immobilisa. Puis, prudemment, il glissa le plat sur la grille. Il se redressa, referma la porte du four et mit le minuteur.

Cela s'était reproduit.

— J'ai fini de couper le pain, lui annonça Toby.

Il parvint à feindre un sourire et se retourna.

— Très bien.

Lily avait-elle aidé son fils? Elle était occupée à prendre les assiettes, mais elle avait pu le faire avant. Les tranches étaient anormalement régulières.

Il n'en savait rien. Visiblement, il avait fini de préparer la *frittata*, mais il n'en avait aucun souvenir. Mieux valait ne pas faire de commentaire sur le pain, sinon... sinon elle saurait ce qui s'était passé.

Ce fut à ce moment-là qu'il se rendit compte qu'il ne lui en parlerait pas. Pas cette fois.

On sonna à la porte.

— J'y vais, fit-il.

Benedict s'était déjà redressé. Rule lui lança un regard agacé et en reçut un neutre en retour. Il n'irait pas ouvrir seul, pas plus qu'il ne mangerait, dormirait, urinerait, songea-t-il.

L'ombre imposante, silencieuse de son grand frère le suivit à travers la salle à manger. Il fit de son mieux pour l'ignorer.

Il n'avait pas pu avoir une longue absence. Il était en train de couper les oignons ; ensuite, il se serait chargé des poivrons verts. Cinq minutes. Lorsque les pommes de terre auraient assez doré, il…

— Votre repas se fait attendre, annonça Li Lei Yu depuis son trône temporaire dans le petit salon de devant, un fauteuil qui aurait pu contenir deux personnes de son gabarit.

Aujourd'hui, elle portait une tenue occidentale, un pantalon noir avec une chemise dorée austère, boutonnée jusqu'au cou. L'un comme l'autre étaient en soie.

— On m'a aidé.

Li Qin leva les yeux de son magazine avec un sourire. Harry, allongé sur ses genoux, ronronnait.

— Rebonjour.

Benedict pencha la tête et lui sourit. Rule aussi. Impossible de faire autrement que de sourire à Li Qin. Même ce fichu chat l'appréciait.

— Veuillez m'excuser un moment, mesdames. Je dois aller ouvrir.

— Votre frère bien armé va s'en charger, lui dit Madame Yu.

À la surprise de Rule, elle se glissa hors de son fauteuil et se leva.

— Venez ici.

Rule garda un ton poli.

— Madame, je vous adore, mais parfois je serais bien incapable de savoir pourquoi.

— Vous n'aimez pas être… Comment dit-on ? Ah, être mené à la baguette. (Son sourire, peu habituel, étincela.

Pendant un instant, une femme beaucoup plus jeune se montra.) Je n'aime pas cela non plus. Mais je suis beaucoup plus âgée, alors vous me ferez ce plaisir.

— J'ai l'impression qu'énormément de gens vous ont fait ce plaisir au cours des années.

Mais il fit signe à Benedict, et pendant que son frère allait voir qui avait sonné, il traversa la pièce pour rejoindre la vieille dame. Il haussa les sourcils: *Voilà, je suis là. Alors, qu'y a-t-il ?*

Elle ne souriait plus mais ne portait pas non plus le masque impérieux qu'elle aimait tant. Solennelle et assurée, elle leva les deux mains et les posa sur les joues de Rule.

— Li Lei !

En entendant le cri de surprise de Li Qin, Rule tourna la tête. L'autre femme avait lâché son magazine et semblait bouleversée.

— Chut, fit Madame Yu d'une voix douce.

D'une main ferme, elle ramena le visage de Rule vers le sien.

Il haussa les sourcils.

— Qu'est-ce que vous fichez ?

— Rien qui pourrait vous faire du mal.

Ses yeux étaient de ce brun foncé extraordinaire à la limite du noir; le blanc était presque invisible. Malgré lui, Rule plongea son regard, fasciné, dans cette noirceur.

Les paumes de Madame Yu devinrent chaudes. Brûlantes. Rule entendit la voix de Cullen, puis celle de Cynna, et le minuteur qui sonnait. Rien de tout cela ne semblait avoir d'importance. Il flottait…

Elle laissa retomber ses mains. Il cligna des yeux.

— Madame.

La voix de Li Qin était pleine de reproche.

— Qu'avez-vous fait ? lui demanda Cullen.

À quelques mètres d'elle, le lupin dévisageait la vieille femme. Cynna était à côté de lui, l'air contrariée.

— Je ne peux pas arranger ça.

Sous l'apparente clarté de sa voix, il perçut de la tristesse.

Rule secoua la tête pour se débarrasser des traces de ce qu'elle lui avait fait – mais son mécontentement demeura. D'une certaine manière, elle s'était emparée de lui, et il n'aimait pas cela.

— Si vous parlez du poison du démon, une grande prêtresse wiccan et un archevêque catholique ne peuvent pas non plus, entre autres.

— Les évêques, les moines, les prêtresses… bah. Ils sont doués pour poser des questions, pas tellement pour agir. (Tout en faisant ce commentaire obscur, elle se réinstalla sur son siège.) Vous pouvez me présenter. Cullen, je crois. Cette autre…

Étonnamment, Li Qin l'interrompit.

— Vous avez pris de grands risques.

La vieille femme haussa légèrement les épaules.

— Certains secrets le demeureront beaucoup plus longtemps, à mon avis.

— Ce n'était pas ce que j'ai voulu dire.

— Je veux savoir ce que vous avez fait, dit Cullen. Et quel était votre but.

— Moi aussi, dit une Lily toute pâle depuis l'entrée voûtée de la salle à manger.

Rule n'aurait pu dire ce qui lui avait volé ses couleurs, la colère ou la peur.

Madame Yu prit un air autoritaire.

— On n'obtient pas toujours ce qu'on veut.

Li Qin, qui avait retrouvé son calme, croisa ses mains sur ses genoux et parla :

— Je m'excuse. J'étais si choquée que j'ai semé la confusion. Ce n'était pas Rule qui courait des risques, mais Madame Yu. Elle a tenté…

— Li Qin, la coupa Grand-mère.

— …d'absorber le poison en elle, termina Li Qin sans se laisser démonter par le regard noir qui la foudroyait. Par moments, elle se croit indestructible.

— Bah. (Madame Yu se leva.) J'ai faim. Allons manger, maintenant.

Li Lei Yu ne tombait pas souvent dans le sentimentalisme, mais elle se sentit s'attendrir en observant les personnes autour de la table à manger. Sa petite-fille et homonyme s'était elle-même entourée d'une famille intéressante. Rule Turner était assis en bout de table, comme il convenait. Il n'avait pas totalement apaisé sa colère, bien sûr. Quand on met un loup en cage – ou un homme fort – on ne peut pas s'étonner qu'il montre les crocs. Ce n'était pas à elle qu'il devait sa cage actuelle, mais même si cela n'avait duré qu'un très bref instant, et que c'était la bienveillance qui avait guidé la vieille femme, elle l'avait privé de sa volonté.

Elle ne protesta pas. Il était bon que les forts respectent les forts.

Li Lei acceptait Rule Turner. Pas sa belle-fille. Tout en déplorant le compagnon choisi par Lily, Julia Yu avait eu l'intelligence de ne pas reprocher la capacité de cet homme de se transformer en loup, car ce n'était pas du tout un défaut aux yeux de Li Lei. Elle avait préféré insister sur le fait qu'il n'était pas chinois.

Julia avait une tendance aux réflexions superficielles. Li Lei lui avait fait remarquer que si elle avait voulu, coûte que coûte, que ses enfants et petits-enfants ne se marient qu'avec des Chinois, elle n'aurait pas quitté la Chine.

Cullen Seabourne leva les yeux de son assiette, qu'il avait intégralement nettoyée sans avoir la moindre idée, soupçonnait-elle, de ce qu'il mangeait. Leurs yeux se croisèrent ; il lui fit un clin d'œil.

L'insolent. Elle lui répondit par un hochement de tête, mais il devait savoir qu'elle n'y voyait pas une offense. Elle avait un faible pour les beaux voyous. Quelle femme leur résisterait ? Elle ne se laissait pas aveugler pour autant. Cullen était un homme dangereux. Il possédait à la fois le pouvoir et l'obsession, et si ceux-ci avaient aidé à le préserver durant ses années de loup solitaire, cette existence lui avait aussi laissé de terribles meurtrissures.

Elle l'appréciait beaucoup. Li Lei prit une autre bouchée de *frittata*, qui était excellente. Elle était contente que l'amant de sa petite-fille apprenne à celle-ci à cuisiner. Nul doute que sa mère avait échoué.

Cullen était assis entre deux personnes qu'elle ne connaissait pas. Des gardes du corps lupins. Ils mangeraient en vitesse, puis remplaceraient les deux autres gardes, encore dehors, de manière à ce que ces derniers puissent se nourrir à leur tour. Il était raisonnable de protéger Rule Turner, mais elle savait que leur présence était un élément, dans l'esprit du lupin, de sa cage.

En ce moment, Rule Turner était plus redoutable que son ami ensorceleur, parce que le danger qu'il courait était bien plus grand. Li Lei regrettait que sa tentative de l'aider n'ait pas porté ses fruits.

Elle fronça les sourcils. Li Qin n'aurait pas dû parler comme elle l'avait fait. Elle ne s'était pas mise tant en danger que cela. Le corps de Li Lei aurait rejeté le poison. Probablement.

Bien entendu, Li Qin désapprouvait également la façon dont elle avait utilisé son regard. Cela faisait des années qu'elle ne l'avait pas fait, du moins avec cette insistance. Mais elle n'avait pas regretté d'avoir pris l'initiative aujourd'hui. Pourquoi demander quelque chose quand on savait qu'on essuierait un refus ? Rule Turner n'aurait pas accepté qu'elle essaie de récupérer le poison en elle.

À la droite de Rule, son frère guerrier mangeait en vitesse et avec efficacité. Elle avait un grand respect pour Benedict. Il avait su faire des tragédies une forge, jusqu'à atteindre lui-même la pureté d'une arme. Non pas qu'elle connût la nature du drame qu'il avait vécu – on ne fourre pas son nez dans les souvenirs pénibles d'un homme qu'on respecte – mais elle savait qu'il avait été très marqué par celui-ci.

La tragédie, elle connaissait. La survie aussi.

Benedict se tourna pour sourire à Toby qui bavardait, assis à côté de lui. Li Lei se sentit émue. Les enfants étaient le plus beau cadeau de la vie. Ils n'étaient pas, comme beaucoup d'idiots le prétendaient, un espoir pour l'avenir. Certes, ils trimbalaient le futur comme si celui-ci contenait tout et pourtant ne pesait rien, mais c'était le cadeau que le Créateur leur avait fait, qu'ils ne pouvaient partager. Ce n'était pas non plus l'amour qu'ils donnaient si facilement qui les rendait précieux ; comme la plupart des choses agréables, c'était un plaisir profond mais fugace. Leur véritable grâce résidait dans leur façon d'ouvrir les cœurs engourdis ou assiégés.

Ce garçon brillait. Cela en disait beaucoup sur Rule Turner, que son fils soit à la fois courtois et curieux, et qu'il ne manque pas d'une volonté féroce, largement ignorée jusqu'à présent.

Elle eut un pincement au cœur. Son propre fils lui manquait. La passion d'Edward pour l'ordinaire avait été une frustration, une déception par moments, mais elle comprenait que celles-ci provenaient de la déception qu'elle ressentait vis-à-vis d'elle-même. La magie qui circulait dans ses veines avait passé à travers celles de son enfant, préférant s'installer dans la deuxième fille de celui-ci.

Laquelle était en ce moment même assise de l'autre côté de Rule Turner, et parvenait à merveille à cacher sa peur. Elle avait très peu mangé, mais à part cela elle donnait le change.

Lily n'avait pas demandé à sa grand-mère d'aider son amant. Elle ne s'était pas fâchée contre elle non plus après la révélation peu judicieuse de Li Qin. Lily ne se fâchait pas. Elle ne faisait pas de reproches et ne posait pas de questions, une retenue qui lui faisait gagner beaucoup de points. Elle s'était contentée d'embrasser sa grand-mère sur la joue et de la regarder droit dans les yeux.

Dire merci, c'était très bien, mais Li Lei préférait les remerciements muets. Elle était très fière de sa petite-fille.

Et puis elle était si inquiète… ah, enfin. Lily devait encore apprendre comment vivre sans peur.

Le regard de Li Lei passa à la dernière personne assise parmi eux. Cynna Weaver était en bout de table, ce qui n'était pas très convenable, mais Lily avait besoin d'être près de Rule. La coiffure de Cynna était ridicule : une crinière raide, décolorée, coupée trop court pour avoir la moindre grâce ou la moindre beauté. En revanche, sa peau était extraordinaire. Très belle, si on posait ses yeux dessus sans préjugés. Mais afficher son isolement de manière aussi visible… C'était un signe de force, de colère ou de douleur immense.

Non pas que les trois n'aillent pas souvent ensemble. L'accent et les habits de Cynna – elle portait un costume gris hideux – révélaient ses origines, à l'échelon le plus bas de la société. Li Lei ne lui en tenait pas rigueur, mais elle n'était pas une égalitariste. Les pauvres n'étaient pas comme les riches – et l'on devait remercier le Seigneur pour cela, car les riches étaient souvent barbants, leurs esprits et leurs âmes abrutis par les privilèges. Mais la pauvreté risquait davantage d'engendrer la méchanceté que la grandeur.

Lily lui avait dit que Cynna Weaver était allée sur Dis avec elle et Cullen pour sauver Rule. Sa petite-fille lui faisait confiance. Li Lei réservait son jugement mais pensait que, parmi toutes les personnes présentes, Cynna était celle qui ressemblait le plus à Benedict. Mais celui-ci avait déjà passé l'épreuve du feu, alors que les flammes léchaient encore la peau de Cynna ; il lui restait beaucoup de choix à faire.

La détectrice était tendue et inquiète, elle gardait les yeux rivés sur les autres ou sur son assiette, et prenait peu la parole. Elle leur avait montré la nouvelle marque sur sa main ; elle croyait qu'elle lui venait de son ancien professeur. Aucun d'eux, pas même l'ensorceleur, ne pouvait dire ce que cette marque était censée faire, mais Cynna était certaine qu'elle le saurait si le sort s'activait.

Cynna Weaver attisait incroyablement la curiosité de Li Lei.

Certains détails du récit de Lily l'avaient choquée. Elle avait même eu un choc, songea-t-elle en sirotant son thé froid. Sa petite-fille avait été en grand danger, son âme scindée en deux, dont une moitié piégée dans une sphère hostile. Et Li Lei ne l'avait pas su, car elle était de l'autre côté de la planète, à chercher des fantômes.

Elle aurait dû avoir un peu plus de bon sens. Non, elle l'avait eu. Les fantômes se révélaient toujours de quelque aide.

Oh, son fils avait appelé pour la tenir au courant des apparences, les éléments de l'histoire que tout le monde pouvait voir. Edward n'était pas sot au point d'essayer de lui cacher ce genre de chose. Mais ni lui ni Julia ne savait exactement ce qui était arrivé à Lily – seulement qu'elle avait été blessée, que son Don et son amant avaient disparu pendant un moment… et qu'à son retour sur Terre, elle était accompagnée de dragons.

L'émotion l'étreignit si fort et si violemment qu'elle eut la gorge serrée pendant un instant. Mais seulement un instant. Tant de choses avaient changé…

Tant de choses étaient en train de changer, et continueraient à le faire. Elle regarda Li Qin, assise à côté d'elle, et obéit à une impulsion rare. Elle prit sa main et la serra.

Li Qin leva les yeux, surprise, et rougit légèrement. Li Lei lui adressa un sourire doux et paisible.

L'amour pouvait se manifester sous tant de formes. Même s'il lui avait fallu des années, Li Lei avait appris à les repousser toutes. Elle fit un signe de tête à Li Qin et lâcha sa main.

Le moment était venu.

— Maintenant, je vais parler.

XXVI

JE NE PEUX *pas arranger ça.*

Tant que Grand-mère n'avait pas prononcé ces mots, Lily ne s'était pas rendu compte à quel point elle s'accrochait à l'idée qu'elle était capable, en effet, de tout arranger. Qu'elle saurait quoi faire pour Rule.

C'était puéril. Si sa peur avait redoublé après cette vaine tentative, c'était de sa faute à elle. Elle avait refusé d'admettre qu'elle espérait, et en payait maintenant le prix. Si l'on ajoutait à cela qu'elle se sentait coupable que Grand-mère se soit mise elle-même en danger, le peu qu'elle avait réussi à manger lui restait sur l'estomac.

— Je vous en prie, dit Rule, parlez.

Grand-mère fut amusée du ton sec de Rule, mais ne s'arrêta pas pour se quereller avec lui.

— Je veux que vous me donniez votre parole que ce que je dirai ne sortira pas de cette pièce, à l'exception de ce que vous décidez de dire à votre père. Votre promesse vaudra également pour les lupins ici présents.

Rule réfléchit un moment, puis acquiesça.

Grand-mère regarda Lily.

— Tu auras le sentiment que c'est ton devoir de faire un rapport à ton FBI. Je te demande seulement de ne parler de cela à personne mis à part Ruben Brooks et les membres de ce – comment l'appelez-vous, déjà ? Un nom idiot – ce détachement spécial. Oui. Tu peux le leur dire. (Ses yeux se posèrent sur Cynna.) Je ne vous connais pas. Je ne sais pas vos motivations, ni ce que votre parole vaut.

Cynna la fixa à son tour.

— Ce n'est pas moi qui ai essayé d'ensorceler quelqu'un.

Grand-mère grommela :

— Je n'ai pas essayé. Cela, j'ai réussi. Me promettez-vous que vous ne répéterez cela à personne d'autre que vos collègues du FBI ?

— Ouais. Bien sûr.

Si Grand-mère désapprouva le ton désinvolte, elle ne dit rien. Elle les regarda tous une dernière fois, puis commença.

— Je vais vous raconter une histoire que je crois véridique. Elle m'a été contée par une personne qui sait, et elle débute en des temps si anciens que les soleils, depuis lors, ont changé. Je passerai la majeure partie du début, ajouta-t-elle avec flegme, sinon nous serions ici un très long moment. La partie qui importe aujourd'hui concerne ceux que vous appelez les Anciens.

— Comme la déesse ? demanda Lily. Et Celle que l'on ne nomme pas ?

— Elle et d'autres. Beaucoup d'autres. Nous les appelons les dieux, les anges, les diables – ils ne sont rien de tout cela, et en même temps ils sont tout cela à la fois. Leur véritable nature nous dépasse. Nombre d'entre eux… appelons-les les gardiens, même s'il est difficile de dire ce qu'ils gardent. La réalité, peut-être. Ce sont eux qui sont restés lorsque le dernier Grand Cycle s'est achevé et que l'univers est mort avant de renaître.

Rule se racla la gorge.

— Dites-moi que ce n'est pas du Big Bang que vous parlez.

— C'est le nom que lui donnent les scientifiques. (Elle haussa les épaules.) Je me contenterai de dire que certains Anciens du Cycle précédent ont perduré dans celui-ci, quoique je ne puisse dire s'ils sont restés par devoir ou par amour, si c'est l'avarice ou l'échec, leur karma ou leur volonté qui les a poussés à rester. Peut-être qu'ils ont seulement abandonné derrière eux une partie de leur être. Nos mots ne suffisent pas à représenter tout ce qu'ils sont. Certains d'entre eux ont jugé qu'il était de leur devoir de maintenir l'équilibre entre les sphères.

Elle se tut un instant pour avaler une gorgée de thé, et fit une grimace.

— Le thé froid, annonça-t-elle, est une abomination. Il y a peut-être trois mille ans, ceux qui cherchaient à préserver cet équilibre ont compris qu'il était en danger. D'autres n'étaient pas d'accord. Ce qui causa beaucoup de conflits, des dégâts immenses.

— La Grande-Guerre, dit Rule lentement. C'est de la Grande-Guerre que vous parlez.

Elle hocha la tête.

— Elle a touché notre sphère mais s'est propagée dans beaucoup d'autres. Votre Déesse a joué un rôle, tout comme votre peuple. Pour finir, ce sont ceux qui s'inquiétaient de l'équilibre qui ont gagné. Ils ont… bougé des choses.

Lily passa la langue sur ses lèvres sèches.

— Euh… des sphères ?

— Oui. Un tel exploit est difficile, même pour eux. Mais ils furent suffisamment nombreux à vouloir joindre leurs efforts pour y arriver : notre Terre a été fermée à la plupart des autres sphères. Ici, la magie s'est affaiblie – d'abord lentement, si bien que pendant plusieurs siècles, on ne sentait pas beaucoup de différence. Puis plus vite. Et ils avaient l'interdiction – même eux – de s'introduire ici ou de se mêler de nos affaires.

— C'est pour cette raison que la Grande Garce ne peut pas traverser ? demanda Cullen d'un ton cassant. Parce que d'autres membres de Son espèce lui en ont donné l'interdiction ?

Li Lei haussa les épaules une nouvelle fois.

— « Interdiction » est un mot humain. J'ignore quels pactes ou lois ont cet effet sur des êtres comme eux.

— Le détachement spécial, dit brusquement Lily. Fagin, le responsable, croit que cette magie a commencé à s'affaiblir il y a environ quatre cents ans, pas trois mille.

Grand-mère la regarda.

— Il n'est pas si loin du compte. À cette époque, la magie restante n'était pas suffisante pour… maintenir une cohésion. C'est à ce moment-là que les dragons sont partis, ainsi que le dernier des elfes, et beaucoup d'autres de la Souche. Leur départ a laissé un vide. La magie s'est échappée plus vite que jamais. Et le Livre de toutes les magies…

— …a été perdu, intervint Cullen. Vraiment ?

Grand-mère le fixa de son regard sévère.

— Vous allez être un problème, annonça-t-elle. (Elle croisa ses mains sur la table.) Le changement survenu dans les sphères et le fait que la nôtre soit fermée aux autres n'étaient pas censés être permanents. L'histoire que je connais appelle ce moment, où les sphères retournent à leur état précédent, le Tournant. Il y a deux nuits, j'ai senti qu'il avait lieu.

Pendant un long moment, personne ne parla. Ce fut Cynna qui rompit le silence.

— Pardonnez-moi, mais nous sommes censés croire à votre histoire, tout simplement ? Nous avons déjà compris que les sphères changeaient, mais pour le reste… Êtes-vous en train de dire que, parmi toutes les personnes qui vivent sur cette planète, vous avez senti ce Tournant et avez su ce que c'était ?

Pour une raison ou pour une autre, sa question fit sourire Grand-mère, comme si c'était une bonne blague.

— Oui.

— Ce que tu affirmes, fit Lily en se penchant en avant, c'est que cette magie ne retrouvera pas son niveau d'il y a quatre cents ans. Elle retrouvera celui qui était le sien il y a trois mille ans.

— Oui. Mais pas tout de suite, je pense.

— Et le *Codex Arcanum* ? demanda Cullen. Le Livre de toutes les magies. Vous aviez commencé à en parler.

Elle le regarda et soupira.

— Oui. D'après la légende… la théorie… et une bonne part de supposition, décida-t-elle. Nous dirons que c'est une supposition, faite par la personne qui m'a raconté cette histoire. Il croit que ce que vous appelez le *Codex* a été emporté et caché lorsque la magie s'est affaiblie. D'après lui, ce livre réapparaîtra au moment du Tournant, ou sera rendu ; il se peut même que le Tournant soit un signe qu'il est déjà réapparu. Ce point de vue est partagé par d'autres, termina-t-elle, d'un air mécontent, y compris Celle que nous ne nommons pas. C'est ce qu'Elle veut : le *Codex Arcanum*. Le Livre de toutes les magies.

— Ne les préviens pas, l'interrompit Cullen.

Lily le dévisagea. Il avait le regard humide, ses traits tendus par l'émotion.

— Quoi ?

— Ne préviens pas le FBI à propos du *Codex*. Je ne sais pas si j'arriverai moi-même à ne pas révéler qu'il est de retour – enfin, peut-être. Je suis sûr et certain que je n'aurais confiance en personne d'autre.

— Je dois le leur annoncer, dit-elle. Il faut qu'ils sachent.

Une lueur de colère apparut dans les yeux du lupin, si visible que Lily faillit prendre son arme. Il secoua brusquement la tête, jeta sa chaise en arrière et marcha à grands pas vers la porte.

Lily se mit debout.

— Cullen…

Rule posa une main sur son bras.

— Laisse-le partir. Il reviendra quand il sera prêt.

XXVII

Cullen ne revint qu'au bout de trois jours.

Pendant l'absence de l'ensorceleur, Toby apprit effectivement à jouer au mah-jong. Timms aussi, qui voulut voir Cullen le lendemain de son départ, puis revint sur l'invitation solennelle de Madame Yu.

Celle-ci devint elle aussi une élève – ou peut-être une « collaboratrice ». Ou une cobaye. Elle reçut un *kilingo* du sort antidouleur de Cynna, et lorsqu'elle fut capable de le faire fonctionner, Cynna grava le sort sur deux des gardes, qui eurent moins de succès. Elle ne savait pas s'il avait perdu de la puissance du fait qu'il avait été recopié, ou si les gardes n'étaient simplement pas capables de faire marcher un sort de ce type. Ils décidèrent d'attendre le retour de Cullen avant de le graver sur qui que ce soit d'autre.

La blessure de Rule guérit complètement, mais la cicatrice demeura. Et il continua à subir des trous de mémoire.

Tôt le jeudi matin, Cullen apparut à la porte, pas rasé, débraillé, comme s'il avait dormi tout habillé. Rule supposa que c'était le cas, du moins durant le peu de temps qu'il avait dû passer à dormir.

— As-tu mangé ? lui demanda-t-il en lui tenant la porte.

— Oui. (Cullen fronça les sourcils.) Mais pas récemment, maintenant que tu me poses la question.

— À la cuisine, alors.

Rule partit dans cette direction.

Ils trouvèrent Lily qui filait vers la porte de derrière. Elle portait l'un de ses jolis tailleurs : une veste bleu foncé et une jupe droite noire. Le manteau qu'il lui avait offert était toujours chez le teinturier, alors elle avait sur les épaules sa veste imperméable.

Elle pâlit.

— Cullen.

— Comme la mauvaise herbe, me revoilà. (Le lupin se laissa tomber sur l'une des chaises ; Rule remarqua qu'il était légèrement moins gracieux que d'habitude, signe qu'il était vraiment épuisé.) Je vous ai manqué ?

— J'étais inquiète, grommela-t-elle.

— Que je me sois enfui avec tes secrets pour partir à la chasse de tu sais quoi ?

Elle leva les yeux au ciel.

— Je dois y aller, dit-elle à Rule avant de marcher jusqu'à lui pour échanger un bref baiser… qui s'avéra ne pas être si bref.

Il lui tendit son parapluie, qu'elle ne cessait d'oublier. Pour le troisième jour consécutif, le temps était au crachin, mais Lily ne s'était pas encore faite à l'idée d'être mouillée régulièrement. Elle adressa au parapluie un regard mauvais, tapota le bras de Rule, puis se dépêcha de sortir sans se retourner.

Rien d'étonnant. Ils faisaient tous les deux de leur mieux pour que la situation demeure aussi normale que possible. Rule savait qu'elle avait peur pour lui – il le sentait dans son odeur – mais ils prétendaient tous les deux le contraire. C'était plus facile ainsi.

Cullen examinait Rule.

— C'est plus fort. Pas beaucoup, mais… plus fort.

Rule resta impassible.

— C'est ce que Lily dit aussi. Tu préfères des œufs ou de la viande ?

— De la viande.

Cullen mit ses coudes sur la table et prit sa tête dans ses mains. Il se frotta le visage.

— Où est Cynna ?

— À Albuquerque.

Ils s'étaient commandé à manger chez un traiteur le soir précédent. Rule prit les restes de poulet rôti dans le réfrigérateur.

— Elle est partie la nuit dernière.

— Albuquerque ? répéta Cullen en se redressant. Qu'est-ce qu'elle fiche là-bas ?

— Tu croyais que tu pouvais la laisser quelque part, t'en aller, et la retrouver exactement là où tu l'avais abandonnée en revenant ? (Rule lui versa un verre de lait.) Tu connais les femmes mieux que ça. Tiens.

— Je n'ai pas réfléchi à… commença Cullen sur un ton indigné, avant de s'interrompre et de sourire. D'accord. Je n'ai pas réfléchi, et je vais m'en mordre les doigts, n'est-ce pas ? Mais sérieusement : pourquoi Albuquerque ?

— Elle va interroger l'un des anciens étudiants de Jiri. Et Lily aussi, même si sa cible vit beaucoup plus près, à Baltimore.

— Ah.

Cullen s'était désintéressé du sujet.

Lily, par l'intermédiaire de Ruben, avait forcé l'ouverture des dossiers des Services secrets sur le cercle intime de Jiri. L'un de ses proches était en prison. Trois avaient disparu et les Services secrets n'arrivaient pas à les localiser. Deux étaient morts.

Sur les quatre personnes restantes, Lily s'était entretenue avec deux d'entre elles, envoyé Cynna parler à la troisième, et était censée rencontrer la dernière aujourd'hui.

Heureusement, le lien d'âme sœur était dans une de ses périodes où il était plus élastique, et Baltimore se situait à moins de soixante kilomètres. Même si sa cible se trouvait à l'autre bout de la ville, ce ne devrait pas poser problème.

Cullen se frottait de nouveau le visage – sans doute dans l'espoir de rester éveillé assez longtemps pour manger. Rule découpa un pilon et une cuisse, les mit dans une assiette et plaça celle-ci, ainsi qu'une fourchette et un tube de mayonnaise, devant son ami.

— Mange, dit-il avant de s'asseoir en face de lui.

Cullen n'eut pas besoin d'encouragement et engloutit le poulet comme s'il n'avait pas mangé depuis des jours. C'était peu probable. Il pouvait se priver de sommeil de façon inconsidérée, mais il ne cessait jamais de s'alimenter. C'était l'une des rares bonnes habitudes qu'il avait prises lorsqu'il n'appartenait à aucun clan. Les loups solitaires ne pouvaient pas se permettre d'être trop affamés.

Une fois qu'il ne resta plus que les os du poulet, il s'attaqua à la salade de pommes de terre.

— Je n'étais pas parti pour faire la gueule, tu sais. En tout cas, pas tout le temps.

— Je comprends. Mais Lily t'a connu durant une phase où tu étais plus stable, dit-il calmement. Elle attend autre chose de toi.

Cullen leva vers Rule des yeux noirs pleins de colère, puis éclata de rire.

— Les femmes et leurs attentes. Ça va bien ensemble, hein ? (Il soupira, poussa sur la table l'assiette vide et prit le verre de lait.) Je me sens un brin lunatique. Tu l'as peut-être remarqué. Je devrais probablement aller brûler quelque chose.

Rule sembla surpris.

— Tu ne l'as pas déjà fait ?

Un sourire moins crispé apparut sur le visage de Cullen.

— Non. Et je n'ai pas baisé non plus depuis beaucoup trop longtemps. (Il ne put réprimer un immense bâillement.) Seigneur, je suis crevé. En revanche, j'ai passé du temps à quatre pattes. Et toi ?

— Tous les jours.

Dix minutes, comme convenu.

— Je ne parle pas de pénitence. Je veux parler de courir, d'être loup comme un loup est censé l'être.

La colère démangea Rule dans sa chair. Il la fit taire.

— Tu me feras des remarques plus tard. As-tu fait des découvertes ?

— Pas grand-chose. (Cullen se renfonça dans son siège.) J'étais à la Nouvelle-Orléans. Tu recevras une facture de carte Visa pour le voyage.

Rule hocha la tête, acceptant sa réponse comme une explication. La morale financière de Cullen était particulière, mais il la respectait scrupuleusement. Si Cullen avait fait envoyer la facture à lui, c'était une affaire de clan, ce qui signifiait qu'il était parti chercher de l'aide pour soigner Rule.

— Tu es allé voir un prêtre ou une prêtresse vaudou ?

— Celle que j'espérais consulter est introuvable depuis l'ouragan, mais j'ai parlé à deux autres. L'une d'elles m'a laissé utiliser son atelier. (Il leva son postérieur suffisamment pour fouiller dans sa poche et en sortir un petit paquet enveloppé de soie.) Ne dis plus que je ne t'offre jamais rien.

Rule défit le paquet de soie noire avec précaution. Le contenu était quelconque : une plume blanche. De poule, apparemment.

— J'espère que je ne suis pas censé la manger.

Cullen grommela :

— Non, tu la portes près de ta peau. Attends… (Il fouilla dans une autre poche.) Tiens. (Il tendit à Rule un fin cordon de cuir.) Il a été purifié. Utilise-le, évite l'or et l'argent. Le charme original repousse les esprits maléfiques – ce n'est pas exactement ton problème, mais nous l'avons trafiqué.

— Nous ?

— La prêtresse qui m'a prêté son atelier m'a aidé à le modifier. Le charme original était vaudou, c'est le type introuvable qui me l'a donné, j'avais donc besoin de conseils pour les modifications. S'il marche, il empêchera la substance démoniaque de se répandre.

— Et dans le cas contraire ?

Rule prit la plume dans ses mains. Il y avait un petit bouchon en argent à une extrémité, doté d'une boucle à travers laquelle passer le cordon de cuir.

— Je suppose qu'elle pourrait provoquer des démangeaisons. (Il grimaça.) Bon sang, Rule, je n'en sais rien. C'est le charme le plus fort que je pouvais faire. Je pense qu'il fonctionnera, sans en être certain. Même s'il fait effet, il ne durera pas plus d'une semaine. Peut-être même moins.

Rule retourna le charme entre ses doigts. Il avait la sensation d'un contact avec une simple plume, sans force ni pouvoir particulier. Il se demanda ce que Lily ressentirait.

— La magie du sang, Cullen ?

Le vaudou impliquait généralement du sang, en tout cas c'était ce que Cullen lui avait dit un jour. Et cette magie, en général, s'accompagnait d'une date d'expiration.

Cullen se renfrogna :

— C'est pas de la magie noire.

Mais grise probablement. Rule soupçonnait que toute sanction morale du charme ne retomberait pas sur lui mais sur son ami. C'était probablement trop tard pour protester. Le charme avait été conçu. Le refuser ne diminuerait en rien le prix que Cullen avait accepté de payer.

Mais cela ne lui plaisait pas. Pas du tout.

— Notre amitié devient déséquilibrée. Tu es allé en enfer pour moi. Maintenant tu as accepté Dieu sait quel fardeau pour…

— Laisse tomber. D'abord, tu as été mon ami quand cela te coûtait cher – ne me dis pas le contraire. Ensuite, tu es maintenant mon Lu Nuncio. Ce qui t'arrive affecte le clan dans son ensemble. Je suis autorisé à protéger le clan.

Rule se retourna brusquement et saisit la carcasse du poulet. Il ouvrit le réfrigérateur.

— As-tu une idée de ce que ça fait ? Des gens qui me gardent, me protègent, paient de leur vie pour ma sécurité… Tu sais ce que ça fait ?

Il saisit la brique de lait, se retourna et la jeta violemment à travers la pièce.

Le carton s'écrasa contre le mur. Le liquide gicla dans toutes les directions.

— Tu te sens mieux ? lui dit Cullen avec entrain.

— Non.

Quelle pagaille. Quelle fichue pagaille.

— Marrant. Généralement, casser des trucs me fait un bien fou. Oh, bon. (Il poussa sa chaise en arrière.) Je vais nettoyer. Où est ton ombre fraternelle ?

Rule lui rétorqua, incrédule :

— Toi, tu comptes m'aider à nettoyer ?

— Je te passerai l'éponge et te montrerai les endroits que tu n'as pas vus. (Il jeta un coup d'œil alentour.) Où est l'éponge ?

Rule secoua la tête d'un air contrit.

— Il faudra plus que ça. (Il fit un tour dans le garde-manger et y prit le balai à franges.) Benedict est en haut, avec Toby. J'ai promis de ne pas sortir de la maison sans lui.

— Cela m'étonne qu'il ait accepté de placer tout un étage entre vous.

— Mon gardien a passé un marché avec moi. (Son frère avait probablement tout entendu – l'accès de colère de Rule, la majeure partie de leur conversation. L'ouïe de Benedict était étrangement fine, même pour un lupin. Rule ramassa la brique de lait crevée.) Jette ça, tu veux ? Je suis censé m'entraîner avec Freddie tout à l'heure. (Il se mit à passer méthodiquement la serpillière.) Je ne sais pas pourquoi, mais tout le monde croit que j'ai besoin de me détendre un peu.

— Si tu commences à te montrer aussi fantasque que moi, on est dans le pétrin. (Cullen jeta la brique à la poubelle, avant d'ajouter tranquillement :) Tu as eu d'autres… incidents, n'est-ce pas ? Des trous de mémoire, j'imagine qu'on peut appeler ça comme ça.

— Quatre. (Il porta la serpillière jusqu'à l'évier, la rinça, et revint vers la flaque de lait pour terminer. Trois fois, au cours des deux derniers jours, sa mémoire avait simplement cessé de fonctionner.) Les coupures ne durent pas longtemps, seulement de dix à vingt minutes. Jusqu'ici, pas d'autres symptômes. Lily est au courant pour l'un des trous de mémoire. Je ne lui ai pas parlé des trois autres, alors évite d'y faire allusion.

— Bon sang, Rule ! Et tu m'accuses de me conduire comme un crétin avec les femmes !

— Non, tu es maladroit, mais lorsque tu te donnes la peine de réfléchir, tu t'en sors pas mal. (Rule termina d'essorer la serpillière et la rapporta dans le garde-manger. Il restait à nettoyer le mur.) Inutile de me donner des conseils. Je ne veux pas l'inquiéter outre mesure.

Cullen secoua la tête. Il fut pris d'un autre bâillement.

— Tu ferais mieux d'aller te coucher. Prends ma chambre – les autres sont occupées.

Cullen lui adressa un sourire fatigué.

— Tu crois que Lily sera fâchée si je dors dans son lit ?

— Non, mais elle sera furieuse que tu reviennes sur le sujet à des moments où elle est très contrariée.

Il retrouva l'éponge que Cullen avait prétendu ne pas voir plus tôt. Elle se cachait sur l'étagère sous l'évier.

— Il y a quelques trucs que je dois te dire avant d'aller me pieuter, si j'arrive à garder assez de cellules cérébrales en état de marche. (Un autre bâillement.) À propos de Timms…

— Je t'ai dit que je ne le garderais pas pour toi.

— Je sais. (Cullen était agacé.) Je l'ai appelé pour lui dire que je devais quitter la ville un moment. Je… (Il s'arrêta, et plissa les yeux.) Tu le savais.

— Il est passé tous les jours. Il est en arrêt maladie à cause de son bras, alors j'imagine qu'il se sent désœuvré. Madame Yu lui apprend à jouer au mah-jong.

— Grand Dieu.

Et cela, pensa Rule en se penchant pour essuyer le mur, était à la fois classique et inédit. Cullen n'avait pas appelé Rule après avoir disparu : classique. Il avait pensé que Rule comprendrait. Il ne voulait pas non plus lui donner l'occasion de s'opposer à ce qu'il était censé faire. Il n'avait appelé ni Lily ni Cynna parce que cela ne lui était pas venu à l'esprit. En revanche, il avait appelé Timms.

Cullen avait toujours recueilli des animaux errants - souvent humains, mais pas toujours. Des êtres qui souhaitaient aussi ardemment que lui trouver leur place. Mais il ne s'était jamais occupé d'eux longtemps, il trouvait toujours quelqu'un d'autre pour prendre le relais.

Pourtant, il avait appelé Timms.

— Je pouvais bien l'appeler, l'avertir de mon retour. Je peux pas tout lui dire, évidemment, précisa Cullen, surtout à propos du *Codex*. (Il fit une pause.) Je suppose que Lily lui a déjà transmis ces infos-là.

Rule termina d'éponger le lait sur le mur, se releva et hocha la tête.

Cullen serra les poings, puis se détendit.

— Les personnes que nous voulons plus que tout garder dans l'ignorance doivent déjà être au courant, alors. J'ai ma petite idée au sujet du *Codex*. C'est l'autre chose que je voulais te dire avant d'aller me coucher.

— Je t'écoute.

Rule reposa l'éponge et retourna à la table, où il prit la plume et le cordon. Il pouvait bien porter cette fichue plume. Peut-être que ça l'aiderait. Il enfila le cordon dans la boucle d'argent.

— Le rapport que Lily m'a donné. Lorsque je le recoupe avec ce que je parviens à me rappeler ou à reconstruire… Est-ce que ça te rend aussi fou que moi ? lui demanda-t-il soudain. Qu'on touche à ta mémoire ?

Vu qu'il venait de finir de nettoyer la preuve de sa colère, Rule lui répondit sur un ton pince-sans-rire :

— Oui. Ça me rend fou.

Cullen hocha la tête.

— Quoi qu'il en soit, le FBI a détecté ce qu'ils appellent une perturbation nodale à Galveston. L'estimation de leur capteur était si haute – de soixante mille fyllos dans le voisinage – qu'ils ont supposé que c'était un nœud. Ce type d'énergie nodale n'apparaît pas comme ça, et même si c'était le cas, il y aurait d'autres troubles… du genre de ceux que nous avons observés ces derniers temps, d'ailleurs. Mais ils ont envoyé quelqu'un pour vérifier, de toute façon. Un type du bureau local du FBI, pas de l'Unité, mais il a une formation de Wiccan. Il a parlé à plusieurs personnes qui vivaient près du noyau. Y compris Molly Brown.

Rule attacha le cordon autour de son cou et glissa la plume sous sa chemise. Il ne se sentit pas différent. Mais il se sentait pareil lors de ses trous de mémoire.

— Molly est ta copine succube.

— Oui. Elle avait une autre amie avec elle, une femme nommée Erin DuBase. Enregistrée comme Wiccan, on dit d'elle que c'est une prêtresse, voire une grande prêtresse. Un certain Michael, présenté comme le neveu de Molly, était également là.

Rule voyait où il voulait en venir.

— Le même prénom que l'ensorceleur qui t'a rendu visite. Celui qui, d'après toi, aurait trafiqué ta mémoire.

L'excitation de Cullen réduisit à néant son épuisement. Il se mit à faire les cent pas.

— Et tout d'un coup, il y a un appel à toutes les patrouilles pour Molly et Michael, qui ont quitté Galveston – seulement, personne ne sait qui l'a passé. Molly m'appelle à un moment donné, puis elle et Michael prennent l'avion pour me voir. Nous passons plusieurs heures ensemble. Je ne me rappelle pas tout, mais je n'ai pas l'impression, pendant longtemps, qu'il y a quoi que ce soit d'anormal avec mes souvenirs. Un sort d'amnésie, dit-il, en s'arrêtant brusquement. J'ai trouvé cette saleté dans ma tête.

— Tu t'en es débarrassé, alors ?

Cullen afficha un sourire féroce.

— Oui. Ce qui a été instructif, également. Mais revenons-en à mon histoire. Dans mes souvenirs, je me réveille : Molly et Michael sont partis. Je ne suis pas seul longtemps. Les Azá viennent, ils recherchent Michael, mais ils m'acceptent à la place. J'ai de la veine : avant leur arrivée, j'ai fait l'acquisition de boucliers. Si robustes que personne, pas même Helen la télépathe, avec cette saleté de crosse qui augmente son pouvoir, ne peut les transpercer. Je parle ici de la Rolls-Royce des boucliers, Rule, alors que personne sur cette planète ne sait aujourd'hui construire une fichue Ford T.

Le sang de Rule se glaça dans ses veines.

— Mais ce genre de sort pourrait très bien être dans le *Codex*.

Cullen dressa un doigt en l'air.

— Un point pour toi, champion. Les boucliers et la falsification de ma mémoire ont demandé des aptitudes qui ont disparu avec le *Codex*. (Cette fois, Cullen serra les poings mais ne les relâcha pas.) Il l'a récupéré, Rule. Ils se sont trompés en pensant que le pouvoir était un nœud – il faut une puissance impossible pour ouvrir un portail. Le *Codex* est réapparu à ce moment-là. Et le salaud qui a modifié ma mémoire l'a en sa possession.

Cela paraissait plausible. Et même beaucoup trop.

— Tu crois que ce Michael a faussé ta mémoire, puis t'a gentiment équipé de boucliers ?

Avec impatience, Cullen balaya sa remarque du revers de la main.

— Il voulait obtenir quelque chose de moi. Je voudrais tellement me rappeler quoi, mais impossible. Les boucliers étaient ma rémunération, ce qui me fait dire qu'il n'est pas un salaud total, ou du moins que Molly ne l'aurait pas laissé me tuer. Mais il a oublié de me voler un souvenir : je sais quelle tête il a.

Et si Cullen avait eu très envie de retrouver cet homme jusque-là, maintenant il en ressentait un besoin ardent.

— Nous devrions peut-être faire en sorte que le *Codex* demeure caché, dit Rule lentement.

— Faire l'autruche, tu veux dire ? Si nous faisons comme si de rien n'était, le père Fouettard ne nous attrapera pas. (Cullen était écœuré.) La Diablesse est à sa recherche. Comment ne pourrait-on pas faire tout ce qui est en notre pouvoir pour le récupérer les premiers ?

Il avait raison, toutefois…

— Le *Codex* est la plus grande boîte de Pandore que le monde a jamais connue. S'il contient les connaissances auxquelles tu penses…

— Et Elle pense comme moi.

— Dans ce cas, dans les mains de qui serait-il en sûreté ?

Cullen passa sa main dans ses cheveux.

— Si tu penses que je n'en suis pas capable, tu as sans doute raison. Oh, je ne veux pas m'imposer comme le chef du monde. Je n'ai pas le temps. Mais mieux vaut qu'il soit dans les mains d'un Nokolaï que dans celles du gouvernement.

Le gouvernement. Lily.

— Que dis-tu ? le coupa Rule.

— Ne le dis pas à Lily. Pas encore. Elle voudra à tout prix le révéler à ce fichu détachement spécial, et…

— Je n'ai pas le choix. La dernière fois que je lui ai caché des choses… (Rule laissa échapper un rire amer.) C'est là qu'elle s'est retrouvée en enfer. Et moi aussi.

Cullen secoua la tête.

— Ce que tu as refusé de divulguer concernait le clan et n'avait rien à voir avec ce qui vous est arrivé à tous les deux.

— Je ne peux pas ralentir ses recherches.

— Tu le fais déjà.

LILY S'EMPARA DE son sac et de son ordinateur, claqua la portière et sortit du garage à pas rapides. Elle passa machinalement en revue la cour, mais ne parvint pas à repérer le garde.

Pour être honnête, cela lui fichait une peur bleue. Elle était soulagée que les gardes soient là, mais elle n'aimait pas l'idée qu'un homme puisse être si bien caché.

La porte de derrière s'ouvrit au moment même où elle allait attraper la poignée. Elle sursauta, puis franchit le seuil.

— C'est carrément troublant, dit-elle à Benedict, qui lui tenait la porte.

Il sourit. C'était un homme peu loquace… voire muet.

— Rule ! appela-t-elle en posant son ordinateur portable sur la table.

Elle chercha son téléphone dans son sac puis jeta ce dernier par terre. Elle composa la numérotation abrégée du téléphone portable de Cynna.

— Il y a du nouveau, dit-elle, jetant un coup d'œil à sa montre alors que Rule entrait dans la cuisine. Allez, Cynna, décroche, dit-elle au téléphone, avant de s'adresser à Rule sans faire de pause : J'ai une piste. Je vais devoir aller à Chicago, alors je suppose que certains des gardes devront… Zut.

La voix du répondeur de Cynna l'invitait à laisser un message.

Ce qu'elle fit, en lui disant de la rappeler aussi vite que possible. Puis elle expliqua la situation à Rule tout en retirant sa veste encombrante.

— La femme à laquelle j'ai parlé à Baltimore avait peur – Jiri a fait passer un sale quart d'heure à ses disciples – mais elle a fini par me donner un nom. Hamid Franklin. Celui-ci est nouveau, les Services secrets ne l'avaient pas. Franklin s'est joint au mouvement bien après le départ de Cynna. Il était, semble-t-il, l'un des préférés de Jiri, alors…

Le calme et l'expression impassible de Rule se fissurèrent enfin.

— Qu'y a-t-il ? Qu'est-ce qui ne va pas ? lui demanda-t-elle.

Question idiote, alors que rien n'allait, mais la situation pouvait toujours être pire.

Cette fois, elle l'était vraiment.

— Je ne peux pas aller à Chicago, répondit-il. La dépouille de Paul m'est rendue aujourd'hui.

XXVIII

Le corbillard devant eux était noir et brillait dans la lumière de fin d'après-midi. Pour cet événement, le soleil avait finalement daigné se montrer. Lily en avait ras le bol.

Elle avait faim, elle était fatiguée et inquiète… D'accord, pas inquiète. Effrayée. Elle l'était concernant tant de sujets qu'elle peinait à tous se les énumérer. Rule était infecté par la substance démoniaque. Sa mère ne lui parlait plus. Sa grande sœur, si, hélas. Le monde se préparait à être frappé par des vagues répétées de magie, qui changeraient tout, et tueraient probablement des gens. Des démons surgissaient un peu partout, et un Ancien qui rôdait déjà dans le coin avant le Big Bang avait pour objectif de détruire les lupins, de s'emparer du Livre de toutes les magies, et de gouverner le monde.

Et elle avait mal aux pieds.

Elle avait déniché Alexia Morgan, après avoir dû sillonner plus de la moitié de Baltimore. La femme n'était ni chez elle, ni à son travail, ni dans son bar préféré. Lily avait fini par la débusquer dans une laverie. Mais dès lors qu'elle avait mis la main sur cette fille, elle avait trouvé le filon, et maintenant…

Maintenant, Cynna était en route pour Chicago, se rappela-t-elle. Cynna était tout à fait capable d'y aller pendant qu'elle, Rule, son frère tout en muscles et son copain ensorceleur suivaient un fichu corbillard dont le conducteur jugeait respectueux de rouler à quatre-vingts kilomètres à l'heure dans une zone où cent dix étaient autorisés.

Rule venait de finir de lui raconter la théorie de Cullen.

— Tu as fait exprès d'attendre, dit-elle en s'efforçant - vraiment - de ne pas hausser le ton. Tu ne m'as pas parlé de ce Michael et de son rapport possible avec le *Codex* avant qu'on soit partis. Tu voulais m'empêcher de prévenir Ruben ou le détachement spécial.

Ce n'était pas un sujet dont on pouvait discuter par téléphone. Aucune ligne n'était suffisamment sûre pour parler du *Codex Arcanum*.

Rule ne nia pas, ce qui ne calma en rien la colère de Lily.

— Bon sang, Rule, on ne peut pas faire l'impasse là-dessus ! Il est vrai que ce n'est qu'une théorie, mais elle colle. Je dois…

— Réfléchir, lui dit-il froidement. Tu dois réfléchir avant de faire quoi que ce soit, c'est pour cela que j'ai attendu. Je voulais que tu aies le temps de passer en revue les possibilités.

Elle leva les mains.

— Je suis un agent du FBI. Ma seule possibilité, c'est de le dire à Ruben.

— C'en est une. Il devra le dire au Président, bien entendu, qui devra en parler à quelques conseillers de confiance. Qui lui diront tous de mettre la main sur le *Codex* sans attendre.

— Où veux-tu en venir ?

— Que pourrait faire le Pentagone avec le Livre de toutes les magies ?

Sa question la fit taire un moment.

— Quel autre choix avons-nous ? En supposant qu'il est ici, et que nous le trouvons – ce qui n'est pas rien, mais faisons comme si. Ce n'est pas à nous de décider.

— Transmettre ce que nous savons, ça c'est une décision, et ça nous rend responsables, en partie, de la suite des événements… s'il s'avère que tu n'aurais pas dû faire autant confiance aux autorités.

— Je fais confiance à Ruben.

Il réfléchit un instant, puis acquiesça.

— Moi aussi. Je pourrais même être prêt à lui confier le *Codex* si lui, en retour, était d'accord pour ne dire à personne qu'il le détient. Mais qui que soit l'individu qui l'a en sa possession, il ne doit pas seulement être honorable, mais aussi être capable de le défendre contre tous ceux qui pourraient vouloir mettre la main dessus. Ce qui comprend une bonne part du reste du monde, dès que l'info aura circulé.

— Et d'autres mondes aussi, ajouta Cullen, assis à l'arrière.

Lily pianota sur sa cuisse, compta jusqu'à dix, puis demanda à Rule :

— Pourquoi est-ce que tu ne cries pas quand tu te mets en colère ?

— Je préfère jeter des objets, dit-il d'un ton pince-sans-rire.

Cullen grommela.

Elle se retourna pour le foudroyer du regard.

— Et que fais-tu ici, de toute façon ? Je comprends pourquoi Benedict vient avec nous. (Et elle en était très contente. Benedict avait accepté de laisser les autres gardes du corps à la maison – Toby avait besoin de protection lui aussi – mais il avait platement refusé de laisser Rule voyager en territoire Leidolf sans lui.) Mais tu n'as aucune raison d'être dans cette voiture.

Sa remarque l'amusa.

— Bien sûr que si. Pour la déco. Je suis peut-être inutile, mais je suis mignon.

— Tu n'es pas inutile. Agaçant, exaspérant, arrogant, mais pas inutile. Ceci dit, je ne vois pas pourquoi tu peux sans problème accompagner Rule si les autres Nokolaï ne peuvent pas.

Il haussa les épaules.

— Les Leidolf protesteront peut-être, mais ils ne me considèrent pas comme une menace. Ils se contenteront sans doute de me lancer un regard dédaigneux et me laisseront entrer.

— Mais ils savent que tu es un ensorceleur.

— La plupart des lupins méprisent la magie, mis à part celle de la transformation.

La voix grave de Benedict les surprit. Elle entraînait souvent cette réaction, à la fois à cause de son grondement de basse et parce qu'il prenait rarement la parole.

— Cullen essayera d'en savoir plus sur l'étendue de la maladie de Victor, poursuivit Benedict.

— On dirait que tu sais déjà de quoi il souffre.

— Il n'y a pas beaucoup de possibilités, intervint Rule, en ralentissant en même temps que le corbillard. (Ils approchaient de l'embranchement de Nutley.) Un cancer est la plus probable.

— Un cancer ? Mais je croyais que les lupins pouvaient guérir de leurs cellules malignes comme de tout le reste.

— Les malignités normales, oui, dit Cullen. Mais il existe une forme de cancer propre à notre espèce. Elle ne survient qu'à deux moments dans la vie : au début de l'adolescence, lorsque la puberté et la première transformation produisent des altérations violentes dans l'organisme, ou durant la vieillesse.

L'adolescence ? Elle pensa à Toby, et jeta un coup d'œil à Rule.

Il avait les yeux braqués sur la route ou le corbillard, et peut-être qu'il était plongé dans ses propres pensées, mais il avait dû sentir son regard sur lui.

— C'est beaucoup plus rare chez les jeunes gens que chez les personnes âgées, heureusement. Nettie dit que lors de notre première transformation, notre magie cherche un équilibre entre une guérison rapide et l'immortalité cellulaire. Étant donné que les seules cellules véritablement immortelles sont cancéreuses…

— Le cancer est immortel ?

— Sur le plan cellulaire, oui, dit Cullen. Tu veux des explications de généticien, ou la version simple ?

— Simple, si possible.

— Les cellules se renouvellent en se divisant. En fait, la sénescence - la vieillesse - est la perte d'informations nécessaires à cette division cellulaire. Les cellules normales ont ce que l'on appelle une limite de Hayflick. C'est le nombre de fois où elles peuvent se diviser pour se reproduire, ce qui détermine plus ou moins la durée de vie d'un organisme. Les cancéreuses éludent cette limite grâce à une enzyme, la télomérase. Celle-ci ne cesse d'ajouter des séquences à six lettres aux télomères - la dernière partie de la chaîne chromosomique - de façon à ce que la cellule puisse continuer à se diviser, ce qui signifie que…

— Tu es sûr que c'est l'explication simple ?

— Simple à la limite de l'absurde. Je n'ai pas mentionné les protéines réticulées, les produits finaux de glycation avancée…

— Garde-les pour toi.

— D'accord, d'accord. Le problème, c'est que les cellules cancéreuses peuvent se diviser à l'infini, contrairement aux normales. Évidemment, nous ne pouvons pas étudier celles des lupins en laboratoire pour déterminer comment elles parviennent à passer au travers de la limite de Hayflick.

— Les cellules des personnes de la Souche donnent des résultats d'analyse faussés.

— Exact. Lorsqu'elle est séparée de son principe organisateur, notre magie redevient chaotique. Ainsi, sans tests cliniques possibles, nous en sommes réduits à des théories, mais la plus vraisemblable est que la magie agit comme l'enzyme de la télomérase. Elle permet à nos cellules de se diviser sans perte d'informations.

Lily se rendit compte qu'elle parvenait à suivre son raisonnement.

— Et c'est ce que le cancer fait d'après ce que tu as dit, sauf qu'il utilise cette enzyme à la place de la magie. Par conséquent, si la magie présente une faille, vous développez un cancer au lieu d'une guérison ultra rapide.

— Tes profs devaient t'adorer. Exact, notre magie est très efficace tant qu'elle se conforme à son principe organisateur. Lorsque ce n'est pas le cas, nous avons des cancers. Des cancers systémiques de différents types.

Elle réfléchit à ce qu'il venait de dire tandis qu'ils suivaient le corbillard dans une majestueuse procession.

— On dirait que beaucoup de voitures vont à Nutley.

— J'ai remarqué, fit Rule d'un air lugubre. Apparemment, nous arrivons en même temps que la moitié des Leidolf. L'hommage à Randall suivra celui de Paul demain. Le clan vient pour cela, à la fois par respect et parce que Victor fera la désignation à ce moment-là.

— Tu veux dire qu'il nommera l'héritier demain ?

— Non, que c'est à ce moment-là qu'il fixera la date de la cérémonie. La tradition veut que le Rho fasse la désignation, puis prononce les noms des personnes de la lignée - celles qui pourraient potentiellement porter le mandat.

— Mais il revient toujours à un fils du Rho.

— Presque toujours, la corrigea-t-il. Le sang est plus fort chez un fils de Rho, mais d'autres membres du clan ont également le sang du fondateur. Nous espérons de toutes nos forces que Victor rompra avec cette tradition en particulier.

— Mais pourrait-il désigner Brady ? Je croyais que l'héritier devait avoir au moins un fils.

— Brady a eu des jumeaux il y a plusieurs années. L'un était mort-né, mais l'autre a vécu quelques jours. Techniquement, cela le qualifie, mais le clan n'appréciera pas. Je ne suis pas certain qu'ils l'accepteraient.

— Ont-ils le choix ?

— Il y a le test. Cela fait partie de la cérémonie. Victor désigne son héritier, puis celui-ci subit un test.

— Il veut dire qu'il est mis au Défi, intervint Cullen. C'est l'une des raisons qui explique l'attente entre la désignation et la détention du titre. Ainsi, le clan a le temps de discuter de celui qui relèvera le Défi contre lui. Lorsque Rule a été désigné, bien entendu, le sujet n'a pas prêté à controverse. C'est Benedict qui l'a défié.

— Pardon ? (Elle se retourna pour dévisager l'imposant Benedict.) Tu as défié Rule ? Tu t'es battu avec lui ?

Rule répondit à la place de son frère :

— Si l'héritier ne peut pas commander le combattant le plus fort du clan, il ne peut pas être Rho. Je ne dirais pas que défier Benedict était une formalité, ajouta-t-il avec une pointe d'amusement. Il m'a donné du fil à retordre. Mais s'il n'avait pas voulu de moi comme héritier, je n'aurais pas gagné.

— Il y a toujours au moins une personne pour relever le Défi, dit Cullen. Peu importe que le choix de l'héritier soit très populaire ou pas. Mais il peut y en avoir plusieurs. Si Brady est désigné, je parie qu'ils seront très nombreux.

— A-t-il de grandes chances de remporter un Défi ? Est-il bon combattant ?

Cullen soupira.

— Il est doué. Rule pourrait l'affronter. Benedict aussi, cela va sans dire. Je ne sais pas très bien qui, chez les Leidolf…

Benedict reprit la parole, de sa voix grave et calme :

— Victor ne désignera pas Brady à moins qu'il ne souhaite la mort de son fils. Alex Thibodaux est un bon combattant, et il a un honneur. Si Brady est désigné, Alex le défiera et le tuera.

Cette idée sembla une perspective réjouissante pour chacun d'eux.

***

La petite ville de Nutley semblait usée, mais pas jusqu'à la corde – marquée par le temps, décida Lily, en comparant mentalement les rues dans lesquelles ils passaient à la carte qu'elle avait sous les yeux. Elle aimait repérer les lieux, juste au cas où. Ils étaient les deuxièmes dans une petite rangée de véhicules qui suivaient le corbillard – le conducteur de celui-ci s'en tenait toujours à ses principes et roulait en deçà de la limite de vitesse.

Lily voulut revenir à la question du cancer et tourna la tête pour demander à Cullen :

— C'est quoi, ce principe organisateur dont tu as parlé ?

— Si tu arrives à comprendre, préviens-moi.

Benedict prit paisiblement la parole :

— Certains disent qu'il est purement physique, que la magie fait son modèle à partir de nos corps. D'autres prétendent que c'est notre volonté ou notre intention qui le façonne. Une troisième théorie existe : la Déesse créerait un motif pour chacun de nous.

Lily se contorsionna davantage pour regarder l'homme assis derrière son siège.

— Laquelle crois-tu ?

— S'il nous provenait de la Déesse, continua Benedict, ce principe marcherait tout le temps. Personne ne développerait de cancer. S'il venait de nos corps, nous aurions le physique de garçons de treize ans – l'âge de notre première transformation, lorsque la magie se manifeste. Si la volonté ou l'intention la formait, des vieux salauds comme Victor ne mourraient jamais. Il a une volonté de fer.

Il venait d'éliminer l'une après l'autre toutes les théories qu'il avait mentionnées.

— Mais quelle est ta conviction ?

— Je pense que le cancer chez les adolescents survient lorsque le corps d'un lupin tente de rejeter la magie : maladie et pouvoir surnaturel s'affrontent au lieu de se fondre. Je crois que nous vivons jusqu'à un certain âge parce que c'est notre destin. Que certains souffrent de cancer dans leurs vieux jours parce que le péché a perverti leur magie.

— Le péché ? répéta-t-elle, surprise. (C'était le dernier mot qu'elle s'attendait à entendre dans la bouche de Benedict.) C'est une explication très… biblique venant de toi.

Et il n'avait pas l'intention d'en dire plus, apparemment. Il ne répondit pas.

— Par moments, Benedict peut être très branché Ancien Testament, fit Rule, pour quelqu'un qui a été élevé selon les croyances traditionnelles des Navajos.

La route montait à présent, et ils laissèrent Nutley derrière eux. Lily essayait de se concentrer sur l'affaire, sur les options qu'ils auraient si la piste de Chicago ne donnait rien. Mais elle ressentait si fortement la présence de Rule qu'elle ne pouvait se concentrer.

Cette attirance physique la frappait par moments. Le lien d'âme sœur, ou l'amour ? Elle n'était pas très sûre – et ne savait plus si cela avait de l'importance. Mais elle était troublée de sentir cette acuité physique en présence des autres. Ce n'était pas précisément de l'excitation, mais cela l'y conduisait.

Pourtant, elle le regarda malgré elle. La lumière chaude de l'après-midi glissait sur son visage et marquait ses pommettes saillantes. Elle aimait ses sourcils, ces traits en forme d'ailes, tellement plus expressifs que les siens. Sur le volant, ses mains attirèrent son regard. Des mains fortes, de longs doigts… l'or scintilla à son poignet. Il portait une montre aujourd'hui ; ce n'était pas toujours le cas. Les manchettes de sa chemise semblaient très blanches par rapport à sa peau et à la laine noire de sa veste de costume.

Comme la plupart des Occidentaux, les lupins portaient des couleurs sombres aux funérailles. Mais ils choisissaient également ces teintes pour toutes les cérémonies importantes.

Du noir, du bleu très foncé, et du noir charbon représentaient les profondeurs à travers lesquelles la lune évoluait.

Du moins, c'était ce qu'ils portaient quand ils étaient vêtus. Lily était contente que cette cérémonie ne soit pas totalement dénudée. Non pas qu'elle aurait dû se déshabiller – la nudité n'était requise que de ceux qui pouvaient se transformer – mais où poser son regard au beau milieu d'une foule d'hommes nus ?

Elle était à peu près sûre de la cible que ses yeux choisiraient.

Puisque la nudité n'était, Dieu merci, pas demandée, Lily avait emporté son plus bel ensemble noir avec pantalon ; elle porterait un haut sans manches noir bleuté avec. Ces vêtements n'étaient pas nécessaires avant l'hommage, le lendemain. Même si Paul serait enterré cette nuit, seuls ses parents les plus proches seraient présents pour cette partie de la cérémonie. Les lupins estimaient que l'inhumation était une affaire privée.

Le manteau que Rule lui avait offert pendait au dossier du siège. Les teinturiers l'avaient livré juste avant leur départ. Elle aurait aimé qu'ils mettent quelques heures de plus. Paul avait perdu son sang dans ce manteau.

Le corbillard ralentit. Son clignotant s'alluma. Le spectacle allait bientôt commencer, songea-t-elle alors qu'eux aussi ralentissaient avant de tourner.

Le corbillard descendit une route non goudronnée. Ils tournèrent… et s'arrêtèrent brusquement. Trois hommes armés de poignards qui ressemblaient beaucoup à ceux de Benedict avancèrent devant leur voiture. Lily jeta un coup d'œil à ses compagnons. Ils semblaient calmes, comme s'ils s'y attendaient.

L'un des hommes s'approcha de la vitre, que Rule descendit.

— Les Nokolaï ne sont pas les bienvenus ici.

— J'accompagne la dépouille de Paul Chernowich… comme vous le savez.

— Pas lui.

Le garde donna un coup de menton en direction de Benedict, assis sur le siège arrière.

— S'il y a une cérémonie, les Nokolaï doivent en être témoins comme les Leidolf. Mon frère m'accompagne à cause de la menace d'une attaque de démon, pas pour leur manquer de respect. Mon Élue est avec moi, ajouta Rule. Il aurait été bizarre que je refuse – ou les Leidolf – qu'elle bénéficie de la protection que mon frère peut lui garantir.

Les gardes discutèrent entre eux, puis appelèrent une autre personne avec un téléphone portable tandis que quatre voitures derrière eux attendaient. Le corbillard s'était aussi arrêté, un peu plus loin sur la route, lorsque son chauffeur s'était rendu compte que son escorte était retenue. Finalement, les gardes annoncèrent que Benedict serait autorisé en territoire Leidolf s'il abandonnait son droit à relever un Défi.

Benedict refusa et fit une contre-proposition : il éviterait tous les Défis dans la mesure du possible et s'engagerait à ne pas défier un certain Alex.

— C'est son alter ego, expliqua Cullen tandis que les gardes se réunissaient de nouveau pour discuter. Le chef de leur sécurité, et leur meilleur combattant. Il devrait accepter un Défi si Benedict en lançait un.

— Et pas les autres ?

Rule se chargea de lui répondre.

— Étant donné la réputation de Benedict, il est très improbable que qui que ce soit, mis à part un jeune sot, accepterait de relever un Défi qu'il aurait lancé. Ce serait gênant de le refuser, mais il n'y aurait pas de perte de statut réelle dans ce cas. Tout le monde sait que Benedict gagnerait. En revanche, la position d'Alex en fait une sorte de remplaçant du Lu Nuncio, dont le clan manque actuellement. Son refus de relever un Défi aurait des incidences sur l'ensemble du clan. Si Benedict lui en lançait un, Alex devrait accepter.

— Alors ce n'est pas simplement qu'ils sont pointilleux sur leurs conditions.

Cullen grommela :

— Oh, ils le sont. Si Benedict abandonnait son droit de relever des Défis, ils y verraient une autorisation à l'insulter.

— Et ce que nous considérons comme une insulte, ajouta Rule d'un ton pince-sans-rire, pourrait te paraître un tantinet violent.

Les gardes revinrent, ayant obtenu l'acceptation des conditions de Benedict, que ce dernier dut alors répéter pour mémoire. Il y eut encore un peu d'attente. Ils voulaient fouiller la voiture et confisquer toutes les armes. Apparemment, les poignards de Benedict étaient acceptables, mais pas les armes à feu.

Lily en avait assez.

— Il y a plusieurs armes dans le coffre, dit-elle froidement, s'adressant aux gardes pour la première fois. Elles m'appartiennent. Je suis un agent du FBI, comme vous devez le savoir, et j'enquête sur les attaques démoniaques subies par les héritiers lupins. Je ne vous les laisserai pas.

Ils ne la crurent pas. Dans leur monde, un petit bout de femme n'utilisait pas d'AK-47. Lily sortit, marcha jusqu'à l'arrière de la voiture et en sortit une arme. Elle prit position et la porta à son épaule.

— Il n'y a personne dans ces arbres ? demanda-t-elle en désignant un épais bosquet de chênes.

— Je… Non, fit le plus grand garde.

Elle tira en rafales et décima plusieurs branches innocentes.

— Bonne puissance d'arrêt, même sur des démons, annonça-t-elle, incapable de s'entendre parler.

Et parfait, songea-t-elle, pour leur en mettre plein la vue. Elle savait d'expérience que son audition reviendrait dans un moment.

Ils lui laissèrent les armes à feu.

Lorsque leur voiture s'éloigna enfin du poste de contrôle, elle demanda à Rule de lui en dire plus sur les Leidolf.

— Que veux-tu savoir ?

— Tu as dit que je n'aimerais pas leurs façons de faire. Celles-ci ont-elles quelque chose à voir avec ce que Cynna nous a raconté ? Leur Rho, apparemment, pensait que c'était normal de baiser la mère à peine majeure de l'enfant de son fils décédé dans le couloir de sa maison.

— Les Nokolaï et certains autres clans n'aiment pas la façon dont les Leidolf traitent leurs membres femelles. Ils ne sont pas tout à fait en phase avec ce siècle, en ce qui concerne les femmes.

Cullen se mit à rire :

— On les a traînés de force, à leur corps défendant, dans le siècle dernier, et je ne suis même pas sûr qu'ils y soient arrivés. Victor et sa joyeuse équipe pensent que les femmes ne sont utiles qu'à une seule chose, et c'est ce qu'ils enseignent aux femelles de leur clan.

Lily retroussa les lèvres.

— Ils les veulent pieds nus et enceintes ?

— À genoux, sur le dos, peu importe. C'est pour cela que l'arrière-grand-mère de Rule a fui le clan, avec dix autres femmes.

— Pardon ? fit-elle en se retournant, fixant d'abord Cullen, puis Rule. Ton arrière-grand-mère était une Leidolf ?

Rule hocha la tête mais ne répondit pas tout de suite. La pluie et la circulation récente n'avaient pas fait du bien à la route de terre ; les ornières étaient profondes, les nids-de-poule plus encore.

— Tu dois connaître cette histoire, dit-il enfin. C'est en grande partie pour cette raison que les Leidolf haïssent les Nokolaï. Iselda est allée voir mon arrière-grand-père lors d'un Tout-Clan. Ce n'est pas inhabituel - il se passe beaucoup de rencontres galantes lors de ces rencontres, et les Rho sont... ah, des partenaires attirants aux yeux de nombreuses femmes. C'était particulièrement vrai à l'époque où les mœurs de la culture extérieure étaient si répressives. Lorsque les membres de l'un ou de l'autre sexe en avaient l'occasion…

— Ils s'esquivaient dans les fourrés en agréable compagnie. J'imagine comment cela devait se passer, mais vos clans n'étaient-ils pas ennemis ?

— Les Nokolaï et les Leidolf n'ont jamais été amis, mais il n'y avait pas d'hostilité affichée à l'époque. Plutôt une méfiance de longue date. Une partie de celle-ci remontait à des événements très lointains, qui auraient pu être oubliés s'il n'y avait eu ce nationalisme regrettable. Avant que les clans émigrent, les Leidolf étaient allemands, et les Nokolaï, français.

— Vous aviez donc un passé commun d'inimitié entre vos clans, mais vous n'étiez pas non plus des ennemis jurés. Les Leidolf ont-ils été furieux qu'Iselda se soit éclipsée avec un Nokolaï ?

— Non, ce genre de chose était prévisible. Mais Iselda est tombée enceinte.

— Cela a dû être un véritable choc.

Un petit sourire s'esquissa sur ses lèvres.

— On m'a dit qu'elle avait prétendu que c'était une grossesse désirée, mais comment pourrait-on le prévoir, alors que c'est si rare…

— Pas aussi rare avec les accouplements de membres de clans différents, intervint Cullen, qu'au sein du même clan.

— Tout de même, ce serait un peu comme marcher dans le désert en comptant se désaltérer grâce à la pluie. On pourrait dire qu'Iselda a fait sa balade pendant la saison des pluies, mais les probabilités jouaient contre elle. En tout cas, son amourette n'a choqué personne, et sa grossesse aurait été un sujet de réjouissance dans son clan… si elle était restée Leidolf.

— Mais cela n'a pas été le cas.

— Non. Elle a choisi de quitter le Tout-Clan avec mon arrière-grand-père et d'être adoptée par les Nokolaï. Son enfant est donc né Nokolaï. Le Rho des Leidolf – tout le clan, en fait – était furieux. Pourtant, si les choses s'étaient arrêtées là, les Leidolf auraient pu la pardonner.

— Que s'est-il passé ?

— Elle a donné à mon arrière-grand-père un fils. Mon grand-père. Elle lui a demandé une faveur : libérer dix femmes de son ancien clan. Il a accepté.

— Les libérer ? Mais… elles n'étaient pas esclaves. Elles pouvaient partir, si elles le souhaitaient. Même alors…

— En fait, dit Rule, elles étaient des esclaves.

— Pardon ?

— Cela remonte à 1848. L'esclavage était encore légal dans le Sud.

C'est vrai. Elle s'était trompée en partant de suppositions fondées sur l'espérance de vie humaine. Le père de Rule semblait être un sexagénaire en pleine santé, pourtant il était né près d'un siècle plus tôt.

— Mais les Leidolf étaient allemands. Quoique j'imagine que s'ils ont fécondé des esclaves…

— C'est aussi arrivé, mais les Leidolf sont allés encore plus loin. Dans la majeure partie du vieux Sud, on était noir dès lors qu'on avait la moindre trace de sang africain. Les Leidolf… (Rule serra les dents. Ses mains se crispèrent sur le volant.) Les Leidolf ont fait en sorte que certaines de leurs femelles soient déclarées noires, qu'elles en aient ou non. Un tour de passe-passe juridique, arrangé par l'intermédiaire d'un juge corrompu, qui leur a permis de posséder carrément leurs femmes.

— Tordu. C'est… (Elle ne trouvait pas de mot adéquat.) …tordu. Mais pourquoi aller vers de telles extrémités ? Les femmes étaient déjà considérées comme des biens, à l'époque.

— Comparé aux esclaves, elles avaient de nombreux droits. Les esclaves ne pouvaient rien posséder. Elles n'avaient pas de droits sur leurs enfants ou leurs corps, et ne pouvaient pas se marier. C'était le but premier des Leidolf, d'après Iselda. Ils ne désapprouvaient pas simplement le mariage, ils considéraient que c'était une abomination.

— Ton arrière-grand-mère est partie. Elle n'a pas été ramenée de force à ses propriétaires.

— Toutes les femelles n'avaient pas été déclarées esclaves, seulement celles dont l'ascendance était suffisamment confuse. Celles qui avaient des frères d'un âge pas très éloigné étaient généralement sauves, car ils ne pouvaient pas prendre le risque que les mâles soient soupçonnés d'avoir du sang africain. Iselda avait un jeune frère. Victor Frey.

— C'est un nom de famille ? demanda-t-elle.

Rule se contenta de la regarder.

— Ce n'est pas le même homme. C'est… il… bafouilla Lily.

Oh, Seigneur. À voir l'expression de Rule, il était évident que le Victor Frey qu'elle rencontrerait bientôt était bel et bien le jeune frère d'une femme qui avait vécu en 1848. Lily fit le calcul, puis encore une fois… et elle peinait toujours à le croire.

— Tu es en train de dire que Victor Frey est ton grand-oncle, et qu'il a…

— Bientôt cent soixante ans, dit Cullen joyeusement.

XXIX

Finalement, ils ne rencontrèrent pas Victor Frey ce jour-là.

Le territoire des Leidolf était surpeuplé. Le grand bâtiment qui semblait être un dortoir, placé en travers de la clairière par rapport à la maison de Frey, était bondé, et le terrain avait entièrement été couvert de tentes, à l'exception de l'espace au centre, utilisé pour les cérémonies importantes.

Pourtant, tout le clan n'était pas présent. Même si les Leidolf étaient concentrés en Virginie, en Virginie Occidentale et en Caroline du Nord, ils comptaient également des membres dans d'autres régions du pays. Certains d'entre eux logeaient dans des hôtels de Harrisonburg, mais la grande majorité de ceux qui seraient présents aux cérémonies du lendemain s'étaient regroupés comme ils pouvaient sur leurs terres.

L'homologue de Benedict, Alex, les trouva à la maison. Les deux lupins se toisèrent quelques instants, puis se firent un petit signe de la tête. Ensuite, Alex disparut dans la maison. Il fut remplacé par une femme d'âge moyen vêtue d'une robe brune – Sabra Ewings, la fille de Victor.

Celle-ci les invita à entrer, leur dit que leur voiture serait déplacée dans un parking une fois qu'ils auraient récupéré leurs affaires, et s'excusa de n'avoir qu'une seule chambre pour eux quatre.

— Nous ne pensions pas que nous aurions besoin de plus, vous comprenez, et avec l'hommage et la désignation, nous n'avons plus de chambres libres. (Elle eut un sourire gêné.) Victor n'est pas encore prêt à quitter sa chambre, j'en ai peur, mais il vous accueille avec plaisir.

Lily se dit qu'ils feraient mieux de rebrousser chemin et de prendre la direction de Harrisonburg et de ses hôtels. Ce qui, apparemment, serait une insulte suprême.

— Ils peuvent essayer de tuer ton père, mais tu n'as pas le droit de les insulter ? fit Lily sèchement lorsqu'ils se retrouvèrent dans l'intimité de leur chambre exiguë.

Rule posa leur valise sur le lit.

— À partir de maintenant, il serait sage de partir du principe que tout ce que nous disons est entendu.

L'ouïe excellente des lupins. Super. Même en privé, ils devaient se montrer diplomatiques. Dommage que la sienne ne soit pas aussi fine. Ils auraient pu injurier leurs hôtes en subvocalisant : communiquer sans remuer les lèvres, en parlant si doucement que seul un lupin à proximité pourrait les entendre.

À un moment précis, Lily y était arrivée elle aussi. Le lien d'âme sœur avait brièvement brouillé les frontières entre les Dons des deux amants, mais l'effet n'avait pas duré longtemps. Et ne s'était plus jamais manifesté. Rule supposait que cela avait été une situation exceptionnelle ; le lien était alors tout nouveau, ce qui l'avait rendu puissant.

Lily examina la pièce. Même d'un point de vue visuel, ils manquaient d'intimité. L'unique fenêtre avait des rideaux en dentelle, pas de stores. Le lit était à baldaquin, couvert d'un tissu chenille décoloré ; il y avait une petite commode, mais pas de table de chevet. Si les meubles étaient réduits au minimum, la chambre l'était aussi.

L'espace au sol de chaque côté du lit était à peine suffisant pour y déployer deux sacs de couchage.

S'ils en avaient eu.

— Tu n'as pas apporté de sacs de couchage, n'est-ce pas ?

— Lily, fit Cullen d'une voix pleine de reproche. Tu veux dire que tu refuses de partager ? Après que j'ai passé pratiquement toute la journée dans ton lit.

— Mais qu'est-ce que tu…

Il souriait, content de lui d'avoir réussi à la faire réagir. Elle se tut et lui jeta un oreiller.

Il l'écarta et se laissa tomber sur le lit, toujours souriant.

— Ôte tes pieds de là, lui dit-elle.

Rule se montra plus direct et balança les pieds de Cullen sur le côté.

— Ne te mets pas trop à ton aise pour le moment. Nous devons encore décharger l'arsenal de Lily.

— Je suis sûr que vous autres pouvez très bien…

Cullen ne finit pas sa phrase.

Tout le monde, à l'exception de Lily, regarda vers la porte. Quelques secondes plus tard, quelqu'un toqua. Rule fit un signe de tête à Benedict, qui alla ouvrir.

— Je suis venu le voir. Je suis Roland Miller, le père de Paul, et je suis venu pour le voir.

Benedict s'écarta.

L'homme qui entra était plus petit que toutes les personnes dans la pièce, mis à part Lily. Il avait des cheveux noirs et des yeux brun foncé ; il portait un jean, l'uniforme lupin par excellence, mais il l'avait accompagné d'une chemise de travail bleu délavé. Il se tenait avec raideur.

Roland Miller partageait beaucoup de traits avec Paul – en plus vieux et marqué par son chagrin, mais la ressemblance était frappante. Impulsivement, Lily fit un pas en avant.

— Monsieur Miller, je suis tellement désolée. Paul était très courageux. Je ne sais pas si cela pourra vous apporter un peu de réconfort, mais…

Elle se tut.

Il regardait derrière elle. Il lui prêtait si peu d'attention qu'elle aurait pu être un moustique bourdonnant à son oreille. Non, il aurait pu écraser le moustique. Il ne s'intéressait qu'à Rule.

— Vous vous êtes soumis à mon fils.

— En effet, pour l'empêcher d'être abattu par un officier de police un peu trop zélé.

— Vous ne l'avez pas sauvé très longtemps, hein ?

Il examina Rule des pieds à la tête.

— J'accepterai un devoir filial de votre part demain. Huit heures, sur le terrain de rencontre, au bord nord.

Sur ces mots, il fit demi-tour et partit, prenant soin de refermer la porte derrière lui.

— M'a-t-il ignorée parce qu'il est en deuil ? demanda Lily aux autres. Ou parce que je suis une femme ?

— Pour les deux raisons, trésor, lui dit Cullen, toujours affalé sur le lit. Tu découvriras que la plupart des Leidolf mâles t'ignoreront tant que tu ne leur auras pas montré ton badge ou qu'ils ne t'auront pas fait des avances.

— Ils seront polis, dit Benedict. (Il avait retiré sa veste de costume et l'accrochait dans la minuscule penderie.) Je serai là. Rule aussi. Ils seront polis.

Mais ils ne verraient cependant rien de mal à la draguer même si Rule se tenait juste à côté d'elle. Ou bien ils l'ignoreraient.

— Paul n'était pas comme ça.

— Tu as rencontré Paul à l'extérieur. Tu es sur leur territoire, maintenant, dit Rule. Consciemment ou non, beaucoup d'entre eux gardent leurs vieilles manières.

— Tu attends de moi que je mange dans la cuisine avec les femmes du clan ? (Le silence qui s'ensuivit la laissa bouche bée.) Tu plaisantes, fit-elle. Dis-moi que tu plaisantes.

— Tu ne seras pas obligée d'accepter, lui répondit Rule. Mais Sabra t'invitera à te joindre à elle et à quelques-unes des femmes… euh, dans la cuisine.

Oh, cela promettait d'être très amusant. Elle avait terriblement hâte de savoir ce que le lendemain leur réservait.

L'AUBE SE LEVA, claire et glacée. Lily s'en rendit compte en écartant le couvre-lit dont Rule avait recouvert la tringle à rideau afin de leur donner un peu d'intimité. La fenêtre était froide au toucher; les nuages pleins de crachin des jours précédents avaient été balayés.

Le silence régnait; pour cela, elle remercia les dieux qui écoutaient peut-être.

Le petit groupe avait fini par manger dans la chambre. Si Sabra en avait été offensée, Lily se dit qu'elle s'en remettrait. Elle avait cette certitude irrationnelle qu'elle ne devait pas quitter Rule des yeux, et peut-être qu'il ressentait la même chose à son égard, parce qu'il n'avait pas protesté. Après le dîner, Cullen était parti – écouter les commérages, avait-il expliqué. Il devait surtout calmer son agitation extrême, songea-t-elle.

Les autres avaient joué au poker. Aucun des hommes n'était concentré sur le jeu. Lily avait empoché 10,75 dollars et Cullen était encore absent lorsqu'ils avaient éteint la lumière.

Elle avait mal dormi. Le plus souvent, elle se sentait apaisée lorsqu'elle se pelotonnait contre Rule, mais dans ces cas-là, ils venaient généralement de faire l'amour. Ce qui n'était pas envisageable avec son frère qui dormait sur le sol à côté du lit, et son corps n'avait pas apprécié ce manque d'attention forcé.

C'était amusant de voir à quelle vitesse son corps était devenu avide. Il y avait encore peu de temps, il était parfaitement habitué à être négligé de la sorte. Elle lui avait donné une leçon d'austérité et avait fait de son mieux pour se détendre.

Les lupins qui avaient dressé leurs tentes à l'extérieur avaient d'autres méthodes pour se relaxer: pour eux, l'heure était à la fête.

Oh, pas avec de l'alcool. D'après Rule, un lupin pouvait se soûler s'il s'en donnait vraiment la peine, mais comme les effets ne duraient pas plus de dix à quinze minutes, le résultat n'en valait pas la peine. Mais le clan était heureux de se retrouver ensemble, et les lupins laissaient éclater leur bonheur bruyamment : en se battant, en chantant, en criant, en hurlant et en dansant autour d'un grand feu de joie…

En jappant. En hurlant.

Cullen était rentré vers deux heures du matin. Lily était encore réveillée.

L'impasse fut faite sur la toilette du matin ; des gens, des gens partout, et seulement deux salles de bain dans la maison. Elle et Rule s'habillèrent les premiers. Sous sa chemise et sa veste, il portait le talisman que Cullen lui avait confectionné. Peut-être était-il efficace. Il n'avait pas eu de trou de mémoire depuis qu'il l'avait mis.

Lily se rendit dans le couloir pour permettre à Benedict et à Cullen de s'habiller. Aucun des deux n'aurait protesté si elle était restée, mais elle préférait ne pas savoir à quoi ressemblait le frère de Rule lorsqu'il était nu. Rule choisit d'attendre dehors avec elle, surtout pour lui faire part de son avis sur l'idée de Lily d'emporter son arme hors de la chambre.

La discussion fut brève. Il était absolument hors de question qu'elle sorte désarmée. Elle glissa son téléphone dans la poche de sa veste et changea de sujet.

— Est-ce que ce talisman que Cullen t'a fabriqué t'aide ?

Il lui adressa un regard perçant.

— Je ne t'en ai pas parlé.

— Tu ne m'as pas parlé non plus de tes autres trous de mémoire, mais je suis flic. Je les ai détectés. Et généralement, tu ne portes pas de plume de poule autour du cou, j'en ai donc déduit que c'était Cullen qui te l'avait donnée.

Rule demeura silencieux un moment.

— Pas de trous de mémoire. Pas depuis que je porte le talisman. Je, euh, je pensais que tu serais en colère que je ne t'aie pas parlé de ces absences.

— C'était stupide, mais j'ai compris. Tu as besoin de me protéger comme moi j'ai besoin de te protéger.

— Je me sens mieux, et moins bien en même temps.

Elle sourit.

— Bien.

Benedict sortit. Il avait l'allure d'une montagne bien habillée, vêtue d'un jean et d'une chemise bleu nuit sous une veste de sport grise. Puis Cullen apparut à son tour.

Lily avait été surprise d'apprendre que ce dernier possédait un costume. Elle ne l'avait jamais vu faire d'efforts vestimentaires, et Dieu sait qu'il n'en avait pas besoin – il était un régal pour les yeux dans ses jeans et ses tee-shirts miteux habituels. Mais même si elle savait qu'il comptait s'habiller comme un adulte, elle aurait dû être préparée à cette vision.

Ou peut-être pas. Peut-être que la vue de Cullen Seabourne dans un costume noir sur mesure, avec une chemise de smoking de même couleur, était plus que ce que toute femme normalement constituée pouvait supporter.

Tant mieux que Cynna ne soit pas ici pour le voir. Elle l'aurait fait trébucher et l'aurait plaqué au sol, et Lily était loin d'être sûre que le rapprochement vers lequel ces deux-là se dirigeaient se terminerait bien.

Cullen sourit.

— Qu'en penses-tu ?

Son regard hébété lui avait déjà donné la réponse, qui devait, songea-t-elle, satisfaire l'ego de Cullen plus qu'il n'en avait besoin. Elle décida de lui faire un commentaire peu flatteur.

— Sympa. On dirait un croisement entre Johnny Depp et Johnny Cash.

— Johnny qui ? Cash, j'en ai entendu parler, mais l'autre type…

Elle secoua la tête, enfila son manteau, et ils partirent en direction du terrain.

Des teintes roses apparaissaient dans le ciel, à l'est. L'aube semblait différente de ce côté du continent, moins encline aux teintes vives auxquelles Lily était habituée. Cette aurore avait un charme à part, mais la jeune femme préférait celui du désert. Là, la beauté portait des piquants, qui vous indiquaient où poser les pieds.

Leur destination était évidente. Personne ne semblait réveillé pour le moment, à l'exception d'un petit groupe – exclusivement masculin – à l'extrémité nord du terrain. Ils prirent cette direction. L'herbe était mouillée, et l'humidité promettait de traverser la fine semelle en cuir des chaussures de Lily. L'air était assez froid pour qu'elle soit contente de porter un manteau… Elle aurait simplement préféré que ce ne soit pas celui-ci.

Ils n'étaient pas tout à fait les seules personnes debout. En traversant le terrain, ils croisèrent une femme vêtue d'une longue robe blanche. Elle arrivait de l'extrémité sud, où la cheminée d'une petite maison de pierre laissait échapper un fin panache de fumée. Le blanc signifiait qu'elle était la Rhej, la seule autorisée à porter la couleur de la lune en ce jour.

Ce n'était pas une robe, comprit Lily après l'avoir mieux regardée, mais un long peignoir blanc qui semblait briller dans la lumière matinale.

— La Rhej participe au rituel ? demanda-t-elle.

Son souffle s'accompagna d'une bouffée blanche dans l'air sans aucun vent.

— Elle sera là pour l'observer, pas pour participer. Elle est la mémoire du clan. C'est un peu comme si elle venait enregistrer un document au palais de justice.

Lily fit un signe de tête vers les hommes qui attendaient de l'autre côté.

— L'un d'eux est-il Victor ?

— Non, et je pensais qu'il serait présent. On n'a pas besoin de lui, au sens strict du terme, mais c'est le genre de cérémonies auxquelles un Rho assiste en principe. Soit sa blessure est plus grave que ce que la Rhej a indiqué, soit il nous évite.

— Ça ne sentait pas bon, intervint brièvement Benedict.

— Comment ça ?

Cullen répondit pour lui :

— Je n'ai pas senti de maladie sur lui auparavant. C'est vrai qu'il a fait attention de ne pas trop approcher, mais je l'aurais senti, si la maladie avait achevé sa première phase.

— Il était blessé, dit Rule, ce qui signifie que son corps s'est mis sur son mode de guérison. Cela peut accélérer l'évolution de la maladie.

— Et cela importe aux Nokolaï parce que…

— Avec une guérisseuse comme la Rhej, la maladie peut parfois stagner pendant des années dans sa phase précoce. Dans ce cas, elle n'émet aucune odeur. Une fois qu'elle passe à la phase suivante, ceci dit, on ne peut plus faire grand-chose. Si c'est ce qui s'est produit, il reste à Victor une année à vivre tout au plus.

Cullen ajouta :

— Beaucoup de personnes ne souhaitent plus se montrer dès lors que la maladie entre dans cette phase. La magie ne suit plus son principe organisateur, et les conséquences ne sont pas belles à voir : tumeurs multiples, excroissances bizarres…

— Tumeurs au cerveau, dit Benedict. Rage incontrôlable. Hallucinations.

Toutes ces possibilités seraient de très mauvaises nouvelles pour les Leidolf. Pour les Nokolaï…

— J'imagine que tu dois savoir ce qui arrive à ton ennemi.

Rule hocha la tête, mais baissa la voix plus encore :

— Nous arrivons trop près pour continuer à en parler.

Lily retint la question qu'elle avait sur le bout de la langue. Elle comprenait pourquoi ils ne pouvaient parler de la maladie de Victor alors que des membres des Leidolf risquaient de les entendre, mais elle avait besoin de connaître certaines informations. Que Cullen espérait-il apprendre au contact de Frey, qu'il n'avait pas pu voir quelques jours plus tôt ?

À leur approche, les cinq hommes qui attendaient se retournèrent pour les regarder. Lily vit beaucoup de visages inconnus. Elle reconnut seulement le père de Paul.

— Merde, fit Cullen. C'est Brady.

Rule était calme.

— Vu que le Rho n'est pas présent, c'est logique que son fils soit venu.

— Espérons qu'il est d'humeur raisonnable aujourd'hui.

— Chut, murmura Rule.

Lorsqu'ils arrivèrent près des autres, personne ne parla. Lily emboîta le pas à Rule, mais le silence pesant, nerveux la gênait. Elle prit son mal en patience en étudiant les autres, en particulier Gunning.

Celui-ci n'avait que la peau sur les os, comme s'il ne s'était jamais épaissi après sa dernière poussée de croissance. Ses cheveux châtains rappelèrent à Lily la vieille cuisinière de sa mère. Son visage était étroit, il avait un long nez et un front court, et ses beaux yeux bleus restaient rivés sur elle tandis qu'elle l'observait.

Il n'avait pas l'air d'un sociopathe. Mais le type qu'elle avait arrêté deux ans plus tôt, parce qu'il avait tué son voisin sur un massif de liliacées, n'en avait pas l'air non plus.

La Rhej arriva, et personne ne prit la parole. En silence, ils formèrent deux vagues demi-cercles. *Eux contre nous*, songea-t-elle, debout entre Rule et Cullen, Benedict placé de l'autre côté de Rule. Ils firent face aux membres du clan Leidolf tandis que la Rhej se tenait à l'écart, son visage sombre dépourvu d'expression.

— Leidolf, dit soudain Brady. Brady Gunning.

— Leidolf, dit l'homme à sa droite. John Ellis.

Et les échanges continuèrent ainsi, chacun d'entre eux nommant son clan, puis lui-même. Rule démarra de leur côté ; puis ce fut au tour de Benedict, et c'est à cette occasion qu'elle apprit son nom de famille : Two-Horses, le même que celui de sa fille. Ce qui fit briller une lueur de curiosité dans les yeux de Lily. Il n'avait pas dû être marié avec la mère de Nettie, alors comment en étaient-ils venus à partager un nom ?

Encore une question qu'elle ne pouvait pas poser. Elle prit la parole lorsque ce fut son tour :

— Nokolaï. Lily Yu.

Cullen se présenta ensuite.

Le rituel en soi fut bref. Cela semblait être le cas pour la plupart des cérémonies des lupins. Roland Miller avança jusqu'au centre de leur cercle et prit la parole, d'une voix calme mais claire :

— Je suis Roland, père de Paul. Ceux qui me connaissent savent que c'est vrai. Que celui qui était en *susmussio* envers mon fils au moment de sa mort vienne à moi.

Rule fit quelques pas pour se placer devant le père de Paul. Il faisait une tête de plus que le vieil homme, était plus fort et se tenait plus droit.

— J'étais en *susmussio* envers Paul et présent lorsqu'il a été tué. Je n'ai pas réussi à le protéger. Je vous offre un devoir filial.

Lily attendit, osant à peine respirer. Rule pensait qu'il était tout à fait possible que le vieil homme rejette la proposition – probable, même, puisque cela créerait un lien entre Leidolf et Nokolaï, ce qu'aucun des deux clans ne souhaitait.

Roland Miller inspira brusquement, bruyamment, comme si lui aussi s'était retenu de respirer. Il répondit d'une voix plus forte :

— J'accepte.

Si sa réponse étonna Rule, celui-ci n'en laissa rien paraître. Sans perdre un instant, il se laissa tomber sur un genou, tête baissée. C'était une soumission conditionnelle, apprit-elle. La nuque exposée de Rule était un signe de respect, pas de soumission personnelle, ainsi que de sa volonté de s'engager à respecter ce qui serait dit par la suite.

Non pas qu'elle comprît les propos qui suivirent. Roland Miller parla, puis Rule, mais ils utilisèrent le latin que les lupins avaient employé pendant des siècles comme langue commune entre les clans. Un peu comme l'Église catholique l'avait fait durant la même période, en unissant ses différents corps à travers l'usage d'une langue unique.

Cependant, elle connaissait le sens général. Pour recevoir les devoirs filiaux, Roland devait offrir en échange ceux d'un père : soutien financier, si besoin ; conseils, si demandé. Rule promettrait plus ou moins la même chose : soutien financier, si besoin, participation à certaines activités du clan, si demandé.

Bercée par le rythme de leurs paroles, puisqu'elle n'en saisissait pas le sens, elle observa les hommes qui leur faisaient face. Et surprit une expression sur le visage de Brady Gunning, qui l'inquiéta.

La haine, elle la comprenait, étant donné ce qu'on lui avait raconté sur cet homme. Mais pourquoi le fils cinglé du Rho des Leidolf semblait-il si incroyablement heureux ?

XXX

Cynna supposa que Dieu lui faisait une petite blague. Sinon, comment expliquer que l'enquête l'amène en ce lieu ?

L'épicerie avait disparu, nota-t-elle, en longeant à grands pas le trottoir fissuré, ses chevilles balayées par son manteau long. Un petit restau vietnamien de plats à emporter l'avait remplacée. En revanche, la laverie était toujours là, et les immeubles avaient la même allure : vieux, défraîchis, gris. Tout, dans cette rue, était gris. Lorsqu'on y parlait de couleur, on pensait à celle de la peau, ou des gangs.

Il y avait plus de visages blancs qu'au temps de sa jeunesse ; l'intégration arrivait enfin dans le ghetto. Enfant, elle sortait vraiment du lot. Mais la plupart avaient tout de même la peau foncée.

La rue avait changé, conclut Cynna, mais pas assez. Elle espérait qu'on ne pouvait pas dire la même chose d'elle.

Le temps était glacial, comme seul peut l'être l'hiver à Chicago. Amusant, parce qu'elle avait voyagé dans des lieux où les températures étaient plus basses, mais à Chicago au mois de décembre, on était gelé jusqu'à la moelle des os.

Des monticules de neige sale rendaient périlleuse la traversée de la rue. Cynna l'effectua sans encombres, sans sortir ses mains gantées de ses poches pour les garder au chaud... et pour s'empêcher de s'inquiéter du mystérieux *kilingo* que Jiri avait placé sur l'une d'elles. Il ne s'était pas encore éveillé, mais cela finirait par arriver. Jiri ne l'avait pas gravé là pour lui faire une blague.

Cynna devait le faire retirer. Pour cela, elle aurait volontiers besoin d'aide, reconnut-elle. De la vision de Cullen, plus précisément. Supprimer un sortilège qu'elle connaissait, qu'elle avait elle-même déposé sur sa peau, était compliqué. Elle ignorait comment se débarrasser d'un sort inconnu.

Elle devrait laisser une once de pouvoir se glisser dans le sort afin de le voir. Ce serait sans doute sans danger ; étant donné sa complexité, il semblait nécessiter davantage pour fonctionner. L'ensorceleur pourrait ainsi observer comment la magie y circulerait ; à eux deux, ils trouveraient un moyen de le neutraliser.

Dès que Cullen daignerait se montrer.

La première fois qu'il était parti, elle en avait été très agacée. Elle l'admettait. Rule disait que couper les ponts était une technique de survie que Cullen avait acquise lorsqu'il était un loup solitaire. Lorsque la colère risquait de l'emporter, il s'en allait – à la seconde même, sans discuter. Il restait à l'écart jusqu'à s'être suffisamment calmé. À présent qu'il était un Nokolaï, il n'était probablement plus obligé d'adopter ce comportement – son appartenance à un clan atténuait les choses, d'une manière ou d'une autre – mais son habitude était profondément enracinée. Lorsqu'il ne se contrôlait plus, il disparaissait.

Apparemment, sa colère n'était pas retombée. Quant à Cynna, elle avait dépassé cette situation. Elle aurait dû y penser dès le début, au lieu d'être contrariée. D'accord, ils étaient bien partis pour laisser libre cours à leur désir, et alors ? Peut-être coucheraient-ils ensemble très bientôt. Ils ne l'avaient pas encore fait parce que la vie ne cessait d'interférer, mais c'était inéluctable. Tandis que l'amitié ne se construisait pas en un jour. Au départ, elle se bâtit sur des raisons qui poussent l'un et l'autre à s'apprécier, puis le respect mutuel s'installe, et on laisse mijoter jusqu'à obtenir la confiance.

Il faudrait que leur amitié reste sur le feu drôlement longtemps avant que Cullen et elle arrivent à cette dernière étape.

Cynna traversa la rue. Une voiture arriva en trombe et l'aspergea d'une neige jaunie par la saleté. Machinalement, elle brandit son majeur en guise de salutation… Aïe. Le conducteur était chinois. Non, probablement vietnamien – un groupe d'immigrants de ce pays transformait actuellement une parcelle recouverte d'anciens taudis en un quartier convenable à quelques pâtés de maisons à l'est.

Cette rencontre lui rappela Lily. Supporterait-elle le temps à Chicago, elle qui semblait trouver qu'il faisait froid à Washington ?

Cynna laissa échapper un petit rire, mais penser à Lily en descendant cette rue la déprima. La poupée chinoise avait peut-être patrouillé dans des quartiers comme celui-là, mais elle n'y avait pas vécu. Elle avait grandi dans un coin tranquille. Cullen, en revanche… elle avait le sentiment qu'il connaissait les bas-fonds de toutes les villes dans lesquelles il avait habité. Il avait pas mal roulé sa bosse lorsqu'il était sans clan. Mais elle était pratiquement sûre qu'il n'avait pas non plus passé son enfance dans un endroit comme celui-ci. Les lupins ne laissaient pas leurs enfants apprendre la vie dans la misère et le désespoir.

Cynna jeta un coup d'œil sur sa gauche. À trois pâtés de maisons, songea-t-elle. Si elle longeait trois blocs vers l'ouest puis deux vers le nord, elle pourrait apercevoir les lieux de son enfance.

Peu de chance.

L'adresse que Lily lui avait donnée était celle d'un ancien immeuble d'habitation qui semblait adossé, fatigué, à ses voisins. Elle vérifia les bouts de carton qui faisaient office de plaques dans le minuscule vestibule.

H. Franklin se trouvait au cinquième étage. Évidemment. Le bâtiment n'avait rien qui s'apparente à un système de protection, alors Cynna s'engagea dans l'escalier.

Les lieux étaient éclairés par des ampoules de quarante watts, à nu, ce qui était très bien. Personne n'avait envie de voir où l'on posait les pieds. Des ordures s'amassaient dans des coins de la cage d'escalier, et les semelles de Cynna collaient aux marches. Quant à l'odeur… elle frappa son cerveau reptilien. Chou, urine, viande brûlée, oignon. Une bouffée de marijuana lorsqu'elle passa le premier étage.

Lorsqu'on vivait ici, on ne remarquait pas les odeurs tant que cela, songea-t-elle, en repoussant son manteau de façon à pouvoir accéder rapidement à son arme. La familiarité endormait les sens. Elle était contente, d'une certaine façon, de savoir que son nez n'était pas trop habitué à la puanteur.

Au troisième étage, des résidents se disputaient violemment en espagnol. Au quatrième, des cris de bébé rivalisaient avec du rap d'un côté, et le ronronnement d'une télévision de l'autre. Cynna était à quelques marches du cinquième lorsque des bruits de pas la prévinrent que quelqu'un descendait en vitesse.

Des pas rapides et lourds – un homme, probablement. Certainement pas un enfant. Elle se prépara à lancer son sort paralysant.

Il s'arrêta dès qu'il la vit – un homme d'environ quarante ans, avec une peau café au lait et des cheveux bouclés. Sans doute un métis moitié sud-américain, moitié caucasien, qui se considérait sûrement comme un Noir. Il portait un bandana sur les cheveux, un jean beaucoup trop grand pour être retenu par ses fesses plates, et une veste en cuir balafré sur un tee-shirt sale. Tous ses vêtements étaient soit noirs, soit gris. Aucune couleur, qu'elle soit celle d'un gang ou autre.

Il écarquilla les yeux. C'est ce qui alerta Cynna. En voyant son visage couvert de tatouages, il avait pris peur.

— Hamid Franklin ? demanda-t-elle, en montant une marche.

— Je suis mort, dit-il d'une voix fluette. Oh, Seigneur. Je suis un homme mort.

— Cynna Weaver. (Elle mit la main dans sa poche et en sortit son badge.) Je travaille pour le FBI.

Il ne prit pas la peine de vérifier son identité, et se contenta de secouer la tête.

— T'es du FBI ? Ouais, frangine, et moi je bosse au Pentagone. Écoute. (Il descendit une marche, ses mains en évidence pour lui montrer qu'elles étaient vides.) J'ai rien dit. Je me fiche de qui dit quoi, moi j'ai tenu ma langue, toujours. Laisse-moi juste une chance. Tu peux me jeter un sort, pour être sûre que je raconte la vérité.

— Je ne suis pas avec Jiri, dit-elle calmement. Plus maintenant. Je travaille avec le FBI, comme je l'ai dit. Écoute, mec, si Jiri voulait ta peau, elle n'aurait pas envoyé quelqu'un d'autre s'en charger. Tu dois bien le savoir.

Il resta immobile un moment, puis il pencha la tête.

— Ouais. Ouais, t'as raison. Ce serait l'une de ses bestioles, c'est ça ? Mais tu… attends un peu. Tu as dit que tu t'appelais comment, déjà ? Cynna ? J'ai entendu parler de toi. (Il regarda les alentours, comme si quelqu'un pouvait se cacher dans l'étroite cage d'escalier.) T'étais sa préférée, ouais, il y a longtemps. T'as disparu.

— Pas sa préférée. Son apprentie. Mais j'ai disparu, c'est vrai.

La peur de l'homme laissa peu à peu place à l'agressivité.

— Qu'est-ce que tu veux ?

— On parlera chez toi. Tu ne voudrais pas qu'on nous entende.

Elle eut un peu de mal à le convaincre, mais ils montèrent au cinquième et entrèrent dans son appartement. C'était à peu près ce qu'elle avait imaginé : un matelas dans un coin, des emballages de nourriture qui jonchaient le sol, deux fauteuils.

Il ne l'invita pas à s'asseoir, ce qui valait sans doute mieux. Autant ne pas savoir quelles substances avaient laissé des taches sur ces sièges, et quelles bébêtes pouvaient vivre dans leurs coussins affaissés. Franklin était incroyablement nerveux. Il devait être en pleine descente après avoir pris Dieu sait quoi.

La drogue la plus courante qu'il avait choisie, cependant, était le tabac. L'appartement empestait la cigarette, et il en alluma une aussitôt à l'intérieur.

— J'sais rien du tout, dit-il en inhalant une bouffée de courage en même temps que la nicotine.

— Il y a une minute, tu affirmais que tu ne dirais rien. Qu'est-ce que tu tiens tant à garder pour toi, si tu ne sais rien ?

— C'est que je suis parano. (Il exhala rapidement, afin de pouvoir tirer une nouvelle bouffée.) Je te vois, je crois que Jiri est persuadée que je sais quelque chose, mais c'est faux.

Elle le toisa. Il se droguait sans doute, était peut-être pas très clean, mais il ne se laissait pas aller ; ses épaules et son torse indiquaient qu'il faisait régulièrement de l'exercice. Un culturiste, songea-t-elle, avec un visage qui avait été mignon avant de devenir si ravagé. Le genre de Jiri, d'accord, et pas du tout pour lui enseigner la sorcellerie.

Lily n'avait pas obtenu beaucoup d'éléments auprès de son contact : seulement le nom de ce type, qu'il avait été lié à Jiri et, grosso modo, à quel moment il avait quitté le mouvement. Cynna misa sur son instinct et se lança.

— On m'a dit que tu savais des choses. Beaucoup de choses. Tu étais son favori, non ?

— Pendant un moment. (Il haleta, comme s'il ne parvenait pas à tirer sur sa cigarette assez vite.) Tu connais Jiri. Elle aime vraiment la variété.

— Elle t'a pourtant gardé sous le coude pendant deux ans. Jusqu'à ce qu'elle se volatilise pour la dernière fois. Personne ne l'a revue depuis.

— Qui te l'a dit ? Qui t'a raconté ça ?

— Voilà comment ça se passe : je pose les questions. Tu réponds. Tu t'es mis en colère lorsqu'elle t'a viré de son lit pour y fourrer un autre ?

— Hum. Tu oublies comment c'est ? Elle se fiche d'avoir plusieurs types en même temps, quand elle est d'humeur.

— Mais elle t'a jeté dehors. Tu n'es pas parti parce que tu étais prêt. Quel est le problème ? Est-ce qu'elle t'a tellement vidé que tu n'avais plus rien dans le slip ?

— Salope, dit-il sans rancœur.

Elle avait besoin de le faire sortir de ses gonds ou de l'effrayer, peut-être même les deux. Elle n'avait pas encore trouvé son point faible.

— Et qui a-t-elle pris à ta place ?

Un tressautement – léger, mais qui n'échappa pas à Cynna – se manifesta sous l'œil d'Hamid Franklin. Comme un tic nerveux.

— Comment je le saurais ? J'étais plus là.

Cynna insista, mais il était doué pour ne pas cracher le morceau. Alors elle changea de tactique et se promena négligemment dans la pièce crasseuse.

— Je parie que cet endroit ne te manquera pas trop. As-tu une idée de là où tu vas aller ?

Il la foudroya du regard.

— De quoi tu parles ? Je vais nulle part.

— Ah non ? (Elle s'arrêta, et se retourna pour lui faire face, l'air surprise.) Moi qui croyais que tu étais un rescapé. Tu ne fais que traîner ici, à attendre qu'elle envoie l'une de ses bestioles ?

— Elle fera pas ça. Je t'ai rien dit, parce que j'ai rien à dire.

— Je me demande si elle pensera la même chose… Réfléchis, elle va apprendre que je suis venue te voir. On ne peut pas dire que je passe inaperçu, avec ma tête. Des gens m'ont vue venir ici, alors…

— Je t'ai rien dit, insista-t-il.

— Ouais, et nous savons tous les deux qu'elle adore laisser le bénéfice du doute à ses victimes, hein ? (Elle se rapprocha pour planter ses yeux dans les siens. Elle était pratiquement de la même taille que lui.) Tu vois, tu fais une erreur, Hamid : tu es tellement focalisé sur Jiri et sur ce qu'elle pourrait te faire que tu ne vois même pas ce qui te pend au nez.

— Comme quoi ? (Il eut une moue dédaigneuse.) Toi ? Tu t'es enfuie. La situation est devenue trop dure, trop effrayante, alors tu es partie.

Elle retourna sa main gauche, et le papier d'emballage Burger King près du pied du type prit feu.

Elle observa Hamid, satisfaite, alors qu'il poussait un cri et saisissait une bouteille à moitié vide de Coca-Cola pour la renverser sur les flammes. Elle s'était entraînée pour obtenir cet effet. Elle ne pouvait pas invoquer le feu directement, comme Cullen – même une poignée de petites flammes ternes mobilisait beaucoup trop de pouvoir pour être pratique –, et elle devait utiliser un sort. Mais le feu faisait toujours forte impression.

Hamid se mit à lui brailler dessus :

— Espèce de cinglée ! Pauvre folle !

Il était fou furieux, mais il transpirait à grosses gouttes. Elle approcha d'un pas nonchalant et plaça son visage près du sien.

— Hamid, je n'étais pas sa favorite de la même façon que toi. Elle n'est pas si portée que cela sur le sexe. Mais elle adore le pouvoir, et elle en a partagé avec moi. Elle m'a appris des choses qu'elle n'a enseignées à personne d'autres. Tu as raison, je ne suis pas aussi effrayante qu'elle… mais je suis ici. Pas elle. Tu as intérêt à me faire plaisir.

— C'est que des conneries ! Tu sais ce qu'elle fera si je te dis quoi que ce soit !

— Tu ferais mieux, parce que c'est ce qu'elle pensera. Elle me connaît. Elle te connaît. Elle saura lequel de nous deux a pris le dessus sur l'autre.

Lorsqu'elle quitta la pièce répugnante, Hamid regroupait ses affaires dans une agitation extrême. Elle l'avait effrayé au point qu'il était prêt à utiliser l'argent qu'elle lui avait donné pour se reloger plutôt que d'acheter de la dope.

Dehors, sur le trottoir, elle prit une profonde inspiration. Les gaz d'échappement sentaient merveilleusement bon après son passage dans cet appartement.

Elle n'avait franchi aucune limite, se répéta-t-elle en repartant par là d'où elle était venue. Brûler des gens était absolument interdit, mais les intimider était toléré. Et elle avait eu ce qu'elle voulait, non ?

D'après Hamid, Tommy Cordoba avait commencé dans le lit de Jiri, mais il avait ensuite rejoint un club encore plus sélect. Elle avait fait de lui son apprenti.

Il était possible que Jiri n'ait pas commandité les meurtres, après tout. Si Cordoba en avait appris assez… Peu probable, se rappela-t-elle. Jiri n'aimait pas partager. Cordoba aurait eu beaucoup de mal à apprendre tout ce qu'il devait savoir pour conclure de nombreux pactes. Il paraissait plus vraisemblable que Jiri en soit arrivée à un point où elle avait besoin d'un apprenti pour gérer à sa place une partie des démons mineurs.

Mais Cynna marchait d'un pas plus léger lorsqu'elle quitta le vieux quartier.

L'air était chargé de cette sensation pesante et humide de neige imminente, alors elle hâta le pas. Elle parvint au croisement de Hampstead avant que les premiers flocons ne commencent à tomber. Elle essayait de héler un taxi lorsque sa paume se mit à la démanger. Distraitement, elle retira ses mains de ses poches, pour en gratter une à travers son gant…

Merde, quelle idiote ! Sa paume… celle gravée du sort de Jiri ! Cynna voulut lancer un sort protecteur, mais trop tard. Des volutes rouges se répandirent devant ses yeux.

L'instant suivant, elle perdit connaissance.

— Il doit y avoir près d'un millier de gens ici, murmura Lily.

— Dans ces eaux-là.

En général, Rule n'était pas gêné par les foules, mais celle-ci n'était pas très engageante pour un Nokolaï. Surtout pour l'héritier de ce clan. Et encore plus lorsque, d'après Lily, Brady avait eu l'air si heureux que Rule accepte un devoir filial demandé par Roland Miller... et le premier devoir que Roland lui avait demandé était sa présence à la cérémonie de son fils ainsi qu'à celle de Randall.

L'hommage à Paul avait réuni beaucoup de monde, mais pas à cette échelle. Il avait été suivi d'un barbecue; Rule, Lily et Cullen avaient choisi de retourner à la maison. Apparemment, Victor avait mangé dans sa chambre.

La cérémonie en mémoire de Randall avait commencé à treize heures. Le terrain était plein à craquer de Leidolf. Leur odeur incitait Rule à se tenir très tranquille.

Lily murmura:

— Pourquoi les Leidolf n'ont-ils pas davantage de femelles? Il doit y avoir cinq lupins pour chaque femme que je vois.

— Les femmes gardent les enfants, répondit Rule d'un ton pince-sans-rire, très bas.

Traditionnellement, tous les membres, même les enfants, étaient présents au cours de ces cérémonies. Les Leidolf avaient abandonné cette coutume au début du seizième siècle pour adopter un comportement plus humain. En fait, une bonne part de ce que Rule n'aimait pas à propos des Leidolf avait été tirée de la culture plus vaste qui les entourait, pourtant, maintenant que les normes humaines évoluaient, ils s'accrochaient à leurs habitudes machistes.

Cela pouvait changer. Un clan revêtait certains aspects du caractère de son Rho, or Victor avait été le Rho des Leidolf pendant très longtemps.

Une personne à l'extrémité est du terrain racontait une histoire qui remontait à l'enfance de Randall. C'était un soulagement, car cela signifiait que l'hommage toucherait bientôt à sa fin. Ces cérémonies retraçaient à rebours la vie du défunt; les premiers à parler étaient les individus présents au moment du décès.

On n'avait pas demandé à Rule d'évoquer la mort de Paul. Lily s'en était chargée.

Cela avait été une humiliation calculée à l'égard de Rule, mais si c'était le pire moment de la journée, il saurait s'en satisfaire. Et Lily s'en était bien sortie. Après quelques instants où la terreur l'avait paralysée – elle n'avait pas l'habitude de parler devant tant de gens – la jeune femme avait géré la situation avec son immuable bon sens. Elle avait probablement été aidée par la coutume qui voulait que chacun parle depuis l'endroit où il se trouvait, car il n'y avait pas de plateforme ou de podium. Rule lui avait suggéré de s'imaginer qu'elle faisait un rapport à un commissaire de police pratiquement sourd.

Il se demandait si elle l'avait écouté. Son récit s'était révélé assez austère pour les normes lupines, mais il était peut-être encore plus émouvant pour cette raison. Elle avait conclu par ces mots:

— Il a agi avec un grand courage. J'aurai toujours pour lui le plus grand respect.

Le tonnerre gronda à l'est, encore loin. Rule jeta un coup d'œil dans cette direction et aperçut de gros nuages s'amasser, tels des poings aux articulations enflées et meurtries. Soudain, un éclair traça des pointillés du ciel jusqu'au sol.

Rule jeta un coup d'œil à Lily et faillit sourire. À San Diego, les habitants étaient tout excités lorsqu'il pleuvait. Ils arrêtaient de travailler pour regarder par la fenêtre, parlaient des bienfaits de la pluie pour leurs pelouses, et remerciaient peut-être la nature pour cette mystérieuse alchimie qui nettoyait leurs voitures. Lily n'avait pas mis beaucoup de temps à se débarrasser de cette habitude. Tant de pluie lui faisait autant horreur qu'à son chat.

Derrière lui, il entendit Benedict grommeler, subvocaliser si doucement que le Leidolf le plus proche de lui ne put l'entendre :

— *Brady vient par ici. Il arrive vers toi par derrière.*

Comme Benedict, contrairement à toutes les normes acceptées, avait choisi de se tenir dos à dos par rapport Rule, les arrières de ce dernier étaient parfaitement couverts.

— *Il te voit ?* lui demanda Rule de la même façon.

— *Ouais.*

— *Il ne tentera probablement rien, dans ce cas. Cullen…*

— *J'ai entendu,* fit celui-ci. *Moi, j'espère qu'il fera une tentative.*

— *Tu as perdu la tête.*

Rule en resta là, mais la dernière chose dont il avait besoin était que Cullen et Brady essaient de s'entre-tuer ici. Il aurait préféré que Cullen reste dans leur chambre, en fait, car il savait que la foule, l'immobilité, tout cela épuiserait le peu de patience de son ami. Mais celui-ci était déterminé à le protéger.

Comme si un homme – même si c'était un lupin, doublé d'un ensorceleur – pouvait arrêter un millier de ses congénères si ceux-ci décidaient que les Nokolaï pouvaient se passer de leur héritier.

Une pensée horriblement paranoïaque, pour ne pas dire stupide. La majorité des Leidolf étaient des individus honorables. Rule s'était vu accorder le statut d'hôte par leur Rho, et ses vœux au père de Paul faisaient de lui un Leidolf *ad littera* durant toute la durée de cette cérémonie. *Ad littera* était une fiction juridique, évidemment, comme lorsqu'on considère une société comme une personne selon la loi, mais il était un invité *ad littera* pour encore une heure environ – c'était sans doute bientôt terminé –

et les seuls dangers qui pesaient sur lui provenaient de personnes comme Brady. Les francs-tireurs, pas tout le clan.

L'orateur finit son discours. Le silence régna un petit moment, puis la voix de Victor résonna. Il était debout, au centre de la clairière, bien entendu, avec la Rhej et deux de ses conseillers.

— Je remercie tous ceux d'entre vous qui ont partagé avec moi la vie de mon fils. Je remercie ceux qui nous ont fait part des souvenirs qu'ils ont de lui aujourd'hui. Nous ne les oublierons pas.

— Nous ne les oublierons pas, répétèrent mille voix.

— Nous n'avons pas seulement perdu un ami, un fils, un fiancé lorsque Randall a été tué, continua Victor. Nous avons perdu notre Lu Nuncio et notre héritier. J'appelle à la désignation.

Une voix de femme s'éleva – celle de la Rhej.

— Quand souhaitez-vous qu'ait lieu la désignation ?

— Tout de suite.

Rule passa de l'ennui et de l'agacement à une stupéfaction qui le laissa bouche bée. Partout, des gens poussaient des exclamations, parlaient, réagissaient.

— Rule, fit Lily à voix basse, mais sans chuchoter désormais. Que fabrique-t-il ? Qu'est-ce que ça veut dire ?

Il ne voyait que deux possibilités. Soit Victor espérait introduire Brady immédiatement, sans laisser de temps pour un Défi en bonne et due forme… soit il était mourant.

Il ne pouvait évoquer à voix haute aucune de ces deux options au milieu de cette foule.

— Je ne sais pas. Commençons par nous placer sur les bords, juste au cas où.

Peut-être que c'était sa légère claustrophobie, ou un pressentiment authentique, mais Rule ressentit un besoin impérieux de s'en aller. Il saisit Lily par la main, croisa le regard de Cullen et fit un signe en direction de la route.

— Rule, fit Benedict.

Rule s'arrêta, alors qu'il passait devant les deux hommes les plus près de lui, pour regarder son frère. Benedict pencha la tête, attirant son attention à côté de lui.

Brady se tenait à trois mètres, et n'était séparé d'eux que par quelques personnes. Il arborait un sourire triomphant et tenait un revolver dans sa main.

— Ne partez pas tout de suite, dit-il. La fête ne fait que commencer.

XXXI

Elle n'était plus à Chicago. Ni dans son propre corps. La désorientation fut brève mais intense. C'était comme fermer les yeux, puis les rouvrir, les quatre en même temps. Comme si son corps était sur un axe, qui bougeait alors que la gravité était totalement chamboulée.

C'était comme monter à cheval. Exactement pareil. Des réflexes qu'elle n'avait pas eus depuis longtemps reprenaient le dessus, l'alignaient correctement avec le nouveau corps tandis qu'il/elle/ils remontaient la rue.

Grand. Ce fut sa première pensée claire. C'était le plus grand salopard qu'elle avait jamais chevauché. Elle devina que ses/leurs yeux se situaient à environ trois mètres du sol, mais c'était sa taille gigantesque qu'elle sentait le plus profondément.

Au bord de sa vision périphérique, elle aperçut des maisons de chaque côté d'elle/d'eux – des maisons rouges, or, gris pâle, qu'elle voyait à travers des yeux qui traitaient différemment les couleurs. Où étaient-ils ? Elle tourna la/les têtes, du moins elle essaya. Les muscles ne répondirent pas.

La panique s'invita – réelle, pourtant étrangement distante et fugace.

Parce qu'elle ne la ressentait pas, comprit-elle, et sans réaction corporelle, ses émotions se délayaient. Son corps à elle répondait aux sentiments de la bête, pourtant. Elle savait ce qu'il éprouvait.

L'avidité. La faim.

Et si elle le sentait mais pas lui – si ses muscles à lui ne lui répondaient pas – elle n'était qu'une passagère, pas une chevaucheuse, ce qui n'aurait pas dû être possible. Pourtant elle était ici. Elle devait sortir, revenir à elle. Elle cria mentalement des mots qui auraient dû le lui permettre.

Rien. Ces mots étaient censés être prononcés à voix haute, or cette gorge, ces lèvres ne réagissaient pas à ses ordres. Mais de la volonté, elle en avait, et certaines connaissances. Elle essaya désespérément de s'extirper. Rien ne se passa.

Piégée. Elle était piégée.

Une partie d'elle avait la sensation de haleter de peur et d'épuisement. Une autre – non, c'était le démon qui ressentait cette petite excitation en observant les maisons autour de lui, les regardant avec un sens qu'aucun humain ne possédait. Les démons l'appelaient l'*üther*. Cynna le considérait comme leur sens vital, car c'était grâce à lui qu'ils percevaient. Le démon sentait les vies autour de lui – les plus nettes étaient celles qui résidaient dans les arbustes, fines et savoureuses ; les vies plus faibles, à cause des murs et de la distance, étaient plus épaisses, à l'intérieur de ces demeures…

Il ne pouvait pas les manger. Il ne le ferait pas. Elle s'en souvenait. Les démons dévoraient pratiquement toutes les créatures vivantes, à l'exception des humains. Avec la chair, ils consommaient quelque chose de vital, et les âmes leur faisaient perdre la tête. C'était ce qu'ils croyaient ou se rappelaient – la mémoire des démons pouvait rendre fou un humain, parce qu'ils se mangeaient aussi les uns les autres et gardaient quelque chose de l'être consommé au sein de leur propre conscience…

Oh, Ciel. Avait-elle été dévorée ? Pourquoi n'obtenait-elle aucune réaction de ce corps ? Pourquoi n'arrivait-elle pas à s'échapper pour retrouver le sien ?

Cette fois, sa peur était telle qu'elle se sentie comme engloutie, qu'elle ait un corps ou non. Elle plongea dans sa peur, dans un tourbillon d'effroi et d'horreurs…

Et le démon s'arrêta. Il prit la parole.

— Cynna. Tiens-toi tranquille. Tu ne pourras pas sortir tant que je ne te relâcherai pas, et tu dois faire attention. Tu vas vouloir prendre les rênes mais tu ne peux pas. Tu ne pourras même pas essayer à moins de connaître ce corps. Sois attentive.

La voix du démon était incroyablement grave. Il semblait… vexé. Cette impression arracha Cynna de sa panique assez longtemps pour qu'elle retrouve la faculté de penser.

Ce n'était pas le démon qui lui parlait, mais Jiri. Jiri qui le chevauchait, qui avait fait d'elle une passagère. Elle avait été introduite de force dans son corps, sans toutefois être consommée.

Et Jiri avait raison, avec ses maudits yeux et tout le reste de son être puant. Cynna devait être attentive. Si elle voulait avoir une chance de prendre le contrôle du démon… et elle n'avait pas besoin de tout son corps. La gorge et la bouche, voilà ce qu'il lui fallait, pour prononcer les mots de sa libération. Mais elle devait d'abord apprendre son corps, savoir comment il fonctionnait. Il était trop différent de tous ceux qu'elle avait chevauchés à une époque moins glorieuse.

Ils longèrent un autre pâté de maisons. Cynna était très attentive à son centre de gravité, à la connaissance kinesthésique de ses/leurs muscles tandis qu'ils marchaient en silence dans la rue. Les couleurs propres à la vision du démon la troublaient ; le quartier semblait familier, pourtant il était si déformé lorsqu'elle parvenait à l'apercevoir qu'elle n'arrivait pas à se repérer. C'était un démon soucieux de sa propre sécurité : vigilant aux voitures, il évitait celles qu'il croisait – les automobilistes ne le voyaient jamais, bien entendu, mais les chiens aboyaient frénétiquement sur leur passage – et ne prenait pas la peine de regarder attentivement les maisons.

Ce qu'elle parvenait à voir et à entendre lui indiquait qu'ils étaient en ville. Dans une ville familière. Elle était déjà venue dans cette rue, ou une autre qui lui ressemblait beaucoup.

Il était plus vieux que tous les démons qu'elle avait chevauchés. De loin. Sa masse le lui disait, cette sensation indescriptible de lourdeur, de densité… Il avait dévoré des vies pendant longtemps, très longtemps. La vieillesse était synonyme de force, de puissance – ce qui effraya tant Cynna qu'il lui fallut une seconde pour se rendre compte qu'elle avait utilisé machinalement un pronom : Il ?

Oui, reconnut-elle tandis que les jambes massives la/le/les transportaient sur le pavé froid. C'était assurément un mâle. Même si la plupart des démons qu'elle avait chevauchés dans sa jeunesse gâchée étaient hermaphrodites, il lui était arrivé de s'agripper à un incube, d'où sa certitude : les mâles étaient différents. Ce n'était pas seulement leur absence de mamelles, ou la sensation de cet organe supplémentaire entre les pattes – les jeunes démons étaient dotés des deux appareils génitaux. Et nul doute que la force n'était pas une caractéristique dépendante du sexe, pas dans le cas des démons.

Mais les mâles étaient différents.

Le démon s'arrêta. Il regardait une maison, qu'elle connaissait, même si la vision du démon lui donnait des teintes lilas et beiges.

Washington. Ils étaient à Washington, et il/elle/ils observaient le domicile de Rule.

RULE N'AVAIT PAS quitté Brady des yeux. L'homme s'attendait apparemment à l'annonce de Victor, ce qui donnait du poids à la théorie selon laquelle le Rho voulait « introduire Brady rapidement». Mais qu'espérait-il obtenir en braquant une arme sur lui ?

— Brady. (Lily haussa le ton.) À moins que vous ne prévoyiez de nous abattre tous les trois, vous feriez mieux de lever votre arme. Je suis flic. Je n'apprécie pas beaucoup qu'on me tire dessus.

— Comment ça, tirer ? (Brady haussa les sourcils en prenant un air troublé et innocent.) Je n'ai pas tiré. Si ?

Il regarda autour de lui en souriant.

La plupart des personnes toutes proches reculaient, laissant un espace ouvert entre eux – mis à part un groupe de dix hommes amassés autour de Brady.

— Tu réunis une meute, Brady ? lui lança Cullen, d'un ton volontairement insultant.

Rule passa en douceur en mode de combat, lorsque le loup et l'homme ne faisaient plus qu'un.

— Il a du renfort, observa-t-il froidement, et les autres, même ceux qui le détestent, n'interviendront pas. Pas pendant la désignation.

— Je peux lui prendre son jouet, dit Benedict. Les petits garçons ne devraient pas être autorisés à jouer avec des armes.

— Il vaudrait mieux qu'aucun de vous ne bouge, dit Brady. Ne faites pas signe à un ami, ne vous grattez même pas le nez. Je risquerais de prendre ça pour une menace.

Rule se mit à subvocaliser, si bas que seul Benedict, et peut-être Cullen, purent l'entendre :

— Donne-moi une seconde pour me mettre devant Lily. S'il tire…

Lily sembla lire dans ses pensées. Elle recula… et Brady vit du coin de l'œil qu'elle plongeait la main à l'intérieur de sa veste.

— Eh là, eh là ! fit Brady en visant le front de Rule. À moins que vous ne vouliez voir comment cicatrise le tissu cérébral de votre chéri.

Benedict réfléchit, puis hocha imperceptiblement la tête.

— Il t'aura avant que je puisse l'arrêter. Nous devons le distraire un moment. Seabourne…

— Leidolf, s'écria Victor au-dessus des clameurs, si vous souhaitez m'écouter, faites silence.

La voix de Cullen était à peine audible, même pour Rule :

— Je ne peux pas projeter du feu sans bouger.

Victor continua :

— Je nomme Alex Thibodaux notre Lu Nuncio.

Un rugissement s'éleva de la foule. Rule le remarqua sans quitter Brady des yeux – lequel, malheureusement, ne se laissa pas distraire. Lui aussi s'y attendait donc… mais ce choix était insensé. Thibodaux n'avait pas le sang du Rho dans ses veines, il ne pouvait porter le mandat ; par conséquent, à moins que Victor ait perdu la tête…

— Leidolf ! cria Victor. Silence ! Alex doit être votre nouveau Lu Nuncio… Pas l'héritier.

Mais que diable ?…

— Je romps avec la tradition, en effet, dit Victor. Mais il y a un précédent. L'héritier n'est pas forcé d'être le Lu Nuncio. J'ai consulté notre Rhej ainsi que mes conseillers. Les Etorri n'ont pas de Lu Nuncio…

— Nous ne sommes pas des Etorri ! cria quelqu'un.

D'autres se mirent à répéter en chœur :

— Leidolf ! Leidolf !

D'autres encore criaient des noms : Reese. Thomas. Max. Phillip.

Personne ne prononça le nom de Brady. Pourquoi celui-ci était-il aussi content de lui ?

Victor dut s'époumoner pour être entendu.

— Par deux fois les Leidolf ont séparé ces statuts : lorsque le sang avait faibli et qu'il n'y avait pas d'héritier suffisamment fort pour intervenir comme Lu Nuncio. C'était temporaire ! Temporaire, répéta-t-il, d'une voix moins puissante à présent que l'assistance se calmait. Le sang a faibli, Leidolf. Et je suis mourant.

Cette fois, il obtint le silence.

— Il vous faut un Lu Nuncio en qui vous avez confiance. Je vous donne Alex. Si je suis encore parmi vous dans six mois, je vous convoquerai ici pour conférer à l'héritier les pouvoirs de Lu Nuncio. Sinon… vous aurez besoin d'un Rho et d'un Lu Nuncio.

Maintenant, ils écoutaient, attentifs et sans émotion. Rule savait ce que le Rho des Leidolf pensait, aussi clairement que s'il était soudain devenu télépathe: Victor souhaitait nommer Brady comme héritier et espérait le rendre plus acceptable en lui refusant l'autorité du Lu Nuncio.

Si tel était le cas, la stratégie de Victor avait déjà échoué. Ce n'était pas un silence d'acceptation, mais celui d'un millier de chasseurs qui se demandaient quelle était leur proie.

— Nous avons plusieurs personnes qui pourraient être capables de porter le mandat, continua-t-il. Je sais – cela me peine, mais je sais – que certains d'entre vous ne veulent pas qu'il revienne à mon fils. Mon unique fils vivant. (Il eut un léger hoquet.) C'est pourquoi je vous propose une autre tradition. Même si nous ne l'avons pas suivie pendant de nombreuses années, c'est une voie ancienne et honorable. Plutôt que de désigner mon héritier, je vais libérer le mandat et le laisser choisir ce dernier.

Cette déclaration provoqua un bourdonnement de chuchotements et de subvocalisations. Les Leidolf étaient sous le choc, mais si cette méthode était certes très ancienne, ils pouvaient la comprendre. Toutefois, qui aurait pensé que Victor laisserait à ce point la décision lui échapper?

Tout à coup, Rule sut. Son esprit ne ricocha pas de faits en faits, les reliant ensemble: il eut soudain la vision des intentions de Victor. Calmement, il dit à Benedict:

— *Fais partir Lily d'ici. Tout de suite.*

— Oublie ça, déclara celle-ci. Je ne vais nulle part.

Il tourna la tête vers elle.

— Tu m'as entendu?

— Bien sûr, je… (Elle écarquilla les yeux.) Euh… tu ne parlais pas à voix haute, c'est ça ?

— Laissons ceux de la Souche, vociféra Victor, tous ceux de la Souche, des deux ou trois dernières générations, se présenter !

— Il parle de nous, non ? fit Brady, apparemment satisfait comme un chat qui s'apprête à tourmenter la souris qu'il a attrapée entre ses pattes. Cousin.

Li Lei n'était pas née flegmatique, mais elle avait eu assez de leçons de patience pour savoir ce qu'attendre voulait dire. Autant tout oublier. Ayant fait ce qui devait l'être, elle était désormais attentive au présent, et aux choses qui comptaient.

Comme le fait de gagner. Toby ressemblait beaucoup à son père lorsqu'il était contrarié.

— Tu as bien joué, lui assura-t-elle. Tu n'aimes pas perdre, mais tu as fait ce qu'il fallait. Maintenant, je veux bien que tu emportes la boîte de mah-jong en haut, dans ma chambre.

Il grimaça, mais commença sans discuter à réunir les tuiles, en lui glissant tout de même le genre de regard qu'elle avait l'habitude de voir sur le visage de son propre fils… et qu'il avait encore, par moments.

— Chez moi, nous avons une règle : c'est le gagnant qui range le jeu.

Elle se garda de sourire, mais ne put dissimuler son amusement. Elle le compensa en haussant les sourcils.

— Tu n'es pas chez toi, il me semble.

Il sourit, mais ne protesta pas. *Un gentil garçon*, songea-t-elle alors qu'il partait d'un pas rapide vers l'escalier. Assez intelligent pour être un peu insolent, tester les limites, comme doivent le faire les jeunes. Assez solide pour ne pas avoir à le faire.

— J'ai manqué de peu de vous avoir, dit Steven Timms. (Il se pencha en avant, en faisant attention à son plâtre qu'il portait en écharpe.) Si j'avais eu…

— On ne gagne pas avec des « si ». Vous vous êtes accroché trop longtemps au dragon rouge.

Timms se renfrogna. Comme la plupart des hommes, il n'aimait pas qu'on le corrige. Li Qin lui dit quelques mots pour lui remonter le moral, alors il se tourna vers elle pour lui expliquer des choses qu'elle savait déjà sur la partie qu'ils venaient de faire. Ses propos n'avaient rien de stupide, ils étaient seulement tout à fait inutiles. Li Lei cessa d'écouter.

Steven Timms était venu jouer au mah-jong tous les jours après le départ du beau Cullen. C'est vrai, Li Lei lui avait dit de revenir ; c'était mieux de jouer au mah-jong à quatre. Mais c'était sa raison. Lui pensait qu'il les protégeait, et il voulait que son nouvel ami revienne et apprécie ce qu'il faisait.

En apparence, leur lien était étrange. Li Lei s'était demandée si Timms était un homosexuel qui cacherait une passion pour le sublime Cullen, mais elle conclut assez rapidement qu'il se sentait simplement seul. Il faisait partie des êtres très lumineux mais aveugles aux autres.

Pas d'une façon malveillante. D'accord, il adorait manier son revolver – d'ailleurs, il était rasoir tant il aimait en parler – mais il n'était pas ce que Lily appelait un tueur de sang-froid. Simplement, il ne comprenait pas comment se comporter. Il ne pouvait pas piger les règles, comment être proche des autres plutôt que de les repousser.

Elle avait lu quelque part que les médecins avaient un nom pour ce problème. Cela les rassurait que les choses aient des noms ; c'était même une obsession. Li Lei ne se rappelait pas celui-ci, et cela ne l'intéressait pas vraiment. Timms ne l'intéressait pas beaucoup non plus, contrairement à Cullen Seabourne, qui…

Une boule orange se rua dans la cuisine, tentant d'arrêter sa glissade en accrochant le parquet avec ses griffes. L'Inspecteur Harry courut jusqu'à la porte de derrière et miaula pour qu'on lui ouvre. Sa fourrure hérissée lui donnait l'apparence d'une fleur tout abîmée.

Li Lei se dressa d'un bond.

— Nous allons être attaqués. Harry pense que le démon est devant la porte d'entrée. Je me fie à son jugement. Li Qin, pars avec lui. Dis à l'autre garde de venir maintenant, puis va chercher de l'aide. Téléphone à la police.

Timms recula sa chaise et se leva. Il posa sa main sur le bras de Li Lei.

— Attendez une minute. Vous ne pensez pas sérieusement que le chat sait…

— … beaucoup plus de choses que vous, le coupa-t-elle.

Ou qu'elle-même, dans ce cas. Les chats étaient mystérieusement sensibles aux démons.

— Vas-y. Et fais vite, lança-t-elle à Li Qin, avant de retirer la main de Timms.

Il en fut surpris, bien entendu. Il n'avait aucune idée de sa force.

— Montez à l'étage vérifier que Toby se cache, lui ordonna-t-elle. Je vais…

— Calmez-vous, calmez-vous. Si vous pensez qu'il y a un problème, j'irai vérifier, même si je pense que nos gardes loups-garous entendraient ou sentiraient un problème avant que j'arrive à le voir.

Timms s'efforça de lui offrir un sourire réconfortant et sortit son grand revolver de son étui, suspendu au dossier de sa chaise.

— Faites ce que je vous ai dit. Toby ne voudra pas se cacher, mais il le faut.

Elle puisa aussi fort qu'elle put dans l'énergie qu'elle avait dans sa chair. *Rapide. Celui-ci devait être imposant.* Harry n'avait pas peur de grand-chose : Rule Turner, les bergers allemands, les loups le laissaient de marbre. Même elle. Pour que ce chat ait envie de fuir, il fallait que quelque chose de grave, de très grave, se prépare.

Une sensation de chaleur, une avidité brutale, gagna son corps. Elle termina avec peine ce qu'elle avait à dire.

— Une fois que le garçon sera caché, vous pourrez redescendre et tirer sur ce que vous voulez, mais pas sur moi. Je vais me transformer.

— Transformer en quoi ?

Mais le processus était déjà lancé. Et alors même que ses cellules éclataient et que son corps glissait dans son autre forme, elle entendit des coups de feu devant la maison.

Ce fut tout à son honneur, Timms ne lâcha pas son revolver – et ne pressa pas non plus la détente – lorsque la transformation s'acheva et qu'un tigre de trois mètres se retrouva devant lui. Il ne resta pas non plus médusé plus d'une seconde tandis que le fauve quitta d'un bond la cuisine et fila vers l'escalier. Li Lei prit position en bas des marches, pour protéger le garçon. Un instant plus tard, Timms passa devant elle en courant. Il était au milieu de l'escalier lorsque le garde qui faisait le guet devant la maison poussa un hurlement.

Quelques secondes plus tard, la porte d'entrée vola en éclat.

SI ELLE AVAIT eu une occasion d'agir, Lily l'avait laissée passer. Mais elle n'avait pas le temps de rejouer le film pour expliquer ce qu'elle aurait fait différemment, au moment où elle-même, Benedict, Cullen et Rule étaient escortés, à travers la foule, par un fou qui les visait avec une arme, et une douzaine de brutes.

Des lupins. Son cœur battait la chamade.

— C'est dingue, murmura-t-elle. Qu'espèrent-ils obtenir ? Je les arrête tous. Ils doivent savoir que je suis prête à le faire.

À moins qu'ils aient prévu de la tuer – juste après avoir tué Rule.

— Ils croient que le clan parlera d'une seule voix, dit Benedict calmement, pour discréditer ton témoignage.

Le fichu frère de Rule était calme en toutes circonstances. Il avait déjà attaqué un gang – une douzaine d'hommes armés – tranquillement. Après avoir écarté Lily de la ligne de tir.

— Mais pourquoi font-ils ça ? Ils ne veulent pas que Rule soit héritier.

— Ils ne pensent pas qu'il le sera.

Cullen désigna d'un geste les membres du clan qui ouvraient la foule tandis qu'on les dirigeait vers le centre du terrain.

— Ils croient que c'est une petite blague que Brady fait aux Nokolaï, un moyen d'humilier Rule.

Lily surprit le regard que Rule jeta à Cullen. Les deux hommes savaient ou devinaient plus que ce qu'ils voulaient bien admettre.

— Ce n'est pas une blague, mais ça n'a pas de sens non plus. Rule ne peut pas être l'héritier des Leidolf. Il est celui des Nokolaï.

— Techniquement, fit Benedict, en parlant d'une voix très basse mais sans subvocaliser, il peut légalement être les deux. L'un de ses ancêtres portait du sang du fondateur des Leidolf, et il est un *ad littera* dans le clan.

— Mais pourquoi Brady ferait-il cela ?

— Il veut me tuer, intervint Rule, aussi calme que son frère.

— Brady et Victor, dit brusquement Cullen. Victor est derrière tout ça. Nous ne nous en tirerons pas sans faire frire ce fils de…

— Non, l'arrêta Rule tout net. Victor doit encore rester vivant. Dans une telle foule, trop de gens n'arriveraient pas à accepter le choc de sa mort. Tu n'arriverais jamais à garder Lily en vie.

Lily s'immobilisa.

— Rule. (Elle essaya de le toucher.) Tu ne me laisseras pas à l'écart sans…

— Chut.

Il la prit dans ses bras, la tint contre lui et déposa des baisers sur ses cheveux, ce qui lui permit de dissimuler le mouvement de ses lèvres lorsqu'il lui dit :

— *Tu m'entends ?*

Elle hocha la tête.

— *Le mandat. Victor ne le laissera pas choisir. Il essaiera de le forcer à me prendre comme héritier, ce qui serait… terrible. Cela entraînerait un meurtre, très probablement, mais accompli de telle manière que les Nokolaï ne pourraient affirmer que c'en était un. Mais le lien d'âme sœur est actif. La dernière fois que c'est arrivé, j'ai aussi gagné ton Don. Si ton immunité à la magie s'étend à moi, il ne pourra forcer le mandat à me revenir.*

— Avancez.

Brady était tout sourire, mais la brute qui marchait à côté de lui les poussa tous les deux sans ménagements.

Rule se retourna en grognant.

— Sois gentil avec la dame, Merrick, fit Brady, le revolver pointé sur le front de Lily. Sinon, je devrai l'abattre.

— Vous êtes mort, vous le savez, dit Cullen.

— Moi ? gloussa-t-il. Oh, non, je ne crois pas être le condamné, ici.

IL/ELLE/EUX ÉTUDIAIENT LA maison. Une vie brûlait avec éclat dans la voiture garée devant ; aucun conducteur n'était visible, mais le garde ne pouvait se cacher de l'*üther* du démon. Les vies à l'intérieur de la maison étaient perceptibles de la même façon ; leurs présences étaient atténuées par les murs et la distance, mais le démon les voyait assez nettement pour permettre à Cynna de les compter.

Il y avait cinq vies dans cette maison. Cinq personnes qui comptaient pour elle.

Il/elle marcha pesamment vers la voiture. Pas vers la maison. Cynna hurla en tentant désespérément de saisir un bout du démon, de faire du bruit, n'importe quoi ! Mais il/ils arrivèrent devant la voiture garée, puis avancèrent la main d'une façon indescriptible, ce qui amena davantage de leur masse dans cette sphère.

Il/ils donnèrent un coup de poing dans la vitre de la voiture.

Le garde réagit vite. Il était prêt à faire feu avec son fusil et tira à bout portant. Les balles frappèrent le démon comme des piqûres qui l'irritèrent alors qu'ils passaient la main à l'intérieur pour saisir l'homme par l'épaule. Celui-ci hurla, ce qui les excita. Ils le tirèrent à l'extérieur, par la vitre cassée, trop petite par rapport à son corps. Le sang les excita encore plus.

Les dernières personnes s'écartèrent devant eux, et Lily vit Victor Frey pour la première fois. Il avait une mine affreuse.

Cynna l'avait décrit comme un élégant intellectuel, d'environ soixante-dix ans. Elle se retrouva face non pas à un professeur, mais à un très vieux militaire, impitoyable. Assis dans un fauteuil, grotesque avec ses motifs floraux sur de l'herbe éparse, le Rho se tenait très droit, mais sa peau s'affaissait, victime des rides du grand âge. Lily était incapable d'imaginer comment il était parvenu à trouver assez de souffle pour crier plus fort que son clan un peu plus tôt.

Derrière lui se tenaient dix lupins armés. Quatre d'entre eux entourèrent immédiatement Benedict ; même s'ils gardaient une distance de sécurité, les fusils qu'ils pointaient sur sa tête l'empêcheraient d'agir. Deux encadrèrent Lily, prêts à user de leurs armes.

La Rhej était debout à côté de Victor dans sa tunique blanche, son visage impassible. De l'autre côté, un homme qui devait être lié à elle – mêmes yeux et même couleur de peau, sans parler des proportions semblables entre leurs mentons et leur bouche.

— Alex, dit Benedict. Vous a-t-il dit qu'il prendrait Brady comme héritier si vous refusiez d'être le Lu Nuncio ?

Victor tourna vers lui des yeux froids.

— Les Nokolaï ne sont pas les bienvenus ici. Taisez-vous, ou vous serez bâillonné.

— Les Nokolaï, lui fit remarquer Rule sèchement, ont été amenés ici sous la menace de fusils. Est-ce normal de traiter ainsi les hôtes des Leidolf ?

— Mais vous n'êtes pas - totalement - Nokolaï aujourd'hui, n'est-ce pas ? (Le tressautement de ses lèvres pâles et desséchées était sans doute une tentative de sourire.) Aujourd'hui, vous êtes également Leidolf. Et par le sang, et l'immense folie de ma sœur, vous êtes aussi mon petit-neveu. Comment pourrions-nous vous oublier ? (Il fit un geste vers les autres en élevant la voix encore une fois.) Nos candidats sont rassemblés.

Sept autres hommes se tenaient devant leur Rho. Ils jetaient à Rule le genre de regard qu'un boucher pourrait porter à un chien qui convoite ses rôtis… ou qu'un loup porterait à un congénère qui s'est introduit sur son territoire.

Une mince volute de magie, légère comme une plume, chatouilla le visage de Lily. Une *sorcerí*, comprit-elle. Cullen avait dit qu'il y avait un noyau dans le terrain central. Ils fuyaient souvent un peu. Elle réfléchit à un moyen d'en tirer avantage, mais n'en trouva pas.

Il lui restait toujours une arme. Un SIG Sauer n'était pas suffisant contre un millier de lupins, mais elle avait seulement besoin de le braquer sur une personne.

— Vous devez être Victor Frey, dit-elle en faisant un pas en avant. Je suis Lily Yu et travaille avec la Section des Crimes Magiques au FBI. Vous avez beaucoup de…

— Arrêtez-la, dit Victor.

Le lien d'âme sœur avait peut-être amélioré son ouïe, mais il ne lui avait pas donné la rapidité des lupins. Elle sortit son arme, mais tomba lourdement au sol lorsque les deux gardes la saisirent, chacun par un bras.

Rule sursauta, mais ne bougea pas.

— Vous posez les mains sur une Élue, les prévint-il doucement, avant de regarder la Rhej.

— On ne lui fera pas de mal, dit la femme. (Si son visage était resté impassible, sa voix trahissait son trouble.) N'est-ce pas, Victor ?

— Bien sûr que non. Mais on ne peut pas la laisser me tirer dessus.

Il se mit debout et se tint droit comme un piquet, non sans efforts. Lily remarqua que ses mains tremblaient, que son visage était tendu. Pourtant, il reprit la parole de sa voix entraînante :

— Les candidats vont s'agenouiller.

Les sept hommes qui avaient lancé des regards hostiles à Rule tombèrent à genoux. Brady prit également position. Elle put le voir en se contorsionnant malgré les bras qui la retenaient.

Rule resta debout.

Victor sourit. Son visage sembla se couvrir d'un masque de gargouille, tout en rides.

— Nous n'en aurons pas fini tant que vous ne vous serez pas mis à genoux, dit-il doucement.

Victor ferma les yeux et prononça quelques mots en latin. Il les répéta trois fois.

Lily attendit, son cœur battant à tout rompre. Ils misaient tout sur le lien d'âme sœur, ce lien capricieux qui n'en faisait qu'à sa tête et qu'elle n'avait jamais compris, et encore moins contrôlé.

— Déesse, murmura-t-elle, si vous êtes dans le coin, si vous êtes concernée par ce qui se passe ici, aidez-le. Aidez-le.

Le Rho tendit les mains, paumes en avant, comme s'il poussait quelque chose. Il vacilla. L'un des hommes agenouillés poussa un petit cri, peut-être de surprise. Un autre s'effondra comme une masse silencieuse.

Quant à Rule… Comme le Rho, il vacilla. Il avait les yeux grand ouverts, le regard perdu, les bras ballants.

C'est alors que la tornade magique frappa.

XXXII

PAS UN COURANT *d'air,* songea Lily dès la première fraction de seconde où la magie souffla sur son visage, lui piqua le nez et lui brûla les mains.

Une rafale. Plus forte que la première, horriblement forte.

La réalité se scinda en deux. Ici, là, en tous lieux, partout le tourbillon de la transformation saisissait les hommes et leur faisait prendre d'autres formes. Des cris résonnèrent. L'un des gardes de Lily laissa retomber ses mains, ou les perdit en se transformant.

C'était exactement ce qu'il fallait à la jeune femme. Elle enfonça son coude dans les côtes de l'autre garde, ce qui le détourna de sa lutte contre sa transformation. Il hurla et se plia en deux, et la réalité se scinda à l'instant où Lily se détournait et plongeait pour ramasser un fusil lâché par l'un des gardes de Benedict.

Elle attrapa l'arme, fit une roulade et se releva dans la foulée.

Des loups. Des loups partout, et des femmes éparpillées ici et là, qui se maintenaient difficilement debout dans cette mer de fourrure. Mis à part la Rhej, aucun être sur deux jambes ne se trouvait à côté d'elle ; la prêtresse était immobile, les yeux fermés ; ses lèvres remuaient. Le Rho ne bougeait pas non plus, étendu sur le sol, inconscient ou mort, sa peau marquée de lésions noires… et Rule…

À genoux, comme Victor le lui avait demandé, la tête rejetée en arrière, le visage déformé, il hurlait. Et il saignait. Sous ses yeux, Lily vit davantage de sang encore perler sur sa peau comme de la sueur.

Elle voulut s'élancer vers lui mais s'arrêta net et manqua de tomber. Benedict la retenait par le bras. Elle aurait sauté sur lui et l'aurait frappé – du moins, elle aurait essayé – si elle n'avait pas eu la main prise par un fusil.

Ce retour à la raison lui fit remarquer quelque chose : sa *main* l'avait retenue. Benedict n'était plus sous sa forme de loup, mais il l'avait été. Il n'avait plus ses vêtements. Comment avait-il pu si rapidement retrouver son corps d'humain ?

— Non ! cria-t-il par-dessus les hurlements. Ne le touche pas maintenant. Le mandat l'a pris.

La tornade magique la frappait toujours, mais silencieusement. Les hurlements provenaient des gorges des lupins – dix, vingt, encore davantage. Pendant que Rule se livrait à une lutte interne terrible, les Leidolf hurlaient.

— Pourquoi il ne se transforme pas ? cria-t-elle.

— Il ne peut pas, lui répondit Benedict d'une voix enrouée.

La Rhej bougea. Elle ne fit que quatre pas, mais chacun fit l'objet d'une attention si intense qu'elle aurait pu être en train de marcher dans des sables mouvants, ou de traverser un champ de mines. Elle s'agenouilla entre Rule et le Rho prostré, tendit le bras et prit la main de Victor. De son autre main, elle empoigna l'épaule de Rule.

Lily sursauta ; instinctivement, elle voulait que personne ne touche Rule si elle-même ne le pouvait pas, mais Benedict resserra à temps sa prise sur le bras de Lily.

Les yeux de la Rhej chavirèrent. Elle demeura là, immobile sur l'herbe sèche, tel un pont en tunique blanche entre les deux hommes – l'un inconscient, au mieux, l'autre…

Rule s'arrêta de hurler. Lentement, il se redressa, en équilibre instable, toujours sur ses genoux. Les gouttes de sang commencèrent à sécher sur sa peau. Il avait les yeux ouverts, mais il était évident qu'il ne voyait rien, tandis que des tremblements, par intermittence, remontaient le long de sa colonne vertébrale. La Rhej le libéra.

Des grognements résonnèrent beaucoup trop près de Lily. Elle tourna la tête. La plupart des loups hurlaient ou observaient la scène de Rule, de la Rhej et de leur Rho, à l'exception de deux d'entre eux. Deux loups gris-noir, de la taille de petits poneys, les regardaient, oreilles aplaties, tête baissée, poils hérissés. Puis un autre bougea; celui-là était roux, et plus petit – davantage un berger des Shetland qu'un dogue allemand. Lily porta le fusil à son épaule.

— Ne tire pas sur le petit, lui dit Benedict, lui aussi prêt à faire feu. C'est Cullen.

Soudain, l'atmosphère fut débarrassée de la tornade de puissance et il ne resta plus que l'air, froid et immobile. Puis la magie revint, plus calme cette fois, et caressa la peau de Lily avec un rythme de plus en plus lent, jusqu'à chatouiller son visage comme des aigrettes de pissenlit.

Les hurlements moururent, mais les grognements augmentèrent alors que d'autres loups déportaient leur attention sur elle, Benedict et le loup roux venant s'interposer entre eux. Le sol était jonché de vêtements. Chaussures, jeans, pantalons, ceintures, chemises et autres étaient tombés sur le sol lorsque leur forme initiale avait disparu et s'était refaçonnée en une autre.

Rule s'effondra brusquement en avant, se rattrapant d'une main de façon à ne pas atterrir le visage dans la poussière. Mais cette main tremblait, et sa poitrine se soulevait comme s'il avait couru plusieurs kilomètres.

— Bon sang.

Lily ne pouvait pas aller le retrouver, pas alors qu'ils étaient entourés de loups, des loups dont le peu d'humanité brillait dans leurs yeux noirs. Des dizaines d'entre eux les toisaient, elle et Benedict, les poils hérissés, dans un chœur de hurlements.

— Leidolf ! Il vous a menti !

C'était une voix de femme, puissante et forte : la Rhej. Lily lui jeta un coup d'œil extrêmement fugace. La femme s'était approchée de Victor et l'avait retourné sur le dos. Elle tint la main de l'homme dans les siennes et reprit :

— Votre Rho a menti. Il n'a pas laissé le mandat choisir. Il a voulu le forcer à prendre Rule Turner, et il a payé le prix fort. Regardez Victor. Sentez-le. Votre Rho a un cancer, et il a manqué de peu de se tuer en essayant de trouver une façon légale de tuer un être auquel il avait accordé les droits d'hôte. Il mourra tout de suite ou dans quelques secondes si je le lâche. Et je le ferai si vous attaquez nos hôtes. Je le lâcherai, et le Rho mourra.

Certains hurlements s'arrêtèrent. Pas tous.

— Femmes, appela la Rhej, vos frères vous connaissent. Choyez-les, touchez-les, aidez-les à se rappeler qui ils sont. (Elle regarda Lily, et baissa la voix.) Allez retrouver votre homme. Marchez lentement, mais allez-y. Aidez-le à se mettre debout. Il a la part de l'héritier, désormais. Il gagnait le combat jusqu'à ce que le noyau explose et que le mandat tout entier se retrouve simplement aspiré en lui. J'en ai fait ressortir une grande partie, mais il est l'héritier. Les Leidolf ne l'apprécieront pas, mais ils doivent le sentir, le humer sur lui.

Lily n'eut pas de mal à retrouver Rule, mais elle fut incapable de ne pas se précipiter. Cela dit, elle le rejoignit sans provoquer une émeute entre lupins. Elle s'agenouilla et passa son bras libre autour de Rule, qui leva la tête et la regarda, ses yeux larmoyants de douleur. À peine conscient.

Benedict se plaça de l'autre côté de Rule, et le loup roux se plaça devant lui. Lily changea de position pour prendre le bras de Rule sur son épaule, tandis que Benedict faisait de même. Ils le mirent debout.

Rule vacilla, secoua la tête.

— Lily.

— Là. Je suis là.

— Vous devez partir d'ici, leur dit la Rhej, de sa voix rauque. Vous tous. Pour ceux qui ne se sont pas encore retransformés, vous ne sentez pas bon. Ceux qui viennent de le faire penseront bientôt au Défi, s'ils arrivent à penser.

L'un des plus gros loups pointa son museau vers elle, oreilles en avant. Sa couleur rappela celle de Rule à Lily : noir, avec de légères touches d'argent.

— C'est vrai. (La Rhej s'adressa au loup comme s'il avait parlé.) S'ils se lancent dans les Défis, il est mort. (Elle désigna Rule d'un mouvement de la tête.) Et les Leidolf aussi, car s'ils tuent l'héritier, le mandat retournera violemment à Victor. Je le retiens à peine en vie pour le moment – si le mandat rebondit sur lui, il meurt. Alex, j'ai besoin de toi sur tes deux pieds, et que tu me soutiennes. Le clan aussi en a besoin. Essaie. Tu es Lu Nuncio, désormais. Pour l'amour de la Déesse et des Leidolf, essaie.

Le loup gémit d'un air malheureux et ferma les yeux. La réalité se plissa, mais lentement. Pour la première fois, Lily put presque assister en direct à la transformation… presque, car une partie de celle-ci était simplement trop détachée du monde, trop loin de ce que les sens pouvaient transmettre ou son esprit assimiler.

La fourrure se replia en peau, ses jambes s'entortillèrent, s'allongèrent ; le loup se transforma en… homme, en homme grand, pratiquement de la taille de Benedict, nu, sa peau foncée étincelante de transpiration dans l'air frais, son visage crispé par la douleur.

— Merde, dit-il. Merde.

— Grouille-toi. (C'était sa sœur, peu compatissante.) Parle-leur.

Alex se redressa. Après un instant de silence, il prit la parole, d'une voix forte.

— Écoutez. Je suis le Lu Nuncio, et vous me prêterez attention. Les Leidolf tuent-ils leurs hôtes ? Nous rappelons-nous le prix du déshonneur ? Écoutez. Écoutez, et rappelez-vous. À l'époque où Eiriu a combattu Trath, lorsque les gnomes se sont installés sous la terre et que les elfes marchaient encore dans ces forêts…

Un conte. Il leur racontait un conte, tiré de leur histoire orale, des légendes qui avaient bercé leur enfance. Et cela semblait marcher. Il avait leur attention.

— Fille, dit la Rhej doucement. Amenez votre homme ici. Je ne peux pas laisser Victor, mais Rule Turner a l'esprit très embrouillé. Personne n'est assez fort pour recueillir deux mandats, et il a reçu celui des Leidolf, extrêmement dense, par-dessus la part de l'héritier des Nokolaï.

Lily échangea un regard avec Benedict, et ils obéirent à la Rhej.

Rule avait oublié comment marcher. Il se penchait d'un côté, puis de l'autre. Il balança une jambe en avant deux fois au lieu d'alterner la droite et la gauche, se rendit compte de son erreur et s'arrêta, puis recula si vite qu'il faillit flanquer Lily au sol. Benedict lui montra comment faire.

La Rhej se baissa pour s'asseoir, jambes croisées, sur le sol froid, sans lâcher la main de Victor. Le Rho avait une allure à faire peur aux enfants… Seigneur, tout comme à des agents fédéraux grands et forts. Sa peau s'affaissait sur ses os comme de la cire gélatineuse, marbrée comme celle d'un crapaud par les métastases qui s'étaient répandues dans son corps comme des champignons après la pluie.

Si rapidement. Comment les tumeurs avaient-elles pu se multiplier si vite ?

— Pouvez-vous aider Rule ? demanda-t-elle à la Rhej, d'une voix que la peur éraillait. Si vous gardez Victor en vie, quels pouvoirs pouvez-vous mobiliser pour Rule ?

Un sourire, inattendu et féroce, passa sur le visage sombre tourné vers eux.

— Tous, pour l'instant. J'ai plus de puissance dans laquelle puiser que n'importe quelle Rhej depuis la nuit des temps. (Elle regarda Rule.) Un lupin à deux mandats, dit-elle doucement, prononçant ces mots comme s'il s'agissait d'un titre. Me laisseras-tu t'aider ?

Rule changea de position comme s'il voulait prendre plus que son propre poids, mais retomba encore une fois.

— Il me faut… de l'aide, Serra.

— J'ai besoin de sa main.

Lily retira prudemment le bras de Rule qu'elle soutenait avec son épaule, comptant sur Benedict pour le maintenir droit. Rule parvint à tendre lui-même sa main. La femme la prit dans la sienne, fronça les sourcils.

— Je sens un drôle de truc en toi.

Rule ne semblait pas capable de répondre. Lily le fit donc à sa place :

— Du poison démoniaque. Il a été blessé par un démon, et il a été inoculé.

Elle parlait d'une voix tremblante. Avec tout ce qui s'était passé, elle avait oublié le poison démoniaque.

— Je ne pense pas pouvoir l'aider pour ça. Mais l'autre problème…

Elle ferma les yeux et commença à chantonner… « Rock of Ages », reconnut Lily. En entendant ce gospel incongru dans un tel cadre, la jeune femme fut si stupéfaite qu'elle laissa échapper un petit rire.

Ou peut-être était-ce de l'hystérie. Elle s'obligea au calme.

Alex parlait toujours ; il racontait l'histoire d'un ancien Rho et de son ennemi… et à quelques pas, la réalité se scinda une fois de plus. À l'endroit où se trouvait un loup roux apparut Cullen, nu, plié en deux. Il haletait, mains sur ses genoux.

Alex regarda dans cette direction. Sans perdre le rythme de son récit, il dit :

— Eric. Reese. Les Nokolaï peuvent-ils faire ce que les Leidolf ne peuvent pas ? Transformez-vous. J'ai besoin de vous sur deux pieds. Bon, Trath accepta de parler de trêve avec Eiriu, continua-t-il, et ces deux-là seraient invités avec les Leidolf. Mais Trath avait pris…

Cullen se déplaçait plus lentement que d'habitude, plié en deux pour retrouver quelque chose dans l'une des piles de vêtements. Pas son pantalon, toutefois. Un collier. La lumière du soleil glissa sur le diamant qu'il remit autour de son cou.

À sa gauche, deux loups se fracturèrent en morceaux épars puis commencèrent à se reformer.

Rule se redressa. Sa respiration se régularisa, ralentit. Il tourna la tête, rencontra les yeux de Lily… l'instant d'après il était de retour. Épuisé, ses cheveux trempés de sueur, mais là, parmi eux. Il lui sourit, puis à la Rhej.

— Serra, dit-il avant d'accomplir un geste typique de sa personne : il prit la main de la Rhej et se pencha pour y déposer un baiser. Je vous remercie.

— Tu me remercieras plus tard, dit-elle aigrement. Mettez-vous en route, maintenant.

— … d'accord que le pouvoir d'Eiriu doit être brisé, poursuivait Alex, car la soif de sang l'avait rendu mauvais. Reese, Eric, partez avec eux. Prenez mes clés dans mon pantalon. Ils prendront ma Suburban ; leur voiture est trop loin d'ici. Bon, les Leidolf ne voulaient pas briser les liens de…

Lily fut donc escortée à travers un champ de loups par cinq hommes, chacun d'eux, à l'exception de son amant, complètement nu. Elle savait désormais très exactement à quoi ressemblait le frère de Rule dans son plus simple appareil. Les habits ne rendaient pas justice à ce lupin.

Quelques loups grognèrent sur leur passage, mais aucun ne s'interposa. Elle garda son fusil prêt à faire feu. Rule marchait tout seul, mais son épuisement était évident – ce qu'aucun Leidolf ne remarquerait, parce qu'ils ne le regardaient pas. Leurs escortes suivaient des yeux Lily, Benedict et Cullen, mais se gardaient bien de les poser sur Rule. Les loups qu'ils croisèrent les reniflèrent – truffes levées, narines frémissantes – mais aucun ne regarda directement Rule.

Ils pouvaient supporter Benedict, pur Nokolaï, supposa-t-elle, ou elle-même – une femelle –, mais celui qui était à la fois Nokolaï et leur héritier devait les mettre mal à l'aise. Peut-être que « mal à l'aise » n'était pas l'expression appropriée.

Toujours est-il qu'ils arrivèrent à la route et la traversèrent pour se retrouver devant une Suburban verte, garée devant la maison de Victor. L'un de leurs gardes – Reese ou Eric, elle n'avait aucune idée de qui était qui – sortit un trousseau de clés. Elle voulut les prendre, mais Benedict la doubla.

— Tu ne crois pas que celui qui s'est transformé deux fois de suite devrait conduire ?

— Non.

S'il était toujours assez rapide pour prendre possession des clés avant elle, il était probablement capable de s'installer derrière le volant. Et il était toujours nu.

— Peut-être…

Elle jeta un coup d'œil vers la maison, songeant à l'AK-47 laissé à l'étage, mais également à un pantalon.

— Non, répéta Benedict. Nous ne récupérons pas nos affaires. Nous partons maintenant.

Elle ne protesta pas.

Lily monta à l'arrière avec Rule. Il lui prit la main et pencha sa tête en arrière lorsqu'ils démarrèrent, les pneus crachant de la poussière.

— Ça va aller, lui murmura-t-elle, même si elle se posait aussi la question.

Rule le comprit. Il tourna la tête pour lui sourire, avec lassitude.

— Presque. Les choses sont encore… un peu désordonnées à l'intérieur. La Rhej a décroisé les neurones, pour que le nouveau mandat puisse se faire une place à l'intérieur, mais ça… il m'est difficile de parler pour le moment.

Elle pressa la main de Rule, sa manière de lui faire savoir que les mots étaient inutiles.

Sur la route irrégulière, Benedict conduisait trop vite pour n'importe qui sauf pour un lupin. Consciente que c'était nécessaire, Lily baissa la vitre pour pouvoir éventuellement tirer à l'extérieur. Dieu savait qu'il y avait d'innombrables cachettes pour tenter une embuscade de dernière minute, et au vu des boucles que formait la route, une meute de loups se déplaçant en ligne droite aurait les moyens de leur barrer la route. Elle cala le canon du fusil sur le bord de la vitre ouverte.

— J'y retournerai et j'arrêterai Brady dès que lui et les autres seront de nouveau sur deux jambes.

— Inutile, dit Cullen. C'est un homme mort. (Il secoua la tête.) Je crois que la puissance m'a rendu soûl. Si la tornade magique était comme cela la première fois…

— C'était pire. Bien pire. Si elle a été aussi forte partout…

Se rappelant le monde extérieur, Lily relâcha la main de Rule au moment où la voiture prit le virage et où les pneus crissèrent sur la chaussée.

Ils étaient sans doute suffisamment en sécurité pour reposer le fusil. Ce qu'elle fit, avant de prendre son téléphone dans sa poche pour appeler Ruben. Elle avait trois appels manqués : ses parents, le très populaire « Numéro inconnu », et Cynna.

— Brady n'est pas mort, remarqua-t-elle. Malgré tout ce qui s'est passé, personne n'est mort.

— Cullen voulait dire que Rule le tuera, dit Benedict.

— Euh… non.

Cynna d'abord, décida-t-elle avant d'appuyer sur le bouton d'appel. La sonnerie retentit encore et encore, sans que Cynna ou son répondeur ne mette fin au bip. Elle fronça les sourcils, vérifia qu'elle captait, puis appela sa propre messagerie.

— Tu dois te comporter comme un humain, tu te souviens ? Tuer des gens qui t'énervent, ce n'est pas comme ça qu'on fait.

Elle sauta les deux premiers messages.

— Lily. (Rule lui pressa l'épaule.) Je suis désolé, mais ils ont raison. Brady doit mourir.

Elle tourna vers lui des yeux surpris, mais à cet instant le message de Cynna commença, sa voix essoufflée par la panique. Lily écouta les propos décousus, sentant une boule d'angoisse se former dans sa gorge.

— Benedict, dit-elle, sans comprendre comment elle pouvait garder une voix si calme. Tu as beaucoup d'essence ?

— Oui.

— Fonce, alors. Nous devons aller à Washington. Et vite. Je… Je vais nous trouver une escorte.

Oui, une escorte, une voiture de police avec son gyrophare rouge qui ouvrirait le passage : voilà ce qu'il leur fallait. Elle se tourna vers Rule et lui prit la main.

— Jiri a attaqué la maison. Elle a eu Toby.

XXXIII

Même Michael Schumacher, dans une Formule 1, n'aurait pas rejoint rapidement Washington ce jour-là. Ce qui était normalement un trajet de trois heures leur prit... quatre heures, en fait. Benedict appuya sur le champignon seulement lorsqu'il en eut l'occasion.

Lily avait espéré que la force qu'ils avaient ressentie en provenance de la tornade magique n'était pas due au noyau. Ils s'étaient trouvés pile au-dessus de l'un d'eux, il paraissait donc logique qu'ils aient été frappés particulièrement fort.

Mais le monde regorgeait de noyaux.

Des rumeurs circulaient au sujet d'une fusion au niveau d'un réacteur nucléaire en Pologne. Le Moyen-Orient avait explosé – littéralement. Des stocks de munitions avaient sauté spontanément en Palestine, en Israël, en Syrie et en Égypte. Aux États-Unis, deux avions s'étaient écrasés lorsque la tour de contrôle de l'aéroport de Los Angeles s'était éteinte; un autre s'était écrasé à Milwaukee. Il y avait de nombreux incendies, mais le pire faisait rage à Houston, où vingt pâtés de maisons étaient en feu. Des témoins prétendaient que des flammes étaient tombées du ciel comme la pluie. Une panne de courant avait frappé le nord-est des États-Unis, lorsque les ordinateurs qui contrôlaient le réseau étaient devenus dingues et avaient piégé des milliers de métros, bloqué des bureaux, causé des embouteillages. Wall Street avait fermé ; il y avait des baisses de tension au sud, aussi loin qu'à Charleston.

Une nuée de griffons était apparue dans le ciel, au-dessus de Washington. La capitale déclencha le Code Rouge, qui lança des avions furtifs – lesquels ne se révélèrent pas très efficaces pour chasser les créatures mythologiques avec des ordinateurs de vol défaillants.

La tornade magique avait duré seulement douze minutes, mais la magie fuyait toujours des noyaux, un peu partout. Pas en masse, mais assez pour continuer à provoquer régulièrement des bugs informatiques. Internet était inaccessible dans de nombreux endroits ; les ordinateurs personnels étaient également perturbés – dans les avions, les voitures, les trains, les foyers, les bureaux. Il était vivement recommandé aux habitants de ne pas sortir de chez eux ou de leurs lieux de travail, et de ne pas conduire. Les carambolages étaient fréquents, provoqués par le dysfonctionnement des feux de la circulation et par les véhicules qui calaient.

Ils eurent connaissance de certaines de ces difficultés par Ruben, une fois que Lily put le joindre. La plupart des informations provinrent de la radio. Les ondes radio n'étaient pas affectées, même si les stations aux programmations informatisées ne pouvaient plus diffuser. Le réseau téléphonique était défaillant, mais Lily parvint à appeler la police de Washington peu après avoir eu le message de Cynna. Ils l'informèrent que deux unités avaient déjà été envoyées à l'adresse, mais qu'ils ne pouvaient lui donner aucune autre information. Elle ne put contacter ni la maison ni la détectrice.

Ils s'arrêtèrent dans un Wal-Mart à Harrisonburg. Benedict se montra intransigeant sur le fait que les hommes, au moins, devaient manger; Lily alla donc acheter du poulet à emporter ainsi que des jeans, des sweat-shirts et des tongs pour Cullen et Benedict. Sans oublier quelques serviettes rafraîchissantes pour que Rule puisse nettoyer le sang séché sur sa peau. Comme les caisses enregistreuses automatisées ne pouvaient se connecter aux serveurs, la carte Visa de Lily fut refusée, et elle n'avait pas assez de liquide. Ce fut à ce moment-là que l'orage qui menaçait frappa, naturellement – alors qu'elle retournait en courant à la Suburban pour demander à Rule un peu d'argent.

Douze minutes plus tard, Li Qin appela.

— *Ta grand-mère est en vie, Lily. Harry n'a pas été blessé. Rule Turner est là ? Je voudrais lui parler.*

Elle passa donc le téléphone au lupin et dut patienter en se contentant de ses réponses minimales, alors qu'elle ne doutait pas que les autres occupants de la voiture entendaient le moindre mot de son interlocutrice.

Rule raccrocha brusquement. Sa poitrine se souleva lorsqu'il prit une profonde et soudaine inspiration, comme s'il avait oublié de respirer le temps de sa conversation. Il fixa le téléphone d'un air absent, puis le rendit à Lily.

— J'ai perdu le signal.

— Rule ?

Elle posa une main sur son bras.

Il hocha la tête, de manière saccadée, comme pour dire : *je suis là… laisse-moi un moment.* Elle se rendit compte de l'effort qu'il dut faire pour se ressaisir assez pour parler, mais il y parvint.

— Toby est vivant et n'a pas de blessure visible, mais il est dans le coma. Il a été transporté au Washington Hospital Center. L'un des gardes est mort – Freddie. Les autres sont blessés, deux gravement. Ta grand-mère…

Il couvrit la main de Lily avec la sienne.

— Elle a envoyé Li Qin chercher de l'aide mais est restée pour se battre. Elle a été blessée, mais Li Qin dit qu'elle guérira. Elle est aussi à l'hôpital. Avec les autres gardes. Et Timms.

Lily encaissa le choc.

— Que s'est-il passé ?

— Un démon. Pas une créature aux yeux rouges. Li Qin ne l'a pas vu – Madame Yu l'a faite sortir avant qu'il défonce la porte – mais elle a obtenu une description par quelqu'un. Il marche debout, il est humanoïde mais très massif, peut-être trois mètres, avec des défenses et une queue. Une peau rougeâtre, sans fourrure, et mâle.

Ils en discutèrent longtemps, mais ils pouvaient tirer peu de conclusions d'informations aussi limitées. L'invocateur du démon semblait bel et bien avoir eu besoin de la tornade magique, mais aucun d'eux ne pouvait expliquer pourquoi la première série d'attaques avait visé les héritiers si efficacement alors que cette dernière avait manqué sa cible.

À moins que celle-ci ait été Toby.

À New Market, ils durent quitter l'autoroute et faire un détour par Luray et Sperryville. Un agent de police de la route leur déclara que trois mammouths laineux avaient été aperçus sur l'I-144, et qu'ils avaient provoqué un carambolage qui ne serait totalement dégagé que dans plusieurs heures.

Ils passèrent beaucoup de temps à essayer d'appeler diverses personnes. Après sept tentatives, Rule parvint enfin à joindre son père pour le tenir au courant de l'état de Toby. Isen n'était pas au courant d'autres attaques, mais, jusque-là, il n'avait réussi à contacter que deux autres Rho. Même les lignes fixes ne fonctionnaient pas en continu, surtout en cas d'appels longue distance, étant donné que les ordinateurs contrôlaient les transferts. Rule voulut appeler l'hôpital, en vain. Il rendit à Lily son téléphone.

Elle écouta ses messages et entendit la voix de sa mère : « Ton père a eu un choc à la tête, sa voiture a calé et a été emboutie par l'autre véhicule derrière lui, mais ce n'est rien. Il va bien, je vais bien, tes sœurs aussi, mais toi ? Où es-tu ? Appelle-nous. Appelle. Je suis tellement inquiète, tu n'as pas le droit de me laisser sans nouvelles. »

Sa mère était inquiète. Sa mère lui parlait de nouveau, et il n'avait fallu qu'une catastrophe mondiale pour qu'elle en vienne à décrocher son téléphone. Lily sentit aussitôt quelque chose se déployer en elle, qui était si serré qu'il se remit en place comme un ressort qu'on relâche, et qui brûle. Qui brûle.

Rule l'entoura d'un bras. Elle se pencha contre lui, puis, clignant des yeux plusieurs fois pour retenir ses larmes, elle essaya de rappeler sa mère.

Pas de chance. Elle avait la tonalité, mais apparemment pas ceux qui étaient à l'autre bout du fil. Elle tenta sa chance sur le téléphone fixe de ses parents, le téléphone portable de sa mère, le numéro professionnel et le portable de son père, et finalement celui de sa petite sœur. Ce dernier sonna enfin, mais Beth ne prit pas l'appel. Lily lui laissa un message. Elle avait toujours un signal, alors elle retenta de joindre Cynna – rien – puis l'hôpital.

Il y eut du mieux. Un peu.

Au lieu de rien, elle obtint une voix en boucle qui répétait : « Nos lignes sont toutes occupées. »

Finalement, elle écouta le dernier message, celui laissé par le numéro inconnu. C'était probablement un coup de téléphone de démarchage, mais elle n'aimait pas effacer des messages sans les avoir écoutés.

« Lily Yu, disait une voix de femme, basse et mélodieuse, avec un léger accent difficile à identifier. C'est Jiri. Vous me cherchez, et je suis prête à être trouvée. Je vous rappellerai avec des instructions. Ne parlez à aucun agent de cet appel – aucun de vos amis du FBI ni à la police – oh ! (Un gloussement.) Sauf à Cynna, bien sûr. Il m'arrive d'oublier qu'elle est un agent, en ce moment. Mais à personne d'autre, sinon le fils de Rule Turner ne se réveillera jamais. »

***

Lorsqu'ils arrivèrent à l'hôpital, Cynna les attendait. Elle faisait les cent pas sur ses longues jambes devant le dépose-minute. En les apercevant, elle marcha jusqu'à un jeune voyou adossé au bâtiment, les bras croisés. Il se leva nonchalamment, plastronnant comme un gros dur, avec un pantalon dix fois trop grand et une attitude de vaurien.

— Jo-jo la garera pour toi, dit-elle. Je lui ai déjà payé la moitié. Il aura le reste lorsqu'il t'apportera les clés.

Lily toisa Jo-jo d'un air dubitatif.

— C'est bon, ajouta Cynna. Il a amené un ami qui avait besoin de points de suture, et celui-ci a un peu de jugeote, même si on ne peut pas en dire autant de Jo-jo.

Ils firent confiance à Cynna et sortirent de la voiture ; le gars se glissa derrière le volant en faisant une grimace. De toute évidence, les Suburban n'étaient vraiment pas son style.

— Comment as-tu fait pour arriver si vite ? lui demanda Lily alors qu'ils se ruaient à l'intérieur. Je croyais que les avions étaient toujours au sol.

— Les vols commerciaux, ouais. C'est l'armée de l'air qui m'a transportée.

Ils avaient enfin réussi à joindre Cynna au téléphone alors qu'ils atteignaient la banlieue de Washington. La circulation avait été incroyablement fluide à partir de là. Soit tout le monde avait déjà déserté la ville, soit les gens suivaient les instructions et ne prenaient pas le volant.

— Toby est en unité de soins cardiologiques, les informa-t-elle, avant d'ajouter rapidement : Mais pas parce qu'il serait dans un état critique. Ses signes vitaux sont bons, mis à part son rythme cardiaque, vraiment lent. C'est un état de transe, c'est donc normal, mais les médecins deviennent durs d'oreilles dès qu'on commence à leur parler de magie. Même avec le *kilingo*…

— Pardon ?

— Jiri l'a marqué. (Cynna serra le poing, comme si elle cachait sa propre marque.) Comme elle l'a fait sur moi, sauf que ce sort est différent de celui qu'elle a gravé sur ma peau. Je… Il est là, à l'intérieur. J'ai vérifié. Toby n'a pas été forcé de chevaucher, ni rien de ce genre.

Lily reprit son souffle. Elle n'avait pas envisagé cette possibilité.

Ils eurent de la chance : l'ascenseur se vidait au moment où ils arrivèrent devant la cabine. Ils la remplirent de nouveau ; Cynna appuya sur le bouton du troisième étage, et les portes se fermèrent.

Lily prit la main de Rule, mais elle le soupçonnait d'être trop rongé par l'inquiétude au sujet de Toby pour remarquer, cette fois-ci, qu'il était coincé dans cet espace exigu et fermé. Mais elle aussi avait besoin de ce contact.

— Ma grand-mère ?

— Elle est sortie du bloc, dit Cynna. Elle va bien. Elle est étonnante. Je viens d'aller la voir.

— Du bloc ? répéta Lily, alarmée.

Grand-mère guérissait encore plus vite que les lupins. Si elle avait dû être opérée…

— Elle s'est fait encorner.

La bile remonta dans sa gorge. Lily déglutit. Une deuxième fois.

— Elle va bien, réitéra Cynna à la hâte. Le pire, c'était son poumon, mais elle n'a jamais perdu conscience. Et elle ne pouvait pas être anesthésiée – Li Qin m'a expliqué la situation – mais elle a utilisé mon sort. Il a mis la douleur en veilleuse pour leur permettre d'opérer. On m'a raconté qu'elle a donné des instructions à son chirurgien pendant qu'il s'occupait d'elle.

Une bulle monta et éclata en elle. Pas de rire, pas tout à fait, mais de soulagement.

— C'est bien elle.

— Son chirurgien est stupéfait. Il prévoit d'écrire sur son cas dans un journal médical. Vos hommes… (Elle regarda Benedict.) Je suis désolée. Stan Carlson est mort. Ils n'avaient pas de chamane dans leur personnel pour l'endormir, et il n'a pas pu lancer le sort antidouleur.

Il est décédé sur la table d'opération. Les deux autres s'en sortent bien, continua-t-elle. En ce qui concerne Brown, il a eu besoin de passer sur le billard parce que ses côtes étaient trop amochées, et il n'arrivait pas non plus à lancer ce stupide sort, mais il s'est évanoui ; son état est satisfaisant maintenant. Lincoln n'a eu qu'un ou deux os cassés, et il s'est senti mieux dès que le médecin les a remis en place et plâtrés. Ils partagent une chambre au premier étage.

— Timms ? demanda Cullen.

— En soins post-op. Il est, euh, dans un état critique.

Quelques minutes plus tard, Lily et Rule étaient dans l'unité de soins cardiologiques, penchés sur Toby. Elle avait essayé de se préparer à trouver des machines partout, à l'apparence qu'aurait le garçon : petit et fragile, d'une pâleur effroyable.

Des machines bipaient, des tubes sortaient de partout, mais Toby ne semblait ni malade, ni blessé, ni pâle. Il ressemblait à un enfant qui aurait trop joué et récupérerait en dormant. Ses joues avaient leur couleur habituelle. Ses ongles étaient roses et sains. Seulement, il ne se réveillait pas. Il ne le pouvait pas.

Petit, de la taille d'un grand timbre, les lignes complexes aussi fines que de la soie d'araignée, le *kilingo* marquait son front. Lily repoussa ses cheveux en arrière et posa sa main sur la tête de l'enfant.

Orange. Elle était fluide et quelque peu complexe cette fois, mais l'impression orangée de la magie était immanquable.

— De la magie démoniaque, conclut-elle tranquillement. Pas tout à fait comme les autres que j'ai touchées. Elle semble stratifiée, comme si…

— Comme si elle avait été façonnée. (Cynna se leva à l'entrée de la cabine.) La magie démoniaque que tu as touchée auparavant provenait directement de la source, et les démons n'utilisent pas les sorts comme nous. Mais un *shetanni mwenye* – un maître démoniaque – si. (Cynna baissa les yeux vers le jeune garçon endormi, et reprit d'une voix serrée, comme si elle devait extirper ses mots de sa bouche.) Jiri est un *shetanni mwenye*. C'est elle. C'est elle qui lui a fait ça.

Cynna était bien placée pour le savoir. D'une certaine manière, elle était sur les lieux au moment où c'était arrivé, propulsée par la marque sur sa paume. C'est ce qu'elle leur avait dit au téléphone.

— Peux-tu… Non, bien sûr que non. Si tu savais comment supprimer le sort, tu l'aurais déjà fait.

— Je ne peux pas le faire si je ne le connais pas, lui confirma-t-elle, d'une voix pleine de regrets. Mais Cullen a un charme de somnolence. J'espère qu'il est suffisamment proche pour qu'à nous deux on trouve comment s'en débarrasser.

ILS ESSAYÈRENT. RULE et Lily durent se rendre dans la salle d'attente de l'unité de soins cardiologiques pour que le nombre de visiteurs demeure dans les limites autorisées, mais ils n'eurent pas à attendre longtemps avant que Cullen arrive. Il secoua la tête.

— Bon sang, Cullen ! (Rule était sur le point d'exploser.) Tu dois être capable de faire quelque chose !

— Peut-être… (Il fit deux petits pas en avant, et passa une main dans ses cheveux.) Peut-être que si j'ai assez de temps pour l'analyser, mais… Merde, Rule ! En le plaçant sur sa peau, elle a lié le *kilingo* à lui. Il est formé de fils qui courent dans toutes les directions, entrelacés au plus profond de lui. En tirant sur le mauvais, j'arrêterai son cœur.

ON AVAIT INSTALLÉ Grand-mère un étage au-dessus. Contrairement à Toby, elle faisait peine à voir : toute petite, fragile et pâle.

Après les paroles réconfortantes de Cynna sur l'état de la vieille dame, Lily ne put pas tout à fait cacher sa réaction lorsqu'elle se pencha pour l'embrasser sur la joue. Si cette situation était déjà étonnante, qu'en était-il avant ?

— Grand-mère, dit-elle d'une voix tremblante. Combattre des démons ? À ton âge ?

Grand-mère haussa une épaule. Son autre bras était en écharpe.

— Il ne me regardait pas dans les yeux. S'il l'avait fait, je n'aurais pas eu besoin de me battre. (Son regard se posa sur Rule.) Le garçon. Ils me disent qu'il va bien, mais qu'il dort.

— Oui. Physiquement, il n'a rien. Il est ensorcelé.

Madame Yu hocha la tête, une seule fois.

— Alors, je n'ai pas pu les arrêter. J'ai essayé, mais… Bah, dit-elle lorsque ses yeux se mirent soudain à luire.

Lily se garda de remarquer ses larmes.

— Les arrêter ? Il n'était pas tout seul ?

— Le démon et celui ou celle qui le contrôlait. (Elle était irritable.) Il ne voulait pas monter à l'étage. Il voulait m'achever et profiter de mon sang. Quelqu'un l'a empêché. (Elle détourna le regard.) Je fatigue. Partez, maintenant.

Li Qin s'avança à côté de Lily. Elle les avait accompagnés voir Grand-mère tandis que Cynna restait avec Toby, que Cullen allait prendre des nouvelles de Timms, et Benedict, des deux gardes qui avaient survécu. Doucement, elle prit la parole :

— Tu peux y aller, Lily, si tu veux. Je resterai avec elle.

Grand-mère la foudroya du regard.

— Je n'ai pas besoin qu'on me tienne la main.

— Bien sûr que non. (Li Qin installa la chaise près du lit et avança sa main.) Moi, oui.

Grand-mère la fixa. Le coin de sa bouche s'affaissa, mais c'était le genre de mimique qui cachait son amusement. Ils laissèrent les deux femmes qui se donnaient la main.

— Je ne m'étais pas rendu compte qu'elles étaient ensemble, dit Rule lorsque la porte se referma derrière eux. D'habitude, je peux toujours le dire.

— Je ne suis toujours pas sûre, répondit Lily, mais c'est vrai que je me suis posé la question. Il y a de l'amour entre elles, mais de quel genre? Ça ne me regarde pas, j'imagine – et c'est la première des nombreuses choses que Grand-mère me répondrait si je perdais la tête au point de lui poser la question. J'ai bien dit quelque chose à ma mère, une fois…

— Je suis sûr qu'elle l'a bien pris.

Lily fut surprise de s'entendre rire. Cela ne dura pas longtemps, mais elle n'avait pas pensé qu'elle pouvait être amusée par quoi que ce soit dans un moment pareil.

— On peut dire ça. Je ne m'y risquerais pas, mais toi, tu peux.

— On ferait mieux d'aller chercher Toby.

— D'aller chercher… (Elle s'arrêta et lui demanda prudemment:) Tu ne parles pas de le faire sortir de l'hôpital.

— Il n'a aucune raison de rester ici. (Rule était raisonnable. Calme.) Relié à un tas de machines qui ne peuvent rien pour lui… Bien sûr, on le ramènera à la maison avec nous. C'est là qu'il doit être. À la maison. Là-bas, ce sera plus facile pour Cullen de découvrir comment défaire le sort.

Dans le couloir, puis dans l'ascenseur, elle lui fit doucement remarquer pourquoi Toby devait rester à l'hôpital. Certes, il allait bien physiquement, et il pouvait sans doute être déplacé hors de l'unité de soins cardiologiques. Mais ils ne savaient pas si son état demeurerait ainsi. Il était important de se trouver là où il pourrait garder une intraveineuse en permanence, au minimum. D'ailleurs, ils n'avaient pas de maison où le garder; celle des Nokolaï, éclaboussée de sang, était de fait condamnée.

Rule continua à se montrer calme. Ils seraient chez eux partout où ils iraient: un hôtel, la Suburban empruntée, peu importe. Si elle pensait que Toby avait besoin d'une intraveineuse, ils la laisseraient en place. Mais ce serait plus simple pour Cullen d'étudier le sort et de le défaire loin de l'hôpital.

Il n'avait pas touché Toby, s'aperçut-elle lorsqu'ils s'approchèrent des portes de l'unité. Il n'avait ni touché le visage de son fils ni prit sa main alors que celui-ci était allongé au milieu des tubes et des bips des soins intensifs. Elle aurait dû savoir qu'il s'était renfermé sur lui-même. Lui et Toby avaient des contacts physiques fréquents, faciles… Une étreinte, une caresse, un câlin. Elle les enviait, parfois. Sa propre famille n'était pas proche de cette façon.

Elle avait cru qu'il parvenait à gérer la situation. Il avait fermement contenu son anxiété pour continuer à agir, elle s'en était rendu compte, mais il semblait bien prendre les choses. Elle l'observa au moment où ils approchèrent de la cabine où se trouvait son fils. Il semblait toujours maître de lui. Mais ce n'était pas le cas.

Les visiteurs avaient de nouveau changé de place. Benedict et Cullen se trouvaient avec Toby. Les infirmières de l'unité ne les laisseraient pas rester près de lui tous en même temps, bien entendu, c'est pourquoi Lily demanda à Benedict et Cullen de l'accompagner et d'accorder quelques minutes à Rule pour qu'il puisse être seul avec le petit garçon. Il lui parlait lorsqu'ils partirent… mais il ne le touchait pas.

Le contact avec sa peau rendrait son état trop réel.

De l'autre côté des portes battantes, elle leur apprit la détermination de Rule à faire sortir Toby de l'hôpital. Sa voix se brisa.

Benedict se contenta d'acquiescer.

— Je lui parlerai. Dehors.

— Parler ne sert à rien.

Elle se sentait au bord de la crise de nerfs, et des larmes ; elle détestait cela, l'inutilité totale des pleurs.

— Hé. (Cullen passa un bras autour de Lily. Cela la surprit. Il serra quelques secondes ses épaules.) Nous parlerons, mais de manière un peu différente. (Il regarda Benedict.) Tu es le meilleur, mais Rule n'est pas mauvais non plus. Je viendrai avec toi. Je suis assez rapide, et nous avons eu notre lot de blessures.

Benedict hocha la tête et poussa la porte de l'unité.

— Ce n'est pas parler que tu as en tête, remarqua bêtement Lily.

Benedict s'arrêta.

— Nous parlerons. Et ensuite, il nous frappera. Il en a besoin. Il est trop épuisé pour nous faire très mal, mais Cullen a raison. À nous deux, nous nous en assurerons sans que Rule se blesse.

XXXIV

L'unité de soins cardiologiques était dépourvue de chaises. Debout près du lit, Lily tenait la main de Toby et regrettait de ne pas croire au pouvoir de la prière.

La mort n'était pas la fin. L'âme existait. Elle le savait sans l'ombre d'un doute, mais ignorait si quelqu'un en était responsable; si tel était le cas, Il ou Elle ne faisait pas un boulot fantastique. C'était le monde à l'envers, depuis un bon bout de temps.

Mais cela ne pouvait pas faire de mal de demander. Même si elle ne savait pas qui ou quoi prier, son initiative ne pouvait pas faire de mal. *Je vous en prie. Aidez-le. Et aidez-nous.*

— Il a l'air d'aller bien, hein ?

Elle se retourna. Cynna se tenait dans l'entrée, sirotant une tasse fumante. Lily en sentit l'odeur amère.

— Tu n'aimes pas le café.

— Ça a un goût de chiotte, lui confirma Cynna en s'introduisant dans la cabine aux murs de verre. Où est Rule ?

— Il s'adonne à une petite bagarre pour calmer ses nerfs, je crois. Il… (Elle se mordit la lèvre, se demandant jusqu'où elle pouvait aller dans ses confidences.) Je croyais qu'il tenait le coup. Je n'ai pas été assez attentive. J'imagine qu'un psychologue expliquerait qu'il refoulait ses sentiments, ou qu'il était dans le déni, quelque chose comme ça. Benedict a dit qu'il avait besoin de frapper quelqu'un. Lui et Cullen l'ont emmené discuter dehors, façon lupins.

— Une thérapie par la bagarre. Ah. J'en aurais bien besoin moi aussi.

Sous les motifs tracés à l'encre, le visage de Cynna était tendu. Non, Lily découvrit-elle, tout le corps de la jeune femme l'était, comme s'il était formé de ressorts prêts à se relâcher.

— Je dois être davantage comme Timms. Je préférerais manier une arme que donner des coups de poing, fit Lily.

— Tu sais te battre, pourtant.

— Je suis trop en colère pour être efficace, pour le moment. (Lily n'en avait pas conscience jusqu'à ce qu'elle l'exprime tout haut, mais sa colère était indéniable – un nœud chaud, dur de colère dans son ventre.) On fait des erreurs, quand on se laisse guider par sa colère.

— Ça doit être pour ça que tu es ceinture noire et moi seulement ceinture marron. Quand je suis à bout, j'aime me battre. Quand je ne le suis pas, je ne vois pas l'intérêt, alors je ne m'entraîne pas. (Cynna avala une gorgée de café, fit la grimace.) Tiens. Tu ferais bien de boire ça.

Lily prit la tasse. Avec le lait, le café avait viré à une teinte boueuse ; la jeune femme n'était pas désespérée au point de boire cette mixture.

— Et toi, ça te fait quoi, tout ça ? demanda-t-elle doucement à Cynna. Je veux dire, ce que Jiri a fait. Te faire chevaucher de nouveau, être obligée d'être témoin de tout ce qui s'est passé.

— Être témoin. (La voix de Cynna était pleine d'amertume.) Chevaucher, ça ne fait pas ça. Il ne s'agit pas que de regarder.

— Tu n'en as jamais parlé.

— Et je ne le ferai pas maintenant.

— Ce n'était pas toi. Tu n'as pas attaqué les autres ni mis Toby dans cet état.

Cynna fit deux pas, comme si elle voulait marcher d'un bout à l'autre de la pièce pour se calmer, mais il n'y avait pas assez de place.

— Elle m'a jetée dehors avant que je puisse voir ce qu'elle faisait à Toby. Elle ne voulait pas me donner de piste sur la manière de défaire le sort. Quant au reste… Ce serait revenu au même si j'avais été responsable. Je n'ai pas eu l'impression que c'étaient les mains du démon qui attrapaient Brown et le traînaient hors de la voiture. Ce sont nos mains qui l'ont tué. Nous avons cassé cette porte. Nous étions fous de rage lorsque le tigre a attaqué et… (Elle déglutit et leva vers Lily des yeux malheureux.) Une chevaucheuse ne ressent pas que l'aspect physique. On ressent les émotions aussi. Pas les pensées, mais j'ai eu les mêmes sensations que le démon.

— Ce n'était ni ta volonté, ni ton intention qui le faisait agir.

— Ouais, l'intention, ça compte. Je sais, mais… (Son regard passa de Toby au support de l'intraveineuse, puis au moniteur cardiaque.) Pourquoi a-t-elle choisi cette façon de faire ? Pourquoi me forcer à chevaucher le démon ? C'est ce que je ne comprends pas. Cela ne lui a donné aucun avantage. Bon dieu, elle en a même perdu un. J'ai son motif, désormais, un motif précis.

— La vengeance. La menace. Je…

Lily se tut. Rule approchait. L'instant d'après, les portes de l'unité de soins de cardiologie s'ouvrirent ; Rule, Cullen et Benedict entrèrent.

Tous trois assez amochés.

Cullen boitait. Benedict avait une entaille au-dessus de l'œil. Rule était dans un plus sale état encore : sa veste avait disparu, sa chemise était déchirée, et il arborait un œil au beurre noir, à moitié fermé. Celui-ci était déjà passé à la phase jaune vert, mais il était encore enflé.

Il marcha droit vers Lily. L'une des infirmières se précipita hors de leur poste, pour leur dire qu'ils devaient partir – on n'avait pas le droit d'être aussi nombreux dans l'unité en même temps. Rule ne sembla pas la remarquer, mais Benedict lui parla poliment.

Rule s'arrêta devant Lily. Pendant un long moment, ils restèrent là, à se regarder, chacun cherchant comment exprimer ce que les mots ne suffisaient pas à dire. Puis le coin de sa bouche se souleva et elle tendit les bras vers lui – ou peut-être que ce fut lui – et ils s'enlacèrent. Étroitement.

Benedict lui dit qu'elle pourrait les retrouver dans la salle d'attente de l'unité. Elle hocha doucement la tête. Rule relâcha son étreinte au moment même où les portes de l'unité s'ouvraient. Cynna s'était arrêtée dans l'embrasure de la porte, et les regardait. L'espace d'une seconde, Lily vit trop bien son visage. Un profond chagrin. Le désir. L'envie.

Puis Cynna se retourna. La porte se ferma. Rule s'approcha alors du lit de Toby et prit la main de son fils.

ILS RESTÈRENT À l'hôpital encore trois heures. Toby fut déplacé de l'unité de soins cardiologiques à une chambre en pédiatrie. Il ne se réveilla pas. Son état passa de préoccupant à stable. Cynna leur parla de sa rencontre, à Chicago, et de l'autre apprenti de Jiri, Tommy Cordoba ; Lily et les lupins l'informèrent des événements qui s'étaient déroulés chez les Leidolf.

Jiri n'appela pas.

En revanche, Ruben, oui. Comme les ordinateurs du Bureau étaient encore détraqués, ils ne pouvaient pas chercher la trace de Cordoba, mais Ruben promit qu'il en ferait une priorité.

Après quelques discussions, ils décidèrent que Benedict resterait avec Toby pendant la nuit. Ou plutôt, Benedict prit la décision – il demanda à Rule et à Lily de partir et de se reposer un peu. Au grand étonnement de Cynna, ils l'écoutèrent. Puis ils durent presque traîner Cullen hors de la pièce. Il semblait se sentir responsable de Timms.

Ils se retirèrent dans un hôtel près de l'hôpital, où Rule trouva une suite à deux chambres pour lui, Lily et Cullen, avec une chambre simple contiguë pour Cynna. Ils commandèrent des hamburgers auprès du room-service.

Pourtant, aucun d'entre eux n'avait faim. Lorsque les repas arrivèrent, tous, à l'exception de Cullen, s'assirent à la table ronde et s'efforcèrent de manger. Cullen s'affala dans le grand fauteuil devant la télé avec son assiette, absorbé par les infos sur CNN ou perdu dans ses pensées.

— Mais qu'est-ce que ça signifie ? demanda Cynna à Rule en trempant une grosse frite dans le ketchup. Tu as deux mandats, ou une partie de deux mandats. Comment le vis-tu ?

Il eut une expression étrange. Déconcertée.

— Je ne pourrais pas le décrire avec des mots, mais… je vais bien.

Lily grimaça.

— Le lien d'âme sœur ne nous a pas protégés, finalement, déclara-t-elle. Je suppose qu'avec la tornade magique…

— Non, la contredit Rule. Il nous a vraiment aidés. Et encore maintenant. Je ne pourrais pas l'expliquer, mais il a aidé les deux mandats à s'adapter l'un à l'autre.

— Un lupin à deux mandats, murmura Cullen.

Cynna le regarda, surprise d'entendre qu'il avait suivi leur conversation. L'air inquiet, il gardait les yeux rivés sur la télévision.

— La Rhej a utilisé cette expression, dit Lily. Elle l'a prononcé comme si c'était une sorte de titre.

Cullen demeura immobile.

— Elle est tirée d'une légende. Une légende très ancienne.

— Je n'en ai jamais entendu parler, dit Rule.

— C'est un conte Etorri.

— C'est quoi, Etorri ? demanda Cynna.

Il y eut un silence gêné, comme lorsque quelqu'un lâche un pet et que tout le monde fait mine de n'avoir rien senti. Finalement, ce fut Cullen qui lui répondit.

— Mon ancien clan. Celui qui m'a jeté dehors.

Oh.

— Le courant est revenu dans le nord, dit-il, souhaitant à l'évidence changer de sujet. Et un connard a décidé que les vols commerciaux pouvaient reprendre.

— Tu ne crois pas que c'est sûr ?

Il grommela.

— Ça me paraît plutôt être une solution extrême à la surpopulation. Il y a trop de magie dans l'air pour pouvoir se fier aux systèmes informatisés.

Lily et Rule le rejoignirent devant la télévision. Cynna se mit à faire les cent pas, mais écouta. Des incendies faisaient toujours rage à Houston. Un tremblement de terre en Italie avait laissé des milliers de personnes sans toit. La fusion nucléaire en Pologne avait été confirmée, mais on manquait encore de précisions. Wall Street comptait rouvrir dans la matinée. Et les services téléphoniques demeuraient en partie indisponibles, bien que les lignes fixes soient cependant en meilleur état que les cellulaires.

Jiri avait le numéro de portable de Lily.

Cynna ne pouvait pas rester assise. Elle marchait, passant à côté de la table de temps en temps pour y prendre une frite. Sa peau lui procurait une drôle de sensation, comme si elle avait rétréci après un lavage à l'eau chaude. Ou comme les habits de l'année passée qu'elle portait toujours à la rentrée scolaire. Elle avait l'impression qu'il lui suffirait de se pencher ou de faire un mauvais mouvement pour déchirer sa peau.

Finalement, Lily éteignit la télévision.

— Nous avons eu des nouvelles du monde. Maintenant, nous devons nous occuper de chez nous : séparer les faits des suppositions. (Elle regarda Cynna.) Tu ne nous as jamais raconté dans son intégralité comment l'attaque s'était passée.

— Tu veux des détails ? Qui a saigné, et où ?

Elle était arrivée devant le mur. Elle fit volte-face et reprit sa marche.

— Parle-nous du démon. Ce n'était pas une créature aux yeux rouges, comme les autres. Li Qin a dit que c'était un mâle.

— C'est exact. (Cynna s'efforça de calmer son agitation extrême pour ne sauter à la gorge de personne.) Ils n'ont pas de sexe défini lorsqu'ils sont jeunes. Celui-ci n'est pas si malin que ça, mais il est vieux, fort, puissant. Nous… les balles l'ont gêné. Elles font mal, mais il avait plutôt la sensation d'être piqué en permanence avec une aiguille. Exaspérant, mais pas très méchant. Bien entendu, il n'avait pas retiré toute sa masse du *dashtu*. S'il l'avait fait, il aurait écrasé l'escalier en voulant monter. Les plus vieux sont lourds. Denses.

— Tu veux dire que leur corps est dense ? Et qu'ils ont la tête vide ?

Rule retroussa les lèvres dans une tentative de sourire.

— Parfois, leurs têtes sont très pleines, elles aussi. Mais je parlais de leur masse.

— Alors elle chevauche un puissant démon. Quelle conclusion pouvons-nous en tirer ?

— Ce n'est pas exactement ce qu'elle fait. Elle est un maître démoniaque, pas une chevaucheuse. C'est… un niveau différent de contrôle.

Et une profanation.

— Mais ça veut dire quoi ?

— Qu'elle a une sacrée dose de magie et un vieux démon pas très futé qui lui obéit au doigt et à l'œil.

— Que peux-tu nous dire à son sujet ? lui demanda Rule.

— J'ai déjà tout raconté à Lily…

— Tu as donné les grandes lignes, le peu d'infos que tu avais. Tu n'as pas dit ce qui la motive. Ce qu'elle veut. Elle désire quelque chose, elle est prête à tout pour l'obtenir.

— Je ne sais pas ! Mon Dieu, si c'était aussi simple… Lorsque je l'ai connue, elle était normale. Non, se corrigea-t-elle. C'était quelqu'un de bien. Quelqu'un de bien. Elle a commencé à vouloir bouger les choses, à vouloir améliorer la situation des gens qui avaient besoin de changement. C'était l'idée de son mouvement, au début. C'est sûr, on n'était pas des tendres. On était des enfants de la rue – la rue était tout ce qu'on connaissait. Mais on se serrait les coudes pour aider les gens qui avaient besoin d'espoir.

— Qu'est-il arrivé ?

— Les démons, voilà ce qui est arrivé. (Cynna eut un hoquet entre rires et larmes.) Quand on les chevauche, on ressent tout ce qu'ils font. Elle nous a prévenus, tous ceux qu'elle avait pris avec elle… j'imagine que vous nous appelleriez son cercle intime. Elle nous a conseillé de faire attention, sinon nous risquerions de nous perdre en eux. Et c'est ce qui s'est passé, précisément, avec elle. J'ai vu les frontières s'effacer en elle. C'est pour cela que je suis partie. Je pouvais voir comment je finirais.

— Alors tu dois être capable de deviner ce qu'elle cherche, lui dit Rule.

— Toi, fit Lily.

— Elle a raté, dans ce cas, hein ?

Il y avait de l'amertume dans la voix du lupin. Il se mit debout et demeura là, comme désireux d'une autre bagarre.

Lily resta assise.

— Tu n'étais pas là, alors elle a ensorcelé Toby. C'est un moyen de t'atteindre.

— Maudite garce. Ça se pourrait. Ce pourrait être vrai. Cynna, il doit y avoir quelque chose…

— Rule. (Cullen se redressa sur son fauteuil.) Ça suffit. On lui en a assez demandé.

— Ce n'est pas grave, dit Cynna. C'est son fils qui est en danger, ses hommes qu'elle a tués.

— Et si tu pouvais faire quoi que ce soit pour changer cela, tu l'aurais déjà fait.

Il marcha jusqu'à elle, son visage n'affichant aucune expression particulière… ce qui était bizarre. Cullen était toujours quelque chose : souriant, séducteur, en colère, hilare – une émotion ou une autre semblait toujours bouillonner en lui.

— Arrête, veux-tu ?

— Pardon ? (Elle eut un rire forcé.) Arrêter quoi ?

Il eut un début de hochement de tête, juste d'un côté, et fit une moue comme si elle était l'étudiante la plus lente de la classe.

— Laisse tomber.

Il prit le visage de Cynna dans ses deux mains et l'embrassa. Et l'embrassa encore. Longuement.

Des étoiles entrèrent en collision. Des univers entiers. Des neurones éclatèrent dans le cerveau de Cynna, soumis à une mort violente mais magnifique. Elle prit la langue de Cullen entre ses dents, et la mordilla.

Finalement, cette bouche succulente, adorable et talentueuse s'éloigna de celle de Cynna. Elle remarqua qu'elle avait les yeux fermés, et envisagea de les ouvrir. Son corps était collé à celui de Cullen. Et cela lui plaisait beaucoup.

— Cullen, fit brusquement Lily, je ne crois pas…

— Contente de te l'entendre dire, puisque ça ne te regarde pas. (Il avait les joues en feu, dues en partie à sa colère.) Elle en avait besoin. Et Dieu du ciel, moi aussi. (Il caressa le bras de Cynna et lui prit la main. Il la tira vers lui.) Allez.

Cynna partit avec lui, mais ce fut difficile de dire qui emmenait qui vers la porte menant à la chambre de la jeune femme.

— Cynna ? l'appela Lily, inquiète.

— C'est bon, dit-elle, sans regarder en arrière. C'est un salaud, mais il a raison. Après tout, j'ai pas eu droit à ma petite bagarre, moi, hein ?

Cullen fit passer la porte à Cynna et la ferma derrière eux.

La chambre était exiguë, avec des murs d'un vert neutre et, en guise de lit, un minuscule rectangle à quelques pas.

Son cœur battait violemment dans sa gorge. Pourquoi ne la prenait-il pas, tout simplement ? Elle n'attendait que ça, céder tout de suite au désir, avoir Cullen sur elle, peut-être quelques vêtements déchirés.

À la place, il posa ses mains sur ses bras.

— Ils ne comprennent pas, lui dit-il doucement. Tu as eu la plus grosse peur de ta vie, aujourd'hui, non ? Cette fois, le démon t'a avalée.

— Hé. (Elle s'écarta.) Si je voulais parler, je serais restée dans l'autre pièce.

Il ignora ce qu'elle venait de dire.

— Sang, sexe et pouvoir. L'un ou l'autre, ou les trois ensemble, c'est le prix que les démons demandent à un chevaucheur, non, *shetanni rakibu* ?

Cullen en savait trop. C'était pour ça qu'elle ne le ferait pas. Elle se le rappelait, maintenant. Elle voulait que personne ne sache ces choses sur elle. Elle chercha la porte à tâtons.

— Cynna. (Elle s'arrêta en sentant la main du lupin sur son bras.) Tu n'as pas demandé à le chevaucher, alors tu n'es pas responsable. Tu n'aurais pas pu l'empêcher de faire ce qu'il a fait. Tu ne l'as pas demandé. Tu n'es pas responsable.

Elle s'en prit à lui :

— Tu ne comprends pas non plus ! Ce n'était pas lui qui a projeté Freddie contre le mur, c'était nous ! Nous avons lapé son sang jusqu'à ce qu'elle – notre maître – nous demande d'arrêter. J'ai tout ressenti ; pas seulement les aspects physiques, mais tout ce qu'il a éprouvé – et il a pris du plaisir à faire ça. C'était agréable !

— Tu as eu les mêmes sensations que le démon. (Il posa ses mains sur ses joues, mais le contact ne fut ni doux, ni apaisant.) Mais tu as aussi ressenti d'autres choses. L'horreur, la peur…

Seigneur. Oh, seigneur. Elle ferma les yeux aussi fort qu'elle put.

— J'ai essayé. J'ai tellement essayé.

— Tu ne l'as pas demandé. Tu ne commandais pas, tu ne pouvais rien faire. (Ses mains quittèrent son visage – pour se poser sur ses seins.) Maintenant non plus, tu ne commandes pas.

— Pardon ? (Elle ouvrit brusquement les yeux.) Je n'ai pas besoin de conneries macho…

— Si. Tu en as besoin.

Il passa ses pouces sur les pointes de ses seins.

— Ce que tu as appelé une bagarre… Nous n'avons pas emmené Rule dehors parce que nous aimons les bleus, les siens ou les nôtres. Nous l'avons fait sortir pour qu'il puisse péter les plombs. Il sait formidablement bien se contrôler, mais le contrôle est une lame à double tranchant. De la serrer si fort, il saignait à l'intérieur.

Les caresses de ses pouces la grisaient. Ou peut-être que c'étaient ses mots. Elle secoua la tête, certaine qu'il y avait une faille dans sa logique.

— Parfois, il faut perdre le contrôle pour pouvoir le reprendre. Et tu peux sans risque te laisser aller avec moi. Tu ne peux pas me faire mal.

Ses souvenirs se pressèrent dans son esprit, si étroitement qu'elle peina à trouver son souffle.

— Je peux te faire mal. Tu guérirais, mais je peux te faire mal.

Il secoua la tête.

— Pas toi, pas ici, pas maintenant. Je suis beaucoup plus fort. Plus rapide. Tu ne me feras pas mal, et Dieu sait que tu ne me choqueras pas. Ça te dit, d'être mon esclave ?

En moins de temps qu'il ne fallait pour le dire, il avait attrapé les mains de Cynna et les retenait, avec l'une des siennes, dans le dos de la jeune femme. De l'autre main, il s'occupait de ses seins. Elle haleta.

— Non, fit-elle d'une voix criarde. Je veux juste baiser. Fort et vite.

Il arrêta enfin de parler.

Sa bouche avait d'autres envies. Il la cueillit dans ses bras et la porta jusqu'au lit, ne cessant de lui montrer quelles étaient ces envies. Puis il la lâcha. Elle tomba sur le matelas, rebondit, et commençait déjà à déboutonner sa chemise avant même de s'être stabilisée.

Il se déshabilla en vitesse, efficacement – et elle eut un pincement de regret, parce qu'elle aurait adoré qu'il le fasse sous ses yeux en prenant son temps.

Mais pas cette nuit. Cette nuit, elle ne voulait pas penser. Elle voulait… elle avait un besoin désespéré de… se sentir humaine, d'oublier ce qu'elle avait vécu lorsqu'elle avait été une chevaucheuse réduite au silence dans le corps d'un démon.

Il vint à elle, nu et totalement excité. Une distraction bienvenue ; elle avait besoin de poser ses mains sur ce corps époustouflant. Elle devait goûter cette peau qui était la sienne.

Il voulait qu'elle retire ses vêtements. Et il avait raison. Il était beaucoup plus fort, et elle ne commandait pas.

Les boutons sautèrent lorsqu'elle retira sa chemise sans ménagement. Il repoussa son soutien-gorge et baissa la tête pour lécher ses seins. C'était bon, c'était incroyable, de sentir dans son ventre les lents tiraillements qui la faisaient gémir.

Elle passa ses mains dans ses cheveux pour le guider vers cette zone mais, pervers comme il était, il décida aussitôt de s'attarder sur son autre sein, puis de descendre vers le centre de son corps, vers son nombril, ou la ceinture de son pantalon l'arrêta.

— Merde, marmonna-t-il, t'as encore tes vêtements.

Elle rit. Elle trouva simplement sa remarque extrêmement drôle, et elle rit alors qu'elle aurait juré qu'elle n'en était plus capable – mais il attrapa son rire avec sa bouche, tout en lui enlevant son soutien-gorge.

— Ôte le reste toi-même, lui dit-il. Je veux voir. Ton odeur est fantastique, mais je veux aussi te voir.

Elle se tortilla pour retirer son pantalon et sa culotte, et il la regarda, et il lui sourit, de son sourire éblouissant.

— Tu as un corps incroyable, Wonder Woman, mais je ne suis pas un homme patient.

Il rampa sur elle et l'embrassa, plaça ses mains entre ses jambes. Et il l'embrassait encore lorsqu'il s'enfonça en elle.

Son corps entier sentit qu'il se glissait en elle. Cela faisait longtemps, très longtemps qu'un homme n'était pas entré en elle, totalement nu, mais avec un lupin, pas besoin de préservatif. Elle prenait la pilule, et il ne pouvait ni attraper ni transmettre de maladie.

Elle était tranquille, il l'était aussi. La sensation était fantastique.

Elle planta ses doigts dans les épaules de Cullen et le repoussa avec ses hanches. Il la chevaucha enfin avec la vigueur et la frénésie qu'elle désirait. Ils ne mirent pas longtemps à trouver un rythme, comme s'ils l'avaient fait une dizaine de fois, et le plaisir bouillonna, crépita dans son ventre. Son corps brûlait d'extase, de la chaleur vivante, merveilleuse, de la passion. Lorsqu'elle sentit poindre l'orgasme, elle faillit lui demander d'arrêter, d'attendre, de faire durer ce…

Trop tard. Elle se cambra violemment et fut emportée par un orgasme fulgurant.

Il continuait.

— Pas… patient, haleta-t-il. (Il alla jusqu'à sourire.) Mais je me… suis entraîné… (Il ponctua sa phrase d'une poussée chaloupée qui coupa le souffle de la jeune femme.) …un bon moment.

Durant les minutes qui suivirent, il lui montra à quel point un homme impatient mais expérimenté pouvait être agréable. Quand il atteignit l'orgasme à son tour, elle en était à son troisième ; il était sur les genoux, les jambes de Cynna sur ses épaules. Elle était à deux doigts de fondre.

Il se laissa retomber sur elle. Sa poitrine se soulevait. Et c'était merveilleux, trouva-t-elle une fois que quelques neurones détruits se furent régénérés suffisamment pour lui permettre de penser. Merveilleux, aussi, de savoir qu'il était vidé. Merveilleux d'être allongée si près de lui, tous deux trempés de sueur, mous, leurs jambes entremêlées, elle lui caressant le dos de sa main libre…

Un sursaut s'empara de tout son corps. Il redressa la tête brutalement, fixant Cynna avec un regard plein de – de quoi ? De stupéfaction ? D'horreur ? Quelque chose d'effroyable, parce que… Seigneur, c'étaient des larmes. Il avait les larmes aux yeux.

— Qu'y a-t-il ? murmura-t-elle, terrifiée, ignorant ce qui pouvait le mettre dans cet état.

Lentement, son expression changea, mais elle ne parvenait toujours pas à la décoder. Il se releva sur un coude et fit courir sa main le long du corps de la jeune femme, suivant son geste du regard, jusqu'à ce que sa main, comme ses yeux, s'arrête sur son ventre.

— Déesse, murmura-t-il. Oh, Déesse. Merci.

La situation devenait bizarre. Des hommes l'avaient déjà remerciée après l'amour, mais pas comme ça.

— Tu me fais flipper, Cullen.

— Je suis… je suis flippé, moi aussi. (Il leva la tête et plongea ses yeux dans ceux de Cynna. Les siens étaient brillants et humides.) Tu portes mon bébé.

Elle entendit les mots, mais pendant un long moment ils restèrent comme bloqués dans son esprit. Elle ne parvenait pas à les lier à un sens.

Tout à coup, ils émergèrent.

— Pousse-toi.

Elle l'écarta.

Il roula sur le côté obligeamment et se contenta de rester là, en lui souriant. Heureux. Ce connard était heureux, alors qu'elle était…

— T'es cinglé, lui dit-elle en se levant du lit.

Elle attrapa ses vêtements de ses mains tremblantes.

— Je prends la pilule. Je ne suis pas enceinte, et même si je l'étais, tu n'en saurais rien. Pas…

— Nous avons le pouvoir de le savoir.

Il s'assit dans le lit et, bon sang, ce simple mouvement fit perdre à Cynna ses moyens. Et il était content, le salaud. Si content.

Ce bonheur la terrifia.

— J'avais abandonné, dit-il. Il y a des années, j'avais cessé de croire que je pourrais un jour… Pourtant tu portes mon enfant.

Elle sursauta lorsqu'on frappa à la porte.

— Qu'y a-t-il ? lança-t-elle. On est un peu occupés, ici.

La voix de Rule retentit :

— Jiri a appelé. Nous devons y aller. Tout de suite.

XXXV

La Suburban passa au feu orange dans le vacarme des klaxons des voitures. Lily n'y prêta pas attention. En revanche, elle avait plus de mal à ignorer ses pensées.

Elle avait appris, longtemps auparavant, à fourrer ses problèmes personnels dans une boîte et à s'asseoir sur le couvercle pendant ses heures de travail. Les policiers avaient cette capacité, sinon ils ne feraient pas ce métier. Mais les affaires privées, cette fois, étaient si emmêlées avec les affaires professionnelles qu'elles étaient inséparables. La vie de Rule était en jeu. Celle de Toby aussi. Pour couronner le tout, Cullen et Cynna avaient choisi ce moment pour se comporter bizarrement avec elle.

— Je perçois une orientation extrêmement vague, dit Cynna, assise à l'arrière. À l'est, et un peu au nord.

Cynna avait lancé un sort avant qu'ils arrivent à la voiture, et découvert que Jiri la bloquait. Chose apparemment possible, à condition d'avoir assez de connaissances et de puissance. Or Jiri avait les premières, et pouvait puiser la deuxième chez un démon, mais elle n'était pas en mesure de bloquer totalement son ancienne apprentie.

Cynna savait à peu près à quelle distance Jiri se trouvait, et commençait à cerner la direction où rouler.

— Ça correspond, dit Cullen sèchement. Le parc se trouve au nord-est par rapport à nous.

Le Rock Creek Park. Jiri avait précisé qu'elle les retrouverait là-bas, sur un pont en pierre. Elle avait dû lire le guide du kidnapping réussi : dire aux victimes de ne pas contacter la police ou le FBI. Leur laisser des délais très courts pour satisfaire ses demandes. Ils avaient vingt minutes pour se rendre là-bas.

Cullen savait où se situait le parc. Il était moins sûr de l'emplacement du pont, mais ils le trouveraient… et Jiri. Cynna était là pour ça.

— Juste après le prochain feu, dit Cullen.

Lily se sentait tiraillée par une corde qui la ligotait personnellement. Il se passait quelque chose entre Cullen et Cynna. Ce n'était pas le sexe – cela avait été inévitable, et si Lily avait été gênée de les voir partir dans la pièce d'à côté, tant pis pour elle. Mais Cullen avait un comportement étrange. Lorsqu'ils étaient sortis de la chambre, il avait saisi Rule et lui avait subvocalisé quelque chose – bon sang, leur stupide lien d'âme sœur ne dotait plus Lily d'une ouïe capable de les entendre. Quoi qu'il lui ait dit, Rule avait pris Cullen dans ses bras et l'avait serré très fort.

Les années que Cullen avait passées comme un loup solitaire l'avaient rendu moins à l'aise avec le contact physique que la plupart des lupins, et le statut de Rule comme Lu Nuncio et héritier avait eu à peu près le même effet sur ce dernier. Et puis les hommes pouvaient taper dans le dos de leur copain, leur donner un coup de poing dans l'épaule pour les féliciter d'avoir entraîné une fille de plus dans leur lit, mais une étreinte ?

D'ailleurs, Rule n'était pas du genre à compter ses conquêtes féminines. Elle n'avait pas pensé que Cullen l'était non plus. Et la vie de Toby tenait à un fil, bon Dieu. Il ne s'agissait donc pas de sexe.

— Je pense quand même qu'on devrait s'arrêter pour trouver des munitions.

Ils n'avaient pas voulu suivre Lily lorsqu'elle avait parlé de passer par un poste de police pour obtenir des renforts. Si Jiri était gratifiée d'une vision à distance, c'était trop dangereux. Mais elle ne leur avait pas ordonné de venir sans armes. Ils avaient les fusils qu'ils avaient rapportés de chez les Leidolf, mais pas de quoi les recharger.

— Si Jiri est là-bas toute seule, on n'aura pas besoin de munitions supplémentaires, intervint Cynna. En revanche, si elle a emmené son grand copain le démon, les fusils ne nous seront d'aucun secours.

— Seulement si on ne peut pas les séparer.

C'était justement ce qu'ils avaient prévu.

Si Jiri leur proposait en effet un échange, ils écouteraient son offre. Aux dires de Cynna, le maître d'un démon avait assez de ce dernier en lui pour être engagé à respecter sa parole, tout comme le démon, à condition de savoir comment s'y prendre. Cynna le savait.

Mais Lily s'attendait à une attaque, pas à un marché. Si la première possibilité s'avérait exacte, ils ne pourraient pas utiliser la force contre le démon, à moins d'être certains de ne pas tuer Jiri en même temps. Cette dernière en avait sûrement conscience. Elle comptait même sans doute dessus. Mais Cynna pourrait toujours toucher le démon avec son sort – qui, s'était-il avéré, arrêtait le cœur des démons. Comme celui-ci en avait une multitude, le sort n'arriverait peut-être pas à le tuer, mais il le contraindrait sans doute à passer à l'état *dashtu*. Dans ce cas, il serait physiquement séparé de son maître. Cullen pourrait lui lancer le feu du mage pendant que Rule et Lily partiraient à la poursuite de Jiri.

Un optimiste dirait que leur plan leur laissait la possibilité d'improviser. Un pessimiste penserait qu'il ne tenait pas debout.

— Trop tard pour changer d'avis, dit Cullen. C'est là, sur la droite.

Le lieu était fermé, évidemment. Il était presque vingt et une heures. Ils garèrent la Suburban et sortirent.

La température avait chuté après la tombée de la nuit. L'air était froid et humide, avec juste assez de vent pour empirer les choses. Lily frissonna et remonta la fermeture éclair de sa veste, cala confortablement le fusil sur son bras et partit en direction du portail avec Rule et Cynna.

Cullen s'y trouvait déjà.

— Tiens, c'est drôle, ils ont oublié de fermer à clé.

Il suffisait de pousser le portail pour l'ouvrir.

C'était un autre avantage d'avoir Cullen à portée de main : il était doué avec les verrous. Lily ne lui avait pas demandé comment et pourquoi il avait acquis ce talent d'ensorceleur. Il y avait certaines choses qu'il valait mieux ne pas savoir.

Elle leva les yeux vers Rule.

— Ça va ?

Les lumières qui éclairaient le parking accentuaient ses pommettes saillantes et dessinaient les contours sa bouche, mais ses yeux étaient dans l'ombre, réduits à un éclat dans l'obscurité. Il glissa une main sur la nuque de Lily et dans ses cheveux, lui répondant par une caresse et un sourire.

— Je l'ai trouvée, dit brusquement Cynna. J'ai une détection d'elle, maintenant. Elle est ici physiquement, elle ne chevauche pas son démon.

— Et lui ? demanda Lily.

— Il n'est pas loin, mais… (Elle secoua la tête.) Je crois qu'il est *dashtu* et pas très loin de Jiri, mais je ne suis pas sûre. C'est compliqué de mener deux détections en même temps.

— Arrête de t'excuser, lui dit Cullen d'un ton brusque. La plupart des détecteurs ne peuvent pas faire deux détections tout court.

Le sexe n'avait apparemment pas fait d'eux des amoureux. Pas dans le sens conventionnel du terme, en tout cas. Mais qu'avaient-ils l'un comme l'autre de conventionnel, de toute façon ?

Ils franchirent le portail et entrèrent dans le parc.

Ils avaient envisagé de se séparer, mais décidèrent finalement qu'ils formaient un trop petit groupe, surtout dans la mesure où il était difficile de s'approcher de démons sans se faire repérer. Rule ou Cullen aurait pu réussir sous leur forme de loup, mais tous deux avaient besoin de rester sur leurs deux pieds. Rule devrait être en mesure de parler si Jiri voulait conclure un marché, et Cullen ne pourrait pas lancer de feu sans son apparence humaine. Ainsi, le petit groupe resta uni, sur deux jambes, et s'engagea sur le sentier.

Les lampadaires, conçus pour ressembler à de vieilles lampes à pétrole au bout de poteaux, se succédaient à des intervalles juste assez espacés pour être inutiles tout en gâchant la vision nocturne des lupins. Leurs pieds crissaient sur le sentier couvert de gravier et de feuilles séchées par le froid, et le souffle de Lily formait des volutes blanches lorsqu'ils pénétrèrent dans le cercle de lumière sous la première lanterne. Dans le ciel, quelques étoiles luttaient pour percer la brume de la ville. La lune était basse, juste au-dessus des arbres, à l'est, semblable à une boule de sorbet à l'orange. Elle ne serait pleine que dans une semaine.

Leur chemin obliquait avant d'atteindre la rivière et de la longer parallèlement. Une rangée d'arbres de petite taille les séparait de l'eau. Lily l'entendait caresser ses rives, frapper les rochers dans son lit. Elle songea qu'elle pouvait aussi entendre les battements de son propre cœur. Dieu savait qu'elle le pouvait.

Elle était terrifiée.

Rule le saurait, ainsi que Cullen. Ils sentiraient sa terreur. Cela l'embêtait, mais ce problème appartenait à la liste des choses contre lesquelles elle ne pouvait rien. Non pas qu'elle ait honte; c'était une réaction saine lorsqu'on s'apprêtait à affronter un démon. Elle acceptait ce sentiment et le mettait de côté. Bien pire était la peur qu'elle devait taire.

Et si Jiri voulait échanger la vie de Toby contre celle de Rule ? Serait-il d'accord ?

Essayerait-elle de l'en empêcher ?

Ne te lance pas dans un combat qui n'est pas engagé, se dit-elle en continuant d'avancer aussi silencieusement qu'elle le pouvait.

— Défenses droit devant, murmura Cullen.

Rule s'arrêta.

— Quel type ? demanda-t-il d'une voix à peine audible.

— Pas le genre qui pourrait nous empêcher de passer, mais elle saura qu'on est là. Je peux les désactiver sans qu'elle s'en rende compte, mais ça prendra du temps.

— Combien ?

— Dix minutes, peut-être.

Ce qui les mettrait sans doute en retard. Lily ne pensait pas que Jiri tuerait Toby pour avoir dépassé le délai de quelques minutes ; il lui était trop précieux. Mais elle n'était pas prête à courir ce risque.

Rule non plus.

— Tant pis, on sonnera avant d'entrer.

Il reprit sa marche.

À partir de ce moment, ils ne s'efforcèrent plus de rester silencieux. Leur sentier s'écartait légèrement de la rivière pour contourner un grand affleurement rocheux. Les arbres venaient former une voûte au-dessus de leur tête, leurs branches se frottant les unes aux autres dans la brise, lorsque Cynna leur dit, d'une voix calme :

— Elle est juste après ces sapins, à moins de dix mètres.

Rule leva une main. Ils s'arrêtèrent dans l'ombre des arbres. Il leva la tête vers le ciel – il humait l'air, comprit Lily. Mais le vent soufflait dans la mauvaise direction.

Après un moment, il haussa les épaules.

— On ferait tout aussi bien d'en rester à notre rendez-vous.

Il se remit à avancer.

Leur sentier les avait conduits à destination, tout droit jusqu'au pont de pierre. Une grande femme, vêtue de noir, était assise en plein milieu de l'arche du pont. Sa peau était si sombre qu'elle se fondait avec ses vêtements – une combinaison noire qui épousait ses formes. Pourtant, elle était facile à repérer. Aucun arbre ne surplombait le pont pour entraver la lumière de la lune, et l'une des fausses lampes à pétrole était installée sur l'autre rive.

Elle se leva.

— Vous pouvez cesser de vous cacher sous les arbres. Comme vous le voyez, je suis seule, dit-elle en faisant un grand geste autour d'elle.

— Pas tout à fait. (C'était Cynna qui avait parlé, d'une voix ferme.) Ton animal de compagnie est de l'autre côté de la rivière.

— Cynna, murmura-t-elle. Tu me détestes tant. Je le regrette vraiment. Tant d'années ont passé, tu dois bien savoir que tu ne serais plus là si j'en avais décidé autrement, non ? C'est vrai, Tish est près d'ici, mais je lui ai ordonné d'attendre suffisamment loin pour que vous sachiez que vous pourrez lui échapper, si vous devez fuir. J'ai besoin de votre aide.

Rule eut un bref éclat de rire.

— Vous avez une curieuse façon de le demander.

— Je reconnais, dit-elle en marchant lentement jusqu'à l'extrémité la plus proche du pont, que je voulais contrôler la situation. Je n'ai pas plus confiance en vous que vous en moi. Vous me croyez responsable des attaques des héritiers. Cynna vous a certainement convaincus que je suis le diable incarné.

— Vous avez tué mes hommes. Ensorcelé mon fils. Comment vous définiriez-vous ?

— Comme quelqu'un de désespéré.

De manière étrange, sa réponse, lâchée spontanément, était convaincante.

— Que voulez-vous ? demanda Lily d'une voix aussi neutre qu'elle en était capable.

Jiri tourna les yeux vers elle. Lily sentit le tiraillement caractéristique d'un regard partagé et sut que la femme avait une vision nocturne meilleure que la moyenne. Meilleure que celle des humains ? D'après Cynna, Jiri avait en elle beaucoup de substance démoniaque.

— Lily Yu. Aimez-vous le fils de votre amant ?

La question lui fit perdre son détachement professionnel – de toute évidence, c'était le but recherché. Aimait-elle Toby ?

Comme elle venait de faire la connaissance du jeune garçon, ce qu'elle ressentait à son égard était plus un empressement à l'aimer qu'un sentiment centré sur Toby lui-même. Mais elle songea à sa jeune voix impatiente, à ses pas rapides qui montaient et dévalaient l'escalier, à son petit menton qui lui donnait un air buté, à la fois semblable et différent du visage adulte qu'elle aimait.

— Oui, répondit-elle d'une voix enrouée. Vous contrôlez la situation, comme vous le désiriez. Nous sommes ici, prêts à faire tout ce qu'il faudra pour que Toby soit libéré de son sort. Que voulez-vous ? lui redemanda-t-elle.

— Votre aide. Je n'ai pas fait de mal au garçon. Je ne lui en ferai pas. Cynna devrait pouvoir le confirmer : je ne touche pas aux enfants.

— Freddie avait un fils, dit Rule.

— Freddie ?

— L'un des hommes que vous avez tués aujourd'hui.

— Ah. (Pendant une seconde, son visage devint livide, comme si elle n'était pas au courant de sa mort avant cet instant.) J'en suis navrée. Cet enfant a-t-il une mère ?

Elle posa la question avec une étrange intensité.

— Oui. Cela ne change rien au fait qu'il a perdu son père.

— Mais les enfants ont besoin… Non, ce n'est pas le moment. Laissez tomber.

Elle tourna la tête, et la lumière vacilla sur un visage que Lily vit nettement pour la première fois. Un visage exotique, le nez large et plat, le front haut et arrondi. Des yeux de biche, aux cils épais. Sa peau n'était pas vraiment noire, mais brune. Les volutes des tatouages qui la recouvraient étaient si denses, beaucoup plus que ceux de Cynna, qu'on ne voyait d'abord que du noir.

— J'ai fait tant d'efforts pour en arriver là, murmura Jiri, pendant si longtemps, et maintenant que le moment est venu, j'ai peur. C'est tellement ridicule. Mais j'ai peur depuis si longtemps… c'est devenu une habitude. Enfin. (Elle pencha la tête vers eux.) Ce que je veux ? Je veux que vous, Rule Turner, convoquiez autant de Nokolaï que vous le pourrez. En particulier, je veux votre ami ensorceleur. Je veux attaquer un homme qui fut autrefois mon apprenti.

— Tommy Cordoba, dit Cynna.

Jiri eut l'air surprise.

— Tu as même découvert ça ? Oui, Tommy. C'est lui qui est derrière les attaques subies par les lupins, pas moi. (Elle retroussa ses lèvres de mépris.) On dirait qu'il s'est fait une puissante alliée. Vous savez de qui je parle – Elle est également votre ennemie, la Diablesse. Il a appris à quelques-uns de Ses serviteurs – vous les appelez les Azá –comment invoquer des démons, mais il est le maître. Je sais que vous ne me croirez pas aussi facilement. Tish. Montre-toi à nos visiteurs.

À côté de la pseudo lampe à pétrole, sur l'autre rive, l'atmosphère se troubla, comme si de la fumée tourbillonnait autour d'un doigt. Quelques secondes plus tard, l'air se condensa en… un être. Il était humanoïde, comme Li Qin l'avait dit, mais rien, chez lui, ne faisait penser à une personne. Il était imposant, comme des photos que Lily avait vues d'un troll : une taille de trois mètres, et deux fois plus large que l'homme le plus corpulent qu'elle avait jamais vu, avec un cou plus épais que les hanches de la jeune femme. Sa peau était de la couleur du sang séché et de la texture de la roche ; des défenses courbes de trente centimètres pointaient de chaque côté d'une grande bouche dépourvue de lèvres. Sa queue était soigneusement enroulée autour de ses pieds, large et sinueuse comme un boa.

Et en effet, c'était un mâle, d'une façon quelque peu monumentale.

— Ne tirez pas, dit Rule doucement.

D'instinct, Lily avait épaulé son fusil. Elle le garda braqué sur le démon.

— Je peux toujours mentir, disait Jiri. Je le reconnais. Mais Tish en est incapable. Je lui ai appris notre langue. Demandez-lui qui est à l'origine des attaques. Il répondra.

— Cynna ? fit Rule à voix basse.

— Les démons ne peuvent pas mentir, mais il faut formuler soigneusement ses questions et être très attentif aux réponses. S'ils le peuvent, ils feront des déclarations techniquement exactes, mais qui forment un mensonge mises bout à bout.

— Tu as déjà interrogé des démons ?

Cynna prit une profonde inspiration, puis soupira :

— Ouais.

— Alors tu te charges des questions.

— Rule, intervint Cullen d'une voix tranchante.

— D'ici, ajouta Rule. Il pourra nous entendre d'ici.

Lily songea que Cynna pourrait faire une carrière d'avocate si elle décidait de changer de métier. Ses questions ne laissèrent place à aucun tour de passe-passe :

— La femme debout sur le pont, en face de moi, dont le nom d'usage est Jiri, est-elle ton maître ?

— *Oui.*

— Sais-tu des choses ou as-tu des raisons de soupçonner ou de présumer que ton maître a invoqué, aidé à invoquer ou été poussée à invoquer des démons autres que toi-même, qui ont attaqué des lupins dans cette sphère ?

— *Non.*

— Sais-tu des choses ou as-tu des raisons de soupçonner ou de présumer qu'elle nous a menti cette nuit ?

— *Non.*

— Sais-tu qui a invoqué les démons qui ont attaqué plusieurs lupins il y a quatre nuits ?

— *Oui.*

— Qui ?

— *Vous les appelez les Azá.*

— Qui commandait ces démons ?

— *Tommy Cordoba est leur maître.*

Cynna regarda Rule.

— J'ai fait de mon mieux. Je crois que c'est vrai.

— Tommy est responsable des attaques, insista Jiri. Si vous le tuez, c'en sera fini de sa bande. Ceux qu'il a formés devraient toujours être capables d'invoquer des démons, mais seul un maître peut les contrôler au-delà du cercle d'invocation.

Rule s'adressa sèchement à elle :

— Vous vous attendez à ce que je croie que vous avez organisé tout ça pour me convaincre de tuer mon propre ennemi ?

— Non. Je vous ai fait venir ici pour tuer le mien. Un heureux hasard veut que ce soit aussi le vôtre.

— Pourquoi m'avez-vous attaqué ? demanda Cullen.

— Pourquoi, à votre avis ? Vous êtes un ensorceleur. J'espérais vous ramener avec moi et éviter… tout ça. Si seulement j'avais réussi à le faire avant la deuxième tornade, lorsque Tommy a acquis tant de puissance… Mais j'ai échoué. Vous m'avez repoussée.

— Votre démon a vaincu quatre lupins, un humain, et… un autre combattant aujourd'hui, dit Rule. Pourquoi avez-vous besoin de nous ?

— Tommy a protégé l'endroit où il se trouve contre les démons. Tish ne peut pas passer, et je ne peux m'introduire là-bas sans déclencher des alarmes. J'espère que votre ensorceleur sera capable de neutraliser ces défenses. Et… et vous et moi avons un point commun. (Elle prit une inspiration fébrile.) Il détient ma fille en otage. C'est l'autre partie du prix que je vous demande de payer. Je veux que vous la récupériez.

XXXVI

Rule inspira profondément, la tête penchée en arrière, humant l'air à la recherche de senteurs, à l'écoute du moindre bruit. Il leur avait demandé à tous de redescendre le sentier, suffisamment pour qu'ils puissent discuter de la demande de Jiri sans qu'elle ni le démon ne puissent les entendre.

L'air était frais, et pourtant riche en odeurs ; ses sens étaient si aigus qu'il avait presque l'impression d'être sous sa forme de loup. Et la puissance… un peu enivrante. Celle-ci n'avait pas doublé lorsqu'il avait reçu la part de son autre mandat, elle avait triplé, peut-être plus.

Son esprit avait failli se fracturer lorsque Victor avait essayé de le forcer à recevoir le mandat. Même après que la Rhej en avait renvoyé une bonne part en Victor, il s'était retrouvé à planer dans une sorte d'espace gris, son esprit indolent et confus. Mais une fois que les deux mandats d'héritiers avaient trouvé leur équilibre…

Leur équilibre, mais pas le repos. Les mandats se bousculaient à l'intérieur de lui, semblables et pourtant pas tout à fait pareils. Le mandat Leidolf lui procurait une sensation étrange, comme s'il s'était réveillé avec une troisième main qui avait poussé au niveau de son coude. Pourtant, contrairement aux clans auxquels ils appartenaient, les mandats semblaient capables de coexister.

— J'accepte les conditions de Jiri, dit-il abruptement, à moins qu'une personne ait une très bonne raison de refuser.

Lily secoua la tête.

— On ne peut pas aller simplement tuer quelqu'un.

C'était compliqué pour elle. Sa culture, son éducation et sa profession rejetaient toute action hors du cadre de la loi.

— Je la crois. Je crois que Cordoba invoque des démons, et qu'il collabore avec la Diablesse pour détruire mon peuple. Je suis d'accord que nous devons en être sûrs, mais si c'est bien lui, je ne pense pas qu'il se laissera passer les menottes.

— Être sûrs implique de réunir des preuves, de présenter le dossier à un jury.

— Et Toby ? (Rule lui donna du temps pour répondre. Lily ne répliqua pas.) J'irai où Jiri m'envoie, mais je réfléchirai avant de faire quoi que ce soit.

— Avant de mordre ou de tirer, fit Cullen, volontairement effronté. Je te suis, bien sûr. Mais Cynna reste ici.

Lily fronça les sourcils.

— Tu t'es transformé en gros porc macho ?

Cullen ne répondit pas. Il observait Cynna, les yeux plissés.

— Pas question, dit Cynna. On a besoin de moi, et je ne suis pas… Tu dois te sortir cette idée de la tête.

— Quelle idée ? lui demanda Lily.

— Oh, et puis merde. (Cynna se crispa d'impatience.) Il l'a dit à Rule. Autant que tu saches, toi aussi. Cullen a décidé que, même si la science pharmaceutique moderne indique le contraire, il m'a mise enceinte.

Lily resta la bouche ouverte. Elle la ferma, puis la rouvrit pour parler, mais Cynna reprit en même temps qu'elle.

— Je ne sais pas s'il fait le coup à toutes les femmes, ou si je me suis pointée au moment du pic de son cycle de démence, mais…

— Cynna, la coupa Lily, d'une voix ferme mais douce. Ils savent. Les lupins peuvent dire si leur compagne attend un enfant.

— Peut-être que cela leur arrive. Mais cette fois, il se trompe.

Cynna était-elle déjà si entêtée lorsqu'ils étaient amants, treize ans plus tôt ? Rule n'eut qu'à se poser la question pour avoir la réponse : oui, elle était aussi entêtée, exactement pareille. Et tout aussi butée, par moments.

— Ce n'est pas le moment d'en parler. Si Cynna veut venir…

Cullen protesta :

— Bon sang, Rule !

— C'est à elle de choisir, dit-il doucement. Tu sais que ce doit être son choix.

Cullen semblait à deux doigts de brûler quelque chose ou quelqu'un. Mais il connaissait la loi clanique – nécessaire, parce que la tentation était si grande. Les Nokolaï avaient été les premiers à considérer comme criminel tout lupin qui soumettrait à des contraintes une femme qui portait son enfant, et la plupart des autres clans avaient suivi. On pouvait chercher à la convaincre, mais la vie d'une femme, ses choix, devaient rester entre ses propres mains.

Cullen se détourna, fit quelques pas, puis revint. Il ne dit rien, mais Rule put voir qu'il avait repris le contrôle de lui-même.

Cynna les foudroya tous du regard.

— Si le résultat de tout ça, c'est que j'ai le droit de choisir – évidemment que je choisis. Je viens.

— Tu peux contraindre Jiri à respecter ce qu'on a convenu ?

Elle hocha la tête, d'un air déterminé.

— Lily ?

Celle-ci mit plus de temps à répondre qu'il ne l'aurait voulu, mais elle finit par acquiescer.

— Je me réserve le droit de l'arrêter, si c'est faisable.

— Alors allons lui donner notre réponse.

Jiri attendait sur le pont, immobile et tendue. *Une femme fière*, pensa-t-il. Trop fière pour demander de l'aide, pour renoncer à autant de contrôle – et cette fierté avait coûté la vie à deux hommes. Mais si Cordoba détenait sa fille, elle était alors désespérée. Il songea qu'elle s'était au moins montrée honnête à quelques occasions. Il avait senti sa peur lorsqu'elle avait révélé que sa fille était détenue par Cordoba, une odeur âcre mêlée à sa senteur féminine. C'était curieux. Elle n'avait pas l'odeur d'un démon, mais elle n'était pas non plus tout à fait humaine.

— Vous avez pris votre décision, déclara-t-elle.

Rule sortit de l'ombre des arbres.

— Nous partirons trouver Cordoba et vous ramènerons votre enfant – si elle est là-bas, comme vous l'avez dit. Et si c'est votre enfant.

La tension demeura vive.

— Cette nuit. Il faut que ce soit cette nuit.

Il secoua la tête.

— Il nous faut du temps pour mettre un plan au point. Et, ajouta-t-il amèrement, vous avez tué ou blessé tous mes combattants entraînés sur cette côte. Comme on ne peut pas compter sur l'avion, il faudra quelques jours pour réunir une équipe.

— Ce doit être cette nuit, répéta-t-elle. Tommy m'a donné un ultimatum. Sois je me lie à lui et à la Grande Garce d'ici demain à minuit, soit il… (Elle déglutit.) Il lui reste autant d'humanité qu'à un tueur en série. Si vous ne sauvez pas ma fille cette nuit, j'irai moi-même et me lierai à lui pour la libérer de cette façon. Et Tommy se moquera de savoir si votre fils peut se réveiller un jour.

Rule se tint tranquille. Il y était contraint. La fureur qui se répandait en lui en entendant que son fils était menacé le menait trop près d'une limite qu'il ne pouvait se permettre de franchir. Après un moment, il parvint à lui dire d'une voix neutre :

— Cordoba s'attendra à ce que vous interveniez cette nuit. Il sera deux fois plus sur ses gardes.

Jiri haussa les épaules.

— On n'y peut rien. Si votre ensorceleur avait été un peu moins malin, je n'aurais pas été obligée d'attendre jusqu'à la dernière limite.

— Ni de tuer deux hommes, d'en blesser d'autres et d'ensorceler mon fils. (Sa rage refluait, mais la force et la soudaineté avec laquelle celle-ci avait frappé le gênait. Ce n'était pas le moment de se laisser aller.) Très bien. J'accepterai vos conditions si vous vous engagez à respecter les miennes. Vous me jurerez de libérer Toby de votre sort, que je réussisse ou non.

Les lèvres de Jiri tressautèrent, mais son sourire fut loin d'illuminer son visage.

— Cynna vous a raconté tous mes secrets, hein ? Très bien.

— Tu as perdu la tête, dit Lily impassiblement. Tu ne peux pas vouloir…

— Je le peux. Je le dois.

Ils étaient dans la Suburban, que Rule avait démarrée pour mettre le chauffage. Bien qu'il ne fasse pas froid, Lily frissonnait.

Une fois que Cynna avait concrétisé leur engagement, Jiri avait remis à Rule un CD-Rom avec des cartes et les plans d'architecte de l'endroit où se trouvait Cordoba, tout au nord de la côte de la Caroline du Nord. Elle prévoyait de les retrouver, mais elle ne voyagerait pas avec eux et ne leur donnerait pas son numéro de téléphone. Elle recontacterait plutôt Lily à minuit, pour savoir comment ils comptaient prendre d'assaut un lieu protégé par des démons.

Lorsqu'ils étaient arrivés à la Suburban, Rule avait informé les autres de ce qu'il envisageait de faire, conscient que Lily n'apprécierait pas.

— Mais est-ce seulement possible ? demanda Cynna, à l'évidence sceptique.

Cullen répondit à la place de Rule.

— Possible, oui. Probable ? (Il secoua la tête.) Rule, je ne veux pas me disputer avec toi, mais...

— Alors ne dis rien. (Il prit une profonde inspiration, et retint l'air un moment avant d'expirer. Son humeur était instable.) D'après Jiri, Cordoba a au moins quatre créatures aux yeux rouges et plusieurs démons plus petits chez lui, plus quatre membres des Azá. Nous avons besoin d'autres combattants.

— L'idée, dit Lily avec une patience forcée, est d'amener des personnes avec nous qui essayeront de tuer ce type, et pas toi. Il doit bien y avoir des Nokolaï sur cette côte.

— Ils ne sont pas entraînés. Un lupin sans entraînement s'en sortirait contre quelques humains. Contre des démons, il serait de la chair à canon.

— Dans ce cas, allons-y seuls. Le feu du mage de Cullen...

— Désolé, dit Cullen. Même si j'aimerais vraiment être d'accord avec toi, je ne peux pas en fournir de façon illimitée. Et c'est difficile de le contrôler suffisamment pour l'utiliser dans un corps à corps. Je risquerais de brûler les gentils en même temps que les méchants.

Le ventre de Lily arborait une cicatrice, causée par le feu du mage que Cullen n'avait pas totalement contrôlé. Elle ne dit rien tant que Rule n'eut pas sorti la voiture du parking.

— Je déteste ça. Je déteste vraiment, vraiment ça.

Lui aussi. Il aurait besoin de toute la puissance que ses deux mandats d'héritiers pourraient lui procurer.

Le seul clan suffisamment près pour leur venir en aide était celui des Leidolf.

XXXVII

La lune était haute lorsqu'ils entrèrent sur le parking en face du palais de justice de Nutley. C'était Cullen qui avait suggéré cet endroit : un terrain neutre et assez ouvert pour décourager les embuscades, dans chaque camp.

Il était presque deux heures du matin. Ils avaient fait vite, mais ils avaient dû encore s'arrêter dans deux endroits avant de quitter Washington : d'abord, à la maison, pour récupérer l'ordinateur portable de Lily et quelques éléments de l'arsenal de Benedict, puis à l'hôpital, afin de prendre des nouvelles de l'état de Toby et de demander à Benedict de les aider.

Ce dernier se mettait rarement en colère en public, mais lorsqu'il avait compris qu'il ne pourrait pas les accompagner – impossible de laisser Toby sans protection – il avait poussé des jurons pendant deux minutes, montre en main. Puis il s'était assis, avait étudié les documents sur le CD-Rom de Jiri et mis en place un plan d'attaque.

Il n'y avait qu'une seule autre voiture sur le parking du tribunal. La Mercedes de Rule. Alex Thibodaux et quatre autres hommes attendaient à côté d'elle. L'un d'eux était Brady.

Ce dernier ne faisait pas partie de son arrangement avec Alex. Rule se gara et sortit lentement. Cynna et Lily sortirent de l'autre côté mais suivirent ses instructions sans rien dire.

— Vous avez une raison de le faire venir à cette réunion ? demanda Rule en faisant un signe en direction de Brady.

— C'était le frère de Randall, dit Alex. Si l'histoire que vous racontez est vraie, il a le droit d'être là lorsque le type sera tué.

Rule avait raconté à Alex pratiquement tout ce qu'il savait lorsqu'il l'avait appelé pour organiser cette rencontre. Le Rho des Leidolf était toujours plongé dans une profonde inconscience, incapable de prendre des décisions pour le clan, ce qui était une chance pour eux. Victor aurait trouvé une façon d'utiliser cette situation pour tendre un piège mortel à Rule. Il ne pensait pas qu'Alex le ferait, s'il s'y prenait comme il fallait.

S'il gérait bien son mandat, plus précisément.

Rule invoquait rarement la part de l'héritier du mandat des Nokolaï. Il n'en avait pas besoin. Le clan le respectait, et tous sentaient la présence du mandat même lorsqu'il demeurait paisiblement en lui. Mais Rule était capable de le faire. Il savait aussi qu'une fois invoqué, le mandat ne le laisserait pas arrêter une action en cours de route. C'était sa nature.

Lily, Cullen et Cynna se placèrent derrière Rule, à quelques pas. Cullen savait ce qu'il devait faire et, plus important encore, ce qu'il ne devait pas faire. Lily et Cynna avaient promis de ne pas interférer, mais Rule n'était pas sûr de pouvoir compter sur la parole de Lily si la situation tournait mal.

Il devrait s'assurer qu'elles ne feraient rien dérailler.

Alex se redressa, ses bras sur les côtés, son visage dépourvu d'expression.

— Quelle est la raison de votre venue, Nokolaï ?

Rule rentra en lui-même pour toucher le plus agité des deux mandats. Le pouvoir se cambra en lui comme une bête sauvage qui se réveille : il se tendit et se dressa, provoquant une vague d'excitation physique qui parcourut son corps. Et immédiatement, le mandat familier se mit à rugir lui aussi, se mêlant au nouveau, les magies entrelacées hérissant le moindre poil de son corps alors que la nuit devenait noire et douloureusement éclatante.

Cela ne faisait pas partie du plan – pourtant, oh, son rythme grisant, comme le chant de la lune, mais totalement physique. Il était à lui. À lui. Il chantait en lui, comme la certitude de son invincibilité.

Non pas que les mandats accordent l'invulnérabilité ou une illusion de celle-ci. Il savait qu'il pouvait mourir cette nuit. Ses plans pouvaient échouer ; il pouvait courir à la catastrophe. Mais ni la mort ni les catastrophes n'étaient considérées comme des défaites pour les mandats.

Il marcha jusqu'à Alex. L'air était lourd de *seru*, la senteur de l'agressivité et de la domination.

— Je viens, Alex Thibodaux, en tant qu'héritier de votre clan pendant que le Rho est frappé d'incapacité, incapable de gouverner. Je viens vous commander.

Il sentit plus qu'il ne vit Brady bouger – et les deux hommes de chaque côté de ce dernier le retenir. Il les ignora. Brady ne représentait pas une menace. Tout dépendait d'Alex.

Si l'héritier ne peut commander le combattant le plus fort, il ne peut être Rho.

Rule n'avait pas le désir de devenir le Rho des Leidolf, mais il devait commander cet homme précisément, que les autres suivraient. Et Alex devait savoir qu'il pouvait être commandé. Rule regarda Alex dans les yeux, et attendit.

Alex était un dominant. Il ne se calma pas tout de suite mais resta debout, raide, les poings fermés, le regard fixe.

— Quelle est la raison de votre venue, Nokolaï ? lui redemanda-t-il.

— Je viens parce que l'ennemi de tous les lupins cherche à nous détruire, et a tué le précédent héritier des Leidolf. Je viens appeler tous les Leidolf à participer à cette chasse. Vous êtes le Lu Nuncio. Vous savez que c'est nécessaire. Vous savez que j'en ai le droit. Vous accepterez que je dirige la chasse.

Alex croisa son regard plus longtemps encore, puis il baissa lentement les yeux. Lentement, il s'agenouilla sur un genou et pencha la tête, pour exposer sa nuque.

— J'accepte votre commandement… héritier des Leidolf.

Brady poussa un cri étranglé. Rule le regarda, et Brady baissa le regard à son tour. Il passa en revue les trois autres hommes. L'un après l'autre, ils baissèrent les yeux.

Un lupin à deux mandats. Le pouvoir était enivrant… et un peu effrayant. Ces hommes ne faisaient pas partie de son clan et devraient en principe être ses ennemis, pourtant il avait suffi qu'ils croisent son regard pour passer dans son clan.

Il devait absolument demander à Cullen de lui raconter cette légende Etorri.

Les mandats se faisaient moins pressants maintenant que les autres avaient accepté sa domination, mais ils vibraient en lui. Il les calma comme il imaginait qu'un cavalier pourrait calmer un cheval agité, puis toucha la nuque exposée d'Alex, signe qu'il acceptait la soumission de l'homme.

— Levez-vous.

Dans un mouvement fluide, Alex se remit debout.

— J'ai remis vos armes dans le coffre de votre voiture, comme vous l'aviez demandé. Le coffre est plein. Hennings a apporté son matériel d'escalade, et nous avons nos propres armes. Vous avez dit que vous aviez une carte et un plan. J'aimerais voir l'un et entendre l'autre.

***

Ils arrivèrent à destination à quatre heures dix du matin – à l'entrée de ce qui ressemblait davantage à une piste pleine d'ornières et de bosses qu'une route. L'océan était proche, son bruit et ses senteurs calmaient le cœur de Rule. Il songea que Lily aussi serait réconfortée par ce rythme atemporel. Même en enfer, elle avait été heureuse de se trouver près de la mer.

Cullen avait dormi pendant qu'ils roulaient jusqu'à Nutley, puis il avait pris le volant pour la dernière portion de route afin que Rule puisse se reposer à son tour. Ce dernier savait faire le vide avant la bataille, et il l'avait fait, mais il soupçonnait Lily d'avoir mis plus de temps à trouver le sommeil. Pourtant, elle dormait ; il la réveilla lorsqu'ils ralentirent.

La Suburban s'arrêta derrière eux. Alex, Brady et les autres sortirent de leur voiture. Ils feraient à pied le reste du parcours.

La piste traversait des broussailles en ligne droite sur huit cents mètres environ, puis descendait en pente raide à travers des affleurements rocheux jusqu'à une plage étroite. Jiri attendait là, comme promis. Son démon n'était pas visible, même si Cynna leur avait indiqué qu'il était proche.

— Par ici, leur lança Jiri.

Elle leur montra le chemin sur la plage.

Sur leur droite, l'océan chuchotait sans une seconde de répit, et le vent en provenance du large se montrait doux et froid. Rule garda un bras autour de Lily lorsqu'il le pouvait, afin de lui transmettre un peu de sa chaleur. Il aurait tellement préféré la laisser hors de tout cela.

Elle ne le remercierait pas pour ça. Elle était une guerrière et ses talents, tout autant que son Don, seraient utiles. Mais le fait qu'elle était immunisée face à la magie ne la protégeait en rien des crocs, des griffes et des balles.

Il savait que Cullen avait du mal à accepter l'implication de Cynna, mais pour une autre raison… Peut-être pas tant que ça, d'ailleurs. L'amour prenait de nombreuses formes, et Rule ne doutait pas que son ami attachait une grande valeur à cette vie qui venait de commencer.

Sur leur gauche, ils longèrent un terrain en pente, rocheux et raboteux, jusqu'à se retrouver en bas d'une falaise se dressant à quinze mètres de hauteur. Jiri s'arrêta, les inspecta, et prit la parole pour la deuxième fois :

— Vous êtes en retard.

— Je ne sais pas comment tu voyages, ces temps-ci, lui dit Cynna sur un ton caustique, mais nous avons dû venir en voiture. Tu savais que nous étions arrivés lorsque l'électricité a été coupée.

La femme lui adressa un regard posé, mais préféra l'ignorer pour s'adresser à Cullen.

— Les boucliers commencent au sommet de la falaise.

Il pencha la tête en arrière.

— Je les vois.

— Vraiment ? Et vous serez capable de les désactiver ?

— J'ai une vision d'ensorceleur, pas d'aigle, lui répondit-il d'un ton sec. Elles sont à quinze mètres de hauteur. J'ai besoin d'être un peu plus près pour les étudier. Mais je pense que je serai capable de les mettre en veilleuse pour laisser votre démon entrer.

— Si sûr de lui, murmura-t-elle en levant les yeux un moment.

La maison n'était pas visible d'en bas, mais le bouclier l'était – sans doute pas avec des yeux humains, mais la lune lui offrait beaucoup de lumière.

La maison était peut-être hors de vue, mais ils savaient qu'elle était plongée dans le noir. Ils s'étaient arrêtés à quelques kilomètres de là, devant un transformateur qui fournissait la zone en électricité. Cullen l'avait court-circuité, éliminant ainsi le système d'alarme normal. Il s'occuperait aussi de la protection magique – la seule qu'il pouvait voir.

— L'heure est venue, annonça Rule.

Il ne prit pas Lily dans ses bras pour un dernier baiser. Ce ne serait pas leur dernier, se promit-il. Mais il garda ses

mains sur les hanches de la jeune femme et se contenta de la regarder, simplement, pendant un long moment.

— Que la Déesse te porte chance, finit-il par dire.

Elle sourit, se haussa sur la pointe des pieds et l'embrassa rapidement.

— À toi aussi.

Elle prit sur son épaule l'AK-47 qu'Alex leur avait rendu, et disparut dans les arbres. Une sensitive ne pouvait être arrêtée par les défenses magiques. Elle ne pouvait pas non plus les déclencher.

Cette nuit étant la seule où Jiri pouvait préparer une attaque, l'effet de surprise était donc impossible. Cordoba s'attendrait à ce que quelqu'un passe le voir. Il leur revenait de satisfaire son attente… de façon inattendue.

Lily tâcherait de contourner les boucliers pour aller devant la maison, où elle attendrait l'appel de Rule. Ensuite, elle s'y aventurerait seule. Le système de sécurité de Cordoba n'avait pas d'alimentation électrique de réserve, par conséquent il serait inactif. Outre sa mitrailleuse, Lily avait une clé de la porte d'entrée et un petit talisman, confectionné par Jiri à partir d'une mèche des cheveux de sa fille, et qui devrait conduire Lily jusqu'à elle.

Les autres escaladeraient la falaise et combattraient les démons qui leur tomberaient dessus. Jiri et son démon entreraient en action depuis un autre endroit une fois que les défenses seraient neutralisées, de façon à créer une diversion et donner une chance à Lily de trouver la petite fille avant qu'elle ne soit utilisée pour arrêter les autres.

Rule sentit son estomac se nouer. C'était le plan de Benedict, et il était bien pensé. Mais il le détestait.

— Tu es prêt ? demanda-t-il brusquement à Cullen.

Celui-ci finissait de se noircir le visage avec la matière visqueuse que les gardes à la peau claire de Benedict utilisaient pour leurs missions nocturnes.

— Oui.

Il lança le petit bidon à Rule et se tourna vers Cynna.

— Un baiser pour me souhaiter bonne chance ?

Elle hésita, puis saisit son visage dans ses mains et lui donna ce qu'il avait demandé. Pour un baiser, c'en était un. Puis elle recula, les sourcils froncés.

— Tu es cinglé, mais surveille tes arrières, O.K ?

Il lui lança un sourire éclatant. Puis il partit à petites foulées vers la falaise et commença à l'escalader. Alex le suivit. Il ferait le guet pendant que Cullen travaillerait sur les défenses, et appellerait Rule lorsqu'elles seraient neutralisées. Ensuite, Rule préviendrait Lily.

Rule se mit à étaler la pâte noire sur son propre visage et le dessus de ses mains. Il passa le bidon à Cynna.

— Mets-en une couche épaisse.

Il regarda le plus costaud des Leidolf.

— Hennings.

Tout leur équipement ne provenait pas des réserves de Benedict. Hennings avait apporté la corde pour grimper. Il entreprit de l'accrocher au baudrier que Cynna portait. Il serait le point d'ancrage de la jeune femme.

Cynna grimaça.

— Je n'arrête pas de vous dire que je n'ai pas besoin de ça.

— Fais-moi plaisir.

Elle fit de gros yeux et enfila le bonnet de laine noire qu'ils avaient acheté dans un Wal-Mart ouvert la nuit, en route vers le repaire de Cordoba.

Tous ceux qui étaient encore à terre avaient la peau suffisamment claire pour avoir besoin de se noircir le visage. Rule fit passer le petit bidon, et eut un aperçu de la façon dont chaque homme gérait sa propre peur. Alex avait bien choisi ses hommes, songea-t-il. Il ne perçut pas plus qu'une bouffée de peur provenant de chacun d'eux. Même de Brady.

Ce dernier lui lança un regard méprisant en prenant le bidon.

— Si vous nous avez fait courir ici pour rien, je vous arracherai le visage et je cracherai dessus lors du Défi.

Rule ne prit pas la peine de lui répondre. Brady avait l'intention de le tuer, peu importe le résultat des opérations de cette nuit. Il espérait seulement que l'homme n'était pas assoiffé de sang au point d'essayer quelque chose avant qu'ils se soient débarrassés de leur ennemi commun.

Il n'y avait plus rien d'autre à faire qu'attendre. Il s'accroupit, mais jeta un coup d'œil au sommet de la falaise. Il ne parvenait à repérer ni Cullen ni Alex, ce qui était rassurant. Le vent en provenance de l'océan transporterait leur odeur vers la maison, mais les démons n'avaient pas un odorat très développé. Cela avait été l'un des avantages qu'il avait eus sur Gan, chose qui avait d'ailleurs beaucoup agacé le petit démon. Mais tout, chez Rule, agaçait Gan.

Rule frissonna. En général, il essayait de ne pas trop penser à la période qu'ils avaient passée en enfer, mais cette nuit, les yeux rivés sur la falaise, les souvenirs lui parurent soudain très frais. Là-bas, il y avait une falaise aussi, plus haute que celle-ci, qui surplombait leur grotte.

La falaise qui avait tué Lily. Alors qu'il gisait impuissant, inconscient, elle avait couru jusqu'au bord et…

Il contracta ses muscles lorsqu'il se hissa vers le haut, trouvant automatiquement, avec son pied gauche, une prise dans la roche. Il se figea.

Bon sang. Ça venait de se reproduire.

Après quelques secondes, il regarda au-dessus de lui. Le sommet était à environ trois mètres. Il aperçut le visage de Cullen qui attendait là, scrutant le bas de la falaise. Rule jeta un coup d'œil sur le côté, puis en bas. Plusieurs silhouettes sombres le suivaient. Il devait continuer à grimper.

Il continua d'escalader méthodiquement la falaise, réfléchissant à toute vitesse. C'était le pire moment pour que le talisman de Cullen perde sa puissance. Même s'il avait totalement cessé de fonctionner, il n'aurait sans doute pas de trou de mémoire tout de suite, car les plus rapprochés étaient survenus le même jour, mais de manière très espacée.

Toutefois, était-il prêt à mettre en jeu la vie de tout le monde sur cette hypothèse ?

Il n'avait pas le choix, comprit-il en se hissant sur la fine bande de terre près du grillage. Les Leidolf ne suivraient pas Cullen ou Cynna, et l'ensorceleur ne suivrait pas le Lu Nuncio des Leidolf. Rule était le seul capable de garder le groupe uni, et il était impossible de remettre l'opération à plus tard.

Seigneur. Il espérait qu'il avait tout fait comme il l'avait planifié. Il ne se rappelait rien, mais il était obligé de supposer qu'il avait appelé Lily.

Cullen s'accroupit à côté de lui.

— Un problème ?

Alex faisait le guet ; Rule le vit accroupi à côté du trou qu'il avait découpé dans la clôture à quelques mètres.

— Ça pue le démon, par ici.

— Ils sont dans le coin. Aucun n'est proche pour l'instant, mais deux créatures aux yeux rouges ont arpenté le périmètre. Alex devrait les sentir s'ils approchent, même s'ils sont *dashtu*.

Il ajouta, en subvocalisant :

— *Qu'est-ce qui ne va pas ?*

— *Un autre trou de mémoire.*

Le visage surpris de Cullen en dit plus que des mots.

— *Tu te rappelles ce que tu fais ici ?*

— *Je n'ai pas oublié autant de temps. La dernière chose dont je me souviens…* (Il déglutit. Son dernier souvenir était un souvenir.) *C'est arrivé peu de temps après que tu arrives en haut et que tu fasses place nette, avant que je commence à grimper.*

— *Quinze à vingt minutes, alors.*

Rule hocha la tête.

— *N'en parle pas.*

— *On y va quand même ?*

— *Lily y est sans doute déjà.*

Cullen acquiesça et s'éloigna, afin de laisser de la place pour le prochain qui se hisserait jusqu'au sommet. Ce fut Hennings. Cynna suivit quelques instants plus tard, essoufflée mais faisant son possible pour ne pas le montrer. Cullen alla décrocher la corde et l'aida à retirer son baudrier. Cynna avait été la plus lente, bien entendu ; même si elle était en forme, elle ne pouvait escalader aussi vite qu'un lupin.

— Les défenses ? demanda Rule à Cullen, à voix basse mais sans subvocaliser.

Cullen répondit de la même façon :

— J'ai découpé un trou dedans, correspondant à celui de la clôture. Nous pouvons traverser là sans déclencher aucune alarme, mais je ne pouvais pas les désactiver totalement sans alerter Cordoba. Elles sont super bien, dit-il à contrecœur, carrément bien, même, avec toute cette puissance en elles.

— Assez pour arrêter la bête énorme de Jiri ?

— Je ne suis pas un expert de cette créature, mais probablement.

— Tu peux les neutraliser ?

— Bien sûr. Mais j'aurai besoin d'être près - à dix mètres à peu près. Et Cordoba le saura.

— Nous le distrairons davantage s'il sait que nous sommes ici, mais attends que nous soyons de l'autre côté de la clôture.

Le trou n'était pas large. Rule passa le premier et resta agenouillé une fois arrivé de l'autre côté. Les autres rampèrent en file indienne, tenant leurs armes avec précaution. Rule était satisfait de la façon dont les Leidolf se déplaçaient ; ils avaient été bien entraînés. Cynna passa la dernière, presque aussi silencieusement que les lupins.

La maison était un bungalow bas et long, séparé du petit groupe par rien d'autre que de l'herbe et de la boue, à une distance d'environ la moitié d'un terrain de football. Sur la gauche, des arbres occupaient la pente vers la maison, s'arrêtant à une douzaine de mètres du mur côté sud. Vers le nord, comme devant eux, il n'y avait que de l'herbe, sèche et courte d'avoir été fauchée tardivement. Aucun moyen de se mettre à couvert, et l'herbe sèche n'était pas idéale pour traverser en silence.

Par chance, ils n'essayaient pas vraiment de passer inaperçus. Mais si c'était possible, il voulait se rapprocher plus près avant d'attaquer l'ennemi. Rule fit un geste pour que les autres le suivent et s'engagea sur le terrain, accroupi, son fusil prêt à faire feu.

Tout à coup, Cullen se redressa et s'écria :

— Ennemi à l'approche !

Il agita une main.

Les coups de feu retentirent dans la nuit. Il y eut un hurlement de douleur. Dans ces soudaines lueurs, Rule vit ce qui ressemblait à des masses d'air plus sombres se précipiter vers eux depuis l'extrémité nord de la clôture.

— Hennings, Robbins, maintenant !

Il plaça son fusil sur son épaule et tira vers les démons pratiquement visibles qui fonçaient sur eux. La détonation retentissante de son arme fut rapidement suivie d'autres coups de feu, alors même que les deux lupins qu'il avait appelés se transformaient.

— Nom de Dieu ! s'écria Cynna.

Rule lui jeta un rapide coup d'œil et vit qu'elle regardait vers le ciel : une créature terrifiante plongeait sur eux.

L'envergure de ses ailes atteignait une bonne douzaine de mètres. La créature avait des crocs, une peau parcheminée et une tête reptilienne principalement constituée des mâchoires. Son corps compact se terminait par un arrière-train musclé et des pattes courtes munies d'immenses griffes ; Rule en avait déjà vu de semblables.

En enfer. Gan les appelait les bêtes de Xitil.

— Frappe-la avec ton sort ! hurla Rule, montrant le ciel.

— C'est pas une saleté de démon !

Nom de Dieu, elle avait raison.

— Hennings, Robbins, appela-t-il. Retenez les autres loin de nous. Tous ceux qui ont une arme, tirez sur cette créature. Cullen – les défenses.

Rule visa la tête de la créature ailée, mais celle-ci plongea si vite qu'il la manqua.

À la dernière minute, elle vira vers le nord. Il la tint en joue et fit feu de nouveau – cette fois, il la toucha. Il en était sûr, et les autres tiraient, eux aussi. Mais la bête ne faiblit à aucun moment ; elle descendit en piqué et saisit l'un des loups entre ses griffes.

Le poids du lupin ne la gêna pas davantage que les balles. Les ailes énormes battaient l'air avec force, et la créature monta en flèche.

Les démons aux yeux rouges étaient pratiquement à leur niveau, même si Hennings courait devant, essayant de les repousser. Elles devinrent visibles à environ six mètres, alors que les derniers hurlements de Robbins s'atténuaient au-dessus de leur tête. Rule hurla à son tour, de rage, et chargea la créature aux yeux rouges en première ligne. Elle s'arrêta, décontenancée, mais seulement pendant une seconde. Puis elle bondit.

Il tira pile entre ses mâchoires béantes. L'arrière de la tête de la bête explosa.

Il se retourna, fusil en joue, mais les autres créatures aux yeux rouges l'encerclaient, sans attaquer. Il tira tout de même.

— Arrêtez ! Arrêtez, sinon elle mourra.

Ce cri provenait de la maison. Rule jeta un coup d'œil dans cette direction – et se figea.

Un petit homme, à la peau sombre, fringant dans un costume brun, portait un paquet enveloppé dans un tissu bleu sur son épaule. Il conduisit quatre autres humains à travers le terrain, dans la direction de Rule et des autres. Ces quatre personnes portaient les tuniques à capuche des Azá et étaient armées de fusils… directement pointés sur Lily, qui marchait devant eux, mains derrière le dos.

— Il m'attendait, dit Lily.

Elle ne parlait pas fort, mais il l'entendit sans peine malgré les vingt mètres qui les séparaient.

On les avait trahis.

XXXVIII

— LÂCHEZ VOS ARMES, leur lança le petit homme au costume marron, ou la sensitive est morte.

La créature volante descendit plus bas, le temps de relâcher la carcasse sanguinolente entre ses griffes. Le corps à moitié dévoré de Robbins s'écrasa sur l'herbe à une dizaine de mètres de là. Et l'immense démon de Jiri sortit à grandes enjambées de la forêt, Jiri à califourchon sur ses épaules. Sa silhouette souple oscillait au rythme des mouvements de la bête. Elle souriait.

Lily était capturée, et Toby – Ciel, Toby ! Il avait manqué à ses devoirs envers son fils, envers Lily, envers…

Rule eut à peine conscience de brandir son fusil, pourtant l'arme était là, bien calée sur son épaule, dirigée vers le front de l'homme en costume, son doigt sur la détente…

…qu'il se retrouva debout, immobile, l'odeur fétide du démon remplissant ses narines, ses bras cruellement tordus, serrés dans son dos – retenu par le démon qui se tenait derrière lui et dont il percevait le souffle, bruyant et aigre. Le démon de Jiri.

La rage et la peur le submergèrent, épaisses et nocives comme la fumée d'un incendie d'origine chimique. Les émotions faillirent déclencher sa transformation, mais il les combattit dans sa volonté acharnée de comprendre ce qui s'était passé au cours de ce laps de temps disparu.

Apparemment, il n'avait pas abattu le petit homme… Cordoba ? Probablement. Celui-ci se tenait devant Rule, mais à plusieurs mètres. Il parlait à Jiri, tandis que les deux créatures aux yeux rouges et luisants étaient assises sur leur arrière-train, derrière eux.

Ce n'était pas un paquet que Cordoba portait sur l'épaule, comprit Rule. C'était un enfant. Un petit enfant emmailloté dans une couverture bleue.

Lily se tenait à six mètres de lui, sur sa gauche, toujours tenue en joue par deux Azá en tunique. Rule retint son souffle, hoqueta, mais s'efforça de ne pas bouger. Il devait arrêter d'agir, et penser.

Où étaient les autres ? Il était vivant… pourquoi, il n'en avait aucune idée. Mais les autres ?

Cynna était debout près de Lily. L'un des Azá lui attachait les mains dans le dos tandis qu'un autre braquait un revolver sur sa tempe. La détectrice leur parlait de leurs ancêtres qui seraient indignés s'ils les voyaient, mais les Azá l'ignoraient.

Cordoba tendit l'enfant à Jiri, une petite fille de deux ou trois ans, au visage rond et doux relâché par le sommeil, coiffée de rangées de tresses retenues par des caoutchoucs colorés. Jiri la berça contre son cœur et se détourna, sa tête penchée sur l'enfant… cachant son visage de Cordoba, peut-être ? Car elle ne put empêcher l'émotion de transformer ses traits. Elle bougea les lèvres en murmurant des paroles tendres, dans un mélange d'anglais et d'une langue que Rule ne reconnut pas.

Cela, au moins, avait été réel, alors – son désespoir et son amour pour l'enfant.

Rule se contorsionna vers la droite autant qu'il en était capable malgré ses bras entravés, et aperçut la créature ailée sur le sol. Ses ailes repliées pointaient haut dans l'air, comme celles d'une chauve-souris; ses mâchoires dentées étaient fermées et ses yeux mi-clos.

Deux silhouettes immobiles étaient clouées au sol sous les griffes: Brady et Cullen.

Il reconnut Brady grâce à ses cheveux clairs. Il était le plus éloigné de Rule et avait le visage dans la poussière, la majeure partie de son corps cachée par les griffes qui le maintenaient prisonnier. Hennings était le seul autre blond de leur groupe, et ce corps inerte était trop mince pour qu'il s'agisse de lui.

Cullen avait le visage tourné vers Rule. Le sang formait un masque sur sa peau, mais pas au point d'empêcher Rule de le reconnaître. Mais… en effet, il avait les yeux fermés. Il se sentit tout à coup soulagé. Les morts gardaient toujours les yeux ouverts.

Qu'était-il arrivé à Alex? Et à Hennings, et à Bryan? Les mandats le tiraillèrent, le pressant d'agir. Il était responsable de ces hommes. Mais il ne parvenait pas à les voir, il ne pouvait pas les chercher – ni même se rappeler, bon sang. Peut-être que dix minutes plus tôt, il savait ce qu'ils étaient devenus. Mais maintenant, c'était le noir total.

— Est-ce la fille que nous étions censés secourir? demanda Lily de sa voix calme de flic. On dirait que vous avez passé un marché avec Cordoba avant de nous parler, Jiri. Est-ce pour cette raison que le lien de Cynna n'a pas marché?

— Très bien, mademoiselle Yu, dit Cordoba. (Même s'il parlait un anglais impeccable, celui-ci se teintait d'un léger accent espagnol.) Vous n'avez pas pu lier Jiri à sa parole, car elle est entièrement à moi. (Il sourit.) J'ai tout entendu, bien sûr.

Jiri se redressa, son visage se détendit jusqu'à ce qu'il n'y reste plus qu'un léger sourire moqueur.

— Tommy est un hyper-auditif. Un Don rare chez un homme rare.

— Jiri… (Il secoua la tête.) Ont-ils besoin de le savoir?

— Pourquoi pas ? (Elle tourna son sourire moqueur vers Rule.) Pratiquement tout ce que je vous ai dit était vrai. J'ai simplement un peu triché avec le timing. Quand j'ai échoué à recruter l'ensorceleur, j'ai accepté les conditions de Tommy. Je suis liée à lui, maintenant.

Cynna laissa échapper un petit cri étranglé. Lorsque Rule la regarda, pourtant, son visage était impassible.

— Ce n'est pas le même genre de lien que le mien. Elle veut dire par là qu'elle est sa créature, de même que le démon est la sienne. Elle ne peut pas agir contre lui, ni refuser de faire ce qu'il lui demande.

Cordoba passa une main possessive sur le bras de Jiri.

— Elle m'a combattu, hein, *querida* ? Je savais qu'elle le ferait. Tout comme je savais que je finirais par gagner. Mais ce n'est pas aussi terrible que ce que tu croyais, n'est-ce pas ? Je te laisse une petite marge de manœuvre – même si je voudrais savoir pourquoi tu n'as pas voulu que les éléments inutiles soient tués.

Jiri secoua la tête.

— Un tel gâchis, Tommy. Tu dois vraiment apprendre à planifier. Un ensorceleur – il est toujours vivant, n'est-ce pas ? – peut s'avérer utile.

— Pas s'il est déjà occupé à essayer de nous tuer… Même si je suppose qu'on pourrait trouver un moyen de lui faire passer cette envie. Ou la Diablesse pourrait y arriver. Mais pourquoi s'embêter ? Elle n'a besoin que de la sensitive.

— Il pourrait se passer des années avant qu'Elle repère le *Codex* et puisse le recopier. En attendant, Elle est exclue de cette sphère, et notre pouvoir est limité.

Ils étaient à la recherche du *Codex*. Pas étonnant que la Grande Garce soit au courant de son retour, mais quel était le rapport avec Lily ?

Cordoba caressa son bras.

— Tu espères trouver quelque chose dans le *Codex* qui te permette de te libérer, n'est-ce pas, *querida* ? Ce n'est pas possible, mais tu te donneras tellement de mal pour le trouver. Et quand tu l'auras, tu me préviendras.

— Ne jubile pas, mon chou. Ça te donne des yeux de fouine. (Jiri déplaça doucement l'enfant endormie sur son autre épaule. Elle se rendit compte que Rule l'observait et lui adressa un sourire nonchalant.) Pauvre Rule. Il est si perturbé. Pourquoi ne lui expliquerait-on pas tout ? Je pense qu'il mérite de savoir.

Cordoba se fendit d'un petit sourire.

— Qu'a-t-il commis qui te mette tant en colère ? Mais si cela t'amuse... (Sa main se balada jusqu'à ses fesses.) Tu vois comme je peux te faire plaisir ?

Un rire jaillit du fond de la gorge de Jiri.

— Tu es doué pour beaucoup de choses, Tommy. Peut-être que je te pardonnerai pour le lien... finalement. (Elle inclina la tête, le regard de nouveau tourné vers Rule.) Vous n'avez pas été surpris lorsque j'ai mentionné le *Codex*.

— Vous n'êtes pas la seule personne au courant de son existence.

— Tu vois, Tommy ? dit-elle, sans détourner son regard du lupin. Nous perdrions des informations si nous le tuions tout de suite. Voulez-vous savoir pourquoi nous avons besoin de Lily, Rule Turner ?

Il avait la bouche sèche.

— Oui.

— C'est la Diablesse qui a besoin d'elle, en fait. Apparemment, le *Codex* est protégé de telle façon qu'il Lui serait impossible de l'utiliser tel quel. C'est pourquoi Elle a besoin d'en faire une copie, qui soit dépourvue de défenses intégrées. Mais apparemment, il n'y a qu'un... comment l'appelons-nous ? Réceptacle. Seulement un type de réceptacle convenable pour contenir le *Codex Arcanum*. Une sensitive dont l'esprit a été nettoyé...

— ... je ne vous le répéterai plus, Turner, disait Cordoba. Je n'ai pas de raison urgente de ne pas vous tuer tout de suite. Jiri pense peut-être que la Diablesse saura trouver un usage de votre personne, mais j'en doute. Je devrai demander à Tish de s'en occuper. Il aime démembrer des créatures.

Du sommet de sa tête à sa mâchoire, Rule ressentait une douleur violente. Il avait le cerveau en compote, et ses épaules étaient en feu… parce qu'il était retenu à quelques centimètres du sol, maintenu en l'air par le démon qui le tenait par les bras.

On l'avait frappé, comprit-il dans son brouillard de douleur. Il avait dû faire quelque chose, essayé de s'en prendre à Cordoba.

Et échoué. Ils s'apprêtaient à laver le cerveau de Lily, et il ne l'avait pas protégée. Encore une fois. Il ferma les yeux. Il eut l'impression très nette de sentir l'air sec et confiné de l'enfer. Pendant un moment, il se retrouva là-bas, une fois de plus, dans cette sphère sans lune, et perdre le chant de la lune fut comme ne plus respirer et continuer pourtant à vivre. Il n'était pas mort. Il avait continué à vivre, continué à s'efforcer de respirer alors qu'il n'y avait pas d'air pour son âme…

— Rule ? fit Lily d'une voix pressante.

Il revint au présent en frissonnant.

— Je vais… (Il avait du mal à articuler. Il s'était mordu la langue en recevant un coup, et elle avait gonflé. Il avala de la salive au goût de sang.) Je vais bien. Plus ou moins.

Soudain, ses pieds frappèrent le sol, atterrissant assez violemment pour que ses genoux flanchent.

Cordoba regarda Jiri.

— Je ne t'ai pas dit d'ordonner à Tish de le reposer.

Jiri ne regardait pas l'homme, mais fixait des yeux quelque chose derrière Rule et son gigantesque gardien.

— J'ai vu quelque chose bouger. Je croyais…

Il fit deux pas et la gifla si fort qu'elle perdit son équilibre et recula d'un pas.

— Tu n'as pas demandé. C'est bien de penser – je t'y encourage – mais demande toujours, Jiri. Toujours.

Du sang coula de sa lèvre, méchamment fendue par le coup. Elle le regarda, le visage sans expression. La petite fille dans ses bras ne bougea à aucun moment.

— Deux d'entre eux sont partis. Ils pourraient être en train de revenir.

— Très bien. Nous devons nous en assurer. Mais je veux Tish ici.

Il jeta un coup d'œil par-dessus son épaule. Les deux créatures aux yeux rouges se levèrent et partirent en bondissant.

Les autres n'étaient pas tous morts. Deux s'étaient échappés. L'espoir remuait en Rule – et les mandats aussi. Déjà agités, ils semblaient le tirailler comme s'ils voulaient lui demander quelque chose. De l'action, oui, ils voulaient qu'il agisse… mais il sentait qu'il devrait intervenir d'une façon particulière.

— Mes bras sont fatigués, dit brusquement Jiri.

— Déjà lasse de la maternité, *querida* ?

— J'ai mal aux bras.

Elle se pencha pour poser avec précaution la petite fille sur le sol, s'assurant qu'elle restait bien emmaillotée.

— On rentrera bientôt dans la maison, de toute façon. Je ne pense pas que les autres soient par ici – les *tzmai* ne les ont pas trouvés, et je n'entends rien. (Cordoba regarda la créature ailée.) Je suppose que je devrais envoyer Melli pour s'en assurer.

— Mieux vaut d'abord mettre l'ensorceleur en sécurité. Vérifier qu'il ne fait pas semblant d'être inconscient.

Jiri se frotta les bras, puis marcha d'un pas nonchalant vers Lily, Cynna et leurs gardes.

— Je ne pense pas que je le garderai, dit Cordoba. Trop de problèmes.

— Comme tu veux, bien sûr. Mais si les liens sur lesquels j'ai travaillés s'avèrent efficaces…

— Tu penses pouvoir le convaincre, même sans sa coopération ? (Cette idée retint l'attention de Cordoba.) Tu as fait des progrès, mais la femme était ton apprentie. Tu n'as pas ce genre de lien avec l'ensorceleur.

— Cela mettra un certain temps, convint-elle. Peut-être que tu ne veux pas que je passe tant de temps sur le projet. Mais au moins, je n'aurai pas à intervenir sur lui astralement, comme je l'ai fait avec Cynna. Et si nous lui prenons ses mains et sa langue, il ne devrait pas être un invité trop gênant.

— Il les fera repousser… Mais nous pourrions continuer à les recouper jusqu'à ce que tu l'aies lié à nous.

— Ou jusqu'à ce que je me rende compte que je ne peux pas. (Elle s'arrêta devant Cynna.) Une telle répugnance, dit-elle d'une voix légère. Mais tu n'es pas contente de découvrir que tu avais raison ? Mis à part cet attachement maternel persistant, je suis mauvaise. (Elle regarda Cordoba.) Devrait-on voir si mon lien marche avec celle-là ? On peut toujours l'abattre si c'est un échec.

Rule sentit de la bile monter dans sa gorge, brûlante. Sa rage aussi : violente, rouge, corrosive. Il avait besoin de… il devait…

Se transformer. Il devait se transformer.

Il secoua la tête. Cela n'apporterait rien. Il serait libéré du démon qui le retenait, certes – rien ne pouvait le retenir pendant la transformation. Mais la désorientation était trop forte pendant les quelques secondes qui suivaient. Il suffirait au démon de le rattraper avant qu'il ait le temps de bouger.

— Oui, dit Cordoba avec fermeté. Si ça ne marche pas, je ne m'embêterai pas à garder l'ensorceleur. Mais dans le cas contraire… Vas-y. Voyons ce que tu peux faire avec elle.

— J'aurai besoin de sa main.

Elle tendit la sienne.

— Tu mens, dit Cynna, la tête haute. Tu ne peux pas me lier à vous sans mon consentement.

— Je t'ai contrainte à chevaucher, non ? (Jiri se tourna vers les gardes.) Alors ? Il me faut sa main droite. Trouvez une autre façon de l'immobiliser pendant que je travaille.

— Faites-le, dit Cordoba.

L'un des gardes tint un revolver contre la tempe de Cynna pendant que l'autre détachait les menottes et tirait sur son bras gauche pour lui faire une version modifiée de la prise d'étranglement.

— Donne ta main, Cynna, dit Jiri.

— Va te faire voir, Jiri.

Celle-ci poussa un petit soupir impatient.

— Tommy, j'ai besoin de Beecher pour prendre sa main et me la maintenir fermement. Un garde devrait suffire pour s'occuper de la sensitive.

— Non. La sensitive a compris qu'on ne voulait pas la tuer. Elle pourrait essayer quelque chose.

— Elle est menottée. Demande-lui de s'allonger sur le ventre et menace son amant si elle bouge.

Cordoba hésita, mais transmit les ordres. Rule commençait à se demander… Jiri était lié à cet homme, mais elle était deux fois plus maligne. Elle semblait capable d'obtenir tout ce qu'elle voulait de lui.

Quelques instants plus tard, Lily était allongée sur le ventre dans les herbes sèches. L'un des Azá la surveillait toujours, mais l'autre s'était battu avec Cynna pour lui faire tendre le bras. Il lui fallut un bon moment, mais il parvint à déplier la main de la détectrice, paume vers le haut.

— Bien. (Jiri plaça sa propre main sur celle de Cynna.) Soyez prêts à la tenir debout, ajouta-t-elle. Elle va probablement s'évanouir.

— Cela ne t'est pas arrivé, remarqua Cordoba.

— J'étais consentante.

Jiri ferma les yeux. Elle murmura quelque chose dans son autre langue, psalmodiant des mots doux. Cynna écarquilla les yeux, puis ils roulèrent dans leurs orbites. Elle s'affaissa.

Et le démon relâcha Rule.

La douleur se déchaîna de ses épaules jusque dans ses doigts comme une lame chauffée à blanc. Mais il ne bougea pas les bras, même si ses muscles maltraités tremblaient et se contractaient, sentant encore la tension qu'ils avaient subie lorsqu'ils étaient retenus de force. Il pria désespérément pour avoir raison…

— Ça a marché ? demanda Cordoba. Réveille-la. Réveille… Oh, demande-lui de tuer le gars que Melli a épinglé. Pas l'ensorceleur. L'autre.

Le démon s'éloigna de Rule, mais sa démarche était maladroite, comme s'il avait oublié comment ses muscles fonctionnaient. Rule fut pris d'une joie féroce. Il avait eu raison. Il devait seulement tenir un peu plus longtemps, voir quelle cible…

Cordoba leur tournait le dos, mais l'un des Azá voyait ce qu'ils faisaient.

— Monsieur… fit le grand démon d'une voix râpeuse.

— Quoi ? le rembarra Cordoba, qui regarda tout de même par-dessus son épaule.

Le démon se lança dans une course gauche. Tout droit vers Cordoba.

Transforme-toi.

Oui. Rule chercha le chant de la lune et se perdit en lui. Sa douleur aux épaules s'évanouit, mêlée à l'agonie familière et persistante de la transformation.

Cordoba écarquilla les yeux.

— Abats-la ! cria-t-il, avant de donner un coup dans le canon du fusil pointé sur Lily. Pas elle, crétin ! Jiri ! Tue-la !

Jiri s'écarta de Cynna. Elle souriait, ses yeux illuminés par le triomphe lorsqu'un, deux, puis trois coups de fusils retentirent.

Et la transformation se poursuivit. Et encore. *Ce n'est pas normal,* cria une petite parcelle de lui encore humaine. Quelque chose n'était pas normal. Elle prenait trop de temps. La douleur était très intense, et les mandats, les mandats étaient…

Jiri était allongée sur le sol. Lily s'écarta, mais se cogna aux jambes de l'Azá qui la gardait.

Lily ! Il lutta pour reprendre le contrôle sur les mandats, mais la transformation ne se commandait pas. Il ne pouvait que…

Se laisser aller.

Il lâcha prise et cligna des yeux, puis il ne fut plus là.

Et il fut de nouveau là. Il était debout, et haletait, sa tête alourdie, il se rappelait la douleur qui frémissait à travers son corps, pourtant il ne souffrait plus. Mais ses pattes avant étaient faibles, ses articulations le lançaient. L'odeur du sang et des démons était forte dans ses narines, et il ne pouvait penser. Il secoua la tête pour s'éclaircir les idées, mais quelque chose était anormal. Différent.

Peu importe. Il devait rejoindre Lily.

Le démon l'avait devancé. Celui-ci écarta l'un des Azá, puis un autre – toujours maladroit, mais plus rapide, comme si son chevaucheur commençait à se débrouiller pour diriger le corps massif. Cordoba hurla et courut vers la maison.

Et le monstre ailé remua.

Cordoba, songea Rule. Il devait arrêter Cordoba, qui contrôlait la créature.

Mais ce n'était pas cet homme que voulait Rule. Le loup voulait le monstre qui déployait ses ailes – pas pour voler, mais pour trouver son équilibre en courant vers les deux femmes et le démon qui les défendait.

Le démon était grand comparé à un homme. Mais pas comparé à la créature ailée. Et le chevaucheur du démon n'avait pas l'habitude de ce corps.

Rule grogna et se jeta sur la bête. Il ne manquerait pas à son devoir, cette fois.

La bête était rapide. Le lupin l'était encore plus. La créature maîtrisa sa charge lorsqu'elle le vit, déploya une grande aile, cherchant à le balayer au loin. Rule l'esquiva facilement, alors la bête essaya de le matraquer avec l'os noueux de son articulation. Il s'aplatit et fit une roulade pour se retrouver sur ses pattes près du corps. La bête voulut lui marcher dessus, mais, au sol, elle se montrait maladroite. Rule se précipita vers le pied griffu et fonça sous le ventre monstrueux.

Un ventre qui ne le tentait pas. Il avait besoin d'atteindre la gorge. Il se prépara, se replia sur ses pattes arrière, et bondit.

La créature projeta sa tête vers lui, mâchoires béantes. Rule se retourna en plein saut, et ses flancs rencontrèrent les dents, au lieu de se retrouver pris dans la gueule. Mais l'impact l'assomma, et il fit une mauvaise chute. Lorsqu'il se releva, la douleur irradia dans sa patte avant gauche et le fit trébucher lorsqu'il voulut avancer. Les mâchoires descendirent vers lui, accompagnées du souffle fétide et chaud de la bête.

En enfer, il avait appris à courir sur trois pattes. C'est ce qu'il fit, se ruant à nouveau sous le ventre, et faisant volte-face à la seconde où il fut protégé par le corps de la créature, fonçant entre les membres pour se tenir devant elle. Et une fois de plus il bondit, presque verticalement, vers sa gorge.

L'homme en lui hurlait qu'il ne devait pas, que Rule ne pourrait pas s'accrocher assez longtemps à cette peau parcheminée pour lui faire mal. Mais le loup savait. S'il pouvait planter ses dents dans cette gorge…

Il frappa, gueule grande ouverte, et referma ses mâchoires sur la peau et la chair, usant de toute la force qu'il pouvait mobiliser pour ne pas lâcher sa prise. Et il resta pendu là, à cinq mètres du sol. La créature voulut le frapper, mais ne parvint pas à l'atteindre. Elle se jeta sur le côté pour se débarrasser de lui. Le corps du loup fut projeté d'un côté, puis de l'autre, mais il tint bon, ses crocs plantés dans la chair aigre. Soudain, il se mit à convulser.

Il fut saisi de violentes contractions, de spasmes qui drainèrent le poison démoniaque hors de son corps – un acide que les secousses firent remonter dans sa gorge. La douleur l'aveugla, l'obscurité recouvrit sa vision, mais il resta accroché là, tandis que des muscles qu'il n'avait jamais ressentis auparavant se resserraient en haut de sa gorge et dans ses mâchoires, et rejetaient le poison hors de sa gueule. Et l'introduisaient dans la chair de la bête.

La créature hurla. Puis, à son tour, elle fut prise de convulsions.

Les contractions de ses énormes muscles étaient trop fortes pour que Rule puisse tenir plus longtemps. Il lâcha prise et frappa violemment le sol. Il essaya de se mettre debout, mais il était faible, trop faible. Sans le vouloir, il se reposa sur sa jambe endommagée, qui céda sous son poids. Des taches noires apparurent au bord de son champ de vision.

L'un des pieds griffus le frappa et le fit déraper dans la boue et l'herbe. Le coup lui coupa le souffle. Il sentit que sa conscience ne tenait plus qu'à un fil... Il cligna des yeux. La créature s'effondrait. Le pied qui l'avait frappé l'avait empêché de justesse d'être enseveli sous cet immense corps qui s'écrasa, à plat et inerte sur le sol, ailes écartées, tête rejetée en arrière.

Les yeux ouverts, fixes. Morts.

Pendant un long moment, il resta là, sans bouger, et respira. Il était vivant. Il avait mal partout, mais il était vivant. Cela paraissait si inconcevable qu'il n'arrivait pas à le croire. Et Lily... Lily accourait vers lui.

Il parvint à tourner la tête de façon à la voir courir gauchement dans sa direction, ses mains encore liées dans son dos. Pendant une seconde – une seule – il vit deux Lily. Toutes deux se précipitaient vers lui : celle qu'il avait connue principalement sous sa forme d'humain, et celle qu'il n'avait connue que sous celle de loup.

Il fut gagné par une joie si vive qu'elle effaça toutes ses douleurs. Il sentit sa tête devenir légère.

Puis il s'évanouit.

Lorsqu'il revint à lui, Lily était agenouillée à côté de lui, en pleurs ; elle maudissait ses menottes et lui ordonnait de se réveiller. Sous cette forme, il ne pouvait sourire, mais il essaya.

— Rule ! Saletés de menottes, murmura-t-elle. Je ne peux pas te toucher, vérifier que tu... Mais tu es vivant. Et tu le resteras, lui dit-elle. Tiens encore un peu, et nous pourrons appeler à l'aide. Cynna est revenue de Dieu sait où elle était. J'imagine qu'elle chevauchait le démon, mais elle l'a immobilisé, maintenant. Il se contente de rester assis là, sans bouger. Cordoba est mort.

Comment ?...

Elle comprit ce qu'il voulait savoir.

— Les autres l'ont eu. Hennings ou Alex, je ne sais pas lequel. Ils étaient cachés dans la maison, ils attendaient d'avoir l'occasion d'intervenir. Je crois que Jiri savait. Elle a attiré son attention vers le terrain, non ? Vers la falaise par laquelle nous sommes montés, à l'opposé de la maison. Elle… (Elle eut un sanglot dans la voix.) Elle est mourante.

Il la croyait déjà morte.

Alex boitait. Tout un côté de son corps était couvert de sang, mais la truffe de Rule lui indiqua que ce n'était pas seulement le sien.

— Trois des Azá sont morts, dit-il. Le dernier a eu le crâne fracturé, je crois, mais il a de bonnes chances de survivre. Les deux autres démons, les hyènes géantes, ont disparu lorsque Cordoba est mort. Je ne sais pas quoi faire pour savoir s'ils sont toujours par ici. Comment… (Il bredouilla.) Comment as-tu fait pour tuer cette créature ?

Rule était responsable. Il lui fallait une voix et des mots. Il puisa dans le peu de pouvoir qui lui restait pour se retransformer.

Quelques secondes plus tard, il était étendu, haletant dans la nuit froide. En principe, le froid ne le dérangeait pas, mais il était beaucoup trop faible. Il se força à s'asseoir. Son bras gauche pendait, inerte ; l'os était cassé juste au-dessus du coude. Certaines zones de son corps le faisaient souffrir, pourtant il ne se rappelait pas s'être blessé là.

— Trouve les clés des menottes, dit-il à Alex. L'Azá qui a retiré à Cynna les siennes devrait les avoir. Où est Hennings ? Et Robbins ?

Alex le regarda bizarrement.

— Tu as vu Robbins se faire tuer.

— Mes souvenirs des événements récents sont incomplets.

— Hennings est blessé, lui dit le lupin, mais ce n'est pas trop grave. Il pourra sans doute rapidement remarcher.

— Très bien. Apporte-nous les clés, puis vois ce que tu peux faire pour nos blessés. Cullen et Brady.

Cullen était toujours vivant un peu plus tôt. Il était costaud. Sûrement…

Alex hocha la tête et partit en courant comme il pouvait.

— La fille, dit brusquement Rule, se rappelant. La fille de Jiri.

— Cynna est avec elle, dit tranquillement Lily. Jiri… voulait la voir. La petite dort toujours.

Toby. Si Jiri était morte avant de supprimer son sort… Rule se mit debout, mais il chancela.

— Passe ton bras sur mes épaules, dit Lily.

— Je n'ai pas…

— Si, tu as besoin d'aide, le coupa-t-elle. Tu as assez joué les héros pour cette nuit. Je ne suis pas blessée. Repose-toi sur moi pour qu'on puisse aller voir Jiri et lui parler.

Il fit ce qu'elle disait. Et elle avait raison ; cela lui fit du bien de se reposer un peu sur elle. Pas seulement parce que c'était plus facile physiquement, mais parce que le lien d'âme sœur le réconforta.

Il l'avait vue. Il avait vu ses deux moitiés. L'autre Lily n'avait pas disparu.

— Comment as-tu fait ? lui demanda-t-elle doucement. Comment l'as-tu tuée ? Je croyais…

Elle trembla.

— Le poison. Les mandats.

Il secoua la tête, conscient qu'elle ne pouvait pas comprendre. Pourtant tout cela lui paraissait limpide, maintenant.

C'était le loup qui s'était accroché au poison démoniaque, car sa culpabilité de n'avoir pu sauver Lily l'empêchait de le lâcher. Et le besoin qu'avait l'homme de se contrôler, reconnut-il, le rendait incapable de comprendre. S'il avait passé plus de temps sous sa forme de loup, il aurait pu savoir, mais celui-ci sentait qu'il méritait de perdre ses souvenirs, tout comme Lily avait perdu ceux qu'elle avait de lui.

La plupart, en tout cas. Lorsqu'elle était morte. La partie d'elle qui avait survécu, son âme, se rappelait, mais la Lily avec laquelle il parlait et faisait l'amour n'avait que de fugaces réminiscences de la période qu'ils avaient passée en enfer.

C'était le loup qui avait su comment expier cette culpabilité, mais c'étaient les deux mandats qui lui avaient permis de le faire.

— D'une façon ou d'une autre, les mandats ont affecté la transformation, lui expliqua-t-il lentement. Je ne comprends pas. Je ne pensais pas que c'était possible. Peut-être que c'était l'alliance des mandats, du poison démoniaque et du lien d'âme sœur… Je suis pratiquement sûr qu'aucun lupin n'avait jamais eu en lui une telle combinaison. Des crochets m'ont poussé. Des vrais, creux, comme ceux d'une vipère. J'ai transmis le poison du démon à la créature. Elle est morte, et… le poison a disparu.

— Tu es sûr ? (Soudain, elle s'arrêta.) Embrasse-moi. Ces saletés de menottes m'empêchent de te toucher. Embrasse-moi, je pourrai vérifier.

Il sourit.

— C'est une excellente idée.

Il se pencha, prit la joue de Lily dans sa main valide, et l'embrassa doucement.

Lorsqu'il se redressa, elle avait les yeux grand ouverts.

— Il est parti. Vraiment parti.

Rule frémit de soulagement. Il en était sûr… presque sûr. Cela le réconfortait de savoir que Lily ne pouvait plus sentir le poison.

Ils se remirent à marcher.

— C'est plus que bizarre, mais il y a tout de même une logique. Le poison était destiné à tuer d'autres démons. La créature n'était pas un démon, mais elle venait de l'enfer. Elle avait sans doute une biochimie similaire.

Alex trouva les clés au moment même où ils rejoignaient les autres. Il détacha les menottes de Lily. Elle poussa un petit cri de douleur en sentant ses bras se relâcher et tomber en avant. Rule savait exactement à quel point c'était douloureux, mais elle se contenta de secouer la tête vers lui et l'aida à marcher jusqu'à Jiri.

La femme n'aurait pas dû être encore vivante. Elle avait deux trous ensanglantés en haut de son torse, et un bien plus grand à l'abdomen. Une balle avait dû ressortir par là, songea Rule. L'un des gardes lui avait tiré dans le dos. Autour d'elle, la boue était humide et poisseuse, mêlée à son sang.

Cynna était assise à côté d'elle, la petite fille dans les bras ; Jiri, qui tenait la main de son enfant, essaya de distinguer Rule lorsque Lily l'aida à s'asseoir, mais il se rendit compte que la mort embrumait ses yeux. Il douta qu'elle puisse vraiment voir quoi que ce soit.

— C'est Rule, dit-il.

— Ah. (Sa voix était faible. Elle ferma lentement les yeux, et sourit.) Tommy est mort.

— Oui, confirma Cynna.

Rule la vit faire un effort pour déglutir.

— J'aurais dû t'écouter, Cynna, mais j'aimais tant le pouvoir. Je ne pouvais pas faire ce que je voulais sans apprenti, mais à l'époque, les seuls que je trouvais étaient pires que moi. (Sa voix s'affaiblit, mais elle parvint à rouvrir les yeux, semblant chercher quelque chose à travers ce qui devait être l'obscurité totale.) Rule Turner.

— Ici. Je suis juste ici.

— Je veux que vous preniez ma Cece, qu'elle soit élevée dans le clan. Elle a besoin d'être protégée. Ce salaud de Tommy. (La haine lui redonna la force de parler quelques instants.) Dire que son propre père était prêt à l'abandonner à la Grande Garce.

— Cordoba était son père ? demanda Cynna, surprise.

— Salaud. Mais il m'avait... il m'avait presque. Je ne pouvais pas désobéir, mais qui lui a enseigné ces liens ? Je ne lui avais pas tout dit. Il ne lui manquait pas grand-chose, mais ça suffisait. Rule. (Ses yeux semblèrent rechercher ceux du lupin, en vain.) Vous emmènerez ma fille dans le clan. La déesse la veut. Vous la prendrez avec vous, sinon votre fils ne se réveillera jamais.

— J'aurais veillé à son bien-être même sans menace, lui répondit-il d'une voix égale. Je ferai en sorte qu'elle soit adoptée dans le clan. Je ne laisserai pas la Diablesse mettre la main sur un enfant.

La bouche de Jiri se tordit.

— L'habitude… pardon. Votre fils s'est réveillé avant notre attaque.

Il sursauta légèrement, surpris.

— Je vous l'avais dit : je ne m'en prends pas aux enfants. Je savais que je ne sortirais pas d'ici vivante.

— Votre fille dort encore.

— Cece… Un autre sort. Elle se réveillera à l'aube. (Un tremblement parcourut son corps mutilé.) Tish ne pourra pas me retenir ici encore longtemps. Je n'ai pas tout dit, mais… Le Don de Cece. Vous devez être au courant. Le même que le mien, et il est puissant.

— Quel est ton Don ? lui demanda Cynna. La vision à distance ?

Une sorte de rire secoua Jiri et envoya un autre tremblement, plus fort celui-là, à travers son corps.

— Tu as toujours rêvé d'avoir la réponse, hein ? Je suis Modeleuse de motifs. Et une sacrément bonne. C'est comme ça que j'ai trouvé votre fils, Rule, ajouta-t-elle, laissant ses paupières retomber sur ses yeux qui semblaient déjà morts, même si elle continuait à parler. J'ai modelé les motifs… je les ai sacrément modelés cette nuit. Tish. (Elle remua sa main libre.) Tish…

L'immense démon se leva et avança maladroitement. Rule et Lily se précipitèrent hors de son chemin, mais Cynna ne bougea pas. Le démon s'arrêta à quelques centimètres de Jiri.

— Ah… Est-ce toi qui l'as amené ici ? demanda Rule à Cynna.

Celle-ci hocha la tête. Son visage était inondé de larmes ; elle avait pleuré si silencieusement qu'il n'avait pas remarqué.

— Elle m'a fait chevaucher, vraiment chevaucher cette fois. Elle ne pouvait pas ordonner à Tish de faire ce que Tommy n'aurait pas accepté, alors elle m'a laissé le contrôler. Mais elle demeure son maître.

— Tish.

Jiri tourna la tête et bougea sa main libre de quelques centimètres, de manière à la poser sur l'énorme patte du démon. Elle referma la bouche, et son visage sembla apaisé par ce qui était peut-être de l'affection.

Son autre main, avec laquelle elle avait tenu si longtemps celle de sa fille, se relâcha. Son corps plongea dans l'immobilité absolue de la mort. Et le démon s'évanouit.

— Il est parti ? demanda brusquement Lily.

Cynna acquiesça.

— Il est retourné sur Dis. Lorsque le maître meurt, le démon ne peut pas… (Elle ferma les yeux, l'air affreusement épuisée.) Cullen ? Est-il…

— Pas très guilleret, dit Cullen derrière Rule, à quelques mètres. Mais toujours là.

Rule se sentit incroyablement soulagé. Il se retourna et vit son ami soutenu par Hennings, qui avait retrouvé son apparence humaine à un moment donné. Ce dernier boitait, mais pas trop méchamment. Il y avait tant de sang séché sur sa jambe que Rule ne pouvait voir la blessure elle-même, mais elle ne semblait pas gêner l'homme tant que cela.

La raison pour laquelle il devait soutenir Cullen était évidente. Celui-ci avait perdu un de ses pieds, ainsi qu'une partie de son mollet.

— Seigneur !

Cynna se mit debout avec peine.

— Il va bien, dit Hennings. Il a perdu trop de sang, c'est pour ça qu'il s'est évanoui. Une fois que son corps aura cicatrisé, il pourra commencer à remplacer le sang, mais il a besoin de s'hydrater. Sinon, il est à peine égratigné.

Cynna resta là, debout, à secouer la tête. Elle tenait toujours l'enfant dans ses bras mais semblait l'avoir totalement oubliée.

— C'est dur de s'y habituer, hein ? lui dit Lily d'un ton pince-sans-rire. Comment ils sont lorsqu'ils sont blessés, je veux dire. Mais tout repoussera.

— Ça prendra une éternité, remarqua Cullen, d'un ton morose. Et ça fait atrocement mal.

— Emmène-le dans la maison et trouve un endroit où il peut s'allonger, dit Rule. Où est Alex ?

— Il cherche Brady, dit Hennings en prenant la direction de la maison. Après que la créature l'a lâché, il s'est apparemment égaré. Alex croit qu'il a reçu un sacré coup à la tête. Il est peut-être désorienté.

Ou lâche, songea Rule. Ou simplement content de partir en laissant Cordoba se charger de tuer Rule à sa place.

— Tu as ton téléphone ? demanda Lily. Nous devons trouver de l'aide, et Cordoba m'a pris le mien.

Machinalement, il porta sa main à sa taille. Le geste déclencha une douleur aiguë dans son bras cassé, et il serra les dents pour la surmonter. Dommage qu'il n'ait pas une copie du sort de Cynna.

— Rule ?

Lily glissa un bras autour de sa taille, prudemment, comme si elle ne savait pas très bien où le toucher sans lui faire mal.

Elle avait raison. Il tressaillit lorsqu'elle appuya accidentellement sur ses côtes douloureuses.

— Ça va. Je n'ai plus mon téléphone. Je ne sais pas quand…

Il regarda autour de lui. Plus facile de trouver un portable dans une maison que dans l'herbe, se dit-il. Son regard s'arrêta sur la femme étendue à côté, ses yeux morts toujours ouverts. Une profonde tristesse s'empara de lui. Où se situait le mal ? Jiri avait provoqué la mort de deux de ses hommes, mais elle lui avait sauvé la vie. Et elle avait donné la sienne pour son enfant… Certes, elle n'aurait pas eu à le faire si elle ne s'était pas aventurée si loin sur le mauvais chemin. Même à la fin, elle s'était battue pour avoir le contrôle de tout et de tout le monde, alors qu'elle aurait pu simplement appeler à l'aide.

Il y avait une leçon à en tirer. L'apprendre et l'appliquer ne seraient pas facile, mais il pouvait commencer. La douleur dans son bras gagnait son corps par vagues et l'étourdissait.

— Je ferais sans doute mieux de m'asseoir, dit-il brusquement, avant de baisser les yeux vers Lily. J'aurai besoin d'aide pour marcher jusqu'à la maison.

Elle haussa les sourcils, surprise. Elle sourit.

— Allons-y.

Il soutint son bras amoché avec le valide, de manière à réduire les cahots. S'il ne le faisait pas remettre en place rapidement, il devrait être de nouveau cassé pour pouvoir guérir dans le bon axe.

Au bout d'un moment, il posa une question qui l'ennuyait.

— Quelque chose m'échappe. Pourquoi s'est-elle rapprochée de Cordoba ? Elle le dominait en tout. Il lui était tellement inférieur.

— C'est ce qu'elle voulait. Elle ne cherchait pas un partenaire, quelqu'un à sa mesure. Elle voulait un être qu'elle pourrait contrôler.

Ça, conclut Rule après un moment, n'était pas une leçon à retenir. Lui-même essayait toujours trop d'avoir le contrôle – mais ce qu'il cherchait à contrôler était en lui, pas à l'extérieur. Et il préférait de loin avoir une partenaire qui soit son égale. Il sourit à la femme qui le soutenait, tout comme lui la soutenait aussi.

— Tu penses…

Une bête grise, arrivant du côté de la maison, se précipita vers eux. Brady. Sous sa forme de loup, décidé à tuer.

Machinalement, Rule poussa Lily sur le côté afin de se transformer, mais ses blessures l'affaiblissaient, et son pouvoir était épuisé d'avoir déjà tant servi. Rien que pour trouver le chant de la lune, il perdit de précieuses secondes.

Lily n'en fit qu'à sa tête et s'interposa entre lui et le loup qui chargeait. Rule grogna et puisa dans le filet de pouvoir qui lui restait – lorsque, au même instant, un autre loup, à la fourrure noire striée d'argent, bondit à côté d'eux.

Alex. Il se heurta à Brady, et tous deux tombèrent, emmêlés, grognant et essayant de se mordre. Rule tira Lily en arrière de quelques pas.

— Une arme, dit-elle lorsqu'ils s'arrêtèrent. Allez ! Il y a des fusils par là-bas.

Il secoua la tête, la retenant si fermement qu'elle ne pouvait rien faire.

— Brady l'a attaqué sans qu'il y ait de Défi. Alex est le Lu Nuncio. C'est à lui de régler ça.

Rule avait déjà vu Alex se battre sous sa forme humaine, et il était fort. Sous celle de loup, il était excellent. Brady était entraîné et se battait bien, mais il n'avait aucune chance.

Il aurait pu se soumettre et demander la clémence d'Alex. Il devait savoir qu'il perdrait. Il n'en fit rien. Soit il était trop fou furieux pour s'arrêter, soit il était suffisamment sain d'esprit pour savoir qu'il était allé trop loin. S'il avait réussi à tuer Rule, le mandat, en retournant à Victor, aurait probablement achevé le vieil homme. Le choc de la mort aurait anéanti le clan.

Alex n'avait pas le choix. En moins de dix minutes, Brady était mort.

XXXIX

— AVEC TOUT CE que j'ai traversé, se lamenta Toby, j'ai vraiment besoin d'ouvrir un cadeau en avance.

Lily s'arrêta d'astiquer frénétiquement le miroir au-dessus de la cheminée. Elle sourit et ébouriffa le garçon.

— Et moi, j'ai vraiment besoin de finir de nettoyer la maison avant qu'elle soit trop pleine pour pouvoir faire un pas devant nous. Tu peux survivre encore un jour.

Il restait deux jours avant Noël, et Toby avait coutume d'ouvrir les cadeaux la veille. Cela ne concordait pas avec les traditions dans sa propre famille, mais Lily s'en fichait. Ses parents tiqueraient peut-être, cependant ils feraient comme si de rien n'était lorsqu'ils se retrouveraient face à eux.

Après un autre crash et deux quasi-collisions, les autorités avaient de nouveau fermé les aéroports pour tous les vols non urgents. De la magie fuyait toujours par les noyaux; le détachement spécial avait bien proposé quelques solutions, mais elles ne pouvaient être que temporaires. Wall Street avait rouvert ses portes, et Houston ne brûlait plus; en revanche, la Garde nationale avait été appelée en renfort au Texas. Trop d'événements étranges s'étaient produits durant la dernière tornade magique, la plus violente.

Et donc, bloqués au sol, le père, la mère et la petite sœur de Lily traversaient le pays en voiture pour passer les fêtes tous ensemble : elle et Rule, Toby et Benedict, Grand-mère et Li Qin, et Cullen. Même Timms était invité, s'il pouvait sortir de l'hôpital à temps. La grande sœur de Lily, jeune mariée, avait choisi, dans un moment rare de rébellion, de rester en Californie.

Lily était au bord de la crise de nerfs face à tous les préparatifs qui lui restaient. Elle était aussi heureuse. Sa mère lui avait pardonné, et dormirait sous le toit de Rule. Pour elle, c'était une preuve qu'elle commençait à accepter la place du lupin dans la vie de sa fille.

— Mais Lily, dit Toby, tu en as ouvert un avant. Ce n'est pas juste.

Elle songea à son manteau et à la nuit où tout avait changé, et son estomac se noua. Tant de gens étaient morts.

— Et toi, dit Rule à la porte de la salle à manger, tu es nul pour garder des secrets.

— Je n'ai rien dit ! s'exclama Toby, indigné.

Rule secoua la tête, mais il souriait. Il semblait parfaitement remis, mis à part son bras gauche en écharpe. Les lupins ne s'embarrassaient pas à porter des plâtres, à moins que la fracture soit méchante – or la sienne ne l'était pas.

— Madame Yu veut te parler. Elle est dans la cuisine.

Le garçon sortit de la pièce.

— Grand-mère a vraiment dit ça ? demanda Lily d'un ton pince-sans-rire.

— Pas exactement, mais elle l'aime bien. Il la vénère littéralement ces jours-ci, à la limite du harcèlement. D'ailleurs, elle joue au mah-jong avec Benedict.

— Je parie que Benedict gagne encore.

Rule sourit.

Toby n'avait pas vu Grand-mère se transformer, mais on le lui avait raconté. Depuis lors, il était ravi de satisfaire ses moindres désirs. Lily comprenait. À son âge, elle passait tout son temps avec Grand-mère elle aussi. La vieille dame était tyrannique, difficile, arrogante… et avait été prête à mourir pour protéger un enfant qu'elle connaissait à peine. Son amour pour les enfants étincelait d'une pureté dont tous avaient conscience, même si elle faisait son possible pour le dissimuler.

Rule avança, prit le chiffon que Lily avait dans la main, le jeta par terre et l'embrassa avant qu'elle ait eu le temps de protester. Elle ne se donna donc pas cette peine, et se lova dans ses bras. Ils se tournèrent vers le sapin en souriant.

Il avait été livré la veille, intégralement décoré de tambours, de soldats miniatures et d'autres figurines, ainsi que d'une centaine de lumières scintillantes, comme Grand-mère l'avait demandé. Des présents avaient aussitôt commencé à apparaître au pied de l'arbre, et formaient une jolie pile.

— Grand-mère veut emmener Toby à l'hôpital demain, dit Lily. Elle pense que quelques parties de mah-jong seront bénéfiques à la convalescence de Timms.

— L'hôpital n'autorise pas les enfants de cet âge… Mais je suis idiot ! Ce n'est pas ça qui l'arrêtera.

Lily sourit.

— Comment va Cullen ?

Rule venait d'aller rendre visite à son ami. Ils lui avaient proposé de s'installer ici, mais il trouvait, à raison, qu'il y avait déjà trop de monde. Cependant, il avait également refusé une chambre d'hôtel, préférant occuper l'appartement de Timms. Cette étrange amitié semblait durer ; Cullen était allé voir deux fois l'agent du FBI à l'hôpital, ce qui, d'après Rule, était un record.

— Il est d'une humeur massacrante, dit Rule. Il est particulièrement furieux que ce soit arrivé à son pied droit, car c'est difficile de conduire.

— Conduire ? Rule, il ne peut pas déjà penser à prendre le volant !

— Cynna s'est-elle décidée pour Noël ?

Constatant qu'il changeait de sujet, Lily comprit que Cullen n'envisageait pas de conduire, mais qu'il le faisait déjà. Elle fronça les sourcils, mais préféra toutefois ne pas se disputer avec Rule. Elle perdrait immanquablement.

— Je n'ai pas eu de ses nouvelles, mais elle a dit qu'elle nous donnerait sa réponse d'ici ce soir.

Ils avaient invité Cynna à participer à la grande fête de famille le lendemain soir. Lily avait insisté sur le fait qu'elle ne devait pas se sentir obligée de venir ; la maison serait bruyante et pleine de monde ; de plus, sa famille et celle de Rule ne se mêleraient pas facilement. Mais elle détestait l'idée que Cynna passe cette nuit seule.

Enfin, presque seule. Dans une remarquable démonstration de la force du déni, Cynna continuait d'affirmer qu'elle n'était pas enceinte. Elle refusait même de s'en remettre à un test de grossesse. Mais tôt ou tard, elle devrait accepter l'idée qu'elle et Cullen avaient, en effet, engendré une nouvelle vie.

Pour le moment, elle évitait le lupin comme la peste.

Rule et Lily restèrent l'un contre l'autre, simplement, les yeux tournés vers l'arbre, profitant du plaisir de passer un moment seuls tous les deux. Mais l'esprit de Lily ne la laissa pas se reposer très longtemps. Elle remarqua quelques fils de *sorcerí* encore emmêlés.

Les fuites de magie continuaient à poser des problèmes, certains mineurs, d'autres majeurs. Les prédictions de son père en matière d'économie étaient désastreuses. Le point de vue de Lily était un peu différent ; lorsque l'économie s'effondrait, le nombre de crimes augmentait, et il était probable qu'ils seraient confrontés à davantage de criminels gratifiés désormais. Les tornades magiques avaient apparemment réveillé des Dons chez des personnes qui n'en avaient qu'une trace jusque-là. Et l'Unité ne comptait pas de nouvelles recrues pour faire face à cette charge supplémentaire de travail.

Il y avait aussi la question des deux mandats de Rule. Victor était vivant, quoique dans le coma. Il ne pouvait pas reprendre le sien. Les Rhej de plusieurs clans étaient en train de consulter leurs mémoires, à la recherche d'un moyen de déplacer le mandat sans le Rho. Si elles ne trouvaient rien avant la mort de Victor – il lui restait tout au plus une année à vivre – Rule deviendrait le Rho des ennemis les plus acharnés de son propre clan.

Lily pensa à Isen, qui jubilait à cette idée. Elle ne s'était pas attendue à cette réaction, et Rule non plus, d'après ce qu'il lui avait dit.

— C'est vraiment dommage que ton père ne puisse être ici.

Rule la regarda.

— Tu es une femme très forte, mais tu crois vraiment être prête à accueillir sous le même toit ta grand-mère et mon père ?

— Peut-être pas, reconnut-elle.

— Mais pourquoi ? leur parvint la plainte de Toby dans la cuisine. Je gagnais !

Lily entendit la voix de Grand-mère, mais ne put distinguer les mots. Curieuse, elle se retourna.

La vieille dame arrivait vers eux, plus droite que jamais. Elle avait déjà abandonné son attelle, même si Lily se doutait qu'il aurait été plus confortable pour elle de continuer à l'utiliser. Aujourd'hui, elle avait décidé de porter ses vêtements chinois les plus traditionnels, peut-être en l'honneur de l'arrivée imminente de son fils : un pantalon de soie noire et une tunique en soie, lourdement brodée de fils d'or.

— Il est l'heure d'y aller, annonça-t-elle.

— D'y aller ? répéta Lily, surprise. Mes parents seront là dans moins d'une heure.

— Je le regrette, mais peut-être qu'ils pourront se joindre à nous lorsqu'ils seront là.

Exaspérée, Lily voulut lui expliquer qu'ils n'iraient nulle part.

— Grand-mère…

— Aller où, Madame ? lui demanda Rule d'une voix douce.

— À la Maison Blanche, je crois. (Elle pencha la tête sur le côté comme si elle écoutait. Son visage avait une étrange douceur, une expression que Lily ne lui avait jamais vue.) Oui. Nous attendrons à la Maison Blanche.

Li Lei s'amusa beaucoup du choc de sa petite-fille lorsque Ruben Brooks l'appela pour lui dire par quel portail de la Maison Blanche entrer. Rule ne fut pas autant surpris qu'elle aurait aimé le voir, mais cela montrait l'opinion qu'il se faisait d'elle, ce qui était tout aussi agréable.

Dans l'ensemble, cela dit, elle ne put que repenser avec délice à leur réaction pour ne pas se tortiller comme une gamine en route jusque là-bas. Mais elle parvint à préserver sa dignité.

Ruben Brooks était venu la voir le jour de sa sortie de l'hôpital. Elle l'avait tout de suite bien aimé et avait décidé de se confier à lui, un peu. Non pas qu'il la crût au début, mais il se montra courtois et lui promit d'appeler si ce qu'elle annonçait se produisait vraiment.

Et, bien entendu, cela s'était produit.

Nous y sommes presque, dit la voix qu'elle n'avait pas entendue dans sa tête depuis presque quatre cents ans. *Tu es sûre qu'ils ne me tireront pas dessus ?*

On m'a dit qu'ils ne le feraient pas, si les autres n'approchent pas trop près de la demeure de leur chef. (Elle haussa les épaules – et grimaça, car elle n'était pas entièrement guérie.) *Nous y sommes presque, nous aussi,* lui dit-elle, soulagée de voir la célèbre bâtisse qui n'était plus très loin.

Malgré l'aide de Ruben Brooks, il y avait tout de même beaucoup de sécurité à passer : gardes, portails, et un individu qui voulut la fouiller. Elle ne le permit pas, ce qui leur fit prendre un léger retard, mais elle traversa leur stupide détecteur de métaux. C'était bien assez.

Finalement, le secrétaire d'État convint que cela ferait l'affaire, même si cela ne plaisait pas aux Services secrets. Puis elle apprit que le Président lui-même ne se montrerait pas à ce premier rendez-vous.

Li Lei n'aimait pas le secrétaire d'État, mais il était réputé pour être doué en affaires. Cela ne servait à rien de protester puisque c'était perdu d'avance, alors elle accepta de bonne grâce sa présence en lieu et place de celle du Président. Puis elle dut l'expliquer à Sun Mzao. Il fut contrarié, mais lui aussi comprit qu'ils avaient peut-être peur de mettre leur chef en contact avec lui.

En fin de compte, Li Lei se tenait avec Li Qin d'un côté et Lily de l'autre. La vieille dame regrettait que son fils ne soit pas arrivé à temps, mais ne pouvait en dire autant de l'absence de sa belle-fille. À côté de Lily se trouvaient Rule Turner et Toby, qui ne se comportait pas bien. Les petits garçons trop excités ont du mal à se tenir. Derrière eux étaient alignés le secrétaire d'État, Ruben Brooks, et de nombreuses autres personnalités officielles qu'elle ne connaissait pas.

Ils n'eurent pas à attendre longtemps. Les lumières brillaient tout autour de la Maison Blanche, donnant au ciel une couleur noir mate, plate, comme si les étoiles s'étaient cachées. Dans cette obscurité, une silhouette noire apparut peu à peu. Il sembla petit au début, car il était très haut. Mais au fur et à mesure qu'il descendait en formant une magnifique spirale, sa taille devint évidente.

Ainsi que sa forme. Les personnalités officielles poussèrent des petits cris, choquées, comme si elles n'avaient pas vraiment cru ce que leurs radars leur avaient indiqué. Mais leurs yeux le leur confirmaient ce soir.

— Oh, Seigneur, murmura Lily. C'est vraiment lui.

Lentement, aussi gracieusement que s'il n'avait à porter que le poids d'un papillon sur ses ailes immenses, le dragon noir, le plus ancien et le plus puissant de son espèce, se posa sur la pelouse sud de la Maison Blanche.

Le cœur de Li Lei s'ouvrit et se mit à chanter, débordant de joie. Elle avança puis, oubliant sa dignité et son grand âge, ainsi que la présence de toutes les personnalités officielles, elle courut vers lui.

Elle s'arrêta à côté de l'immense tête, qu'il abaissa pour la saluer, ses yeux brillant d'une manière qu'elle n'avait jamais oubliée. Elle posa sa main sur les écailles dures de sa joue.

Tu as une terrible notion du temps. Tu avais dit que tu reviendrais. Je ne pensais pas que j'attendrais si longtemps.

Tu as vieilli.

C'est ce qui arrive aux mortels. Même à une mortelle qui a en elle de la magie de dragon.

Pendant un long moment, il ne dit rien, puis : *As-tu jamais regretté ta décision, Li Lei ?*

Elle sentit qu'il éprouvait de la nostalgie, comme un écho de sa propre douleur, tant d'années plus tôt… Il avait voulu qu'elle parte avec lui, il l'avait tant désiré. Elle avait refusé.

Chaque jour, dit-elle honnêtement. *Et pourtant, jamais.*

Tu as eu l'enfant que tu désirais tant.

Oui.

L'enfant qu'elle n'aurait pu avoir avec lui, car s'il avait été capable de tant lui donner – même une forme semblable à la sienne, pendant un temps – il n'avait pu combler ce désir-là.

Tu m'as ramené ma petite-fille, lui dit-elle.

Elle est forte et rusée. Je l'aime bien. Tu l'as élevée comme il faut.

Elle déglutit et balaya furtivement l'humidité qui gagnait ses yeux.

Eh bien. Nous aurons le temps, si nous voulons, de parler du bon vieux temps plus tard. Je crois que nous ferions mieux de commencer notre négociation maintenant. C'est pour cela que tu m'as fait venir ici.

Ce n'est qu'en partie pour cela, Li Lei, lui dit son premier amant de sa voix mentale calme, avec une pointe d'amusement et de chaleur rare. *Tu le sais très bien, d'ailleurs. Mais commençons.*

Li Lei se retourna vers les autres : sa famille, les personnalités officielles, et le secrétaire d'État. Elle se sentit envahie de bonheur.

Ce serait une séance de négociation comme aucune autre. Li Lei veillerait à ce que Sun et les siens reçoivent tout ce dont ils avaient besoin : or, endroits où chasser, des espaces pour voler. Tout ce que peuvent vouloir les dragons. En échange, ceux-ci régleraient la crise qui touchait le monde en faisant ce qui était pour eux aussi naturel que respirer.

Ils absorberaient la magie.

Le fait qu'ils en aient besoin pour survivre ne diminuait en rien, selon la vieille dame, leur droit d'exiger une rémunération.

— Monsieur le secrétaire, dit-elle d'une voix claire, si vous voulez bien vous avancer. Je souhaiterais vous présenter à Sun Mzao, que certains… (Elle ne put résister à l'envie d'envoyer à sa petite-fille et à l'homme à côté d'elle un clin d'œil fugace, oubliant totalement, cette fois, sa dignité.) …appellent Sam.

FIN

Cher lecteur,

Foxie, mon labrador de quatorze ans, est allongée dans les herbes hautes de la cour, où elle profite de la douceur du soleil de septembre. Elle soulève la tête pour me sourire, à sa manière de chien, puis se met péniblement debout.

Foxie est vieille. Elle tremble lorsqu'elle fait son parcours habituel dans la cour, occupée à renifler tout ce qu'elle croise, traînant ses pattes arrière dans l'herbe. À ce que je peux voir, sa démarche incertaine me dérange plus qu'elle ne la gêne. Aujourd'hui, elle a de l'herbe et du soleil. Elle ne s'inquiète pas pour son cœur vieillissant, ni pour le jour futur où ses jambes ne pourront plus la soutenir. Tant que je suis près d'elle, elle est contente. Elle me fait totalement confiance, sans aucune retenue.

Les humains ont plus de mal à faire confiance. Entre l'enfance et l'âge adulte, nous apprenons le goût de la trahison, de la déception, de la tragédie, du chagrin… Tout cela, rien qu'en regardant les infos du soir. Il y a fort à parier que nous en avons aussi goûté quelque peu dans nos vies personnelles également. Peut-être plus qu'un peu.

On devient facilement cynique. Mais le cynisme aussi a un prix.

Dans *Les Liens du sang*, le monde de Cynna et de Cullen a été bouleversé. Chacun d'eux a eu un rôle dans les changements extérieurs – l'afflux de magie après la survenue de la tornade magique – mais est également confronté à un cataclysme personnel. Elle a beau le nier, Cynna porte l'enfant de Cullen, et ni l'un ni l'autre ne savent encore où leur nouvelle réalité les mènera.

Dans le prochain livre, ils le découvriront.

Un messager inhabituel envoie Cynna dans une autre sphère, où la magie est monnaie courante. Cullen s'y rend, lui aussi – pas question de la laisser se balader en Faerie sans lui. Mais leur quête d'un médaillon disparu va se transformer en une quête d'un tout autre genre, et peut-être que ces deux cyniques devant l'Éternel ne seront pas si surpris que cela lorsqu'ils devront faire face à la trahison dans un monde où le soleil ne se lève jamais. Mais que se passera-t-il lorsque leurs vies ne tiendront plus qu'à un fil : la confiance en l'autre ?

La réponse à cette question nous sera donnée prochainement.

Bonne lecture,
Eileen Wilks

Suivez les aventures de Cynna et Cullen dans

LES FILS DE LA PLEINE LUNE

TOME 4
LA NUIT ÉTERNELLE

EILEEN WILKS

À PROPOS DE L'AUTEUR

EILEEN WILKS est une auteure réputée aux USA. Elle a vécu au Canada et au Venezuela ainsi que dans plus de 15 villes aux États-Unis. Elle a été de nombreuses fois nominée à des prix de romance pour ses œuvres, notamment la série *Les Fils de la Pleine Lune*. Eileen s'est mise à l'écriture à force de lire et de rêvasser. Elle aime la couture, la matière noire, le chocolat, les livres sur la science du cerveau, le yoga (même si elle n'est pas douée !) et peindre des choses comme ses murs, des boîtes, son mobilier, les sols, mais pas ses chats ; ses chats n'aiment pas la peinture.

PANINI BOOKS

CRIMSON

MIXTE
Papier issu de sources responsables
FSC® C005461
FSC www.fsc.org

Achevé d'imprimer sur les presses
de l'imprimerie Rotolito Lombarda (Italie)
Dépôt légal : octobre 2013